M. H. STEINMETZ
Totes Land

MANTIKORE
VERLAG

10.12.2023

M. H. Steinmetz

TOTES LAND

Ausnahmezustand

Roman

FÜR JOSHUA!
BIST DU BEREIT, FÜR
DEIN LEBEN ZU
KÄMPFEN?

Deutsche Erstausgabe

1. Auflage
Veröffentlicht durch den
MANTIKORE-VERLAG NICOLAI BONCZYK
Frankfurt am Main 2014
www.mantikore-verlag.de

Titelbild: Niels Breidenstein
Lektorat: Ulrich Schüppler
Satz: Matthias Lück
Bildbearbeitung: Helge Balzer

VP: VP209-138-02-BD-0818

Printed in the EU

ISBN: 978-3-939212-56-0

Widmung:

"Für Anette, die mir während des Schreibens stets treu zur Seite stand und mir dabei ganz unbeabsichtigt das wichtigste Element dieser Geschichte offenbart hat: Hoffnung!"

Danksagung:

"Mein besonderer Dank gilt

Sabine, ohne die ich niemals angefangen hätte zu schreiben und die mich immer wieder dazu ermutigt hat weiterzumachen,

Kristin, Martin, Florian und Sascha für das Probelesen und die überaus konstruktive Kritik.

Ohne Euch hätte ich das niemals geschafft!"

– Totes Land –

„Und viele, die in der Erde schlafen liegen, werden aufwachen, die einen zum ewigen Leben, die anderen zu ewiger Schmach und Schande."

Buch Daniel, 170 v.Chr.

DER GRABEN

Der Puls hämmerte hart durch seinen Körper und verursachte dieses unangenehme Pochen im Zahnfleisch, das man von kleinen Entzündungen im Mundraum kennt. Eine verdammt lästige Sache. Der Mann mit den Rangabzeichen eines Leutnants auf den Schultern konnte förmlich spüren, wie sich sein Blut stoßweise seinen Weg durch die Adern unter seiner Haut bahnte. Getrockneter Schweiß brannte ihm unter der dicken Armeekleidung auf der Haut und fing an, ihn von seiner eigentlichen Aufgabe abzulenken. Das Verlangen sich zu kratzen wurde übermächtig. Kein Wunder, denn für Hygiene war in den letzten Tagen kaum Zeit gewesen. Zu stark war der Druck, den ihr unheimlicher Feind auf sie ausübte. Ein Druck, welchem sie nicht mehr lange Stand halten würden. Sie waren einfach ein viel zu kleines Kommando für diese Sache. Wenigstens noch ein bisschen durchhalten, mehr war hier nicht zu erwarten.

Dicht auf den Boden gepresst lag er im nassen Schnee eines Entwässerungsgrabens, der die weitläufige Wiese vor ihm von dem dichten Waldstück dahinter trennte und zählte die Tropfen des tauenden Schnees, die von einem hohen Baum auf den Boden fielen. Dieses Mistwetter hielt nun schon die ganze Woche an, erst dieser heftige Schneefall, so dicht, das man die Hand nicht vor den Augen sah. Doch kaum hatte der Schnee den Boden berührt, fing er auch schon an zu schmelzen und verwandelte alles in eine matschige Pampe.

Wie er dieses Dreckswetter hasste. Sogar sein sorgfältig gestutzter Kinnbart war nass und klebrig. Über eine Stunde lag er nun schon so da und spürte, wie die Kälte mit eisigen Fingern aus dem feuchten Schnee unter seine Schutzweste kroch und ihm das Atmen zur Qual machte. In immer kürzeren Abständen musste er sein Dosieraerosol anwenden. Verdammtes Asthma, die Krankheit quälte ihn nun schon seit der Vorschulzeit und lauerte begierig darauf, ihn an seine Schwäche zu erinnern, sobald sich eine Möglichkeit dafür bot. Er durfte sich in dieser Situation keine Schwäche erlauben, es durfte nicht der geringste Zweifel an seiner Fähigkeit aufkommen, diesen Auftrag zum Abschluss zu bringen. Da waren Menschen, die sich auf ihn verließen und die ihr Leben in seine Hände legten. Sie alle vertrauten auf sein Geschick, die richtigen Entscheidungen im richtigen Augenblick zu treffen. Und dazu musste er voll da sein. Sein sehniger Körper war zwar gut trainiert und auf die Sache vorbereitet und trotzdem machte ihn diese feuchte Kälte einfach fertig. Der Leutnant zog kurz seine Mütze vom Kopf und wischte sich den Schweiß vom kahl rasierten Schädel. Er hatte sich zwar gut gehalten für sein Alter, immerhin war er jenseits der Vierzig. Aber trotzdem, dieses verdammte Asthma zwang ihn in die Knie.

Hin und wieder zogen sich die dichten Wolken auseinander und gestatteten dem Mond, alles in ein geisterhaftes Licht mit scharf abgegrenzten Schatten zu tauchen. Rechts und links neben ihm lagen die anderen Männer der Einheit über die gesamte Länge des Grabens verteilt. Dunkle bewegungslose Schemen im Schnee. Wie er war jeder Einzelne dazu bereit aufs Ganze zu gehen, denn hier war die letzte Linie, hier würde in wenigen Augenblicken die Entscheidung über Leben und Tod fallen. Vielleicht sogar über die Zukunft der gesamten Menschheit.

Sein Sergeant lag unmittelbar neben ihm. Die hoch gewachsene, schlanke Frau mit den blonden, halblangen Haaren hatte ein klobiges Nachtsichtgerät aus russischen Armeebeständen vor den Augen und trug anstelle der Uniform wie immer ihren schweren Ledermantel. Er musste lächeln, als er sie betrachtete. Auch ihr sah man nicht an, dass sie gerade mal zwei Jahre jünger war als er selbst. Doch darauf kam es jetzt nicht an, denn sie waren alle freiwillig hier und keiner würde sich um derart Belangloses scheren. Hier ging es um das nackte Überleben und da hatte man keine Zeit, sich um so banale Dinge wie korrekte Uniformen zu kümmern. Es gab nur eine Regel und die hieß: Überleben!

Er war froh darüber, die Frau in dieser Situation an seiner Seite zu wissen, denn auf den Sergeant konnte er sich bedingungslos verlassen. Außerdem war da noch etwas anderes, das sie verband. Etwas, das über die Rangfolge innerhalb ihrer Einheit hinausging. Und das hing nicht nur mit ihren endlos langen Beinen zusammen, es war schlichtweg eine tiefe Freundschaft fürs Leben, welche sie verband.

Jenseits der Wiese erhob sich eine schwarze Wand dichter Büsche und dahinter ein weitläufiges Waldgebiet mit düsteren, eng stehenden Bäumen. Selbst jetzt im Winter war der Wald nahezu undurchdringlich. Und in der Dunkelheit sowieso. Mit der Infrarot-Zieleinrichtung seines G36-Sturmgewehres suchte er den gegenüberliegenden Waldrand ab. Die Entfernung betrug etwa dreißig Meter, also ideale Schussdistanz.

„Großer Baum, zwei Meter rechts davon, unten an der Lücke zwischen Stamm und Busch, eine Person."

Ihr Flüstern war fast nicht zu hören. Das G36 des Leutnants schwenkte an die beschriebene Stelle. Er sah, wie sich die Zweige bewegten und erahnte den dunklen Schatten dahinter, der grob den Umrissen eines Menschen entsprach.

„Noch einer, etwa drei Meter links davon."

Die Präsenz der Dinger auf der anderen Seite verdichtete sich zu einer massiven Bedrohung. Unter seiner Schirmmütze bildete sich zwischen Stoff und Kopfhaut frischer Schweiß und lief ihm kalt den Nacken herab. Die ersten Gestalten traten aus dem Wald, an vorderster Stelle die beiden, welche der Sergeant schon ausgemacht hatte. Sie machten sich nicht einmal die Mühe, leise zu sein.

„Scheiße, das wird heftig!"

Die Stimme der Frau klang angespannt. Mit einer fließenden Bewegung legte sie das Nachtsichtgerät zur Seite und nahm das schallgedämpfte M16 in den Anschlag. Das Klicken des Sicherungshebels war kaum zu hören. Langsam hob der Leutnant seine Hand. Waffen suchte man bei den Gestalten vergeblich. Sie kamen eher daher wie Volltrunkene, die sich im Wald verirrt hatten und nun einfach geradeaus marschierten, aber trotzdem nicht wussten, wohin sie wollten. Und doch schienen sie von irgendetwas geleitet. Schwer zu sagen, ob sie wussten, dass die Soldaten hier im Graben auf sie warteten.

Erst nachdem sie bereits zehn Meter auf die Wiese vorgedrungen waren und ihre Anzahl sich auf etwa dreißig erhöht hatte, wurde ihre Andersartigkeit immer offensichtlicher. Es war eine Armee aus Marionetten, die man ihrer Fäden beraubt hatte und die nun nahezu lautlos und ungelenk durch die Gegend taumelte, um neuen Halt zu suchen. Und es wurden immer mehr.

Als sich die Wolken erneut verzogen, offenbarte das kalte Licht die schreckliche Wahrheit. Vor ihnen marschierte eine in Fetzen gehüllte Armee des Todes. Ehemals menschliche Gesichter trugen nur noch zerfetzte Hüllen auf ihren mit blutigen Wunden übersäten Köpfen zur Schau. Hände, vormals gepflegt und sanft, waren nun durch Narben entstellt und von schartigen, schwarzen Fingernägeln gekrönt. Der Leutnant wartete solange ab, bis sich der Himmel erbarmte und die jagenden Wolken den Mond verbargen. Dann sackte seine Hand ruckartig nach unten.

Auf dieses Signal hatten die Soldaten nur gewartet und eröffneten sofort das Feuer. So unterschiedlich wie ihre Waffen und ihre Uniformen auch waren, handelten sie doch wie ein Mann, denn es ging ums Ganze. Würden sie fallen, wäre auch die letzte Zuflucht in dieser Gegend hoffnungslos verloren. Seit die Seuche vor einigen Wochen ausgebrochen war und die Menschen in wilde Bestien verwandelte, waren sie immer weiter zurückgewichen. Und nun standen sie mit dem Rücken zur Wand. Der Sergeant fluchte laut, als ihre Waffe wieder einmal Ladehemmung hatte.

„Ich hätte bei meiner alten Waffe bleiben sollen, verdammter Dreck."

Für diese Feuchtigkeit waren die Waffen einfach nicht gebaut. Plötzlich, an der linken Flanke, ein lauter Aufschrei. Am Rande des Grabens waren wie aus dem Nichts weitere Kreaturen aufgetaucht. Es waren zwei Läufer und sie bewegten sich mit affenartigen Bewegungen schnell und koordiniert vorwärts. Sofort kam es zu einem wilden Handgemenge. Als sich eine nahezu identische Szene auf der rechten Seite abspielte, wurde der Leutnant vom Sergeanten am Arm gepackt.

„Die Dinger gehen mit System vor, lass uns abhauen, solange es noch geht."

Grob stieß er ihre Hand zur Seite.

„Einen Scheiß machen wir, wir bleiben hier und kämpfen. Ich werde nicht mehr vor diesen Drecksäcken weglaufen!"

Als die Monster nur noch fünf Meter vom Graben entfernt waren, warf er sein Gewehr weg und sprang auf. Mit einer tausendfach geübten Bewegung zog er die rostige Machete aus dem Gürtel und stürmte wie ein Wahnsinniger aus dem Graben. Der Sergeant brüllte ihm noch irgendetwas Unverständliches hinterher, als er auch schon die Einschläge zwischen seinen Schulterblättern spürte.

„Was zur Hölle …"

Schwer stürzte er in den Schnee, direkt vor die Füße der heranrückenden Kreaturen, die sich einfach auf ihn fallen ließen und sofort damit anfingen, ihre hässlichen Visagen auf in herabzusenken, um unbedecktes Fleisch zu suchen.

Als der Sergeant sah, wie der Leutnant fiel, hatte sie noch genau zwei Sekunden zu leben. Sie hatte sich im Graben auf den Rücken gerollt, sich den Rucksack gegriffen und wollte sich über die hintere Seite der Grabenwand in den Wald absetzen, als vier Gestalten in schwarzer Einsatzkleidung und Skimasken auf den Köpfen aus automatischen Waffen das Feuer auf sie eröffneten.

„Ihr verdammten Wichser, das ist …"

Nach den ersten fünf Einschlägen in ihrem Oberkörper hörte sie auf zu zählen und schloss die Augen. Dem Rest der Einheit erging es nicht anders. Wer den Monstern entkommen konnte, wurde von diesen seltsamen Typen geradezu hingerichtet. Es war ein fürchterliches Massaker. Dann wurde gar nicht mehr geschossen und schnell verebbten auch die anderen Kampfgeräusche auf dem Schlachtfeld, Nur noch das widerliche Schmatzen der Monster war zu hören, die sich an den Leichen der Gefallenen satt fraßen.

„AUSZEIT ….. AUSZEIT …….. AUSZEIT!"

Als der füllige Typ mit der roten Baseballmütze über die Wiese ging und immer wieder Auszeit rief, schlug der Leutnant die Augen auf und kehrte ins Leben zurück. Wurde auch Zeit, verdammt noch mal, denn inzwischen fror er sich wirklich den Arsch ab. Um ihn herum lagen vielleicht vierzig Körper, die sich nun alle wieder anfingen zu regen, auferstanden von den Toten, um sich den Schnee aus den Klamotten zu klopfen. Am Grabenrand stand einer der Soldaten und unterhielt sich rauchend mit einem der Monster, dem die rechte Hand fehlte, als ob der Umstand, dass sie sich beide vor wenigen Minuten gegenseitig umgebracht hatten, etwas vollkommen Normales sei. Auch der Sergeant kam aus dem Graben geklettert und ging lächelnd auf den Leutnant zu.

„Keine Ahnung, was die sich dabei gedacht haben, uns derart fertigzumachen. Aber geil war's oder?"

Sabine lächelte breit und blieb vor Markus stehen.

„Da haste allerdings recht. Ich frage mich nur, warum Tim die ganze Szene versaut und wie ein Depp über die Wiese rennt. Ich hatte mich schon darauf gefreut, als toter Soldat durch die Gegend zu taumeln."

Er nickte mit dem Kopf in Richtung des rot Bemützten, der die umstehenden Personen nun alle hektisch in der Mitte der Wiese zusammenrief.

„Keine Ahnung, hören wir uns mal an, was denn so wichtig ist."

Mitten in der Menschentraube konnten sie Tims aufgeregte Stimme zu hören. So kannten sie ihn alle. Immer wenn etwas nicht rund lief oder es Probleme im Spiel gab, kam er wie aus dem Nichts hervor und versuchte mit überschnappender Stimme alles wieder ins Lot zu bringen. Sie hatten Tim noch nie in anderen Sachen als den ausgewaschenen Armeehosen und dem alten, verwaschenen Metallica-Kapuzenpulli gesehen. Zusammen mit der albernen Baseballkappe, den schulterlangen, braunen Haaren, die darunter hervorlugten, und dem untersetzten Äußeren erfüllte er das perfekte Bild eines Nerds.

„Leute, ich störe euch hier echt nur ungern, aber wir müssen das Spiel auf der Stelle abbrechen. Sofort!"

Eines der Monster oder besser gesagt Steffen, der unter der Maske steckte, hob beide Hände.

„Abbrechen, sag mal bist du bescheuert, wir sind hier gerade beim Showdown, falls du das noch nicht mitbekommen hast. Da bin ich ja mal echt gespannt, was von dir jetzt so wichtiges kommt!"

Tim leckte sich fahrig über die Lippen, bevor er fortfuhr. Die angepissten Gesichter der Spieler machten ihn nur noch nervöser. Aber es gab einen guten Grund für sein Handeln.

„Hört mir einfach zu und lasst mich verdammt noch mal aussprechen. Was ich zu sagen habe ist bitterer Ernst."

Sabine nickte und gab ihm Rückendeckung.

„Tim hat bestimmt 'nen guten Grund Leute, also hören wir zu, was er zu sagen hat."

„Danke, Sabine", fuhr Tim fort. „Wie gesagt, wir müssen das Spiel umgehend abbrechen. Daniel war vorhin in der Stadt und hat es direkt aus den Nachrichten erfahren. Da draußen bricht gerade die Hölle los. Diese Grippewelle, wegen der die überall diese Zentren eingerichtet haben, hat sich mittlerweile extrem ausgebreitet. Aber es kommt noch schlimmer. Die Leute, die sich damit angesteckt haben, sollen angeblich durchdrehen und andere Menschen angreifen. Es ist so extrem, dass die Regierung sogar schon den Ausnahmezustand ausgerufen hat."

Sofort machte sich ungläubiges Gemurmel breit. Markus sah Sabine verunsichert an. Doch Tim hatte noch mehr zu erzählen.

„Aber es kommt noch schlimmer. Die Kranken greifen nicht nur einfach die anderen Leute an. Nein, sie rotten sich zu großen Gruppen zusammen und ziehen angeblich mordend durch die Straßen. Daniel hat 'ne Sendung gesehen, in der sie meinten, dass diese Verrückten ihre Opfer regelrecht zerfleischen würden. Wie wilde Bestien, versteht ihr?"

Einer der Soldaten schüttelte ungläubig den Kopf, dann lachte er schallend.

„Also wenn du uns verarschen willst, ist das mit Sicherheit der schlechteste Scherz seit langem. Meine Mutter hat sich auch diese Grippe eingefangen und darüber kann ich nun echt nicht lachen. Also hör' auf mit den Scheiß, okay?"

Markus mochte den Typ zwar nicht, musste ihm aber dennoch zustimmen. Er dachte an Anette, die zu Hause auf ihn wartete. Das wäre alles in allem nicht gravierend, wenn sein Zuhause nicht in Speyer in der Pfalz gewesen wäre und er sich nun hier in der Nähe von Berlin auf einem Endzeit-Rollenspiel befunden hätte. Knappe sechshundert Kilometer trennten ihn von seiner Frau. In Sabines Augen erkannte er, dass ihre Gedanken in ähnliche Bahnen gingen. Sie kam aus Frankfurt am Main, wo sie in der Innenstadt mit ihrem Freund Pascal zusammen wohnte. Pascal war ein witziger Typ und Schweizer. Markus und er hatten sich auf Anhieb gut verstanden. Tims Worte holten ihn in die Wirklichkeit zurück.

„Also, wir haben uns als Spielleitung unterhalten und sind der Meinung, dass wir jetzt und hier das Spiel beenden werden und ihr euch alle so schnell wie möglich auf den Weg nach Hause macht. Wer weiß, wie schlimm sich die Sache noch entwickeln wird."

Für Markus klang diese Entscheidung logisch, doch einige der Spieler sahen das ganz anders. Sie hatten eine Menge Geld für dieses Wochenende bezahlt und waren der Ansicht, dass das Spiel daher gefälligst auch bis Sonntagnachmittag zu laufen hatte. Es war klar, dass hier ziemlich schnell eine heftige Diskussion losbrechen würde. Möglicherweise entpuppte sich das alles als ausgewachsener Blödsinn oder womöglich hatte sich die Spielleitung eine Art Spiel im Spiel ausgedacht, um für den besonderen Kick zu sorgen. Doch gerade durch den Hintergrund dieses Spiels, einer Zombie-Apokalypse ohne Hoffnung auf Überleben, waren sie alle extrem sensibilisiert und nur zu gerne dazu bereit, Tim Glauben zu schenken. Sabine berührte Markus am Arm.

„Hör mal, ich hab da ein ganz blödes Gefühl. Ich finde, wir sollten uns jetzt absetzen, solange das noch problemlos geht, denn ich mach mir Sorgen um Pascal, wenn das alles stimmen sollte, was Tim uns da erzählt."

Markus nickte ihr zu, denn sie hatte ausgesprochen, worüber er auch schon die ganze Zeit nachdachte.

„Sehe ich auch so, Sabine. Lass uns hier so schnell wie möglich abhauen. Unabhängig davon, was tatsächlich los ist, das Spiel ist so oder so am Arsch. Und wenn alles gut sein sollte, machen wir uns einfach einen schönen Tag, okay?"

Nur zu gern stimmte Sabine ihrem Kumpel zu, denn sie hatten eh viel zu selten Zeit, um sich in Ruhe zu unterhalten. Während die Stimmen auf der Waldlichtung immer lauter wurden, entfernten sich die beiden so unauffällig wie möglich und machten sich auf den Weg zur großen Blockhütte, welche als Basis für das gesamte Spiel diente. Dort gab es Essen und dorthin konnte man sich zurückziehen, wenn man Schlaf oder eine Pause brauchte. Ihr Weg führte sie zuerst den Graben entlang und dann auf einem matschigen Pfad weiter durch den dichten Wald. Sabine konzentrierte sich auf den rutschigen Weg vor ihr.

„Wir sind echt selbst schuld, dass wir hier in der Pampa hocken. Ich bekomme richtig Schiss, je länger ich darüber nachdenke."

„Fuck, verdammter!" Markus fluchte, als er mit dem Fuß in eines dieser tiefen Matschlöcher einbrach und ihm Wasser in den Stiefel lief. „Ganz genau. Glaub mir Sabine, ich mache mir auch echt große Sorgen. Wenn wir bei der Hütte ankommen, versuch ich sofort Anette zu erreichen. Bestimmt ist das alles nur irgendein von den Medien aufgebauschter Blödsinn."

In den letzten Tagen hatten sich die beiden angewöhnt, ihre Umgebung ständig im Auge zu behalten und daran hatte sich auch jetzt nichts geändert. Rechts stand ein halb zerfallener Hochsitz am Weg, um den sich der Stamm einer Birke gewunden hatte. Routinemäßig überprüften sie, ob jemand oben auf der Sitzfläche auf sie lauerte. Doch der Ansitz war natürlich leer. Irgendwo flog ein Vogel auf und protestierte lauthals gegen die für sie unsichtbare Störung. Unwillkürlich zuckten beide zusammen. Sabine griff sogar nach ihrer in der realen Welt nutzlosen Waffe.

„So langsam bekomme ich echt Paranoia. Mal ehrlich, glaubst du wirklich, was Tim da alles erzählt hat?"

„Irgendwie schon, auch wenn ich es nicht möchte. Du hast doch seinen Blick gesehen. Seine Angst war echt, Sabine. Ich kenne Tim, der kann sich nicht besonders gut verstellen. Wenn diese komische Grippe die Leute tatsächlich verrückt macht, haben wir ein ernsthaftes Problem, vor allem so weit weg von zu Hause. Und das macht mir echt Angst, Sabine."

„So sehe ich das auch. Wir brauchen unbedingt unsere Handys, dann rufen wir unsere Leute an und erfahren, was tatsächlich Sache ist!"

Den Rest des Weges gab es nichts mehr zu sagen, jeder hing seinen eigenen Gedanken nach, die sich hauptsächlich um ihre Partner drehten, um Verwandte und Freunde. Was wäre wenn, diese Frage stand plötzlich als erdrückende Bedrohung unausgesprochen im Raum. Etwa zehn Minuten später hatten sie den Wald durchquert und traten auf eine schneebedeckte Wiese von der Größe eines Fußballfeldes, an deren gegenüberliegenden Seite sich ihr Ziel befand, dass große Blockhaus. Davor stand der rote Corsa von Daniel. Hier endete auch die schmale Straße, die von der anderen Seite kommend durch den Wald zur Bundesstraße führte, die ihrerseits als Verbindung zum Berliner Ring, also der Autobahn diente. Dort befand sich auch der Parkplatz, auf dem ihre Autos abgestellt waren.

Womöglich wäre es besser gewesen, ihrem Gefühl zu folgen, ohne weitere Umwege zu ihren Fahrzeugen zu gehen und sich abzusetzen, doch die beiden entschieden sich dafür, zur Blockhütte zu gehen, um zuvor mit Daniel zu sprechen. Vielleicht klärten sich dann ihre Befürchtungen und alles war halb so wild wie von Tim geschildert.

Sabine und Markus traten aus dem Wald und gingen über die Wiese zum Blockhaus, dass sich als dunkler Schatten abzeichnete. Die Fenster waren wegen des Spiels mit dicken Holzplatten vernagelt worden, um den Eindruck einer sicheren Zuflucht zu erwecken. Normalerweise hingen hier immer irgendwelche Spieler herum, doch jetzt war niemand zu sehen. Sie gingen am Auto von Daniel vorbei und blieben unsicher vor der halb offen stehenden Eingangstür stehen. Es war zwar nichts Außergewöhnliches, dass diese offen stand, doch die Stille und Dunkelheit im Innern des Hauses verunsicherte sie.

Während des Spiels wummerte in der Hütte immer Industrial Musik aus voll aufgedrehten Lautsprechern, dazu kam das permanente Flackern der Effektscheinwerfer, um die Spieler auf Trab zu halten und so zusätzliche Spannung zu erzeugen. Markus warf Sabine einen skeptischen Blick zu und runzelte die Stirn.

„Okay, machen wir es wie immer. Kann sein, dass alles in Ordnung ist und wir uns nur lächerlich machen, aber ich will einfach sichergehen."

Sabine nickte und postierte sich links an der Tür. „Schaden kann's jedenfalls nicht." Ihre Stimme klang unsicher.

Markus trat vorsichtig gegen die Tür, die leichter aufschwang als vermutet und nun mit lautem Getöse an die Wand krachte. Dann riss er die im echten Leben leider nutzlose G36 Softair nach oben und stürmte in den abgedunkelten Saal. Direkt hinter ihm glitt Sabine seitlich versetzt in den Raum und ging sofort in die Hocke, bereit auf alles zu feuern, was sich ihnen entgegen stellen sollte.

In der Mitte des Raumes blieb Markus dann stehen und senkte die Waffe. Es war besser zu warten, bis sich ihre Augen an das dämmrige Licht gewöhnt hatten. Hier erwartete sie keine Invasion der Wahnsinnigen, soviel war sicher. Es war nur ein leerer Raum, der nach abgestandenem Bier stank und dessen abgewetzter Dielenboden vor Dreck klebte.

Der Saal nahm etwa die Hälfte der Grundfläche des Gebäudes ein. Tische und Stühle hatte man an den langen Seiten aufeinander gestapelt, damit man möglichst viel Platz hatte und die Leute ungestört tanzen konnten. Am hinteren Ende befanden sich die Türen zu den Toiletten und der Küche, dazwischen der Treppenaufgang zu dem großen Schlafsaal unter dem Dach. Es roch noch immer nach einer Mischung aus Chili (ihrem gestrigen Abendessen), Trockeneis und verschüttetem Bier. Die Tür zur Küche war nur angelehnt. Markus wagte einen ersten Versuch.

„Daniel, bist du hier? Wir sind's, Sabine und Markus!"

Nichts. Markus sah sich zu Sabine um und versuchte es erneut

„Daniel? He, das ist kein Spaß, also sag was, verdammt!"

Wieder keine Antwort.

„Hey, das ist jetzt echt nicht mehr lustig, Kumpel!"

Dann ging er durch den Raum zur Küchentür und presste sein Ohr ans Holz, lauschte. Aus dem Innern der Küche meinte er ein schweres Atmen zu hören, war sich aber nicht ganz sicher. Seine Sinne waren noch immer aufgeputscht und vom Spiel derart angespannt, dass er einfach alles hinter der Tür erwartete. Sogar echte Zombies. So ganz hatte er seine Rolle doch noch nicht hinter sich gelassen und das Adrenalin der vergangen Stunden war auch noch nicht gänzlich aufgebraucht.

Plötzlich empfand er sein eigenes Verhalten als albern, denn Tim hatte das Spiel beendet und das Gelände lag weit genug abseits von jeder Stadt, um nicht direkt gefährdet zu sein, wenn tatsächlich eine reelle Gefahr bestehen sollte. Höchstwahrscheinlich hielt Daniel nur ein Nickerchen auf dem Feldbett, das hinten in der Küche zwischen den Lebensmittelregalen stand. Andererseits wäre es äußerst seltsam, wenn Daniel mit diesen Neuigkeiten aus der Stadt zurückkehrte und sich dann ganz entspannt aufs Ohr hauen würde.

„Okay, ich geh jetzt da rein. Du wartest draußen und ..."

„Vergiss es Markus, wir machen das zusammen oder gar nicht. Keiner geht alleine."

Manchmal hasste er ihren Dickkopf, mit dem sie grundsätzlich durch die Wand ging. So war sie schon immer, seit sie sich vor über zwanzig Jahren kennen gelernt hatten. Auf einem Rollenspiel natürlich, wo auch sonst. Sie war ihm durch ihre große Klappe aufgefallen, vor allem aber durch ihr konsequentes Spiel, das sie in die Lage versetzte, ganz in ihre Rollen abzutauchen. Zusammen konnten sie die reale Welt hinter sich lassen und Dinge erleben, von denen Nichtspieler nicht einmal zu träumen wagten. Und deswegen war es notwendig, sich blind zu vertrauen. In jeder Situation. Zu jeder Zeit.

Und dennoch hatten sie stets darauf geachtet, ihre selbst gewählte Grenze innerhalb ihrer außergewöhnlichen Beziehung niemals zu überschreiten. Sie waren Freunde fürs Leben und daran würden auch Sabines schlanke, hochgewachsene Erscheinung und ihre endlosen Beine nichts ändern, denn was sie verband war zu wertvoll, um es für einen schnellen Fick aufs Spiel zu setzen. Oder für eine echte Beziehung, die ziemlich schnell in einen unbarmherzigen Krieg ausarten würde, wenn sich die alltäglichen Belange in ihre Freundschaft drängten.

Wie auch immer, Markus ignorierte einfach alle Bedenken und betrat die Küche. Er wollte keine Zeit mehr verlieren und herausfinden, was da drinnen vor sich ging. Daniel lag tatsächlich auf dem Feldbett und hatte sich unter eine dicke Wolldecke verkrochen. Nur sein Kopf war zu sehen. Sofort ging Markus zu ihm und wollte sich schon nach unten beugen, als Daniels Hand unter der Decke zum Vorschein kam und warnend nach oben schnellte.

„Halt … bleib bloß auf Abstand … bleib weg von mir. Mich hat's ziemlich übel erwischt!"

Nur mit Mühe gelang es ihm, seine Worte formulieren. Er sah wirklich erbärmlich aus. Der Typ war normalerweise ein echtes Energiebündel, durchtrainiert und immer hellwach. Stets achtete er darauf, dass sein Kopf sauber rasiert war und aussah wie eine polierte Billardkugel. Dazu rundeten die kleine Nickelbrille und das ewige Grinsen das Bild eines durchaus sympathischen Menschen ab, dem er auch normalerweise in seinem Verhalten immer entsprach.

Doch diesmal sah die Sache anders aus. Der Daniel, den sie kannten, war verschwunden, zusammen mit seinem Lachen, mit dem er die Frauen immer um den Finger wickelte. Sein Gesicht hatte jede Farbe verloren und die Augen stachen rot unterlaufen wie zwei blutige, fast zugeschwollene Glaskugeln hervor. Aus seiner Nase lief in langen Bahnen bräunlich-gelber Rotz und tropfte auf den Boden, um dort klebrige Lachen zu bilden. Markus blieb wie angewurzelt stehen.

„Ach du Scheiße, Daniel. Was zur Hölle …"

Sie hatten Daniel das letzte Mal gesehen, als er in der Rolle eines Mutanten versucht hatte, ihre Zuflucht (also das Blockhaus) zu stürmen. Gut, zu diesem Zeitpunkt war er auch schon verschnupft gewesen, aber ansonsten gut gelaunt und fit. Und jetzt, keine zwölf Stunden später, lag er todkrank vor ihnen auf dem Feldbett in der Küche.

„Leute, hat euch Tim erreicht und das Spiel abgebrochen?", fragte Daniel die beiden.

Sabine sah ihn mitleidig an und nickte.

„Ja hat er. Die stehen allerdings noch alle im Wald und diskutieren. Scheiße, hast du dir in der Stadt diese seltsame Grippe geholt oder was ist los mit dir?"

Daniel wurde von einem schweren Hustenanfall geschüttelt und mit Blut vermengte Spucke lief ihm aus dem Mundwinkel.

„Nicht direkt in der Stadt, eher auf dem Rückweg beim Tanken. Das ist aber jetzt nicht wichtig. Leute, hier bricht gerade überall die Hölle los. Ich habe nicht nur im Fernsehen gesehen, wie die Leute aufeinander losgehen, sondern mit meinen eigenen Augen. Das ist kein Witz."

Markus zog ungläubig seine Stirn in Falten.

„Wie meinst du das, die Leute gehen aufeinander los? Sag schon, verdammt, und mach uns keine Angst!"

Daniel zog sich mit Mühe auf die Ellbogen und deutete mit dem Kopf in Richtung Theke. Markus und Sabine folgten unbewusst seinem Blick.

„Ich werde fast wahnsinnig vor Durst!"

Dort stand eine halb ausgetrunkene Wasserflasche mit offenem Verschluss. Sabine, die etwas näher an der Theke stand, sah sofort, dass der Rand der Flasche voller Rotz war. Trotzdem griff sie nach der Flasche und setze sie dem völlig entkräfteten Mann an den

Mund, der mit gierigen Schlucken trank. Erst als ihm das Wasser rechts und links aus den Mundwinkeln lief und er husten musste, setzte sie die Flasche wieder ab.

Insgeheim stellte sie sich die Frage, ob und in wie weit diese Krankheit ansteckend war und vor allem, wie sie übertragen wurde. In den letzten Tagen war sie Daniel während des Spiels ziemlich nah gekommen. Näher als erlaubt, wenn sie ehrlich zu sich selbst war. Der kranke Mann wischte sich mit dem Handrücken den roten Speichel vom Mund und zog geräuschvoll seinen Rotz zurück in die Nase, bevor er mit seiner Schilderung fortfuhr.

„Wie gesagt, ich war in der Stadt, um Getränke für die Abschlussfete einzukaufen. Wollte mir zuerst Zigaretten in einem Supermarkt holen, ihr wisst ja, ich kann nicht ohne. In dem Laden war jedenfalls die Hölle los. Überall Menschen mit überladenen Einkaufswagen, in den Gängen gab es sogar Schlägereien wegen ein paar Tüten Milch, echt unfassbar. Ich war total überfahren von der Sache, stand da wie ein Idiot."

Erneut zog er den Rotz nach oben, der in zähen Fäden aus seiner Nase lief.

„Die meisten Regale waren schon leer und Zigaretten gab es sowieso keine mehr. Da ich auf dem Rückweg eh tanken musste, war mir das erst mal egal. Draußen tauchte dann plötzlich ein Konvoi der Bundeswehr voller Soldaten auf. Alle bis an die Zähne bewaffnet. Mit echten Waffen, versteht ihr? Das war der Moment, in dem mir klar wurde, dass die Sache wirklich ernst war. Scheiß drauf, dachte ich, ab in den Wagen und los zum Getränkemarkt. Das bestellte Zeug holen und nichts wie weg."

Von Krämpfen geschüttelt schrie er plötzlich schmerzerfüllt auf und krümmte sich zusammen. Markus wollte sich schon nach vorne beugen um ihm zu helfen, doch Sabines Hand hinderte ihn daran. Ihr Griff war bestimmt und fest. Energisch schüttelte sie den Kopf.

„Nicht, Markus, lass es!"

Schwer atmend machte Daniel eine kurze Pause, um Luft zu holen und fuhr dann mit seiner Schilderung fort.

„Etwas später war ich dann beim Getränkeladen und stand vor dessen zerbrochenen Scheiben. Auch dieser Laden war total verwüstet und ausgeräumt. Direkt daneben stand vor einem Elektroladen eine aufgebrachte Meute und starrte gebannt auf die eingeschalteten Fernsehgeräte im Schaufenster, die alle das gleiche Bild zeigten: Ein hektisch wirkender Reporter, dessen Mund sich lautlos öffnete und vermutlich beschrieb, was um ihn herum vor sich ging. Am meisten machte den Leuten die Laufschrift am unteren Bildrand Angst, in der in einer endlosen Abfolge Städtenamen und Zahlen vorbeiliefen."

Sabine hatte plötzlich einen verdammt trockenen Mund und hätte sich am liebsten selbst die Flasche an den Hals gesetzt. Was hatte es mit den Zahlen auf sich, waren das Kranke oder womöglich Schlimmeres? Börsenkurse mit Sicherheit nicht. Und vor allem, warum war nicht nur die Polizei im Einsatz, um die Plünderer aufzuhalten, sondern auch das Militär? Der Einsatz der Bundeswehr im Innern ging normalerweise gar nicht. Daniel sprach währenddessen weiter.

„Hinter dem Reporter konnte man stark gerüstete Polizeieinheiten in engen Reihen sehen. Sogar Soldaten waren dabei und alle prügelten wie wild auf eine ziemlich große Menschenmenge ein. Aber wisst ihr was, denen waren die Schlagstöcke vollkommen egal, die rannten sogar noch mit blutigen Köpfen gegen die Schilde an, immer und immer wieder. Es war der pure Wahnsinn!"

Jetzt war sich Markus sicher, dass Daniel Fieber und damit verbundene Wahnvorstellungen hatte oder er sie einfach anlog. In Sabines Gesicht konnte er sehen, dass sie Ähnliches dachte, denn seine Schilderung war einfach zu abwegig. Sie spielten solche Dinge, aber in der echten Welt war so etwas vollkommen ausgeschlossen.

„Der Reporter sah sich immer wieder hektisch um, man konnte die Angst in seinen Augen sehen. Plötzlich tauchten noch mehr Leute im Bild auf, diesmal kamen sie aus einer Seitenstraße. Die stürmten einfach in die Reihen der Staatsdiener hinein, einige hatten sogar roten Schaum vor dem Mund. Das war der Moment, in dem einige der Polizisten ihre Dienstwaffen zogen, in die wütende Menge zielten und abdrückten. Wenn ich es euch sage, so war es!"

Die Geschichte wurde immer bizarrer. Polizisten würden niemals auf unbewaffnete Demonstranten schießen, egal ob sie Schaum vor dem Mund hatten oder nicht. Das war vollkommen ausgeschlossen. Markus beugte sich etwas nach vorne.

„Daniel, bist du dir da wirklich ganz sicher, dass es genau so war? Ich habe da so meine Probleme damit, dir die Story abzunehmen. Polizisten, die einfach wild auf Leute schießen, das ist doch irre!“

Der Angesprochene nickte beharrlich und bekam ein fast schon wütendes Funkeln in die Augen.

„Kannst es mir glauben oder nicht. Deine Sache. Ist mir egal. Aber es kommt noch besser. Kameramann und Reporter fingen an zu rennen. Plötzlich vollführte die Kamera einen Salto und fiel zu Boden. Als nächstes waren die Füße des flüchtenden Mannes im Bild und eine Hand. Und diese Scheißhand hatte keinen verdammten Ringfinger, denn der war abgebissen. Versteht ihr, was ich sage? Ich konnte genau die ausgefransten Hautfetzen sehen und das Blut, das aus dem Stumpf lief.“

Markus musste schlucken. Wenn das wirklich alles wahr war, was Daniel erzählte, brach da draußen gerade die Hölle los.

„Du sagst eine Hand. Eine blutige Hand ohne Ringfinger. Wie in so einem beschissenen Horrorfilm?“ Sabines Stimme schnappte fast über, so sehr musste sie mit ihrer Fassung ringen. Daniel nickte nur schwach. Inzwischen schien es dem Mann egal zu sein, ob ihm Rotz aus der Nase oder blutiger Schleim aus dem Mund lief. Irgendetwas ging da vor, irgendetwas veränderte sich. Mit ihm. Und mit der Welt, in der sie lebten. Etwas, das nicht sein durfte.

„So wahr ich hier liege. Plötzlich wurde die Übertragung unterbrochen und das Logo des Innenministeriums eingeblendet. Doch anstelle des Ministers trat ein Militär ins Bild und hielt einen Stoß Zettel in den Händen. Was er zu sagen hatte, wurde unten als Lauftext eingeblendet. Ich mach es kurz. Der Ausnahmezustand ist verhängt, ebenso die damit verbundene Ausgangssperre. Ab sofort. Die Regierung hat der Bundeswehr den Einsatzbefehl im Landesinnern erteilt. Inklusive Schießbefehl. Der Bevölkerung wird angeraten, sich von den Infizierten – ja genau, er sagte ‘Infizierte’ – fernzuhalten. Die Ansteckung erfolgt angeblich über Speichel oder Blut. Und das war es Leute. ‘Game Over’, wenn ihr mich fragt.“

Markus und Sabine gingen instinktiv auf Abstand zu Daniel.

„Man forscht angeblich bereits nach einem Gegenmittel. Wenn es nicht anders geht, seien Infizierte durch Beruhigungsmittel unten zu halten, haben sie gesagt.“

Markus Blick fiel auf ein leeres Röllchen Aspirin. Er hatte sich schon die ganze Zeit gefragt, wer zum Teufel so viele Tabletten geschluckt hatte. Jetzt wusste er es.

„Langweile ich euch etwa?"

Sabine schüttelte den Kopf, ließ den kranken Mann dabei aber nicht aus den Augen.

„Keineswegs Daniel. Erzähl aber bitte weiter!"

„Ach ja, noch was. Die Infizierten greifen mit aller Gewalt Menschen an. Sie prügeln sich aber nicht nur, nein, sie beißen den Leuten Fleisch aus den Körpern, echt wahr. Das haben die gesagt und am Ende hab ich es sogar selbst gesehen."

Ihre Hand schloss sich um den Griff einer Pfanne, den sie im Rücken spürte. Sie nickte ihm zu.

„Weiter, denn jetzt will ich alles wissen!"

„Wie ihr wollt. Ich machte mich jedenfalls vom Acker, wollte nur noch weg. Als ich wieder auf der Bundesstraße war, legte ich noch 'nen Stopp bei dieser freien Tankstelle ein, wo ihr auch schon einkaufen wart. Ihr wisst schon, wegen der Zigaretten."

Beide nickten.

„Ich raus aus der Karre und rein in den Laden, denn ohne diese verdammten Dinger fange ich an durchzudrehen, vor allem in so 'ner Situation. Ich rannte genau in die Arme dieses beschissenen Tankwarts. Drinnen sah es aus wie in einem Schlachthaus. Alles voller Blut und so. Ich sah 'ne ältere Frau ohne Gesicht auf dem Rücken liegen, sah einen Türken mit heraushängenden Därmen zwischen den Zeitschriften auf dem Boden sitzen und wimmern. Genau in diesem Moment schlug mir dieser schmierige Scheißkerl seine Zähne in den Arm. Hier seht euch diesen Mist an!"

Zur Unterstreichung seiner Worte zog er seinen rechten Arm unter der Decke hervor. Kurz über dem Handgelenk war dieser notdürftig mit einem vollkommen durchbluteten Küchenhandtuch umwickelt. Als er den Arm anhob tropfte zähflüssiges Blut in langen Fäden auf den Boden.

„Ach du Scheiße!"

Nicht nur Sabines Augen weiteten sich vor Entsetzen. Auch Markus war geschockt und sehnte endlich die anderen Spieler herbei. Egal wer, einfach andere Menschen, um sie aus dieser verstörenden

Situation zu befreien. Was Daniel erzählt hatte, war einfach zu unwirklich.

„Daniel, das sieht böse aus. Warum bist du nicht in ein Krankenhaus gefahren?“, wollte Markus wissen.

Der Angesprochene lachte bitter auf und spuckte einen Klumpen Blut auf den Boden. Markus sah die dunklen Schlieren darin.

„Immer der Reihe nach. Der Typ hängt also an meinem Arm, aber ich konnte ihn irgendwie abschütteln. Bin dann zum Auto gerannt und raste einfach los. Krankenhaus war natürlich auch mein erster Gedanken, also dann!“

Daniel würgte, sein Körper krampfte sich wieder zusammen, Markus war sich nicht sicher, aber er glaubte ein deutliches Knacken zu hören, als Daniel die Zähne zusammenbiss. Als er ihnen ein abgebrochenes Zahnstück vor die Füße spuckte, stieg es ihm heiß die Kehle hinauf.

„Scheiße Leute, diese verdammten Krämpfe … werden … arrgghhh … immer … schlimmer … da ist etwas in mir, das …“

Daniel wand sich auf dem Feldbett hin und her, setzte sich dann vornüber gebeugt auf und hielt sich den Bauch. Markus und Sabine entfernten sich noch weiter von ihm.

„Scheiße, Mann, mach keinen Mist!“, schrie Sabine.

Dann kotzte sich Daniel eine unfassbare Menge Blut und Mageninhalt direkt über die Füße. Noch während er sich erbrach, dreht er den Kopf und zog sich mühsam auf die Beine. Markus spürte, wie sich Sabines Hand in seiner Schulter verkrampfte.

„Markus, ich will hier nicht mehr sein!“, zischte sie.

Das war das Stichwort. Nicht nur Markus löste sich aus dem Bann des Anblicks, denn Daniel stand plötzlich auf und bewegte sich überraschend schnell auf ihn zu. Zeit zu überlegen blieb nicht wirklich. Markus holte mit dem Kolben seines Gewehrs aus und stieß diesen nach vorne, um den Angreifer auf Abstand zu halten, doch das Plastik zersplitterte wirkungslos. Der Irre drängte gegen Markus an und streckte die Arme nach vorne. Angewidert sah Markus, wie sich immer mehr Blut im Raum verteilte und dachte an die mögliche Ansteckung durch Körperflüssigkeiten. Dann hörte er Sabines Schrei.

„Runter, schnell!“

Instinktiv reagierte Markus und ging in die Knie. Gerade noch rechtzeitig, denn schon sauste die schwere, gusseiserne Pfanne über seinen Kopf hinweg und mitten ins Gesicht des anscheinend wahnsinnig gewordenen Mannes. Wie vom Blitz getroffen holte es ihn von den Beinen. Sabine warf die Pfanne weg, drehte sich um und stürmte zur Tür. Noch immer benommen von dem, was soeben geschehen war, rannte Markus ihr blindlings hinterher und schaffte es gerade noch rechtzeitig, die Tür hinter sich zuzuschlagen und mit einem Stuhl zu verkeilen, bevor Daniel von innen mit einer derartigen Wucht dagegen knallte, dass die Tür in den Angeln wackelte. Mit aufgerissenen Augen sah Markus Sabine an.

„Verdammte Scheiße, was war das denn?"

Doch Sabine sah sich hektisch im Raum um und suchte nach dem schnellstmöglichen Ausgang. „Keine Ahnung, ich versteh es einfach nicht. Aber wir müssen hier schnellstens abhauen!"

Dann rannten sie los. Sie mussten den Parkplatz erreichen, auf dem die Fahrzeuge der Teilnehmer abgestellt waren. Als sie das Gebäude verließen, konnten sie Daniel noch immer in der Küche toben hören. Es war verdammt harter Stoff, jemanden auf diese Art und Weise zu verlieren. Was vor wenigen Stunden noch ein Spiel war, hatte sich nun zu bitterem Ernst gewandelt. Jetzt galt es nur noch, die eigene Haut zu retten und so schnell wie möglich nach Hause zu kommen. Nach Hause, um den Menschen beizustehen, die man liebte.

„Meinst du nicht, wir hätten auf die anderen warten oder sie wenigstens warnen sollen?" Markus würgte die Worte geradezu heraus, denn er bekam fast keine Luft mehr. Nicht nur die Figur im Spiel, sondern auch er selbst hatte dieses verdammte Asthma. Sabine schüttelte energisch den Kopf.

„Bist du bescheuert? Mich hält hier nichts mehr, alles was zählt ist, dass wir hier wegkommen. Ich muss zu Pascal und das so schnell es geht. Wer weiß, was noch alles passiert."

Sabine hatte recht. Sie mussten nach Hause und das so schnell wie möglich. Vor seinen Augen sah er Anette und hoffte inständig, dass sie in Sicherheit war.

Ihr Weg verlief in Schlangenlinien durch den Wald und zeichnete sich nur undeutlich vor ihnen ab. Bereits nach der ersten Kurve mussten sie langsamer machen, denn es war einfach zu dunkel. Es wäre mehr als schlecht, ausgerechnet jetzt zu stürzen und sich dabei zu verletzen. Einige Minuten später hatten sie den Parkplatz erreicht, auf dem sich die Autos in Form dunkler Rechtecke vom matschigen Schnee abhoben. Außer ihrem eigenen, pumpenden Atmen war weit und breit nichts zu hören, also stolperten sie weiter zu ihren Fahrzeugen, die sie auf der rechten Seite neben der Einfahrt abgestellt hatten. Der trocknende Schweiß juckte auf Markus Haut und machte ihm bewusst, dass er immer noch das schmutzigen Outfit des Leutnants trug. Mühsam machte er sich am Schloss seines alten Defenders zu schaffen, während Sabine schon in ihren Peugeot 206 stieg und im Handschuhfach nach ihrem Handy fischte.

„Lass es noch genug Akku haben, wenigstens für einen Anruf!"

Markus konnte ihr Flehen gut verstehen. Auf seinem eigenen Handy blinkte das Akkusymbol auch schon. Verdammte Kälte, verdammtes Handy. Dann drückte er auf die seitliche Taste, um das Display einzuschalten. Drei neue Kurznachrichten, alle von Anette. Die älteste Nachricht hatte sie letzte Nacht abgeschickt:

>> Markus, melde Dich bitte, ich mach mir große Sorgen. In den Nachrichten sieht es schlimm aus. Hamburg brennt und in Berlin haben sie den Bundestag gestürmt. Ich muss wissen, ob bei Euch alles OK ist. Ich liebe Dich. Küsse. A. <<

Dann eine weitere von heute Vormittag:

>> Melde Dich bitte endlich! Die haben unseren Laden geschlossen und in Ludwigshafen eine Ausgangssperre verhängt. Hab keine Ahnung, was da los ist. Überall ist Polizei. Den Eltern geht es gut soweit, aber alle machen sich große Sorgen. Tausend Küsse. A. <<

Mit zitternden Fingern scrollte er weiter bis zur letzten Nachricht. Und die war gerade mal eine Stunde alt!

>> Ich bin zuhause und unten auf der Straße ist kein Mensch zu sehen. Vorhin habe ich Schüsse gehört. Überall Sirenen und Hubschrauber. Hier herrscht jetzt Ausgangssperre. Einige sagen,

dass die Kranken die Menschen fressen. Sie fressen Menschen!!! Ich weigere mich, das zu glauben. Verdammte Medienlügen. Komm bitte schnell nach Hause. Ich brauche Dich. Hab Angst. Endlose Liebe und Küsse. A. <<

Fassungslos starrte Markus auf das Display, bis es nach einigen Sekunden von selbst erlosch. Er war erleichtert und bestürzt zugleich. Immerhin war sie zu Hause und in Sicherheit, denn ihre gemeinsame Wohnung lag im dritten Stock und hatte Fenster nach allen Seiten. Für Speyerer Verhältnisse war der dritte Stock hoch genug, um sich einen Überblick über die gesamte Stadt zu verschaffen. Die Eingangstür war stabil und er wusste, dass Anette immer genug Vorräte im Haus hatte, um eine Weile damit auszukommen. Vor einigen Tagen hatte er sich noch darüber aufgeregt und behauptet, sie würde viel zu viel einkaufen, doch jetzt schalt er sich selbst einen Narren. Trotzdem war es nicht einfach, die Worte aus ihrer letzten SMS zu verdauen. SIE FRESSEN MENSCHEN.

Diese drei Worte wiederholten sich immer wieder ganz von allein in seinem Kopf, er konnte sie weder aus seinen Gedanken verbannen noch das aufkeimende Gefühl der Panik unterbinden, das langsam in ihm nach oben kroch. Der Defender, der Wald, Sabine, einfach alles versank in einem undurchdringlichen Nebel. Es gab nur noch das Handy vor seinen Augen. Seine Handflächen waren feucht, als er fahrig eine Antwort ins Handy tippte:

>> Ich komme nach Hause. Verlass auf keinen Fall die Wohnung, AUF KEINEN FALL. Ich bin bald bei Dir, das verspreche ich Dir. Ich liebe Dich. Unendliche Küsse. M. <<

Er hatte den Sendeknopf gerade betätigt, als das Handy zweimal piepte und dann endgültig erlosch. Der Akku war jetzt vollends leer. Entsetzt starrte er auf das kleine schwarze Gerät in seiner Hand und hoffte, das die SMS noch herausgegangen war.

„Scheiße, verdammte Scheiße!“, fluchte er. Plötzlich bemerkte er, dass Sabine neben ihm stand und ihn anstarrte.

„Ich habe Pascal erreicht, er ist in Frankfurt und auf dem Weg zu unserer Wohnung. Seine Bank haben die auch geschlossen. Er wollte mir gerade was über die Lage in Frankfurt berichten, doch dann ist die Verbindung abgebrochen. Aber wenigstens weiß ich, dass er gesund und bald in Sicherheit ist."

Die Besorgnis in ihrer Stimme war nicht zu überhören. Markus nahm sie bei den Schultern.

„Hör mal, wir werden das schaffen, okay? Anette ist ebenfalls zu Hause, ich habe ihr eine Nachricht geschickt, dass wir unterwegs sind. Lass uns aufbrechen, jetzt sofort, hörst du? Wir müssen nach Hause, koste es, was es wolle. Und, Sabine, wir schaffen das!"

Sabine war fertig. Sie beide waren fertig, hatten Angst vor dem, was kommen würde. Vor dem Weg, der vor ihnen lag. Daher erzählte Markus Sabine nichts von den drei Worten, die sich noch immer in einer endlosen Schleife in seinem Kopf wiederholten, sich einbrannten und damit anfingen, sein Weltbild zu demontieren. SIE FRESSEN MENSCHEN. Schließlich, nach einer ganzen Weile löste sie sich von ihm.

„Du hast recht. Lass uns aufbrechen, jetzt sofort. Du fährst voraus und ich bleibe dir dicht auf den Fersen."

Sie nahmen sich in die Arme und drückten sich ein letztes Mal. Dann stieg jeder in sein Fahrzeug und startete den Motor.

Von: madame.demut@web.de
An: one.speedy.devl@gmail.com
Datum: 15.12.2013 05:25:12
Betreff: Schlimme Dinge

Mein Herz,

Ich wollte schon gestern schreiben, aber es war alles so schrecklich. Zuerst hatte ich kein Netz und bin dann irgendwann erschöpft eingeschlafen. Weißt ja, wie das ist mit mir, wenn ich erst einmal auf der Couch liege. Doch darüber wollte ich eigentlich nicht berichten. Du, hier ist plötzlich überall Militär auf den Straßen und das macht mir etwas Angst. Und selbst die Tankstelle gegenüber, die normalerweise die billigste in ganz Speyer ist, hat ihre Benzinpreise drastisch erhöht. Musst dort jetzt über zwei Euro für einen Liter bezahlen. Und trotzdem tanken die Leute wie verrückt. Auch die Lebensmittelpreise sind extrem angestiegen, manche Sachen kosten inzwischen sogar das Doppelte und trotzdem kaufen die Leute noch immer die Regale leer. Es gab im Laden sogar schon ein paar Schlägereien deswegen. Zum Glück war die Polizei da und hat geschlichtet. Die stehen jetzt immer vor dem Laden.

Ach ja, ich war in diesem Grippezentrum und hab mir das mal angesehen. Weißt ja, wo die Sporthalle Ost ist. Die ist jetzt gesichert wie ein Gefängnis und überall steht Militär. Die tragen solche Schutzanzüge und Atemmasken. Das alles macht mir große Angst. Die bringen dann alle, die krank sind, in ein Behandlungszentrum, von dem ich allerdings nicht weiß, wo es sich befindet. Deinen Eltern geht es gut soweit, die sind zu Hause und haben sich schon mit allem eingedeckt, was sie brauchen.

Dein Vater meinte, dass die Sache nach ein, zwei Wochen eh ausgestanden sei und ich mir keine Sorgen zu machen brauche. Mache ich mir aber trotzdem, denn Du bist nicht da. Besonders in den Nächten vermisse ich Dich und friere sehr oft. Komm schnell zurück zu mir, denn hier habe ich Angst alleine und so große Sehnsucht.

Ich liebe Dich,
deine Anette

DIE REISE BEGINNT

Ihr Plan sah vor, die Hauptstadt in einem möglichst großen Abstand auf dem Berliner Ring zu umrunden, denn wenn der Wahnsinn schon bis zu dem kleinen Kaff vorgedrungen war, in welchem Daniel sein Schicksal ereilt hatte, wollte sich Markus erst gar nicht vorstellen, wie es in Berlin zuging.

Als der Motor lief, verband er als Erstes sein Handy über das Ladekabel mit dem Zigarettenanzünder und drehte die Heizung auf, um seine feuchten Klamotten wenigstens halbwegs aufzuwärmen. Spätestens nach einer halben Stunde sollte das Telefon wieder empfangsbereit sein, um neue Nachrichten zu empfangen. Markus hatte die Route so ungefähr im Kopf und versuchte, die Fahrtzeit grob abzuschätzen. Wenn die Sache gut lief, war er in acht Stunden zu Hause. Vielleicht auch etwas später, aber zumindest in einer absehbaren Zeit.

Im Rückspiegel konnte er das blasse Gesicht von Sabine hinter dem Steuer ihres Wagens erkennen, die ihr Fahrzeug hinter das seine lenkte. Langsam ließ Markus den Defender aus der Ausfahrt rollen. Die Bundesstraße lag verlassen und düster vor ihnen, nicht ein Fahrzeug schien unterwegs zu sein. Sicherlich hatten sich alle in ihren Häusern verkrochen, um die Sache einfach auszusitzen, möglicherweise waren die leeren Straßen auch eine Folge der Ausgangssperre. Markus gab Gas und bog nach links ab. Schon bald waren die Ausfahrt und das damit verbundene Spielgelände in der Dunkelheit hinter ihnen verschwunden.

In Deutschland war einfach alles geregelt und für jede Situation gab es Notfallpläne. Wenn er sich an die Nachrichten der vergangenen Wochen erinnerte, an den Zeitpunkt, als sich dieses neuartige Grippevirus zuerst in Russland und dann in ganz Europa ausgebreitet hatte, war er noch immer fasziniert davon, wie schnell überall

Notfallzentren und Anlaufstellen zur Impfung eingerichtet wurden. Nur das eben diese Impfungen rein gar nichts brachten. Unabhängig davon, was man den Patienten verabreichte, verschlechterte sich deren Zustand immer weiter. Anfangs nur langsam, als ob sich der Virus erst an den menschlichen Organismus anpassen musste, dann immer schneller.

Sicher, es gab von Anfang an Todesfälle, welche mit dem Virus in Verbindung gebracht wurden, aber das war bei solchen Krankheiten nichts Neues. Man musste nur darüber nachdenken, wie viele Menschen jedes Jahr an einer gewöhnlichen Grippe starben. Abgestumpft durch Vogelgrippe, Rinderwahn und zuletzt EHEC waren Markus und Sabine schließlich – alle Vorzeichen erfolgreich ignorierend – in die Nähe von Berlin gefahren, um an dem großen, lang ersehnten Rollenspiel teilzunehmen. Sie waren einfach dem weit verbreiteten Grundgedanken gefolgt, dass ihnen schon nichts geschehen würde und in Deutschland sowieso schon nicht.

Markus wurde jäh aus seinen Gedanken gerissen, als die Tankstelle, von welcher Daniel erzählt hatte, an der linken Straßenseite auftauchte. Das gesamte Gelände war in gleißendes Scheinwerferlicht getaucht und stach wie eine helle Insel aus der alles umfassenden Dunkelheit hervor. Typischer Tankstellenaufbau, vorne der überdachte Bereich mit den Zapfsäulen, dahinter das zentrale Ladengebäude und rechts daneben zwei große Flügeltore, durch die man in den Werkstattbereich gelangte. An den Zapfsäulen selbst standen ein paar Wagen herum, bei einem stak sogar noch die Zapfpistole in der Tanköffnung.

Markus Aufmerksamkeit wurde jedoch auf vier schwere Fahrzeuge der Bundeswehr gelenkt, die in einer Reihe mit laufenden Motoren vor dem Areal standen. Das erste und das letzte Fahrzeug waren schwere, gepanzerte Dingos mit aufgesetztem MG3, bei den zwei Fahrzeugen in der Mitte handelte es sich um große, kantige MAN mit containerartigen Aufbauten. Der hintere MAN hatte sogar einen langen Teleskoparm ausgefahren, an dem Halogenscheinwerfer angebracht waren, mit denen er das gesamte Gelände in dieses kalte Licht tauchte. Zwischen den Fahrzeugen gingen schwer bewaffnete Soldaten mit Atemschutzmasken und schwarzen Gummihandschuhen irgendwelchen Tätigkeiten nach. Zwei von ihnen legten gerade einen anscheinend schweren schwarzen Plastiksack auf dem Seitenstreifen ab, der zusammen mit anderen, bereits dort abgelegten Säcken eine lange Reihe bildete. Markus schluckte hart. Das waren mit Sicherheit Leichensäcke. Aber nein, das konnte doch nicht sein. Nicht hier, nicht in diesem Land.

Markus entging nicht, dass sich hinter dem MG3 im vorderen Dingo ein Schütze befand, welcher mit dem Lauf der Waffe der Bewegung seines Defenders folgte. Erschrocken verringerte er seine Geschwindigkeit um den Soldaten nicht noch nervöser zu machen. Als dann zwei Soldaten mit einer rot leuchtenden Kelle auf die Straße traten bremste er sein Fahrzeug ab und hielt an. In dem Moment, als er die Scheibe runter kurbelte wurde ihm klar, das er für die Soldaten ein seltsames Bild abgeben musste. Da kommt ein Typ in einem alten, klapprigen Defender daher und trägt dazu noch abgetragene Armeekleidung und eine Splitterschutzweste der britischen Streitkräfte.

Der Mann mit der Kelle leuchtete ihm mit einer Maglight ins Gesicht und kam auf die Fahrertür zu, während der andere etwas seitlich mit seinem G36 in Bereitschaft stand.

„Bitte machen Sie den Wagen aus und legen Sie beide Hände oben auf das Lenkrad. So, dass ich sie sehen kann. Ich komme jetzt zu Ihnen, um ihre Papiere zu kontrollieren."

Auch wenn die Stimme des Soldaten jung und unsicher klang, kam Markus der Anweisung ohne weitere Aufforderung nach. Der strohblonde Typ in der gefleckten Kampfausrüstung war höchstens fünfundzwanzig, auf keinen Fall älter. Die Männer machten einen angespannten Eindruck und er konnte sich gut vorstellen, was in ihren Köpfen vorging. Es war nicht jedermanns Sache auf einer einsamen Landstraße Dienst mit unsicherem Ausgang zu schieben während zuhause die Familie auf sich allein gestellt war. Das Motorengeräusch von Sabines Peugeot hinter ihm erstarb ebenfalls. Systematisch suchte der Mann mit dem Strahl seiner Lampe das Innere des Wagens ab. Daniel hatte also keinen Blödsinn erzählt, die Bundeswehr erfüllte offensichtlich die von ihm geschilderten Polizeifunktionen. Militärischer Einsatz im Innern, eine Sache die zuvor fast undenkbar erschienen wäre.

„Von wo kommen Sie her und warum sind sie während der Ausgangssperre auf der Straße?"

Diese Frage musste ja kommen. Anstatt sich eine fadenscheinige Geschichte zusammenzureimen, entschied sich Markus dafür, die Wahrheit zu sagen.

„Wir, also ich und die Frau in dem Fahrzeug hinter mir, kommen vom Freizeitgelände der KJG und sind auf dem Weg nach Hause."

„Was haben Sie dort gemacht?"

„Rollenspiel."

„Rollenspiel?"

„Ja, Rollenspiel. Man denkt sich verschiedene Charaktere und eine Rahmenhandlung aus und …"

„Ich weiß, was Rollenspiele sind!"

Irgendetwas am Klang der Stimme des Soldaten gefiel Markus nicht. Etwas, das anders war, als die übliche Ablehnung, wenn er Leuten von seinen Rollenspielen erzählte. Normalerweise löste es Unverständnis oder bestenfalls ein mildes Lächeln aus, aber dieser Mann war sofort von dem Thema genervt.

„Was befindet sich in der Alukiste hinten im Wagen?"

Die Kiste hatte Markus total vergessen. Darin bewahrte er ein paar mittelalterliche Reenactment-Waffen auf. Genauer gesagt einen Streitkolben und eine selbstgebaute Armbrust. Markus eigentliches Hobby war die Darstellung eines Sergeanten der Milites Templi um das Jahr 1250. Eigentlich wollte Daniel die beiden Waffen nach dem Spiel kaufen, aber das war nun wohl mehr als hinfällig.

„Ein paar Sachen für mittelalterliches Reenactment."

Der Soldat runzelte die Stirn, fragte aber nicht weiter nach. Besser so.

„Führen Sie irgendwelche modernen Waffen mit sich?"

„Sie meinen scharfe Schusswaffen?"

„Ja."

„Nicht das ich wüsste"

„JA oder NEIN!"

Der Mann wirkte ziemlich angepisst.

„Nein."

In diesem Augenblick meldete sich sein Handy durch einen lauten Signalton zurück. Der Soldat zuckte zusammen und griff sofort zur Waffe, auch der Lauf des nach wie vor auf die Frontscheibe gerichteten G36 hob sich ruckartig. Markus hob zur Beschwichtigung seine Hände.

„Leute, das ist nur mein Handy! Nur mein Handy, versteht ihr?"

Der Soldat nickte anstelle einer Antwort knapp und zog sich mit Markus' Papieren zur Überprüfung zurück. Durch den Rückspiegel konnte er Sabine beobachten. Sie wirkte ziemlich nervös und zog fahrig an einer Zigarette. Er hatte keine Ahnung, was als Nächstes geschehen würde. Schließlich kam der Soldat zurück und reicht die Papiere durch das offene Fenster.

„Soweit alles in Ordnung. Wir werden uns ab jetzt um ihren Schutz kümmern. Unser Konvoi wird gleich aufbrechen, wir geleiten Sie bis zum Versorgungspunkt Platkow. Dort wird man dann weitersehen."

Während er den Defender auf den Parkplatz neben die Militärfahrzeuge fuhr, dachte Markus angestrengt nach. Sie verloren hier gerade wertvolle Zeit und er war sich sicher, wenn sie erst einmal in diesem ominösen Platkow wären, würden sie von dort nicht mehr so schnell wegkommen. Kaum hatte er angehalten, hielt er auch schon das Handy in der Hand.

>> Hängen bei einer Kontrolle fest. Hoffe, dass es bald weitergeht. Mir geht es gut. Alles in Ordnung. Melde mich wieder. Pass auf Dich auf. Viele Küsse. M. <<

Was folgte, war eine endlose Warterei. Die Soldaten waren so nett und brachten ihnen heißen Kaffee und für die frierende Sabine sogar noch eine Bundeswehrdecke, in die sie sich dankbar einwickelte. Immerhin standen sie nun schon über zwei Stunden auf dem Parkplatz herum und konnten mit einem seltsam befremdlichen Gefühl dabei zusehen, wie die Männer die Leichensäcke in den LKW mit dem Lichtmast luden. An den Türen der Tankstelle wurden große gelbe Warnschilder mit der Kennzeichnung für biologische Gefahr angebracht, diesem kryptischen Zeichen welches man normalerweise nur aus Filmen kannte. Es blieb nicht weiter zu tun, als den Soldaten bei ihrer Arbeit zuzusehen.

Markus war so müde, dass seine Augen jedes Mal brannten, wenn er sie öffnete. Es war der feuchten Kälte gelungen, selbst in den kleinsten Spalt seiner Kleidung zu kriechen und ihn zittern zu lassen. Daran konnte auch der dampfende Kaffee nichts ändern.

Sabine erging es nicht anders. Die letzten Zigaretten hatte sie systematisch eine nach der anderen aufgebraucht. Zudem war ihr kalt und sie hatte wieder Kreuzschmerzen, die sie nun schon seit Monaten plagten. Ihr Arzt hatte ihr etwas von Verschleißerscheinungen erzählt und Tabletten verschrieben, welche sie aber nie genommen hatte. Die Kälte verstärkte die Schmerzen nun um ein Vielfaches. Selber Schuld, denn sie musste ja mitten im Winter im Schnee durch nasse Gräben kriechen. Immer wieder blickte sie auf ihr Smartphone und hoffte auf eine neue Nachricht von Pascal, nur um jedes Mal erneut die hämische Null neben dem Briefsymbol zu erkennen. Am liebsten hätte sie das Ding einem dieser Idioten an den Kopf geworfen, die sie so absolut unnötig hier aufhielten. Es nervte sie jede Kleinigkeit, besonders das Plitsch-Platsch, als Markus mit dem Fuß in einer der öligen Pfützen herumspielte.

Endlich saßen die Soldaten auf und es wurde das Signal zum Aufbruch gegeben. Fahrzeugtüren knallten und die schweren Motoren der Militärfahrzeuge erwachten dröhnend zum Leben. Es roch sofort nach Abgasen und Dieseltreibstoff. Sabine und Markus mussten sich zwischen den schweren MAN-Fahrzeugen einreihen, dann setzte sich der kleine Konvoi in Bewegung. Skeptisch sah Markus auf seine Tankanzeige. Halb voll. Das sollte noch für eine ganze Weile reichen.

Sie fuhren an dem Kaff vorbei, von dem Daniel erzählt hatte. Die gesamte Ortschaft lag stockdunkel neben der Straße, sogar die großen Laternen an den Gehwegen waren abgeschaltet. Ausgestorben wie eine Geisterstadt zogen die einzelnen Gebäude an ihnen vorbei und verschwanden schließlich in der Dunkelheit. Anfangs bewegten sie sich noch auf den Berliner Ring zu, bogen dann aber nach rechts an einer winzigen Kreuzung ins Nirgendwo ab. Aus der Bundesstraße wurde eine mittelmäßige Landstraße, um schließlich auf einen holperigen Wirtschaftsweg einzubiegen, der durch ein stockfinsteres Waldgebiet führte.

Markus konnte im hin und her wackelnden Rückspiegel das wutentbrannte Gesicht von Sabine sehen, die hinter ihrem Lenkrad lauthals schimpfte. Ihr Kleinwagen schlingerte beängstigend von einem Schlagloch zum nächsten und Markus wunderte sich, dass die Karre überhaupt noch vorwärts kam und nicht einfach mit einer gebrochenen Achse liegen blieb. Der Weg, denn Straße konnte man das gewiss nicht nennen, wand sich wie ein glitschiger Aal durch den Wald. Es dauerte nicht lange und er hatte vollkommen die Orientierung verloren. Mehrmals passierten sie Warnschilder, dass man sich auf militärischem Sperrgebiet befand und bei unbefugtem Betreten von der Schusswaffe Gebrauch gemacht werden würde.

Sie waren schon über zwei Stunden unterwegs, als Markus das Gefühl hatte, durch die Bäume vor ihnen Licht zu sehen. Manchmal fuhr er in der Nacht auf der A5 am Airport Frankfurt vorbei. Dieses Licht, welches nun durch die Bäume fiel, erinnerte ihn daran. Es war sehr hell und doch verbreitete es einen gelblichen Schein. Ein Licht, das müde machte und die Augen anstrengte.

Während er so seinen Gedanken nachhing, rumpelten die Fahrzeuge über eine kleine Kuppe, hinter der sich der Wald zu einer fast schon gigantischen Freifläche öffnete. Und ja, er hatte sich nicht geirrt. Überall auf dem Gelände, das von einem hohen, mit Stacheldraht gekrönten Metallzaun umgeben war, standen große Masten, von deren Spitzen übergroße Scheinwerfer dieses gelbe Licht ausstrahlten. Etwa in der Mitte des Areals standen in einer langen Reihe fünf Wellblechbaracken in dieser Halbkreisform, bei denen die Dächer wie ein durchgebogenes Blech bis zum Boden reichten, ähnlich wie man sie manchmal auf kleineren Flugplätzen sieht.

Weiter hinten folgten dann einige würfelförmige Betongebäude mit jeweils vier Etagen. Ein Großteil der freien Flächen war betoniert und erinnerte Markus an ein altes Flugfeld. Und tatsächlich, ganz hinten standen einige Herkules-Transportmaschinen und fünf bis sechs kleinere Hubschrauber. Überall standen Fahrzeuge auf den vom Schnee befreiten Flächen herum, vom kleinen Transporter bis zum Kampfpanzer. Allerorts wurden Kisten hin und her geschleppt, Fahrzeuge einsatzbereit gemacht oder betankt und es herrschte eine große Geschäftigkeit.

Ihr Konvoi steuerte die letzte Wellblechbaracke am linken Ende der Reihe an, auf der ein großes rotes Kreuz in einer weißen runden Fläche aufgemalt war. Auf der Vorderseite war ein Schild mit einem großen roten Punkt angebracht. Unwillkürlich musste Markus an die japanische Flagge denken, was natürlich absoluter Blödsinn war. Der Eingangsbereich sah interessant aus. Um in die Baracke zu gelangen musste man durch eine Schleuse, die von zwei bewaffneten Soldaten in dunkelgrünen Schutzanzügen bewacht wurde. Jede Baracke hatte eine eigene Symbolfarbe. Rot, gelb, grün, braun und schwarz.

Ihr Ziel war, wie gesagt, die rote, vor der ihre Kolonne schließlich stoppte. Einer der Soldaten forderte Markus und Sabine auf, auszusteigen, ihre persönlichen Gegenstände aus den Fahrzeugen zu entfernen und sich zu den maskierten Wachen am Eingang der Wellblechbaracke zu begeben. Das war das erste Mal, das sich Markus auf stur stellte.

„Leute, alles schön und gut. Ihr habt uns hierher gebracht und das hat sicherlich seinen Grund. Aber langsam wird es Zeit, dass uns jemand darüber aufklärt, was hier eigentlich abgeht. Solange sich da nichts tut, werde ich mich keinen Meter von meinem Defender wegbewegen."

Um seine Worte zu unterstreichen, verschränkte er die Arme und blieb neben der Fahrertür stehen. Er spürte Sabine direkt hinter sich. Der Soldat blieb verunsichert stehen und startete einen weiteren Versuch.

„Bitte begeben Sie sich in die Sanitätsbaracke, alles Weitere wird Ihnen dort erklärt. Es sind Ärzte anwesend, die Ihre Fragen gerne beantworten werden."

Auffordernd hob er die Hand und deutete Richtung Eingang, kam aber nicht weiter auf sie zu.

„Ich möchte einen Verantwortlichen sprechen und zwar sofort!"

Diesmal konnte Sabine nicht an sich halten. Sie war nervös und aufgedreht, ihr fehlte Nikotin und zudem musste sie dringend pinkeln.

„Außerdem muss ich auf eine Toilette!"

Der Soldat nickte.

„All das finden Sie in der Baracke. Entweder begeben Sie sich freiwillig hinein oder unter Zwang, das ist Ihre Entscheidung."

Markus wurde nun doch nervös. Er spürte, wie seine Haut anfing zu jucken, wie immer, wenn er Stress ausgesetzt war. Er bemerkte allerdings nicht, wie er dem Reiz nachgab und sich ausgiebig an den Armen kratzte, sondern spürte nur, wie das Jucken von dem angenehm brennenden Schmerz abgelöst wurde, den er nur zu gut kannte. Dennoch blieb er standhaft auf seiner Position stehen und bewegte sich keinen Millimeter. Der so genannte Sanitätscontainer machte ihm Angst. In seinem Kopf formten sich Szenen aus diversen Horrorfilmen, die mit solchen Gebäuden immer nur Negatives verbanden.

„Was wird aus unseren Fahrzeugen?"

„Seien Sie unbesorgt, wir parken sie bei anderen zivilen Fahrzeugen hinter den Baracken. Sobald wir das getan haben, erhalten sie umgehend ihre Schlüssel zurück."

Beschwichtigend schob der Soldat das G36 auf seinen Rücken und streckte seine leeren Hände nach vorne, denn hier hatte er es anscheinend mit zwei hartnäckigen Exemplaren zu tun.

„Glauben Sie mir, es wird Ihnen nichts geschehen. Einer der Ärzte wird sie nur kurz untersuchen und dabei auch Ihre Fragen beantworten. Danach bekommen Sie eine Pritsche in der grünen Baracke bei den anderen Zivilisten und etwas zu essen. Sie haben doch bestimmt Hunger, oder? Und spätestens morgen früh sorgen wir dafür, das Sie nach Hause kommen."

Markus hörte Sabine mit den Füßen scharren.

„Morgen früh?"

„Ja."

„Wie ist Ihr Name?"

„Mein Name ist Reimann und ich bin hier für die Unterbringung der Zivilisten zuständig. Mein Rang ist der eines Obergefreiten."

Der Mann machte einen ehrlichen Eindruck und seine Worte bewogen Sabine schließlich dazu, nachzugeben. Entschlossen schulterte sie ihren Rucksack und ging auf den Eingang zu, denn sie wollte endlich raus aus der Kälte und die Sache hinter sich bringen. Damit brach auch Markus' Widerstand zusammen. Wortlos zog er den olivgrünen Seesack aus dem Defender und schloss sich kopfschüttelnd Sabine an. Er hasste es, wenn sie das tat. Einfach, weil er selbst oftmals nicht in der Lage war, Entscheidungen auf direktem Weg zu treffen, sondern lieber erst einmal andere handeln ließ, um abzuwägen, wohin sich die Waagschale neigte. Nein falsch. Vielmehr hasste er sich selbst, weil er so war, wie er nicht sein wollte.

BARACKE ROT

In der Schleuse wurden sie mit einer klaren und absolut geruchlosen Flüssigkeit besprüht. Erst dann öffnete sich die zweite, innere Tür und sie betraten eine Art Umkleideraum, in dem ein Mann in gelbem Schutzanzug bereits auf sie wartete. Er wies sie an, sich auszuziehen und ihre Sachen in eines der freien Fächer zu legen.

Markus war die Situation mehr als peinlich. Zum einen zog er sich in Gegenwart fremder Personen nur äußerst ungern aus, des Weiteren wurde ihm bewusst, dass er Sabine in all den Jahren noch nie nackt gesehen hatte. Nicht, dass er sich das nicht schon oft vorgestellt, vielleicht sogar gewünscht hatte. Dennoch war es nie dazu gekommen. Es wäre ebenfalls eine Art Grenzüberschreitung gewesen – eine Verletzung der vielen kleinen Regeln, die sich für den Umgang miteinander aufgestellt hatten und welche sich nun, in dieser Situation oder vielleicht auch erst in einigen Tagen, als Fehler erweisen konnten.

Er stellte fest, dass Sabine ebenfalls zögerte und erst mit dem Entkleiden anfing, als sie der „Schutzanzug" abermals dazu aufforderte. Voneinander abgewandt legten sie mit roten Köpfen ihre schmutzige Kleidung ab, die nach Schweiß und feuchtem Waldboden roch. Emotionslos sah ihnen der „Schutzanzug" dabei zu und wartete, bis sie fertig waren. Dann fing er damit an, sie mit einer anderen Flüssigkeit zu besprühen, die auf ihrer Haut prickelte. Gefangen in dieser mehr als peinlichen Situation blieb es ihnen nicht einmal gestattet, wenigstens ihre Scham mit den Händen zu bedecken. Nein, mit erhobenen Armen mussten sie sich mehrmals um die eigene Achse drehen, damit der Typ auch ja jede Stelle ihrer ungewaschenen Körper mit dem Zeug aus seinem Rückentank benetzen konnte. Sie konnten nicht anders, als sich immer wieder verstohlene Blicke zuzuwerfen, sobald es die eigene Position zuließ.

Insgeheim stellte sich Markus erneut die Frage, was aus ihnen geworden wäre, wenn sie sich ihre Regeln nicht auferlegt hätten, kam aber nicht dazu diesen Gedanken zu vertiefen, denn der „Schutzanzug“ war endlich fertig und sie durften die hellgrünen, knielangen Krankenhaushemden überstreifen, die in den Fächern neben den Einwegsandalen für sie bereitlagen.

„Wir werden Ihre persönlichen Gegenstände reinigen und in die grüne Baracke bringen. Sie können jetzt den Sanitätsbereich betreten“, blökte die Gummistimme des Mannes emotionslos.

Diesmal leisteten sie der Anweisung kommentarlos Folge und betraten durch die Tür den Innenbereich. Warum musste Sabine ständig daran denken, dass die Würde des Menschen im Grundgesetz als unantastbar definiert war. Sie fühlte sich verletzt und bloßgestellt. Und dies war ein Umstand, den sie abgrundtief hasste und das würde sie sich mit Sicherheit kein weiteres Mal bieten lassen.

Der Sanitätsbereich selbst war im Gegensatz zum eher dunklen Desinfektionsbereich fast schon übermäßig hell beleuchtet. Zudem war hier so gut wie alles in Weiß gehalten, was dieses helle Strahlen nur noch verstärkte. Schmerzhaft kniffen sie die Augen zusammen und trotzdem dauerte es eine ganze Weile, bis sie einigermaßen klar sehen konnten. Eine Schwester in Uniform und Mundschutz hängte jedem eine Plastikhülle um den Hals, die ein rotes Kärtchen mit ihren persönlichen Daten enthielt. Vermutlich hatten sie dafür ihre Papiere durchstöbert.

Der Sanitätsbereich war in mehrere, durch verschiebbare Trennwände voneinander abgeteilte Untersuchungsbereiche aufgeteilt. In jedem dieser Bereiche befanden sich ein Krankenbett sowie ein kleiner Alucontainer mit dem notwendigen Equipment, um die notwendigen Untersuchungen durchführen zu können. Das Ganze wurde durch eine fahrbare Wasser- und Desinfektionsstation abgerundet. In der Mitte gab es zwischen den Untersuchungsbereichen eine Gasse von vielleicht drei Metern Breite.

Sabine stellte erleichtert fest, dass wenigstens hier die Geschlechtertrennung beachtet wurde, denn die linke Seite war mit einem weiblichen und die rechte mit einem männlichen Symbol gekennzeichnet. Neben dem medizinischen Personal hielten sich einige bewaffnete Soldaten in Schutzanzügen in diesem Bereich auf. Der allgegenwärtige, penetrante Desinfektionsgeruch machte sich in ihren Nasen breit und verursachte unangenehmes Kitzeln. Kaum dass sich ihre Augen an die Helligkeit gewöhnt hatten, wurden sie von den Schwestern in freie Behandlungsbereiche geführt. Sabine nach links und Markus nach rechts.

Sabine versuchte noch, mit einem unsicheren Lächeln Zuversicht auszustrahlen, doch ihr Blick kam bei Markus eher als ängstliche Verunsicherung an. Daher beließ er es bei einem knappen Nicken. Markus setzte sich auf das Krankenbett und wartete, während die Schwester ihm den Rücken zudrehte und etwas auf seine rote Karte schrieb, die sie aus der Hülle um seinen Hals gezogen hatte. Er konnte sogar das Kratzen des Stiftes auf dem rauen Papier hören.

„Ich werde Ihnen nun etwas Blut aus der Armbeuge entnehmen. Sind sie Bluter oder haben sie normalerweise Probleme damit?"

Markus schüttelte den Kopf.

„Nicht, dass ich wüsste."

Kurz darauf spürte er schon den Einstich der Nadel. Seine Adern lagen weit oben und waren gut sichtbar, trotzdem musste die Schwester dreimal ansetzen, bis es klappte.

„Entschuldigung, ist nicht gerade einfach, wenn man dabei diese blöden Handschuhe tragen muss."

Er tat dies mit einem Schulterzucken ab und sah die Schwester mit ausdruckslosem Blick an. Schon immer waren ihm Nadeln zuwider gewesen und vor allem das damit verbundene Gefühl, deren Spitze unter seiner Haut zu spüren, die nach einer Ader suchend hin und her fuhr.

„Was geschieht nun mit dem Blut?"

Die Schwester beschriftete gerade die drei mit dunkelroter Flüssigkeit gefüllten Röhrchen.

„Wir führen einige Tests durch, um festzustellen, ob sich in Ihrem Blut Krankheitserreger befinden. Ich werde zusätzlich noch eine Haarprobe, eine Speichelprobe, einen Hautabstrich und eine Urinprobe entnehmen. Danach wird ein Arzt Ihre Fragen beantworten."

Wieder konnte er nichts anderes tun, als zu Nicken und alles Weitere wortlos über sich ergehen lassen. Er wurde das Gefühl nicht los, dass die Ärzte im Trüben fischten und mit möglichst breit gefächerten Tests versuchten, irgendein Virus, Bakterien oder sonst etwas zu finden, was sich mit dieser seltsamen Grippe in Verbindung bringen ließ. Schließlich drückte ihm die Schwester mitleidig lächelnd einen kleinen Becher mit rotem Deckel in die Hand. Markus zog seine Augenbrauen hoch.

„Nicht wirklich hier, oder?"

„Nein, keine Angst. Am Ende des Ganges befindet sich eine Toilette. Ein Soldat wird sie dahin begleiten und die Probe anschließend entgegennehmen."

Das war ihm nicht gerade unangenehm, denn er musste sowieso schon die ganze Zeit pissen. Also folgte er dem Soldaten bereitwillig und ging in die so genannte Toilette, in welcher er ernüchternd feststellen musste, dass es sich um ein Campingklo handelte, das man einfach zwischen die Trennwände gestellt hatte. Markus ersparte sich den Blick in das Loch unterhalb der Sitzfläche und beeilte sich mit dem, was zu tun war. Danach übergab er den gefüllten Behälter dem Soldaten, der auf eine Sitzgruppe aus einfachen Holzbänken jenseits des Behandlungsbereichs zeigte.

„Warten Sie hier. Sobald einer der Ärzte frei ist werden Sie aufgerufen. Kann aber 'ne Weile dauern."

Damit drehte sich der Soldat um und ging. Zwischen den Bänken stand sogar ein mickriger Weihnachtsbaum, an dem kleine glitzernde Lichter baumelten und Markus fiel ein, dass er auch noch einen Tannenbaum kaufen musste, wenn er wieder zu Hause war, denn das war wie jedes Jahr auch jetzt wieder sein Job, ebenso wie das Schmücken des Baumes am Morgen des vierundzwanzigsten Dezembers. Schnell verwarf er diesen Gedanken wieder, denn er wusste jetzt schon, dass es dazu dieses Jahr nicht kommen würde.

Hinter dem Wartebereich befanden sich weitere Trennwände, hinter denen Markus die Ärzte vermutete. Außer einem blonden, vielleicht fünfjährigen Mädchen mit aufgeweckten Augen befand sich niemand in der Wartezone, also zapfte er sich einen lauwarmen Kaffee aus einer zerbeulten Thermo-Pumpkanne, setzte sich auf eine der Bänke und griff sich eine abgegriffene Zeitschrift über Geländewagen und stellte sich insgeheim die Frage, durch wie viele ungewaschene Hände die Hefte inzwischen gegangen waren. Vermutlich auch durch kranke.

Verunsichert legte er das Heft wieder weg und nippte an dem Kaffee, der so heiß war, dass seine Zungenspitze davon taub wurde. Der Kaffee war vermutlich schon in der Kanne, seit man diese Einrichtung hier eröffnet hatte und bitter ohne Ende. Das kleine Mädchen hatte da anscheinend weniger Probleme. Sie saß auf der Bank gegenüber und malte mit Buntstiften einige in groben Zügen als Meerjungfrauen erkennbare Figuren auf eine umgedrehte Schreibtischunterlage. Das musste sie schon eine ganze Weile so machen, denn neben ihr lag ein beachtlicher Haufen Blätter auf dem Boden.

Eigentlich mochte Markus Kinder ziemlich gerne, auch wenn er sich vielleicht nicht so enthusiastisch geben konnte wie die meisten erwachsenen Menschen, wenn sie Kinder sahen. Er verfiel nicht in diese bescheuerte Babysprache und versuchte auch nicht durch seltsame Gesten den Kindern klar zu machen, was er wollte. Vielmehr schätzte er die Zwerge auf Grund ihrer Aufrichtigkeit und der Gabe, Dinge zu sehen, für welche die meisten Erwachsenen inzwischen blind waren. Und da er selbst sein ganzes Leben schon in einer Art Wunderwelt verbrachte, baute er diese für die Kinder eher auf, statt sie einzureißen. Vermutlich war daran seine Ehe zerbrochen und so versuchte seine Ex mit allen Mitteln, ihn von ihrer gemeinsamen Tochter fernzuhalten. Mit großem Erfolg, wie er zugeben musste, denn inzwischen beschränkte sich der Kontakt auf das Abholen der Geschenke zu Weihnachten, an Ostern und zum Geburtstag.

Klar, zwischen ihnen hatte es von Anfang an eine unüberwindbare Kluft gegeben, sie Realistin und er Phantast, und keiner war bereit gewesen, sein Leben für den Anderen auch nur Ansatzweise aufzugeben oder wenigstens insoweit zu ändern, um miteinander leben zu können. Heute wusste er nicht einmal mehr, warum sie überhaupt geheiratet hatten und ein Kind bekommen hatten. Und so stand er am Ende als stumm zahlender Rabenvater am Rand und musste mit ansehen, wie seine Tochter schon sehr bald einen anderen Mann Papa nannte. Ein Messer in der Magengrube mag im Vergleich dazu als äußerst angenehm empfunden werden. Nicht einmal eine Telefonnummer hatte er von ihr, da sie es vorzog, sich zu melden und ansonsten nicht gestört werden wollte.

Das einzige, was blieb, war seine Sorge um die Tochter und die Hoffnung, dass es ihr gut ging und sie sich vielleicht an ihn erinnerte, wenn sie Hilfe brauchte. Seinen Gedanken nachhängend, musste er eine ganze Weile so dagesessen und das Kind angestarrt haben. Auch dem Mädchen war das nicht verborgen geblieben.

„Warum siehst du mich denn so an?", wollte sie wissen.

Markus zuckte zusammen und stürzte zurück ins Hier und Jetzt. Das Bild seiner Tochter verblasste und machte der Realität Platz.

„Was?"

„Ich habe gefragt, warum du mich so anstarrst. So was macht man nicht. Und man antwortet auch nicht mit *Was*!"

„Entschuldige, ich musste eben an meine Tochter denken, als ich dich so malen sah."

„Aber du hast doch gar keine Tochter, denn du bist alleine hier."

Markus lehnte sich zurück, er musste hart an dem Kloß in seinem Hals schlucken.

„Ich glaube, da hast du vielleicht sogar Recht. Aber ich hatte mal eine Tochter. Ein Mädchen, so wie du."

Nun legte das Mädchen den Stift aus der Hand und sah ihn aufmerksam an.

„Oh, was ist aus ihr geworden? Ist sie denn auch im Himmel, so wie meine Eltern?"

Erschrocken schüttelte er den Kopf.

„Nein, ich hoffe nicht. Wer hat dich denn hierher gebracht?"

„Och, das waren die Soldaten. Die sind ganz nett. Meine Eltern haben mir einen kleinen Rucksack gepackt und mich zur Kirche geschickt, bevor sie in den Himmel geflogen sind. Aber dort war auch keiner mehr, also habe ich einfach vor der Kirche gewartet."

„Waren deine Eltern denn krank?"

„Ja und wie, die hatten ganz arg Husten und Schnupfen. Mama war so krank, die ist gar nicht mehr aus dem Schlafzimmer rausgekommen. Und Papa hatte auch schon so komische Augen."

Markus blies die Luft aus und musste sich zurücklehnen. Das war hart. Anscheinend wussten ihre Eltern, was kommen würde, und hatten so versucht, wenigstens das Kind zu retten. Was hatte die Kleine für ein unglaubliches Glück gehabt.

„Ich bin übrigens Markus und wie ist dein Name?"

„Marie."

Müde sah er die Kleine an.

„Hat dir der Doktor schon erzählt, wie es weitergeht?"

Sie schüttelte ihren Kopf und nahm sich den hellgrünen Buntstift.

„Ja, gleich kommt eine ganz liebe Krankenschwester und bringt mich in die grüne Baracke, dort soll ich dann erst mal bleiben. Ich mag grün."

Gerade als er antworten wollte, öffnete sich der Vorhang des vordersten Arztzimmers und er wurde aufgerufen. Im Vorbeigehen nickte er der Kleinen zu.

„Bleib weiter so tapfer und alles wird gut!"

Die wenigen Meter zum Arzt waren wie der Gang zum Schafott, wie die Erwartung der tödlichen Diagnose eines Krebspatienten dessen Werte wieder einmal angestiegen waren. Der Arzt trug ebenfalls einen dieser Schutzanzüge und deutete wortlos auf einen Plastikstuhl, der vor seinem Arbeitstisch aufgebaut war. Auf dem Tisch selbst häuften sich Unterlagen und wuchsen langsam zu drei großen Türmen an. Wenigstens versuchte der Mann, ihm freundlich zuzunicken.

„Dann sehen wir uns ihre Ergebnisse doch mal an!"

Die so genannten Ergebnisse passten auf ein einziges Blatt, auf dem mit Kugelschreiber irgendwelche Zahlen gekritzelt waren. Markus rutschte unruhig mit den Füßen auf dem Boden herum und faltete die Hände im Schoß. *Bitte lass mich gesund sein*, das war alles was er wollte. *Und lass mich endlich nach Hause fahren.* Der Arzt legte die Akte zur Seite.

„Ihre Werte sehen gar nicht so schlecht aus. Haaranalyse absolut in Ordnung, Urin ebenfalls. Na gut, Ihre Blutwerte sind ein wenig erhöht, aber das muss nichts Ungewöhnliches bedeuten. Ich werde Sie vorläufig in den gelben Bereich verlegen lassen, zumindest bis alle Ergebnisse vorliegen, denn wir haben hier nur einen Schnelltest durchgeführt. Sollte sich zudem nach drei Tagen nichts an Ihrem Zustand ändern, verlegen wir sie in den grünen Bereich."

Damit klappt er die Akte zu.

Moment mal, was sollte das denn jetzt! Gelber Bereich, drei Tage warten ... Markus fiel ein, dass er noch immer einen Menge Fragen hatte und beschloss, dass es an der Zeit war, endlich Antworten zu bekommen.

„Doktor, ähm, wie war doch gleich Ihr Name?"

„Schneider."

„Gut, also Doktor Schneider, ich kann hier unmöglich drei Tage bleiben, das sollten sie wissen."

Der Arzt war direkt genervt und sah zu ihm auf.

„Ach, und warum nicht?"

Markus schüttelte den Kopf.

„Ich muss nach Hause und das so schnell wie möglich. Meine Frau wartet dort auf mich. Sie ist alleine und ich habe ehrlich gesagt große Angst um sie. Können Sie mir nicht einfach eine Spritze geben und gut ist?"

Jetzt war es der Arzt, der mit einer fast schon amüsierten Geste den Kopf schüttelte.

„Eine Spritze? Glauben Sie ernsthaft, dass wir aus dieser Sache mit einer einfachen Spritze rauskommen? Nein, ganz bestimmt nicht. Ich glaube vielmehr, sie haben absolut keine Ahnung, was da draußen vor sich geht."

Damit pfefferte er Markus Akte auf den mittleren Stapel. Markus spürte, wie sein Blut heißer wurde und ihm in den Kopf stieg. Dennoch versuchte er, in ruhigem Ton weiterzureden.

„Dann klären Sie mich gefälligst auf, hier und jetzt. Das ist mein gutes Recht!"

Der Arzt beugte sich langsam nach vorne. Hätte er eine Brille auf der Nase gehabt, dann hätte er diese jetzt sicherlich nach hinten geschoben, um seine Geste zu unterstreichen.

„Ich soll Sie aufklären. Gut, in Ordnung. Wie Sie wollen. Da draußen, also außerhalb des Sicherheitszaunes, geht genau jetzt die Welt unter. Wir verlieren gerade eine Stadt nach der anderen an diese Krankheit. Die Menschen sterben zu Tausenden und wir haben bisher nicht einmal den Ansatz eines Heilmittels gefunden. Wer versucht, über Straßen und Autobahnen zu entkommen, steckt schon nach den ersten Metern im dicksten Stau ohne Aussicht auf ein Weiterkommen. Und das Beste daran ist, dass sich die Krankheit inzwischen in ganz Europa ausgebreitet hat. Wir haben es hier also mit einer ausgewachsenen Pandemie zu tun. So sieht es aus. So und nicht anders!"

Als ob er eine Schwerstarbeit verrichtet hätte, ließ sich der Arzt nach hinten in seinen Stuhl fallen und stieß geräuschvoll die Luft aus. Markus war fassungslos. Hatte er bisher an eine räumliche Begrenzung der Sache geglaubt, dann hatte ihn Doktor Schneider jetzt effektvoll vom Gegenteil überzeugt. Tausend Gedanken rasten ihm durch den Kopf und erzeugten ein ständig zunehmendes Rauschen. Er musste Klarheit haben, wie es zu Hause aussah.

„Hören Sie, ich muss nach Hause, koste es was es wolle. Ist es denn überall in Deutschland so schlimm? Was ist mit der Gegend um Mannheim und Ludwigshafen, wissen Sie da vielleicht irgendwas, hm?"

Sein Gegenüber zuckte nur mit den Schultern.

„Woher soll ich das wissen? Ich will Ihnen da auch keine große Hoffnung machen, denn die Lage ändert sich alle paar Stunden. Was ich weiß ist, dass es bis gestern zumindest eine Eindämmungslinie gab, die sich etwas südlich hinter Frankfurt quer durch das Land zieht. Ob das jetzt immer noch so ist, hm, keine Ahnung. Zumindest gibt es noch einen gesunden Teil des Landes, soviel kann ich sagen. Und dieser Teil liegt im Süden. Und jetzt muss ich mich um meine anderen Patienten kümmern."

Demonstrativ stand er auf und wies mit der Hand zum Ausgang, eine deutlichere Aufforderung zu gehen konnte kaum ausgesprochen werden. Markus war sowieso nicht in der Lage, Widerstand zu leisten. Zu verworren waren seine Gedanken. Als ob man ihm den Teppich unter den Füßen weggezogen hätte. Verwirrt setzte er sich wieder auf seinen alten Platz im Wartebereich. Auch das Mädchen war dort. Und Sabine, die ihn müde anlächelte.

„Und, was gibt es Neues? Markus? Bist du noch anwesend?"

Der musste erst einmal durchatmen. Um nicht reden zu müssen, nippte er mehrmals an seinem inzwischen eiskalten Kaffee. Dann sah er zu Sabine auf, deren Augen sich überrascht weiteten. Er musste ein jämmerliches Bild abgeben, kreidebleich und wie er mit zitternden Händen den Becher hielt.

„Sag schon, was ist los, verdammt noch mal. Siehst aus, als hättest du einen Geist gesehen!"

Er war jetzt so unglaublich müde, wollte nichts anderes als schlafen. Die letzten Minuten hatten ihn unendlich viel Kraft gekostet. Träge sah er Sabine in die Augen.

„Es sieht verdammt schlecht aus. Angeblich hat sich die Krankheit überall verbreitet. Es gibt kein Durchkommen, denn laut dem Arzt ist ganz Deutschland davon betroffen. Ich soll hier noch mindestens drei Tage bleiben, verfluchte Scheiße!“

Markus verlor langsam die Beherrschung, übermüdet und von allem überfordert liefen ihm plötzlich Tränen aus den Augen, wenn er daran dachte, dass Anette auf sich allein gestellt zu Hause auf ihn wartete, während er hier wertvolle Zeit vergeudete. Immer wieder schüttelte er den Kopf.

„Sabine, das kann doch alles nicht wahr sein. Nicht hier bei uns, nicht hier! Was sollen wir nur machen, hm?“

Er war fertig und stützte den Kopf in seine Hände. Spürte kaum die Berührung von Sabine, die ihn verzweifelt in die Arme nahm. Dann wurde sie ebenfalls in eines der Arztzimmer gerufen und musste ihn allein mit seinem Kummer zurücklassen.

Von: madame.demut@web.de
An: one.speedy.devl@gmail.com
Datum: 21.12.2013 23:05:22
Betreff: Extrem

Mein Herz,

Das Internet funktioniert nur noch sehr selten und ich habe irgendwie das Gefühl, dass die das immer wieder abschalten. Wo steckst Du denn, bist immer noch nicht bei mir angekommen, obwohl Du geschrieben hast, dass Du auf dem Weg bist. Ich hoffe, Dir ist nichts passiert und deswegen schreibe ich eine weitere Mail, vielleicht kannst Du die ja abrufen.

Wir haben nachts noch immer Ausgangssperre. Soldaten haben Merkzettel verteilt, auf denen steht, dass die Schießbefehl haben, wenn man sich nicht daran hält. Zusätzlich gibt es die Auflage, dass man Papiermasken über Mund und Nase ziehen muss, wenn man rausgeht.

Aber ich gehe nicht raus. Die letzten Erlebnisse in der S-Bahn haben mir gereicht. Da ist einer total durchgedreht und hat andere Leute angegriffen. Du, die haben sich gebissen, bis Blut geflossen ist. Zum Glück waren zwei Polizisten im Zug, die haben ihm einen E-Schock verpasst. An der nächsten Haltestelle sind die dann vom Militär abgeholt worden. Wir mussten sogar alle den Zug verlassen und auf den nächsten warten. Die Leute hier sind alle komisch drauf, angespannt und nervös. Jeder erzählt irgendwas anderes. Facebook funktioniert übrigens nicht mehr, auch die anderen sozialen Netzwerke sind verstummt. Komisch oder?

Komm doch bitte nach Haus, ich brauche Dich hier ganz arg …

Deine Anette

BARACKE GELB

Als die schweren Schritte der Soldatenstiefel auf dem hohlen Holzboden ertönten, schreckte Sabine aus ihrem unruhigen Schlaf und schlug sich einmal mehr ihren Kopf schmerzhaft an dem Bettgestell des Schlafplatzes über ihr an, auf dem Markus sein Lager bezogen hatte. Es war Frühstücksausgabe. Fluchend stellte sie ihre nackten Füße auf den Holzboden und zuckte zurück, als sie bemerkte, dass der Boden kalt war. Dann sah sie den Soldaten zu, wie sie die Wagen mit den Frühstücksbrettern in den hinteren Bereich rollten, in dem sich die Tische und Stühle befanden.

Die Baracke war wie eine normale Mannschaftsunterkunft aufgeteilt, vorne die Doppelstockbetten, dann der Aufenthaltsbereich und ganz hinten Waschräume und Toiletten. Jeder der Insassen hatte anstelle der roten nun eine gelbe Karte erhalten. Drei Tage waren sie hier nun schon eingepfercht. Frühstück um 0730, erste Untersuchung um 0900, Mittagessen um 1200, zweite Untersuchung um 1400, Abendessen um 1800, dritte Untersuchung um 2000, Licht aus um 2200. Jeden Tag exakt der gleiche Ablauf. Und jeder Gang zur Untersuchung hatte einen bitteren Beigeschmack, als ob man zur jährlichen Vorsorgeuntersuchung ging und schon lange wusste, dass man jeden Morgen Blut pisste.

Insgesamt waren hier zwanzig Personen untergebracht und bildeten einen Querschnitt durch alle Altersklassen. Am Anfang waren sie um die fünfzig gewesen, fünfzehn hatte man bereits in die grüne Baracke verlegt und fünfzehn weitere waren nicht mehr von den Untersuchungen zurückgekommen. Soldaten hatten kurz darauf Bettzeug und Matratzen der Betroffenen abgeholt und durch neue ersetzt. Wenn man draußen war, und das war nur der Fall, wenn man sich zur Untersuchung begeben musste, konnte man manchmal den Geruch von Feuer riechen.

Weder Ärzte noch Schwestern gaben Auskunft über den Verbleib dieser Leute, sie waren schlichtweg von der Bildfläche verschwunden. Alles was blieb waren Gerüchte und Mutmaßungen darüber, wie viel davon tatsächlich der Wahrheit entsprach. Und diese konnten widersprüchlicher nicht sein. Eine dicke, blond gefärbte Frau aus Jena behauptete standhaft, dass die Seuche inzwischen alles außerhalb dieses Areals verschlungen hätte und es keine Aussicht auf Rettung gäbe, während ein Schlosserlehrling aus Leipzig davon überzeugt war, dass man längst ein Gegenmittel gefunden hätte und es nur eine Frage der Zeit wäre, bis alles wieder seinen normalen Gang ging.

Ach ja, da war dann noch der evangelische Pfarrer, der die katholische Kirche als Verursacher dieser Seuche entlarvt hatte, um von ihren Verfehlungen abzulenken. Alles sei eine gigantische, ja globale Verschwörungstheorie. Eine unumstößliche Tatsache war es allerdings, dass keine Neuen mehr angekommen waren, seit sich Markus und Sabine in dieser Unterkunft befanden. Aber auch das konnte alles und letztendlich nichts bedeuten.

Kurzum, die Stimmung näherte sich dem Wahnsinn und alle waren kurz davor, einen handfesten Lagerkoller zu bekommen und durchzudrehen. Wie Kochtöpfe kurz vor dem Überkochen. Dementsprechend war die Stimmung ziemlich gereizt und es war grundsätzlich gut abzuwägen, zu wem man etwas sagte. Markus war gleich am ersten Tag mit dem selbsternannten Barackenchef aneinander geraten, einem stämmigen untersetzten Typen, hatte jedoch direkt die Sinnlosigkeit einer körperlichen Konfrontation erkannt und klein beigegeben. Warum sollte man sich auch für einen künstlich schmeckenden Pudding die Zähne ausschlagen lassen.

Nicht zu vergessen war es zudem außerordentlich wichtig, nicht als krank von den anderen Insassen eingestuft zu werden. Anfangs tolerant, reichte nun schon ein Niesen, ausgelöst durch Staub in der Nase oder ein Husten, weil man sich verschluckt hatte, um aus dieser zweifelhaften Gesellschaft ausgestoßen zu werden. Was folgte war Isolation und ein Ausflug mit den Soldaten zur Sonderuntersuchung. Markus' Medikamente verhinderten mehr als einmal, dass er in dieses Schema fiel. Beim geringsten Anflug von Atemnot, die sich zwangsläufig mit Husten äußerte, zog er das Dosieraerosol aus der Tasche und setze es übertrieben oft, fast schon zwanghaft ein.

Die Frage war nur, wie lange dieses kleine Sprühfläschchen wohl noch seinen Dienst verrichten würde, denn die Dinger hatten die Angewohnheit, ohne vorherige Anzeichen plötzlich aufgebraucht zu sein. Mehr als einmal hatte er diese Erfahrung gemacht, besonders in der schlimmen Zeit, als er jede Nacht nach Luft ringend aufwachte. Müde schwang nun auch Markus seine Beine über den Rand des Bettes und ließ sie in der Luft vor Sabines Gesicht baumeln. Sabine grinste zu ihm nach oben.

„Guten Morgen mein Herr. Na, wie war deine Nacht?“

Müde rieb er sich die Augen.

„Gestank steigt bekanntlich nach oben Sabine, also erspare ich dir eine nähere Beschreibung. Und sonst, nun heute ist Tag drei, heute wird sich hoffentlich was tun. Wäre langsam an der Zeit. Und wenn nicht, werde ich was dagegen unternehmen, verstehst du?“

Mit einem fast schon zuversichtlichen Nicken schlüpfte sie in die billigen Turnschuhe, die man ihnen bei ihrem Einzug ausgehändigt hatte und wartete, bis sich auch Markus zum Frühstücken fertig gemacht hatte und von seinem Bett nach unten sprang. Die Krankenhausnachthemden waren hellgrünen Gummibandhosen mit dazu passenden Hemden gewichen. Zusätzlich hatte jeder Socken, Unterwäsche und eben diese billigen Turnschuhe erhalten.

Das Frühstück selbst war nicht weiter erwähnenswert und schnell erledigt, eine Mischung aus Bundeswehrfraß, pappigem Toast mit Butter und extrem starken Kaffee, der auch den letzten Rest von Müdigkeit austrieb. Dann lungerten sie auch schon wieder an ihrem Schlafplatz herum und warteten gespannt auf die nächste Untersuchung. Sabine war unruhig, denn ihr fehlte Nikotin, vor allem aber Pascal, um den sie sich extrem sorgte. So gut wie alle Gespräche zwischen Markus und ihr drehten sich um den jeweiligen Partner. *Hatten sie es geschafft, waren sie gesund, hatten sie genug zu essen und zu trinken.* Es trieb sie fast in den Wahnsinn, rein gar nichts zu wissen. Mehrmals hatten sie nach ihren Handys gefragt, die vermutlich zusammen mit ihren Rucksäcken sonst wo aufbewahrt wurden und jedes Mal hatte man sie darauf vertröstet, dass man ihnen ihre Privatsachen aushändigen würde, sobald sie ihre grüne Karte bekamen, spätestens aber zu ihrer Entlassung.

„Markus, dieses ewige Warten macht mich echt kirre, ich halte das nicht mehr lange durch. Wenn die uns nicht bald hier rauslassen, bringe ich noch einen um!"

„He, heute ist der dritte Tag. Ich glaube einfach daran, dass es heute weitergeht. Seuche hin, Seuche her, die können uns hier nicht ewig ohne Grund festhalten. Immerhin haben wir Rechte, oder?"

Sabine warf sich anstelle einer Antwort auf ihre Matratze und stemmte die Beine nach oben. Markus setzte sich neben sie.

„Nicht mal ein Bild von Anette hab ich hier bei mir. Ist alles im Defender. Oh Mann, wir hätten echt nicht auf dieses Spiel fahren dürfen."

„Ach komm hör auf, Markus, das hat ja keiner ahnen können."

Aber wir haben trotzdem die Augen verschlossen und egoistisch gehandelt, dachte Markus für sich, sparte sich jedoch die Worte auszusprechen, denn dies hätte wie jeden Tag mindestens einmal zu einem lautstarken Streit zwischen ihnen geführt. Gut, sie hatten sich spätestens nach einer Stunde wieder abgeregt, aber trotzdem wurde die Stimmung zwischen ihnen immer gereizter, immer empfindlicher.

Doch dann war es endlich soweit. Die Untersuchungen begannen. Es lief immer gleich ab. Soldaten kamen und holten je zwei Personen aus der Baracke ab, um sie über den Hof zu einem der festen Gebäude zu bringen, wo die eigentliche Untersuchung stattfand. Da sie sich ungefähr in der Mitte der Baracke befanden, mussten sie dennoch fast zwei Stunden warten, bis sie endlich an der Reihe waren. Zwei Stunden, die sich immer wie eine kleine Ewigkeit in die Länge zogen.

Als sie endlich in der wohltuenden Winterluft von zwei Soldaten über den Platz eskortiert wurden, konnten sie Männer in dunkelgrünen Schutzanzügen dabei beobachten, wie diese drei Leichensäcke aus der schwarzen Baracke brachten und in einen Container warfen. Markus war sich sicher, dass die Krankheit (oder was immer es sein mochte) fast immer einen tödlichen Ausgang hatte. Vermutlich wurden die Infizierten in diese Baracke verlegt, um den Krankheitsverlauf zu beobachten. Und dann, am Ende, wartete die Tür zur schwarzen Baracke, um was auch immer mit diesen armen Seelen zu tun.

Fröstelnd schlugen sie die Krägen ihrer dünnen Jacken nach oben, denn es wehte auf einmal ein verdammt kalter Wind.

UNTERSUCHUNG

Die Untersuchungszimmer der Frauen befanden sich im zweiten Stockwerk, die der Männer eins höher. Markus spürte die flüchtige Berührung von Sabines Hand nur beiläufig, als sie sich zum Abschied einen Blick zuwarfen. Man konnte ja nie wissen, ob es ein Abschied für immer war. Auf ihn wartete wie immer Doktor Schneider. Seit er und Sabine in die gelbe Baracke verlegt worden waren, verzichtete der Arzt auf seinen Schutzanzug und trug stattdessen einen weißen Arztkittel. Nur der Mundschutz aus Papier und dünne durchsichtige Latexhandschuhe wichen vom üblichen Bild eines Arztbesuches ab. Sein Blick war wie immer gelangweilt.

„Guten Morgen. Nehmen Sie doch Platz, dann können wir gleich anfangen."

Was nun folgte, war die immer gleiche Abfolge von Fragen über seinen Gesundheitszustand, eine erneute Blutentnahme und eine allgemeinen Begutachtung seines Zustandes, was einmal mehr bedeutete, nackt im Raum zu stehen. Wie er das alles hasste. Markus musste dabei fast die ganze Zeit auf diesen albernen, vielleicht zwanzig Zentimeter großen Weihnachtsmann starren, der auf dem Tisch des Arztes stand und von innen heraus in ständig wechselnden Farben leuchtete. Immerhin verabreichte man ihm diesmal nicht die Spritze mit dem Impfstoff, der angeblich gegen diesen Virus helfen sollte. 'Langzeittherapie' nannten es die Schwestern.

Markus bezweifelte die Wirksamkeit der klaren Flüssigkeit in den winzigen Spritzen, begehrte aber nicht dagegen auf. Vielleicht half es ja doch. Trotzdem, heute galt es zuversichtlich zu sein, denn heute war wie gesagt Tag drei. Zehn Minuten später saß er dem Mediziner gegenüber vor dem Schreibtisch.

„Alles in allem kann ich sagen, dass sich Ihre Ergebnisse zumindest nicht verschlechtert haben. Ich denke, wir können Sie ab heute in den grünen Bereich verlegen."

Das durfte doch nicht wahr sein. Markus schwoll der Kamm.

„Haben Sie vergessen, dass ich heute abreisen werde? Mir wurde bei meiner Ankunft versprochen, dass ich maximal drei Tage hier bleiben muss und heute ist Tag Drei!"

Schneider schrieb weiterhin Notizen in Markus' Akte und sprach, ohne aufzusehen.

„Leider geht das nicht so einfach, wie Sie sich das vorstellen, es herrscht …"

Jetzt platze Markus endgültig der Kragen und er sprang von seinem Stuhl auf, so dass dieser mit lautem Getöse nach hinten umkippte.

„Verdammt noch mal, wollt ihr mich hier verarschen oder was?"

Er war drauf und dran, direkt über den Tisch zu springen und den Mann am Kragen zu packen, der nun doch erschrocken zu ihm aufsah. Markus hörte nicht, wie die Tür hinter ihm aufflog und die Wache ins Zimmer stürmte, doch der Arzt hob beschwichtigend eine Hand.

„Ist schon gut, keine Panik. Der Patient beruhigt sich schon wieder. Nicht wahr?"

Sein drohender Blick richtete sich auf Markus.

„Setzen Sie sich wieder hin und ich erkläre Ihnen den weiteren Ablauf. Oder Sie greifen mich an und die Wachen werden mit entsprechenden Gegenmaßnahmen reagieren. Es ist Ihre Entscheidung!"

Vor Wut schnaubend hob Markus den Stuhl wieder auf und setzte sich mit verschränkten Armen hin. Er spürte, wie sein Herz gegen seine Brust hämmerte und sich seine Atemwege zusammenzogen. Trotzig zog er das Dosieraerosol aus der Tasche und holte sich seine übliche Dosis. Er wollte eine Antwort und zwar sofort.

„Nun, die Personen in der grünen Baracke gelten nicht mehr als gefährdet und werden nach und nach von uns an ihre Heimatorte verlegt."

„Sie brauchen mich nicht zu verlegen, ich besitze ein Fahrzeug und weiß wo ich hin muss."

„Lassen Sie mich bitte ausreden. Es dürfte Ihnen schwerfallen, auf den Straßen durchzukommen."

Das waren Worte, die Markus überhaupt nicht gefallen wollten und sofort böse Vermutungen weckten.

„Wie meinen Sie das?"

„Ich möchte ehrlich zu Ihnen sein. Es ist so, dass die Straßen größtenteils mit liegengebliebenen Fahrzeugen verstopft sind. In den letzten Tagen gab es eine Massenflucht. Die Bevölkerung war in Panik und versuchte, sich in Sicherheit zu bringen, denn das alles hat ein Ausmaß angenommen, welches Sie sich schwerlich vorstellen können. Deswegen bringen wir unsere Zivilisten mit Transportflugzeugen in speziell eingerichtete Sammelstellen, mit denen wir in Kontakt stehen und die zumeist in der Nähe ihrer Heimatorte liegen. Die organisieren dann alles Notwendige für den Rest des Weges."

Markus reichte die Aussage des Arztes noch lange nicht.

„Sie meinen, die fliegen uns nach Hause oder zumindest so nah dran, wie es eben möglich ist? Wann genau?"

„Sobald wir ein entsprechendes Kontingent an Personen oder einen Materialtransport in Ihre Richtung haben, geht es los. Morgen startet zum Beispiel eine Herkules nach Frankfurt."

Beruhigter, aber dennoch unzufrieden stand Markus auf und nickte dem Arzt zu.

„Ich werde Sie beim Wort nehmen Doktor, darauf können Sie sich verlassen!"

BARACKE GRÜN

Kaum dass sie in den grünen Bereich übergesiedelt waren, sprudelte es nur so aus ihnen heraus. Plötzlich hatten Sabine und Markus wieder Hoffnung, dass es bald nach Hause gehen würde. Klar, sie würden dafür ihre Fahrzeuge und besonders Markus seinen heiß geliebten Defender opfern müssen, aber das war ein geringer Preis im Vergleich dazu, endlich wieder zu den Liebsten zu gelangen. Schon am nächsten Morgen ging Sabines Flug nach Frankfurt und dementsprechend aufgedreht rannte sie schon weit vor dem Frühstück wie ein aufgescheuchtes Hühnchen durch die Baracke, um am Ende auch dem Letzten seinen Schlaf zu Rauben. Schließlich rüttelte sie an Markus, der krampfhaft versuchte, wenigstens noch ein bisschen zu schlafen.

„Ich kann es immer noch nicht fassen, in ein paar Stunden geht es los und heute Abend werde ich dann schon bei Pascal sein!"

Markus grunzte und versuchte sie zu ignorieren, was ihm natürlich nicht gelang. Seine Antwort klang dementsprechend ziemlich angepisst

„Guten Morgen Sabine. He, mach langsam. Ich freue mich ja auch für dich, aber weißt du, ich muss hier noch einen ganzen Tag verbringen und das stinkt mir gewaltig."

„Markus, wir bleiben auf jeden Fall in Kontakt. Ich halte dich auf dem Laufenden, wie die Lage in Frankfurt aussieht."

Jetzt drehte er sich endlich zu ihr um, setzte sich träge auf und fuhr sich über seinen Stoppelbart.

„Verdammt, es ist nicht mal Frühstückszeit, Sabine. Mach mal langsam. Und das mit dem 'in Kontakt bleiben', wie willst du das denn anstellen, hm?"

Sabine stupste ihn freundschaftlich an.

„Weiß nicht, SMS vielleicht. Ich werde jedenfalls Frankfurt nicht verlassen, solange ich nicht sicher bin, wie es um dich steht."

Die Frau war einfach nicht mehr zu bremsen, denn die Vorfreude hatte vollkommen Besitz von ihr ergriffen und bestimmte nun ihr gesamtes Handeln. Frühstücken, waschen, packen, alles überprüfen. Und dann war es auch schon soweit. Die viermotorige Herkules C-130 stand schon mit laufenden Motoren auf der Startbahn bereit, als sie gemeinsam die Baracke verließen. Markus trug Sabine noch ihren Rucksack bis zur Laderampe des Flugzeugs und blieb dann unschlüssig stehen, denn er wusste nicht, was er sagen sollte. Klar, er freute sich für Sabine, aber gleichzeitig hatte er auch Angst um sie. Und Angst um sich, dass er am Ende hier festsitzen würde während da draußen alles vor die Hunde ging.

„Tja, jetzt geht es nach Hause für dich und ich bleibe hier mit einem komischen Gefühl im Bauch zurück."

Sabine sah ihm in die Augen und konnte darin Verzweiflung erkennen.

„Hey, Du bist nicht alleine hier und morgen geht dein Flug. Wirst schon sehen, alles kommt wieder ins Reine. Wir bleiben in Frankfurt bis ich was von dir höre, versprochen."

Markus nahm sie wortlos in die Arme und drückte sie fest. Was sollte er darauf auch schon sagen. Sie war in Gedanken wahrscheinlich schon bei Pascal. Und er fieberte seinem eigenen Abflug ja auch schon entgegen.

„Sabine, pass auf dich auf, okay? Ich würde es nicht ertragen, wenn dir etwas zustieße."

Sie lächelte etwas verkrampft und nickte.

„Mach ich, da musst du dir echt keine Sorgen machen. Und Markus, danke für die letzten Tage, ohne dich hätte ich …"

Sein Finger auf ihrem Mund unterbrach ihren Redefluss, unterband, was sie sagen wollte.

„Nicht, Sabine. Sag einfach nichts. Wir sind füreinander da. So war es immer und so wird es immer sein, ganz egal, was kommt. Hab 'nen guten Flug. Und jetzt mach, dass du in die Maschine kommst, sonst heben die noch ohne dich ab!"

Plötzlich fiel ihm etwas siedend heiß ein. Hastig ging er der großen Frau einen Schritt nach.

„Hey Sabine, warte mal kurz!“

Die Frau drehte sich um und sah ihn fragend an.

„Hm?“

Markus grinste breit. Fast hätte er es vergessen.

„Frohe Weihnachten Sabine. Ich wünsche dir ein frohes Fest. Ich weiß, ist zwar etwas früh, aber dennoch …“

Er zuckte hilflos mit den Schultern und zauberte ihr damit ein Lächeln ins Gesicht. Sie nickte eifrig.

„Das wünsche ich dir auch, Markus. Von ganzem Herzen!“

Dann war sie schon auf der Rampe und kurz danach im Flugzeug verschwunden, ohne sich ein weiteres Mal umzudrehen. Markus war ihr sehr dankbar dafür. Er blieb neben der Startbahn stehen und sah zu, bis das Flugzeug nur noch ein kleiner Punkt am Himmel und schließlich ganz in den Wolken verschwunden war.

Von: madame.demut@web.de
An: one.speedy.devl@gmail.com
Datum: 23.12.2013 16:20:10
Betreff: <kein Betreff>

>> kein Text <<

DAS ENDE

Am Morgen des nächsten Tages befanden sich nur noch drei Personen in der grünen Baracke. Das waren er selbst und ein stämmiger Mann von vielleicht fünfzig Jahren, der auf den Namen Dimitri hörte. Ein wahrer Bulle von einem Kerl mit einem harten, russischen Akzent. Ein Typ, den man mit Sicherheit nicht anpisste. Die kleine Marie war auch noch hier. Man hatte wohl noch keinen Platz für das kleine Kind gefunden.

Durch die Fenster fiel ein künstliches und sehr helles Licht, was für diese Zeit ungewöhnlich war. Markus schätzte die Uhrzeit auf 0600, also sollte es normalerweise bald Frühstück geben. Doch letztendlich aufgewacht war er durch ein laut bellendes Husten, das aus den Waschräumen zu hören war. Das war eindeutig Dimitri.

Marie war auch schon wach und saß, ängstlich ihr abgegriffenes Einhorn an sich pressend, auf ihrem Bett. Dieses Husten gefiel Markus überhaupt nicht, denn es erinnerte ihn viel zu sehr an die Sache mit Daniel. Also zog er sich an und ging zur Tür der Baracke um die Wache zu holen. Sollten sich die Soldaten darum kümmern, dazu waren die schließlich da. Nur dumm, das eben diese Tür abgeschlossen war. Verwundert versuchte er es noch einmal, aber die Tür war verriegelt. Also versuchte er durch Klopfen und Rufen auf sich aufmerksam zu machen. Nichts. Markus fing an, stärker an der Tür zu rütteln. Keine Reaktion. Dann trommelte er mit beiden Fäusten an die Tür. Wieder nichts. Keinerlei Regung, kein Laut von draußen, welcher die Anwesenheit der Wache signalisierte. Erst als Marie ängstlich seine Hand nahm, wand er sich von der Tür ab und sah sie verwirrt an.

„Marie, ich kann die Tür nicht aufmachen. Pass mal auf, ich setze dich auf das Hochbett gleich neben der Tür. Dort versteckst du dich unter der Decke und ich sehe nach Onkel Dimitri.“

Das Kind dachte kurz über seinen Vorschlag nach und nickte dann.

„Aber du darfst mich nicht vergessen. Das musst du versprechen."

Markus nickte.

„Versprochen, großes Indianerehrenwort."

Kaum dass er sie in dieser mehr als zweifelhaften Sicherheit wusste, ging er ans andere Ende der Baracke zu den Waschräumen. Er hatte ein verdammt schlechtes Gefühl bei der Sache und ständig das vom Wahnsinn entstellte Gesicht Daniels vor Augen. Auf seinem Weg sah er sich nach Gegenständen um, die im Ernstfall als Waffe zu gebrauchen waren, denn er rechnete nicht damit, dass ihm von außerhalb jemand beistehen würde, sollte es zum Kampf kommen. Das einzig Brauchbare war ein alter Kehrbesen in der Ecke am hinteren Ende der Baracke neben einem Blecheimer. Immer noch besser als nichts. Er hatte die Tür noch nicht erreicht, als der Russe schon wie ein Berserker durch die Öffnung brach und in den Raum stürmte.

Sein Anblick war furchterregend. Dimitris Oberkörper war entblößt und von tiefen Kratzern aufgerissen, welche sich wie die Furchen eines Pfluges über seine gesamte Haut zogen. Aus seinem Mund lief rötlich-gelber Speichel und die Augen rollten wild in den Augenhöhlen. Voller grenzenloser Wut und enthemmt durch einen fremdartigen Wahnsinn streckte er seine muskelbepackten Arme nach vorne und krümmte seine Finger zu raubtierartigen Krallen. Seine Absicht war klar und sein Ziel war Markus.

Der erstarrte mitten in der Bewegung und verlor dadurch wertvollen Sekunden. Zwei Schritte noch und der Wahnsinnige würde ihn packen. Ihm war bewusst, dass er körperlich nicht die geringste Chance gegen diesen schwergewichtigen Mann mit der Statur eines Boxers hatte, also sprang er zur Seite und versuchte so, die Entfernung zum Besen zu überbrücken. Das war seine einzige Chance. Dimitri konnte nicht so schnell reagieren und stürmte wie ein wütender Bulle zwei Schritte an ihm vorbei, bevor er zum Stehen kam. Dann wirbelte er herum und stieß ein enttäuschtes Grunzen aus.

„Dimitri, verdammt noch mal, hör auf!"

Zu mehr kam Markus nicht. Inzwischen lag er ganz auf dem Boden und sah Dimitri wie einen russischen Kampfpanzer über sich aufragen. Panisch versuchte er rückwärts zur Wand zu robben. Dorthin, wo der Besen einfach sein musste. Warum kamen nur die Soldaten nicht, warum ließen sie ihn diesmal allein. Er hatte keine Zeit sich diese Frage selbst zu beantworten, denn sein Angreifer hatte ihn erreicht und ließ sich nach vorne fallen. Markus konnte in seinem aufgerissenen Mund von Karies zerfressene, abgebrochene Zahnstümpfe erkennen.

Der Aufprall des Russen erfolgte einen winzigen Augenblick, nachdem Markus mit dem Kopf gegen die Wand schlug und dabei den Besen zum Kippen brachte. Und dieser kleine Augenblick von der Länge einer Sekunde war es, der ihm das Leben rettete und genügte, damit sich der Besenstiel in einem geradezu absurd spitzen Winkel aufstellte, von der Wand und seinem eigenen Körper gestützt, um mit seinem Metall verstärkten Ende den wild gewordenen Russen genau zwischen Kehlkopf und Gaumen zu erwischen.

Dimitris Körper wurde durch diesen Umstand nicht einmal ansatzweise abgebremst, immerhin wog der Mann mit Sicherheit über hundert durchtrainierte Kilo. Mit seinem Kopf lief es allerdings nicht ganz so glatt. Markus sah wie in Zeitlupe dabei zu, wie sich der Stiel in dessen Gaumen bohrte und sich die Haut an dieser Stelle immer weiter dehnte um schließlich dem Druck nachgebend aufriss. Die Folge war, dass das Holz in dem Hals des Russen verschwand und sich dessen Kopf weit nach hinten bog, bis es laut krachte. Markus hielt unwillkürlich die Luft an und versuchte, mit seinen Armen sein Gesicht zu schützen, als der Körper des Mannes kurz darauf auf ihm aufschlug. Aufschlug?

Markus brauchte einige Zeit um zu begreifen, das sein Angreifer nicht auf ihm aufgeschlagen war, sondern in einer grotesken Haltung durch den Besenstiel halb aufgerichtet vollkommen erschlaffte und regungslos über ihm in der Luft mit herab baumelnden Armen wir ein aufgespießter Affe hängen blieb.

Weitere Sekunden vergingen, bis Markus registrierte, dass eine Mischung aus Blut, Eiter und Speichel aus dem Loch in Dimitris Hals dickflüssig den Besenstiel hinab lief und auf sein Hemd tropfte. Sofort war sie wieder allgegenwärtig, die Angst sich anzustecken und krank zu werden. Die Angst zu sterben. Markus kroch eilig unter dem toten Russen heraus und riss sich sein Hemd förmlich vom Leib. Mit pfeifendem Atem untersuchte er seinen Oberkörper, doch nichts von dem Schleim war auf seine Haut gelangt. Was eine Infektion allerdings trotzdem nicht ganz ausschloss. Möglicherweise hatte er schon winzige Tröpfchen von Dimitris Speichel eingeatmet.

Hastig kramte er das Dosieraerosol aus der Hosentasche und verpasste sich schnell hintereinander drei Sprühstöße und zog diese tief in seine Lungen ein. Sofort weiteten sich die Bronchien und gaben den Weg für die Atemluft wieder frei. Vielleicht konnten ihn die Ärzte untersuchen.

Der Russe kippte zur Seite und schlug schwer auf dem Boden auf. Klappernd fiel der Metalleimer um und ergoss sein abgestandenes Putzwasser auf dem Boden.

Markus schüttelte den Kopf. Er musste seinen Plan revidieren, denn er hatte gesehen, was mit den Leuten geschah, bei denen die Krankheit festgestellt wurde. Die wanderten direkt in die braune oder schwarze Baracke. Ende.

Irgendwie gab es in seinem Kopf eine Blockade, um ihn davor zu bewahren, den Verstand zu verlieren. Klar, er war schon entsetzt über das, was eben geschehen war, realisierte die Tragweite dessen allerdings nicht im Geringsten. Später hätte er nicht mehr sagen können, wie lange er im Waschraum stand und sich seinen Oberkörper, seine Hände und vor allem immer wieder das Gesicht schrubbte. Als Marie schließlich seine Hand nahm, war er schon krebsrot und wusste nicht einmal mehr, wie er in den Raum gekommen war. Im Spiegel starrte ihn ein unrasierter Mann mit Glatze und eingefallenen Augen müde an. Bereitwillig folgte er Marie zurück in den Schlafsaal wo der tote Russe noch immer auf der Seite dalag. Das Blut, und davon gab es eine ganze Menge auf dem Boden begann schon zu trocknen und strömte einen metallisch süßen Geruch aus. Vorwurfsvoll starrten ihn die gebrochenen Augen an. Vorwurfsvoll?

Verdammt, was bildete sich dieser Russe überhaupt ein. Schließlich war er es gewesen, der damit angefangen hatte. Er und niemand anders. Der Blick des Toten war auf ihn gerichtet, gleich wo er sich zu befinden schien, also zog er von einem der Betten ein Leintuch und bedeckte damit den Leichnam um endlich Ruhe zu finden.

Doch jedes Mal, wenn er seine Augen schloss, sah er Dimitris gebrochenen Blick. Er musste hier raus und das so schnell wie möglich. Aber er hatte nicht die geringste Idee, wie er das anstellen sollte.

Wieder war es die sechsjährige Marie, welche ihn aus seiner Zwickmühle befreite.

„Duuu, was machen wir denn jetzt? Ich hab Hunger und Durst und ein bisschen Angst vor dem Onkel unter dem Leintuch. Können wir woanders hingehen?"

Markus blinzelte verwirrte und kam langsam wieder zu sich. Die Kleine hatte absolut recht, sie mussten erst mal hier raus und Hilfe holen. Die Eingangstür war noch immer abgeschlossen und nichts rührte sich auf der anderen Seite. Um Aufmerksamkeit zu erregen fing Markus an, wie ein Wilder auf die Tür zu trommeln und um Hilfe zu rufen. Doch nichts geschah.

Nach einer gefühlten Ewigkeit rutschte er erschöpfte an der Tür nach unten und blieb auf dem Boden sitzen.

„Das kann nicht sein, dass uns niemand gehört hat. Das darf einfach nicht sein. Wo sind die nur alle?"

Plötzlich hatte er eine Idee und sprang auf, griff sich einen der Stühle und rannte in den Waschraum, an dessen hinterem Ende sich die Toiletten befanden. In der Mittleren gab es ein Klappfenster. Nur Sekunden später stand er auf dem Stuhl und klappte den kleinen Sicherungsbügel zur Seite, um das Fenster ganz zu öffnen. Die Kleine sah ihm dabei gespannt zu.

„Marie, das könnte klappen."

Die kalte frische Luft brachte ihn vollends zur Besinnung. Von hier aus konnte man die anderen Gebäude nicht sehen, dafür aber den Parkplatz für die zivilen Fahrzeuge. Seinen Defender erkannte er auf den ersten Blick, denn er überragte alle anderen Fahrzeuge um einiges. Wenn die Behauptung der Wache zutraf, befanden sich die gesamten Habseligkeiten der Zivilisten noch in den Fahrzeugen. Sein erster Gedanken galt seinem Handy.

„Kleine, ich werde dich jetzt zuerst aus dem Fenster heben. Wenn du draußen bist, bleibst du an der Wand stehen und wartest, bis ich bei dir bin. Hast du verstanden?"

Markus griff nach unten und zog sie an den Armen zu sich nach oben. Unglaublich, wie leicht das Kind war. Mit den Füßen voraus kletterte Marie dann aus dem schmalen Fenster. Als ihr Kopf schließlich an der Reihe war, warf sie ihm noch einen letzten Blick zu, in dem ihr gesamtes Vertrauen lag. Es war unmöglich, diesem Blick auszuweichen. Wenn er versagte, würde das mit großer Wahrscheinlichkeit ihren Tod bedeuten. Dann hing sie auch schon an seinen Händen und baumelte etwa anderthalb Meter über dem Boden. Nahezu lautlos landete sie auf ihren Füße im feuchten Schnee und presste sich sofort an die raue Wand. Markus steckte seinen Kopf aus der Öffnung.

„Alles klar?"

„Ja!"

Jetzt war er selbst an der Reihe. Wie bei der Kleinen musste auch er mit den Füßen voran den engen Durchgang passieren und hoffen, dass er nicht stecken blieb. Die Sache würde tatsächlich verdammt eng werden. Hüfte und Bauch hingen schon im Freien. Er musste sich mit beiden Händen an den Holmen des Fensters festhalten, um nicht nach unten abzurutschen. Vor Anstrengung schwitzend schob er sich millimeterweise vorwärts. Jetzt noch die Schultern, die Arme, der Kopf. *Also die Arme nach vorne und versuchen, sich irgendwie zu verkeilen, um langsam aus der Öffnung zu rutschen, ohne sich die Haut vom Fleisch zu ziehen.* Plötzlich quietschte die Eingangstür. Verblüfft hielt Markus inne und hob den Kopf. Vor ihm sah er die angelehnte Tür der Toilettenkabine. Und dahinter waren jetzt Schritte zu hören, die sich näherten.

„Was zur Hölle!", entfuhr es ihm.

Weiter kam er nicht, denn die Tür zu seiner Kabine wurde so heftig nach innen aufgestoßen, dass er den Lufthauch im Gesicht spürte. Ihm zeigte sich ein Bild des Grauens, so unerwartet und entsetzlich, dass er einen angstvollen Aufschrei nicht unterdrücken konnte. Mit herabhängenden Armen stand der tote Russe in der Tür und sah ihn aus milchigen Augen ausdruckslos an. Das Loch im Hals war deutlich zu sehen, da sein Kopf von der zerstörten Wirbelsäule nicht mehr in einer aufrechten Position gehalten werden konnte, sondern nun in einem widerlich unnatürlichen Winkel zur Seite geklappt auf dessen Schulter lag. Eitrige Flüssigkeit lief ihm schaumig aus Mund, Nase und sogar aus dem Loch im Hals. Der ganze Mann war mit dunkel angetrocknetem Blut bedeckt und stakste nun linkisch wie eine aufgezogene Puppe auf Markus zu.

Von Panik übermannt versuchte der, so schnell wie möglich aus dem Fenster zu kommen und fing an zu strampeln wie ein Irrer. Er wollte nur noch weg von diesem Wahnsinn. Schon streckte der Russe seine wurstigen Hände nach ihm aus. Hatte er ihn erst einmal gepackt, gab es kein Entkommen mehr. Dann würde er ihn wieder zurück in die Toilette zerren und fertig machen.

Totgeschlagen in einer Toilette, irgendwo östlich von Berlin, keine schönen Aussichten. Der laufende Leichnam, denn darum musste es sich zweifelsohne handeln, griff nach oben und bekam tatsächlich Markus' Hemd zu fassen. Die Hand schloss sich wie ein Schraubstock und ließ die Nähte knacken. Dann rutschte Markus rechte Schulter plötzlich durch das Fenster und zog den restlichen Körper mit sich. Er konnte gerade noch eben den Kopf zur Seite drehen und schürfte sich sein Ohr blutig, dann war er draußen. Eine endlose Sekunde hing er noch in Dimitris Griff, dann gab der Stoff nach und er fiel wie ein nasser Sack neben Marie auf den Boden.

Markus war noch ganz benommen von dem unerwarteten Angriff und versuchte, noch während er im Matsch lag, eine Antwort darauf zu finden, warum der Russe wieder auf seinen Beinen stand. Von drinnen drang das wütende Fauchen des Dinges. Da war nichts Menschliches mehr. Es entlud seine geballte Wut an den Trennwänden aus billigen Spanplatten und machte keinerlei Anstalten, ihm durch das Fenster zu folgen, zumal es zweifelhaft war, ob der massige Körper überhaupt durch die enge Fensteröffnung passen würde.

„Marie, wir sollten zusehen, dass wir hier wegkommen."

Kurzerhand nahm er das Kind an der Hand und rannte zum Defender. Sie hatten Glück, die Tür war nicht verschlossen. Der Soldat hatte wenigstens dieses eine Mal die Wahrheit gesagt. Seine gesamten Sachen lagen in einer Plastiktüte auf dem Fahrersitz. Auch sein Handy. Ernüchternd stellte er fest, dass der Akku leer war. Das lag an dieser verdammten Kälte.

„Kleine, du setzt dich jetzt auf die Rückbank und wartest dort, bis ich wieder da bin. Wenn du komische Leute siehst, setz' dich unten auf den Boden und mach auf keinen Fall die Tür auf. Ich bin gleich wieder da. Hast du mich verstanden?“

Mit großen Augen sah sie ihn an, tat aber was er ihr aufgetragen hatte.

Fröstelnd zog er sich noch schnell seinen Armeeparka über und verriegelte den Wagen von außen, bevor er sich umdrehte, um herauszufinden, was geschehen war. Er hatte gerade einen toten Mann gesehen, der aufrecht stand und ihn angegriffen hatte. Und Markus war sich vollkommen sicher, dass der Mann tot gewesen war. Hundertprozentig.

HORRORSHOW

Damit er sich wenigstens wehren konnte, hatte er noch aus der großen Alukiste im Laderaum des Defenders den Streitkolben gezogen. Die Waffe bestand aus einem kräftigen Holzgriff von etwa 60 Zentimetern Länge und einem massiven Eisenkopf in Sternform. Wo dieses Ding einschlug, wuchs so schnell kein Gras mehr. Trotzdem hoffte Markus, dass es nicht soweit kommen würde und er die Waffe gebrauchen musste, denn er zweifelte ernsthaft daran, dass er dazu überhaupt den Mut aufbrachte.

Die Distanz zwischen den abgestellten Fahrzeugen und den gewölbten Baracken war schnell überbrückt und dennoch ausreichend, dass ihm sein Herz schon wieder bis zum Hals schlug. Einen Moment dachte er darüber nach, einen Sprühstoß seines Medikamentes zu nehmen, entschied sich aber noch dagegen.

In der grünen Baracke war es still geworden, was fast noch schlimmer war, als das Toben zuvor. Vielleicht war der Leichnam schon längst durch die Vordertür gebrochen und auf dem Gelände unterwegs. Vorsichtig und leise ging Markus an der Baracke entlang, um zur Vorderseite zu gelangen, damit er freie Sicht auf das große Steingebäude hatte, worin sich normalerweise die Ärzte aufhielten.

Auf der betonierten Fläche bot sich ihm ein Bild des Chaos. Wie ausgeschüttet langen Kleidungsfetzen und Schuhe in der Gegend herum, dazwischen Taschen, Helme und anderes Zeug. Der Container vor dem schwarzen Bereich war noch immer aufgeklappt. Fünf oder sechs Säcke lagen noch zerfetzt in seinem Innern, aus denen schwarz angelaufene Arme und Beine ragten. Über allem hing ein extremer Fäulnisgeruch.

Die restlichen Säcke lagen aufgerissen und leer auf dem Boden. Der Anblick der Leichen in den Säcken war eine Sache, aber schlimmer war es noch, die leeren Säcke zu sehen und nicht zu wissen, wo sich deren Inhalt befand. Im Grunde wollte er es auch gar nicht wissen, sah aber trotzdem mehrmals über die Schulter, denn sein Kopf fing erfolgreich damit an, unsichtbare Angstgebilde zu zeichnen, die sich von allen Seiten an ihn heranpirschten. Mit vor Angst zitternden Händen schlich er weiter bis zum Rand des Containers, auch wenn es ihm aufs äußerste widerstrebte, sich auch nur noch einen weiteren Meter dem faulende Fleisch zu nähern. Es musste aber sein, um freie Sicht auf das Betongebäude zu erhalten.

Die Geräusche kamen direkt von der Vorderseite seines Ziels. Markus glaubte leise Stimmen zu hören. Die Infizierten sprachen, soweit er den vielen Gerüchten Glauben schenken konnte, normalerweise nicht miteinander und auch der wieder auferstandene Russe hatte geschwiegen. Vorsichtig spähte er knapp über dem Boden um die Metallkante des Containers.

Und tatsächlich, vor dem Hauptgebäude hatte sich eine kleinere Personengruppe versammelt. Da waren zwei der Schwestern in schmutzigen, aber dennoch weißen Kitteln und drehten ihm den Rücken zu. Vier Soldaten standen etwas weiter rechts und schienen auf irgendetwas zu warten, denn zwei von ihnen wippten immer wieder nervös hin und her. Dann war da noch ein Mann in ziviler Kleidung. Na klar, das war Helmut aus der grünen Baracke; ein dünner, hochgeschossener Sachse mit ewig roter Nase und dünnen blonden Haaren.

Aber wieso ist der denn noch hier?, schoss es Markus durch den Kopf. Er war sich eigentlich sicher, dass Helmut gestern nach Hause aufgebrochen war. Aber egal, da hatte er sich offenbar geirrt. Neben Helmut konnte Markus einen der Ärzte erkennen. *Das könnte durchaus Doktor Schneider sein.*

Sie alle standen um zwei nackte Körper herum, die leblos auf dem Boden lagen. Ein Mann und eine Frau. Deren schneeweiße Haut war mit blutigen Risswunden überzogen. Die Hände der Frau waren blutrot. Ihr Kopf lag auf der Seite und ihre angeschwollene Zunge hing weit aus ihrem Mund. Darunter eine große Lache mit Erbrochenem. Ihre offenen Augen sahen ihn direkt an. Markus zuckte zusammen und zog sich schnell wieder hinter die Ecke zurück. Die sahen alle aus als ob sie auf etwas warten würden. Wieder dieses leise Tuscheln der rauen Stimmen. Markus dachte nach.

Sein erster Impuls war der, einfach über den Platz zu den Leuten zu gehen und um Hilfe zu bitten, doch irgendetwas stimmte nicht mit denen. Etwas war falsch an der ganzen Sache.

Die Neugier trieb ihn nach vorne an die Ecke zurück, um sich die Sache genauer anzusehen. Jetzt war der Doktor in die Knie gegangen und tastete mit beiden Händen auf dem Bauch des Mannes herum. Er trug blutbeschmierte Gummihandschuhe. Als er die Hände anhob, zog er dabei etwas Langes, Bräunliches aus dem Bauch des Mannes. Markus erkannte sofort, um was es sich handelte. Das waren eindeutig Gedärme in den Händen des Doktors.

Heiße Galle war plötzlich in Markus' Mund und er musste sich auf die Hand beißen, um nicht vor Entsetzen aufzustöhnen oder direkt hier auf den Boden zu kotzen. Erst als sich der gesamte Darm auf dem Boden verteilt hatte und dort Aalen gleich hin und her rutschte, stand der Doktor wieder auf. Markus musste sich konzentrieren, um überhaupt etwas außer seinem eigenen Blut, das wie wild durch seinen Körper rauschte, wahrnehmen zu können. Er musste hören und sehen was da vor sich ging, unbedingt.

Der Doktor drehte sich zu dem Zivilisten um und sprach mit leiser, heißerer Stimme. Er war zu weit entfernt, um etwas davon zu verstehen. Markus blieb, wo er war. Schließlich nickte Helmut und sah auf die Leichen herab. Markus entging nicht, dass die Soldaten immer nervöser wurden. Inzwischen wippten alle hin und her. Geduckt und voller Angst ging er um den Container herum, um aus einem anderen Blickwinkel die Versammlung besser beobachten zu können.

Das hätte er wohl besser nicht getan, denn genau in diesem Augenblick fand er sich in der Hölle wieder.

Bisher hatte er die Leute nur von hinten oder von der Seite gesehen, doch nun entfaltete sich das ganze Bild des Grauens direkt vor seinen Augen. Sie alle waren mit Blut besudelt, vor allem die abseits stehenden Soldaten, deren leere, graue Gesichter mit bleichen Augen ins Nichts starten. Aus ihren Mündern lief der gleiche Schleim, der auch aus Dimitris Mund gelaufen war. Ein Gemisch aus Blut, Eiter und Spucke.

Ganz anders die Gruppe um den Doktor. Die Schwestern waren ebenfalls schmutzig, einer liefen sogar Fäkalien aus dem Kleid bis auf ihre Schuhe, was sie allerdings nicht sonderlich zu stören schien. Ihre Gesichter waren zu bösartigen Fratzen verzerrt, aus denen nur noch Wut und blanke Mordlust abzulesen waren.

Markus erkannte die linke Frau wieder, erinnerte sich aber nicht an ihren Namen, sondern nur noch daran, dass sie ihm vor zwei Tagen Blut abgezapft hatte. Ihr verschmierter Kittel stand weit offen, das Kleid darunter war zerrissen und ihre Brüste waren entblößt. Direkt unter ihnen verlief ein horizontaler blutiger Schnitt. Der Stoff des Kleides war schon vollkommen mit Blut getränkt. Am Schlimmsten aber waren ihre Münder, denn die standen ausnahmslos offen und gestatteten den Zungen, wie graue Würmer ein nervöses, suchendes Gezüngel zu vollführen. Auch hier ließ man Rotz und Speichel freien Lauf.

Markus versuchte fieberhaft nachzudenken. Wenn die Soldaten das gleiche Schicksal wie Dimitri ereilt hatte, sie sich also zuerst infiziert und dann entweder daran gestorben oder man sie umgebracht hatte (was er bei diesem Bild durchaus für möglich hielt) war die Wiederauferstehung wohl die direkte Folge des Todes durch die Seuche. Auch wenn dies vollkommen unmöglich war, er hatte den Beweis direkt vor seinen Augen und rechnete nicht damit, gleich aus diesem Alptraum zu erwachen, so sehr er sich dies auch wünschte.

Gut, dann mussten alle anderen ebenfalls infiziert, aber noch am Leben sein. Zumindest soweit er dies von seiner Warte aus beurteilen konnte. *Nein, das war gar nicht gut. Ganz und gar nicht gut, denn das alles durfte einfach nicht sein.*

Menschen stecken sich bei anderen Menschen an, werden krank und drehen durch. Und am Ende sterben sie daran, weil es kein Gegenmittel gibt. Soweit alles klar. Aber!

Ja genau, aber warum zur Hölle standen die dann wieder auf und mordeten einfach weiter, ganz egal, ob man ihnen, wie bei Dimitri, vorher das Genick gebrochen hatte oder nicht? Das war vollkommen ausgeschlossen! Und dennoch eine Tatsache.

Markus sah erneut um die Ecke, denn die Toten scharrten plötzlich aufgeregt mit den Füßen. Fast wie Kinder, denen man eine Überraschung versprochen hatte. Die nackte Frau auf dem kalten Boden, ausgeweidet und tot, bewegte sich plötzlich. Sie drehte ihren Kopf und richtete sich nun mit einem lang gezogenen schwerfälligen Seufzer auf, stand schwankend mit baumelnden Armen und heraushängenden Gedärmen zwischen den anderen. Man hatte ihr Platz gemacht.

Das war zu viel. Markus kippte förmlich hinter den Schutz des Containers zurück und kotzte sich auf Knien sitzend seine Seele aus dem Leib. Kotzte so lange, bis es nur noch bitter schmeckte und sich eine riesige nach Galle stinkende Pfütze vor ihm ausbreitete. Schnell wischte er sich mit dem Ärmel den Mund ab und stand mit zitternden Beinen auf, denn jenseits des Containers wurde es laut. Ein kurzer Blick genügte, um zu wissen was los war. Die Jagd auf ihn war eröffnet.

JAGDZEIT I

Die Nackte war auf dem Weg zu ihm und hatte schon die Hälfte der Distanz hinter sich gebracht. Sie zog ihren Darm wie eine Laufleine hinter sich her, direkt hinter ihr die puppenhaften Soldaten. Die beiden Schwestern rannten derweil nach rechts und versuchten so, seinen Rückweg abzuschneiden. Sie waren zwar wesentlich schneller als die toten Dinger, aber immer noch langsamer als ein gesunder Mensch. Blutverlust und fortgeschrittene Krankheit hatten sie zu sehr geschwächt. Trotzdem würde sich Markus beeilen müssen. Wie in Trance hob er den Streitkolben auf und rannte los.

Mit seiner Linken tastete er seine Hosentasche ab und stellte fest, dass sich der Autoschlüssel noch an Ort und Stelle befand. Doch nicht alle nahmen die Verfolgung auf. Während Helmut den Platz überquerte und auf die braune Baracke zuging, machte sich der Doktor fast schon genüsslich daran, den Körper des toten Mannes auf dem Boden systematisch auszuweiden. Einer Hyäne gleich bohrte er seine Zähne, nein, grub er seinen gesamten Mund regelrecht in den geöffneten Leib des Toten hinein, bis es nicht mehr weiter ging.

Markus blieb dieser Anblick erspart, denn er hatte inzwischen die Lücke zwischen der grünen und der braunen Baracke erreicht. Dieser Weg würde ihn auf den Parkplatz und somit zum Defender führen, der mit etwas Glück dann auch anspringen sollte. Plötzlich stand jedoch die Schwester mit dem zerrissenen Kleid vor ihm und versperrte den Durchgang. Er hatte nicht damit gerechnet, dass sie so schnell sein würde.

Sofort griff sie ihn an, stürzte sich mit ausgestreckten Händen und gefletschten Zähnen voll grimmiger Wut auf ihn. Unter ihren rot lackierten Fingernägeln war es rabenschwarz. Markus war noch in vollem Lauf, ein Ausweichen war unmöglich. Die Frage, ob er seine Waffe gegen einen lebenden Menschen einsetzen konnte, in der Absicht, diesen ernsthaft zu verletzen, stellte sich plötzlich nicht mehr. Wie bei einem Baseballschläger holte er mit dem Streitkolben in vollem Lauf weit aus und ließ diesen in einem abwärts geführten Bogen nach vorne zischen. Mit einem lauten Klatschen schlug der eiserne Kopf genau zwischen den heraushängenden Brüsten ein und hebelte die Frau rückwärts von den Füßen. Es krachte, als sie mit dem Hinterkopf auf den Beton schlug.

Markus musste über ihren Körper springen, um nicht wertvolle Zeit zu verlieren, denn er wusste, auch ohne sich umzudrehen, dass die anderen Monster ihm dicht auf den Fersen waren. Kurz bevor er in den schmalen Durchgang eintauchte, warf er einen letzten, schnellen Blick über die Schulter.

Fünf Meter trennten ihn von der zweiten Frau. Die toten Soldaten kamen auch schon um die Ecke. Doch schlimmer war das, was sich an der Tür der braunen Baracke abspielte. Helmut oder das Ding, welches einmal Helmut gewesen war, hatte deren Tür weit geöffnet. Mit einem Schlag wurde ihm bewusst, dass man den Stützpunkt nicht geräumt hatte, sondern dass dieser dem Virus zum Opfer gefallen war. Aus der Tür ergossen sich zehn, zwanzig, dreißig, hundert und noch mehr dieser toten Dinger auf den Platz und nahmen sofort die Verfolgung auf. Soldaten, Ärzte und Zivilisten schwankten mit unbeholfenen Bewegungen hinter ihm her und kannten nur ein Ziel: sein lebendiges Fleisch. Und Helmut fungierte als hämisch grinsender Türsteher des Todes.

Mit dieser Erkenntnis zogen sich die Bronchien von Markus zusammen und er wusste, dass es ein Fehler gewesen war, vorhin nicht dem Drang nachzugeben und sich die Sprühstöße zu verpassen. Jetzt, wo er um sein Leben rannte, war es ihm nicht mehr möglich, dies nachzuholen. Mit offenem Mund versuchte er, so viel Luft wie möglich durch den verengten Weg in seine Lungen zu pumpen und spürte, dass es immer weniger wurde, dass sich dieses altbekannte Rauschen in seinen Ohren einstellte und somit den unmittelbar bevorstehenden Zusammenbruch ankündigte.

Plötzlich befand er sich auf dem Parkplatz und sah den Defender vor sich. Er hörte nur noch seinen laut pfeifenden Atem und das rhythmische Platschen der Schwesternschuhe im nassen Schnee. Nur noch wenige Meter, aber sie waren einfach zu dicht an ihm dran. Spätestens, wenn er das Auto aufschließen musste, würde sie ihn erreichen. Ruckartig blieb er stehen, ging in die Knie, drehte sich dabei und wirbelte die Waffe beidhändig führend in einer schnellen Kreisbewegung durch die Luft.

Die Schwester war direkt hinter ihm und bekam den Schlag mit voller Wucht in die Magengrube, knickte zusammen wie ein Klappmesser und schlug schwer zur Seite hin um. Die Kraft des Zusammenpralls hatte Markus ebenfalls auf den Boden geworfen. Vor seinen Augen vollführten Sterne einen wilden Tanz, dennoch rappelte er sich auf und rammte den Metallkopf des Streitkolbens ansatzlos, aber unterstützt durch sein Körpergewicht, erneut auf den Oberkörper der sich windenden Frau.

Erst als es hässlich krachte und sie schlaff nach hinten fiel, hörte er damit auf. Er durfte keine Zeit mehr verlieren, denn die Verfolger hatten bereits den Parkplatz erreicht. Stöhnend und nach Luft schnappend wie ein Fisch auf dem Trockenen stemmte er sich nach oben und schloss den Defender auf, kletterte auf den Fahrersitz und fummelte umständlich den Schlüssel ins Zündschloss. Die Luftnot zauberte noch mehr von diesen Sternen vor seine Augen und befahl ihm aufzugeben, alles seinen Lauf gehen zu lassen. *Lass dich fallen, leg dich hin, schließe deine Augen.* Marie kletterte neben ihn auf den Beifahrersitz und hatte panisch geweitete Augen.

„Bitte, bitte, bitte, die kommen alle hierher, mach was, bitte mach was!"

Er drehte den Zündschlüssel und verfluchte das Leiern des Motors. Die toten Dinger waren nur noch wenige Schritte von ihnen entfernt und würden bald damit beginnen, das Auto auseinanderzunehmen um an das begehrte Innere zu gelangen.

Erneut drehte er den Schlüssel und der Motor erwachte mit einem kraftvollen Dröhnen zum Leben. Schnell wischte er mit dem Ärmel über die Scheibe, um freie Sicht zu haben, legte den Gang ein und trat aufs Gaspedal.

Als der Defender anrollte, hatten sie die Kreaturen bereits erreicht. Fratzen drückten sich an die Scheiben und Fäuste trommelten auf das Blech. Einer zog sich sogar an der Motorhaube nach oben und robbte auf die Frontscheibe zu. Markus trat das Gaspedal ganz nach unten und der Motor röhrte auf, katapultierte den schweren Wagen wie von einer Feder aufgezogen nach vorne. Das Maul des Monsters auf der Haube öffnete sich und spie schleimigen Rotz aus, seine milchigen Augen zuckten boshaft zwischen den beiden Insassen hin und her. Dann verlor er den Halt und rutschte langsam von der Haube. Schrille Geräusche von Fingernägeln, welche über den Lack kratzten und schließlich an den Kanten brachen.

Markus musste nach den Baracken scharf rechts abbiegen und den großen Betonplatz überqueren, um zur Ausfahrt am Waldrand zu gelangen. Der Mann auf der Haube verlor endgültig den Halt und rutschte seitlich nach unten, genau unter den linken Vorderreifen. Der Defender schwankte heftig, als die Beine des Angreifers von den Reifen zerschmettert wurden.

Auf dem Platz irrten jetzt überall Kreaturen umher, ehemalige Menschen oder wie immer man sie bezeichnen wollte. Nur der eiskalte Blick des Doktors folgte ihnen voller Hass, bis sie durch das weit offen stehende Tor im Wald verschwunden waren. Seine Lippen formten tonlose Worte. Früher oder später würde er auch diese beiden erwischen. Es war nur eine Frage der Zeit.

NICHTS ALS VERMUTUNGEN

Sie hatten den Wald hinter sich gelassen und befanden sich auf der Bundesstraße. Luft strömte wieder in Markus' Lungen, denn das Dosieraerosol hatte erneut seinen lebenswichtigen Dienst verrichtet. Weder im Wald noch auf der Straße war ihnen eine Menschenseele begegnet, auch keines dieser Dinger irrte taumelnd durch die Gegend. Schon kurz nachdem sie das Militärgelände hinter sich gelassen hatten, kletterte Marie auf die Rückbank und verkroch sich unter der Decke, ihr Einhorn fest an sich gepresst. Sie wickelte die Decke eng um ihren kleinen Körper, so das nur noch ihr Kopf zu sehen war und starrte in sich gekehrt aus dem Fenster.

Es musste unglaublich schwer für das Kind sein, die letzten Erlebnisse zu verarbeiten. Markus war froh, dass sie nicht über all diese schrecklichen Dinge sprechen wollte. Er fühlte sich ausgelaugt und müde, doch er musste weiterfahren, um die Distanz zwischen ihnen und den Monstern vergrößern, denn er wusste nicht, wozu die noch fähig waren. Dabei versuchte er, das Gesehene zu verarbeiten, was ihm jedoch nicht einmal ansatzweise gelang. Das mit den Kranken konnte er noch verstehen, auch dass sie früher oder später daran starben. Aber dass die Toten wieder auferstanden, nein, das war nicht zu erklären, ganz gleich, wie er es auch drehte und wendete.

Tote können nicht wieder auferstehen, auch wenn sie es in ihren Rollenspielen immer wieder als Grundlage verwendeten. Es war erst ein paar Tage her, seit er zusammen mit Sabine im Graben gelegen und es innerhalb eines Spiels als gegeben betrachtet hatte. Doch nun war dieser Horror tatsächlich wahr geworden, hatten genug Geister immer und immer wieder daran gedacht und es förmlich herbeigerufen.

Er schüttelte den Kopf. *Blödsinn, das kann nicht sein. Wenn ein Mensch stirbt, hört das Herz auf zu schlagen und das Gehirn stellt nach einer Weile ohne Sauerstoff und frisches Blut seine Arbeit ein. Da der gesamte Körper von Hirn und Herz gesteuert wurde, war an diesem Punkt Ende der Fahnenstange.* Das war bisher zumindest wissenschaftlicher Fakt. Wie in Dreiteufels Namen sollten die dann bitte wieder auferstehen, so ganz ohne motorische Fähigkeiten? So ganz ohne Steuerung!

Vielleicht war das alles die Folge eines geheimen Experiments, einer Mutation oder irgendetwas aus dem All. Diese Gedanken ließen ihn frösteln und machten Angst, also beschloss er, diesen Umstand erst einmal als gegeben hinzunehmen. Immerhin hatte er es mit eignen Augen gesehen.

Trotz allem empfand er das Verhalten des Doktors, vielleicht auch das von Helmut als Ausnahme, denn die hatten sich nicht hirnlos wie die anderen Infizierten verhalten, sondern die Sache irgendwie kontrolliert. Sie hatten bewusste Handlungen vollzogen, ja sogar Gespräche geführt. Hatten sich ganz anders verhalten als der Russe oder die Krankenschwestern. *Waren das nur Ausnahmen oder steckte ein System dahinter?* Das war nun die große Frage. Aber nur eine von vielen.

Jäh wurde er aus seinen Gedanken gerissen, als sich sein Handy mit einem Piepsen zurückmeldete. Es hatte sich weit genug aufgeladen, um betriebsbereit zu sein. Mit einer Hand fing er an, eine Nachricht einzutippen, während er weiterfuhr und mit links den Wagen steuerte. Anhalten, nein, dazu war das Grauen noch zu frisch und die Angst zu groß. Trotzdem musste er die Nachricht schreiben, jetzt sofort.

>> Anette, ich bin immer noch unterwegs. Melde dich bei mir. Geh auf keinen Fall aus dem Haus, egal was ist. Mach niemandem die Tür auf. Es ist mehr als eine Krankheit. Die Toten sind wieder auferstanden und jagen die Lebenden. Halte durch, ich komme. M. <<

Danach dachte er einfach an nichts mehr und sah den Bäumen und Büsche zu, wie sie an der Seitenscheibe vorbeizogen. Jetzt galt es vorwärts zu kommen, so weit und so schnell wie möglich. Marie war inzwischen eingeschlafen.

BERLINER RING

Die letzte Nacht hatten sie in einem kleinen Waldstück kurz vor der Auffahrt auf den Berliner Ring verbracht. Nicht dass Markus tatsächlich geschlafen hätte. Vielmehr war es ein ständiges Dösen und wieder Hochschrecken gewesen, wenn hier und da ein Ast knackte oder sich das Kind unruhig bewegte. Sofort war die Hand am Zündschlüssel und dazu bereit, den Motor zu starten.

Er musste dringend pissen, schon die ganze Nacht, hatte sich aber nicht getraut bei Dunkelheit das Auto zu verlassen. Immerhin, die ersten Kilometer waren geschafft und mit etwas Glück ging es weiter so gut vorwärts. Marie war ein paar Mal aufgewacht, nach einigen beruhigenden Worten von ihm aber immer wieder eingeschlafen. In den frühen Morgenstunden gab er den Versuch endgültig auf, einzuschlafen. Also kletterte er nach hinten und kramte aus dem Seesack frische Sachen hervor. War keine einfache Sache, sich zwischen all dem Zeug im Defender umzuziehen, doch er hatte keine Lust, es im Freien zu erledigen um dann mit heruntergelassenen Hosen von diesen Irren erwischt zu werden. Markus trug nun eine Cargohose und einen schwarzen Pullover, dazu seinen guten alten M16 Parka. Trotzdem fühlte er sich ungewaschen und war sich sicher, dass er zum Himmel stank.

„Bist du schon wach, Onkel Markus?“

Die kleine Stimme klang noch ziemlich verschlafen. Marie war aufgewacht, hatte sich aufgesetzt und rieb sich ausgiebig die Augen. Insgeheim bewunderte er das Kind und die Kraft, welche das Mädchen aufbrachte.

„Klar bin ich schon wach, meine Kleine. Willst du ein paar Schokokekse, hm?“

Ohne eine Antwort abzuwarten streckte er seine Hand mit der Kekstüte nach hinten, die er aus seinem Seesack gekramt hatte.

Hungrig griff das Mädchen hinein und angelte sich eine Handvoll der knusprigen Süßigkeit zum Frühstück aus der Tüte.

„Wie geht es denn nun weiter? Wo fahren wir als nächstes hin? Außerdem muss ich Pippi!“

Markus fuhr sich mit der Hand übers Gesicht, spürte die harten Bartstoppeln auf seiner Handfläche. *Okay, dann also doch das Auto verlassen.* Bevor er die Türen öffnete, wischte er mit seinem alten Shirt die angelaufenen Scheiben frei und sah sich ausgiebig um. Dann stiegen die beiden aus und taten, was getan werden musste. Keine fünf Minuten später saßen sie dann auch schon wieder mit verriegelten Türen im Wagen. Markus nahm das Gespräch wieder auf.

„Tja Marie, wenn ich nur wüsste, wo wir hin sollen. Ich denke, wir werden in den Süden fahren, dorthin, wo ich zuhause bin.“

Aber zuerst müssen wir tanken, dachte er für sich. Tanken, was für eine profane Sache, welche nun schnell zur tödlichen Prüfung werden könnte. Aber es musste sein, denn die Tanknadel des Defenders stand schon auf Reserve und er hatte keine Lust, in dieser Situation zu Fuß unterwegs zu sein. Während sich Marie noch immer Kekse in den Mund stopfte, startete er den Motor und fuhr los.

Die nächste Tankstelle erreichten sie kurz nach der Auffahrt auf den Berliner Ring. Der bleigraue Himmel hing voller tiefer Wolken und es sah nach Schneeregen aus. Das gleiche Dreckswetter, welches schon seit Wochen herrschte und die Stimmung nach unten zog. Es war gar nicht einfach gewesen, bis hierher vorzustoßen, denn die Fahrbahnen der Autobahn waren alle verstopft. Anscheinend hatten tatsächlich viele Menschen versucht, die Hauptstadt zu verlassen um auf dem Land Zuflucht zu suchen. Über Berlin stand schwarzer Rauch. Markus hatte die Rauchsäule schon gesehen, als sie aus dem Wald gefahren waren.

Ihre Ausmaße waren gigantisch. Orangerote Flammenzungen leckten gierig in den Himmel, oft folgte darauf ein weit entfernter, rollender Donner. Selbst hier noch, in dieser großen Entfernung roch es nach Rauch und verbranntem Plastik. Allein dieses Schauspiel machte Markus die Tragweite der Katastrophe bewusst. Man hatte die Hauptstadt aufgegeben und den Flammen überlassen.

Möglicherweise hatte man sogar selbst Feuer gelegt, um schlimmeres zu vermeiden.

Doch das waren nur Vermutungen, so sehr er sich auch den Kopf darüber zerbrach und letztendlich war es auch egal. Sie mussten in den Süden und darauf hoffen, dass es dort diese sichere Zone gab. Eine Grenze, hinter welcher alles wieder normal war. So, wie es der Arzt versprochen hatte, als er noch ein normaler Mensch war. Langsam ließ er den Defender in die Einfahrt zur Rastanlage rollen und suchte alles nach Bewegungen, nach Leben (oder Unleben?) ab.

Die Anlage war standardisiert und gut zu überblicken: vorne die überdachten Zapfsäulen und dahinter das Tankstellengebäude mit den Toiletten; seitlich der riesige Parkplatz, vollgestopft mit Fahrzeugen aller Art. Auch an den Zapfsäulen standen Fahrzeuge in langen Reihen. Bei fast allen standen die Türen offen. Dazwischen lagen leblose Körper in getrockneten dunklen Lachen auf dem Boden, manche hingen sogar noch halb aus ihren Fahrzeugen.

Wind war aufgekommen und ließ die Werbebanner eines Ölkonzerns rascheln. Krähen saßen auf den Masten der Parkplatzbeleuchtung und musterten die Neuankömmlinge aufmerksam. Vor den Zapfsäulen hielt er an. Diesmal verabreichte er sich die Sprühstöße, bevor er den Wagen verließ. Ächzend drehte er sich zu dem Kind auf dem Rücksitz um.

„Marie, wir machen es wie das letzte Mal. Du öffnest auf keinen Fall die Türen, egal was ist. Wenn die komischen Menschen kommen, versteckst du dich unter der Rückbank und ziehst dir die Decke über den Kopf. Verstanden?“

„Ja, aber bleib nicht so lange weg, ich hab Angst allein.“

Als Markus nickte, nahm Marie ihr Einhorn in den Arm und kroch unter die Bank.

„Ich bin gleich wieder da.“

„Versprochen?“

„Versprochen. Ganz großes Indianerehrenwort.“

Markus hatte ein schlechtes Gefühl, als er die Tür öffnete und den nassen Asphalt betrat. Augenblicklich stieg ihm der faulige Gestank der am Boden liegenden Leichen in die Nase und ließ seine Augen tränen. Er zog sich angewidert sein grünschwarzes Schemag-Halstuch über Mund und Nase, fasste den Holzstiel seiner Hiebwaffe fester und ging los.

Zuerst musste er herausfinden, ob die Säulen noch funktionierten. Vorsichtig zog er eine der Zapfpistolen aus der Halterung und drückte den Auslöser. Nichts geschah. Die zahlen an der Zapfsäule leuchteten, also war der Strom nicht das Problem. Allerdings standen die Liter und Euroanzeigen nicht auf Null. Vermutlich war der Sprit nicht bezahlt worden und daher diese Zapfstelle noch gesperrt.

Systematisch untersuchte er nun alle Zapfsäulen, vermied es dabei aber, den Toten näher als unbedingt notwendig zu kommen. Er behielt sie dabei mit einem unbehaglichen Gefühl im Auge so gut es eben ging. Sicher, er hatte schon früher Tote gesehen. Auf Beerdigungen. Das waren ganz andere Umstände, darauf war man irgendwie gefasst und sie waren fürs Auge hergerichtet. Trugen Anzüge und waren geschminkt, um wie Schlafende auszusehen.

Aber das hier war der ungeschönte, echte Tod. Er äußerte seine Präsenz durch eingefallene Gesichter, trübe Augen oder heraushängende schwarz verfärbte Zungen und pumpte mit seinem Odem die gefallenen Körper auf und ließ sich die Sterbenden noch kurz vorher in die Hosen scheißen, bevor sie gingen. Markus fiel auf, dass einige der armen Seelen Schussverletzungen hatten. Genauer gesagt Kopfschüsse. Nicht dass er solche Wunden aus der Realität kannte, aber dank CSI glaubte er sie als solche identifizieren zu können. Wie zur Bestätigung lagen auf dem Boden zahlreiche Patronenhülsen verstreut. Schwer zu sagen, ob die vom Militär oder von Plünderern stammten, die sich auf diese Weise kostenlosen Sprit besorgen wollten.

Dann hatte er endlich Glück, die Zahlen der vorletzten Säule standen auf Null. Eilig lief er zum Defender zurück und fuhr dicht neben den dort abgestellten Benz, öffnete seinen Tankstutzen und zog den Schlauch an der Säule bis zum Anschlag heraus. Liter für Liter füllte sich der große Tank des britischen Geländewagens. Sicherheitshalber hatte er den Griff auf Automatik gestellt und war hinten über die Leiter an seinem Wagen nach oben gestiegen, um alles im Auge zu behalten.

Jenseits der Parkfläche befand sich der eigentliche Rasthof erhöht auf einem kleinen Hügel, den man beim Bau der Anlage vermutlich aus Aushub aufgeschüttet hatte. Vor dem Eingang lagen überall Plastikverpackungen und Getränkedosen auf dem Boden, zwischen denen weitere Krähen nach Essbarem zu suchen. Auch hier nicht das geringste Anzeichen, dass sich Menschen im Rasthof befanden. Das war unfassbar. Irgendwo musste es doch Überlebende geben! Wo waren all die Menschen, wo waren die Millionen geblieben, die in Berlin lebten?

Das laute Klack der Zapfpistole ließ ihn zusammenzucken. Der Tank war voll, es konnte endlich weitergehen. Er dachte nicht einen Augenblick daran, zur Kasse zu gehen und wenigstens einen Zettel für später dazulassen, wenn alles wieder gut war, sondern startete den Defender und ließ in langsam zwischen den Lastwagen hindurch über den Parkplatz rollen. Es wurde immer schwerer daran zu glauben, dass es ein Morgen geben würde. *Der Zug ist abgefahren*, dachte Markus für sich. Es gab im Moment nichts, was diese These widerlegen konnte.

Zwischen den Lastwagen sah er dann die bittere Wahrheit in Form aufgequollener Körper toter Fernfahrer in ranzigen Klamotten, die sich gerade über die Leichen einer Familie hermachten, deren Camper zwischen den großen Fahrzeugen eingekeilt war. Das war die neue Realität und Markus verschwendete nicht den geringsten Gedanken daran, anzuhalten und nachzusehen, ob nicht doch vielleicht noch jemand zu retten war. Starr nach vorne blickend fuhr er einfach weiter. Floh vor dem entsetzlichen Anblick, welcher sich ihm hier bot.

Binnen weniger Tage war der Mensch in der Nahrungskette ganz weit nach unten gerutscht. Zum Futter für die hungrigen Bestien. Wären er und Sabine nicht von der Armee nach Platkow gebracht worden, hätte es sie vermutlich ebenfalls auf einem der Rasthöfe erwischt. Markus hatte keine Lust, diesen Gedanken weiter zu verfolgen und sah zu, dass er weiterkam. Er ließ die Toten hinter sich, die seinen Rücklichtern mit bleichen Augen folgten.

Es dämmerte bereits, als sie das Autobahndreieck erreichten, von welcher ihre Route nach Süden abging. Nicht einer Seele waren sie in den letzten Stunden begegnet, weder einer lebenden noch einer toten. Kurz nach der Raststätte hatte es zu allem Elend auch noch angefangen zu schneien und die Sicht war mehr als schlecht. Auf den Fahrbahnen des Dreiecks hatte Markus mehrere undeutliche Umrisse ausgemacht, also stoppte er den Defender und stieg über die Leiter am Heck wieder aufs Dach, damit er sich die Sache genauer ansehen konnte. Draußen war es nasskalt und es wehte ein unangenehm schneidender Wind, der ihn sofort frösteln ließ.

Es rauschte in den Bäumen und er stand eine Weile einfach nur so da, um dem Wind zu lauschen, weil es ein normales und friedliches Geräusch war, von dem keine Gefahr ausging. Dann widmete er sich der Straße vor ihnen. Fünfzig Meter weiter war die Straße mit schweren Betonklötzen blockiert, durch die man nur in Schlangenlinien hindurch fahren konnte. Dahinter standen einige gepanzerte Fahrzeuge der Bundeswehr, hauptsächlich Dingos. Dazwischen waren hohe Masten mit starken Scheinwerfern, um für genügend Licht zu sorgen. Doch jetzt waren sie erloschen und auch sonst sah alles einsam und verlassen aus.

Vor den Sperren lagen eine Menge Kleidungsfetzen und Schuhe. Geradezu Unmengen an Schuhen. Markus hatte sich oft gefragt, warum Menschen in Panik immer ihre Schuhe verloren. Er hatte in seinem ganzen Leben noch keinen einzigen Schuh verloren. Vielleicht hatte er auch noch nie eine solche Panik verspürt.

Zu der Senke zwischen den Fahrbahnen, dort wo sich das Dreieck formte, gab es eine provisorische Abfahrt. In der Senke standen einige mit großen roten Kreuzen gekennzeichnete Container und weitere Militärfahrzeuge ihm unbekannter Bauart. Etwas weiter hinten dann das ausgebrannte Wrack eines Hubschraubers. Das Feuer hatte nur das schwarzes Metallgerippe übrig gelassen und den Boden, auf dem er stand, ebenfalls schwarz verbrannt.

Das seltsamste Gebilde sah er allerdings gleich rechts neben der Abfahrt. Dort hatte man ein Viereck von der Fläche eines halben Fußballfeldes mit hohen Maschendrahtzäunen eingefasst, auf deren Krone Natodraht aufgesetzt war. Gut drei Viertel dieser Fläche waren durch Mannschaftszelte belegt. Immer wenn der Wind durch die Zelte fuhr, klappten die Türbahnen weit auf und gestatteten ihm einen kurzen Blick ins Innere der Zelte. Nichts bewegte sich in ihrem Innern, soweit man das in dem kurzen Moment überhaupt erkennen konnte, dafür aber waren jede Menge Feldbetten und ein heilloses Durcheinander zu sehen.

Markus fasste einen Entschluss. Die Container sahen stabil und unversehrt aus. Und er musste sich dringend ausruhen, wenn er den Rest der Strecke schaffen wollte. Die Container schienen ihm sicher genug zu sein, um darin die Nacht zu verbringen. Doch zuerst galt es zu überprüfen, wie der Zustand dieser Dinger im Innern war. Also kletterte er mit steifen Beinen wieder in den Defender und ließ ihn langsam in die Senke rollen. Dicht vor den Sanitätscontainern stoppte er und zog den Zündschlüssel ab. Schnell gab er Marie die gleichen Anweisungen wie das letzte Mal, zog seine Jacke aus und griff sich den Streitkolben. Dann stieg er aus.

Die Container und das nähere Umfeld waren schnell durchsucht. Lediglich im Drahtverhau lagen ein paar verwesende Leichen, die zwar erbärmlich stanken und ihm allein durch ihren Anblick Angst einjagten, aber sie waren dermaßen zerlegt, dass sie zumindest keine Gefahr mehr darstellten. Nichts rührte sich, also wendete er sich den Containern zu. Er machte es kurz und trat einfach die Tür auf, nachdem er die Klinke nach unten gedrückt hatte. Sollten sich Kranke oder gar die auferstandenen Monster in seinem Innern verstecken, war ein schnelles Klären der Lage sinnvoller als wertvolle Zeit mit Anschleichen zu vergeuden. Es lief so oder so auf dasselbe hinaus.

Innerhalb des Containers herrschte Chaos. Ähnlich wie in Platkow war der Innenraum auch hier durch Trennwände unterteilt, zwischen denen sich Liegen und allerhand medizinisches Equipment befanden. Anscheinend hatte man den Stützpunkt mehr als hastig aufgegeben, denn überall lagen Papiere und Gerätschaften auf dem Boden. Liegen waren umgestoßen und Stellwände verschoben. Manche davon waren sogar mit Blut verschmiert. An der rückwärtigen Wand befand sich eine verschlossene Stahltür. Markus vermutete, dass es sich hierbei um den Durchgang zum nächsten Container handelte.

Links neben der Durchgangstür stand ein großer Schreibtisch, auf dem ein riesiger Stapel hastig ausgefüllter Krankenakten lag. Oberhalb davon war eine weiße Infotafel angebracht. Jemand hatte die angepinnten Notizen achtlos abgerissen und mit einem dicken, roten Marker in hastiger Schrift eine letzte Nachricht hinterlassen:

„Geben Straßensperre auf. Lage ist aussichtslos. Alle medizinischen Mittel versagen. Infizierte hochgradig ansteckend. ACHTUNG, die stehen wieder auf! Nächster Sammelpunkt Airport Halle/Leipzig. Meiden Sie unbedingt Großstädte! Viel Glück!!!“

Zuversicht strahlten diese Worte jedoch nicht aus, soviel war klar. Sein Weg würde ihn vermutlich sowieso am besagten Airport vorbeiführen. Die Bundeswehr und vermutlich die gesamte Bevölkerung befanden sich also auf der Flucht. Unter dem Text klebte ein kleines, zusammengefaltetes Briefchen an der Wand. Fast hätte es Markus gar nicht bemerkt. Keine Ahnung warum es ihm dann doch ins Auge gefallen war. Neugierig trat er näher und löste den zusammengefalteten Zettel von der Wand.

Beim Auseinanderfalten rutschte ein Schlüssel heraus und fiel zu Boden. Das klimpernde Geräusch ließ ihn erstarren und sofort mit angespannten Sinnen auf verdächtige Geräusche lauschen. Doch nichts geschah, also widmete er seine Aufmerksamkeit wieder dem Stück Papier in seinen Händen. Die Handschrift deckte sich mit den roten Worten über dem Schreibtisch, dieses Mal allerdings hastig mit einem stumpfen Bleistift gekritzelt.

„Überlebende im hinteren Raum!“

Markus runzelte die Stirn und sah automatisch zu der Tür neben dem Schreibtisch. Er rechnete zurück. Wenn hinter der Tür tatsächlich gesunde Menschen eingesperrt waren, dann fragte er sich, warum man sie nicht mitgenommen hatte. Das war absolut unlogisch. Und vor allem, wie lange waren die schon da drin? Seit dem Ausbruch oder erst seit gestern?

Müde hob er mit knackenden Knien den Schlüssel auf und hatte eigentlich keine Lust auf eine erneute Konfrontation, denn hinter der Tür konnte alles lauern. Oder gar nichts. Andererseits war da die Hoffnung auf Gesellschaft und darauf, nicht mehr allein sein zu müssen. Sich mit einem anderen Menschen unterhalten oder sich beim Fahren abwechseln zu können. Nachdenklich ließ er sich auf einen der Bürostühle fallen und drehte den Schlüssel unschlüssig zwischen seinen Fingern hin und her.

Er wusste nur, dass draußen die Nacht anbrach und er das Kind hereinholen musste. Und dass er selbst Schlaf brauchte. Das war für ihn in diesem Moment wichtiger als alles, was hinter der Wand darauf wartete, befreit zu werden. Und zudem verschaffte ihm seine Prioritätsreihenfolge ein wenig Zeit, um sich vor der fälligen Entscheidung noch ein bisschen zu drücken.

Schnell waren ein paar Liegen zusammengeschoben. Er platzierte einige der Trennwände so, dass sie im Falle eines Angriffes von der Türseite aus nicht gleich entdeckt werden konnten, denn ein wirklicher Schutz waren die Wände nicht. Doch es konnte ihnen im Notfall wertvolle Sekunden verschaffen. Nachdem er einige Decken zusammengesucht hatte, holte er das inzwischen schlafende Kind aus dem Defender, bettete Marie auf eine der Liegen und deckte sie vorsichtig zu. Zum Schluss zog er ihr noch die Schuhe aus. Marie sollte es so bequem wie möglich haben.

Die Außentür konnte er von innen ohne Probleme verriegeln, denn das Schloss was noch intakt, aber zur Sicherheit schob er noch zwei der Liegen davor. Auch die Fenster hatten außen Gitter, von dort war also ebenfalls keine Gefahr zu erwarten. Er schloss die Jalousien und ging dann zum Schreibtisch zurück, um sich erschöpft auf den Stuhl zu setzen. Noch immer keine Nachricht auf dem Handy. Also fing er an, auf den kleinen Tasten eine weitere Nachricht einzutippen.

>> Melde Dich bitte, damit ich weiß, dass es dir gut geht. Berlin brennt. Haben uns verkrochen, um zu schlafen. Vielleicht schaffe ich es morgen, zu dir zu kommen. Ich liebe Dich. M. <<

Schläfrig beobachtete er, wie das Display dunkler wurde und schließlich ganz erlosch.

Als es direkt neben seinem Ohr zweimal schnell hintereinander piepte, fuhr er wie vom Schlag getroffen in die Höhe und wäre dabei fast mit dem Stuhl nach hinten umgekippt. Verdammt, er war tatsächlich eingeschlafen. Orientierungslos sah er sich im vagen Licht des Displays um, das es jedoch nicht vermochte, die tiefe Dunkelheit im Raum zu vertreiben. Orientierungslos stand er auf und schwankte, suchte Halt und fand die Schreibtischkante. Dann erlosch das Licht auch schon wieder und alles wurde erneut von der Dunkelheit verschlungen.

Sein Herzschlag wurde schneller und drückte von innen gegen die Brust, wollte sich Platz verschaffen, denn mit der Dunkelheit kamen die Bilder. Und mit den Bildern die Angst. Er fühlte sich inmitten einer Horde hungriger Monster sitzen, die nur darauf warteten, dass er Licht machte. Natürlich lauerten hier keine Monster und trotzdem brauchte er Gewissheit. Das war es, was sein Kopf forderte. Fahrig tastete er auf der Tischplatte herum, suchte das kleine Gerät und wurde schließlich fündig.

Jetzt musste er nur noch den kleinen Knopf rechts am Gehäuse drücken. Noch während er darüber nachdachte, erwachte das Display von alleine zum Leben und erhellte mit seinem schwachen Leuchten den Raum. Sie waren noch immer alleine im Container und es war so ruhig, dass er das gleichmäßige Atmen des schlafenden Kindes hören konnte. Es dauerte eine ganze Weile, bis er begriff, dass er eine Nachricht empfangen hatte. Sein Herz machte einen Sprung. Das musste eine Nachricht von Anette sein. Und tatsächlich:

>> Komm bitte schnell! Bin so alleine. Habe Angst um Dich. Hier scheint alles sicher. Soldaten laufen durch die Straßen. Ausgangssperre. Höre oft Gewehre und sehe in der Nacht Leuchtkugeln am Himmel. Im Norden soll es ganz schlimm zugehen. Bald muss ich raus Essen und Trinken besorgen, irgendwie. Ich liebe Dich. A. <<

Dann wurde es wieder dunkel. Anette lebte also und sie war gesund. Erneut drückte er den Knopf, doch das Display blieb dunkel. Der verdammte Akku war schon wieder leer. Trotzdem hielt er das kleine Gerät wie einen wertvollen Schatz in seinen Händen und schloss erleichtert die Augen. Sie lebte und wartete zuhause auf ihn. Schon morgen würde er sie wieder in die Arme schließen und alles würde in Ordnung kommen. Wie sehr er sich doch irrte …

SESAM ÖFFNE DICH

Schwaches Tageslicht fiel durch die dreckigen Fenster und kündigte einen weiteren, in ödem Grau versinkenden Tag an. Markus war nach der Nachricht von Anette vor Erschöpfung eingeschlafen. Sobald er die Augen geschlossen hatte, kamen die Träume. Von dem Arzt im fleckigen Kittel, der den Toten Befehle gab und sie zu ihm schickte, damit sie über ihn herfallen und sein warmes Fleisch fressen konnten. Doch jetzt war er wach und dachte über die Bilder aus seinen Träumen nach.

Wenn er an Platkow zurückdachte, war in dem Blick des Arztes noch etwas anderes gewesen. Das war nicht dieser stumpfe blutgierige Blick der normalen Infizierten. Der Arzt wusste anscheinend genau, was er tat und wie er seine Befehlsempfänger lenken konnte. Und das machte Markus noch mehr Angst als alles andere. Er streckte sich ausgiebig, stand auf und lauschte an der der Tür, hinter der sich angeblich Überlebende befinden sollten. Doch da gab es nichts zu hören, kein Geräusch, kein Atmen, nur eine seltsame Grabesstille. Markus war drauf und dran, den Zettel einfach wieder an die Wand zu kleben und die Sache so schnell es ging zu vergessen. Sollten sich die Nächsten darum kümmern. Kaum dass Licht durch die kleinen Fenster sickerte, regte sich auch das Kind. Sofort kam die Kleine zu ihm und sah Markus an.

„Ich habe Hunger und muss Pippi!"

Also schob er die Pritschen zur Seite und schloss die Tür auf. Ein prüfender Blick durch eines der Fenster zeigte ihm das gleiche Bild wie am Vorabend, nur mit dem Unterschied, dass heute noch mehr Krähen auf den Masten und Zeltdächern saßen. Vorsichtig öffnete er die Tür, den Streitkolben einsatzbereit in der anderen Hand und spähte durch den schmalen Spalt nach draußen.

Es tat gut, die frische Luft einzuatmen, die durch den Spalt ins Innere des Containers strömte. Als er halbwegs sicher war, dass draußen nichts auf sie lauerte, öffnete er die Tür vollends und sie traten ins Freie. Markus drehte sich zu Marie um.

„Bleib neben dem Wagen, verstehst du? Und wenn du fertig bist, geh gleich wieder rein, dann gibt es Kekse zum Frühstück."

Mehr als Kekse konnte er ihr auch nicht bieten, denn etwas anderes hatten sie sowieso nicht. Markus ging ebenfalls kurz ins Freie um seine Blase zu erleichtern, hatte aber ein unangenehmes Gefühl dabei. Er fühlte sich beobachtet und rechnete ständig damit, dass einige der Toten aus den Büschen stürmten und ihn angriffen. Doch natürlich geschah nichts, außer dass ihnen die vielen Vögel bei ihren Tätigkeiten gelangweilt zusahen. Möglicherweise wogen die Tiere gerade ab, ob die zwei Menschen da unten noch am Leben waren oder bereits Tot und somit Aas.

Es dauerte keine zwei Minuten, dann waren die beiden wieder im sicheren Container und hatten die Tür erneut verrammelt. Nun beobachtet Markus Marie dabei, wie sie auf einer Pritsche saß und auf den Rückseiten einiger Akten herum kritzelte.

Noch vor ihrem jämmerlichen Frühstück galt es, eine Entscheidung bezüglich der Tür zu treffen. Markus hatte jetzt doch das dringende Bedürfnis, sie zu öffnen. Würde er jetzt einfach gehen, würde ihn die Ungewissheit sein Leben lang verfolgen. Zuerst musste er für Maries Sicherheit sorgen und die gab es nur im Innern des Defenders. Einmal mehr verkroch sich das Kind unter der Rückbank und zog sich die Decke über den Kopf.

Eigentlich wusste Markus, dass diese Vorgehensweise absoluter Schwachsinn war, denn wenn er angegriffen und gebissen, möglicherweise sogar getötet wurde, hatte das Kind weder im Innern des Wagens noch im Freien eine reelle Chance, denn sie war einfach noch zu klein. Trotzdem hielt er an dieser Vorgehensweise fest, um dem Kind wenigstens eine temporäre Sicherheit zu geben und ihm die Gewissheit, dass sie aus dem Weg war.

Dann holte er sich seine Armbrust aus dem Wagen, legte einen Bolzen auf und spannte die Waffe. Den Streitkolben sicher an seiner Seite wissend, verschloss er sein Fahrzeug. *Nur nicht mehr lange über diese Schwachsinnsaktion nachdenken.* Für Zweifel war jetzt keine Zeit mehr.

Und trotzdem stand Markus einige Minuten vor der Durchgangstür, bevor er sich traute, den Schlüssel ins Schloss zu stecken und diesen so lautlos wie möglich umzudrehen. Als es laut klackte, drückte er die Klinke nach unten und gab ihr einen heftigen Stoß – sie krachte an die Wand. Sofort hatte er die Armbrust im Anschlag. Aus dem halbdunklen Raum strömte ein widerlicher Gestank nach Fäkalien und, was noch schlimmer war, schmierig nach Leiche.

Der Ausstattung nach musste es sich um ein Behandlungszimmer handeln, in dem jetzt jedoch ein heilloses Durcheinander herrschte. Mitten im Raum lag ein alter Mann auf dem Rücken, höchstwahrscheinlich die Quelle des Gestanks. Unter ihm hatte sich bereits eine große Lache mit bräunlichem Leichenwasser angesammelt, in dem Maden schwammen. Nur mit Mühe konnte Markus den Brechreiz unterdrücken und konzentrierte sich darauf, was noch in dem Raum zu sehen war. Fast wollte er schon wieder die Tür schließen und die Sache beenden.

Doch dann, ganz hinten unter dem OP-Tisch an der Wand, bewegte sich ein Haufen schmutziger Decken. Einem ersten Impuls folgend wollte er schon abdrücken und einfach einen Bolzen hinein feuern, doch im letzten Moment entschied er sich dagegen. Erstmal abwarten. War noch genügend Zeit, denn die Distanz war groß genug, um rechtzeitig zu reagieren. Er setzte alles auf eine Karte

„Hallo? Ist da jemand?“

Markus kam sich lächerlich vor als er die Worte aussprach, über die er in Filmen immer lachen musste.

„Ja, hier hinten. Bitte …“

Mit einer Antwort hatte er nicht gerechnet. Er zog vor Schreck den Auslöser durch und der Bolzen krachte gegen die Wand über dem Deckenhaufen. Unsicher zog er seine zweite Waffe.

„Okay, wer auch immer unter den Decken steckt, komm langsam raus. Und ich will deine Hände sehen!“

Den letzten Teil hatte er oft genug in Filmen gesehen und fand ihn irgendwie passend. Langsam schälte sich ein Körper aus den Decken hervor. Es handelte sich um eine junge Frau, so um die fünfundzwanzig vielleicht, höchstens achtundzwanzig. Dunkles, ziemlich langes Haar, das ihr nun strähnig und voller Dreck vom Kopf hing, umrahmte ihr Gesicht.

Sie trug enge dunkle Jeans und eine geradezu unglaubliche froschgrüne Steppjacke. Dazu schwere Armeestiefel zu blauen, ängstlich blickenden Augen. Und schmutzig war sie. Ihr Gesicht war durch Dreck und Schminke verschmiert, aber noch immer konnte man gut erkennen, wie hübsch sie war. Als sie schließlich mit leicht erhobenen Armen aufstand, stellte Markus fest, dass sie groß genug war, um ihm gerade in die Augen zu sehen. So groß wie Sabine, dachte er kurz.

„Nadja, ich heiße Nadja."

Ihr Akzent war nicht zu überhören. Vermutlich stammte sie aus Polen oder Tschechien. Trotzdem blieb Markus angespannt und hob sogar ein drohend seine Hiebwaffe als sie einen Schritt auf ihn zuging.

„Keine Angst, ich bin gesund. Die haben mich hier eingesperrt, die Schweine."

Dreimal tief durchatmen, dann ließ er den Streitkolben sinken und nickte.

„Okay, alles klar. Alles in Ordnung. Ich heiße Markus."

Zögerlich reichte er ihr die Hand, die sie dankbar schüttelte. Fühlte ihre kalten, klebrigen Finger. Es war am Ende wohl doch kein Fehler gewesen, die Tür zu öffnen. Markus deutete mit der Waffe zu der Leiche am Boden.

„Was ist mit dem Alten?"

„Der hat, glaube ich, einen Herzinfarkt bekommen, ist einfach so gestorben und stinkt seitdem vor sich hin."

Zur Sicherheit verschloss Markus die Tür, als Nadja den vorderen Bereich betreten hatte. Und bestimmt nicht nur, damit der Gestank und die Maden blieben, wo sie waren. Sie drehte sich zu ihm um.

„Bist du allein?"

Sofort gingen bei Markus die Alarmglocken an.

„Warum willst du das wissen?"

Sie versuchte ein unsicheres Lächeln.

„Weil auf dem Tisch Buntstifte und Kinderzeichnungen liegen."

Verdammt, die hatte er vollkommen vergessen. Unsicher hob er seine Schultern.

„Hab halt noch ein Kind bei mir. Das wartet in ‘nem sicheren Versteck, verstehst du?“

Nadja nickte und sah sich weiter um.

„Hast du vielleicht was zu essen dabei, egal was? Ich sterbe vor Hunger, weißt du?“

Toll, jetzt auch noch die paar Süßigkeiten teilen, die sie hatten. Na was soll’s, immerhin waren sie jetzt nicht mehr allein und vielleicht konnte sich die Polin in der einen oder anderen Situation sogar noch als nützlich erweisen. Wortlos deutete er zum Tisch mit den Malsachen.

„Setz’ dich schon mal hin, ich hole Marie. Dann essen wir und brechen danach auf. Du kannst dir bis dahin überlegen, ob du dich uns anschließen willst“

Nadja nickte. Sie wollte so schnell wie möglich weg von hier. Wollte an einen sicheren Ort, duschen, essen, schlafen. Und ficken, endlich mal wieder ficken.

„Egal wo die Reise hingeht, ich bin dabei. Hauptsache weg.“

Sie tat wie ihr befohlen und sah diesem seltsamen Typen dabei zu, wie er ein blondes, aufgewecktes kleines Mädchen aus dem Geländewagen holte, der direkt vor der Tür abgestellt war. So ein alter, zerbeulter britischer Wagen, wie man sie aus den Filmen kannte. Aus einem fleckigen Seesack leerte er Schokoriegel und Kekse auf den Tisch.

„Meine Damen, das ist dann unser Frühstück für heute.“

Markus grinste. Er war schon erleichtert einen normalen und vor allem gesunden Menschen hinter der Tür gefunden zu haben und froh, nicht mehr allein zu sein.

„Dann iss erst einmal was. Danach besprechen wir, wie es weitergeht“, sagte er zu Nadja gewandt.

Das ließ sich die junge Frau nicht zweimal sagen. Sie hatte Hunger wie ein Wolf und machte sich gierig über die verschiedenen Riegel her. Der Typ war ihr nicht unsympathisch, wenn auch etwas zu alt für ihren Geschmack. Aber egal, es war nicht der richtige Augenblick, um wählerisch zu sein.

Von: madame.demut@web.de
An: one.speedy.devl@gmail.com
Datum: 26.12.2013 21:00:35
Betreff: <kein Betreff>

Mein Liebster,

habe Deine SMS gelesen und bin froh, dass es Dir gut geht und Du vor allem auf dem Weg zu mir bist. Ich halte es hier nicht mehr lange aus, so allein. Es gibt zwar noch Strom und Wasser, aber die Heizung ist aus, weil sie das Gas abgestellt haben, seit gestern in Speyer West ein ganzer Wohnblock in die Luft geflogen ist und immer noch brennt, weil die Feuerwehr nicht ausrücken darf. Das ganze Viertel dort ist jetzt Sperrgebiet. War draußen, um Essen zu kaufen, aber die Geschäfte sind fast alle geschlossen. Und die, die noch was haben, sind so teuer, dass ich es mir nicht leisten kann. Trotzdem konnte ich mir unter der Hand ein paar Dosen Eintopf ergattern. Immerhin. Frag jetzt nicht, was ich dafür gezahlt habe.

Als ich Einkaufen war, hat mir eine ältere Dame erzählt, dass unsere Regierung angeblich zusammengebrochen sei und nun die ganze Welt den Bach runterginge. Sie wüsste aus sicheren Quellen, dass diese Grippe Schuld an allem sei und die Chinesen den Virus gezüchtet hätten, um die Westmächte auszuschalten. Ich habe da ehrlich gesagt meine Zweifel.

Gestern hat das Militär die Nachbarn von gegenüber abgeholt. Es war mitten in der Nacht, als die gepanzerten Fahrzeuge kamen. Zuerst haben die alles abgeriegelt und dann die ganze Familie in eines der Fahrzeuge gepackt. Überall Schutzanzüge und Waffen. Haben dann überall in der Nachbarschaft geklingelt, aber ich habe nicht aufgemacht. Auf deren Haustür prangt jetzt ein großer roter Aufkleber. Von hier oben kann ich nur das Wort Infektion lesen und glaub mir, ich habe nicht vor, näher ranzugehen an das Ding.

Mein Schnupfen ist schlimmer geworden und ich habe keine Medikamente mehr. Will auch zu keiner Apotheke, denn die Leute sehen einen so komisch an, wenn man niesen muss. Haben wohl alle Angst sich anzustecken.

Komm bald zu mir, ich liebe und vermisse Dich,

Deine Anette

WEIHNACHTSWAHNSINN

Nadja saß am Schreibtisch im Sanitätscontainer und war froh, dass sie endlich jemand gefunden hatte. Ein lebender Mensch, mit dem sie sprechen konnte und der sie nicht einfach nur umbringen und fressen wollte. Sie war schon immer ein sehr kommunikativer Mensch gewesen und brauchte den beständigen Austausch mit anderen Personen wie andere die Luft zum Atmen. Auf einer einsamen Insel würde sie wahrscheinlich schon nach kurzer Zeit durchzudrehen und mit sich selbst endlose Debatten führen und, wenn das nichts brachte, dem Ganzen ein Ende setzen. Manche würden das sicherlich als verrückt bezeichnen, aber so war sie nun einmal.

Als das Dilemma angefangen hatte, war sie gerade mit ihrem alten orangefarbenen Škoda auf der Autobahn unterwegs nach Leipzig gewesen und hatte die Nacht zuvor in Berlin mit Freunden so richtig einen drauf gemacht. Sie hatten gefeiert als ob es kein Morgen geben würde, mit allem was dazugehörte. Und damit meinte sie nicht nur literweise Alkohol aus klaren Flaschen. Und jetzt war aus diesem dummen Gedanken bittere Realität geworden. Es gab kein Morgen mehr und auch die Partys waren Geschichte.

Aufgewachsen war sie in der Nähe von Warschau in einem kleinen nicht erwähnenswerten Dreckskaff, in dem es nicht einmal dauerhaft Strom, geschweige denn Internet gab. Durch ein Stipendium war sie vor knapp einem Jahr nach Berlin gekommen. Und weil wieder einmal Weihnachten war, hatte sie die Katastrophe mitten in einem Stau auf der Autobahn erwischt.

Nur knapp hatte sie sich inmitten einer wild gewordenen Menschenmenge absetzen und in den Wald fliehen können, wo sie kurz darauf von der Bundeswehr aufgriffen und in das Camp gebracht worden war, wo man sie mit wildfremden Menschen zusammen einpferchte, deren Geschichten sich alle irgendwie ähnelten. Unvorbereitet und aus heiterem Himmel hatte es die Menschen getroffen und auch Markus nickte bestätigend, als die Polin von den Untersuchungen erzählt, die sie über sich hatten ergehen lassen müssen.

Dann folgte der Angriff der wahnsinnigen Meute. Es entbrannte eine erbitterte Schlacht um den Stützpunkt, bei welcher die Soldaten aus Unerfahrenheit oder durch Skrupel gehemmt schnell ins Hintertreffen gerieten. Zu diesem Zeitpunkt befanden sich Nadja und der alte Mann gerade im Untersuchungscontainer. Hastig schob man sie in den hinteren Teil – also dorthin, wo Markus sie gefunden hatte – und verriegelte die Tür.

Plötzlich saß sie im Dunkeln und konnte nur noch anhand der grauenvollen Geräusche und der gellenden Schreie, die durchsetzt waren von Gewehrfeuer, mutmaßen, was da draußen vor sich ging. Voller Angst hockte sie einfach in einer Ecke und heulte sich mit vor das Gesicht geschlagenen Händen die Seele aus dem Leib.

So vergingen die ersten Stunden in ihrem Gefängnis. Die Schüsse wurden weniger, dafür schwoll das Kreischen der Wahnsinnigen immer mehr an bis es in einem Orkan unzähliger heiserer Stimmen gipfelte und die verzweifelten Hilferufe der Soldaten darin untergingen. Sie versteckte sich unter dem OP-Tisch, der von der Tür am weitesten entfernt stand. Sie verkroch sich unter einer dicken Wolldecke und steckte sich die Finger in die Ohren. Sie machte sich klein und zog die Beine an den Körper, wie sie es früher immer als Kind getan hatte, wenn ihr Vater sie wegen irgend etwas Belanglosem bestrafen hatte wollen und sie sich in ihrem Zimmer eingeschlossen hatte.

Es dauerte lange, bis das Toben und Brausen leiser wurde, um sich schließlich ganz in der Ferne zu verlieren. Die grauenvolle Horde war anscheinend weitergezogen. Nadja konnte sich nicht mehr genau erinnern, wie lange sie in dieser Stellung verharrt hatte, vor sich hin zitterte und eigentlich schon mit ihrem Leben abgeschlossen hatte – oder wann sie wieder genug Mut fasste, um die Augen zu öffnen und sich die Hände von den Ohren zu nehmen. Da bemerkte sie auch, dass der alte Mann gestorben war, einfach so.

Er lag in zusammengekrümmter Haltung mit auf sein Herz gepressten Händen auf dem Boden, hatte die Augen geschlossen und sah aus als würde er schlafen. Doch er war schon kalt und steif und hatte seinen Darminhalt in seine braune Kordhose ergossen, was sie erneut zum Kotzen brachte. Sie konnte vor allem diese seltsame Stille nicht ertragen, die sie nach all dem Lärmen nun umgab und sich mit eisigen Fingern in ihren Geist krallte. Es dauerte lange, bis sie sich traute zur Tür zu schleichen und feststellte, das sie abgeschlossen war. Nachdem sie realisiert hatte, dass es aus diesem Gefängnis kein Entkommen gab, zog sie sich wieder in ihre Ecke zurück und bereitete sich auf das Sterben vor.

ZWEISAMKEIT?

Markus hörte sich Nadjas Geschichte schweigend an, hatte nur ein paar Mal genickt oder fassungslos den Kopf geschüttelt. Er fand es wichtig, dass sie ohne Unterbrechung reden konnte, um sich selbst damit zu entlasten. Die Bilder seiner eigenen Flucht waren noch frisch, Bilder, die er wohl nie wieder vergessen würde. Dieses unfassbare Grauen packte ihn jedes Mal aufs Neue, wenn er die Augen schloss und vergeblich auf Erholung hoffte.

Nadja war augenscheinlich wie er selbst der Ansicht, dass es für falschen Heldenmut in dieser chaotischen Welt keinen Platz gab. Um zu überleben, musste man ein Feigling sein und weglaufen. Musste rennen können, bis die Beine vor Erschöpfung nachgaben.

Marie saß auf seinem Schoß und beäugte die fremde Frau mehr als interessiert, blieb aber dennoch auf Abstand. Während Nadja ihre Geschichte erzählte, stopfte sie sich Unmengen an Süßigkeiten aus Markus' Vorräten in den Mund und versuchte so ihren Hunger zu stillen. Sie brauchte unbedingt Zucker, nach Möglichkeit große Mengen davon. Immer wieder streifte sie sich dabei ihre langen dunklen Haare aus dem Gesicht.

Die Frau erweckte in ihm den Eindruck, ein Kind von dieser Spaßgeneration zu sein, die einfach alle Sorgen wegtanzte und die wahren Probleme dieser Welt ignorierte. Nur nicht politisch aktiv werden, geschweige denn etwas ändern wollen. Er hatte diese Menschen noch nie verstanden. Vielleicht war er mit seinen siebenundvierzig Jahren einfach zu alt dazu.

Andererseits war er in seiner Jugend auch nicht gerade ein Aktivist gewesen, hatte gefeiert und war bis in die Morgenstunden unterwegs gewesen, von daher durfte er sich über Nadja mit Sicherheit kein Urteil erlauben, ohne sich selbst damit in Frage zu stellen. Egal, sie war hier und Markus war froh jemanden gefunden zu haben, der gesund war. Doch ganz sicher konnte er sich dessen auch nicht sein, also beschloss er wachsam zu bleiben und die Frau im Auge zu behalten.

Während sie ihre Geschichte erzählte, war genug Zeit, sie genauer zu betrachten und er musste grinsen. Wasser hatte sie wohl schon seit einigen Tagen nicht gesehen, jedenfalls nicht in Verbindung mit Seife und der Tätigkeit des Waschens. Das Gesicht unter all dem Schmutz war bestimmt hübsch, allein ihre Augen waren bemerkenswert und schön geschwungen. Sauberkeit war im Moment Nebensache, denn an Hygiene war in diesem Kampf ums Überleben im Augenblick nicht zu denken.

Er konnte sich schon selbst nicht mehr riechen und Nadja ging das anscheinend nicht viel anders, denn auch sie vermied die unmittelbare Nähe und den direkten Körperkontakt. Man wusste ja auch nicht, auf welchen Wegen man sich infizieren konnte und so blieb man lieber auf Abstand. Markus musste an ein Foto aus einem Familienalbum denken, auf dem einer seiner Onkel abgebildet war.

Es handelte sich um ein Bild von der Ostfront, kurz nachdem alles zusammengebrochen war und die große Flucht begann. Darauf waren drei in lumpige Mäntel gehüllte Männer mit bärtigen Gesichtern und um den Kopf gewickelten Tüchern vor einem alten Leiterwagen zu sehen. Vor den Wagen war ein klappriger Gaul gespannt. Sie standen bis zu den Knien im Schnee und hatten sich ihre angesichts der Kälte nutzlosen Karabiner über die Schulter gehängt.

Sein Onkel hatte ihm oft von den schmerzhaften Erfrierungen an Zehen und Fingern erzählt, davon dass sie Schnee schmelzen mussten, um trinken zu können und pro Tag nur einen halben Zwieback zum Essen hatten. Wochenlang waren sie in ihren vollgepissten Hosen unterwegs und der Schmutz verursachte Ausschlag und lies Eiterbeulen auf der Haut wuchern. Wer keine Kraft mehr hatte, blieb auf der Strecke, denn keiner hatte die Kraft, einen weiteren Mann mitzuschleppen.

Der Mensch reduziert sich in solchen Situationen sehr schnell auf sich selbst und konzentrierte sich nur noch auf das eigene Überleben. Es war ein Urinstinkt, der in Notsituationen aufkommt und so das Überleben der Menschheit garantiert. Schwache werden aussortiert und die Starken überleben. Die Starken oder jene, die am schnellsten weglaufen konnten, genauer gesagt.

Kurz darauf geriet sein Onkel in Gefangenschaft, aus der er erst Jahre später als Krüppel nach Hause zurückkehrte. Diese Erzählungen hatten für Markus immer wie Geschichten aus einer anderen, weit entfernten Welt geklungen, aber heute spürte er zum ersten Mal, was sein Onkel damit hatte ausdrücken wollen. Aber wie sehr er es tatsächlich noch spüren sollte, wusste er zu diesem Zeitpunkt zum Glück noch nicht.

Um das Schweigen zu überbrücken, schilderte Markus in knappen Sätzen, wie es Marie und er geschafft hatten, hierher zu kommen. Wie es seine Art war, fuhr er sich dabei immer wieder über seinen Kopf und fühlte die kurzen, harten Stoppeln, die sich auch in seinem Gesicht breit machten. Seine Zuhörerin war ziemlich verwundert, als er von der seltsamen Wandlung der Dinger erzählte und eiskalte Angst kroch ihr langsam den Rücken hinauf, um die kalten Finger nach ihrem Genick auszustrecken.

Markus verschwieg ihr allerdings einen Teil seiner Erlebnisse in Platkow, vor allem die Sache, als er hinter dem Container saß und dem kranken Doktor dabei zusah, wie er Befehle gab und sich mit diesem Helmut unterhielt, denn er empfand diese Dinge als zu surreal, um sie glaubhaft weiterzugeben. Viel zu groß war seine Angst, dass Nadja ihn für verrückt halten würde. Vielleicht war es am Ende doch nur Einbildung gewesen und zudem änderte es nichts an der Situation, in der sie sich jetzt befanden. Es war schlichtweg belanglos. Aber auch das sollte sich als Trugschluss herausstellen.

Seine abschweifenden Gedanken hatten dazu geführt, dass seine Haut juckte und er sich unbewusst kratzte. Markus und Nadja versuchten mit ihren Schilderungen einfach, Zeit zu schinden vor der Frage, wie es weitergehen sollte. Eine Frage die beiden sehr große Angst machte, aber dennoch unvermeidlich war. Markus kramte umständlich ein Bild von Anette aus seiner Jackentasche und zeigt es Nadja.

„Sie wartet in Speyer darauf, dass ich zu ihr komme.“

Er sah Nadja ziemlich kompromisslos an. Eine Änderung seines Weges kam für ihn überhaupt nicht in Frage und das machte er auch durch seine Tonlage mehr als deutlich.

„In den Süden? Hey ich weiß nicht, denn ich wollte eigentlich erst einmal nach Leipzig“, sagt Nadja zögerlich, „woher willst du eigentlich wissen, dass sie noch lebt und wenn ja, dass sie überhaupt noch dort ist?“

Markus stand auf und sah sie mit ernstem Blick an.

„Ich weiß es einfach.“

Demonstrativ hielt er das Handy hoch.

„Ab und an geht eine SMS durch, daher bin ich mir so sicher, dass sie lebt und zu Hause auf mich wartet. Aber wir haben keine Zeit mehr, wir müssen endlich los. Also, wenn du mit uns kommen möchtest, such deine Sachen zusammen und mach dich fertig, okay?“

Sein letzter Satz klang ziemlich aggressiv. Er hatte keine Lust, mit ihr darüber zu diskutieren. Für ihn war die Sache klar und er musste schnell weiterkommen, denn Anettes Leben stand auf dem Spiel. Viel zu groß war seine Angst, dass es vielleicht schon zu spät sein konnte, denn jede Sekunde konnte eine Änderung der Situation bedeuten.

In Filmen war alles immer so einfach. Es fanden sich schnell einige Überlebende zusammen und meistens auch genügend Waffen und Munition, um ein Tontaubenschießen unter den Monstern zu veranstalten. Klar, das lag sicher auch daran, dass diese Filme zumeist in den USA oder zumindest in England spielten und dort hatte man leichteren Zugriff auf Feuerwaffen. Im Laufe des Films reduzierten sich die Gruppen dann ziemlich schnell auf ein einzelnes Paar, beide natürlich weißer Hautfarbe. Es lief immer gleich ab. Einmal mehr sah er diese bezeichnenden Filmszenen vor seinen Augen und der unausgesprochene Name der Dinger da draußen drang darauf, ausgesprochen zu werden. Anette hatte es nie gemocht, wenn er sich diese Filme ansah.

Nadja sah ihn lange an, dachte nach und hob schließlich beschwichtigend die Hände.

„Für dich ist der Weg nach Speyer sicherlich die einzig richtige Option, das kann ich verstehen. Aber was mich betrifft sieht das anders aus. Weist du, ich komme aus Polen und dahin will ich irgendwann auch wieder zurück. So sieht es aus und nicht anders.

Vielleicht leben ja meine Eltern noch oder in dem Dorf, wo ich herkomme, ist alles nicht so schlimm."

Sie glaubte fast selbst nicht, was sie da sagte. Und trotzdem, seit dem Ausbruch der Seuche war ihr Heimatdorf wieder eine echte Option für sie. Markus zuckte unbeeindruckt mit den Schultern.

„Dich zwingt niemand dazu mitzukommen. Mein Ziel ist Speyer und dabei bleibt es. Aber überlege doch mal, zusammen hätten wir wesentlich größere Chancen durchzukommen. Und vor allem, eben wolltest du noch nach Leipzig zu deinen Freunden und jetzt wieder nach Polen, also was nun? Denk mal darüber nach. Nadja, Leipzig liegt auf meinem Weg, bis dort könnte ich dich auf jeden Fall mitnehmen, aber Polen kommt für mich nicht in Frage."

Seine Stimme klang schon etwas gereizt, also lenkte Nadja ein – aus Angst, am Ende wirklich allein, ohne Fahrzeug, ohne Nahrung und ohne sonst irgendetwas hier zurückzubleiben.

„Ich weiß halt auch nicht. Keine Ahnung, wo es gut ist und wo schlecht. Ich denke halt nur, dass es in der Abgeschiedenheit auf dem Land besser sein könnte. Aber in Leipzig sind meine Freunde, dort wollte ich eh hin. Das können wir machen. Bis dahin wäre ich dabei, wenn das okay für dich ist. Wenn es für euch beide okay ist", fügte sie mit Blick auf Marie hinzu. Erwartungsvoll schaute sie das kleine Mädchen an, das zuerst zu Markus aufsah und dann freudig nickte. Damit war die Sache klar.

Sie brauchten bis zum Mittag, um alles zu packen. Heute war es zum Glück etwas wärmer, der Himmel war wolkenfrei und strahlend blau. Markus blieb einige Augenblicke neben dem Defender stehen und sog die kalte, klare Luft in sich ein. Es hätte ein perfekter Wintertag sein können, so wie früher, um im Schnee zusammen mit Anette eine schöne Wanderung durch den winterlichen Wald zu machen, um Schneebälle zu werfen und als krönenden Abschluss in eine der vielen Wirtschaften einzukehren, um lecker zu essen und einen Weinschorle aus dem typisch pfälzischen Dubbeglas zu trinken.

Doch das Umfeld taugte nicht für solche Träumereien. Insgeheim hofften sie noch immer, dass es nur eine vorübergehende Sache war und irgendwo Heerscharen von Wissenschaftlern an einer schnellen Lösung des Problems arbeiteten. Vielleicht waren die ersten Säuberungsteams sogar schon im Einsatz, gleich hier hinter dem Hügel da vorne. Sie würden wie aus dem Nichts auftauchen, jedem eine Spritze verpassen und alles wäre wieder gut.

Nadja stand ebenfalls da und genoss die Strahlen der Sonne auf ihrem Gesicht. Sie sah Markus dabei zu, wie er die umstehenden Fahrzeuge nach brauchbaren Dingen und vor allem nach Waffen durchsuchte. Was er fand, war mehr als mager. Die Fahrzeuge waren verwüstet oder derart mit dem klebrigen Dreck der Infizierten verdreckt, dass eine gefahrlose Untersuchung unmöglich war und er lieber einen ganz großen Bogen darum machte. Die meisten Sitzpolster waren in wilder Wut zerfetzt worden, Scheiben waren eingeschlagen und überall war Blut. Vereinzelte Opfer lagen auf dem Boden, aber es waren viel zu wenige für das, was sich hier abgespielt hatte. Die reglosen Körper lagen wie weggeworfene Puppen zwischen den Resten der Schlacht.

Am Ende bestand seine magere Ausbeute aus einer handvoll Decken, drei Schachteln Zigaretten und einer starken Taschenlampe, die sogar noch funktionierte. Ganz im Gegensatz zu den Erwachsenen war das alles für Marie ein großer Abenteuerspielplatz, auch wenn sie die ganze Zeit Markus' Nähe suchte und genau beobachtete, was er tat und wo er sich gerade aufhielt. Es war erstaunlich, wie schnell sich Kinder mit Situationen arrangieren können und diese als gegeben hinnehmen.

Aber Markus wusste, dass genauso schnell der Zusammenbruch erfolgen konnte, nicht nur bei Marie, sondern auch bei den Erwachsenen. Um diesen Zeitpunkt so lange wie möglich hinauszuzögern, blieb er einfach in Bewegung und gestattete sich nur die notwendigsten Pausen. Nur nicht darüber nachdenken.

Erst im letzten Wagen lag dann endlich der Hauptgewinn. Ein G36 mit vollem Magazin. *Bingo!* Das Magazin fasste dreißig Schuss wenn er sich recht erinnerte. Markus kannte ähnliche Waffen von seinem Wehrdienst, einfach zu bedienen und leicht zu transportieren, da die meisten Bauteile aus Kunststoff waren. Triumphierend winkte er Nadja zu und hielt das Gewehr wie eine Trophäe hoch über den Kopf, als sie zu ihm blickte.

Wenig später waren sie schon auf der A10 Richtung Halle unterwegs. Markus gab sich hinter dem Lenkrad drei Sprühstöße aus dem Inhalator, um sich zu beruhigen und das Gefühl der befreiten Bronchien zu genießen, solange das noch möglich war. Er spürte Nadjas fragenden Blick.

„Keine Bange, ist nur wegen meinem verdammten Asthma. Hab's im Griff, kein Problem."

Die Polin lächelte ihn verständnisvoll an.

„Ich kenne das von meinem Vater. Der hat früher im Bergbau gearbeitet und es sich in der Grube geholt. Keine schöne Sache. Meistens ist er in der Nacht aufgewacht, stand dann stundenlang im Badezimmer und hat Blut ins Waschbecken gespuckt. Im Winter war es besonders schlimm."

„Kommt mir bekannt vor. Vor allem das mit dem Aufwachen, wenn du denkst, keine Luft mehr zu bekommen und plötzlich Angst hast, einfach so im Badezimmer zu stehen und zu verrecken. Na, wenigstens spucke ich noch kein Blut."

In der Regel vermied er es, über das Asthma zu sprechen und trotzdem tat es gut. Vielleicht tat er es auch nur, um zu reden. Um etwas zu haben, über das man gemeinsam sprechen konnte. Das erste Mal seit über einer Woche hatte Markus das Gefühl, diesem Horror mit halbwegs heiler Haut entkommen zu können. Die Straße war frei und es lief gut. Überraschend gut sogar. Marie lag unter einer dicken Decke auf der Rückbank, als Nadja Markus ansah.

„Mal im Ernst, was glaubst du, warum das alles so gekommen ist? Ist das der Zorn Gottes? Hat er beschlossen, seine Erde von uns zu reinigen? Denkst du, dass es überhaupt so etwas wie einen Gott gibt?"

Markus blickte weiter nach vorne auf die Straße.

„Nicht wirklich, ich denke eher, dass es ein Terroranschlag war oder so was Ähnliches. Oder 'ne Biowaffe. Ein Kampfstoff vielleicht. Irgendein verdammter Virus, der vielleicht schon viele Jahre in einem Labor geschlummert hat und nun freigesetzt wurde. Das denke ich und nichts anderes."

Markus hatte keine Lust, sich auf das Thema Gott einzulassen. Zu viel Negatives hatte er die letzten Jahre erleben müssen, um noch an seinem ehemals sehr starken Glauben an Gott und der Kirche festzuhalten. Wenn es tatsächlich so etwas wie eine höhere Macht geben sollte, dann trieb diese ein schreckliches Spiel mit ihren

Gläubigen. Einmal mehr musste er an den Doktor denken und mit welch bösartiger Grimmigkeit er seine Handlungen vollzogen hatte. Bei dem hatte im Sprechzimmer auch ein großes Kreuz an der Wand gehangen. Nadja schüttelte den Kopf.

„Ne du, das glaube ich nicht. Was hätten die davon, so viele unschuldige Menschen zu töten, die könnten doch gar nichts mit dem Land hier anfangen, wenn alles infiziert ist."

„Das ist diesen Terroristen doch schon immer scheißegal gewesen, wie viele Menschen draufgehen und was danach mit dem Land ist. Wahrscheinlich sind die eh längst alle selber schon tot", sagte Markus und wurde dadurch an Maries Schicksal erinnert. Die Zukunft der Kleinen war mehr als ungewiss.

„Wie auch immer, im Grunde ist es mir egal. Ich hoffe nur, dass meine Eltern und Freunde es rechtzeitig geschafft haben sich in Sicherheit zu bringen. Und dass ich bald bei Anette sein werde", sprach er seine Gedanken aus und hoffte inständig, dass es auch so sein würde.

Zumindest teilweise handelte es sich um reines Wunschdenken, denn seine Eltern waren in einem Alter, welches eine Flucht oder gar einen direkten Kampf mit den Infizierten unmöglich machte. Entscheidend war allerdings auch hier, wo sie sich gerade bei dem Ausbruch der Seuche befunden hatten.

Nadja nickte, denn ihr gingen ähnliche Gedanken und Hoffnungen durch den Kopf. Sie hoffte, dass die Seuche nur die Großstädte betraf, also dort, wo viele Menschen auf engem Raum lebten und eine Ausbreitung leicht war. Vielleicht war es einfach nur wie eine besonders schwere Grippewelle mit bösen Folgen und mehr nicht.

Etwas später erreichten sie das Autobahndreieck Fichtenwald und wechseln auf die A9 Richtung Süden. Man hatte die Fahrbahn mit schwerem Gerät geräumt und die abgestellten Fahrzeuge einfach über den Straßenrand geschoben. Rechts und links türmten sich daher verbeulte Autos entlang der Fahrbahn, überall lagen Kleidungsstücke, Schuhe und anderes Zeug herum.

Die meisten Fahrzeuge waren mit einem roten X auf der Motorhaube oder auf dem Dach gekennzeichnet, was auch immer das zu bedeuten hatte. Markus war es einerlei, er war einfach froh darüber, dass die Straße frei war und sie gut vorankamen. Der Tank war auch noch halb voll, also gab er ordentlich Gas. Die breiten Geländereifen machten singende Geräusche, als der Defender beschleunigte. Wenn alles gut ging, waren sie bald in Leipzig und er konnte Nadja bei ihren Freunden absetzen.

Die war eingenickt und träumte im Halbschlaf von einem endlosen Wald, der aus riesigen schwarzen Bäumen bestand und weit in den Himmel aufragte. Die Kronen der Bäume waren so dicht, das kaum ein Lichtstrahl bis zum Boden drang. Sie rannte und hörte hinter sich die kreischenden Schreie unzähliger Verfolger. Sie lief so schnell sie konnte, doch die vor ihr liegenden Bäume entfernten sich immer weiter und ihre Verfolger kamen zusehends näher.

Dünne Zweige peitschen ihr ins Gesicht und schienen nach ihr und ihrer Kleidung zu greifen. Je schneller sie lief, desto schneller wichen die Bäume von ihr. Schon tasteten die ersten klammen Finger nach ihr, spürte sie den kalten Atem der Verfolger im Nacken und erwartete bereits den tödlichen Biss. Brutal wurde sie durch Markus' Vollbremsung aus dem Schlaf gerissen. Die Reifen rutschen über die schneeglatte Fahrbahn und der Defender brach nach rechts aus.

„Verdammt noch mal, kannst du nicht aufpassen du Penner, fast hätte ich mir den Schädel an der Scheibe eingeschlagen“, fuhr sie Markus böse an. Doch der antwortete nicht, sondern sah nur geradeaus auf die Straße. Oder besser gesagt auf das, was davon übrig war. Nadja folgte seinem Blick. Hier sollte eigentlich die Autobahn über die Elbe führen. Doch vor ihnen klaffte nun ein Abgrund. Mit steifen Knochen steigen sie aus und gingen nach vorne an den Rand.

„Anscheinend hat man die Brücke gesprengt, vielleicht um die Ausbreitung einzudämmen oder? Aber der Penner konnte ja zum Glück noch bremsen, Schätzchen“, zischte Markus aggressiv und gefährlich leise, starrte dabei jedoch weiter in die Tiefe jenseits der Bruchstelle. Dann hob er den Blick und suchte das andere Ufer nach Lebenszeichen ab. Nadja sah ihn entschuldigend an und lenkte ein. *Der Typ konnte ja nichts dazu*, dachte sie.

„Ist 'ne verdammt drastische Maßnahme, findest du nicht auch? Sieht für mich aus wie eine Grenze. Als ob da drüben alles gut ist und hier das aufgegebene Land, hm?“

Markus zuckte nur mit den Schultern, denn er war sich nicht sicher, was er von alldem halten sollte, denn wäre es drüben sicherer gewesen, würde man bestimmt Leute sehen.

„Keine Ahnung, ich kann nichts auf der anderen Seite erkennen. Wäre es 'ne verdammte Grenze, sollten da drüben Leute sein oder zumindest Hinweise. Aber dort ist nichts."

Auf der anderen Uferseite standen zwar ein paar große Militärfahrzeuge und einige olivgrüne Zelte mit roten Kreuzen, doch es war tatsächlich keine Menschenseele zu sehen. Nichts rührte sich am gegenüberliegenden Ufer.

Nadja fing damit an, auf und ab zu hüpfen und mit beiden Armen zu winken, um Aufmerksamkeit zu erregen, was allerdings nichts an der Situation änderte. Womöglich hätte sie schreien oder rufen sollen, aber das traute sie sich nicht. Also gaben sie nach einer Weile auf und gingen enttäuscht zum Defender zurück, wo das erschrocken dreinschauende Kind bereits auf sie wartete.

„Fahren wir jetzt zu den anderen normalen Menschen?", piepste sie unsicher von hinten.

„Wir nehmen einen anderen Weg, der hier ist kaputt und ja, danach fahren wir zu den normalen Menschen", log Markus sie an und lächelte ihr sanft zu. „Schlaf weiter Marie, alles wird gut. Alles wird gut, das verspreche ich dir."

Pure Illusion war das und nichts anderes. Es wäre ja auch zu schön gewesen, wie auf einer Fahrt in den Urlaub immer geradeaus, den eigenen Gedanken nachhängend weiterzufahren, um mit steifen Beinen und schmerzendem Kreuz am Ziel wohlbehalten auszusteigen um erst mal pissen zu gehen.

„Schöne heile Welt, wo bist du? Die Monster sind aus dem Schrank geklettert und haben den Spießertraum aufgefressen", murmelte Nadja so leise, dass es das Kind nicht hören konnte. Eigentlich behagte es ihnen überhaupt nicht, die Autobahn zu verlassen und in einer Gegend nach einem Weg zu suchen, die sie nicht mal ansatzweise kannten. Aber sie hatten keine andere Wahl. Mürrisch wendete Markus den Geländewagen und fuhr ein paar Kilometer zur nächsten Ausfahrt zurück.

„Warum haben wir nur keine verdammte Straßenkarte?", murmelte er angespannt und setzt diesen Punkt auf seine Liste der wichtigen Dinge. Nadja nickte.

„Ich hab 'nen ganzen Atlas in meiner Karre, wenn ich gewusst hätte wie's kommt, hätte ich den mitgenommen. Man hat eben nie das dabei, was man wirklich braucht. Ich hätte jetzt zum Beispiel gern 'nen Wodka, verdammt."

Die Abfahrt war schnell erreicht und unten ging es links zu einem Kaff namens Kieken. Markus fand, das links besser war als rechts, irgendwie weniger gefährlich und offener. Schon ein paar Minuten später hatten sie das Örtchen erreicht. Kieken war ein typisch ostdeutsches Dorf, die Zeit war wohl in den Siebzigern stehen geblieben und alles hatte seine kleinbürgerliche Ordnung. Hier kannte jeder jeden und ein Zugezogener blieb immer ein Fremder, sein Leben lang. Die Fassaden waren sauber und wirkten aufgeräumt, die perfekte Kulisse einer heilen Welt.

Hier und da standen Weihnachtsmänner in den Vorgärten oder hingen an den Wänden und an einigen Häusern waren Lichterketten angebracht, die jetzt allerdings kein warmes Licht spendeten. Sicherlich gab es auch das obligatorische Wirtshaus, in dem die älteren Männer in rauchgeschwängerter Luft freitagabends immer Schafskopf klopften. Man brauchte sich nur die sonntägliche Folge Tatort anzusehen, um zu wissen, wie diese Ortschaften ticken.

Doch dieser Eindruck hielt nur wenige Sekunden, denn auch vor diesem Fleck hatte die Katastrophe nicht halt gemacht. Einige dieser Wiederauferstandenen irrten scheinbar planlos zwischen den Häusern umher. Sie bewegten sich wie die toten Soldaten in Platkow, langsam und unkoordiniert. Nadja verfolgte deren ungelenke Bewegungen mit ungläubigen Augen, denn vorher hatte sie die echten Toten nicht zu Gesicht bekommen.

„Scheiße Mann, was geht hier nur vor? Das sind die, von denen du erzählt hast, hm?"

Markus nickte.

„Ganz genau Nadja, das sind die lebenden Toten."

Wie die Bestien zerrten zwei an dem Kadaver eines Hundes. Überall lagen umgestoßene Mülleimer auf der Straße, die ihren

Inhalt breitflächig ausgespien hatten. Schnell lag das Örtchen hinter ihnen und es folgte ein kleines, dafür umso dichteres Waldgebiet.

Kurz vor der nächsten Ortschaft lag dann rechts eine größere Tankstelle mit angrenzender Werkstatt. Ein großes Schild darüber gab an, erstklassigen Service zu bieten, Ölwechsel für 9,99€. Daneben lachte ein überdimensionaler blonder Engel in einem weißen Rüschenkleid, von den Geschehnissen der letzten Tage unbeeindruckt, von einer schäbigen Plakatwand auf sie herab.

Irgendein Spaßvogel hatte dem Engel mit schwarzer Farbe einen quadratischen Schnurrbart unter die Nase gesprüht. Die leere Farbdose lag noch darunter im Dreck. Markus fragte sich, was aus dem Typen geworden war. Auf dem ganzen Gelände standen die unterschiedlichsten Fahrzeuge wild durcheinander, manche mit offenen Türen, andere mit eingeschlagenen Scheiben. Dazwischen überall Zeitungen und Kleidungsstücke auf dem Boden verstreut. Es war immer wieder das gleiche Bild.

Vermutlich hatten die Menschen noch versucht zu tanken, als die Massenflucht begann. Markus lenkte den schweren Wagen neben die Zapfsäulen und schob dabei einen Kleinwagen vorsichtig mit der Stoßstange zur Seite. Sie blieben zur Sicherheit einige Zeit mit laufendem Motor stehen und warteten einfach ab, ob sich etwas tat. Es blieb ruhig und so fingen sie an, das Areal zu erkunden. Marie wurde als erste fündig und fand einen kleinen braunen Teddy, der herrenlos neben einem dunkelblauen Dodge mit Berliner Kennzeichen an der gegenüber liegenden Zapfsäule auf dem Boden lag.

Markus ging vorsichtig zu dem Fahrzeug, um sich das Innere genauer anzusehen. In ihm saß noch das Kind, welches zum Teddybär gehörte, angeschnallt im Kindersitz – und vorne auf dem Fahrersitz, ebenfalls angeschnallt, die Mutter. Oder genauer gesagt, die Reste der beiden. Das Grauen hatte sie anscheinend durch das eingeschlagene Seitenfenster heimgesucht. Vielleicht hatte die Mutter noch versucht, den Gurt zu lösen, um das Kind zu retten.

Markus wurde übel, als sein Kopf ihm die schreckliche Szenerie automatisch in Bilder packte und brennend stieg es ihm vom Magen die Kehle hinauf. Schnell zog er die Schiebetür zu, um Marie diesen grauenhaften Anblick zu ersparen, dann taumelte er benommen hinter den Van und kotzte sein Frühstück unter den leblosen Augen der toten Mutter in den Schnee.

Von den Leichen abgesehen macht alles einen relativ sicheren Eindruck. Womöglich sicher genug, um eine Nacht im Gebäude der Tankstelle zu verbringen, denn es wurde langsam dunkel und er war einfach viel zu fertig, um noch weiter zu fahren. Etwas Besseres würde sich so kurzfristig sicher nicht finden lassen. Zudem würde ihnen allen eine Pause bestimmt gut tun.

Nadja hatte währenddessen die Zapfsäulen überprüft und festgestellt, dass noch Sprit aus den Pistolen lief.

„Markus, was meinst du, sollen wir gleich mal volltanken?"

Anscheinend gab es in manchen Gegenden noch Strom, wenn die Pumpen der Tankstelle funktionierten. Aber auch das war sicherlich nur eine Frage der Zeit. Markus gab Nadja ein zustimmendes Zeichen mit der Hand, denn ihm war momentan nicht nach Reden zumute.

Nadja schraubte den Tankdeckel ab und steckte die Pistole hinein. Es war schon komisch, dass so gar keine anderen Menschen unterwegs waren. Und das mit diesen auferstandenen Toten machte ihr schwer zu schaffen. Sie wusste noch nicht genau, was die damit anfangen sollte.

Als sie fertig war, fuhr Markus den Wagen in den Werkstattbereich und er stand sicher hinter den stabilen und von innen verschlossenen Schwenktüren aus Metall. Der Laden selbst bestand aus einem etwa 30m² großen Verkaufsraum mit Kassentheke am einen Ende und einem Durchgang zu einem Büroraum am anderen. Es roch nach kaltem Rauch und Motorenöl.

Zur Tankstelle hin gab es die für diese Anlagen typische Glasfront. An den Wänden und dazwischen standen Regale mit Süßigkeiten, eingepackter Trockensalami, Zeitschriften und Getränken. Zur Not könnte man es hier sicherlich zwei, vielleicht sogar drei Wochen aushalten. Nachdem sie auch die Ladentür von innen verriegelt hatten, richteten sie sich im Büro mit ihren Decken und Schlafsäcken ein halbwegs gemütliches Lager ein.

Eine weitere, etwas kleinere Tür führte vom Büro aus in eine schmutzige Toilette voller abgegriffener Pornoheftchen. Nadja drehte den Wasserhahn auf und stellte erfreut fest, dass es noch Wasser gab, auch wenn es eiskalt war. Die Aussicht auf Waschen und eine normale Toilette hob ihre Stimmung deutlich.

Das Wasser war wirklich so kalt, dass es an den Zähnen schmerzte, wenn man sie putzte. Hinterher sah das Waschbecken nicht viel besser aus als der Boden und der Seifenspender war vollkommen leer, aber sie fühlten sich jetzt halbwegs sauber. Vor allem Marie musste sich einer ausgiebigen Waschung unterziehen, was sie mit lautem Protest und einigen Tränen kommentierte, aber es musste sein. Markus schabte sich mit einem Reiseset aus einem der Regale die widerspenstigen Stoppeln aus dem Gesicht. Nadja musste lachen, als sie ihn aus der Toilette kommen sah.

„Ey, da ist ja ein echtes Gesicht unter den Stoppeln. Sieht aber gar nicht so übel aus für einen alten Mann."

Er grinste und rieb sich dabei das Gesicht trocken.

„Ach, meinst du wirklich. Na, der sogenannte alte Mann wird dir gleich den Hosenboden versohlen."

Marie kicherte vor sich hin und beobachtete die beiden Erwachsenen.

„Ja bitte, mach das!", bettelte sie.

Augenzwinkernd sah er das kleine Mädchen an.

„Nicht doch, am Ende weint sie noch."

Nadja lies nur ein kurzes „Pfft" hören und konzentrierte sich wieder auf die Waren in den Regalen. Der Werkstattraum war mit dem Büro durch eine stabile Stahltür verbunden, wie man sie oft in Treppenhäusern oder Kellern verwendete. In der Werkstatt gab es eine Hebebühne, eine gut bestückte Werkbank, sowie ein großes Regal voller Reifen und natürlich an exponierter Stelle den obligatorischen Kalender mit nackten silikongeformten Frauen mit endlos langen Beinen, die sich in eindeutigen Posen auf aufgemotzten Tourenwagen oder breiten Reifen räkelten. Die öligen Fingerabdrücke auf den einzelnen Seiten zeugten davon, dass sich der Kalender großer Beliebtheit erfreut hatte.

Wie in einer Werkstatt zu vermuten, war es auch hier nicht gerade sauber und trotzdem war es wie ein kleines Königreich. Während Markus die Werkbank nach brauchbaren Dingen durchstöberte, hatte Nadja schon vorsorglich einige Kisten mit Süßigkeiten, abgepacktem Zeug, Zigaretten und Getränken aus den Regalen der Tankstelle zusammengesucht und in den Wagen gepackt.

Sie alle waren erschöpft und mussten die Eindrücke des vergangenen Tages verarbeiten. Noch einmal zogen die Bilder an ihnen vorbei. Die zerstörte Brücke, die Toten, welche durch die Straßen irrten, zuletzt die tote Frau und ihr Kind auf dem Rücksitz. Es dauerte daher nicht lange, bis sie sich auf der Decke in dem kleinen Büro einfanden, glücklich darüber, einen Unterschlupf gefunden zu haben und nicht alleine zu sein. Markus blickte auf das Abendessen, welches auf einer Decke ausgebreitet zwischen ihnen lag.

„Was meinst du, sollen wir hier eine Nachricht hinterlassen mit einer Liste der Sachen, die wir genommen haben? Ich weiß halt nicht, wenn das hier vorbei ist, geht ja wieder alles seinen gewohnten Gang, oder?"

Nadja schüttelte entschieden den Kopf. Bezahlen kam für sie nicht in Frage.

„Ne du, lass mal stecken. So schnell kommt da keiner mehr, das wird bestimmt wie in Russland so ne Quarantänezone über was weiß ich wie viel Jahre. Da musst du dir jetzt echt keinen Kopf machen."

Ihr Abendmahl bestand aus abgepackten Würstchen, Toastbrot und trockenem französischen Rotwein. Markus hatte sogar einige Kerzen gefunden, die nun ein angenehm warmes Licht spendeten. Unter anderen Umständen eine fast schon schmerzhaft romantische Situation. Schweigend aß jeder eine Kleinigkeit, doch richtigen Appetit hatte niemand. Nach dem Essen kramte Markus ein buntes Kinderheft hervor, das er im Zeitschriftenregal gefunden hatte und fing an, der Kleinen ein kurzes Märchen vorzulesen. Es handelte sich um eine stark vereinfachte Version von Schneewittchen. Schließlich war für den Zwerg Schlafenszeit und Markus fand es wichtig, dem Kind etwas Normalität zu bieten.

Als er an die Stelle kam, in der Schneewittchen von der bösen Königin vergiftet wurde und in Starre fiel, um kurz darauf wieder aufzuerstehen, musste er an die Kreaturen denken, die durch nun die Straßen irrten und stellte sich die Frage, ob so etwas vielleicht schon viel früher geschehen war und die Dichter von damals diese Dinge nur in eine etwas andere Form von Erzählung packten. Mit

„und wenn sie nicht gestorben sind, so leben sie noch heute“ beendete er schließlich die Geschichte, um erst jetzt zu bemerken, dass die Kleine schon lange friedlich und still mit ihrem Teddy im Arm und dem Daumen in Mund eingeschlafen war. Vorsichtig deckte er sie gut zu, denn sie sollte es warm haben in der Nacht.

Nadja und Markus hatten sich auch nicht viel zu sagen. Was gab es auch schon zu besprechen, außer dem Grauen draußen vor der Tür – und davon hatten sie beide wahrlich mehr als genug im Moment. Also blieb ihnen nur, ihren eigenen Gedanken nachzuhängen und schweigend das wohlig warme Gefühl des Rotweins in ihren Bäuchen zu genießen. So wie die Nähe der andere Menschen und deren Wärme, an die man sich in solchen Situationen gerne klammerte. Mal ehrlich, was sollte es auch schon zu bereden geben. Die Situation war eindeutig und jedes Gespräch würde am Ende dahingehend auslaufen, das es nur eine Frage der Zeit sein konnte, bis es sie selbst erwischte. Bis sie in eine Sackgasse ohne Ausweg kamen.

Später, als die Flasche leer war, schliefen sie endlich ihren eigenen Gedanken nachhängend und eng beieinander liegend ein, niedergeschlagen von Erschöpfung, ausgezehrt von den Ereignissen der vergangen Tage und noch immer voller Angst. Der Körper forderte diese Pause, um sich zu erholen und den endgültigen Zusammenbruch noch ein wenig hinauszuzögern.

Die Kerzen jedoch brauchten keinen Schlaf und sandten ihr warmes, sanftes Licht durch das Fenster auf die Straße hinaus, leuchtend wie ein kleines Feuer der Zuversicht in einer dunklen Stadt, gleich einem Leuchtturm, der sein Signal schickte an jene, die alleine und ohne Hoffnung da draußen ziellos umherirrten.

BÖSES ERWACHEN

Der Tag war bereits angebrochen und drang mit seinem penetranten Licht durch das kleine Fenster, als Markus durch das Klappern der Eingangstür zum Ladenraum aus seinen Träumen geschreckt wurde. Blinzelnd lag er auf dem Rücken und versuchte seine Gedanken zu sortieren. Mühsam und mit einem faden Geschmack im Mund kroch er aus seinem Nachtlager. Weder Marie noch Nadja waren zu sehen, nur ihre zerwühlten Decken lagen auf dem Boden und waren schon kalt. Erneut rieb er sich die Augen und versuchte so, klarer zu sehen.

Irgendetwas stimmt nicht, da war was nicht in Ordnung. Es war einfach zu ruhig. Dann sah er Nadja durch die Tür wie eine abgestellte Puppe mit offenem Mund im Verkaufsraum stehen und nach draußen starren. Sie trug nicht einmal ihre Schuhe. Noch immer nach Orientierung suchend verließ er das Büro und betrat den Laden. Nadja schien ihn gar nicht wahrzunehmen, sondern starrte weiter geradeaus durch das große Schaufenster. Dann wusste Markus, was los war.

Wie beim Schlussverkauf drängten sich vor der verschmierten Scheibe dutzende Gestalten und drückten sich die Nasen platt. Sie hinterließen dabei lange Schlieren aus Eiter und dunklem Blut auf dem Glas. Zwischen den Zapfsäulen irrten noch mehr Kreaturen umher. Doch wo zur Hölle waren die so plötzlich hergekommen? Als ob sie die Lebenden gerochen hätten. Sie sahen schrecklich aus, ihre Kleidung war blutbesudelt und zerfetzt, dazu die wächserne, schmierig bleiche Haut und die eingefallenen Gesichter, die mit einem käsigen Film überzogen schien. Hungrige, tief in den Höhlen liegende Augen brannten mit einer fremden dunklen Glut.

Durch die Kälte hatten die meisten der jämmerlichen Figuren schwärzliche Erfrierungen an den Händen und im Gesicht, bei einigen war sogar die Nase schwarz. Ihre Haare waren zerzaust oder standen büschelweise von den Köpfen ab. Sie alle waren vom Tod gezeichnet und trug die Merkmale des Zerfalls öffentlich zur Schau.

Nadjas Mund formte lautlos immer wieder das gleiche Wort. Als sie ihm den Blick zuwandte, wusste er welches: Zombies. Voller Entsetzen versuchten sie zu begreifen, was sie da sahen. Dieser Name manifestierte die Dinger auf immer und ewig in ihrer Welt und machte sie zum Bestandteil des täglichen Lebens. Im selben Augenblick wussten sie, dass nichts mehr so sein würde wie früher. Der Tod hatte sich gezeigt und war zu einer realen Bedrohung geworden, die allen ihnen bekannten Naturgesetzen widersprach.

Und Zombies war die einzig passende Bezeichnung für diese Dinger da draußen vor der Tür. Tote, die wieder auferstanden, um die Lebenden zu fressen. Tote, die vermutlich nur mit einem gezielten Kopfschuss auf ewig niedergestreckt werden konnten.

Wie durch ein Raster liefen die Schlüsselszenen aller Filme dieses Themas vor seinen Augen ab, eine nach der anderen, wie schon so oft in den letzten Tagen. Szenen, in denen die Menschen langsam feststellten, was zu tun war, um die Dinger zu erledigen. Eng verbunden war damit der Name George A. Romero. Der Amerikaner war der Erste gewesen, der die Dinger in dieser Form auf Filmrollen gebannt hatte.

Markus sah vor seinem inneren Auge riesige Schwärme dieser unwirklichen Monster hinter verzweifelten Menschen her hetzen und wie sich der Abstand langsam aber sicher verringerte, bis zum blutigen Ende, bei dem die Horde über ihr bedauernswertes Opfer herfiel. In anderen Filmen gab es Scharfschützen, die einen Zombie nach dem anderen mit gezielten Kopfschüssen abknallten und dabei noch derbe Witze machten.

Aber genau hier war das Problem. In einem Film war es leicht, einen Menschen zu töten und einen wieder auferstandenen Toten auszuschalten. Jeder Schuss ein Treffer und jeder erledigte Zombie ein weiterer Punkt auf der Skala zum nächsten Level. Wie beim Tontaubenschießen. Nur blutiger und durchsetzt von Körperflüssigkeiten jeder Art. In Markus Gedanken breitete sich die grenzenlose Angst aus, in einer Welt gefangen zu sein, in der die Lebenden ständig auf der Flucht waren und immer mit der Furcht leben mussten, von den Dingern aufgespürt und gefressen zu werden.

Nein, so durfte das alles nicht enden. Es musste eine sichere Zone geben, eine Grenze, hinter der alles so war wie früher. Mühsam rang er die aufkommende Panik nieder, entstanden durch die übermächtige Angst und den Anblick der Gestalten vor der Scheibe. Jetzt galt es einen klaren Kopf zu behalten, einen Plan zu schmieden und vor allem, von hier abzuhauen. Mit heiler Haut, wenn möglich. Der fade Geschmack in seinem Mund wurde schlimmer und löste krampfenden Brechreiz aus. Er musste würgen und schmeckte bittere Magenflüssigkeit in seinem Mund, als ihm plötzlich klar wurde, was die Dinger tatsächlich angelockt hatte. Es war sein Fehler gewesen, sein verdammter Fehler. Er hatte vergessen die Kerzen zu löschen, bevor er eingeschlafen war.

„Scheiße", murmelte er leise. Vermutlich waren die Dinger durch den Lichtschein auf sie aufmerksam worden, so schwach er auch sein mochte. Anders konnte es sich das nicht vorstellen, denn sie waren draußen an der Zapfsäule wirklich vorsichtig gewesen. Hatten sich immer umgesehen und all das Zeug, was man so machte, wenn man auf der Flucht war.

Wenigstens machten die Kreaturen bisher keine nennenswerten Anstalten, in das Gebäude einzudringen und drückten sich nur die Nasen platt, um etwas im Innern des Gebäudes durch die verschmierten Scheiben zu erkennen. Verziehen würden sich die Zombies aber bestimmt nicht so schnell wieder.

Markus signalisierte Nadja mit einer Kopfbewegung, sich mit ihm ins Büro zurückzuziehen. Mit langsamen Bewegungen kam die Polin seiner Aufforderung nach und versuchte dabei, jedes noch so kleine Geräusch zu vermeiden.

„Vielleicht gehen die einfach wieder weg, wenn wir leise genug sind", flüsterte Nadja hoffnungsvoll und sah ihn mit großen Augen an.

„Ich glaube, die haben wir jetzt am Arsch kleben, die gehen hier so schnell nicht weg. Wir brauchen einen Plan, Nadja", meinte Markus leise und zog sich ein kaltes Kaffeegetränk auf, um den brennenden Durst zu stillen, vor allem aber, um den ekelhaften Geschmack in seinem Mund zu vertreiben.

Vermutlich stank er aus dem Hals wie ein Hund und zog es daher vor, durch die Nase zu atmen. Das war so etwas, was er gar nicht mochte. Und es wunderte ihn, dass er überhaupt durch die Nase genügend Luft bekam, denn normalerweise war das anders.

Solange die Dinger da draußen blieben und sie durch eine stabile Wand von ihnen getrennt waren hatten sie Zeit, einen Plan für ihre Flucht zu schmieden. *Jetzt nur nicht die Nerven verlieren und nachdenken.* Er musste einen Plan fassen, wie verrückt dieser auch immer sein sollte. Vielleicht gab es die Möglichkeit, sich auf das Dach zu retten. Er verwarf diesen Gedanken jedoch gleich wieder, denn es war eine dumme Idee, mitten im Winter mit nichts auf dem Dach zu hocken und darauf zu warten, dass die Monster einfach unverrichteter Dinge wieder abzogen.

Nein, die würden bleiben, denn die Toten hatten ewig Zeit. Alles änderte sich, als es plötzlich in der Werkstatt laut schepperte. Die eben geglaubte Sicherheit zerplatzte wie eine Seifenblase. Sofort machte sich vor der Scheibe Unruhe breit. Die Raubtiere waren aufgeschreckt. Markus und Nadja wechselten einen erschrockenen Blick, dann schnappten sich beide ihre Waffen und stürmten, noch immer ohne Schuhen an den Füßen, in die Werkhalle.

Dort fanden sie Marie. Die Kleine stand unbekümmert an einem großen aufgeklappten Werkzeugkasten und wühlte suchend darin herum. Zu ihren Füßen lag ein großer, öliger Gabelschlüssel. Die Kreaturen waren hungrig und gewiss nicht taub, denn die ersten fingen damit an, gegen die Blechtüren der Werkstatt zu trommeln und gutturale Laute auszustoßen, irgendwo zwischen Röcheln, Schmatzen und Schreien.

Marie schrie vor Schreck laut auf und flüchtete sich in Markus' Arme, um sich angsterfüllt an ihm festzuklammern. Der Schrei des Kindes stachelte die Dinger nur noch mehr an. Einige hatten die Griffe der Türen gepackt und versuchten auf diesem Weg, die Türen zu öffnen.

„Jetzt sind wir echt am Arsch!“, schrie Nadja hysterisch und sah wütend zu Marie. Markus nickte hektisch und wünschte sich seine Schuhe an die Füße.

„Wir müssen von hier abhauen und zwar schnell. Und Nadja, sieh die Kleine nicht so an, sie hat das nicht mit Absicht gemacht, okay?“

Marie sah zu Nadja nach oben.

„Tut mir leid, Tante Nadja!", klang es leise und weinerlich aus ihrem Mund und winzige Tränchen liefen bereits über ihre schmutzigen Wangen.

Doch wieder einmal entwickelten die Dinge diese unangenehme Art der Eigendynamik. Gerade als Nadja im Büro in ihre Schuhe stieg und das restliche Zeug zusammenraffte und Markus noch darüber nachdachte, wie in aller Welt sie hier überhaupt rauskommen sollten, zerbarst die Frontscheibe unter dem Druck der vielen Körper.

Der Schub war so heftig, dass die ersten Zombies direkt über die Fensterbank in den Verkaufsraum stürzten, dicht gefolgt von der nächsten Reihe, die ohne Rücksicht über die Gestürzten trampelte, um so schneller an das lebende Fleisch zu gelangen. Sofort breitete sich ein bestialischer Gestank in dem kleinen Raum aus und raubte ihnen fast den Verstand. Eine Mischung aus vollgeschissenen Windeln und verfaultem Fleisch, durchmischt mit dem Geruch sehr alten Käses. Beim großen Fressen wollte natürlich jeder der Erste sein und es entstand ein unglaubliches Gerangel.

„Nadja, mach dass du raus kommst!", schrie Markus gegen den Lärm an und warf seine Schuhe einfach ins Fahrzeug. Es gab keine Zeit mehr die Dinger jetzt anzuziehen. Als die Frau nicht sofort reagierte, packte er sie grob am Arm und zerrte sie hinter sich her, in die Werkstatt zurück. Schnell übergab er die zappelnde Marie an Nadja, denn jetzt brauchte er freie Hände. Im letzten Augenblick konnte er die stabile Verbindungstür zuschlagen und vor den Nasen der Kreaturen den Riegel zuschieben. Besonders lang würde das die Monster aber sicherlich nicht aufhalten.

„Wirf das Zeug ins Auto und setze die Kleine auf die Rückbank, los verdammt, mach schon!", presste Markus zwischen zusammengebissenen Zähnen hervor, während er sich mit aller Kraft gegen die Tür stemmte.

„Und dann setz' dich hinter das Steuer und lass die verdammte Karre an, ich weiß nicht wie lange ich das hier durchhalte!"

Markus war sich bewusst, dass er die Tür nur wenige Minuten halten konnte. Nadja agierte jetzt nur noch instinktiv: *Reihenfolge festlegen und handeln. Das Wichtigste immer zuerst.* Zuerst warf sie die lebensnotwendigen Sachen in den Defender, danach drückte sie das Kind grob auf die Rückbank und schnallte es an.

„Bleib verdammt noch mal sitzen, sonst versohle ich dir deinen Arsch!“, zischte die Frau das Kind an, denn sie musste unbedingt vermeiden, dass Marie wieder ausstieg, um sich an Markus zu klammern. Sie verschwendete keinen Augenblick weiter mit der Kleinen, die nun laut und voller Panik weinte. Sollte sie doch, solange sie nur sitzen blieb. In dieser Beziehung dachte sie ganz pragmatisch und auf sich selbst bezogen.

Wie in allen Konfliktsituationen stand bei ihr die eigene Rettung immer im Vordergrund. Nadja hatte nicht vor, hier zu verrecken und als Zombiefutter zu enden. Sekunden später hatte sie das Fahrzeug umrundet, schwang sich hinter das Steuer und drehte den steckenden Zündschlüssel um. Der Motor des Wagens erwachte sofort mit sattem Dröhnen und der Werkstattraum füllte sich schnell mit den nach Benzin stinkenden Abgasen.

Markus sah aus dem Augenwinkel, wie Nadja die Beifahrertür mit dem Fuß aufstemmte. Von der anderen Seite wurde der Druck der Toten mit jeder Sekunde stärker. Immer wieder rutschten seine öligen Strümpfe nach hinten weg, wenn die Tür unter den zornigen Schlägen der Angreifer erbebte. Seine Bronchien fingen an zu brennen, zogen sich durch den Stress zusammen und wurden immer enger. Hier gab es nichts mehr zu retten, er musste nur noch zusehen, halbwegs schnell in den Wagen zu gelangen.

Hastig warf er sich herum und war mit zwei langen Sätzen im Fahrzeug. Fast wäre er noch ausgerutscht und sah sich schon in der Grube unter dem Fahrzeug liegen, konnte sich aber zu seinem Glück noch fangen. Als der die Beifahrertür zuknallte, verlor die Werkstatttür den Kampf gegen den Druck der Bestien und flog krachend auf. Der Riegel schoss durch den Raum und prallte an der gegenüberliegenden Wand ab. Die Biester ergossen sich wie aus einer überschäumenden Flasche schwankend in den Raum.

„Gib endlich Gas, verdammt noch mal!“, brüllte er Nadja an, die noch immer unsicher auf das geschlossene Garagentor starrte. Markus sah schon die ersten Fratzen an seiner Tür auftauchen und schmierige Finger, welche an die Scheibe tatschen.

„Gib einfach Vollgas, das hält diese verfluchte Mistkarre schon aus!“

Er rüttelte sie hart an der Schulter und riss sie damit aus ihrer Starre. Nadja trat das Pedal voll durch, endlich röhrte der Motor auf und der Geländewagen schnellte wie eine Rakete nach vorne auf das Tor zu. Schrill kratzten Fingernägel auf dem Lack des Defenders, dann das ohrenbetäubende Krachen als sie sich mit der Motorhaube in das Werkstatttor bohrten. Der rostige Riegel brach auch dort und scheppernd flogen die großen Flügel auseinander, warfen dabei die Dinger direkt davor brutal zur Seite.

Alles hatte sich draußen zum finalen Sturm gesammelt, bereit zum großen Fressen. Es waren unglaublich viele. Der Wagen sprang förmlich in die Freiheit und über unzählige Körper hinweg. Walzte sie einfach nieder. Die Kreaturen flogen wie große Fleischpuppen durch die Gegend, wo der stabile Kühlergrill des Defenders sie traf. Da war nichts, was sie der Kraft des Fahrzeugs entgegenzusetzen hatten. Mit dem rechten Kotflügel streifte Nadja krachend eine Zapfsäule und verriss dabei das Lenkrad. Die Karre kam gefährlich ins Schlingern und rutschte quer auf die Straße. Ein Toter, der sich an der Fahrertür festgekrallt hatte verschwand unter dem Fahrzeug. „Scheiße, Scheiße, Scheiße!“, schrie Nadja und beschleunigte weiter, sie wollte einfach nur so schnell wie möglich weg von diesen Monstern.

Endlich bog der schwere Geländewagen auf die Straße ein. Die Polin gab Vollgas, nur weg von der Tankstelle und dem damit verbundenen Grauen. Die Zombies taumelten ihnen zwar hinterher, waren aber zu langsam, um eine wirkliche Gefahr darzustellen, solange sie in Bewegung blieben.

Auch auf der Straße kamen ihnen einige der Dinger entgegen, die auf dem Weg zur Tankstelle waren. Das Licht der Kerzen hatte sie wie das Geläut einer Kirche angezogen. Verdutzt blieben sie stehen und blickten dem Wagen mit leeren Augen hinterher, der Futterquelle beraubt und nicht wissend, wohin sie sich nun wenden sollten.

Markus fischte unter dem Sitz nach seinen Schuhen, wurde schließlich fündig und schlüpfte mit seinen vor Öl und Schmiere triefenden Socken hinein. Als sie schon eine Weile gefahren waren und die Tankstelle bereits aus ihrem Sichtfeld verschwunden war, meldete sich Marie mit verheulter Stimme zu Wort.

„Ich habe mein Einhorn verloren, wir müssen schnell zurück und es retten!"

Verdammt, das Einhorn, dachte sich Markus.

„Bitte wir müssen zurück, es braucht uns doch!", quengelte Marie weiter. Genauso gut hätte man sich direkt selbst eine Kugel in den Kopf jagen können, denn eine Rückkehr in dieses Schlachthaus hatte mit Gewissheit den gleichen Effekt. Das Kind rutschte auf der Rückbank aufgeregt hin und her und quengelte weiter. Markus Bronchien machten erneut dicht.

Er kramte in den Taschen nach dem Spray, als Nadja unverhofft das Einhorn aus der Jacke zog und es zu dem Kind nach hinten reichte. Das hätte er nun wirklich nicht erwartet. Marie lachte freudig auf und umarmte das Stofftier fest und innig.

„Mein Einhorn! Danke, Tante Nadja, jetzt ist alles wieder gut!"

Markus nickte und fuhr sich mit der Hand erschöpft über die Augen. Inzwischen hatte er sein Spray gefunden und sich die üblichen drei Portionen verpasst. Schnell ging es ihm wieder besser

„Ja Marie, jetzt ist alles wieder so, wie es sein soll. Wir haben es geschafft!"

Wie einfach doch die Dinge in den Augen eines Kindes sein konnten. Vor allem das Lachen der Kleinen war ansteckend und wenig später mussten auch Nadja und Markus lachen, zuerst stockend und noch gepresst, dann immer lauter und fast schon befreiend. Dem Tod gerade von der Schippe gesprungen, lachten sie so sehr, das sie bald Tränen in den Augen hatten.

Als das Ortsschild von Roßlau am Straßenrand auftauchte, ging Nadja vom Gas und stoppte den Wagen. Die Ortschaft schien etwas größer zu sein als das letzte Kaff, entsprach aber ebenfalls dem ostdeutschen Standard: Gartenzwerge und sauber gestutzte Rosenbüsche.

„Ich hab echt keinen Bock, direkt in eine Stadt zu fahren, die ich nicht kenne. Hab' da ein wirklich blödes Gefühl dabei."

Nadja sah Markus ängstlich an.

„Ich weiß Nadja, aber was willst du machen, vielleicht wieder zurückfahren, direkt in die Arme dieser Dinger? Also ich mit

Sicherheit nicht. Wenn wir uns immer links zur Elbe halten, finden wir vielleicht irgendwann eine intakte Brücke, eine Fähre oder so was in der Art. Ein Boot würde auch schon reichen. Wir müssen über diesen Fluss kommen, irgendwie. Und wenn wir dazu durch diese scheiß Stadt fahren müssen, soll es mir Recht sein."

Nadja nickte zögerlich, auch wenn sie nicht ganz seiner Meinung war. Markus hatte recht, wenn sie überleben wollten, mussten sie immer in Bewegung bleiben und, wenn möglich, durch den Fluss eine natürliche Barriere zwischen sich und die Monster bringen.

„Dann fährst aber du weiter", entgegnete sie knapp und stieg aus dem Wagen. Sie brauchte dringend eine Zigarette oder wenigstens etwas zu trinken. Etwas Alkoholisches natürlich. Am liebsten würde sie jetzt solange trinken, bis alles in ihr taub war. Bis jedes Gefühl, jede Emotion unter einer dicken Schicht aus Watte verschwunden war. Doch das war natürlich nicht möglich, also spuckte sie das bittere Zeug, welches sich in ihrem Mund gesammelt hatte, auf den Boden und ging los, um den Wagen zu umrunden.

Markus beobachtete die Frau im Rückspiegel. Vor allem ihren Arsch, denn der saß straff in der Hose. In dem Moment, als sie das Heck des Wagens erreichte, blieb sie jedoch stocksteif stehen, starrte auf den Boden und fing an zu schreien. Dann bedeckte sie ihr Gesicht mit den Händen. Da war was mächtig faul.

Sofort war er hellwach, fummelte schnell den Sicherheitsgurt auf und sprang mit der Waffe in der Hand aus dem Wagen. Er fand die Frau vornübergebeugt und kotzend hinter dem Defender stehen und wusste sofort, warum. Eines der Dinger hatte sich wohl an der Stoßstange festgeklammert und war die ganze Strecke über mitgezerrt worden.

Doch damit nicht genug, es war der erbärmliche Zustand, in dem es sich befand. Seine Beine waren vollständig zertrümmert und hingen nur noch als breiige Masse am Körper. Knochensplitter standen spitz aus dem zerfetzten Fleisch. Der rechte Arm fehlte ganz, nur noch ein brauner Hautlappen war davon übriggeblieben, der wie die abgerissene Schulterklappe einer Lederjacke nutzlos am Körper hing. Markus erkannte ihn wieder. Es war der Typ von der Fahrerseite, den sie bei ihrer Flucht aus der Tankstelle überfahren hatten. Er lag an den markanten Piercings in der rechten Augenbraue.

Drei Stück insgesamt, die Äußeren Silber, der mittlere schwarz. Das Ding rutschte von der Stoßstange und fing sofort damit an, in Nadjas Richtung zu kriechen.

Markus hatte die letzten Tage schon viel gesehen, aber das gab ihm den Rest. Die gesamte Situation war derart surreal. Und doch war er derart von diesem Anblick gebannt, dass er für einen Moment absolut handlungsunfähig war und nur noch dumpf glotzen konnte. Was war das nur für eine teuflische Kraft in diesen Kreaturen, die nur noch Maschinen gleich einem einzigen Trieb folgten?

Das Ding kam mit seinem einen Arm kaum von der Stelle, kroch wie eine Made auf das ersehnte Fleisch zu, mit dem Ziel, es zu verschlingen, auch wenn es absolut sinnlos war, als toter Organismus immer weiter zu fressen. Anscheinend wussten diese Dinger ganz genau, wer noch am Leben war und wer schon tot. Auch wenn sie noch so geistlos handelten, waren sie dennoch in der Lage, diese entscheidende Feststellung zu treffen. Markus nahm seinen ganzen Mut zusammen und ging in die Hocke, um sich das Scheusal genauer anzusehen. Nadja kotzte sich noch immer ihre Seele aus dem Leib.

Das Ding strömte einen geradezu bestialischen Gestank aus. Eine Mischung aus Fäkalien, Blut und Verwesung. Aus Mund und Nase quoll eine eitrig-gelbe Substanz, die auf der Straße lange Fäden zog. Warum bewegte sich dieses Scheusal, warum konnte es kriechen obwohl es tot war? Er suchte fieberhaft nach einer Erklärung und fand keine, die sein normales Denken wenigstens teilweise beruhigen konnte.

Entweder kam diese fremde Kraft direkt aus der Hölle und die Leiche war von einem Dämon besessen, oder (Markus fand, dies war die weitaus bessere Variante) es waren irgendwelche Mikroorganismen im Spiel, die sich im Gehirn der toten Menschen eingenistet hatten und dort die Kontrolle über die trivialen Körperfunktionen übernommen hatten.

„Ich verstehe nicht, wie das möglich ist. Es gibt einfach keine Erklärung dafür“, brummte Markus.

Nadja zuckte mit den Schultern und wischte sich mit ihrem Ärmel ihren verschmierten Mund sauber. Sie hatte jede Farbe verloren und krampfte noch immer.

„Keine Ahnung, ehrlich gesagt ist es mir auch scheißegal. Ich weiß nur, dass sie es tun und das genügt mir."

Markus stand auf und sah sich um, konnte aber keinen weiteren Toten in den Vorgärten oder zwischen den Büschen entdecken. Alles erweckte den Eindruck einer friedlichen, heilen Welt. Sogar die Gartenzwerge lächelten aus den Vorgärten und gruppierten sich stumm um ein auf dem Boden kniendes Rotkäppchen, aus dessen Korb eine Weinflasche aus Gips ragte.

Markus ging zu Nadja und nahm sie vorsichtig in die Arme. Total fertig legte sie ihren Kopf an seine Brust. Die Frau zitterte am ganzen Körper und brauchte einfach ein paar Minuten Ruhe, um zu sich zu kommen.

„He, wir schaffen das schon irgendwie, mach dir keine Sorgen. Schon bald finden wir 'ne Sammelstelle oder wenigstens andere Menschen. Es kann nicht überall so sein", versuchte er sie zu beruhigen und fuhr ihr vorsichtig über die Haare. Sie nickte schluchzend und wischte sich mit dem Ärmel die Tränen aus dem Gesicht.

Er war ein schlechter Lügner und Nadja spürte das sofort. Trotzdem war sie froh, seine Worte zu hören und nicht allein dieser Situation ausgeliefert zu sein. Da war etwas zerbrochen in ihr und es würde nie mehr heilen. Niemals mehr würde es so sein wie früher. Wer diesen Mist hier überlebte, trug nicht nur äußerliche Narben davon, sondern auch in seinem Innern. Und die waren noch viel schlimmer.

„Fahr bitte weiter, ich will nur noch weg."

Markus nickte nur. Er konnte sie nur zu gut verstehen. Das war alles so weit weg von jeder logischen Erklärung, dass er langsam seine Theorie eines Terroranschlags in Frage stellen musste. Irgendetwas ließ die Toten auferstehen und je länger er darüber nachdachte, umso mehr musste er auch seine bisherige Annahme des Parasiten revidieren. Wenn ein Körper derart zerstört war, dass die entscheidenden Körperfunktionen nicht mehr gegeben waren, konnte auch ein Parasit nichts mehr daran ändern. Stupide gab er Gas und unterband es, weiter darüber nachzudenken.

STADT – LAND – FLUSS

Die Straße führte zuerst am Stadtrand entlang durch eine Vorstadtsiedlung. Langsam wurde die Bebauung dichter und verwandelte sich in ein dichtes Wohngebiet mit den üblichen Discountern, Ramschläden und Autohändlern mit ihren standardisierten langweiligen Gebäuden. Hin und wieder taumelte eines der Dinger auf den Gehwegen herum und drehte seinen mit speckigem Haar bedeckten Kopf träge in ihre Richtung.

Sie sahen einen Toten, der immer wieder gegen eine verschossene Gartentür lief und anscheinend zu dumm war, einfach die Klinke nach unten zu drücken, um diese zu öffnen. Vielleicht hatte er früher hier gelebt und tat es aus alter Gewohnheit. Als sie eine etwas größere Kreuzung erreichten, an der es links zur Elbbrücke ging, mussten sie feststellen, dass diese ebenso zerstört war wie die Eisenbahnbrücke gleich daneben. Die Armee hatte anscheinend ganze Arbeit geleistet und nicht eine Brücke vergessen. Nadja sah sich die Trümmer an und schüttelte fassungslos den Kopf.

„Verdammte Scheiße, das gibt's doch nicht. Die Penner haben echt alles dicht gemacht. Was soll nur aus all den Menschen werden, die noch auf unserer Seite sind? Hat man die alle, hat man uns einfach aufgegeben? Was für einen Plan hast du jetzt, wie geht's weiter, hm?“

Markus zuckte nur mit den Schultern.

„Keine Ahnung. Ich weiß nur, dass wir auf die andere Seite müssen, egal wie. Und noch was, Nadja, hör bitte auf zu fluchen, wir haben ein Kind dabei, okay?“

Nadja stieß genervt die Luft aus.

„Leck mich!“

Markus kochte innerlich.

„Nicht wirklich …“

Unzählige Fahrzeuge standen auf dem Straßenstück zur Brücke dicht an dicht bis nach vorne an den Abbruchrand, einige hingen sogar mit den Vorderreifen darüber hinaus. Markus unterdrückte den Impuls auszusteigen und zum Rand der Brücke zu gehen, denn er hatte Angst, zwischen den Fahrzeugen in eine Falle zu geraten, da hinter den verschmierten Scheiben einiger Fahrzeuge Bewegungen auszumachen waren.

Nach rechts ging es ins Zentrum und dort waren einige der Kreaturen zugange, irrten ziellos umher, als ob sie sich die Auslagen in den Schaufenstern ansehen wollten. Immerhin war das Kaff groß genug, dass man eine Weihnachtsbeleuchtung, die aus großen Sternen mit langen Schweifen bestand, über die Straße gespannt hatte. Ein Zombie hatte sogar noch seine Einkaufstasche in der Hand, deren Boden aufgerissen war und die ihren Inhalt über den Gehweg verstreut hatte.

Sobald die Toten den Wagen sahen, drehten sie sich um und gingen mit schlurfenden Schritten auf ihn zu. Einige streckten sogar wie in einem dieser schlechten Filme ihre Arme nach vorne. Die Dinger waren ferngesteuerte Drohnen, die beharrlich nach einem geeigneten Ziel suchten und, sobald sich eines fand, sofort in den Angriffsmodus übergingen.

Die Straßen sahen auch hier aus, als hätte eine erbarmungslose Schlacht getobt. Der Wind hatte Zeitungen auf die Fahrbahn geweht. Mülltonnen waren umgestürzt und durchwühlt, ihr Inhalt lag nun überall verteilt auf dem Boden herum. Einige Autos waren in die abgestellten Fahrzeuge am Straßenrand gekracht und hatten diese über den Gehweg bis an die Häuserwände geschoben. Eine Kreuzung weiter die Straße hinauf stand ein Rettungswagen des roten Kreuzes mit weit geöffneten Türen, aus der eine Trage mit zerrissener Auflage schräg heraushing.

Rings um den Wagen waren Verbandsmittel verstreut und wehten wir lange Fahnen im kalten Winterwind. Markus fühlte sich an Bilder aus den Nachrichten erinnert, wenn die Autonomen in Berlin oder Hamburg am ersten Mai traditionell auf die Straße gingen, aus Mülleimern Blockaden errichteten und Autos anzündeten, um die Polizei am Vorankommen zu hindern. Genau so sah es hier aus, nur das zu all dem Dreck einfach zu viele Kleidungsstücke herumlagen.

Und Schuhe, immer wieder Schuhe. Jeder Art. Stiefel, Halbschuhe, Turnschuhe, ja sogar Stöckelschuhe lagen herum. Nadja vermied es, diese armen Seelen überhaupt anzusehen, sondern sah auf ihre Hände und wirkte irgendwie resigniert.

„Fahr einfach weiter, ist mir gleich wohin, die Dinger sind doch eh überall und früher oder später erwischen die uns. Das ist die einzige Sache, die wirklich sicher ist, kannst mir gerne glauben. Wir werden gefressen werden, es ist nur eine Frage der Zeit."

Hoffnungsvolle Worte klangen irgendwie anders.

„So ein Blödsinn. Wir geben nicht auf, hörst du? Noch gibt es eine Straße vor uns, die frei ist. Und genau die werden wir jetzt nehmen um von hier wegzukommen."

Markus beschleunigte das Fahrzeug, fuhr geradeaus weiter und überquerte kurz darauf ein paar rostige Bahngleise. Rechts lag das Stadtgebiet voller Monster und links die unüberwindbare Barriere der Elbe. Im Grunde hatten sie keine Wahl, als weiter geradeaus zu fahren. Schon kurz nach der Kreuzung erreichten sie ein großes Werkstor. An beiden Seiten des Tores umspannte eine mannshohe Steinmauer das dahinter liegende Areal. Über dem weit offen stehenden Zufahrtstor spannte sich das dunkelblaue Firmenschild einer Werft. Markus hielt an und kratzte sich unschlüssig am Kinn.

„Was meinst du?" Er sah Nadja fragend an. „Das Gelände hat 'ne hohe Mauer und sieht verlassen aus."

Nadja zuckte gleichgültig mit den Schultern.

„Ist okay, alles ist besser, als durch die Stadt zu fahren."

So langsam ging ihm ihre Resignation auf die Nerven. Was sie jetzt brauchten, war ein klarer Kopf und den Willen, weiterzumachen. Für ihn war es einfacher, denn er hatte ein Ziel, aber um die Polin machte er sich langsam Sorgen.

„Verliere nicht den Mut Nadja, ich bin mir sicher, dass auf der anderen Seite des Flusses Hilfe zu finden ist. Wieso hätten die denn sonst die Brücken gesprengt? Die nutzen einfach die Elbe als natürliche Barriere, so sieht's aus. Das Einzige, was wir jetzt brauchen, ist eine Möglichkeit, über diesen verfluchten Fluss zu kommen."

Markus hatte Angst, dass Nadja schlapp machen würde, denn das wäre das Letzte, was sie in dieser Situation gebrauchen konnten. Würde sie durchdrehen, würde er selbst es auch nicht viel weiter schaffen, ganz auf sich allein gestellt und mit dem Kind im Schlepptau. Nadja war fertig, in ihrem Gesicht zeichnete sich die große Anspannung an, unter der sie zu leiden hatte.

„Wie war das noch mal mit dem Fluchen, Markus? Hm?"

Der Angesprochene atmete tief aus.

„Ist ja schon gut. Hast ja recht. Nadja, wir müssen uns aber zusammenreißen, verstehst du? Du willst doch auch überleben und die Sache gut hinter dich bringen."

Unbewusst musterte sich Markus dabei selbst im Rückspiegel und stellte fest, dass er auch nicht besser aussah. Um Augen und Mund hatten sich tiefe Furchen gebildet, seine Augen lagen tief in dunklen Höhlen und sein Kinn war schon wieder voller Stoppeln. Immerhin nickte die Frau jetzt wenigstens.

„Okay, dann die Werft also. Versuchen wir hier unser Glück. Vielleicht finden wir ja ein Boot, wer weiß."

Hinten regte sich Marie und die beiden Erwachsenen stellten sich die Frage, wie lange ihnen das Kind schon zuhörte. Es war verblüffend, wie ruhig die Kleine war.

„Ja, ich will Boot fahren, bitte lasst uns Boot fahren! Da kommen die bösen Leute nicht hin."

Das Kind sprach das aus, was die beiden Erwachsenen ohnehin schon lange dachten. Auf dem Wasser war es sicher, denn zum Schwimmen waren die Monster vermutlich zu dumm. Markus musterte die Kleine im Spiegel.

„Du hast recht Marie, wir sehen, ob wir ein Boot finden. Und dann fahren wir alle zusammen nach Hause."

An Nadja gewandt fuhr er fort: „Ich könnte mir gut vorstellen, dass sogar Rettungskräfte auf dem Wasser unterwegs sind. Einfach, weil es dort sicher ist und man schnell weiterkommt."

Die Frau fuhr sich mit den Händen durchs Haar.

„Kann sein. Ich habe allerdings noch kein Schiff auf dem Wasser gesehen, du etwa?"

In solch einer extremen Situation hatte er sich noch nie befunden. Er hatte auf eine Art Dauerbetrieb geschaltet, in welchem er hauptsächlich handelte und es tunlichst vermied, lange über etwas nachzudenken. Immer wenn er in solche oder ähnliche Situationen geriet, äußerte sich der damit verbundene Stress stets mit einem extremen Jucken, das sich bald über seinen ganzen Körper ausbreitete. Und in Verbindung damit wuchs der Wunsch, ausgiebig den alten, getrockneten Schweiß abzuwaschen und seinen gesamten Körper mit einer lindernden Lotion einzureiben, um für eine Entspannung der Haut zu sorgen.

„Nein, Nadja, ich habe nichts gesehen, absolut gar nichts."

Dann gab er Gas und fuhr durch das Tor, vorbei an dem Warnschild, dem zufolge unbefugtes Betreten polizeilich geahndet würde. Schöner Witz.

Das Werksgelände zog sich dicht am Fluss entlang. Sie fuhren zwischen aufgetürmten Bergen aus verrostetem Eisenschrott und halb zerfallenen Schiffsteilen auf eine große offene Halle im Zentrum des Areals zu, in welcher Schiffsrümpfe und irgendwelche Stahlkonstruktionen aufgebockt waren. Die Halle hatte einen gigantischen Eingang, der sich fast über ihre gesamte Breite erstreckte. Dort verschwanden auch die Bahngleise im Dunkel des Gebäudes.

Markus fuhr, ohne lang nachzudenken, den Gleisen folgend einfach hinein in die Düsternis, denn ihm war dieser kalte Ort mit dem vielen Eisen unangenehm, er wollte das alles so schnell wie möglich hinter sich bringen.

„Gefällt mir nicht, die Sache hier. Zu wenige Ausweichmöglichkeiten. Augen zu und durch, oder?"

Nadja nickte stumm. Mit müden Augen musterte sie die Umgebung

„Oh Mann, das kotzt mich alles so was von an. Könnte jetzt echt was zu trinken vertragen. Einen warmen Raum, eine Dusche und all das Zeug. Vielleicht sogar 'nen guten und schnellen Fick!"

Markus schüttelte den Kopf, sagte aber nichts dazu. Nicht das er sich nicht auch nach all diesen Dingen sehnte, aber gerade jetzt darüber zu reden erschien ihm mehr als unpassend. Es war besser, sich der halbdunklen Halle zu widmen, bevor es unangenehme Überraschungen gab. Berufsbedingt war Markus früher oft in solchen Hallen unterwegs gewesen, um Maschinen zu installieren. Noch nie hatte er sich besonders wohl in diesen unpersönlichen und schmutzig-kalten Gebäuden gefühlt, die rein auf Zweckmäßigkeit ausgelegt waren.

In all dem Schmutz und Metall wohnte keine warme Seele, alles war tot und kalt. Nichts war hier natürlich gewachsen, sondern von klugen Köpfen erbaut, um Dinge zu produzieren, deren Notwendigkeit er oft in Frage stellte. In solch einer Umgebung verrohte der Mensch schnell selbst zur Maschine, welcher den Zombies da draußen in gewisser Hinsicht ziemlich ähnlich war. Nicht nur die Umgangssprache war derb und ganz weit unten, auch die eigenen Regeln wurden schnell vergessen. Hier galten andere Gesetze.

Er erinnerte sich an einen Mann, den er vor vielen Jahren in einem großen Stahlwerk in Siegen während der Frühstückspause in einem kleinen, extra zu diesem Zweck in die Halle eingebauten Bretterverschlag (denn anders konnte man das nicht bezeichnen) beobachtet hatte. Nicht nur seine Kleidung, auch seine Haut hatte die tiefschwarze Farbe des Eisenstaubs angenommen. Man konnte die Poren seiner Haut sehen, die das schwarze Pulver geradezu atmeten. Sein Gesicht sah aus, als hätte man es aus Metall gegossen, seine Augen strahlten als leuchtend helle Kreise im krassen Gegensatz zum Rest seiner Erscheinung.

Mit schwarzen Fingernägeln schälte er sich ein weißes Ei und stopfte es sich an einem Stück in den Mund. Seine Finger hinterließen dabei schwarze Abdrücke auf der Eihaut, was ihn aber nicht weiter zu stören schien. Alles in dem Frühstücksraum war metallisch grau und der Mann ging fast darin unter. Er war ein Teil des großen Stahls geworden, ein Teil der Maschine. Um zu funktionieren, musste er essen. Musste dieses Ei essen.

Markus war wieder im Hier und Jetzt. Überall lagen verstreut Werkzeuge, Helme und Kleidungsstücke auf dem Boden herum, Zeugen der nun neun Tage zurückliegenden Katastrophe. Als sie die Halle am anderen Ende durch ein identisches Tor wieder verließen, kamen sie auf eine größere Freifläche. Hier endeten auch die verrosteten Gleise.

Gegenüber waren zwei kleinere heruntergekommene Gebäude, rechts und links dann wieder der allgegenwärtige Eisenschrott. Einige schneebedeckte Güterwagen standen auf den Gleisen, ganz am Ende stand sogar ein alter, dunkelblauer Eisenbahnkran mit dicken rostigen Ketten. Überall tropfte Schmelzwasser. Zwischen den Gebäuden waren große Eisengerüste angebracht, um verrostete

Bauteile zu lagern, dazwischen standen große Behälter mit unbekanntem Inhalt und immer wieder Eisenschrott.

Der gesamte Platz lag verlassen vor ihnen und von den toten Dingern war zum Glück nichts zu sehen. Kein wirklich einladender Ort zum langen Verweilen, schon gar nicht in ihrer Situation, aber immer noch besser als alles, was sie unterwegs gesehen hatten. Markus hielt am anderen Ende des Platzes zwischen den beiden Bruchbuden an, denn der Weg war hier zu Ende.

„Scheiße, das ist 'ne verdammte Sackgasse!", murmelte er kaum hörbar. Fahrig kratzte er sich am Kopf und leckte über seine trockenen Lippen.

Sofort war da wieder dieses lästige Jucken und er rutschte unruhig auf dem Sitz hin und her. Dann stieg er aus und ging mit steifen Beinen weiter. Hier gab es kein Weiterkommen, denn ihr Weg endete hier tatsächlich vor einer flachen Kaimauer, hinter der sich ein Hafenbecken mit Zugang zur Elbe befand.

„Das darf doch nicht wahr sein. Kann denn nicht einmal irgendwas einfach so klappen?"

Er war verzweifelt; hatte gehofft, dass es hier weitergehen würde und sie am Ende doch nicht die Stadt durchqueren mussten. Die Gewissheit, umkehren zu müssen, machte ihn müde und fing an, ihn in die Knie zu zwingen. Nur mühsam konnte er seine Enttäuschung niederringen. Mit trägem Blick beobachtete er ein paar Möwen, die auf dem Wasser herumdümpelten und aufmerksam in seine Richtung blickten. Ihre gelben Schnäbel waren die einzigen Farbtupfer in dieser ansonsten trostlosen Umgebung.

Nadja hatte jetzt ebenfalls den Wagen verlassen und kam zu ihm an den Rand, zündete sich mit zitternden Fingern eine Zigarette an und zog in dieser nervösen, fahrigen Art daran, die Markus überhaupt nicht mochte. Die Frau starrte ausdruckslos auf die Wasserfläche.

„Du hast uns auf eine beschissene Landzunge gebracht, gut gemacht Markus. Was willst du jetzt machen, schwimmen wie eine dieser beschissenen Möwen?"

Markus sagte nichts. Nadja schimpfte weiter.

„Fällt Dir jetzt nichts mehr ein, Mister 'ES GIBT IMMER EINEN AUSWEG'. Ist 'ne scheiß Falle hier mein Lieber, so sieht's aus!"

Sackgasse. Nadjas Worte verletzten ihn, eine brennende Wut stieg in dem Mann auf und er drehte sich zornig zu ihr um. Sie tat ja gerade so, als ob sie es schon vorher gewusst hätte und sich hier auskannte wie in ihrer eigenen Tasche. Am liebsten hätte er ihr für diese Bemerkung eine gefeuert, doch er konnte sich gerade noch beherrschen und lediglich seine geballten Fäuste zeugten davon, wie gereizt er wirklich war.

„Jetzt hör mir mal gut zu. Ich hab genauso wenig Ahnung wie du, wohin diese beschissenen Straßen hier führen. Ich kenne mich hier nicht im Geringsten aus und will es auch gar nicht, weil ich nicht hier sein möchte. Ich habe keine Ahnung, wo wir sind, aber wenn du eine bessere Idee hast, dann bitte, sprich sie aus oder halt einfach deinen Mund."

Zornig dreht er sich um und stapfte zum Auto zurück. Er hatte endgültig die Nase voll von dieser Scheiße und war drauf und dran, sich einfach ins Auto zu setzen und sie hier mit ihrer Kippe in der Hand stehen zu lassen. Nur eine leise, weit entfernte Stimme in seinem Kopf warnte ihn davor, überzureagieren und oder gar durchzudrehen. Sie hatte schließlich nur das ausgesprochen, was er sowieso dachte. Doch die permanente Anspannung machte ihn reizbar und seine Nerven lagen mehr als blank.

„Ich will doch einfach nur überleben, zurück zu meinen Freunden", sagte Nadja ohne sich zu ihm umzudrehen, „weg von diesem Horror, verstehst du das denn nicht? Ich will, dass alles wieder so ist wie früher."

Ihre Stimme klang zittrig und sehr unsicher, hallte irgendwie verzerrt über das Wasser und ließ die Möwen erschrocken auffliegen. Mit protestierendem Krächzen ließen sich die Tiere am anderen Ufer erneut nieder. Die Frau hatte große Angst, dass er sie tatsächlich hier allein zurücklassen würde. Markus dreht sich um, noch immer voller Wut, und war bereit, den Streit auszufechten.

„Nadja, wann verstehst du endlich, dass die Welt niemals mehr so sein wird wie früher. Mach doch einfach mal die Augen auf! Alles geht den Bach runter und das einzige, was bleibt, sind wir und die – wenn auch noch so kleine – Hoffnung, weiter im Süden irgendwas Normales zu finden. Aber wenn du es vorziehst, hierzubleiben, bitte sehr!“

Er war jetzt richtig zornig geworden. An ihrer Körperhaltung und den zuckenden Schultern konnte er erkennen, dass sie weinte. Sofort taten ihm seine Worte, seine ganze Reaktion leid. Das hatte er nicht gewollt.

„Hey, Nadja, wir sollten uns jetzt echt nicht streiten. Das bringt rein gar nichts. Sehen wir einfach zu, dass wir hier schnell wieder rauskommen – zusammen und vor allem mit heiler Haut.“

Markus versuchte einzulenken, denn er fühlte sich nicht wohl hier auf dem Gelände zwischen Wasser und Halle. Irgendwie beengt und ohne Ausweichmöglichkeiten. Hinter den schmutzigen Fenstern der Gebäude war es düster, es hätte sich alles darin verbergen können. Sogar eine Armee Zombies, die alle zur Eingangstür ausgerichtet nur darauf warteten, dass ein ahnungsloser Irrer die Tore zur Hölle öffnete, damit sie ausgespien wurden, um zu morden und ihre grenzenlose Gier nach frischem Fleisch zu stillen.

Wenn es einen Ort für eine perfekte Falle gab, dann diesen hier. Gerade als er zu Nadja zurückgehen wollte, um sie dazu zu bewegen, wieder in den Wagen zu steigen, hörte er ein metallisches Geräusch aus der großen Werkhalle. Es hörte sich entfernt nach einem Werkzeug an, das von einer der Werkbänke auf den Boden gefallen war. Markus zuckte mit einem leisen Aufschrei zusammen, fuhr herum und starrte auf das weit aufklaffende schwarze Loch des Halleneingangs. Nadja sah nur Markus' Reaktion und wimmerte vor Furcht ebenfalls leise auf.

Dann ertönte noch ein Geräusch, doch in der finsteren Halle war außer dem kleinen hellen Rechteck des anderen Zugangs nichts zu erkennen. Die Polin ging schnell zum Wagen zurück und starrte, neben Markus stehend, gebannt auf das Hallentor. Alles um sie herum verschwand, nur noch diese düstere Öffnung vor ihnen war wichtig. Ihre feinen Härchen richteten sich auf und sie dachte an das Verhalten von Opfertieren, von Rehen, die ein Geräusch im Wald gehört hatten und nun mit erhobenem Kopf bewegungslos dastanden und warteten. Sie standen einfach da und warteten, dass etwas geschah, was ihre Sinne bestätigen und ihnen den Impuls zur Flucht vermittelte.

Instinktiv griffen sie nach den Waffen und wagten dabei nicht, den Blick auch nur für eine Sekunde von der Halle abzuwenden. Zu groß war die Furcht vor dem, was aus der Dunkelheit ans Licht treten konnte.

Markus entschied sich diesmal für das Gewehr. Noch nie hatte er auf einen Menschen geschossen und er war sich nicht sicher, ob er das auch wirklich konnte. Der verschwommene Lichtfleck in der Dunkelheit der Werkhalle fing an, Bewegungen vorzugaukeln; Körper, die sich langsam in ihre Richtung schoben.

Beide klammerten sich an die Hoffnung, dass es nur ihr müder, überstrapazierter Geist war, der ihnen diese Trugbilder vorgaukelte. Doch das leise Röcheln aus der Halle war keine Einbildung und verkündete die Ankunft des Todes. Es trug die grausame Gewissheit mit sich, dass die Bilder vor ihren Augen der Realität entsprachen. Die Monster hatten die Witterung nach Frischfleisch aufgenommen und bahnten sich nun den Weg zu ihnen. Markus konnte sich als Erster aus dem Bann lösen.

„Wir müssen hier weg, so schnell wie möglich!“, stieß er gehetzt hervor und riss gleichzeitig die hintere Tür auf, um Marie aus dem Wagen zu holen. Was er dort sah, traf ihn wie ein Faustschlag. Die Rückbank war leer!

„Verdammte Scheiße, Nadja, wo ist die Kleine?“

Er fuhr zu der noch immer regungslos dastehenden Frau herum, die noch immer nicht wusste, was sie als Nächstes tun sollte.

„Hab’ sie nicht gesehen, keine Ahnung!“

Endlich kam Bewegung in die Polin. Sie rannte um den Wagen herum, aber auch dort hatte sich Marie nicht versteckt. Panik kam auf, wuchs wie eine böse Frucht in ihr und drang nach oben.

„Such du hier am Kai oder bei den Gebäuden, irgendwo muss sie doch sein“, rief Markus ihr aufgeregt zu.

Immer wieder schwenkte sein Blick zum Ausgang der Halle, noch immer hegte er die Hoffnung, das die Monster das Gebäude vielleicht nicht verlassen hatten oder sogar umkehren würden, doch im Grunde wusste er, dass es nicht so sein würde. Schon bald wurden aus den Schatten die Umrisse von Körpern, von vielen

Körpern, um genau zu sein. Die schlurfenden Schritte der Totenarmee waren nun deutlich zu hören, gepaart mit dem geifernden Krächzen ihrer vertrockneten Kehlen. Markus packte sein Gewehr fester und bemerkte, dass er zitterte. Kalter Schweiß lief ihm den Nacken herab und brannte auf seiner Haut. Nadja hatte inzwischen ihre wichtigsten Sachen hinter das kleine Gebäude direkt an der Kaimauer geschleppt, wie von der Tarantel gestochen rannte sie immer wieder hin und her.

„Ich kann die Kleine nicht finden, hab alles abgesucht!", stieß sie gehetzt hervor. Markus schluckte.

„Wir sind am Arsch Nadja, wir sind fertig, sie kommen. Dann such eben noch mal alles ab, sie muss hier sein, verstehst du."

Nadja schwitzte und zitterte vor Angst. Keine Fluchtmöglichkeit, kein Ausweg, nichts, was auf eine Rettung hindeutete.

„Verdammt, Markus, ich will nicht sterben! Wir brechen mit der Karre durch und vergessen die Kleine."

Schon hatte sie einen Fuß im Auto, doch Markus schüttelte den Kopf.

„Zu spät Nadja, es ist einfach zu spät."

Er nahm Anettes Bild vom Armaturenbrett und steckte es ein. Wenn er hier schon sterben musste, dann wollte er sie wenigstens auf diese Weise bei sich tragen. Sein Blick war auf die ersten Gestalten gerichtet, welche soeben ins Freie traten. Es waren zwei Männer in fleckiger brauner Arbeitskleidung, wahrscheinlich Arbeiter der Werft. Markus wusste, dass es nicht bei diesen beiden bleiben würde. Und er hatte leider recht.

In diesem Moment ergoss sich eine nicht enden wollende Woge aus dem dunklen Maul der Halle auf den Platz. Markus' Knie wurden weich und fingen wie bei einem alten Mann an zu zittern, als er die Masse dieser Dinger auf sich zukommen sah. Noch nie hatte er so viele auf einem Haufen gesehen, nicht einmal bei der Tankstelle.

Was bewog diese Arschlöcher nur dazu, Gruppen zu bilden und gemeinsam auf die Jagd zu gehen? Selbst wenn er mit jeder Patrone einen erledigen würde, was nebenbei gesagt ausgeschlossen war, würde dies bei weitem nicht ausreichen, den Ansturm zu stoppen. *Ende der Fahnenstange*, fuhr es ihm durch den Kopf. Sie würden hier in den Mäulern dieser Monster auf einer verdreckten ostdeutschen Werft, deren Namen er nicht einmal kannte, elendig verrecken.

Von Nadja war keine Spur zu sehen und Markus wich langsam zur Kaimauer zurück. Er wollte das Zusammentreffen mit den Dingern so lange wie möglich hinauszögern, den finalen Moment dehnen so weit es eben ging. Weiter hinten hörte er Nadja verzweifelt immer wieder Maries Namen rufen, die Worte klangen wie durch Nebel an seine Ohren. Maximal zwanzig Meter trennten ihn noch vom Wasser, vermutlich waren es aber weniger.

Fahrig huschte sein Blick in der Umgebung herum, suchte hektisch nach Auswegen, nach Verstecken, die stabil genug waren, dem Ansturm standzuhalten. Ein kurzer Blick auf das rechte Gebäude genügte, um festzustellen, dass hier keine Zuflucht zu erwarten war, die Fenster waren zu groß und die Tür bestand aus dünnem, halbverfaultem Holz. Das Gebäude auf der anderen Seite war ebenfalls in keinem besseren Zustand. Also blieb ihm keine andere Möglichkeit als zurückzuweichen, Schritt für Schritt. Sein Herz fing wie wild an zu klopfen und erweckte seinen inneren Feind, seine Krankheit und die damit verbundene Atemnot.

„Verdammt, Nadja, wo steckst du? Sag doch irgendwas!“

Nur noch zehn Meter trennten ihn jetzt noch von den Dingern. Sie kamen unaufhaltsam näher, wie Maschinen, die einem festgelegten Programm folgten. Unaufhaltsam und ohne Kompromisse. Fast automatisch betätigte sein Finger den Abzug der Waffe und donnernd löste sich der erste Schuss. Der Rückschlag setzte Kraftreserven frei. Zuerst schoss er nur auf die Beine, doch die Todesangst zwang ihn bald dazu, auch auf ihre Körper und schließlich ihre Köpfe zu feuern. Er drückte einfach nur noch blindlings ab, ein Schuss nach dem anderen.

Wie damals in Platkow fing das Blut in seinem Kopf an zu rauschen, übernahm die Kontrolle über die Funktionen seines Körpers. Die Leiber waren inzwischen so dicht gedrängt, dass er sie gar nicht mehr verfehlen konnte. Es mussten hunderte von ihnen sein oder tausende, aber es spielte keine Rolle. Eine Patrone nach der anderen fand ihr Ziel, doch die entstandenen Lücken wurden sofort wieder durch die nachdrängenden Leiber geschlossen. Sie stiegen einfach über ihre gefallenen Vorgänger, trampelten auf ihnen herum und rückten weiter vor, zertraten deren Gesichter und Körper mit ihren Füßen, als ob es sich um Dreck handelte. Beim Fressen wollte eben jeder der Erste sein.

Ein kurzer Blick nach hinten offenbarte ihm, dass er am Ende des Weges angelangt war. Hinter ihm kam nur noch der leicht erhöhte Rand und dann das Wasser. Die Monster waren noch fünf Meter entfernt und kamen jetzt von allen Seiten. Betäubend senkte sich der Gestank der Viecher erbarmungslos auf ihn herab und kündigte den finalen Moment an. Der Geruch war so extrem, dass seine Augen tränten und er es fast nicht mehr wagte, richtig Luft zu holen. Das würde er sowieso bald nicht mehr können. Vielleicht waren es auch Tränen, wie sollte er das unterscheiden?

Überdeutlich konnte er jetzt die wie von altem, käsigem Schleim überzogenen Gesichter erkennen, deren schwarze Münder sich unablässig öffneten und wieder schlossen. Er hörte seinen Mund irgendetwas brabbeln, doch er verstand seine eigenen Worte nicht.

Vier Meter noch und der Halbkreis wurde immer enger, gierig streckten die Vordersten ihre faulenden Hände nach ihm aus. Ihre Kiefer machten jetzt hektische Kaubewegungen, ihre Münder röchelten vor wilder Gier. Markus' Herz trommelte im Stakkato, er spürte förmlich wie das Blut in seinen Adern rauschte, sein Atem ging stoßweise und schnell, er spürte, wie sich seine Bronchien zusammenzogen, aber es war ihm egal, denn der Tod stand unmittelbar bevor. Aus ihren Mündern und Nasen tropfte gelblicher Eiterschleim und lief in langen Bahnen über ihre Gesichter, verpestete die Luft.

Drei Meter. Er ließ das nun nutzlose Gewehr fallen.

„Nadja!“, brüllte er voller Angst, auch wenn er genau wusste, dass sie ihm auch nicht helfen konnte, weil sie vermutlich schon längst tot war. Als einzige Antwort erklang ein grauenhaftes Röcheln aus unzähligen vertrockneten Kehlen, die ihm bewusst machten, dass Nadja, selbst wenn sie bis an die Zähne bewaffnet auftauchen würde, nicht zu ihm vordringen konnte.

Zwei Meter. Jetzt konnte er die unstillbare Gier in den milchigen Augen sehen, erkannte aufgerissene Mäuler mit zerbrochenen Zähnen und schwarzen, suchenden Zungen. Verwesungsgeruch stieg ihm beißend in die Nase, ausgehaucht aus toten Kehlen.

Ein Meter. Als die ersten Fingerspitzen nach ihm tasteten, ihn fast schon berührten, ließ er sich einfach nach hinten kippen. Noch im Fallen sah er, wie die Dinger übereinander fielen, als sich alle nach ihm reckten und darüber wütend wurden, die sicher geglaubte Beute im letzten Augenblick doch noch zu verlieren. Der Ansturm war so groß, dass einige der Kreaturen von der nachrückenden Menge ebenfalls ins Wasser gestoßen wurden.

Noch während er fiel, schlug er hart mit dem Kopf gegen einen Poller, der aus dem Wasser stand. Für einen kurzen Moment wurde ihm schwarz vor Augen und weiße Punkte tanzten hinter seinen Augenlidern ein wildes Muster. Dann war da nur noch Wasser, die eiskalten Wogen schlossen sich über ihm, Wasser lief ihm in Mund und Nase. Er bekam direkt keine Luft mehr, sein ganzer Körper fühlte sich an wie von einer eisigen Fessel umgeben, welche sich langsam zuzog. In seinem Kopf explodierten tausend gleißende Sterne.

Plötzlich war er wieder oben, fing an, unbeholfene Schwimmbewegungen zu machen und schnappte hustend nach Luft. Mit verschwommenem Blick erkannte er rings um sich herum die zahlreichen Köpfe der Monster, die zusammen mit ihm ins Wasser gestürzt waren und nun mit linkischen Bewegungen versuchten, zu ihm zu gelangen. Wie kleine Kinder, die das erste Mal versuchten alleine zu schwimmen. Strampelnd entfernte er sich unter großer Anstrengung in jene Richtung, von welcher er hoffte, dass sie ihn vom Ufer wegführen würde. Es fühlte sich an, als ob er durch einen zähen, eiskalten Teig schwamm, alles war plötzlich schwer wie Blei und wollte ihn nach unten ziehen.

Das schaffst du nicht, schoss es ihm durch den Kopf. Ein Umriss kam näher und er fragte sich, ob die Toten gelernt hatten zu schwimmen. Das letzte, was Markus sah, war der schemenhafte Umriss eines langen Arms, der sich nach ihm streckte. Eine Sekunde später beschloss sein Geist, lieber zu ertrinken als bei lebendigem Leib gefressen zu werden. Dann ergab er sich dem Sog und sank wie ein Stein in die Tiefe hinab.

Von: madame.demut@web.de
An: one.speedy.devl@gmail.com
Datum: 01.01.2014 09:14:54
Betreff: <kein Betreff>

Mein Liebster,

Ich wünsche dir ein schönes neues Jahr. Noch immer habe ich Hoffnung, dass du meine Nachrichten empfängst und, was viel wichtiger ist, am Leben bist. Letzte Nacht konnte ich nichts anderes machen als heulen. Saß auf der Couch, hatte dein Bild in den Händen und ja, ich habe tatsächlich gebetet. Ich, die niemals in die Kirche geht und von all diesem scheinheiligen Getue nichts hält. So weit ist es schon gekommen. Ist einfach die Verzweiflung, die mich dazu treibt, so alleine.

Es ist einfach Scheiße, weißt du. Ich sitze hier und weiß einfach nichts. Nichts von dir, nichts von dem, was draußen wirklich vor sich geht, und das treibt mich langsam in den Wahnsinn.

Ein Lautsprecherwagen des Militärs hat gestern verkündet, dass wir hier in der sicheren Zone sind und man alles tun würde, um diesen Zustand aufrecht zu erhalten. Anstelle eines Feuerwerks war vergangene Nacht aus der Sperrzone Ost wieder Gewehrfeuer zu hören. Also sitze ich hier rum und kaue meine Fingernägel ab, eingewickelt in eine Decke, denn ich bin immer noch krank. Hatte in den letzten Nächten sogar Fieber.

Vielleicht habe ich mich auch angesteckt und sollte wohl besser ins Zentrum gehen, um mich behandeln zu lassen. Aber tagsüber geht's meist besser und ich bleibe dann doch zuhause. Ist vermutlich einfach nur eine Scheißgrippe. Oder die Angst um dich, die mich krank macht.

Wenigstens ist es wärmer geworden, denn der Schnee hat sich in Matsch verwandelt und es weht ein heftiger Wind, der die Rollläden klappern lässt.

Mein Gefühl sagt mir, dass du irgendwo da draußen bist, dass du noch lebst und versuchst, zu mir zu kommen. Trotzdem sitze ich hier alleine und kann nicht mal mehr heulen, weil ich keine Tränen mehr habe.

Deine Anette

NACH DEM ERTRINKEN

Als er seine Augen öffnete sah er graue Wolken, die eilig über den Himmel zogen. Hustend spuckte er öliges Wasser aus und drehte sich auf die Seite. Der brutale Schmerz in seinem Kopf wollte seinen Schädel bersten lassen. Markus stöhnte geschunden auf und versuchte, Luft zu bekommen. Er zwang sich dazu, ruhig und gleichmäßig zu atmen und zählte dabei bis hundert.

Der Boden, auf dem er lag, war nass, kalt und sandig. An seinen Füßen spürte er Wasser. Tropfnass und dem Erfrieren nahe nahm er mit unscharfem Blick einen leblosen Körper war, der mit dem Gesicht nach unten einige Meter entfernt am Ufer lag, die Beine noch im Wasser. Er wusste sofort, dass es Nadja war. Er erkannte es an ihrer Frisur und der Kleidung, an allem eben.

Neben dem bewegungslosen Körper lag sein großer Rucksack mit der darauf geschnallten Armbrust, halb im Wasser. Mühsam kämpfte sich der vor Kälte zitternde Mann auf die Beine und stolperte so schnell es im möglich war zu dem regungslosen Körper, ging in die Knie und drehte die Frau auf den Rücken. Sanft strich er ihr das nasse Haar aus dem blassen Gesicht. Ihre Augen standen offen und mit totem Blick sah sie ihn an. Sie war so nass, so kalt, einfach tot.

Markus spürte die Tränen kaum, die ihm über die Wangen liefen, und schüttelte immer wieder den Kopf. Zitternd sah er sich um und suchte Marie, aber er fand sie nicht. Sein Blick wurde klarer und er sah sich in der fremden Umgebung um. Schwach war das gegenüberliegende Ufer erkennen. Dort gab es einen kleinen Hafen und Häuser, mehr konnte er nicht sehen.

Ächzend stand er schließlich auf und schlang sich seine Arme um den Körper. Er musste dringend einen Platz finden, um sich aufzuwärmen. Und trockene Kleidung, ja das wäre schon was.

Die Böschung war flach und mit Gras bewachsen. Hinter ein paar widerspenstigen Büschen stand ein Holzschuppen. *Besser als nichts,* dachte er noch und wollte sich schon auf den Weg machen, als er direkt hinter sich ein Geräusch hörte. Ein Knacken und Knirschen oder besser gesagt beides zusammen.

Wie versteinert blieb Markus stehen und legte den Kopf schief, lauschte. Dann ein Schleifen, das zum Schlurfen wurde. Markus wurde eiskalt. Kälter als jemals zuvor, denn hinter ihm war nichts außer Wasser und, ja, und die tote Nadja. Träge schüttelte er den Kopf.

„Das kann nicht sein. Bitte, oh Herr, das kann nicht sein!"

Ein pfeifendes Röcheln, das sich anhörte wie ein undichter Schlauch, bestätigte ihm seine traurige Vermutung. Markus fuhr herum und Nadja stand tatsächlich direkt hinter ihm. Ihre milchigen Augen stierten ihn voller Gier an, den Mund weit aufgerissen und zum Biss bereit, die angeschwollene Zunge wie bei einer Schlange züngelnd. Bräunlicher Schleim lief ihr aus Mund und Nase und bildete lange, glänzende Fäden.

Er konnte sich gerade noch zur Seite wegducken, um ihren zu Krallen gebogenen Fingern zu entgehen, stolperte dabei und stürzte schwer auf den Boden. Voller Panik kroch er auf allen Vieren weiter. *Nur weg von diesem Scheusal,* dachte er, doch Nadja hatte andere Pläne und ließ sich wie ein Sack einfach der Länge nach auf den kriechenden Mann fallen, so dass es laut klatsche und ihm die restliche Luft aus den Lungen getrieben wurde.

Mit einem lauten Aufschrei drückte sich Markus nach oben und warf sich gleichzeitig zur Seite, um die Polin von seinem Rücken zu bekommen, bevor sie von ihren Zähnen Gebrauch machen konnte. Vor seinen Augen explodierten schon wieder Sterne, als er auf der Seite liegend den Ellenbogen immer wieder nach hinten drosch, um sie vollends loszuwerden. Etwas knackte, doch er konnte nicht sagen, ob es sein Ellbogen oder Nadjas Rippen waren. Kälte und Angst ließen ihn nichts mehr spüren und nur noch wie ein in die Enge getriebenes, panisches Tier handeln.

Endlich kam er frei und robbte weg von der tobenden Leiche, die ein wütendes Fauchen ausstieß. Nach einigen Metern kam er wieder hustend auf die Beine, rang dabei rasselnd nach Luft. Mit unscharfem Blick konnte er erkennen, dass Nadja bereits ungelenk auf ihn zu stolperte.

Markus wusste nicht, was er tun sollte. Er hatte keine Waffe und war sich zudem nicht sicher, ob er diese denn überhaupt gegen eine Frau hätte einsetzen können. Bei einem Menschen, den man kannte, war das eine ganz andere Sache. Also entschied er sich zur Flucht und taumelte die Böschung nach oben, in der Hoffnung, in der Hütte etwas Brauchbares zu finden, um sich zu verteidigen. Und er betete, dass nicht noch mehr Tote dort auf ihn warten würden.

Er hatte Glück. Die Hütte erwies sich als stabil gebauter Werkzeugschuppen, dessen Tür auch noch offen stand. Nach Luft japsend arbeitete er sich an die raue Holzwand gestützt Richtung Tür vor, das Nadja-Monster nur wenige Meter hinter ihm. Eins war klar, aufgeben würde die Frau sicherlich nicht. Wollte er leben, musste er sie erledigen. Plötzlich war er in der Hütte und tastete im Dämmerlicht nach irgendetwas, mit dem er sich verteidigen konnte. Seine Hand fand einen Rechen und ließ in fallen, suchte weiter und fand endlich einen dickeren Schaft, einen Spaten. Den nahm er sogleich fest in die Hand und drehte sich um.

Keine Sekunde zu früh, denn die tote Frau hatte ebenfalls den Eingang erreicht und jaulte bereits siegessicher auf, als er den rauen Stiel mit beiden Händen packte, anhob und mit dem scharfen Metallplatt voraus in ihren Körper rammte. Er setze all seine verbliebene Kraft in diesen einen Hieb. Das Werkzeug traf sie unterhalb der Rippen, durchtrennte ihre Kleidung und drang mit einem reißenden Geräusch in ihren Körper ein, als ob dieser aus Butter bestehen würde. Damit hatte Markus nicht gerechnet und stolperte, von der eigenen Wucht getrieben nach vorne. Hart prallte er mit der schwankenden Polin zusammen und fegte sie rückwärts von den Beinen.

Markus riss sich beim Fallen die Handflächen am rauen Holz des Spatens auf und schrie wie ein wildes Tier, als er hart auf den Knien aufkam, den sich windenden Körper der Toten zwischen den Beinen. Mit verschwommenem Blick schlug er ihre Hände zur Seite und zog seine Waffe mit einem schmatzenden Geräusch aus der tiefen Wunde. Seine ganze Angst hinausbrüllend, holte er weit aus.

Dieses Mal schlug er ihr mit der flachen Seite ins Gesicht. Solange, bis von ihrem Gesicht nichts mehr zu erkennen war und dann noch weiter, bis aus ihrem Kopf eine mit Knochensplittern und Hirnmasse durchsetzte, fleischig rote Masse geworden war, die sich in weitem Umkreis um den Schauplatz des Kampfes verteilte. Markus wimmerte auf, als er registrierte, was er angerichtet hatte. Erst erbrach er sich neben die Leiche, solange bis ihm schwindelig wurde. Dankbar nahm er die Schwärze an, die sich in seinem Kopf ausbreitete.

Die erbarmungslose Kälte trieb ihn wieder auf die Beine, zwang ihn dazu, den Leichnam aus der Tür zu zerren und sich in der Hütte zu verschanzen, indem er ein Regal im Türrahmen verkeilte. Und er hatte noch mehr Glück, denn es gab einen Ofen und es war sogar Holz da, um ihn anzufeuern.

Außer Acht lassend, dass von dem Feuer die Toten angezogen werden konnten, legte Markus seine nasse Kleidung ab und hängte sie über den Ofen. Sich selbst wickelte er in eine schmierige Decke, die in einem der Regale gelegen hatte, hockte sich ganz dicht vor den Ofen, drückte sich einen halbwegs sauberen Lappen auf seine noch immer blutende Kopfwunde und dachte an rein gar nichts, denn sein Kopf war leer, wie ausgebrannt. Einige Sprühstöße gaben ihm wieder Luft zum Atmen. Erschöpfung, Wärme und nicht zuletzt Verzweiflung trieben ihn dann in einen unruhigen, lang an währenden Schlaf.

MORGENROT

Irgendwann, Tage oder vielleicht nur Stunden später, öffnete Markus seine Augen. Der Ofen war erloschen und es war wieder kalt geworden. Es brauchte eine ganze Weile, bis er begriff, wo er sich befand und warum er nackt auf einer schmutzigen Decke lag. Ächzend stand er auf und pisste in einen Eimer, der neben dem Ofen in einer Ecke stand. Anschließend zog er seine inzwischen getrocknete, nach Brackwasser und altem Blut stinkende Kleidung wieder an.

Sein Bauch war leer und er hatte Hunger. Und einen brennenden Durst wie nach einer durchzechten Nacht. Die Platzwunde auf dem Kopf pochte wie wild, aber wenigstens lief kein Blut mehr. Durch das verschmierte Fenster fiel schwaches Sonnenlicht. Zögerlich wischte er mit der Hand über das kalte Glas und sah nach draußen. Nebel lag über dem trägen Wasser der Elbe, doch die Sonnenstrahlen kämpften sich schon durch den zähen Dunst und verkündeten einen kalten, aber schönen Wintertag.

Von den Toten war nichts zu sehen und das wunderte Markus doch sehr. Er hatte damit gerechnet, dass sie, angezogen durch den Geruch des Feuers, herkommen würden, um sich die leichte Beute zu holen. Doch außer ein paar Möwen, die auf dem Wasser dümpelten, rührte sich da draußen rein gar nichts. Allerdings konnte das auch reines Glück sein, dass die Toten ihn vergessen hatten. Besser er würde weiterziehen. Vorsichtig öffnete er die Tür und sah auf den Leichnam Nadjas herab, der mit Tau bedeckt noch immer vor der Hütte lag.

„Scheiße, Nadja, das wollte ich wirklich nicht. Das wollte ich niemals. Ich hoffe, du bist jetzt in einer besseren Welt."

Ihr zertrümmerter Kopf hatten keine Augen mehr, die er schließen konnte, also warf er die Decke über ihren Körper, kniete sich hin und sprach leise ein kurzes Gebet. Als er damit fertig war, fuhr es ihm wie ein Blitz durch den Kopf. Unter am Ufer musste noch sein Rucksack liegen. Viel zu schnell stand er auf und ihm wurde schwindelig, kurz sogar schwarz vor Augen. Dann lief er die wenigen Schritte nach unten zum Wasser und tatsächlich, da lag sein Rucksack noch immer vom Wasser umspült im Sand. Und direkt daneben, halb im Sand vergraben, sein Streitkolben.

Markus erinnerte sich daran, dass Nadja die Waffe bei sich getragen hatte, als die Toten über sie herfielen. Bevor er aus den Büschen trat, sah er sich um. Weder auf seiner Seite noch gegenüber rührte sich etwas. Eilig zog er den Rucksack aus dem Wasser und nahm sich die Waffe, deren Kopf schon etwas Rost angesetzt hatte. Dann zog er sich zur Hütte zurück. Drinnen öffnete er das durchnässte Behältnis und breitete seine spärliche Ausrüstung vor sich auf dem Boden aus, immer wieder zu der Decke blickend, unter der die tote Nadja lag.

Sie musste den Rucksack bis hierher geschafft haben, anders konnte er sich das nicht vorstellen. Neben seiner Armbrust und den Bolzen waren da noch einige Riegel und zwei kleine Flaschen Wasser. Gierig riss er die Verpackung von einem der Schokoriegel auf und stopfte ihn sich am Stück in den Mund. Eine kleine Wasserflasche leerte er in einem langen Zug. Es tat so verdammt gut, das kühle Getränke die Kehle hinabrinnen zu spüren.

Im Schneidersitz dahockend aß er den zweiten Riegel wesentlich langsamer und dachte nach. Immerhin befand er sich jetzt anscheinend auf der anderen Seite des Flusses. Somit hatte er ungewollt dieses natürliche Hindernis überwunden. Wenn er nach Süden wollte, musste er sich ins Landesinnere bewegen. Dort würde er dann schon eine Autobahn oder eine Bundesstraße finden, deren Schilder ihm weiterhalfen. Den Rest würde man dann schon sehen. Hier gab es nichts mehr, was er tun konnte. Weder für Nadja noch für Marie, an deren Schicksal Markus erst gar nicht denken wollte. Also stopfte er alles wieder in den Rucksack, schob sich den Streitkolben durch den Gürtel und stapfte los, ohne einen Blick zurück zu verschwenden.

Die Sonne hatte inzwischen den Nebel ganz vertrieben und ihr roter Schein am Horizont brachte die weiten, noch immer mit

Schneeresten bedeckten Felder zum Strahlen. Markus ging einfach querfeldein, durch verschneite Wäldchen und über flache Wiesen. Das Laufen tat gut und schnell wurde ihm warm. Sogar seine Kopfschmerzen ließen nach. Nur seine Füße waren kalt und taten weh. Aber Schmerzen waren gut, denn was schmerzte, das war noch am Leben. Nicht ein Tier war zu sehen, nicht einmal eine dieser verdammten Krähen, die normalerweise einfach überall auf den Bäumen hockten und einen hämisch beobachteten. Und auch keins der Monster.

Es war ein vergessenes Land und er vermutete, dass es auch schon früher so gewesen war. Wo immer das hier auch sein mochte. Sein stupider Marsch führte in bis zu einem Bauernhof, der irgendwann am Horizont aufgetaucht war. Wie lange er tatsächlich gelaufen war, wusste er nicht mehr. Es war ihm schlichtweg egal. Markus lief gerne, denn beim Wandern konnte er seine Gedanken und Erlebnisse der jüngsten Zeit ordnen und in dafür vorgesehene Schubladen packen. Pragmatisch denken war seine bevorzugte Vorgehensweise, doch diesmal wollte es ihm zunächst nicht so recht gelingen.

Schließlich brachte er die Geschehnisse der letzten Tage dann doch in eine grobe Reihenfolge. Als Erstes die Infektion, welche die Menschen dazu veranlasste, übereinander herzufallen. Interessant war dabei aber folgendes: Der Infizierte konnte seinesgleichen von gesunden Menschen unterscheiden, wie auch immer dies möglich war. Und die Ansteckung erfolgte wenigstens über den Austausch von Körperflüssigkeiten. Zweitens war es eine Tatsache, dass die Infektion unweigerlich zum Tod führte.

Drittens war klar, dass Menschen, welche infiziert gestorben waren, wieder erwachten und eine schier unersättliche Gier nach dem Fleisch der Lebenden hatten, auch wenn dies weder zur Erhaltung ihrer toten Körper noch für sonst etwas anderes gut war. Aber es war dennoch eine Tatsache. Die Preisfrage war allerdings, ob bereits alle Menschen infiziert waren oder nur wenige. Trug Nadja den Virus schon bei ihrem ersten Zusammentreffen in sich oder hatte sie sich später angesteckt?

Man durfte nicht vergessen, dass die Auferstandenen medizinisch gesehen mausetot waren und anfingen zu verwesen, aber dennoch folgten sie unabhängig vom Zustand ihrer Körper diesem fremden Trieb. Das alles war eine monströse Unmöglichkeit, trotzdem beschloss Markus dies als gegeben hinzunehmen und nicht weiter darüber nachzudenken. Ach ja, und der kleine, jedoch nicht zu vernachlässigende Umstand, dass manche Infizierten den Toten Befehle zu erteilen schienen, so wie er es bei dem Arzt gesehen hatte. Das war noch so eine Sache, die ihm zu surreal erschien, um weiter darüber nachzudenken.

Während er so in seine Gedanken verloren dahinwanderte, schnitt ihm der eiskalte Winterwind fast die Haut aus dem Gesicht und seine Lippen platzen auf. *Wie bei diesen Polarforschern, verdammt noch mal.* Oft ertappte er sich dabei, wie er sich umsah, um sich zu vergewissern, dass ihm Nadja nicht folgte.

Seine Gedanken schweiften zu einer Reportage, die er mal über Stalingrad im Zweiten Weltkrieg gesehen hatte. Wie die Soldaten in diesem Film versuchte auch er, sein Gesicht mit einem Schal zu schützen. Nur seine Augen waren durch einen schmalen Schlitz zu sehen. Er sah die Bilder der Erfrorenen vor sich, die in seltsam verkrümmten Posen im Schnee lagen, ähnlich der Vulkanopfer von Pompeji. Der Tot durch Kälte und der durch extreme Hitze ähnelten sich in vieler Weise.

Vielleicht würde es den Auferstandenen genauso ergehen und sie wären bald keine Gefahr mehr, erstarrt in der Kälte und unfähig, sich zu bewegen. Das war gar kein so abwegiger Gedanke, denn Tote waren kalt, nahmen die Umgebungstemperatur an und mussten also früher oder später gefrieren oder zumindest langsamer werden, solange es kalt war. Irgendwann bemerkte er, dass er krächzend „It's a long way to Alabama" sang und er konnte sich nicht mehr daran erinnern, wann er damit angefangen hatte.

Es dauerte lange, bis er dem Gehöft nahe genug war, um Details zu erkennen. Vielleicht konnte er sich dort ausruhen, denn die Kälte war unter seine Kleidung gekrochen und kühlte ihn zusehends aus. Tote waren noch immer keine zu sehen, dennoch wusste er, dass sie irgendwo da draußen auf ihn lauerten. Vielleicht schon hinter diesem Busch da vorne.

Markus konzentrierte sich auf den Bauernhof. Erste Einzelheiten wurden sichtbar. Da waren ein quer stehendes Wohngebäude im Fachwerkstil und eine große, wesentlich höhere Scheune, die längs davon angebaut war und deren Dach fast bis nach unten zum Boden reichte. Links befand sich der obligatorische, noch immer dampfende Misthaufen, daneben standen zwei landwirtschaftliche Anhänger. Bis auf einige Krähen, die auf dem Dach des Wohnhauses saßen und ihn misstrauisch beobachteten, rührte sich nichts.

Er hatte sich schon gewundert, wo diese schwarzen Vögel alle steckten und wertete es als gutes Zeichen, dass sie sich ausgerechnet hier niedergelassen hatten. Das alte Fachwerkhaus machte einen verlassenen Eindruck als er näherkam, ebenso das große Stallgebäude, dessen Tore weit offen standen. Anscheinend hatten die Bewohner ihren Tieren einfach die Freiheit geschenkt, als klar wurde, dass sich die Bedrohung zu einer umfassenden Katastrophe auswuchs. Im Stall lag sogar noch der am Boden festgefrorene Kuhmist. Es sah aus, als ob man sogar noch aufgeräumt hatte, um alles nach einer kurzen Abwesenheit wieder ordentlich vorzufinden.

Selbst die Kette des Hofhundes lag sauber aufgerollt neben der Hundehütte und die Futternäpfe standen senkrecht an die Hauswand gelehnt, damit sich kein Schmutz in ihnen absetzen konnte. Markus hätte das mit Sicherheit genauso gemacht, denn schon immer hatte er einen engen Bezug zu Hunden gehabt und sein halbes Leben lang selbst welche besessen. Er fragte sich, was aus dem Hund hier geworden war und konnte sich nicht vorstellen, dass die Leute ihn einfach zurückgelassen hatten. Leider stand auf den Näpfen kein Name, aber es musste ein größeres Tier sein, ein Schäferhund oder etwas in der Art. Die Kälte und seine schmerzenden Beine erinnerten ihn nachdrücklich daran, dass er sich dringend aufwärmen musste, daher wandte er sich dem Bauernhaus zu.

Der Schnee im gesamten Hof war unversehrt, abgesehen von ein paar Vogelspuren und seinen eigenen, vor der Haustür hatte sich sogar eine kleine unberührte Verwehung gebildet. Vorsichtig drückte er die Klinke nach unten. Es war nicht abgeschlossen. Dann betrat er das stille Bauernhaus und schloss die Tür wieder hinter sich. Wie nicht anders zu erwarten, standen im Flur sauber aufgereiht genau drei Paar dunkelgrüne Gummistiefel und eine große Standuhr tickte noch immer im Sekundentakt. Sofort fühlte er sich geborgen. Prüfend sog er die Luft tief in seine Nase ein und versuchte, die Gerüche zu identifizieren. Mit einem Geruchssinn, der durch das Asthma und den jahrelange Gebrauch diverser Medikamente nahezu ausgelöscht war, aber dennoch gut genug, um diesen ekelhaft süßlichen Verwesungsgeruch der Toten von normalen Gerüchen zu unterscheiden.

Staub schwebte in der Luft und kitzelte ihn in der Nase, aber er nahm nichts wahr, was ihm verdächtig erschien. Also fuhr er mit der Inspektion des Hauses fort. Die Tür rechts führte in eine geräumige, aber einfach eingerichtete Küche. Es roch weihnachtlich nach Äpfeln und Zimt, sogar Weihnachtsschmuck hing am Fenster. Dicke Weihnachtsmänner und kitschige Elche mit rotweiß gestreiften Wollmützen.

Auf dem zum Abendessen eingedeckten Küchentisch fand er eine kurze Nachricht. Vorsichtig nahm er den Zettel und fuhr mit dem Finger über einen der Teller, spürte die feine Staubschicht, die sich darauf abgesetzt hatte.

Liebe Jana,

Deinem Opa geht es sehr schlecht. Daher sind wir in das Sammellager nach Magdeburg gefahren, so wie Du es uns schon vor ein paar Tagen geraten hattest. Eine Nachbarin hat gesagt, dass es dort Hilfe für Deinen Opa geben wird. Hecktor haben wir mitgenommen. Da wir nicht wissen, wann wir zurückkommen, haben wir die Kühe auf die Weide gelassen. Bitte sieh kurz nach den Tieren und gib ihnen etwas Futter. Mach Dir bitte keine Sorgen um uns alten Leute, man kümmert sich um uns und wir werden bald wieder zu Hause sein. Im Kühlschrank steht noch von dem Auflauf, den Du so gerne magst. Wir lieben Dich. Bis bald.

Oma und Opa

Also war der Name des Hundes Hecktor. Vermutlich war er ein Schäferhund. Ein Blick in den Kühlschrank genügte, um ihn davon zu überzeugen, dass Jana nicht gekommen war um den Auflauf zu essen. Auf dem schwärzlich grüne Klumpen in der großen Auflaufform wuchsen sogar schon Haare. Hier war also niemand mehr, trotzdem hatten es sich die alten Leute nicht nehmen lassen, alles ordentlich zu hinterlassen. Sogar die Betten waren gemacht und penibel glattgestrichen. Wenn er die Augen schloss, konnte er die alte Dame förmlich vor sich sehen, wie sie mit den Handflächen sanft über die Polster fuhr und erst damit aufhörte, als sie vollkommen glatt waren.

Er musste lächeln, als er daran dachte, und fühlte sich an seine eigene Großmutter erinnert. Unten fand er neben einem altmodischen Badezimmer mit braunen Fliesen und Plastikduschkabine ein geräumiges Wohnzimmer mit einer wahrhaft riesigen Polstergarnitur, hinter der eine mächtige Eichenschrankwand die gesamte Wand ausfüllte. Es stand sogar ein geschmückter Tannenbaum in der Ecke. Die Inspektion des restlichen Anwesens verschob er allerdings auf den nächsten Morgen, denn inzwischen konnte er seine Beine kaum noch bewegen und die Kopfschmerzen wurden mit jeder weiteren Sekunde unerträglicher. Es reichte einfach für heute und das Haus schien sicher genug.

Er verriegelte die Eingangstür und kehrte nach einer kurzen Überprüfung der Fenster ins Wohnzimmer zurück, um sich auf der bequem aussehenden Couch lang zu machen. Seine Stiefel hatte er bereits im Flur ausgezogen und neben die Gummistiefel im Flur gestellt, wo sie zusammen eine ordentliche Reihe bildeten. Das Sofa war tatsächlich weich und bequem. Markus zog seine Socken aus und massierte seine schmerzenden Füße, die noch immer kalt waren. Erleichtert stellte er fest, dass der Marsch wohl keine bleibenden Schäden nach sich ziehen würde und legte sich zurück in die weichen Polster.

Erst hatte er ein schlechtes Gewissen, sich mit seinen nach Schweiß stinkenden Sachen auf das Sitzmöbel niederzulassen, aber es war immer noch besser als in den schön gemachten Betten oben im Schlafzimmer. Es wäre einfach nicht richtig gewesen, mit all dem Schmutz und Gestank die sauberen Betten zu entweihen. Nur Sekunden später verlor er den Kampf gegen seine schweren Augenlider und fiel in einen unruhigen Schlaf.

Der Zombie tauchte aus dem Nichts auf und stürzte sich unvermittelt auf ihn. Schlug ihm die fauligen Zähne in den Hals. Wo war dieser Mistkerl nur so plötzlich hergekommen. Panisch riss er seine Arme nach oben. Fuhr mit einem bestialischen Aufschrei hoch und schlug wie ein Verrückter um sich, musste sich von diesen Bestien befreien. Es brauchte einige Zeit, bis er ihn von sich gestoßen hatte und realisierte, das er vom Sofa gefallen war und nun zwischen den verrutschten Polstern und dem schweren Echtholztisch am Boden lag und mit seinen Träumen kämpfte.

Kein Zombie auf seinem Oberkörper, kein spritzendes Blut und auch kein fauliger Atem. Nur diffuses Tageslicht, welches träge durch die zugezogenen Vorhänge sickerte. Markus lag schwer atmend auf dem Rücken, schweißgebadet, zitternd, und lauschte. Erst als er vollkommen sicher war, dass alles ruhig war und er nur das Pochen seines Herzens hörte, kroch er zwischen den Möbelstücken hervor und stand auf. Es war vielleicht zehn oder elf Uhr vormittags.

Sein ganzer Körper schmerzte und die Muskeln waren steif, die Augen waren verkrustet und seine Nase war wieder einmal dicht, ein wirklich fantastischer Start in den neuen Tag. Aber immerhin war er am Leben. Hinter den Vorhängen wartete ein erneuter Tag voller grauer Wolken auf ihn. Er musste dringend pissen, also schleppte er sich mit schlurfenden Schritten ins Badezimmer. Der altmodische Spiegel zeigte ihm eine unrasierte, verdreckte Gestalt in vor Schmutz und getrocknetem Blut starrender Kleidung. *Wie ein verdammter Penner*, dachte er nur und erleichterte sich.

Nadjas Blut war überall auf seiner Kleidung. Sein Kopf schmerzte erbärmlich und sein Gesicht wirkte vorzeitig gealtert. Er musste sich dringend waschen, um nicht selbst zum Monster zu mutieren oder von anderen Menschen für ein solches gehalten zu werden. Er musste sich Rasieren, um sich selbst wiederzuerkennen.

Natürlich lief im Badezimmer kein Wasser, aber gestern hatte er einen Brunnen mit einer alten Handpumpe im Hof gesehen, hinten zwischen der Scheune und dem Wohnhaus. Wenn der Brunnen nicht zugefroren war, konnte er dort sicherlich Wasser in einen Eimer pumpen und sich waschen.

Markus schlüpfte in das größte Paar der Gummistiefel und trat vor die Tür. Die Stiefel waren mindestens zwei Nummern zu groß, aber das war ihm egal, es würde schon gehen. Sofort blies ihm der Wind die kalte Luft ins Gesicht. Vorsichtig sah er sich um, konnte aber keine Gefahr entdecken. Da war nichts, abgesehen von den schwarzen Vögeln, die noch immer auf den Dächern saßen. Kleine verdammte Arschlöcher, die nur auf einen weiteren Kadaver warteten, den sie mit ihren kräftigen Schnäbeln zerhacken konnten. Egal, er richtete seine Aufmerksamkeit ganz auf die alte Pumpe und betätigte den langen, rostigen Hebel. Kurz darauf sprudelte tatsächlich kristallklares Wasser aus dem Hahn.

Von seiner juckenden Haut geplagt, zog er sich kurzerhand auf dem Hof aus, warf die schmutzigen Klamotten zu Boden und ein Seifenstück in den Eimer und wusch sich mit einem Lappen, den er zuvor in der Küche gefunden hatte. Das eiskalte Wasser raubte ihm die Luft, tat aber verdammt gut und weckte endlich wieder seinen Lebenswillen. Dann füllte er den Eimer erneut und nahm ihn mit ins Badezimmer, denn im obligatorischen Spiegelschrank hatte er Rasierzeug gefunden und zum Rasieren brauchte er einen Spiegel.

Es tat weh, sich mit der stumpfen Klinge und dem kalten Wasser die Stoppeln aus dem Gesicht zu schaben, aber danach erkannte er wieder sein eigenes, wenn auch stark zerschnittenes Gesicht. Kurz darauf saß er mit einer frischen Trekkinghose und einem Wollpullover aus dem Kleiderschrank am Küchentisch und aß Knäckebrot mit selbst gemachter Marmelade aus dem Vorratsschrank. Markus musste an Nadja denken, deren Tod so sinnlos gewesen war, und an die kleine Marie. Hastig schüttelte er den Kopf, um diese Gedanken zu verscheuchen, denn sie führten zu nichts und brachten ihn nicht weiter.

Er musste weg von hier und nach Speyer, nichts anderes war nun wichtig. Dazu galt es allerdings die Grenze im Süden zu erreichen, hinter welcher die Welt wieder in Ordnung war und das System noch funktionierte. Dieses System gab es immer, so wie es in den Filmen immer irgendwelche Amis gab, die mit ihren tollen Waffen aus Hubschraubern sprangen, um die Welt zu retten. Vorausgesetzt, es waren amerikanische Staatsbürger in die Sache verwickelt, die es zu befreien galt.

Der Glaube an diese Grenze war genau die Kraft, die er brauchte, um weiterzumachen. Und seine Überzeugung, dass Anette noch am Leben war und in ihrer Wohnung auf in wartete. Traurig zog er ihr zerknittertes Bild aus der Tasche und sah es lange an. Jenseits der Grenze würde alles immer noch so sein wie früher, es würde Geschäfte geben, Schulen, Kneipen, in denen sich die Menschen trafen und Bier tranken. Auch wenn er das alles vor der Katastrophe manchmal gehasst und einiges davon sogar verachtet hatte, so vermittelte es doch Sicherheit und garantierte den Menschen, lebend vom täglichen Einkauf zurück nach Hause zu kommen.

Mittags saß er auf dem schneebedeckten Dach der Scheune und suchte mit einem Fernglas, dass er in der großen Kommode im Wohnzimmer gefunden hatte, systematisch die Umgebung ab. Der graue Himmel verhinderte, dass es richtig hell wurde und die schneebedeckten Felder erstreckten sich schier endlos, wohin er auch blickte.

Am Horizont, ein paar Kilometer die Elbe hinab, musste eine große Stadt in Flammen stehen. Das war also die Ursache für den roten Lichtschein in der Nacht. Manchmal konnte man sogar riesige Flammenzungen sehen, die gierig in den vom Rauch geschwärzten Himmel leckten. Dort konnte eigentlich nur Magdeburg sein, denn dass er weiter und vor allem an diesem Flammenmeer vorbei flussabwärts getrieben war, konnte er sich beim besten Willen nicht vorstellen.

Markus saß rittlings auf dem Dachfirst und dachte nach. Frankfurt musste demnach in südwestlicher Richtung liegen. Rechts vom Hof verlief eine schmale Bundesstraße, auf der anderen Seite waren Gleise zu sehen und wenn er sich nicht ganz irrte, glaubte er ganz weit hinten die leicht erhöhte Fahrbahn einer Autobahn oder zumindest einer vierspurigen Bundesstraße auszumachen. Somit war sein nächstes Ziel gefunden und er kletterte wieder vom Dach.

Die kommenden Stunden verbrachte er damit, das Gehöft ausgiebig zu erkunden. Jedes Mal, wenn er etwas Neues oder halbwegs Interessantes fand, ertappte er sich dabei, dass er mit sich selbst sprach und sich die Gegenstände beschrieb und was er damit anfangen konnte. Im Schuppen fand er einen alten rostigen Lieferwagen, der nach einigem Leiern tatsächlich ansprang. Damit würde er sicherlich weiterkommen.

Den restlichen Tag nutzte er, um den Wagen mit Lebensmitteln, Decken und einer Matratze zu beladen, denn er wollte am nächsten Morgen so früh wie möglich aufbrechen. Zuletzt landete noch ein mit Gas betrieben Campingkocher in der Karre. Zufrieden mit seinem Werk zog er sich bei einbrechender Dunkelheit ins Haus zurück. Kaum zu glauben, wie schnell der Tag verflogen war. Gleich morgen früh würde es endlich weitergehen.

Der Bauernhof strahlte eine für diese Gebäude typische Art der Geborgenheit aus, wie er sie aus seinem Elternhaus kannte und die Sicherheit vermittelte. Markus wusste, dass dies nur eine gefährliche Illusion war, aber dennoch tat es gut, sich fallen zu lassen. Selbst seine Gesichtszüge entspannten sich zunehmend. Das Abendessen fiel ähnlich einfach aus, wie es das Frühstück gewesen war und schließlich stand er mit einem Glas Rotwein in der Hand vor der Kommode im Wohnzimmer und sah sich die dort aufgestellten Familienfotos an.

Heile Welt, wo bist du nur geblieben. Nie wieder würden Menschen so unbedarft und frei in eine Kamera lachen, nie wieder würden Kinder ohne Aufsicht über Wiesen laufen oder am Waldrand spielen, denn die Angst vor den wandelnden Toten würde sich auf ewig tief in die Köpfe der Überlebenden einprägen. Wenn die Menschen es denn überhaupt schaffen würden, die Seuche einzudämmen und den verlorenen Boden zurückzuerobern.

Schnell verbannte er diese düsteren Gedanken wieder aus seinem Kopf und machte sich für die Nacht bereit, denn all dieses Sinnieren führte nur dazu, sich selbst zu verunsichern und die Hoffnung zu verlieren. Die allumfassende Ruhe in dem Haus war ungewohnt und rauschte in den Ohren, nervös wälzte er sich herum, immer lauschend und doch nichts hörend, um endlich viele Stunden später in einen unruhigen Schlaf zu fallen.

Einige Male schreckte er von Albträumen geplagt auf, verschwitzt und am ganzen Leib zitternd. Es war immer wieder der gleiche Traum, welcher sich wie in einer Endlosschleife wiederholte. Darin sah er sich nach Hause kommen. Anette stand vor ihm im Flur und wandte ihm den Rücken zu. Ihr langes, schwarzes Haar ging offen über ihren Rücken und sie trug diese schwarzen Sachen, die er so gerne mochte. Sofort ging er auf sie zu, wollte seine geliebte Frau endlich wieder in die Arme schließen und fest drücken, wie sie es zur Begrüßung immer taten.

Sie wandte sich um, als sie seine Schritte hörte, und sah ihn mit den gleichen toten Augen an, in die er schon bei Nadja geblickt hatte. Immer wieder redete er sich ein, dass es nur ein schlechter

Traum war, dass er Anette bald wieder in die Arme schließen würde, schließlich waren es nur ein paar hundert Kilometer, die sie trennten. Der Traum endete jedes Mal damit, dass sie die Distanz zwischen ihnen geisterhaft schnell überbrückte und er plötzlich in ihren weit aufgerissenen Rachen starrte.

Tief innen hatte er unglaublich große Angst davor, dass es tatsächlich wie in seinem Traum sein könnte. Das alles umsonst war. Aber es gab nur eine Möglichkeit, Gewissheit zu erlangen und dazu war es notwendig, so schnell wie möglich nach Hause zu kommen. Bald schlief er wieder ein und erwachte am frühen Morgen zermürbt und müde zwischen den zerwühlten Decken.

Sofort ergriff ihn eine seltsame Nervosität, denn der Aufbruch stand kurz bevor. Im ersten Licht des jungen Tages kletterte Markus daher ein letztes Mal auf das Scheunendach, um sich noch mal die Umgebung anzusehen. Er war allein und durfte kein Risiko eingehen, denn er wusste, dass selbst der kleinste Fehler tödlich enden konnte. Und diesmal gab es niemanden, der ihm aus der Patsche helfen würde.

In dieser neuen Welt hing das Überleben von der Fähigkeit ab, grundsätzlich die richtige Entscheidung zu treffen. Es gab kein vielleicht, kein wenn und aber, keine zweite Chance und schon gar kein zurück. Also starrte er durch das Fernglas und suchte die Gegend ab. Magdeburg brannte natürlich noch immer. Er hatte das Gefühl, dass die Flammen sogar noch höher loderten als gestern.

Als er die weiten Felder systematisch absuchte, fiel ihm etwas Merkwürdiges auf, etwas, das sich von seiner letzten Beobachtung unterschied. Zuerst dachte er an eine große Schafherde oder irgendwelche anderen Tiere, Pferde vielleicht oder die Kühe aus den Ställen der alten Leute. Als er sich das Bild jedoch mit dem Fernglas vergrößerte, packte ihn das eiskalte Grauen und zerstörte seine Illusion der Geborgenheit, welche er innerhalb dieses Gehöfts verspürt hatte, mit einem einzigen, brutalen Schlag.

Es waren keine Tiere, die sich zusammengerottet hatten und sich nun langsam näherten, weil sie die winterlichen Wiesen nicht mehr satt machten. Es waren Zombies, die sich in großen Gruppen von der brennenden Stadt entfernten und nun über die Felder zogen.

Gruppen von vielleicht hundert bis tausend Kreaturen, vom Feuer aus der Stadt getrieben.

Markus stellte sich die Frage, ob es bei diesen Wesen so etwas wie eine Schwarmintelligenz gab, wie man sie bei Fischen oder Vögeln sah. Oft hatte er dieses Verhalten beobachtet, wenn er in den Feldern mit seinem Hund unterwegs war. Die auffliegenden Vögel schafften es immer, wie auf Kommando gleichzeitig die Richtung zu wechseln. Also mussten die Dinger über eine bestimmte Art Intelligenz verfügen, die es ihnen ermöglichte, totes Gewebe von lebendem Fleisch zu unterscheiden und sie dazu veranlasste, sich zusammenzurotten und in die gleiche Richtung zu gehen.

Er vermutete, dass sie spätestens heute Abend den Bauernhof erreichen würden, die Ersten vielleicht sogar schon etwas früher. Markus verschwendete keine Zeit mehr damit, sich dieses Schauspiel weiter anzusehen und rutschte das Dach hinunter, warf den Rucksack zusammen mit den restlichen Sachen in den Transporter und fuhr los.

Auf dem Küchentisch ließ er einen Zettel mit seinem Namen und einer Auflistung der Dinge zurück, die er sich genommen hatte. *Bewahre Anstand und Zivilisation, wenigstens einen Funken davon und bleibe Mensch.* Wenn wieder alles gut war, würde er das alte Ehepaar besuchen, um seine Schuld zu begleichen und mit ihnen gemütlich eine heiße Tasse Kaffee zu trinken und Kuchen zu essen. Zumindest nahm er sich das vor, war ja auch ein schöner Gedanke. Einfach Mensch bleiben, das half in diesen Tagen sehr viel weiter.

Und nun war er wieder unterwegs, auf der Straße. Sein Weg führte ihn ein kleines Stück die Landstraße hinauf, um dann auf den Feldweg, den er vom Dach der Scheune aus ausgemacht hatte, Richtung Autobahn abzubiegen. Kurze Zeit danach hatte er die Schienen erreicht. Es dauerte allerdings noch mal eine Viertelstunde, bis er eine geeignete Stelle gefunden hatte, um die verschneiten Schienen zu überqueren, ohne dabei Gefahr zu laufen, dass sich die Karre festfahren würde.

Auf einem der Felder hielten sich einige der Toten auf, die gerade den Kadaver einer verendeten Kuh fraßen. Einer von ihnen hatte sich bis zur Hüfte in den aufgerissenen Bauch des Kadavers gebohrt und war vollkommen mit einer dunklen Substanz bedeckt. Sollen sie doch die Viecher fressen, das war ihm recht, solange sie in dafür in Ruhe ließen. Er fragte sich, was diese Dinger wohl verschlingen würden, wenn es nichts Lebendes mehr zu erbeuten gab, verbannte diese Gedanken aber schnell wieder aus seinem Kopf. Zu abstoßend waren die Bilder, die dadurch heraufbeschworen wurden.

Lieber sah er den Krähen dabei zu, wie sie die Kreaturen immer wieder anflogen, um sich im Flug Fetzen ihres grauen Fleisches aus den Köpfen zu picken. Wütend schlugen die Kreaturen nach den Vögeln und versuchten sogar, nach ihnen zu greifen. Für die Krähen schien es ein lustiges Spiel zu sein, geschickt wichen die guten Flieger den ungeschickten Hieben der Zombies aus und wurden dabei immer frecher. Immer dichter flogen sie an den Totensäcken vorbei, wurden leichtsinnig und versuchten nun auch, Hände und Schultern zu erwischen, alles was nicht von Kleidung bedeckt war.

Plötzlich hatte einer der Drecksäcke eine laut protestierende Krähe direkt aus dem Flug gepackt, die sich mit heftigem Hacken ihres kräftigen Schnabels wehrte. Unbeeindruckt biss die Kreatur dem Vogel kurzerhand den Kopf ab und fing damit an, das Tier mitsamt den Federn komplett zu verschlingen.

Angewidert konzentrierte sich Markus wieder auf seinen Weg. Vermutlich würden die Toten diese Welt langsam leer fressen. Was würde aus den Tieren werden, die Fleisch von diesen unheiligen Kreaturen fraßen? Würden sie sich anstecken und in ebensolche blutrünstigen Geschöpfe verwandeln oder war der Virus nur für Menschen gefährlich? Was war mit den Haustieren, die auf die Versorgung und Pflege der Menschen angewiesen waren?

Die meisten würden in ihren Käfigen und den verschlossenen Wohnungen qualvoll an Hunger und Durst verenden, denn eins war klar, es gab so schnell keine Aussicht auf Rettung. Nicht jeder Mensch dachte soweit wie die beiden alten Leute, die ihren Tieren die Tore geöffnet hatten. Es war der Zufall, der über Leben und Tod entschied. *Die Natur ist erbarmungslos in der Art ihrer Selektion.*

Die schneebedeckten Feldwege waren holperig und rissen ihn mit heftigen Stößen immer wieder aus seinen Gedanken. Er musste verdammt gut aufpassen, wenn er nicht mit einem Achsbruch oder platten Reifen liegenbleiben wollte, denn dies könnte durchaus das Ende bedeuten. Die Dinger waren zwar nicht schnell, aber in größerer Anzahl unglaublich gefährlich und beständig in ihrer Art, sich fortzubewegen.

Er brauchte sich nur daran zu erinnern, wie knapp er ihnen vor ein paar Tagen entronnen war. Diese Monster spürten weder Kälte noch Schmerz und schon gar keine Müdigkeit. Sie mussten keine Pausen machen und anscheinend auch nicht schlafen. Das Beste war, einfach immer in Bewegung zu bleiben.

Markus atmete erleichtert auf, als er bei einem kleinen Waldstück auf einen betonierten Feldweg stieß, der schnurgerade zur Autobahn und darunter hindurch führte. Links ging ein schmaler Weg nach oben bis zur Fahrbahn und endete dort vor den Leitplanken. Dort hielt Markus an, stieg aus und sah sich um.

Vor ihm offenbarte sich ein Bild des Chaos. Die Fahrbahn aus Richtung Magdeburg war vollkommen verstopft, der riesige Stau zog sich bis zurück zur Stadt und setzte sich auch in die andere Richtung bis zum Horizont fort. Die Menschen hatten einfach nur noch versucht, so schnell wie möglich wegzukommen und waren direkt in die Falle gelaufen.

Viele der Fahrzeuge waren ineinander verkeilt, einige davon sogar ausgebrannt. Es würde Wochen dauern, um hier wieder Ordnung zu schaffen. Hier und da konnte Markus unruhige Schatten hinter den verschmierten Scheiben sehen. Tote, die versuchten aus den Fahrzeugen zu gelangen, und dabei immer wieder dieselben, monotonen Bewegungen ausführten. Offensichtlich waren sie sogar zum Lösen des Sicherheitsgurtes zu blöd.

Die andere Fahrbahn war vollkommen frei. Das war sein Weg, er musste nur die Leitplanke entfernen um weiterzukommen. Markus schob die Seitentür seines Transporters auf und holte den schweren Vorschlaghammer. Als er das erste Mal zuschlug, knallte es so laut, dass sogar eine Schar Krähen aufgeschreckt wurde. Die Vögel protestierten laut und verteilten sich auf die umstehenden Büsche. Er war selbst so erschrocken darüber, dass er sofort den Hammer fallen ließ und sich hinter die Leitplanke duckte. Der Knall musste kilometerweit zu hören gewesen sein.

Er stellte sich vor, dass die Armee der Monster in diesem Moment stehenblieb und sich am Lärm orientierte, um wie ein Mann dem neuen Ziel entgegen zu schlurfen. Unsicher rüttelte er an der Leitplanke, die sich natürlich keinen Millimeter bewegte. *Scheiß drauf*, dachte er, es gab keine andere Möglichkeit und umkehren schied als Option aus. Wenn er überleben wollte, musste er auf die Autobahn.

Markus wusste, dass die Zeit gegen ihn arbeitete und er zwang sich, pragmatisch zu denken und jedes Gefühl in den hintersten Winkel seines Gehirns zu verbannen. So wie er es immer tat, wenn es Probleme gab. Also hob er den Hammer und nun folgte Schlag auf Schlag. Er versuchte, immer die gleiche Stelle ganz nah bei den Schrauben zu treffen, mit denen die Leitplanke an der stabilen Stütze befestigt war.

Langsam zeigten seine Anstrengungen Erfolg und das Blech lockerte sich. Als er sich nach einigen Minuten harter Arbeit den Schweiß von der Stirn wischte, sah er sich kurz um und glaubte bei einigen weiter entfernten Fahrzeugen Bewegungen auszumachen. Schnell wurden aus den Schatten Körper. Die ersten verwesenden Körper schoben sich zwischen den ineinander verkeilten Fahrzeugen hindurch in seine Richtung.

Er griff sich den Hammer und begann nun, wie ein Besessener auf diese verfluchte Leitplanke einzuschlagen, die zwar schon in ihrer Halterung wackelte, aber noch immer nicht fiel. Die Toten kamen mit ihrer verächtlichen Gelassenheit näher, als ob sie wussten, dass sie sich Zeit lassen konnten. Dem wild arbeitenden Mann lief derweil der Schweiß in Bächen den Nacken herab, denn es gab nur diese eine Chance. Wollte er überleben, musste er es schaffen die Leitplanke zu entfernen, bevor ihn die Dinger erreichten.

Wie lange konnte ein Mensch diesem permanenten Druck standhalten? Dem Druck, immer auf der Flucht zu sein, immer einem übermächtigen Feind gegenüberzustehen, so wie jetzt? Es war nur eine Frage der Zeit, bis er eine falsche Entscheidung treffen oder an einer Aufgabe scheitern würde und schon war es um ihn geschehen. Vielleicht war es heute soweit, hier und jetzt.

Doch dann gab es ein singendes Geräusch, mit dem sich die Leitplanke endlich an einer Seite löste und sich wippend nach unten bog. Markus verschwendete, auch wenn es ihm schwer fiel, keinen weiteren Blick auf die Monster, warf den Hammer zur Seite und zerrte mit ganzer Kraft an der Leitplanke, um genug Platz für die Durchfahrt des Transporters zu schaffen. Die halbe Fahrzeugbreite war bereits frei, als die ersten zwei Dinger nur noch einige Meter entfernt zwischen zwei ausgebrannten SUV auftauchten.

Es waren Männer mittleren Alters, einer trug noch die braunfleckige Arbeitskleidung eines Gartencenters, der andere einen in Fetzen an ihm herabhängender Steppmantel, aus dem das weiße Füllmaterial herausquoll. Markus wunderte sich kurz, warum der Mann überhaupt einen Steppmantel trug. Boshaft fletschte der Typ seine Zähne in dem komplett gehäuteten, lippenlosen Gesicht.

Markus fluchte laut und stürzte zum Wagen, warf sich hinter das Steuer und drehte hektisch am Zündschlüssel. *Nur keine Panik jetzt.* Doch anstatt sauber anzuspringen, spuckte der Motor nur laut und hustete schwarzen Qualm aus dem Auspuff. Genau so etwas hatte er befürchtet.

„Scheiße, Scheiße, Scheiße!“, zischte Markus und rüttelte wütend am Lenkrad, als ob dieses auch nur irgendetwas daran ändern könnte. Draußen kamen die Fratzen der Toten mit ihren aufgerissenen Mäulern immer näher, getrieben von der Hoffnung auf frisches, dampfendes Fleisch. Robotern gleich setzten sie einen Fuß vor den anderen. Als ob sie sich grinsend über seine vergeblichen Fluchtversuche lustig machten.

Es folgte Startversuch Nummer zwei. Schon streckten die Kreaturen ihre vertrockneten Hände nach dem Wagen aus und tasteten, nach einer Öffnung suchend, an den Scheiben herum. Diesmal ließ ihn der Motor nicht im Stich. Ratternd sprang die Maschine an. Markus gab sofort Gas und fuhr auf die schräg nach unten hängende Leitplanke zu. Er musste mit seinem Fahrzeug die Leitplanke zur Seite schieben und darauf hoffen, dass sie nicht unter den Bus rutschte und dort die Ölwanne abriss.

Das Metall kreischte laut, als Stoßstange und Leitplanke aufeinander trafen. Er setze alles auf eine Karte und trat das Gaspedal durch und der Motor röhrte gequält auf. Es dauerte für seinen Geschmack viel zu lange, bis dieses verdammte Drecksding endlich nachgab. Immer wieder sah er sich durch die Fenster nach den Zombies um. Das erste Monster stand bereits an der Beifahrertür, schlug mit seinen schwarz angelaufenen Händen linkisch gegen die Scheibe und starrte ihn aus milchig-weißen Augenhöhlen boshaft an. Markus musste bei dem Anblick an Nadja denken.

Auch dieses Monster hatte sein Maul weit aufgerissen und seine schwarze Zunge fuhr hektisch über den abgebrochenen Zahnstümpfen hin und her. Wie bei Strahlungsopfern waren ihm die Haare büschelweise ausgefallen. Die Toten veränderten sich immer mehr. Waren sie am Anfang noch relativ menschlich und einfach nur tot, hatten sie sich inzwischen, und das nicht nur aufgrund der fortschreitenden Verwesung, in Raubtiere verwandelt.

Ihre Zähne kamen Markus länger vor als normal und er war sich nicht sicher, ob dies nur auf das zurückgewichene Zahnfleisch zurückzuführen war. Auch die eitrige Substanz, die den Kreaturen anscheinend aus allen Körperöffnungen quoll, war keinesfalls normal. Doch jetzt war nicht die Zeit, die Anatomie der Monster ausgiebig zu studieren. Er musste hier weg und zwar ziemlich schnell.

Das Ding stieß ein wütendes Röcheln aus, wurde lauter und ging schließlich zu einer Art Fauchen über. Gestank drang durch die Lüftungsschlitze ins Innere des Wagens. Weitere Kreaturen stimmten mit ein und wurden dadurch noch mehr angespornt, den Wagen schneller zu bedrängen. Hinten trommelte ein Zombie gegen die Blechwand des Laderaums und schlug scheppernd Beulen in die Wand.

Das Arschloch vorne an der Tür drückte derweil seine hässliche Fratze an die Scheibe und versuchte, diese mit dem Kopf einzuschlagen, hinterließ aber nichts weiter als eitrige Schlieren auf dem Glas. Sollte die Scheibe nachgeben, wäre dies das Ende von Markus' Flucht. Immer weiter schob sich der Lieferwagen nach vorne und Metall kreischte schrill, bis es endlich einen brutalen Ruck gab und das Fahrzeug in einer Art Befreiungssprung nach vorne auf die Fahrbahn schoss.

Markus lenkte den Lieferwagen sofort auf die freie Fahrbahn und gab röhrend Vollgas. Sein Freund an der Beifahrertür wollte seine Beute nicht verlieren und krallte sich am Außenspiegel fest, konnte aber mit der Beschleunigung nicht mehr Schritt halten, strauchelte schließlich und schlug, den Rückspiegel noch immer in seinen Händen haltend, hart auf die Straße. Sein Mund hinterließ eine lange Spur aus eitrigem Schleim am Fenster der Beifahrertür. Erst jetzt sah Markus, dass es inzwischen wohl an die dreißig Monster waren, die sich um sein Fahrzeug versammelt hatten.

„Heute ist nicht der Tag, an dem ich sterbe. Versteht ihr Arschlöcher das, hä? Heute ist es noch nicht soweit!“

Er sah nicht, wie die Monster auf die Fahrbahn strömten und in einem stumpfsinnigen Trott hinter ihm herliefen. Die Zeit war auf ihrer Seite.

STAATSGEWALT

Markus ließ die Monster hinter sich und bald konnte er sie nicht einmal mehr im Spiegel sehen. Einmal mehr war das Glück auf seiner Seite gewesen. Die Autobahn zog sich schnurgerade durch die öde, verschneite Winterlandschaft, über der sich ein bleigrauer, schwerer Himmel voller regenschwerer Wolken spannte. Endlose verschneite Felder zogen zu langen Streifen verzerrt an den dreckigen Scheiben des Busses vorbei.

Früher war er oft beruflich mit dem Auto unterwegs gewesen und hatte die eintönigen Stunden genutzt, um seinen Gedanken nachzuhängen. Oder um Musik zu hören, die ihn in andere Welten versetzte. Und nun, ja, nun bewegte er sich tatsächlich in einer anderen Welt, in der seine Spiele zu bitterer Realität geworden waren.

Dinge geschahen, weil sie heraufbeschworen worden waren und vielleicht trug er selbst auch einen Teil dieser Schuld auf seinen Schultern. Es war einfach deprimierend, all die ineinander verkeilten Fahrzeuge auf der anderen Seite noch immer vorbeiziehen zu sehen. In diesem Momenten war er den Soldaten sogar dankbar, die ihn und Sabine in Platkow die ersten Tage eingesperrt hatten, denn andernfalls wäre sein Defender nur eines dieser verloren Fahrzeuge, in denen hoffnungslose Seelen auf ihre Erlösung warteten. Sein geliebter Defender, der noch immer in diesem Scheißkaff, dessen Namen er vergessen hatte, auf der Werft stand.

Manchmal sah er einzelne Zombies, die nach Futter suchend auf der Fahrbahn umherirrten und kaum Notiz von ihm nahmen. Stumpf sahen sie auf und bis sie registrierten, was geschah, war er auch schon vorbei. Seine Fahrbahn war noch immer mit dem matschigen Schnee der letzten Tage bedeckt. Markus genoss das Gefühl zu fahren und sich seinem Ziel zu nähern. Immer wieder sah er auf das Armaturenbrett, denn dort hatte er wieder das Bild von Anette festgeklemmt, so dass er es immer sehen konnte.

Wenn er an Auffahrten vorbeikam, waren diese zumeist durch Armeefahrzeuge blockiert, doch Menschen sah er keine. Alles zog an ihm vorbei wie in einem Film, blieb hinter ihm zurück um schließlich im Dunst der Winterluft zu verschwinden.

Hinten den Absperrungen stauten sich auf den Zufahrten zumeist endlose Reihen liegen gebliebener Fahrzeuge und außer ein paar Zombies bewegte sich rein gar nichts. Die Absperrungen waren zu Todesfallen geworden, aus denen es kein Entrinnen gab.

Zwei Stunden später erreichte er dann die erste Abfahrt nach Halle, hier stoppte Markus den Wagen, denn ihm war etwas Seltsames hinter den Militärfahrzeugen aufgefallen und außerdem musste er dringend pissen. Überall standen schwere Militärfahrzeuge quer auf den Auffahrten und dahinter die aufgestauten PKW. Weiter hinten taumelten zwar ein paar Kreaturen herum, doch die waren zu weit weg, um eine ernsthafte Gefahr darzustellen. Aber er nahm sich vor, sie trotzdem im Auge zu behalten.

Vor allem vor den frisch Infizierten hatte er große Angst, denn gegen die hätte er keine Chance. Die waren verdammt schnell und wussten noch genau, was sie taten. Doch anscheinend war die Sache hier schon längst gelaufen, der Übergang vom Leben zum Tod hatte bereits stattgefunden. Hätte sich dieser Umstand nicht geändert, wäre er wohl selbst schon ein Teil dieser grauenvollen Armee und würde mit milchigen Augen umherirren.

Markus stieg, nach allen Seiten die Umgebung sichernd, aus und lief in geduckter Haltung mit gespannter Armbrust um die abgestellten Fahrzeuge herum. Den Motor ließ er diesmal allerdings laufen, da er sich nicht sicher war, ob er wieder anspringen würde. Sein Atem dampfte in der kalten Winterluft und seine Beine schmerzten vom langen Sitzen auf dem unbequemen Fahrersitz, den er noch immer nicht auf seine Größe eingestellt hatte. Aber es tat gut, sich zu bewegen. Sein Ziel war der Rand der Autobahn hinter den großen MAN-Transportern der Bundeswehr, denn von dort hatte er einen guten Überblick über die gesamte Umgebung.

Anders als bei den letzten Zufahrten war hier ein Sanitätscontainer zwischen den Fahrspuren aufgestellt. Vielleicht, weil sich hier in der Nähe eine größere Stadt befand. Aber dieser Container war nicht das, was ihn interessierte. Einige Krähen ließen sich krächzend auf den abgestellten Fahrzeugen nieder und beäugten ihn neugierig. Es wäre sicherlich interessant gewesen, in ihren Köpfen zu lesen. Anscheinend versuchten sie herauszufinden, ob er am Leben oder tot war.

Markus fühlte sich an den Berliner Ring erinnert, wo er Nadja in einer ähnlichen Situation gefunden hatte. Doch hier gab es einen entscheidenden Unterschied. Vor dem Container lag ein hoch aufgetürmter Haufen, gebildet aus unzähligen Koffern und Taschen. Teilweise waren sie aufgebrochen und ihr Inhalt lag wild verstreut auf dem Boden und in der Umgebung herum. Der Wind hatte überall bunte Kleidungsstücke auf der freien Fläche verteilt und einige hatten sich sogar in den umstehenden Bäumen verfangen und flatterten nun als bunte Fahnen wie tibetanische Gebetsfahnen im eiskalten Wind.

Auf einem weiteren Haufen hatten sich ebenfalls viele der Kleidungsstücke verfangen. Doch dieser Haufen war anders. Anstelle von Schuhen und Hosen standen verbrannte Beine aus dem Haufen heraus. Anstelle von Jacken und Mänteln sah er Arme und verbrannte Hände in einem grotesken Gewirr aus verkohlten Körpern, die – im Feuer zu einem riesigen, ekelerregenden Klumpen verklebt – diesen Hügel gebildet hatten. Männer, Frauen, Kinder.

Es war ihm unmöglich, den Blick von dem grauenvollen Leichenberg zu wenden. Sofort hatte er den bitteren Geschmack nach Galle im Mund. Dickflüssig und zäh. Durch die Säure wurde seine Zunge langsam taub und fing an zu kribbeln. Lage um Lage stapelte sich achtlos aufeinander geworfen auf dem Berg in die Höhe. Einige Zombies saßen auf dem Hügel und fraßen sich an den verwesenden Körpern satt. Die verkohlten Kleidungsfetzen verrieten, dass es Zivilisten waren, die hier auf der Halde lagen. Angewidert spukte er den bitteren Klumpen vor sich auf den Boden.

Am Rand der Fläche entdeckte er weitere Tote, diesmal allerdings sauber aufgereiht und mit schwarzen Plastikplanen abgedeckt, die nun lose im Wind flatterten und den Blick auf die darunter verborgenen Leichen freigaben. Unbewusst ging er ein paar Schritte auf die Szenerie zu und beugte sich im Laufen weit nach vorne, um besser sehen zu können. Seine Augen hatten dies alles zwar wahrgenommen, aber sein Gehirn akzeptierte nur sehr langsam, was sich hier abgespielt hatte.

Die Hände der Toten waren mit Kabelbindern auf deren Rücken gefesselt. Alle waren durch gezielte Schüsse in den Hinterkopf hingerichtet worden. Deutlich konnte er die schwarzen Einschusslöcher erkennen, ebenso die wesentlich größeren Austrittswunden auf der Vorderseite, dort wo einmal die Stirn gewesen war. Viele hatten sogar überhaupt keine Gesichter mehr. Man hatte wohl sichergehen wollen und hatte einigen die Köpfe abgetrennt, die nun auf einem kleinen Haufen neben einem laublosen Baum auf dem Boden lagen und mit toten Augen in den Himmel starrten. Auf einem der Köpfe saß eine Krähe und zog etwas langes, weißes aus einer der Augenhöhlen heraus und würgte es gierig herunter.

Wie verzweifelt mussten die Soldaten gewesen sein, um solch drastische Maßnahmen zu ergreifen? Waren sie alle wahnsinnig geworden und hatten vielleicht in purer Todesangst gehandelt oder war dies einfach nur das Werk von Sadisten, welche die momentane Macht über das zivile Volk eiskalt ausnutzten, um sich als Herren über Tod und Leben zu erheben? Markus wusste darauf keine Antwort.

Der kalte Wind trug den schweren süßlichen Geruch des Todes in sich. Markus' Magen zog sich nun vollends zusammen, noch mehr Gallenflüssigkeit stieg in einem unaufhaltsamen Schwall nach oben, bis er sich seinen Mageninhalt vor die Füße kotzte. Und zwar solange, bis nicht einmal mehr Magenflüssigkeit aus seinem Mund kam und er nur noch schmerzhaft würgte. Benommen taumelte er weg von diesem Horror, stieg in den Wagen und fuhr los, ohne sich noch einmal umzusehen. *Nur schnell weg von diesem Grauen.* Pissen konnte er später immer noch.

Weitere grauenvolle Bilder reihten sich in seinem Kopf in das Album des Verderbens ein, gespeichert auf alle Ewigkeit, um ihn nachts in seinen Träumen heimzusuchen. Er hatte in Zeitschriften schon oft Fotos von Hinrichtungen in China gesehen, auf denen Soldaten Menschen mit verbundenen Augen in den Kopf schossen und diese dann wie Puppen in große, mit weißem Kalk aufgefüllte

Massengräber kippten. Dort blieben sie dann liegen, bis Bulldozer kamen und alles zusammen schoben.

Dann dachte er an die Bilder aus den Konzentrationslagern des Zweiten Weltkrieges, auf welchen man die hohen Stapel mit nackten toten Menschen sah. Pergamentartige Haut, die sich straff über ihre abgemagerten Körper spannte, als seien darunter nur noch die Knochen vorhanden. Damals handelten die verblendeten Soldaten auf Befehl einer hirnlosen und degenerierten Regierung, welche sich über alles andere erhoben hatte, um den Mangel am eigenen Ich zu verbergen. Man hatte geschworen, dass es nie wieder zu solchen Entgleisungen auf deutschem Boden kommen durfte und die Weltgemeinschaft hatte dies wohlwollend, aber mit ständig erhobenen Zeigefinger zur Kenntnis genommen.

Doch jetzt gab es eine erneute Ära des Grauens und anscheinend gab es kein anderes Mittel, als zwischen gesund und krank, gut und böse oder lebend und tot zu unterscheiden. Doch wer war befugt, die Kriterien festzulegen, zu entscheiden wer weiter leben durfte und wer derart grauenhaft sterben musste, um danach weggeworfen zu werden auf den Abfallhaufen der Menschlichkeit? Baute man vielleicht irgendwo hinter einer Grenzlinie bereits Konzentrationslager, in denen Infizierte und Menschen mit dem bloßen Verdacht auf Infektion zusammengepfercht und für Versuche missbraucht, vielleicht sogar massenweise vernichtet wurden? Oder wurden die Kranken bereits auf einen bloßen Verdacht hin gekennzeichnet, um den gesunden Rest zu schützen? Lief die Hexenjagd schon auf Hochtouren?

Der Unterschied zwischen den Zombies und den Lebenden schien sich auf einmal zu verwischen, wurde mit jedem weiteren Gedanken fließender. Dieses Massaker war ein Zeichen der Hilflosigkeit gegenüber einem Feind, dem man nur mit brutaler Gewalt begegnen konnte. Die Grenze vom Erträglichen zum Chaos war längst überschritten und man hatte aufgegeben, nach einer Lösung zu suchen. Die Menschheit befand sich offensichtlich in einem Krieg, in dem Massenvernichtung eine echte Option war.

Er wagte sich nicht vorzustellen, was in den Köpfen der Soldaten vorgegangen war, als der Befehl zu dieser Maßnahme ausgesprochen wurde. Hatten einige die Waffen niedergelegt und waren davongelaufen oder war die Verzweiflung bereits so weit fortgeschritten gewesen, dass es nur noch blinden Kadavergehorsam gab?

Markus zwang seine Gedanken in pragmatischere Bahnen und versuchte, sich wieder auf seinen Weg zu konzentrieren. Bald war der Richtplatz ebenso im Dunst verschwunden, wie alles andere bisher auch und er ließ Halle hinter sich, fuhr weiter Richtung Süden zum Schkeuditzer Kreuz. Dort traf die Autobahn A14 auf die A9. Je weiter er sich dem Autobahnkreuz näherte, desto mehr versperrten liegen gebliebene Fahrzeuge nun auch seine Fahrbahn. Es wurde mit jedem Meter schlimmer.

Einige Fahrer mussten versucht haben, mit Gewalt vorwärts zu kommen und hatten sich nach bekanntem Muster in andere Fahrzeuge verkeilt. Wieder andere hatten versucht, auf der Fahrbahn zu wenden und standen nun quer im Weg. Es war vollkommen undurchsichtig, wer in welche Richtung gefahren war.

In Schrittgeschwindigkeit fuhr er um die Fahrzeuge herum, musste dabei immer wieder anhalten, um sich einen neuen Weg durch dieses Chaos zu suchen. Auch hier lagen überall Kleidungsstücke, Koffer und unglaubliche viele Schuhe auf der Fahrbahn, stumme Zeugen der alles umfassenden Panik. Warum verloren Menschen auf der Flucht immer wieder ihre Schuhe?

Schon früher, als alles noch normal war hatte er sich oft über einzelne Schuhe gewundert, die am Rand der Autobahn lagen, meist mit der Öffnung nach oben, als ob man sie absichtlich so hingestellt hatte. Diese Schuhe wurden zu einem grotesken Symbol einer hoffnungslosen Flucht.

Es ging immer langsamer vorwärts, die plötzliche Enge zwischen den Fahrzeugen verursachte ein beklemmendes Gefühl. In vielen Fahrzeugen hatten sich schreckliche Dramen abgespielt, die nun als süßlicher Gestank nach Verwesung über diesem Szenario hingen. Vater frisst Mutter, Kind frisst Vater, ein Fremder frisst das Kind. Jeder frisst jeden. Immer öfter musste er anhalten, um wieder rückwärts aus Sackgassen zu fahren und einen anderen Weg zu suchen, der vielleicht mehr Hoffnung auf ein weiterkommen versprach.

Kurz vor dem Autobahnkreuz war es dann endgültig aus, das zusammengeschobene Blech machte ein Weiterkommen mit dem Transporter unmöglich. Vor ihm standen einige Geländewagen hoffnungslos ineinander verkeilt und versperrten die gesamte Fahrbahnbreite. Markus hatte keine andere Wahl als auszusteigen, um sich zu Fuß durchzuschlagen.

Mit dem Fernglas in der Hand kletterte er auf das Dach seines Fahrzeugs. Wenn er einen Weg aus diesem Blechhaufen finden wollte, musste er sich einen Überblick verschaffen. Außerdem musste er eine Zuflucht suchen, solange es noch hell war. Außerhalb seines Fahrzeugs nahm er den extremen Gestank noch intensiver wahr.

Die klare Winterluft war einem Gemisch aus Verwesung, Fäkalien und Benzin gewichen. Luft, die man vor Gestank fast schneiden konnte, selbst in dieser Kälte. Sofort fielen ihm die vielen Krähen auf, welche sich auf Fahrzeugen und Verkehrsschildern niedergelassen hatten. Er fühlte sich langsam von diesen Vögeln verfolgt und hatte das Gefühl, dass sie nur darauf warteten, bis er zusammenbrach. Er beschloss es ihnen nicht zu einfach zu machen.

Die A9 führte etwas weiter vorne unter der A14 hindurch. Auch das Kreuz war vollständig abgesperrt. Man hatte schwere Betonklötze so aufgestellt, dass die Fahrzeuge nur einzeln und in Schlangenlinien zwischen den mannshohen Sperren durchfahren konnten. Dazwischen standen große Metallkonstruktionen mit dicken, eisbedeckten Schläuchen, die an Autowaschanlagen erinnerten. Desinfektionsanlagen, wie damals, als der Rinderwahn ausgebrochen war, und tausende Tiere sterben mussten.

Zu dieser Zeit hatte er öfters geschäftlich nach Frankreich fahren müssen und an der Grenze hatte er eine nahezu identische Anlage vorgefunden, durch die alle Fahrzeuge fahren mussten, um mit einer Desinfektionsflüssigkeit besprüht zu werden. Er erinnerte sich noch genau an einen dicken Vertretertyp in einem fetten Audi, welcher mit den Grenzbeamten Streit anfing und Angst um den Lack seines teuren Wagens hatte.

Ordne deine Gedanken und konzentriere dich auf das Hier und Jetzt, wenn du überleben willst, mahnte er sich selbst. Er war müde und wurde unvorsichtig. Im Zentrum der Brücke musste es gebrannt haben, denn er konnte die Gerippe einiger ausgebrannter Lastwagen und verbogene Zeltgestänge erkennen. Alles war bedeckt mit dickem, fettigem Ruß.

An den Brückengeländern waren zu beiden Seiten Sandsäcke aufgestapelt, Gefechtsstellungen. Dahinter saßen in embryonaler Haltung verbrannte Soldaten an Maschinengewehren, deren Läufe sich durch die Hitze grotesk nach oben gebogen hatten. Das Feuer musste sich so schnell ausgebreitet haben, dass die Soldaten keine Möglichkeit mehr gehabt hatten, sich in Sicherheit zu bringen. Selbst die Leitplanken zwischen den beiden Fahrbahnen waren durch die Hitze verbogen und schwarz. Er fragte sich, welches Zeug diese extreme Hitze verursacht hatte. Napalm vielleicht. Es herrschte jedenfalls ein unglaubliches Durcheinander.

Auf der gegenüberliegenden Brückenseite sah Markus weitere Sperren auf der anderen Fahrbahn. Dahinter setzte sich die Blechlawine fort. Unten, auf der quer verlaufenden A9, sah es nicht besser aus. Ein großer Reisebus lag auf der Seite wie ein gestrandeter Wal. Aus den zerschlagenen Scheiben hingen die Körper der Insassen, die versucht hatten, durch die Fenster den Bus zu verlassen.

Wäre er am ersten Tag schon weiter gekommen, so hätte seine Reise hier ein abruptes Ende genommen und kurz darauf wäre er im großen Kollektiv gestorben. Wie überdimensionale Trichter verengten sich die Fluchtwege an den Nahtstellen, um dann dort hoffnungslos zu verstopfen. Selbst kleine Kinder wussten, was geschieht, wenn man trotzdem immer mehr Wasser in einen solchen Trichter hineingießt. Markus hatte einfach Glück gehabt, mehr nicht.

Hier wollte er auf keinen Fall bleiben, denn es gab sicher Tote, die durch die Gegend streiften. Nichts eignete sich dazu, um eine wenigstens halbwegs sichere Nacht darin zu verbringen und die verbleibende Zeit bis zur Dunkelheit lief ihm wie Sand durch die Finger. Doch dann sah er etwas Interessantes.

Jenseits der Straßensperre zeichnete sich im Dunst ein weitläufiges und von einem hohen Zaun umgebenes Gelände ab. Angestrengt dachte er nach und versuchte sich an die Autokarte zu erinnern, die er sich vor einiger Zeit angesehen hatte. Das da vorne hinter dem Zaun sah aus wie eine Rollbahn. Ja natürlich, das musste der Flughafen Halle-Leipzig sein, ganz klar. Hastig stellte er das Fernglas schärfer.

Jetzt konnte er die langgezogenen Gebäude im Dunst erkennen, ebenso die zahlreichen Flugzeuge, die auf der Rollbahn standen. Über die Autobahn führten weiter vorne zwei große Brücken, damit die Flugzeuge die verschiedenen Start- und Landebahnen erreichen konnten. Verwundert beobachtete er einen grauschwarzen Hund, der auf eines der Gebäude zutrottete. Sonst rührte sich nichts auf dem Gelände.

Das gesamte Areal war von einem hohen, stabil aussehenden Zaun umgeben, der zumindest auf der ihm zugewandten Seite intakt war. Wenn es einen halbwegs guten Platz für die Nacht gab, würde er ihn jenseits des Zaunes finden. Markus hatte genug gesehen und sprang vom Wagendach.

Hastig stopfte er sich einen Schokoriegel in den Mund, um den bohrenden Hunger zu stillen, immerhin hatte er seit seinem Aufbruch vom Bauernhof nichts mehr gegessen. Dabei schulterte er seinen schweren Rucksack. Mit einigen Schlucken aus der Wasserflasche spülte er die trockene Schokolade nach unten. Geräusche zwischen den zurückliegenden Fahrzeugen spornten ihn zur Eile an. Es konnte nur eine Frage der Zeit sein, bis ihn die verlorenen Seelen aufgespürt hatten.

Markus wickelte sich das Schemagtuch als Schutz vor dem eiskalten Wind wieder um Hals und Kopf. So leise wie möglich verschloss er die Tür des Transporters. Er wollte sich den Wagen als letzte Zuflucht sichern, sollte er gezwungen sein, den Marsch zum Flughafen abzubrechen und zurückzukehren. Mit gespannter Armbrust ging er zügig auf die Straßensperre zu. Er war sich sicher, dass er es bis zum Einbruch der Dunkelheit schaffen konnte, zumindest auf das Gelände zu kommen.

Schnell erreichte er die schweren Betonklötze auf der Brücke. Innerhalb der Straßensperre musste sich ein Massaker abgespielt haben. Der Boden war geradezu übersät mit Patronenhülsen. Überall lagen verkrümmte Körper herum, erstarrt in den eisigen Temperaturen und gefallen im Kugelhagel. Die zum Teil grässlichen Wunden versuchte er so gut es ging zu ignorieren.

Fast alle Gefallenen waren Zivilisten, dazwischen nur vereinzelt Soldaten, denen man die Köpfe eingeschlagen hatte oder die durch Kugeln von hinten umgekommen waren. Es war ein seltsames

Gefühl, durch dieses Feld der Toten zu gehen. Er machte einen großen Bogen um die Leichen und blieb auf Abstand so gut es ging, aus lauter Angst, dass sie bei der geringsten Berührung erwachen und aufstehen könnten, um ihn anzugreifen. Doch höchstwahrscheinlich waren sie einfach nur tot.

Hier und da lagen weggeworfene Gewehre mit leeren Magazinen oder verbogenen Läufen herum. Seine Schritte waren schnell, denn ein Blick zum Himmel genügte, um zu wissen, dass die Nacht nicht mehr lange auf sich würde warten lassen. Also entschied er sich dazu, gleich nach der Sperre die Autobahn zu verlassen, um querfeldein direkt zum Zaun zu gehen. Es war einfach viel zu gefährlich, zwischen den verkeilten Fahrzeugen herumzuklettern und nicht zu wissen, was hinter dem nächsten Hindernis lauerte.

Und ehrlich gesagt war er auch nicht Held genug, dies zu tun. *Nur im Kino erleben die Helden das Ende des Films, im echten Leben sind es eher die Feiglinge,* dachte er. *Die rennen einfach am schnellsten und tun nicht solche Dinge, wie zum Beispiel umkehren um gestürzte oder verletzte Menschen mit sich zu schleppen, nur um dann am Ende selbst gefressen zu werden.*

Nein, er war gewiss kein Held und hatte auch nicht vor, einer zu werden. Überleben war jetzt das Wichtigste. Dies zusammen mit dem Willen, nach Speyer zu seiner Frau zu kommen, trieb ihn an, schnell auszuschreiten, um die Sache hier hinter sich zu bringen.

Kurz darauf stand Markus schon vor dem Zaun des Flugplatzgeländes und musterte das Drahtgeflecht. Als ob er nicht schon hoch genug gewesen wäre, nein er musste oben auch noch mit Stacheldraht bewehrt sein! Offensichtlich weigerte sich das Gelände, ihm den Zutritt zu gewähren. Der verdammte Zaun war zu hoch, um ihn einfach so zu überklettern, also musste er etwas finden – eine Leiter, eine große Kiste – auf das er klettern konnte, um so die Krone des Zauns zu erreichen.

Der einzige Ort, wo er etwas Derartiges finden konnte, lag hinter ihm. Also musste er nun doch zurück in das Chaos aus demolierten Fahrzeugen, auch wenn es ihm aufs Äußerste zuwider war, sich den Blechsärgen noch einmal zu nähern.

Auf der Pritsche eines Lieferwagens einer Dachdeckerfirma hatte er schließlich schneller Erfolg als erwartet und zog eine Klappleiter aus Alu von der Ladefläche. In fast jedem der Fahrzeuge befanden sich Leichensäcke. Sie waren förmlich voll davon, manche wackelten sogar heftig auf ihren Federn, wenn ihn die Zombies sahen und wild wurden. Soweit es ging, hielt er Abstand zu diesen Fahrzeugen.

Schon die Blicke hinter den verschmierten Scheiben waren schlimm, die ihn mit ihren kalten Augen verfolgten, also nahm er seine Beine in die Hand und rannte zum Zaun zurück, so schnell es ging. Mit jeder Minute wuchs die Wahrscheinlichkeit, entdeckt und angegriffen zu werden. Konnte nur eines dieser Arschlöcher aus seinem Wagen entkommen, könnte dies eine Kettenreaktion auslösen und er wäre ruck, zuck von Leichen umringt. Keine schöne Sache mit diesem verdammten Zaun im Rücken.

Fieberhaft machte er sich an die Arbeit und zwang sich dazu, nicht immer wieder nach hinten zur Autobahn zu sehen. Hastig klappte er die Leiter auf und zog seine Decke aus dem Rucksack. Die musste er opfern, um über diesen verfluchten Stacheldraht zu gelangen. Egal, der Zaun würde ihm den Rücken freihalten, außerdem fand sich auf dem Flughafengelände mit Sicherheit ein Unterschlupf.

Er wagte nicht zu hoffen, dort sogar noch weitere Überlebende zu finden. Hatte er einmal den Zaun überwunden, gab es kein Zurück mehr. Zur Autobahn würde er bestimmt nicht mehr zurückgehen. Vorsichtig kletterte er über die Zaunkrone und sprang auf der anderen Seite hinunter. Federnd kam er auf und sah sich um.

„Also nach vorne“, murmelte er leise zu sich selbst und ging zielstrebig über die verschneite Grasfläche auf die Rollbahn zu.

Auf der offenen Fläche war der kalte Wind noch schneidender. Aus dem Dunst wurde langsam richtiger Nebel und kündigte das Ende des Tages an. Was sich eben noch als Schemen abgezeichnet hatte, verschwand nun immer mehr in dem weißen Wabern, das die Sinne verrückten spielen ließ.

Vor seinen Augen bildeten sich immer häufiger Trugbilder und Schemen, die Monstern gleich durch die neblige Suppe irrten. Markus fiel es immer schwerer, sich zu konzentrieren und bei der Sache zu bleiben, denn je dichter der Nebel wurde, desto verfolgter fühlte er sich. Er musste bald einen Unterschlupf und Ruhe finden, sonst würde er noch hier auf dem Rollfeld durchdrehen.

Um schnell zu den Gebäuden zu gelangen, verfiel er in einen leichten, zügigen Trott. Er vergaß dabei sogar die Träger des schweren Rucksackes, die schmerzhaft in seine Schultern schnitten. Das Gelände hier war offen, selbst bei Nebel konnte man seine Gestalt bestimmt noch jenseits des Zauns ausmachen. Auf der parallel verlaufenden Autobahn irrten einige Schatten scheinbar ziellos auf der Suche nach neuen Opfern umher. Oder waren das am Ende auch nur Trugbilder?

Es gab Wege, die zogen sich wie Gummi in die Länge und dieser hier war genau so einer. Waren diese verdammten Gebäude tatsächlich so weit entfernt?

Wenigstens machte ihm seine Lunge keine Probleme. Im letzten Tageslicht erreicht er dann endlich das Rollfeld vor dem Gebäudekomplex, der mit seinen gigantischen Ausmaßen vor ihm in den Himmel ragte. Er musste immer wieder blinzeln, da der Nebel feine Tröpfchen auf seinen Wimpern gebildet hatte. Vor dem Gebäude standen drei große Maschinen mit dem Emblem der Bundeswehr sauber in einer Reihe. Wie graue Wale mit weißen Bäuchen standen sie stumm und bewegungslos da. Waren da Bewegungen hinter den kleinen, runden Fenstern zu sehen oder sogar Schatten vorne in der Pilotenkanzel?

Vermutlich war es einmal mehr die Übermüdung, die ihn Dinge sehen ließ, die nicht da waren. Die Gangways waren mit genügend Abstand zu den Flugzeugen auf dem Rollfeld abgestellt, damit diese problemlos starten konnten. Die Türen der Maschinen waren verschlossen und Markus verspürte im Moment nicht das geringste Bedürfnis nachzuforschen, wie es in den Flugzeugen aussah.

Am Terminalgebäude links von ihm konnte er insgesamt sechs große Gates zählen, deren gefaltete Tunnel wie große schlafende Maden leicht nach unten aus dem Gebäude herausragten. Nur die letzten drei waren durch Flugzeuge der Lufthansa belegt, deren Rümpfe und Flügel mit einer dünnen Schneeschicht bedeckt waren. Wie ein Leichentuch hatte sich der Schnee über die Maschinen gelegt und ließ keinen Blick ins Innere zu. Alle anderen Gates waren unbesetzt und zeigten die dunklen Öffnungen der Zugangstunnels, in denen sich hohe Schneeverwehungen gebildet hatten.

Unten auf dem Boden herrschte ein heilloses Durcheinander. Überall standen mit Gepäckstücken und Kisten beladene Fahrzeuge herum. Einige waren sogar umgekippt und hatten ihr Transportgut großflächig auf dem Rollfeld verteilt. Unter den Gates befanden sich verschlossene Türen aus Sicherheitsglas, die man mit schweren Ketten und Vorhängeschlössern gesichert hatten, um irgendetwas daran zu hindern, das Gebäude zu verlassen. Im besten Fall waren es Menschen gewesen, die auf der Flucht waren und panisch versucht hatten, noch eines der Flugzeuge zu verlassen.

Beunruhigend war allerdings, dass einige der Fahrzeuge so vor den Türen abgestellt waren, dass sie die Durchgänge vollkommen versperrten. Markus geistige Liste der gefährlichen Orte wurde durch das Terminal ergänzt. Hinter den Glasscheiben war nichts als undurchdringliche Dunkelheit. Die gleiche Dunkelheit, welche sich nun langsam wie ein großer Sack über das Rollfeld legte.

Dazu kam der dichte Nebel, der sich wie ein Leichentuch über die Umgebung senkte und alles mit seiner eisigen Feuchtigkeit überzog. Nicht mehr lange und alles würde sich seinen Blicken entziehen. War der Sack erst einmal zugezogen, würde er wie eine Maus in der Falle sitzen, umgeben von tausend schleichenden Monstern, die nur darauf warteten dass er blind in ihre ausgestreckten Arme taumelte.

Da stand er nun zwischen als dem Zeug und pumpte Luft in seine Lungen. Jetzt galt es, klar zu denken und sich systematisch umzusehen, wenn er nicht hier auf dem Rollfeld übernachten wollte. Hektisch sah er sich in nach einem Unterschlupf um und entdeckte ein wesentlich kleineres Gebäude, auf welchem in riesengroßen Lettern der Name einer Autovermietung angebracht war. Es sah ebenso verlassen aus wie die anderen Gebäude. Und trotzdem war es für ihn interessanter.

Schnell hatte er die kurze Distanz zurückgelegt und stand vor dem Bau, dessen doppelte Eingangstür wie das dunkle Tor ins Nichts vor ihm aufragte. Als er die Tür vorsichtig mit dem Fuß anstieß, schwang diese leise quietschend nach innen. Der Zugang war also frei. Markus schaltete seine Taschenlampe ein und leuchtete in den langen Flur, der sich hinter der Eingangstür erstreckte.

Ein seltsam beklemmendes Gefühl machte sich in ihm breit und er rechnete jeden Augenblick damit, dass Zombies aus den Zimmern stolperten, um mit weit aufgerissenen Mäulern auf ihn einzudringen oder das sich völlig unerwartet eine tote Hand auf seine Schulter legen würde, um ihn zu packen. Ein letztes Mal warf er einen Blick nach hinten und betrat dann das Gebäude, in der rechten Hand die Lampe und in der linken die schussbereite Armbrust.

Lautlos drang er weiter nach vorne, spürte den weichen grauen Teppich unter den Sohlen, mit dem der breite Flur ausgelegt war und der seine Schritte dämpfte. Ihm fielen die dunkelbraunen, eingetrockneten Flecken darauf auf. Er folgte ihrer Spur mit dem Lichtstrahl, bis sie unter der Tür mit dem kleinen silbernen Toilettensymbol am Ende des Flurs verschwand. Links erkannte er eine Treppe, die nach oben führte und rechts öffnete sich der weitläufige Kundenbereich mit seiner Wartezone. Es roch hier penetrant nach Duftbäumen und Gummi, fast wie in einem Autohaus und die Wände waren mit Werbeplakaten für die Weihnachtsangebote beklebt. Bisher nahm er keinen Verwesungs- oder Fäkalgeruch wahr.

Der Kundenbereich war zwar verwüstet, aber leer. Keine Monster, die in einer Ecke lauerten, auch wenn er sie in jedem der lang gezogenen Schatten vermutete. Überall standen angestaubte Plastikpflanzen herum, eine davon war nach vorne gekippt und hing jetzt schräg über einem hellen Kunstledersessel.

Jemand musste hinter der Theke hastig in irgendwelchen Unterlagen gewühlt haben, denn überall lag Papier auf dem Boden und der Schlüsselschrank für die Leihwagen stand offen. Markus stellte erleichtert fest, dass die meisten Schlüssel an den dafür vorgesehenen Plätzen hingen. Heute war es schon zu spät, aber gleich morgen früh würde er sich ein geeignetes Fahrzeug suchen und seine Reise nach Speyer fortsetzen. Das war fast ein Jackpot. Es würde ohne größeren Aufenthalt weitergehen.

Auf dem Boden lag eine umgestoßene Tasse, deren Inhalt einen großen dunkelbraunen Fleck auf dem Teppichboden hinterlassen hatte. Der Gedanke an heißen, frisch aufgebrühten Kaffee ließ ihm das Wasser im Mund zusammenlaufen. Daneben lag ein kleines Plastiktannenbäumchen mit bunten Kugeln und Lichtern, das vermutlich vorher zusammen mit der Tasse auf der Theke gestanden hatte.

Immer wieder richtete er den Lichtstrahl zurück zur Toilettentür, unter der die eingetrocknete Blutspur verschwand. Irgendwie war er einfach sicher, dass es Blut war und kein Kaffee. Wenn er hier die Nacht verbringen wollte, musste er sich vorher Klarheit verschaffen, musste herausfinden, was sich hinter dieser verdammten Tür verbarg. Das Problem war nur, das sich dahinter tatsächlich nahezu alles verbergen konnte, vom wimmernden Menschen bis zur Zombiehorde und genau das machte ihm Angst.

Der Teppich dämpfte seine Schritte als er zur Tür schlich. Bisher hatte er es vermieden, Geräusche zu machen und war zuversichtlich, dass der Überraschungsmoment nach wie vor auf seiner Seite war. Der Griff der gespannten Armbrust vermittelte ihm ein schwaches, aber dennoch vorhandenes Gefühl von Sicherheit. Was auch immer hinter dieser Tür lauern sollte, er würde es mit einem fünfzehn Millimeter dicken Armbrustbolzen mit handgeschmiedeter Eisenspitze empfangen. Danach wäre immer noch genügend Zeit um den Streitkolben zu ziehen. Hoffte er zumindest.

Also drückte er mit zittrigen, feuchten Fingern die Türklinke nach unten und trat die Tür mit dem Fuß so heftig auf, dass sie an die Wand krachte und zurückfederte. Etwas Metallisches brach. Als er die Fratze mit den aufgerissenen Augen vor sich sah, drückte er ab und der Bolzen zischte mit einem singenden Geräusch in den kleinen Raum. Die eiserne Spitze schlug in den Spiegel über dem Handwaschbecken und ihm wurde bewusst, dass er auf sein eigenes Spiegelbild geschossen hatte.

Klirrend fielen die Scherben in das Waschbecken und verursachten dabei einen Lärm, der auf dem gesamten Flughafen zu hören sein musste. Genauso gut hätte er eine Kanone abfeuern können. Hektisch zuckte der starke Lichtkegel durch den Raum, suchte Winkel und Schatten ab. Sein Blick glitt in das Waschbecken, in welches jemand eine unglaublich große Menge Blut und Mageninhalt erbrochen hatte.

Das waren Fleischbällchen, verdammte halbverdaute Fleischbällchen. Und Nudeln. Bunte Nudeln. Das Becken war fast vollkommen damit aufgefüllt und an den Rändern sogar übergelaufen. Das Zeug hatte dabei lange Fäden gebildet. Das ehemals weiße Handtuch mit dem Logo der Autovermietung lag schmutzig und zusammengeknüllt in der Ecke.

Die Tür der einzigen Toilettenkabine hing schief, aber offen in den Angeln. Die Trennwände waren mit getrocknetem Blut beschmiert und auf dem Boden hatten sich Fäkalien verteilt, die jetzt eine rutschige Fläche bildeten. Es stank fürchterlich und Markus musste gegen den aufwallenden Brechreiz ankämpfen. Er würde um keinen Preis dieser Welt auch nur einen Fuß in diesen Raum setzen, also beugte er sich weit nach vorne, riss den Bolzen aus der Wand und zog voller Ekel die Tür hinter sich zu. Diese Toilette würde er mit Sicherheit nicht benutzen.

Die nächsten fünf Minuten verbrachte er damit, seinen Puls zu beruhigen und seinen aufsteigenden Magensaft hinunterzuschlucken. Als er sich wieder einigermaßen beruhigt hatte, wandte er sich endlich der Treppe zu, um die obere Etage zu überprüfen. Leise stelle er den Rücksack auf den Boden, spannte mit einem knackenden Geräusch die Armbrust und legte den Bolzen ein. Ein kurzer Blick zur Eingangstür genügte, um sicherzustellen, dass sich von dieser Seite her niemand näherte.

Langsam ging er die ersten Stufen nach oben. Seine Schritte wurden durch denselben grauen Teppich gedämpft, der anscheinend überall in diesem Gebäude ausgelegt war. Diesmal befanden sich auf dem Teppich keine bräunlichen Flecken. Die Dunkelheit der Nacht hatte sich jenseits der Fenster ausgebreitet.

Da es auf dem gesamten Gelände, abgesehen von seiner Taschenlampe, nicht ein einziges künstliches Licht gab, kam es ihm vor, als hätte man die Scheiben mit dicker schwarzer Farbe bemalt. Es gab jetzt nur noch das Innere dieses Gebäudes als frei schwebendes Etwas in einer versunkenen Welt. Markus hatte zwar die Befürchtung, dass der Lichtkegel seiner Lampe nach draußen scheinen und die Leichensäcke anlocken könnte, aber es überwog seine Angst, in einem unbekannten Gebäude im dunklen herumzutappen.

Das hin und her zitternde Licht der Lampe erzeugte weitere Trugbilder. Seltsame Schatten formten sich in dunklen Winkeln und gaukelten seinem Geist geduckte Gestalten vor, welche bereit zum Absprung nur darauf warteten, dass er sich näherte. Dennoch schlich Markus weiter und erreichte schließlich das obere Stockwerk.

Ein grüner Pappaufsteller lag umgestoßen im Weg und überall waren Prospekte und Preislisten verstreut. Die letzten Begegnungen mit den Dingern hatten ihm gezeigt, dass diese nicht einmal ansatzweise die Gabe besaßen, sich heimtückisch oder gar lautlos heranzuschleichen. Ihre Art war es eher, einfach stumpfsinnig abzuwarten oder drauflos zu marschieren, getrieben von einem ihm unbekannten Hunger.

Markus ging hinter dem Aufsteller in die Hocke und lauschte, bereit bei der geringsten Bewegung abzudrücken. Doch es blieb alles ruhig, kein Stöhnen und keine schlurfenden Schritte waren zu hören, es war totenstill im Gebäude. Es war so still, dass sein unterdrücktes Atmen wie eine große Luftpumpe klang und sein wild pochendes Herz wie Donnerschlag.

Um sicher zu gehen, griff er sich eine handvoll Prospekte und warf diese an die gegenüberliegende Wand. Doch es blieb ruhig. Nach weiteren bangen Minuten des Wartens stand er schließlich auf und begann damit, die gesamte Etage zu inspizieren. Es gab eine kleine Küche in der überall schmutzige Tassen und verschimmelter Kuchen auf Papptellern herumstanden. Der Kühlschrank stand sperrangelweit offen und war voller grün verschimmelter Dinge, deren ursprüngliche Formen nur noch ansatzweise zu erkennen waren.

Welch Ironie lag in dem Text des Merkzettels, der über der Kaffeemaschine angebracht war und das Personal daran erinnerte, dass man grundsätzlich Licht und Kaffeemaschine auszuschalten hatte, bevor man das Gebäude verließ. Der Schalter der Maschine stand natürlich auf „ON".

Etwas weiter hinten gab es ein Büro, in dem sich auf Tischen und Regalen unglaublich viele schlampig aufgestapelte Papierberge türmten. Es roch nach altem Zigarettenrauch und staubigem Papier. Auf dem Schreibtisch lag eine teuer aussende Damenhandtasche aus braunem Leder, deren Inhalt sich über die gesamte Tischplatte ergossen hatte. Hastig durchwühlte er die Tasche in der Hoffnung, ein Handy zu finden, das vielleicht noch funktionierte. Aber vergebens. Außer Frauenkram fand er nichts. Enttäuscht ließ er sie achtlos auf den Boden fallen.

Auch hier lag wieder ein einzelner Schuh, diesmal ein lackschwarzer Stiletto. Der befand sich mit abgeknicktem Absatz in der Raummitte. Die Bilder auf dem Schreibtisch zeigten allesamt eine blonde, hoch gewachsene Frau mittleren Alters in verschiedenen Szenarien. Selbstverliebt blickte sie in die Kamera, immer allein und jedes Mal wirkungsvoll in Szene gesetzt. Mal im kleinen Schwarzen an einen Baum gelehnt, dann wieder auf einer alten Holzbrücke im Pelzmantel.

Markus mochte diese Art Mensch nicht, die sich selbst immer für den Nabel der Welt hielten und im Mittelpunkt stehen mussten. Dennoch bedauerte er diese Frau, die außer sich selbst und etwas Geld vielleicht nichts hatte und er dachte darüber nach, ob die Frau nun im Reigen der Monster durch die Gegend irrte oder als Futter ihr Leben beendet hatte.

Zuletzt war da noch ein Lagerraum, in dem neben einigen Getränkekisten diverse Autoreinigungsmittel, Sitzbezüge und jede Menge Papiere gelagert wurden. Alles in allem machten die Räume der oberen Etage einen unordentlichen Eindruck, waren aber nicht so verwüstet wie der Kundenbereich im Erdgeschoss. Und es war mehr als er eigentlich erwartet hatte.

Markus beschloss, sich aus den Sitzbezügen ein Lager für die Nacht zu bauen und ging nach unten, um die Eingangstür von innen zu sichern. Im Treppenwinkel fand er einen stabilen Besen, welchen er dazu in die Griffe der beiden Türflügel schieben wollte. Das war zwar keine absolut sichere Lösung, aber zumindest würde es genügend Lärm verursachen, wenn jemand versuchen würde, mit Gewalt in das Gebäude einzudringen.

Draußen waberte noch immer dichter Nebel und schränkte sein Blickfeld bis auf wenige Meter ein. Gerade als er mit seiner Arbeit fortfahren wollte, nahm er aus dem Augenwinkel eine Bewegung war. Es war nicht viel mehr als ein schwaches, schemenhaftes Huschen, das sofort wieder im Nebel verschwand. Vielleicht nur eine optische Täuschung, erzeugt von seinem übermüdeten Gehirn und den erschöpften Augen. Trotzdem erstarrte er mitten in der

Bewegung und wartete gebannt darauf, dass sich der huschende Schatten erneut zeigen würde.

Geblendet durch das grelle Weiß des Nebels schmerzten schon nach wenigen Sekunden seine müden Augen. Ob Täuschung oder nicht, er musste der Sache auf den Grund gehen, denn anders würde er wohl kein Auge zumachen in dieser Nacht. Und er brauchte den Schlaf dringender denn je, also zog er den Stiel wieder aus den Griffen und öffnete die Tür.

Sein zumeist gesunder Menschenverstand schlug sofort Alarm und erinnerte an die Gefahren, die hier überall lauern konnten. Doch die Scheiben waren einfach zu verschmiert. Es gab keinen anderen Weg, er musste nach draußen. Wer sich mit Horrorfilmen auskannte, wusste natürlich, dass dies in der Regel fatale Folgen nach sich zog und solche Leute eigentlich immer direkt getötet wurden, aber er konnte einfach nicht anders.

Sofort zogen sich seine Lungen aufgrund der Luftfeuchtigkeit gepaart mit der eisigen Kälte zusammen und machten es ihm schwer, vernünftig zu atmen. Der Temperaturunterschied und die Feuchtigkeit des Nebels waren sein Problem, welches ihm früher oder später das Leben kosten würde. Dessen war er sich absolut sicher. Zumindest wenn sich die Lebensumstände nicht bald bessern würden und ihm die Medikamente ausgingen.

Mit der Armbrust im Anschlag suchte er vor der Tür stehend die Umgebung ab, jede Sekunde darauf gefasst, dass der Nebel hässliche Dinge ausspeien würde. In diesem Fall stünde er mit dem Rücken zur Wand. Selbst wenn er sich in das Gebäude retten könnte, würde es sich ziemlich schnell zur Todesfalle entwickeln.

Die freie Sicht betrug, wenn überhaupt, höchstens zehn Meter. Markus wollte sich schon wieder ins Gebäude zurückziehen, als der Schatten erneut auftauchte. Diesmal an der rechten Gebäudeecke. Sofort fuhr er mit der Waffe herum und ging leicht in die Knie. Er unterdrückte den Impuls, einfach ins Gebäude zu fliehen und die Tür zu verriegeln. Nein, er musste sich Gewissheit verschaffen, wenn er hier halbwegs sicher die Nacht verbringen wollte.

Was auch immer es war, es bewegte sich schnell und blieb stets auf gleichen Abstand zu ihm, war aber für einen erwachsenen Menschen viel zu klein. Ein Kind vielleicht, ein sehr kleines Kind. Schon formte sein Gehirn Bilder von verwesenden, kriechenden Kindern. Oder von Erwachsenen, die ihre Beine verloren hatten und sich mit den Händen vorwärts zogen. Aber weder das eine noch das andere hätte diese geschmeidige Geschwindigkeit erreichen können, geschweige denn die Lautlosigkeit und die fließenden Bewegungen. Außerdem wären irgendwelche von den Dingern immer auf direktem Weg zu ihm vorgedrungen. Da war er sich ganz sicher.

Tief sog er die Luft ein und erwartete Verwesungsgeruch, doch stattdessen waren da nur die nasskalte Winterluft und der leichte Geruch nach Kerosin. Markus war auf alles gefasst, denn wenn die Natur solche Absurditäten wie diese toten Dinger gebar, konnte alles möglich sein.

Es jagte ihm einen Schauer über den Rücken, als er an die Infizierten dachte. An jene, die noch am Leben waren und denken konnten. Die könnten vielleicht auf eine derartige Weise vorgehen. Mit diesem Gedanken erwachte die Angst. Todesangst, die sich wie eine eisige Klaue in sein Genick legte und einfach zudrückte. Gegen die hätte er nicht einmal den Ansatz einer Chance. *Game Over, mein Freund.*

Schnell hatte der Schatten geräuschlos die linke Ecke des Gebäudes erreicht und blieb dort stehen. Markus kniff angestrengt die Augen zusammen und hoffte so, in diesem verfluchten Nebel mehr zu erkennen. Er hatte den Eindruck, dass sich der grauen Schatten langsam näherte, aber auch das konnte täuschen. Sekunden später wusste er, dass sich das Ding tatsächlich näherte und aus dem Schatten wurden Konturen. Aus den Konturen entstand langsam ein fester Umriss. Er dachte kurz darüber nach, einfach darauf zu schießen, entschied sich aber dagegen und glaubte schon bald zu erkennen, was sich dahinter verbarg.

Markus war sich allerdings noch immer nicht sicher, wie er reagieren sollte und es war schwer, die Bedrohung einzuschätzen, die von dem unbekannten Etwas ausging. Also behielt er die Armbrust weiterhin schussbereit im Anschlag und wartete, das Ziel nicht aus den Augen lassend, vor der Tür.

In etwa fünf Metern Entfernung blieb schließlich ein etwa kniehoher, grauschwarz melierter Hund mit bulligem Kopf stehen und musterte ihn. Vermutlich gingen dem Tier die gleichen Gedanken durch den Kopf wie dem Menschen. Es folgte ein gegenseitiges Abschätzen. Der Hund hatte eine schwarze Maske über den Augen, so dass er vom Aussehen stark an einen Waschbär erinnerte, und machte einen gesunden Eindruck. Doch es war immer möglich, dass der Hund den tödlichen Keim in sich trug. Würde er Markus beißen, konnte so der Virus in sein Blut gelangen. Verwandelten sich Tiere in die gleichen seelenlosen Bestien, wie es auch die Menschen taten?

Markus wusste es nicht, also beschloss er schlichtweg, dass der Hund gesund war und keine Gefahr darstellte. So einfach war das. Markus mochte diese Tiere sehr, hatte lange Zeit sogar selbst einen Hund besessen und dessen Aufrichtigkeit immer sehr geschätzt. Einen treueren Gefährten konnte man sich beim besten Willen nicht vorstellen und gerade in diesem Moment sehnte er sich nach Gesellschaft, nach etwas, auf das man sich verlassen konnte und was ihn auf seinem nicht enden wollenden Weg beistehen würde. Daher lies er die Armbrust sinken und ging langsam in die Hocke. Der Hund setzte sich auf den Hintern, grinste ihn mit aus dem Maul heraushängender Zunge an und wartete ab.

EIN NEUER GEFÄHRTE

Der Hund machte keinerlei Anstalten, näher zu kommen. Als Markus' Knie anfing zu schmerzen, stand er auf und ging ins Gebäude, hielt die Tür jedoch mit der Hand fest und sah den Hund dabei auffordernd an. Das Tier legte den Kopf schräg, als ob es die neue Situation abwägen würde, dann stand es auf und trottete zügig in sicherem Abstand an Markus vorbei durch die Tür, um im Flur stehen zu bleiben und den überraschten Mann anzusehen.

Im Vorbeihuschen zeigte der Hund für einen kurzen Moment seine beeindruckenden Zähne, um eindeutig klar zu machen, dass erst einmal Abstand geboten war. Markus kannte diese Geste nur zu gut und wusste damit umzugehen. Vermutlich hatte der Hund in den letzten Tagen seine Erfahrungen gemacht und ging, wie er, auf Nummer sicher. Das war nur allzu verständlich, also schloss Markus die Tür und machte sich, ohne den Hund weiter zu beachten, auf den Weg nach oben.

Es war nicht einfach, den starken Drang unterdrücken, einfach auf das Tier zuzugehen, um es anzufassen. Ein Tier, welches eher nach Gesellschaft trachtete als danach, ihm sein Leben zu nehmen. Der Blick des Hundes drückte ähnliche Gefühle aus. Dennoch behielt er den sicheren Abstand bei, kam nur zögerlich näher, getrieben von der eigenen Neugier, wahrscheinlicher aber, weil er Hunger hatte. Oben ging Markus in die Küche, räumte den Tisch ab und warf kurzerhand alles in die Spüle.

Dann nahm er seinen Rucksack und breitete die spärlichen Vorräte auf dem Tisch aus. Es war höchste Zeit etwas zu essen, denn sein Bauch war leer und in seinem Mund hatte er diesen widerlich faden Geschmack, den man immer hatte, wenn man lange Zeit nichts mehr gegessen hatte. Da stand nun der klägliche Rest seiner

Lebensmittel vor ihm und es war weniger, als er gedacht hatte. Schon morgen würde er sich neue Vorräte suchen müssen.

Es war schwer sich daran zu gewöhnen, sich die Lebensmittel einzuteilen und ständig damit rechnen zu müssen, dass einem die Vorräte ausgingen. Die letzten Tage hatte er es verdrängt, sich darum zu kümmern und das unregelmäßige Essen schlug ihm auch ziemlich auf den Magen. Auch der Besuch einer Apotheke würde auf seinem Einkaufszettel nicht fehlen, um seine Medikamente aufzufüllen. Heute Abend jedoch würde er sich ein kleines Festmahl gönnen.

Er öffnete im flackernden Licht zweier Kerzen die letzte Dose Ravioli und als Nachtisch sollte es sogar die eingelegten Pfirsiche geben, den alten Leuten sei Dank. Und als Krönung des Ganzen den letzten Rest Rotwein. Und das war schon was Besonderes.

Es tat gut, die schmerzenden Beine unter den Tisch auszustrecken und in die Flammen der Kerzen zu schauen. Der Hund hatte sich inzwischen im Kücheneingang niedergelassen und ließ ihn nicht mehr aus den Augen, vor allem nicht, als er die Dosen öffnete. Markus füllte, dem Hund zugewandt, die Ravioli in eine Keramikschale, welche er zuvor aus dem Küchenschrank geholt hatte, setzte sich an den Tisch und fing an, die kalte Speise genüsslich zu verzehren. Erst jetzt merke er, wie viel Hunger er tatsächlich hatte. Zu lange waren die Pausen zwischen den Mahlzeiten, die er oft nur mit einem Schokoriegel überbrückt hatte.

Das Zeug schmeckte schauderhaft und wohltuend zugleich und füllte seinen Magen zusehends. Der Hund fixierte das Essen und leckte sich hungrig über die Schnauze. Trotz seines Hungers aß Markus nicht alles auf, denn es galt noch einen Köder für den Hund auslegen. Geradezu beiläufig stellte er die Schüssel neben sich auf den Boden und fing an, die Pfirsiche direkt aus der Dose zu löffeln. Und die waren im Gegensatz zu der kalten Pampe zuvor ein wirkliches Geschmackserlebnis. Es war das erste Mal seit vielen Tagen, dass ihm etwas derart gut schmeckte, dass er den gesamten Doseninhalt nicht nur aß, sondern förmlich hinunterschlang. Der Hund saß da und wartete.

Erst als Markus aufstand und mit dem Glas Rotwein in der Hand zum Fenster ging, stand der Hund lautlos auf und schlich sich zur Schüssel. Markus drehte sich nicht um, konnte aber das laute Schmatzen hören, mit welchem der Hund genüsslich die Mahlzeit verzehrte. Langsam löste sich die Anspannung in Markus' Gesicht und wich einem schwachen Lächeln, denn er hatte einen neuen Gefährten gefunden. Er war jetzt nicht mehr allein.

Am nächsten Morgen kroch er zwischen den bunten Sitzbezügen hervor, die nach einer unruhigen Nacht wild verstreut auf dem Boden lagen und ihm als Nachtlager gedient hatten. Gewärmt hatten die Dinger nicht und ihm war klamm. Durchatmen, dann dreimal das Spray, das war sein Ritual nach dem Aufwachen. Aber wenigstens hatte er geschlafen, auch wenn er das nicht für möglich gehalten hatte.

Das Gebäude war inzwischen mangels Heizung ausgekühlt, zudem kroch auch noch Feuchtigkeit in die Räume und setzte sich als Kondenswasser an den Scheiben ab, wo es dann nach unten lief und kleine Pfützen bildete. Nicht mehr lange und es würde sich Schimmel bilden und der würde dann ziemlich schnell die ersten Bauwerke unbewohnbar machen. Der Zerfall der verlassenen Behausungen hatte bereits begonnen und würde sich in einigen Wochen, wenn es wieder wärmer wurde, noch weiter beschleunigen.

Markus blickte sich als erstes nach seinem neuen Freund um. Der Hund lag wie zu erwarten in der Tür und hob aufmerksam den Kopf, als sich Markus mit knackenden Knochen streckte. Müde fuhr er sich über das stoppelige Gesicht und verursachte dabei ein Geräusch, das entfernt nach grobem Schmirgelpapier klang. Schwer zu sagen, was rauer war, sein Gesicht oder seine schwielige Handfläche.

Wenig später stand er mit einem Becher voll dampfendem Kaffee, den er sich mit dem letzten Gas seines Kochers erhitzt hatte, wie ein Feldherr am Fenster und suchte mit dem Fernglas das Rollfeld ab. Der Nebel hatte sich längst verzogen und einem bleigrauen Himmel Platz gemacht. Er fühlte sich schmutzig und seine Schultern schmerzten, daran konnte auch die heiße Brühe nichts ändern. Außerdem musste er schon wieder pissen.

Da die Toilette dazu nicht in Frage kam, ging er ins Büro, leerte dort einen Blumenkübel aus und erleichterte sich auf diese unkonventionelle Weise. Kurz darauf war er wieder auf seinem Posten.

Es war ein starker Wind aufgekommen und der ließ die Fahnen vor der Autovermietung mit einem knatternden Geräusch im Wind flattern. Anscheinend wurde es wärmer.

Weit hinten am Absperrzaun des Rollfeldes tummelten sich einige der Kreaturen und gingen ohne erkennbares Ziel am Zaun entlang, wahrscheinlich auf der Suche nach einem Durchgang, sofern es ihnen überhaupt möglich war soweit zu denken. Auf dem Rollfeld selbst bewegte sich noch nichts, allerdings glaubte Markus erneut, im vordersten der abgestellten Bundeswehrflugzeuge in der Pilotenkanzel Bewegungen auszumachen.

Er stellt das Fernglas schärfer und konzentrierte sich auf das vorderste der eckigen Fenster. Langsam wurden die Details im Innern der Kanzel deutlicher und die Quelle der Bewegungen schälte sich aus dem Dunkel des Cockpits heraus. Und tatsächlich, dort spielte sich was ab. Zuerst sah er den Piloten. Er hing nach vorne gebeugt bewegungslos in den Gurten und schied somit als Ursache aus. Im Moment jedenfalls. Wenn er eins gelernt hatte, dann dies, dass sich die Zustände vermeintlich toter Menschen in Sekundenschnelle ändern konnten.

Das Fernglas schwenkte auf die andere Seite des Cockpits. Dort saß der Copilot, ebenfalls fest in seinem Sitz angeschnallt. Er beugte sich immer wieder mit den gleichen puppenhaften Bewegungen zu seinem Kameraden und biss dabei jedes Mal große Stücke aus dessen Oberkörper, zerrte am Fleisch wie ein Kojote in der Savanne (oder wo immer diese Viecher lebten). Vom Arm des Piloten war nur noch der abgenagte Knochen übrig, der wie ein Holzstock bei jedem weiteren Biss hin und her wippte.

Angewidert stellte Markus das Fernglas auf die Fensterbank und holte tief Luft. Es war schwer, sich an diese Szenen zu gewöhnen, an all das Blut und die ständige Anwesenheit von Tod und Verderben. Es würde nur eine Frage der Zeit sein, bis ihm das zu viel würde und er entweder den Verstand verlor oder sich umbringen würde, einfach nur, um sich diesem Anblick zu entziehen.

Durch ein leises Winseln erregte der Hund seine Aufmerksamkeit. Der graue Kerl war ihm auf leisen Pfoten bis in die Küche gefolgt, blieb aber nach wie vor auf Abstand.

Das Frühstück bestand aus den letzten in Alufolie eingepackten Salamis, die aussahen wie verschrumpelte Finger und vermutlich auch so schmeckten, dazu einigen Keksen von der Tankstelle, welche er sich brüderlich mit seinem neuen Kameraden teilte. Nachdem Markus erneut aus dem Fenster gesehen hatte und sicher war, dass sich keine toten Dinger in unmittelbarer Nähe befanden, ging er nach unten und öffnete die Tür, damit der Hund seine Notdurft verrichten konnte.

Wieder hatte er das Bild seines eigenen Hundes vor Augen, der vor zwei Jahren gestorben war. Eine rote kniehohe Hündin mit kurzem Fell. Wunderschöne Momente kamen ihm in den Sinn, Spaziergänge zwischen Weizenfeldern und in grünen, dichten Wäldern. Das war sein Ding, um den Kopf frei zu bekommen und den Gedanken des Alltags zu entfliehen. Einfach die Lebensfreude des Tiers genießen und dabei zuzusehen, wie sie umher rannte und sich ihres Lebens erfreute.

Selbst mitten in der Nacht war er oft mit dem Hund unterwegs gewesen. Er mochte die nächtliche Einsamkeit und das Rauschen des Windes in den Bäumen. Nachts war alles in sich gekehrt. Man konnte einfach die Gedanken schweifen lassen in eine andere Welt, die besser war als jene, in welcher er sich sonst befand. Eine kleine Reise zu seiner inneren Welt, wie er es gerne nannte. Selbst wenn alles wieder gut werden würde, glaubte er nicht, dass er jemals wieder ohne Furcht und ohne sich ständig umzublicken arglos bei Dunkelheit hinausgehen würde.

Er bemerkte, dass er schon wieder pissen musste. Das lag wohl an diesem verdammten Kaffee, den er einfach nicht mehr gewohnt war. Dafür musste diesmal der Putzeimer unter der Treppe herhalten, denn noch immer würden ihn keine zehn Pferde dazu bringen, die blutverschmierte Toilette zu betreten.

Draußen war es in der Tat wärmer geworden. Es war fast so, als würde sich der Frühling mit einem kalten Nieselregen ankündigen. Der Hund war fertig und fing damit an, die nähere Umgebung zu erkunden und hier und da im Schnee zu graben. Plötzlich hob er den Kopf und blickte angespannt über das Rollfeld. Hatte er vielleicht Tote gerochen?

Sofort war Markus hellwach. Am Boden war nichts zu erkennen, was die Aufmerksamkeit des Tieres erregt haben könnte, doch als er nach oben sah, zeichnete sich ein kleiner schwarzer Punkt ab, der sich langsam näherte und durch ein leises tiefes Brummen begleitet wurde. Markus warf sich auf dem Absatz herum und stürzte nach oben in Küche.

Dort stand noch immer sein Fernglas auf der Fensterbank. Fassungslos griff er sich das Teil und hob es vor die Augen. Der Punkt war inzwischen größer geworden und näherte sich mit hoher Geschwindigkeit. Es dauerte endlose Sekunden, bis er dieses Drecksding am Himmel mit dem Fernglas erfasst hatte. Der schwarze Punkt war eigentlich dunkelgrau und entpuppte sich als eine schwere, viermotorige Transportmaschine, die sich anscheinend im Landeanflug befand. Die äußeren beiden Propeller drehten sich nicht mehr.

Die Maschine flog eine lang gezogene Rechtskurve und verringerte kreisend ihre Höhe. Aufgeregt beobachtete Markus, wie das Flugzeug sein Fahrwerk ausfuhr und sich die Landeklappen bewegten. Sein Mund war so trocken, das er anfing hektisch über seine Lippen zu lecken. Am Zaun wurde es ebenfalls lebhafter, die Monster hatten das Flugzeug natürlich auch gesehen und sammelten sich nun in großer Zahl, um ihre Fratzen an den Sicherheitszaun zu pressen. Ganze Horden kamen nun von der Autobahn heruntergeströmt und rangelten um die letzten Plätze in der ersten Reihe.

Markus war sich nicht sicher, wie lange der Zaun diesem Druck standhalten würde. Aber seine Gedanken wanderten zurück zur Maschine, denn die war jetzt wichtiger. Inzwischen war sie so tief, dass sie nach einer letzten langgezogenen Kurve endlich zur Landung ansetzte.

Aufgeregt wandte er sich vom Fenster ab, griff im Vorbeilaufen die Armbrust und stürmte, nur noch auf das Flugzeug fixiert und jede weitere Vorsicht vergessend, nach draußen. Fast wäre er dabei noch über den Hund gefallen, der ihm gefolgt war. Alles andere war plötzlich nicht mehr wichtig, nur noch das Flugzeug zählte.

Die vollkommen unerwartete Aussicht auf Rettung aus dieser Hölle war das Einzige, was zählte. Er stellte sich bereits vor in der Maschine zu sitzen, umgeben von Soldaten, einen Plastikbecher mit dampfendem Kaffee in den Händen, hoch oben in den Wolken und, was vor allem wichtig war, in Sicherheit. Weit weg vom Boden und den Monstern.

Draußen schlitterte er über den eisig nassen Schnee, dass der Matsch nur so unter seinen Füßen spritzte. Er rannte, alle Gefahr vergessend, wie ein Irrer immer schneller über das Flugfeld. Plötzlich verlor er das Gleichgewicht, konnte sich nicht mehr abfangen und stürzte wie ein nasser Sack schwer auf seine rechte Schulter. Der Aufprall trieb ihm sämtliche Luft aus den Lungen. Die Armbrust wirbelte rotierend durch die Luft und kam krachend ein paar Meter weiter auf dem Boden auf.

Dann geschah etwas nahezu Unmögliches. Mit einem lauten Schnalzen löste sich der Abzug der Waffe und schickte den Bolzen auf seine Reise. Den am Boden liegenden Mann durchfuhr ein brennender Schmerz im rechten Bein und er schrie gellend auf.

Mit einer flauen Vorahnung in der Magengrube tastete Markus laut fluchend nach dem schmerzenden Bein und stelle fest, dass ihn dieser verdammte Armbrustbolzen am Oberschenken gestreift hatte. Er konnte es nicht glauben. Die Hose war sauber aufgeschlitzt, darunter klaffte die Haut auseinander und es sprudelte Blut.

„Verdammte Hurenscheiße, so ein verdammter Dreck. Das gibt's doch nicht. Das darf doch nicht wahr sein!"

Wütend stieß er die Worte hervor, noch immer ungläubig auf die Wunde starrend. Doch ihm blieb nicht viel Zeit, darüber nachzudenken. Der riesige schwarze Schatten der Transportmaschine setzte dröhnend auf der Rollbahn auf und zog wirbelnde Schneefontänen hinter sich her. Markus versuchte aufzustehen, doch sein rechtes Bein knickte unter ihm weg und er fiel unbeholfen zurück in den Matsch. Hinter sich hörte er das laute Bellen des Hundes.

Plötzlich wurde alles zu viel. Flugzeug, Hund, Verletzung. Irgendwie lief gerade alles aus dem Ruder. Die Motoren heulten auf, als der Pilot auf Schubumkehr schaltete und die Maschine anfing, noch immer viel zu schnell, über die Rollbahn zu schlingern. Eine saubere Landung sah mit Sicherheit anders aus. Markus fing an rückwärts zu robben, denn er hatte plötzlich ein ganz komisches Gefühl, was den Ausgang dieser Aktion betraf. Sein Bein hinterließ dabei eine dünne, rote Spur im matschigen Schnee.

Das Donnern der Maschine war jetzt ohrenbetäubend, die Bremsen kreischten auf und griffen auf der eisigen Piste anscheinend ins Leere. Die Transportmaschine wuchs zu einer dunklen Wand an, wurde immer gewaltiger und türmte sich wie eine bösartige Gewitterfront vor ihm auf. Markus konnte schon die Piloten im Cockpit erkennen, ihre kreidebleichen Gesichter und wie sie ihn anstarrten.

Dann drehte sich die Maschine ruckartig zur Seite und schlitterte schräg auf die großen Tanks links neben dem Gebäude der Autovermietung zu, auf denen riesige leuchtend orangefarbene Schilder darauf hinwiesen, dass sich in ihrem Innern brennbare explosive Flüssigkeit befand. Kerosin. Das rechte Fahrwerk gab dem Druck nach und knickte wie ein Streichholz zur Seite, eine Sekunde später kreischte die Tragfläche schon Funken sprühend über den Asphalt.

Markus' Gehirn hatte auf Zeitlupe geschaltet. Hastig robbte er in panischer Angst weiter durch den Matsch und versuchte wegzukommen, irgendwo hin, nur weg. Doch im Grunde war er nur Zuschauer und den Gewalten, die jetzt tobten, hilflos ausgeliefert. Was als Nächstes kommen würde, war unvermeidlich.

Höchstens fünf oder sechs Meter entfernt schrammte der Flügelrand, eine tiefe Furche hinter sich durch den Asphalt ziehend an seinen Füßen vorbei. Die Männer in der Kanzel trugen orangefarbene Overalls und weiße Pilotenhelme. Ihre Münder bewegten sich, öffneten und schlossen sich, wie die der Monster. Dann war das Flugzeug an ihm vorbei und alles verschwand im aufgewirbelten Schnee. Es war wie das Luftholen vor dem großen Finale.

Ein greller Lichtblitz zuckte über Markus hinweg, gefolgt von einer ohrenbetäubenden Detonation als Auftakt des Infernos. Dann kam die Druckwelle und schleuderte Markus einige Meter über den Boden. Er schlug hart mit dem Gesicht auf die Piste auf.

Überall regnete es glühende Bruchstücke, gefolgt von einer sengenden Hitze, die den Schnee augenblicklich schmolz. Auf dem Rücken liegend bot sich ihm das Bild eines flammenden Infernos. Von der Maschine waren lediglich der linke Flügel und das Heck zu erkennen. Wie mahnende Finger standen sie steil nach oben. Über die Tanks sowie den Rest der Maschine zuckten lodernde Flammen, die hoch in den Himmel leckten. Brennende Flüssigkeit ergoss sich in alle Richtungen. Das Gebäude der Autovermietung war zur

Hälfte einfach nicht mehr da, der Rest kämpfte windschief gegen die Schwerkraft und stand lichterloh in Flammen.

Blut spuckend zog sich Markus auf die Knie und versuchte, den beißenden Schmerz in seinem Bein zu ignorieren. Das Feuer verbrannte den Sauerstoff um ihn herum, vor seinen Augen vollführten Sterne einen wilden Tanz und in seinen Lungen schien sich keinerlei Luft zu befinden.

Mühsam und unter großen Schmerzen schaffte er es, tatsächlich auf die Beine zu kommen, denn er wusste, dass er hier so schnell wie möglich weg musste. Immer wieder zischte es laut in den Flammen auf, hin und wieder gab es kleinere Verpuffungen und Explosionen. Es grenzte an ein Wunder, dass ihn keines der Trümmerteile getroffen hatte. Umständlich wühlte er die schneebedeckte Armbrust aus dem Dreck und hängte sie sich auf den Rücken.

Der einzige Ausweg aus dieser Hölle war der Parkplatz, auf dem die Leihwagen standen. Den galt es zu erreichen und er musste zudem hoffen, dass die Fahrzeuge halbwegs intakt waren und er eines davon aufbrechen konnte, auch wenn er keine Ahnung hatte, wie das ging. So wie es im Moment aussah, lag er angezählt am Boden. Wie ein Boxer hatte er alles auf eine Karte gesetzt und nicht damit gerechnet, dass das Schicksal einen verdammt harten rechten Haken hatte. Und genau der hatte ihn ansatzlos auf die Bretter geschickt.

In seinem Kopf war nur noch lautes Rauschen, sein Blick war starr fixiert auf den Durchgang zwischen den Gebäuden. Seltsamerweise spürte er bis auf seine pulsierende Beinwunde den Rest seines Körpers überhaupt nicht mehr, weder die Abschürfungen in seinem Gesicht noch seine durch die plötzliche Hitze aufgeplatzten Lippen.

Von dem Hund war auch nichts zu sehen, er konnte nur hoffen, dass der sich rechtzeitig in Sicherheit gebracht hatte. Dort, wo der Schnee nicht bereits durch die Hitze geschmolzen war, färbte er sich durch den niederfallenden Ruß schwarz. Immer wieder musste Markus husten, sich nach vorne beugen und Blut ausspucken. Beim Aufprall hatte er sich übel auf die Zunge gebissen, die bereits anschwoll und stark pulsierte.

Sein Bein schmerzte mit jedem Schritt mehr und trieb so das Gefühl in seinen Körper zurück. In was für eine Scheiße war er da nur wieder hineingeraten! Lange würde er das nicht durchhalten. Zudem wurde ihm bewusst, dass er mit einem Schlag fast seine gesamte Ausrüstung verloren hatte. Lediglich die verdammte Armbrust mit einer Handvoll Bolzen und der Streitkolben waren ihm geblieben. Alles andere war dem Feuer zum Opfer gefallen oder sonst wo in der Gegend verstreut.

Sein trockener Mund gierte nach Flüssigkeit. Doch viel wichtiger war etwas anderes. Fahrig taste er in seiner rechten Brusttasche herum. Das Bild von Anette war noch da. Alles andere würde er sich irgendwie wieder besorgen können. In seinen Ohren war ein dumpfes Pfeifen und vermittelte ihm das Gefühl, durch zähe Watte zu gehen. Wie in Trance setzte er einen Fuß vor den anderen und schwankte mehr auf sein Ziel zu, als dass er ging.

Wenn ihn jetzt jemand hätte sehen können, nun er hätte ihn wahrscheinlich für einen der Leichensäcke gehalten und einfach abgeknallt. Alle paar Schritte musste er anhalten, um sich auszuruhen, musste blinzeln, um einigermaßen klar sehen zu können, nur um festzustellen, dass er vom Weg abgekommen war und sich neu ausrichten musste.

Der starke Wind fachte das Feuer immer weiter an, Funken stoben aus den Flammen und legten sich als tödlicher Regen über die umliegenden Gebäude und Flugzeuge. Es war nur eine Frage der Zeit, bis das Feuer weiter um sich greifen würde und letztendlich der gesamte Flughafen in Flammen stand. Keine Feuerwehr würde heute ausrücken, um den Brand mit einem dicken Schaumteppich zu ersticken, kein Krankenwagen würde sich seiner annehmen und ihn in ein Krankenhaus bringen.

Zweifelsohne hatten zumindest die Piloten einen schnellen Tod gefunden, er konnte nur hoffen, dass nicht noch mehr Menschen in der Maschine waren. Ein weiteres Teil der Autovermietung stürzte mit Getöse in sich zusammen und stieß wütend eine Funkenwolke aus. Es roch nach verschmorten Plastik und brennendem Kerosin, eine verdammt gefährliche Mischung.

Nach einer halben Ewigkeit erreicht er endlich den Weg zwischen den beiden Gebäuden, der zum Parkplatz führte. Natürlich hatte er weder einen Autoschlüssel bei sich, noch einen Plan, wie es weitergehen sollte. Genau genommen hatte er überhaupt keinen Plan, nicht mal den Ansatz eine Idee, um seine Lage zu verbessern, geschweige denn von hier wegzukommen. Trotzdem ging er weiter. Die Realität war ebenso ernüchternd wie die Tatsache, dass die vermeintliche Rettung mit dem Flugzeug in Rauch und Asche aufgegangen war.

Auf dem Parkplatz angelangt, folgte die Ernüchterung. Sämtliche Fahrzeugtüren, an denen er rüttelte, waren verschlossen. Wie hätte es auch anders sein sollen. Bei einigen gingen sogar noch die Alarmanlagen los und jaulten wie getretene Hunde. Verzweifelt ließ er sich auf den Boden sinken, als er das letzte Fahrzeug kontrolliert hatte. Starrte einfach ins Leere vor sich. Ende, aus, vorbei. Keine Kraft mehr, um weiterzugehen. Hier war also die Endstation, auf diesem beschissenen Parkplatz mitten im Nirgendwo und unendlich weit weg von zu Hause. Es war nur noch eine Frage der Zeit, bis ihn die ersten Kreaturen finden würden.

Mit zitternden Fingern kramte er umständlich das zerknitterte Bild von Anette aus der Jackentasche, strich es glatt und sah es an. Das Gefühl, wieder einmal versagt zu haben, breitete sich in ihm aus und zog seine Gedanken in ein unendlich tiefes Loch. Hinter ihm breitete sich das Feuer immer weiter aus, immer wieder brachen weitere Gebäudeteile in sich zusammen oder platzten kleinere Behälter und Rohre. Er war wie Bruce Willis nach dem Endkampf, nur gab es da dieses kleine Problem, dass er eben nicht Bruce Willis war, sondern nur ein kleines, unbedeutendes Arschloch, das hier verrecken würde. Doch das war alles Nebensache.

Sicher, er hätte mit dem Streitkolben eine Fahrzeugscheibe einschlagen und sich in einem der Fahrzeuge verkriechen können. Doch auch die würden bald alle in Flammen stehen und er hatte nicht die geringste Ahnung, wie man einen Wagen kurzschließen konnte. Es ist hart, das eigene Scheitern, die eigene Unfähigkeit zu erkennen. Realisieren zu müssen, dass man sein gesetztes Ziel nicht erreichen würde, weil man schlichtweg am Ende war. Genau wie die Sache mit dem kürzeren Streichholz. Sein Weg war hier zu Ende.

Ein Geräusch in der Nähe des Autos, hinter dem er sich versteckt hatte, riss ihn aus seinen düsteren Gedanken. Bereit für den letzten Kampf zog er sich stöhnend auf die Beine und umfasste den Streitkolben fester. Wenigstens eine dieser Kreaturen wollte er noch mitnehmen, wenigstens eine. Die ersten Reihen der Fahrzeuge brannten bereits und gierig leckten die Flammen auch schon nach den nächsten.

Vorsichtig spähte er durch die verschmierten Scheiben der Karre, hinter der er sich versteckt hatte, konnte allerdings keine schwankenden Gestalten zwischen den Flammen ausmachen. Unsicher blickte er sich um, aber nirgends war eines dieser Drecksdinger zu sehen. Auf der einen Seite nur Feuer und Rauch, auf der anderen am Ende des Parkplatzes eine nahezu blickdichte Buschreihe, welche nur von vereinzelten Bäumen unterbrochen wurde.

Da, eine Bewegung links am Auto! Schon schnellte der Streitkolben in die Höhe, doch im letzten Augenblick erkannte er den Hund, der nun winselnd und mit eingezogenem Schwanz auf ihn zu kam. Mit einem hysterischen aber trotzdem glücklichen Lachen ließ er sich in die Knie sinken und kraulte, alle Schmerzen ignorierend, das schmutzige Fell des Hundes, als das Tier sich an ihn drückte. Der kleine Kerl war anscheinend durch die Hölle gegangen und über und über mit Ruß bedeckt. Wer von den Beiden in diesem Moment glücklicher war, hätte wohl niemand beurteilen können.

Schnell untersuchte er seinen neuen Gefährten. Der tapfere Kerl war schmutzig und nass, aber unverletzt. Fest drückte er sich an Markus, der ihn immer wieder kraulte und mit beiden Armen umfasste, als wollte er ihn nie wieder loslassen. Er war so glücklich über das Tier, dass ihm Tränen über die Wangen liefen und dabei helle Spuren auf seiner rußigen Haut hinterließen. Das Tier gab ihm Kraft und forderte ihn, Hände und Gesicht ableckend, dazu auf, nicht aufzugeben. Er war nicht mehr allein und er hatte eine Aufgabe.

Markus beschloss in diesem Moment, den Hund Tom zu nennen. Er fand, dass der Name ganz gut zu der Panzerknackermaske passte, die der Hund als Fellzeichnung im Gesicht trug.

„Alter Junge, langsam ist es an der Zeit, dass wir einen Plan machen, wie es weitergehen soll, denn ich glaube, wir müssen weg von hier und das so schnell es eben geht.“

Markus’ Stimme war kaum mehr als ein Krächzen, doch der Hund sah ihn an, als hätte er jedes einzelne Wort davon verstanden. Zuerst musste die Wunde am Bein versorgt werden. In der Hoffnung, einen Verbandskasten zu finden, schlug er mit dem

Streitkolben die Seitenscheibe des Wagens ein und öffnete die Fahrzeugtüren. Tatsächlich wurde er im Heck fündig.

Die Wunde hatte zwar stark geblutet und tat weh, der Schnitt war aber zum Glück nicht sonderlich tief. Auf dem Kofferraumboden sitzend zog er sich die Hose nach unten und drückte eine Kompresse aus dem Autoverbandskasten auf die schmutzige Wunde. Dann wickelte er zwei Binden um seinen Oberschenkel.

Das restliche Verbandsmaterial steckte er sich in die Beintaschen seiner verdreckten Hose. Die Verbandsschere und zwei Rollen Tape wanderten ebenfalls in seine Taschen. Ihm blieb nicht viel Zeit, denn kaum hatte er die Hosen wieder oben und das Zeug eingesteckt, tauchten auch schon die ersten Schatten zwischen den Flammen auf.

Vorneweg ein kräftiger Mann. Er trug noch die Signalkleidung des Bodenpersonals und seine Haare brannten lichterloh, was ihn aber nicht daran hinderte, sich zwischen den brennenden Fahrzeugen vorzuarbeiten. Gierig streckte er dabei seine brandig schwarzen Hände nach vorne.

Doch das war längst nicht alles. Auch hinter Markus' Rücken raschelte es zwischen den Büschen. Voller entsetzen erkannte er, wie sich einige Zombies auf allen vieren unter den dichten Zweigen über den Boden wanden, um zu ihm zu gelangen. Also blieb nur noch der Weg zum Terminalgebäude. Der Sack wurde langsam, aber sicher zugezogen.

Markus hatte keine Ahnung, wie es die Toten so schnell geschafft hatten, auf den Parkplatz zu gelangen. Tatsache war allerdings, dass sie genau jetzt hier waren und ihn einkreisten und das war überhaupt nicht gut. Ohne weiter darüber nachzudenken, machte er sich humpelnd auf den Weg.

Er musste das Terminalgebäude vor den Monstern erreichen und hoffen, dort auch noch eine unverschlossene Tür zu finden, in dem keine dieser Drecksäcke auf ihn warteten. Immer mehr taumelten durchs Feuer, einige standen sogar vollkommen in Flammen und brachen nach einigen Metern zuckend zusammen. Achtlos trampelten die nachfolgenden Kreaturen über sie hinweg und fingen dabei oft sogar selbst Feuer.

Wesentlich gefährlicher waren aber die, die aus den Büschen krochen. Ein paar hatten sich schon aufgerichtet und fingen an, schneller auszuschreiten, als sie die Beute direkt vor ihrer Nase sahen. Allen voran eine hoch gewachsene Stewardess in dunkelblauer Uniform und zerrissenen schwarzen Nylonstrümpfen. Das dunkelblaue Käppi saß in grotesker Position auf ihren in wilden Büscheln abstehenden Haaren, fixiert für die Ewigkeit oder wenigstens bis zum Ende ihres Zerfalls.

An einem Fuß trug sie noch den hochhackigen Stiefel in passender Farbe zur Kleidung, der andere war bloß. Bei jedem Schritt knickte sie mit dem Schuh um und wankte wie eine zerbrochene Puppe mit schlenkernden Armen auf ihn zu. Lebend musste die Frau einmal sehr hübsch gewesen sein, doch jetzt war sie nur noch ein Gespenst ihres einstigen Schimmers, ähnlich einer gealterten, alkoholsüchtigen Diva.

Wie im Zeitlupentempo versuchte Markus, die Distanz zwischen sich und den Monstern zu vergrößern, doch es war, als ob er, wie durch ein unsichtbares Gummiband gefesselt, nur mühsam von der Stelle kam. Er kämpfe mit aller Kraft dagegen an, doch der Abstand zwischen ihm und den Monstern verringerte sich zusehends. Tom bellte auffordernd und blieb immer wieder stehen, blickte sich nach ihm um, lief nach vorne und wieder zurück um ihn so anzutreiben, schneller zu laufen. Aber Markus kam es vor, als ob sich die Distanz zwischen ihm und dem Gebäude kein bisschen verringerte.

Die brennenden Drecksäcke hatten durch ihren Vormarsch nun so gut wie alle Fahrzeuge in Brand gesteckt, gerieten aber dadurch immer mehr selbst in Bedrängnis und stellten im Moment keine ernsthafte Gefahr dar. Anders die Viecher, die zwischen den Büschen hervorkrochen. Deren Anzahl war inzwischen auf mindestens zwanzig angestiegen und es wurden ständig mehr.

Dann war der Erste bei ihm. Ein untersetzter und stark übergewichtiger Mann, dessen zerrissenes Hemd einen unglaublich voluminösen, von Faulgasen aufgeblähten Bauch offenbarte. Es grenzte an ein Wunder, dass der Mann nicht einfach platzte, denn seine schwarz-fleckige Haut spannte sich gummiartig über seinem schwabbeligen Körper. Schon streckte er seine zu Krallen geformten Finger nach dem Flüchtigen aus, sein Mund öffnete sich reflexartig und zeigte abgebrochene braune Zähne. Eine klaffende Wunde zog sich vom rechten Auge ausgehend über seinen vollkommen haarlosen Kopf und entblößte die gelblich-fahle Schädeldecke.

Erst als die abgebrochenen Fingernägel des Unholds bereits an Markus' Jacke kratzten, reagierte dieser und drosch hart mit dem Streitkolben auf den Schädel des Toten ein. Es war mehr eine mechanische Reaktion, ohne Technik und Plan, die ihre Wirkung dennoch nicht verfehlte. Mit einem klatschenden Geräusch drückte die Waffe die Nase des Kerls nach innen und holte den Mann durch ihre Wucht des Schlages von den Beinen.

Wie eine fette, schwammige Made klatschte der aufgedunsene Zombie nach hinten und holte dabei einen weiteren von den Beinen. Die gummiartige Haut gab nach und platzte mit einem lauten Schnalzen von oben nach unten auf. Ein unfassbar widerwärtiger Gestank zischte in Form einer Gaswolke nach draußen. Eine Flut aus fingerlangen Maden und brauner Brühe ergoss sich über die am Boden liegenden Körper.

Der Flüchtige verschwendete keine Zeit damit, um erneut zuzuschlagen, sondern warf sich herum und lief weiter. Eine der Zugangstüren zum Terminal musste einfach offen sein, denn viel weiter würde er es in seinem jetzigen Zustand sowieso nicht schaffen.

Schon tauchte von rechts eine Frau mit zotteligen braunen Haarbüscheln auf dem Kopf auf und stieß – von einem schauderhaften Röcheln begleitet – ihre rosa lackierten Finger nach vorne, angetrieben von einer wilden Gier. Aus ihrem Mund rann eine gallertartige, klumpige Flüssigkeit.

Markus reagierte nur noch blind und rammte ihr im Vorbeilaufen kurzerhand den Kopf des Streitkolbens in den offenen Mund, hörte ihre Zähne brechen und sah, wie der Stiel tief in ihren Hals eindrang, bis er endlich auf festen Widerstand traf.

Mit einem schmatzenden Geräusch zog er das Eisen wieder aus dem Kopf der Frau. Die sternförmige Spitze der Waffe war über und über mit einer stinkenden Masse bedeckt. Immerhin hatte er sie aus dem Tritt gebracht. Jetzt hatte ihn schon fast die Stewardess erreicht, die sich einfach nach vorne fallen ließ und so versuchte, ihn mit ihren Klauen zu packen.

Markus drehte sich schnell zur Seite weg und sie schaffte es nur, mit ihrer rechten Hand über seine Jacke zu kratzen. Trotzdem versuchte sie, ihn zu packen und brach sich dabei ihre restlichen langen Fingernägel ab. Dann blieb auch sie hinter ihm zurück.

Nur nicht stehen bleiben, dachte er, denn ihm war klar, dass ihn die Dinger inzwischen fast eingeschlossen hatten und sich der Weg nach vorne wie in einem Trichter immer mehr verengte. Er musste unbedingt schneller vorankommen, also biss er die Zähne zusammen und fing an zu rennen. Die Schmerzen waren schrecklich und trieben ihm die Tränen in die Augen, doch darauf konnte er jetzt keine Rücksicht nehmen. Was waren ein paar Schmerzen im Vergleich zu dem, was ihm blühte, wenn diese Hackfressen ihn erwischen würden?

Jetzt stand alles auf dem Spiel. Würde er zum Beispiel stürzen, gäbe es für ihn keine Rettung mehr, egal wie viele er auch noch am Boden liegend erledigen würde. Doch er stürzte nicht.

Dafür geschah etwas, das er zuerst überhaupt nicht verstand. Etwas Qualmendes flog über ihn hinweg. Zuerst dachte er an ein Trümmerstück, das von einer weiteren Explosion aus dem Brandherd hierher geschleudert worden war. Doch es kam aus der anderen Richtung, von jenseits der Buschreihe. Als es hinter ihm zwischen seinen Verfolgern auf den Boden schlug, hörte er Glas klirren und eine grelle Stichflamme schoss nach oben. Sofort fingen die vordersten Fleischsäcke Feuer. Schon flog ein weiteres Ding brennend über seinen Kopf hinweg und Markus verstand überhaupt nichts mehr. Wieder zerplatzte es zwischen den Monstern und verspritzte seinen brennenden Inhalt auf ihren Körpern.

Das waren eindeutig Wurfgeschosse. Flaschen, die am oberen Ende brannten, dort wo sich der Hals befand. Wer auch immer der Werfer war, er hatte ihm mit dieser Aktion das Leben gerettet und ihm einen kleinen Vorsprung verschafft, denn hinter ihm hatte sich bereits eine Flammenwand gebildet. Die Zombies brannten lichterloh und taumelten nur noch mit geschmolzenen Augen durch das Feuer. Man konnte sogar ihr brennendes Fleisch im Feuer zischen hören, ähnlich einem guten Steak, wenn es frisch und noch feucht auf den Grill geworfen wurde.

Schwer atmend erreichte Markus die raue Wand des Terminals, stützte sich an ihr ab und blickte sich gehetzt um. Er musste den Werfer finden, der hinter all dem steckte. Das war seine einzige Chance, wenn er überleben wollte.

MOLOTOW

Mit aufheulendem Motor schoss ein überlanger, stark verbeulter schwarzer Lieferwagen zwischen den Buschreihen hervor und kam schlitternd vor dem schwer atmenden Markus zum Stehen. Die seitliche Schiebetür stand komplett offen. In der Tür fuchtelte eine vermummte Gestalt in dunkler Armeekleidung und roter Motocross-Maske wild mit einem brennenden Molotowcocktail herum.

Ohne zu zögern sprang Markus, dicht gefolgt von dem Hund, in den Transporter, der mit aufheulendem Motor sofort wieder beschleunigte. Die Gestalt in der Tür zog ihn an der Jacke grob nach hinten und warf die brennende Flasche in Richtung der nachrückenden Monster, die sich wütend gebärdeten, sahen sie sich doch ihrer Mahlzeit beraubt. Eine Sekunde später rauschte die Schiebetür krachend ins Schloss und es wurde dunkel.

Der beißende Gestank nach verbanntem Fleisch wich einer Mischung aus Schweiß, viel zu lang getragener, ungewaschener Kleidung und ausgelaufenem Benzin. Scheiß drauf, die Leute hatten ihm eben seinen Arsch gerettet und das war in diesen Tagen mit Sicherheit nicht selbstverständlich.

Schwer atmend ließ sich Markus an die Wand fallen und blickte sich im Fahrzeug um. Der gesamte Laderaum war mit Kisten und Decken vollgestopft, dazwischen drängten sich, soweit er es erkennen konnte, vier ungewaschene Gestalten wie sie unterschiedlicher nicht sein konnten. Zwei davon waren Männer, vielleicht zwischen fünfundzwanzig und dreißig, auf keinen Fall älter. Beide sahen ziemlich ungepflegt aus mit ihren bärtigen Gesichtern und halblangen, fettigen Haaren. Vermutlich würde sich Markus nahtlos in dieses Bild einfügen, so verdreckt wie er im Moment war.

Ihm gegenüber saß eine dunkelblonde, schlanke Frau mit langem Pferdeschwanz und Brille. Die Frau hatte ein nettes Gesicht mit leicht energischem Kinn und hohen Wangenknochen. Er schätzte sie auf vielleicht eins-siebzig, vielleicht ein bisschen mehr. Ihre Brüste hoben sich gleichmäßig und rund unter dem mausgrauen Pullover ab. Darüber trug sie eine schwarze Skijacke.

Überhaupt trugen alle teuer aussehende und jetzt vor Dreck starrende Skiklamotten. Die Crossmaske hielt sich derweil an einer der Halteschlaufen fest und stand neben der Schiebetür. Sie trug als einzige Person dunkel gefleckte Armeekleidung, starrte aber ebenso vor Dreck wie die anderen. Als sie die Maske abzog, kam darunter das schmutzige und sehr blasse Gesicht einer Frau um die dreißig zum Vorschein, die sich jetzt mit dem Lederhandschuh durch ihre feuerrot gefärbten Haare strich. Die standen in einem fransigen Schnitt widerspenstig in alle Himmelsrichtungen ab.

Lächelnd ließ sie sich neben einem Bierkasten voller Molotows in die Hocke fallen und musterte ihn von oben bis unten. Mit rasselndem Atem sah sich Markus weiter um, fummelte unbewusst aus seiner Jackentasche das Dosieraerosol und verpasste sich seine drei Sprühstöße. Das war auch bitter notwendig, denn die Luft hier drin war stickig und verbraucht. Er hatte das Gefühl, sich einen schnellen Überblick verschaffen zu müssen. Er musste herausfinden, in welcher Lage er sich nun befand und ob diese als sicher bewertet werden konnte.

Den Fahrer konnte er zwar nur von hinten sehen, ein bulliger unrasierter Typ mit grüner Baseballkappe und kurzem schwarzen Pferdeschwanz. Er trug eine dieser langen Wachsjacken, wie man sie manchmal bei Fahrern nostalgischer Motorräder sah. Auf dem Beifahrersitz saß niemand. Was folgte, war ein gegenseitiges Mustern und Abschätzen des jeweiligen Gegenübers. Freund oder Feind. Vertrauen oder Argwohn. Und ein bedrückendes Schweigen.

Die Maskenfrau ergriff die Initiative und beugte sich nach vorne. Sommersprossen umspielten ihre kleine, rußige Stupsnase und verliehen ihr einen frechen Ausdruck.

„Hey Mann, was haste da denn für ein Schwein gehabt, weißt du das eigentlich, hm?“

Ein Lächeln umspielte ihre Mundwinkel und Markus konnte nicht anders, als ebenfalls verkniffen zurückzulächeln.

„Das kann man wohl sagen. Ich bin euch was schuldig, Leute. Mein Name ist übrigens Markus", antwortete er ihr mit kratziger, trockener Stimme.

Sie nickte ihm auffordernd zu.

„Ich bin Lucy, der Dicke da vorne hinter dem Steuer ist Erik."

Der Fahrer grunzte etwas Unverständliches und hob kurz die Hand, ohne sich umzublicken.

„Der Fettsack da hinten ist Steven und der Lange ist Tobias." Auch aus dem hinteren Teil kam ein begrüßendes Brummen unbestimmter Herkunft. Während Tobias das Gesicht einer dürren und verschlagenen Ratte hatte, mit vorstehender Nase und schmalen Lippen, war das Gesicht des beleibten Steven eher rund und kindlich, jedenfalls ziemlich weich.

„Die langweilige Brillenschlange mit den blonden Haaren ist Susan."

Die Frau, die ihm gegenüber saß, hob unsicher die Hand und wich Markus' Blick aus. *Ziemlich scheues Reh*, dachte Markus. Aber sie hatte schöne, schlanke Hände und war auf ihre eigene Art interessant.

„Doch jetzt kommen wir erst einmal zur großen Preisfrage. Wer bist du und wie zur Hölle kommst du hierher auf diesen zombieverseuchten Flugplatz?"

Markus konnte sich nach dieser Vorstellung ein kurzes, hysterisches Lachen nicht verkneifen. Es brach aus ihm heraus wie aus einer überschäumenden Flasche und hatte irgendwie eine sehr befreiende Wirkung, vermochte aber nicht die anderen Personen anzustecken. Klar, sie kannten diesen Fremden nicht und mussten erstmals herausfinden, wie es um ihn stand.

Markus fuhr sich mit der Hand über sein schmutziges Gesicht und die ausgetrockneten Lippen. Als er sich einige Male geräuspert hatte, fing er unbewusst an, den Hund im Nacken zu kraulen, um für seine Antwort mehr Zeit zu schinden. Er war nicht sicher, ob er diesen Leuten trauen konnte. Aber hey, sie hatten ihm das Leben gerettet, das war doch schon mal was.

„Okay Leute, meinen Namen kennt ihr ja schon und ich bin euch echt dankbar für die Rettung. Was meinen Weg hierher betrifft, nun, das alles ist gar nicht so einfach und eine ziemlich lange Geschichte."

Lucy grinste ihn frech an.

„Ich glaube wir haben erst mal Zeit, also los. Erzähl uns deine Story."

Markus nickte knapp und fing an. Die nächsten Minuten lauschten sie alle gebannt der Schilderung seines bisherigen Weges. Die Tage in den Baracken und vor allem seine Vermutung um den infizierten Doktor behielt er allerdings für sich. Er konnte ja zu einem späteren Zeitpunkt immer noch darauf zurückkommen, wenn man sich besser kannte. Jetzt empfand er es jedenfalls als zu früh.

Während er sprach, rutschte er unruhig auf dem Boden herum und tastete immer wieder nach seinem verletzten Bein, das jetzt wie verrückt brannte und ihm zunehmend Sorgen bereitete. Steven warf ihm von hinten eine warme Dose dänisches Bier zu, welche Markus sofort öffnete und mit zwei langen, hastigen Zügen leerte.

„Danke Mann, ich war am Verdursten. Dieses verdammte Feuer hat mich echt ausgetrocknet."

Bitter ran das Getränk seine ausgetrocknete Kehle hinunter und breitete sich, wohlige Wärme spendend, in seinem Magen aus. Dankbar nickte er Steven zu.

„Geht aufs Haus", sagte der und nickte, sich selbst ebenfalls eine Dose öffnend. Während Lucy nach vorn auf den Beifahrersitz kletterte, kroch Susan zu Markus.

„Lass mal sehen, was mit deinem Bein los ist, sieht ja übel aus, all das Blut. Ist das alles von dir? Bist du gebissen worden?"

Schlagartig wurde es still im Van und plötzlich lag eine fast greifbare Spannung in der Luft. Markus wusste, dass von seiner nächsten Antwort alles weitere abhing.

„He, keine Angst Leute. Als das Flugzeug runtergekommen ist, hat mich so ein Trümmerteil getroffen. Also noch mal, keine Angst, ist alles im grünen Bereich. Aber ich wäre euch echt sehr dankbar, wenn ihr irgendwas hättet, um die Wunde zu reinigen oder wenigstens zu verbinden."

Steven schüttelte den Kopf. Deutlich konnte er das schwache Zittern in der Stimme des fremden Mannes hören, das ihn ehrlich gesagt ziemlich beunruhigte. Über den Rückspiegel sah er Markus an.

„Ne, so läuft das nicht, Kollege. Ist nichts Persönliches, aber wir müssen da absolut sicher sein, verstehst du?"

Dann nach einer kurzen Pause, fuhr er fort:

„Susan, sieh dir mal seine Verletzungen an, ich hab' da ein komisches Gefühl bei, immerhin kennen wir den Typen nicht."

Markus wollte die Situation mit einem Lächeln entschärfen, doch sein Gesicht verzerrte sich lediglich zu einer unsicheren Maske voller Zweifel und das nicht nur wegen der Schmerzen in seinem Bein.

„Leute, da ist wirklich nichts. Alles ist so, wie ich es gesagt habe. Aber gut, sieh dir die Wunde an und dann wirst du sehen, dass es kein Biss ist."

Auffordernd sah er Susan an, die sich aus einer Verbandstasche Gummihandschuhe zog.

„Ey, wenn's anders ist, fliegst direkt wieder raus aus der Karre, du glaubst gar nicht, wie schnell wir dich dann abservieren. Da kennen wir keine Gnade. Und jetzt runter mit der Hose, damit Susan sich das ansehen kann!", tönte Lucy von vorne.

Trotz ihrer vollmundig klingenden Worte schwang eine gehörige Portion Verunsicherung und Angst in ihrer Stimme mit. Dass er sich die Wunde praktisch selbst zugezogen hatte, verschwieg Markus lieber. Schließlich wollte er nicht als kompletter Idiot dastehen. Erneut musste er seine Hosen vor fremden Leuten herunterlassen. Es war ihm mehr als zuwider, aber er hatte keine andere Wahl.

Nachdem Susan den verklebten Verband vorsichtig entfernt hatte, musterte sie die Wunde ausgiebig. Suchte nach Bisswunden oder Kratzspuren. Nach endlosen Minuten nickte sie schließlich.

„Die Verletzung ist in Ordnung, ich denke, er ist sauber."

Der Fahrer drehte leicht seinen Kopf.

„Du denkst es nur? Verdammt, Susan, wir dürfen uns keinen Fehler erlauben. Wir müssen da absolut sicher sein!"

Die Frau mit dem Pferdeschwanz verdrehte die Augen und sah nach vorne.

„Erik, was die Wunde betrifft bin ich mir absolut sicher. Das ist nur ein Schnitt und der ist nicht mal besonders tief. Aber woher soll ich wissen, ob er nicht durch was anderes infiziert wurde, hm?“

Jetzt meldete sich das Rattengesicht zu Wort.

„Scheiße, da kann echt niemand sicher sein, das stimmt allerdings.“

Lucy streckte sich auf dem Beifahrersitz und schüttelte den Kopf.

„Na klasse, dann sind wir jetzt genauso schlau wie vorher. Toll. Und jetzt? Sollen wir ihn wieder auf die Straße setzen?“

Erik grunzte kurz.

„Scheiß drauf, dann geht der drauf. Gehen wir einfach davon aus, dass er okay ist. Immerhin verhält er sich normal und scheint ein netter Typ zu sein. Und seine Story ist echt der Hammer, Leute!“

Damit war alles gesprochen und Susan konnte mit ihrer Arbeit fortfahren. Sie kannte sich anscheinend aus und hatte sogar einen umfangreichen Verbandskoffer dabei. Mit einer dunkelroten Flüssigkeit reinigte sie Markus’ Wunde gründlich und deckte alles mit einer frischen Binde ab. Die Frau hatte geschickte Finger und es tat gut, die Berührung eines anderen Menschen zu spüren, auch wenn es sich nur um das Anlegen eines Verbandes handelte. Erleichtert und dankbar lehnte sich Markus an die Wand des Transporters und wollte natürlich auch die Geschichte der Gruppe hören, welche sich hier zusammengefunden hatte.

LEIPZIGER ALLERLEI

Erik, der so etwas wie der Anführer der Gruppe zu sein schien, fing nach Markus Aufforderung an zu erzählen. Er hatte vor einigen Tagen einen verrauschten Funkspruch der Bundeswehr über CB-Funk aufgefangen, in dem von einer Sammelstelle in der Nähe von Frankfurt am Main die Rede war. Dorthin sollten sich alle mobilen Einheiten zurückziehen. Markus nickte bestätigend, denn das deckte sich mit seinen Informationen aus Platkow.

Natürlich war es nicht legal, diesen Kanal abzuhören, aber Erik empfand es den Umständen entsprechend mehr als gerechtfertigt und nebenbei gesagt, war es ihm einfach egal. Also hatte man sich dazu entschlossen, den langen Weg nach Süddeutschland auf sich zu nehmen, auch wenn der Weg dahin weit und die Strecke vermutlich nicht ungefährlich war.

Schon kurz nach dem Aufbruch hatte man auf der Autobahn ein paar Niederländer getroffen. Sie saßen mit einer Reifenpanne fest und waren heilfroh, gesunde Menschen anzutreffen, die sie nicht umbringen wollten und ihnen sogar noch halfen, ihre Karre wieder flott zu machen. Die Frau hatte üble Brandverletzungen an den Beinen und würde es wohl nicht mehr lange machen. Fiebrig lag sie auf der Rückbank des holländischen Wagens und murmelte unverständliches Zeug vor sich hin.

Erik beschränkte sich ihn seiner Erzählung auf ein paar kurze Stichpunkte, wichtiger erschien ihm jedoch die Lage an der Küste, denn dort herrschte Chaos. Das hatten sie alles von den Niederländern erfahren. Anscheinend waren viele Menschen reflexartig zu den Häfen gefahren, um eine der wenigen Überfahrten Richtung England oder nach Übersee zu ergattern. Schnell wurde klar, dass die meisten Schiffe entweder ausgebucht oder hoffnungslos überfüllt waren und die Aufnahme weiterer Menschen undenkbar war.

Zudem war es mehr als fraglich, ob es die anderen Länder überhaupt zulassen würden, dass Schiffe aus einem Land, in dem die Seuche tobte, in ihre Häfen einliefen und damit vielleicht die Infektion ins eigene Land trugen. Es war nicht weiter verwunderlich, dass es nur wenige Stunden gedauert hatte, bis die Lage eskalierte.

Die Niederländer berichteten von einem vollkommen überladenen Frachter, in dessen Laderaum sich tausend oder mehr Menschen wie eine riesige Schafherde zusammendrängten. Plötzlich brach Panik aus. Ein Passagier war wohl infiziert und biss wie ein tollwütiger Hund um sich. Nur Minuten später glich das Schiff einem riesigen Schlachthaus. Es war ein Massaker ohnegleichen und es endete damit, dass ein Zerstörer der Marine den Frachter unter Beschuss nahm. Es gab keine Überlebenden.

Aber sie erzählten noch mehr. Angeblich sollten britische Spezialeinheiten in Hamburg gelandet sein, um deren Landsleute in Sicherheit zu bringen. Erik zog daraus den Rückschluss, dass es in England sicher sein musste, wenn das Militär noch funktionierte.

Letztendlich waren das alles nur Vermutungen und Geschichten, die man über Dritte oder andere zweifelhafte Quellen erfahren hatte. Die Niederländer hatten gesehen, dass viele Städte in Flammen standen. Markus konnte das bestätigen, er hatte Berlin und Magdeburg mit eigenen Augen brennen sehen. Niemand achtete in den Städten mehr darauf, ob irgendwo Gas ausströmte und deswegen ganze Häuserzüge in die Luft flogen, keiner löschte Brände, die durch offene Feuer oder Unfälle entstanden waren. In manchen Städten steckten in den ersten Tagen Plünderer ganze Stadtteile in Brand, angetrieben durch diesen alles umfassenden Wahnsinn.

Markus beschlich das seltsame Gefühl, in einem Vakuum gefangen zu sein, abgeschnitten von allem, was Sicherheit oder Hoffnung versprach.

Jedenfalls hatten sich die Niederländer direkt auf den Weg gemacht, nachdem ihre Karre wieder flott lief. Man wünschte sich gegenseitig Glück und das war es auch schon. Endlich kam Erik zu ihrer eigenen Geschichte. Die war zwar recht schnell erzählt und glich im Grunde den Schilderungen, die Markus in den vergangenen Tagen schon so oft gehört hatte, doch es gab eine Sache, bei der Markus hellhörig wurde.

Als alles den Bach runterging, hatten sie sich im Haus von Eriks Eltern verschanzt und darauf gehofft, dass nach ein paar Tagen alles wieder vorbei sein würde. Aber nichts wurde wieder so, wie es vorher war und es musste ein Plan her, wie es weitergehen sollte. Dazu war es notwendig, mehr über die Toten zu erfahren. Das optimale Versuchsobjekt fand sich schnell im Vorgarten nebenan, in Form der sterblichen und doch so agilen Überresten ihrer Nachbarin, die in ihrem zerfetzten Designerkostüm auf ihren blutigen Fußstümpfen hinter den flachen Zäunen gefangen ziellos umher irrte.

Gemeinsam zerrten sie die um sich schnappende Tote nach unten in den Keller und banden sie auf dem Billardtisch fest. Was folgte war eine mehr als grausame Sezierung der armen Frau, deren Einzelheiten Erik geschickt umschiffte, denn dieses Thema schien ihm mehr als unangenehm zu sein. Auch die anderen sahen während der Erzählung betreten zu Boden oder beschäftigen sich krampfhaft mit etwas anderem.

Was sie allerdings herausgefunden hatten, deckte sich weitgehend mit den Erfahrungen, die Markus gemacht hatte. Neu war für ihn jedoch, dass die Toten anscheinend tatsächlich vom Geruch der Lebenden angezogen wurden. Susan präzisierte diese Aussage noch dahingehend, das es das Blut war, das die Drecksäcke riechen konnte. Wie sie das herausgefunden hatten, behielten sie allerdings für sich.

IRGENDWO

Sie fuhren den ganzen Tag und legten nur Pausen ein, um den Fahrer zu wechseln oder um im Gebüsch pinkeln zu gehen. Die Umgebung war eintönig, Felder wechselten sich mit kleineren Ortschaften und Wäldchen ab, das Wetter tat sein Übriges und drückte mit seinem starken Wind und den dunklen, schnell über den Himmel ziehenden Wolken die Stimmung immer weiter in den Keller.

Die Landschaft zog wie die Kulisse eines skandinavischen Films an ihnen vorbei, trist und deprimierend. Markus glitt in dieses halbwache Dösen, das ihm bei längeren Autofahrten immer dann ergriff, wenn er nicht selbst am Steuer saß. Es fiel ihm schwer, seine Augen offen zu halten. Also lauschte er den leisen Stimmen von Erik und Lucy, die sich darüber berieten, welche Straßen sie nehmen sollten oder wie die nächsten Ortschaften hießen.

Ständig blätterte Lucy in einem Straßenatlas herum oder suchte am Autoradio einen Sender, bekam jedoch außer diesem frustrierenden statischen Rauschen nichts herein. Da draußen war vielleicht schon längst keiner mehr. Lucy wurde immer nervöser und langsam fing sie an, ihm mit ihrem Gezappel auf die Nerven zu gehen. Die Frau konnte nicht eine Minute einfach nur dasitzen und die Klappe halten.

Sein Körper dagegen schrie nach Schlaf, verlangte die lang entbehrte Erholung und Lucy störte ihn einfach nur dabei. Dazu kam noch, dass ihm jeder verfluchte Knochen weh tat. Eine Verlagerung seiner halb sitzenden Position führte nur immer wieder dazu, dass sich ein anderes Körperteil schmerzhaft meldete, um ihn daran zu erinnern, das er fertig war.

Erik hatte inzwischen eine abseits liegende und sehr holperige Landstraße gewählt, die zuerst parallel zur A9 verlief, um sich dann Richtung Naumburg an der Saale von der Autobahn zu entfernen.

In einem großen Bogen fuhren sie an der brennenden Stadt vorbei, um auf die B87 Richtung Weimar zu wechseln.

Durch die verschmierten Fenster waren die Flammen deutlich zu sehen und es lag der beißende Geruch von schmorendem Kunststoff in der Luft. Als die Katastrophe ihren Lauf nahm, hatten die meisten Menschen auch hier versucht, über die Autobahn wegzukommen. Markus fragte sich, woher die Menschen überhaupt wussten, in welche Richtung sie sich wenden sollten, wo es sicher war und wo nicht. Also waren sie vermutlich einfach einem inneren Gefühl folgend losgefahren, hatten Kolonnen gebildet und nach dem Schwarmprinzip gehandelt, um blind ihrem vermeintlichen Führer folgend direkt in die offenen Mäuler der Zombies zu laufen.

Als sie noch zwei Kilometer von Weimar entfernt waren, zog es Erik vor, die Landstraße zu verlassen um rechts in ein größeres Waldstück abzubiegen. Es wäre vermutlich tödlich gewesen, der Straße weiter zu folgen und mitten durch die Stadt zu fahren. Eins musste man dem Typen lassen, er war verdammt auf Zack und wusste, worauf es ankam, denn in der Stadt musste es von diesen Monstern geradezu wimmeln.

Stattdessen hatte Erik vor, einen großen Bogen um die Stadt schlagen, um auf der anderen Seite wieder auf die Landstraße zu treffen, auf welcher sie bis nach Erfurt bleiben wollten. Langsam holperte der Transporter den rutschigen Waldweg entlang und schüttelte seine Insassen erbarmungslos aus dem Schlaf.

Zwischen den Bäumen war es finster wie in einem Hintern und Erik musste die Beleuchtung einschalten. Markus hatte seinen Versuch zu schlafen aufgegeben und kratzte sich träge am Kinn. Ihm gegenüber lehnte Susan an der Wand und starrte ein Loch in die Luft. Sie sah ziemlich fertig aus und man konnte aus den kleinen Fältchen in ihrem Gesicht die Anspannung der letzten Tage wie aus einem offenen Buch ablesen. Die Frau war gezeichnet vom Überlebenskampf der letzten Tage, in denen es so etwas wie Ruhe und Sicherheit nicht gegeben hatte.

Hinten fluchte Tobias laut und massierte mit beiden Händen seine eingeschlafenen Beine, während Steven Markus musterte und dabei wieder sein dämliches Grinsen aufgesetzt hatte. Der erwiderte den Blick und zog seine Stirn kraus.

„Is was, hm? Was ist los, kann ich dir helfen?"

Steven schüttelte den Kopf und bog seine Arme nach hinten, um sich zu strecken.

„Weiß nicht, keine Ahnung. Ich frage mich nur, ob wir dir vertrauen können, mein Freund."

Markus zuckte mit den Schultern und kraulte den Hund im Nacken, der wohlig brummte.

„Ich denke, das musst du wohl selbst herausfinden. Ich kann dir dabei bestimmt nicht helfen."

Die Scheinwerfer warfen ihre hin und her zuckenden Lichtkegel durch die dunstige Luft. Immer wieder musste Erik fluchend großen Ästen ausweichen, die entweder durch die Schneelast oder den starken Wind abgebrochen waren und nun auf dem Weg herumlagen. Genervt sah er kurz über die Schulter.

„Mensch, Leute, haltet doch mal die Klappe. Ich muss mich hier auf diesen verschissenen Weg konzentrieren, okay?"

Wenn der Wind durch die Bäume fuhr, wehte er dabei große Schneefahnen von den Bäumen, welche die Sicht durch die verschmierten Scheiben noch mehr verschlechterten. Hinter dem Fahrzeug schloss sich die Dunkelheit sofort wieder wie in einem zugezogenen Sack. Mitten im Wald stoppte Erik das Fahrzeug an einer Weggabelung, machte den Motor aus und drehte sich im Fahrersitz zu den anderen um. Er hatte etwas zu sagen:

„Lasst mich unsere Situation in kurzen Worten schildern. Ich denke nicht, dass wir es heute Nacht noch bis Erfurt schaffen werden, denn dafür kommen wir viel zu langsam vorwärts. Ich kann auch nicht mehr lange fahren, denn ich bin fix und fertig, Leute."

Susan blinzelte ein paar Mal verwirrt und wischte sich mit dem Ärmel etwas Speichel ab, der ihr beim Dösen aus dem Mundwinkel gelaufen war.

„Verstanden, dann suchen wir uns eben hier irgendwo ‘ne Bleibe für die Nacht und fahren morgen früh weiter. Oder ich löse dich ab und wir fahren einfach durch."

Erik blickte durch die Frontscheibe und schluckte laut

„Unser eigentliches Problem ist ein anderes. Leute, wir fahren schon seit fünfzig Kilometern auf Reserve. Ich habe es zuerst nicht gemerkt, weil diese scheiß Lampe kaputt ist. Die Tanknadel hängt so weit unten, dass sie schon auf dem Anschlag aufliegt. Und wir sind seit dem Airport an keiner einzigen Tankstelle vorbeigekommen. So sieht's aus und nicht anders. Wir haben keinen Sprit mehr."

Jetzt war ihm auch klar, warum Lucy die ganze Zeit so hektisch in dem Atlas herumgeblättert hatte. Langsam fing Markus an, diese Gegend zu hassen. Wie zur Bestätigung warf Lucy den Straßenatlas aus dem Jahr 2009 laut klatschend auf die Ablage vor dem Beifahrersitz.

„Leck mich am Arsch, wie ich dieses gottverdammte Land hasse!"

Es wurden unsichere Blicke gewechselt, bis es Markus zu viel wurde und er sich nach vorne beugte. Er musste sich räuspern, damit sich seine Stimme von einem Krächzen in verständliche Lautäußerungen wandelte.

„Wir stehen hier also mitten im Wald und haben keinen Sprit mehr?"

Lucy dreht sich im Beifahrersitz um und nickte zögerlich.

„Exakt."

Das Grinsen verschwand aus Stevens Gesicht und machte einem ängstlichen Ausdruck platz, der von seinen Hängebacken noch unterstrichen wurde. Er schüttelte den Kopf.

„Das fasse ich einfach nicht. Wir stehen hier mitten in diesem verfickten Wald und haben keinen Sprit mehr, hä?"

Kurz darauf entbrannte eine mehr als heftige Diskussion. Alles redete wild durcheinander und es wurden schnell Vorwürfe laut. Während die Männer mit immer weiter ausholenden Gesten argumentierten, schlugen die Stimmen der Frauen in hysterisches Gekreische um und jeder versuchte, dem anderen die Schuld an der Misere in die Schuhe zu schieben.

Als es anfing, Markus in den Ohren zu schmerzen, stieß er ein fast schon unmenschliches Schrei aus, laut genug, dass selbst der Hund seinen Schwanz einzog und den Kopf flach auf den Boden drückte. Schlagartig wurde es still im Bus, nur das hektische Atmen war noch zu hören. Lucy starrte ihn aus großen Augen erschrocken an, Susan war sogar vor ihm zurückgewichen. Genervt blickte er in die Runde.

„Leute, wir haben keinen Sprit mehr, oder zumindest nicht mehr viel und was macht ihr? Ihr sucht einen Schuldigen. Seid ihr nicht mehr ganz bei Verstand oder was?"

Er machte eine kurze Pause und leckte sich über die trockenen Lippen. Noch immer schwiegen alle. Markus redete weiter.

„Mir ist es scheißegal, wer daran schuld ist und wer nicht, denn diese Gewissheit würde auch nichts an dieser beschissenen Situation ändern, in der wir gerade stecken. Also reißt euch verdammt noch mal zusammen oder wollt ihr mit eurem Geschrei die Biester anlocken, hm?"

Betreten wich Susan seinem Blick aus und auch Steven und Tobias starrten angestrengt auf ihre Hände. Erik nickte. „Markus hat vollkommen recht. Wir müssen Sprit besorgen, wenn wir weiterkommen wollen. Laut Karte ist der Wald hier nicht besonders breit und setzt er sich in einer Art Zunge durch die Vorstadt hindurch fort. Dort endet er an einem großen Einkaufszentrum im Kern der Stadt. Ich denke das unser Sprit noch bis zum Waldrand reichen sollte und hoffe gleichzeitig, dass sich dort auch eine beschissene Tankstelle befindet."

Die anderen starrten ihn ungläubig an. Tobias beugte sich nach vorne.

„Du willst ohne Scheiß in die Stadt gehen und zu Fuß nach Sprit suchen? Sag mal Erik, bist du noch ganz bei Trost?"

Erik fuhr unbeeindruckt mit der Erläuterung seines Planes fort und strich dabei übers Lenkrad.

„Wir stellen unseren Bus so ab, dass er von der Stadtseite aus nicht gesehen werden kann, danach gehen zwei von uns los und werden Sprit organisieren. Ihr wisst alle, dass wir auch dringend was zu essen brauchen und wir das entsprechende Zeug ebenfalls im Einkaufszentrum finden werden. Also?"

Endlose Sekunden war nichts als aufgebrachtes Atmen zu hören. Dann fuhr ihn Susan ziemlich aufgebracht an.

„Erik, wir sind hier nicht in einem deiner scheiß Zombiefilme, ist dir das eigentlich bewusst? Wir sitzen hier und können jederzeit sterben. Hättest du doch nur eher mit uns gesprochen!"

Wütend blickte sie Erik an. Angst schwang in ihrer Stimme mit. Dann senkte sie den Blick und zog die Nase hoch.

„Scheiße, aber ich hab auch keine bessere Idee. Ich kann da nicht rausgehen Leute, echt nicht. Das pack' ich auf keinen Fall. Ich finde, du solltest gehen, Erik, denn du trägst mit die Schuld daran, dass wir hier in dieser Scheiße sitzen."

Markus konnte es an Eriks Hals zucken sehen, vermutlich konnte der sich nur mit Mühe zurückhalten. Susan war einfach verzweifelt und am Ende ihrer Kräfte. Tränen liefen ihr über die Wangen und Markus musste sich zurückhalten, um sie nicht tröstend in die Arme zu nehmen.

Erik war die Situation ebenfalls bewusst. Anstatt gegen die soeben ausgesprochene Beschuldigung anzugehen, nickte er nur kurz. Der Typ hatte sich verdammt gut unter Kontrolle. Einem kurzen Seitenblick von ihm folgend fing Lucy damit an, Streichhölzer aus einem abgegriffenen bunten Päckchen zu ziehen. Eines davon brach sie ab, danach steckte sie alle Hölzchen, deren Anzahl der Personenzahl (Erik ausgenommen) im Fahrzeug entsprach, zwischen Daumen und Zeigefinger und streckte die Hand nach hinten. Wütend funkelte sie Susan an.

„Prinzessin, du darfst auch als Erste dein Hölzchen ziehen. Glaub ja nicht, dass wir bei dir 'ne Ausnahme machen!"

Zitternd folgte Susan Lucys Aufforderung. Ihre Finger waren feucht, als sie das Hölzchen nahm. Erleichtert ließ sie sich auf ihren Platz zurücksinken. Susan hatte ein langes gezogen. Plötzlich war der Schweißgeruch im Bus fast nicht mehr auszuhalten.

Jetzt waren Steven und Tobias an der Reihe. Zögerlich und wenig begeistert von der Aussicht, sich möglicherweise in Gefahr begeben zu müssen, kletterten sie nach vorne und zogen fast zeitgleich ihre Hölzchen. Markus konnte den sauren Schweiß der beiden ganz nah bei sich riechen, als sie sich ihre Streichhölzer ansahen. Auch sie hatten Glück gehabt und krochen erleichtert wieder nach hinten. Nur noch Lucy und Markus waren übrig.

Markus leckte sich über seine spröden Lippen, beugte sich umständlich nach vorne und streckte die Hand nach den Hölzchen zwischen Lucys Fingern aus. Mit zitternden Fingern wählte er das linke Streichholz und zog es ihr aus der Hand. Sein Blick traf sich dabei mit dem von Lucy und im selben Augenblick wusste er, dass er das kürzere hatte.

„Scheiße verdammt, das war ja klar. Das ist immer so bei diesen Sachen. Kacke, verdammte!“

Von aller Kraft verlassen ließ er sich zurück auf seinen Platz fallen, zog die Beine an den Körper und starrte das Streichholz an, dessen unteres Stück abgebrochen war, musterte die kleinen Holzfasern an der Bruchstelle. Lucy stieß zischend die Luft aus und lehnte sich in ihren Sitz zurück. Markus hörte, wie ihr Streichholz auf den Boden fiel. Der Gestank war in der Enge des Transporters nahezu unerträglich geworden und Markus hatte das Bedürfnis, dieses beengende Gefährt so schnell es ging zu verlassen.

Sein Herz pochte ihm bis zum Hals und mit jedem Schlag kroch diese tiefe, grausame Todesangst weiter nach oben. Doch dieses Mal war es anders, denn nun lief er nicht vor den Monstern weg, sondern musste sich unter sie begeben. Sein Weg führte direkt in die Hölle.

SHOPPING

Der holperige Weg hatte sie bis an eine hohe, dicht gewachsene Buschreihe geführt, die das Waldstück vom großen Parkplatz einer Firma trennte. Genau wie Erik es gesagt hatte. Um keine Aufmerksamkeit zu erregen, hatten sie den Bus die letzten Meter mit ausgeschaltetem Motor und ohne Licht in seine jetzige Position rollen lassen. Draußen war außer dem Wind, der mit lautem Rauschen durch die Bäume fuhr, nichts zu hören. Auch auf dem Gelände bewegte sich nichts.

Um zu dem Einkaufszentrum zu gelangen, mussten sie parallel zum Firmengelände am Waldrand entlanglaufen, dann nach rechts einer breiten Straße folgen, um etwa zweihundert Meter weiter auf eine große Kreuzung zu treffen. Auf der anderen Straßenseite befand sich dann schon ihr Ziel. Im Grunde war es ein Katzensprung. Sie hatten vor, für ihre Aktion die Dunkelheit zu nutzen, denn dann waren die Zombies deutlich inaktiver und langsamer als tagsüber.

Geschäftigkeit machte sich breit und es wurde nur wenig gesprochen. Während Steven auf das Dach des Busses stieg, um die Umgebung im Auge zu behalten, trafen Erik und Markus die letzten Vorbereitungen. Kaum hatten sie den Bus verlassen, krallte sich der nasskalte Wind in den Gesichtern fest und zerrte an ihrer Kleidung. Markus Bein schmerzte, als er steif aus dem Wagen stieg und nach der langen Sitzerei wieder belastete. Er hoffte inständig, dass ihm die Wunde keine Probleme bereiten würde und war unsicher, ob er damit überhaupt rennen konnte, wenn es darauf ankam. Egal, es musste einfach gehen.

Susan hatte ihm zur Sicherheit noch einen weiteren Verband angelegt und klebte darüber noch zusätzlich eine dicke Schicht breites graues Klebeband, das sich, als sie fertig war, wie ein Panzer anfühlte. Sie hatte geschickte Hände und es war angenehm, ihre

Berührungen zu spüren. Es vermittelte ihm das Gefühl, nicht allein sein. Während sie an seinem Bein hantierte, sah er dem Hund dabei zu, wie er zwischen den Büschen herumschlich und hier und da seine Nase in den Schnee steckte. Um sicherzugehen, dass Markus noch da war, sah er sich immer wieder nach ihm um.

Lucy hatte zwei Leinentaschen mit je drei „Cocktails" und einem Feuerzeug für die beiden vorbereitet. Dann waren alle bereit und es wurde Zeit, aufzubrechen. Erik sah sich in der Runde um.

„Hört mal zu, wir machen uns jetzt auf den Weg. Ich denke wir sollten eine Zeit ausmachen, nach welcher wir spätestens zurück sein sollten. Ich meine nur für den Fall der Fälle."

Die anderen nickten und Erik sprach weiter. Nur Lucy sah ihn mit großen Augen an.

„Also sagen wir, maximal zwei Stunden. Wenn wir bis dahin nicht wieder hier sind, ist irgendwas schief gelaufen und ihr könnt nicht mehr mit unserer Rückkehr rechnen. Also was ich damit sagen will ist, dass ihr euch nach dieser Zeit vom Acker machen solltet."

Um seinen Worten Nachdruck zu verleihen, blickte er jeden der Reihe nach ernst in die Augen. Markus erkannte an Lucys Blick, dass sie damit ganz und gar nicht einverstanden war. Wütend hielt sie Eriks Blick stand und schüttelte energisch den Kopf, dass ihre roten Haare flogen.

„'Nen Scheiß werde ich machen! Wenn ihr nach den zwei Stunden nicht wieder hier seid, kralle ich mir ein paar Mollis und sehe nach, was los ist. Wir sitzen alle im selben Dreck und ich lass dich nicht hängen. Dich nicht Erik, darauf kannst du dich verlassen, verstehst du?"

Die anderen scharrten mit ihren Füßen nervös auf dem Boden herum und bedachten sich mit verlegenen Blicken, sagten aber nichts weiter dazu. Markus war schon zu Anfang aufgefallen, dass die beiden ein ziemlich enges Verhältnis zueinander hatten. Erik wich dem Blick der Frau aus.

„Mach, was du willst, Lucy. Aber pass dabei verdammt noch mal auf, dass dir nichts passiert", sagte Erik mit rauer Stimme und nahm sie zum Abschied in die Arme.

Mit einem Nicken drückte Markus Susan ein Seil in die Hand, aus dem er eine provisorische Hundeleine gebastelt hatte, ging in die Knie und fuhr dem Hund zum Abschied noch einmal über sein feuchtes Fell.

„Susan, pass bitte gut auf den kleinen Kerl auf. Sollte ich nicht zurückkommen – keine Ahnung. Vielleicht sorgst du für ihn. Würde mich freuen, ja?"

Es fiel ihm unendlich schwer, den Hund bei Susan zurückzulassen, aber es ging nicht anders. Als sich sein Blick mit dem des Hundes kreuzte, musste er unwillkürlich an einen anderen Hund denken, den er vor vielen Jahren einmal ins Tierheim gebracht hatte. Er hatte nie einen tieferen Blick gesehen, in dem so unendlich viel Traurigkeit lag. Für den Hund war es der Weg zum Schafott gewesen, denn ein paar Tage später war er gestorben. Susan nickte

„Mach ich Markus, verlass dich darauf. Viel Glück."

Kurz darauf hatten die beiden Männer die Buschreihe durchquert und standen auf der Straße. Markus war überrascht, wie leicht ihm das Laufen fiel. Susan hatte ganze Arbeit geleistet. Außer einigen kreuz und quer abgestellten Autos war die Straße vor ihnen leer. Nicht eins der Monster war zu sehen. Als sie sicher waren, dass die Luft rein war, kletterten sie über die Randbegrenzung und gingen auf der Straße nach rechts in die Richtung, in der sie das Einkaufszentrum vermuteten.

Der Wind fuhr ihnen auch hier unangenehm in die Kleidung und zerrte an den Jacken. Überall lag Papier auf der Straße, an manchen Ecken vom Wind mit dem feuchten Schnee zu großen klebrigen Haufen zusammengeweht, die seltsame Formen bildeten. Das Titelblatt einer großen deutschen Tageszeitung flog Markus sogar direkt vor die Füße und wickelte sich um sein rechtes Bein.

Deutlich konnte er neben den vier weiß-auf-roten Lettern des Logos der Zeitung die Überschrift des Leitartikels erkennen, der sich auf den Weltuntergang und die längst vergangene Prophezeiung der Maya bezog. Er selbst war dieser Ansicht immer sehr skeptisch gegenüber gestanden und hatte stets versucht, sich an wissenschaftliche Fakten zu halten. Heute war er sich da nicht mehr ganz so sicher.

Klar, die Welt war nicht untergegangen, es war auch kein Stern vom Himmel gefallen und dennoch fühlte er sich in dieser Zone der Verwüstung allein und hatte große Angst, dass es überall auf der Welt so aussehen konnte. Davor, das die Armee der Zombies irgendwann ihr Werk vollendet und alles Leben auf diesem Planeten ausgelöscht haben würde. So ganz unrecht hatte er mit dieser These nicht, aber das war ihm zu diesem Zeitpunkt noch nicht bewusst.

Fast wäre er gegen Erik gerannt, der mitten auf der Fahrbahn stocksteif stehen geblieben war. Markus sah sich um und versuchte herauszufinden, was den Mann dazu veranlasst hatte. Ungläubig zog sich Erik sein Tuch nach unten, das er sich wie Markus zum Schutz gegen den Wind vor den Mund gebunden hatte, und deutete auf die Ampeln vor ihnen.

Trotz der dunstigen Dunkelheit sah Markus die großen Säcke, die an den Ampelmasten über der Fahrbahn baumelten und sich im Wind heftig hin und her bewegten. Doch um genau zu erkennen, worum es sich dabei handelte, mussten sie näher ran. Unsicher gingen die beiden Männer weiter auf die Kreuzung zu. Dann die schreckliche Gewissheit: Man hatte dort keine Säcke aufgehängt, es waren Menschen, die an den Masten hingen. Oder besser gesagt deren Überreste.

Man hatte ihnen dicke Seile um die Hälse gewickelt, um sie anschließend wie Viehdiebe aufzuknüpfen. An jeder Ampel hing einer. Die Kälte und der permanente Wind hatten ihre Körper ausgetrocknet. Ihre Henker hatten ihnen braune Stoffsäcke über die Köpfe gezogen und am Hals mit grauem Klebeband zugebunden. Da hingen sie nun wie die Vogelscheuchen, entsprungen aus einem alten amerikanischen Horrorfilm.

Das wirklich Erschreckende daran war jedoch, das alle vier Polizeiuniformen trugen. Vor ihrer Brust baumelten grob zugeschnittene Pappschilder, auf denen mit ungelenken dicken Buchstaben die Worte „Diener Satans“ zu lesen waren.

Beängstigend war zudem, dass die Pistolenhalfter der Leichen leer waren. Instinktiv sahen sich Erik und Markus um, suchten nach Bewegungen hinter Fenstern oder in den Nischen zwischen den Häusern, dort wo es dunkel war.

Doch da war nichts. Sie waren allein und trotzdem hatten sie plötzlich dieses unbehagliche Gefühl, von fremden Augen beobachtet zu werden. Einzig der Umstand, dass ihre Spuren die einzigen waren, welche die Schneedecke eingedrückt hatten und nun feucht die Straße zierten, vermochte sie wenigstens ein bisschen zu beruhigen.

Unter den Erhängten war der Schnee dunkler als an den anderen Stellen, doch das war etwas, was sie sich auf keinen Fall näher ansehen wollten. Auf dem Gehweg lag sogar noch die umgeworfene Klappleiter des Henkers herum.

Jenseits der Kreuzung lag das flache Gebäude eines Bowlingcenters und direkt dahinter erhob sich der große rechteckige Klotz des Einkaufszentrums. Unwillkürlich musste Markus an George Romero denken. Zombies im Kaufhaus. Die Straße nach links führte direkt in die Innenstadt. Die Luft schien rein, egal wohin sie schauten, nichts rührte sich.

Schnell überquerten sie die Kreuzung und gingen zum Eingang des Bowlingcenters. Dabei machten sie einen großen Bogen um die Gehenkten, zu groß war die Angst, dass diese sich plötzlich regen konnten.

Die Szenerie erinnerte Markus an Bilder aus arabischen Ländern, auf denen wütende Menschenmengen Gericht hielten und die Verurteilten dann mit Säcken über den Köpfen an Straßenlaternen unter lautem Johlen aufzuhängen. Wenn der menschliche Körper den Übergang zum Tod vollzieht, ändert sich dessen Aussehen innerhalb von Sekunden. Er wechselt seine Farbe und wird seltsam Grau, wirkt schnell puppenhaft, ist nicht mehr real. Die Haare stehen dann plötzlich wirr in alle Richtungen ab, werden struppig und die Haut seltsam schlaff. Insgeheim war Markus froh, dass diese Erhängten hier Kapuzen trugen.

Die Eingangstür des Bowlingcenters war zu, aber nicht abgeschlossen. Auf den Türen stand in dicken hellroten geschwungenen Lettern „Maniac Bowling – das etwas andere Bowlingcenter". Die Buchstaben waren von bunten Gitarren, Würfeln, Herzen und Kleeblättern umgeben. Vielleicht fanden sie hier eine Rückzugsmöglichkeit, falls sie flüchten mussten. Oder eine Todesfalle, je nachdem wie man es sah. Hinter den großen Glastüren breitete sich jedenfalls eine undurchdringliche Schwärze aus, in der sich alles und nichts verbergen konnte.

Direkt hinter dem flachen Bau lag ein Parkplatz. Den mussten sie überqueren, um zur Rückseite des Zentrums zu gelangen, denn dort befanden sich die großen Laderampen für die Zulieferer. Nur eine Handvoll Autos standen hier herum, die Rampen selbst waren sogar noch von drei großen LKW belegt. Über allem breitete sich eine unbefleckte Schneedecke aus. Hier hatte sich anscheinend schon längere Zeit nichts mehr bewegt und das war gut so.

Doch eine Tankstelle gab es hier nicht. Entweder lag die auf der Vorderseite des Gebäudes oder es gab hier überhaupt keine. Wäre dies der Fall, dann gab es keine andere Möglichkeit, als tiefer in die Stadt einzudringen. Als sie geduckt über den Parkplatz hasteten, schmatzte der feuchte Schnee unter ihren Füßen und sie hinterließen deutlich erkennbare Spuren, aber es ging nicht anders.

Zwischen den Lastern kletterten sie auf die erhöhte Laderampe und nutzten die Deckung der Fahrzeuge, um sich umzusehen. Auch hier war der Schnee unbefleckt. Ein gutes Zeichen. Es gab insgesamt drei Rolltore und sie hatten Glück. Das mittlere Tor stand weit genug offen, um hindurch zu kriechen und so in das Gebäude zu gelangen. Eine bessere Gelegenheit, nach Vorräten zu suchen würde sich so schnell nicht bieten. Erik legt Markus eine Hand auf die Schulter und zog ihn in die Hocke.

„Hör zu, ich habe eigentlich keine Lust, wegen dem Benzin in die Stadt vorzustoßen. Ich finde, das ist viel zu gefährlich. Was meinst du dazu? Wir besorgen uns hier die Vorräte und saugen dann bei den Karren auf dem Parkplatz Sprit ab, damit wir mit dem Bus weiterkommen. Also?"

Markus dachte kurz darüber nach und nickte.

„Hört sich nach einem guten Plan an, denn auf die Stadt habe ich auch keinen Bock. Ich denke, dass sich die Leichensäcke dort irgendwo versammelt haben und nur auf Frischfleisch warten. Und irgendwo sind noch die Typen, die diese Bullen aufgehängt haben, die an den Ampelmasten baumeln. Ich weiß nicht, wovor ich mehr Angst habe. Da drin sollte sich sicherlich auch ein Schlauch finden lassen. Verlieren wir keine Zeit, Erik!"

Die Sache war also klar. Erik legte sich auf den Boden und leuchtete in den Raum jenseits des Tores. Soweit er sehen konnte, war die Luft rein. Ohne weiter zu zögern kroch er durch die schmale

Öffnung. Dann stand er auf und leuchtete in die Dunkelheit des dahinter liegenden Raumes.

Der helle Strahl zeichnete einen zitternden Kegel an die rückwärtige Wand, hinter der das eigentliche Einkaufszentrum lag. Der Raum hatte etwa die Tiefe von acht Metern und erstreckte sich hinter den Rolltoren über die gesamte Breite des Gebäudes.

Hier waren massenweise Rollcontainer mit verschiedenen Waren in einem wilden Durcheinander abgestellt, die verwirrende Schlagschatten in den Raum warfen und es schwer machten, sich einen Überblick zu verschaffen. Über allem hing der schwere, süßliche Geruch nach verfaultem Obst und vergammeltem Fleisch. Das hätte durchaus ein Indiz dafür sein können, dass hier irgendwo ein Toter in der Ecke lag.

Eriks Mund füllte sich mit Speichel, nur mit Mühe unterband er den Impuls auszuspucken. Er leuchtete nach oben. Die Decke war sehr hoch und aus pockennarbigem Beton gefertigt. In dem Raum herrschte eine fast schon gespenstische Stille. Erik nahm all seinen Mut zusammen, ging weiter in den Raum hinein und ließ dabei den Lichtstrahl auf Augenhöhe durch den Lagerraum gleiten.

Markus ging vor dem Tor in die Hocke um mit ihm in Verbindung zu bleiben, behielt aber trotzdem die Umgebung im Auge. Sie durften jetzt keinen Fehler machen. Am liebsten wäre er Erik direkt in das Gebäude gefolgt.

Dieser ging inzwischen weiter. Die süßliche Fäule vermischte sich mit dem Geruch nach feuchtem Schimmel und aufgeweichtem Verpackungsmaterial. Geräuschlos zog er die Brechstange aus seinem Rucksack und umfasste sie mit klammen Fingern. Sein Herz schlug jetzt bis zum Hals, er war auf das Schlimmste gefasst und bereit zuzuschlagen, wenn nötig.

Erik war jemand, der gerne den Überblick hatte und bestimmte, wo es langging. Doch hier herrschte das Chaos. Die Unordnung der Rollcontainer machte ihn nervös und am liebsten hätte er diesen Umstand sofort geändert. Doch dazu war jetzt keine Zeit. Umgeben von düsteren Schatten, in denen sich alles Mögliche verbergen konnte musste er einen Zugang ins Innere des Einkaufszentrums finden. Mit offenem Mund ging er weiter.

Er wurde das Gefühl nicht los, das sie nicht die Ersten waren, die hier nach Verpflegung suchten, denn auf dem Boden lagen aufgerissene Verpackungen wild durcheinander. Der Wagen eines Bekleidungsgeschäftes war durchwühlt, jemand hatte wohl nach der richtigen Größe gesucht und die nicht passenden Kleidungsstücke einfach achtlos auf den Boden geworfen. Da sie draußen keine Spuren gesehen hatten, waren die Leute entweder vor dem letzten Schnee gegangen oder noch hier im Gebäude.

Dann entdeckte er die Ursache des fauligen Gestankes in Form eines Rollwagens für eine Metzgerei. Die meisten Fleischpäckchen waren aufgeplatzt und er konnte das grünlich schillernde, verdorbene Fleisch sehen, von dem bräunliche Flüssigkeit tropfte und auf dem Boden eine Pfütze bildete, in der Maden herumkrochen. Nur mit größter Mühe konnte Erik den Drang unterdrücken, direkt daneben auf den Boden zu kotzen.

Endlich entdeckte er an der rückwärtigen Wand eine Stahltür mit dem Aufkleber eines großen Discounters. Weiter hinten gab es noch zwei weitere Türen, die mittlere war als Notausgang gekennzeichnet. Mit einem kurzen Pfiff signalisierte er Markus, dass er gefunden hatte, wonach sie suchten. Ohne auf Markus zu warten, drückte Erik langsam den Griff der Stahltür nach unten.

BUS-STOPP

Susan streichelte den Kopf des Hundes, der sich zu ihren Füßen im Bus niedergelassen hatte, aber seinen Blick nicht von der Stelle wandte, wo Markus zwischen den Büschen verschwunden war. Tobias lag auf dem Dach und behielt die Straße jenseits der Buschreihe im Auge, während Steven mit dem Gaskocher Teewasser zubereitete.

Lucy saß wie immer auf dem Beifahrersitz und fummelte nervös in ihren Haaren herum. Die Angst um Erik trieb sie fast in den Wahnsinn. Es war zwar erst fünfzehn Minuten her, seit Erik und Markus aufgebrochen waren, und das war nun wirklich keine Zeitspanne, wegen der man sich sorgen müsste. Aber niemand konnte an etwas anderes denken. Nicht nur wegen der beiden Männer, sondern auch weil sie hier jederzeit entdeckt und angegriffen werden konnten, von was auch immer.

Susan hatte sich als Schutz vor der klammen Kälte in eine Decke gewickelt. Seit sie das Haus verlassen hatten, war keine Zeit gewesen, um sich ordentlich zu waschen, geschweige denn die Kleidung zu wechseln. Sie fühlte sich abstoßend und stank nach altem Schweiß und Pisse. Wahrscheinlich stank sie auch aus dem Mund wie ein zugeschissenes Bahnhofsklo.

Im Sommer wäre das alles einfacher, man konnte sich leichter anziehen und vielleicht sogar in einem Bach waschen. Aber jetzt, bei dieser eisigen Kälte, trug man die Kleidung nach dem Zwiebelprinzip in mehreren Schichten und vermied es, mehr als nur unbedingt notwendig davon abzulegen. Zudem war die Angst einfach zu groß, mit heruntergelassenen Hosen von einem dieser Monster erwischt zu werden.

Wer seine Notdurft verrichten musste, machte dies in der Nähe des Busses und so schnell wie möglich. Mehr als einmal hatte es nicht gereicht, sich ordentlich abzuwischen und inzwischen war ihnen auch das Papier dazu ausgegangen. Ihre Haut juckte und sie hatte das Bedürfnis, sich am ganzen Körper zu kratzen.

Um sich abzulenken stand sie schließlich auf und stieg aus dem Bus. Der schneidende Wind fuhr ihr durch Gesicht und Haare und drang sofort in ihre Klamotten, also zog sie den Kragen enger und griff nach der Hundeleine, um mit dem kleinen Kerl eine Runde um den Bus zu gehen. Das musste reichen, denn an die Büsche traute sie sich nicht heran.

Tobias nickte ihr vom Dach aus träge zu. Er sah aus, als ob er gleich erfrieren würde, sein Gesicht war von der Kälte ganz blau und seine Lippen waren aufgesprungen, aber trotzdem hielt er dort oben eisern seine Wache.

Sie ging nach vorne an den Bus und versuchte, trotz der Entfernung auf der Straße jenseits der Büsche irgendetwas zu erkennen. Die Scheiben des Fahrzeugs waren allesamt beschlagen. *Verdammt*, dachte sie, *wenn wir hier schnell weg müssen, kommen wir so keine zehn Meter weit; dann fahren wir einfach gegen einen beschissenen Baum*. Aber he, sollte sich doch jemand anderes darum kümmern, sie war jedenfalls viel zu müde dazu.

Träge versuchte Susan, an etwas anderes zu denken. An etwas, wonach sie sich sehnte. Die blonde Frau stellte sich vor, in einem wohlig beheizten Badezimmer in einer Badewanne voll heißem Wasser zu liegen und mit dem nach Kirschen duftenden Schaum zu spielen. Überall waren Kerzen angezündet und verbreiteten ein angenehm warmes Licht. Das warme Wasser perlte von ihrem Gesicht und ihren Schultern.

Sie stellte sich vor, wie sie ihren Körper mit einem weichen Schwamm wusch und er ein angenehmes Prickeln auf ihrer Haut erzeugte. Zuerst ihre Beine, dann ihren flachen Bauch und die festen, wohlgeformten Brüste. Im Grunde liebte sie ihren Körper und hatte immer sehr auf ihn geachtet, auch wenn sie sich nach außen hin eher wie eine graue Maus gab.

Susan trieb regelmäßig Sport und pflegte sich ausgiebig. Irgendwann würde ihre Hand wohl zwischen ihre Schenkel gleiten. Sie liebte es, sich beim Baden zu massieren. Dieses sehr intime Ritual war ein fester Bestandteil und notwendig, damit sie sich vollends entspannen konnte. Dabei glitten ihre Gedanken immer in andere, weit entfernte Welten. Welten, die schöner als die reale waren. Warm und sauber und ohne diese schrecklichen Monster, gegen die sie jetzt bestehen mussten.

Bevor sie ganz in ihre Gedankenwelt versinken konnte, wurde sie jäh in die Wirklichkeit gerissen, denn der Hund fing an zu knurren und saß sprungbereit leicht nach vorne gereckt neben ihr. Sein Blick war starr auf die Straße gerichtet, fixiert auf einen Punkt jenseits der Büsche.

Der Körper des Tieres war jetzt hart angespannt, wie eine Stahlfeder bereit zum Sprung. Sofort wusste die Frau, warum das Tier so scharf reagierte, denn sie roch die Dinger, bevor sie deren schattenhafte Umrisse auf der Straße sehen konnte. Sofort schnürte ihr die Angst die Kehle zu und ein Zittern lief durch ihren Körper. Ein Zittern, das einer vollends anderen Natur entsprach als jenes, welches sie sich eben noch erträumt hatte.

Langsam ging sie in die Hocke und legte ihre Hand auf den Kopf des Hundes, denn sie hatte Angst, dass die Dinger auf der Straße das Tier hören könnten. Soweit sie es durch die Büsche erkennen konnte, waren es fünf. Sie gingen Richtung Innenstadt, brauchten aber wegen ihres taumelnden Gangs fast die gesamte Straße. Sie bewegten sich dabei nahezu lautlos und hatten wohl vor, wie Erik und Markus das Einkaufszentrum zu besuchen.

Susan wusste nicht, wie sie reagieren sollte. Wenn die Gefahr einer Bedrohung oder gar körperlichen Auseinandersetzung bestand, fühlte sie sich immer wie ein kleines wehrloses Kaninchen und zog lieber den Kopf ein, anstatt zu handeln; sie verschloss dann die Augen und wartete ab, bis alles vorbei war.

Auch auf ihrer gemeinsamen Flucht aus der Uni und dann die Tage danach war sie eher der Mitläufer gewesen. Sicher, sie hatte die Untersuchungen an der gefangenen Frau durchgeführt, aber da waren die anderen dabei gewesen und sie befanden sich in einem sicheren Haus. Damals war alles unter Kontrolle, doch heute sah es anders aus. Sie standen ohne Schutz und praktisch unbewaffnet im Wald und mussten darauf hoffen, nicht entdeckt zu werden.

Inzwischen waren die Gestalten etwa auf ihrer Höhe angekommen. Die Wache auf dem Dach des Busses rührte sich nicht. Susan hatte die Hand auf den Kopf des Hundes gelegt und spürte, wie der Hund vor Aufregung vibrierte und bereit war anzugreifen. Noch immer nichts von oben, anscheinend duckte sich Tobias ebenfalls auf den Bus und machte sich möglichst flach, um nicht entdeckt zu werden.

Auch im Bus war es still geworden und plötzlich fühlte sie sich seltsam verlassen. Was wäre, wenn sich die anderen davongemacht hatten, als sie dasaß und geträumt hatte. Nein, das hätte sie mit Sicherheit mitbekommen oder der Hund hätte sie darauf aufmerksam gemacht.

Angestrengt beobachtete sie die seltsame Prozession. Der Drecksack, der die Toten anführte und somit dem Bus am nächsten war, blieb abrupt stehen und hob seinen Kopf. Es sah aus, als ob er wittern würde, als ob er eine Duftspur aufgenommen hatte und nun versuchte herauszufinden, woher diese stammte. Möglicherweise war der Gestank der Menschen so intensiv, dass er durch die Buschreihe bis zur Straße und in die Nasen der Toten drang. Wie böse Geister zeichneten sich ihre Schemen undeutlich vor dem hellen Schnee ab.

Susan fragte sich, ob in diesen toten Dingern noch die Seelen der Verstorbenen wohnten, eingesperrt in ein Verlies aus Zerfall und Verwesung. Würden sich diese Seelen gegen die unheimliche Kraft, welche die Monster antrieb, auflehnen und versuchen, ihrem Körper die ewige Ruhe zu schenken? Oder waren sie nur hilflose Gefangene, die mit miterleben mussten, wie sie aufrecht stehend verfaulten? Oder hatte vielleicht eine gänzlich andere Macht die Herrschaft über den toten Korpus übernommen und die Seele entweder getötet oder aus ihm verjagt? So wie in dem Film „Die Körperfresser“.

Sie selbst fand es besser, die Existenz einer Seele gänzlich zu leugnen und das ersehnte Leben nach dem Tod gegen ein Nichts einzutauschen, einfach wie eine niedergebrannte Kerze zu erlöschen und fertig. Die Frau schüttelte den Kopf. Warum gingen ihr diese blödsinnigen Gedanken gerade jetzt durch den Kopf?

Die anderen Leichen zogen derweil weiter, bis auf dieses eine Arschloch, das noch immer wie ein Jagdhund witterte. Doch dann gab auch er das Schnüffeln auf, ließ den Kopf hängen und folgte im selben stumpfsinnigen Trott seinen Freunden. Es sah ganz danach aus, als ob sie noch einmal Glück gehabt hatten.

Tobias lag natürlich noch immer auf dem Dach und hatte die Toten ebenfalls gesehen. Flach drückte er sich auf das kalte Blech und hatte das Gefühl, langsam daran festzufrieren. Er spürte, wie alles an und in ihm taub wurde vor Kälte. Zuerst waren es seine Beine, dann die Arme. Der Mann war überrascht, wie schnell sich die Kälte in ihm ausbreitete, was vermutlich an diesem verdammten Wind lag.

In der rechten Hand hielt er schon die ganze Zeit seine Taschenlampe. Jetzt musste er wie ein Unbeteiligter mit ansehen, wie ihm die Lampe langsam aus den tauben Fingern glitt. So sehr er sich auch bemühte, er konnte es nicht verhindern. Seine Finger verwehrten ihm den Dienst. Doch alles Hoffen und Beten half nichts, metallisch polternd rollte die Lampe zuerst über das Wagendach und fiel dann nach unten. Sie prallte am Außenspiegel ab und landete direkt vor Susans Füßen im Schnee.

Der Hund sprang erschrocken auf und stieß einen überraschten Laut aus. Auch das Herz der sowieso schon angespannten Frau machte einen hektischen Sprung und ihr Körper krampfte schmerzhaft. Es war zu spät. Sie konnte ein angstvolles Wimmern nun nicht mehr unterdrücken.

Die Toten hatten die Geräusche ebenfalls gehört und waren stehengeblieben. Das witternde Arschloch drehte sich als Erster um und stieß ein widerliches Zischen aus. Die Jagd hatte begonnen.

Susan war unfähig, sich zu bewegen und sah zu, wie die Dinger langsam in ihre Richtung taumelten, die Nasen dabei weit nach oben gereckt. Die Aussicht auf ein baldiges Fressen schien sie anzuspornen, denn ihre Schritte beschleunigten sich zusehends. Jetzt gab es auch für den Hund kein Halten mehr, aggressiv fletschte er die Zähne und bellte. Seine Nackenhaare standen senkrecht nach oben. Der Hund war kampfbereit.

Susan bekam mit, wie sich Tobias auf dem Dach des Busses aufsetzte und mit angstverzerrter Stimme irgendetwas Unverständliches von sich gab. Auch im Bus entstand Bewegung. Jemand versuchte die Scheiben vom angefrorenen Beschlag zu befreien. Die Gedanken in Susans Kopf fingen an zu rattern, überall schrillten

Alarmglocken und versuchten, sie aus ihrer Lähmung zu befreien. Ein einziges Wort formte sich zuerst sehr leise und weit entfernt in den hintersten Windungen ihres Geistes, wurde allmählich lauter und kroch in ihrem Bewusstsein nach oben, um endlich wahrgenommen zu werden.

Als die Zombies die Buschreihe erreicht hatten, geschahen plötzlich viele Dinge gleichzeitig. Die Schiebetür wurde aufgerissen und Lucy sprang mit einem brennenden Molotow-Cocktail in der Hand aus dem Fahrzeug, während sich Tobias auf dem Dach so flach wie nur möglich machte, um von den Monstern nicht gesehen zu werden. Der Motor des Fahrzeugs erwachte hochtourig, Steven musste hinter dem Steuer sitzen und ihn gestartet haben.

Das war das Signal, welches Susan gebraucht hatte. Endlich löste sich die Starre, in der sie gefangen gewesen war. Sie schnellte nach oben und warf sich herum. Jetzt konnte sie endlich das Wort in ihrem Kopf verstehen. LAUF!

Die brennende Flasche flog in hohem Bogen auf die Buschreihe zu und krachte dem vordersten Zombie direkt in die erfrorene Fresse, um dort mit einem klatschenden Geräusch zu zerplatzen und einen Feuerball aus brennenden Sprit zu entzünden, der sich über den laufenden Leichnam ergoss. Sofort war alles in ein orangerotes Licht getaucht, doch der in Flammen stehende Tote rannte einfach weiter und prallte mit voller Wucht an die Frontseite des Busses. Es roch plötzlich nach verschmorten Kunststofffasern und angesengten Haaren.

Susan hatte fast die Schiebetür erreicht und ihre Hände schon danach ausgestreckt, als der Bus mit aufheulendem Motor völlig unerwartet rückwärts schoss. Lucy verlor dabei ihren Halt und fiel mit einem weiteren, angezündeten Molli in der Hand aus dem Wagen und direkt vor Susans Füße. Die brennende Flasche verschwand unter Lucys Körper.

Tobias, der nicht mit der jähen Beschleunigung gerechnet hatte, rutschte wie ein Sack vorne über die Windschutzscheibe nach unten, direkt auf den in Flammen stehenden Zombie zu. Durch die Wucht des Aufpralls flog er jedoch über den brennenden Körper hinweg, dessen Fleisch zischend Feuer gefangen hatte, und damit direkt den anderen Monstern vor die Füße, die jetzt vollständig durch die Buschreihe gebrochen waren.

Eine große Frau, deren Nase komplett fehlte und deren schwarzer, verfilzter Pferdeschwanz nur noch an einem Hautlappen über dem rechten Ohr hing, kippte einfach nach vorne und begrub Tobias unter sich, der wie ein auf dem Rücken liegender Käfer erfolglos im Schnee strampelte, um den Abstand zwischen sich und den Monstern zu vergrößern.

Susan hatte Lucy gerade wieder auf die Knie gezogen, als der Bus eine unerwartet harte Wendung vollführte und Lucy dabei mit der Front erfasste. Der Körper der rothaarigen Frau wurde wie eine Puppe um die eigene Achse gewirbelt und zur Seite gestoßen. Es riss auch Susan von den Beinen, hart stürzte sie zwischen die dornigen Äste eines Busches. Für einen kurzen Moment entwich die Luft aus ihren Lungen und sie sah Sterne.

Als sie sich wieder durch das Gestrüpp auf die Knie gekämpft hatte, sah sie Lucy mitten auf der freien Fläche knien. Ihr rechter Arm hing schlaff in einem seltsamen Winkel nach unten. Vor ihr lagen die Scherben des zerbrochenen Cocktails, den sie bei ihrem Sturz aus dem Fahrzeug unter sich begraben hatte. Zwei der Viecher waren bereits auf dem Weg zu der am Boden sitzenden Frau.

Susans Blut rauschte in ihrem Kopf, schoss durch ihre Blutbahnen und Adrenalin breitete sich in ihrem Körper aus. Sie handelte jetzt nur noch instinktiv und versuchte, sich aus dem Gewirr der knorrigen Äste zu befreien. Die Dornen zerkratzten ihr das Gesicht und die Hände, gaben sie aber nicht frei.

Bei Lucy war es anders. Die spürte ihre Beine nicht mehr und ihr Hinterkopf fühlte sich nass an. Sie sah, wie die schwarzhaarige, untote Frau ihre Zähne in den Hals des noch immer strampelnden Tobias' schlug und danach eine hohe, pulsierende Fontäne in einem seltsam schimmernden Rot nach oben spritze. Ein zweiter Zombie ging auf die Knie und mit seinem brüchigen Gebiss zerfetzte er die Daunenjacke des hilflos am Boden liegenden Mannes.

Lucy fühlte ihr Zippo in der linken Hand und klappte es auf. Alles geschah wie in Zeitlupe, untermalt von seltsam verzerrten Geräuschen, die von weit her zu kommen schienen. Sie hörte Susans Stimme, konnte aber die Worte nicht deuten. Alles in ihr war plötzlich ruhig und friedlich. Lucy spürte keine Schmerzen mehr und selbst Tobias hatte jetzt aufgehört zu strampeln. Seine Füße lagen nun ruhig und entspannt in den Mulden, die er in seiner Panik in den Schnee getreten hatte.

Als nächstes ertönte ein kratziges Reiben und Lucys Benzinfeuerzeug loderte wie immer zuverlässig auf. Sie sah für einen kurzen Moment sogar die flackernde kleine Flamme, bevor sie das Feuerzeug einfach fallen ließ und sich selbst damit in Brand steckte. Als sich der erste Zombie vor Lucy auf die Knie fallen ließ, schoss die grellweiße Flamme des entzündeten Benzins steil nach oben und fauchte dabei wie ein böses Tier. *Verdammt Erik, ich geh schon vor mal ins Paradies, da wo alles schön und friedlich ist. Ich weiß, dass du mir bald folgen wirst.*

Plötzlich kam Susan frei und kroch auf allen vieren aus den Büschen. Vor ihr breitete sich ein infernalisches Szenario aus. Vor der Buschreihe zur Straße saßen zwei der Dinger über den leblosen Körper von Tobias gebeugt und fraßen. Sie konnte die Wärme aus seinem geöffneten Kadaver dampfen sehen, sah die blutverschmierten Mäuler und den roten Schnee. Jetzt roch es nach Benzin, verbranntem Fleisch und seltsam metallisch nach frischem Blut. American Barbecue.

Etwas abseits lag der brennende Zombie und schlug noch immer seine Arme wie Windmühlenflügel hin und her. Es sah nicht so aus, als ob er noch mal auf die Beine kommen würde. Mitten auf der Fläche dann eine lodernde Fackel, die aus den Körpern von Lucy und einem weiteren Zombie bestand. Eine gewaltige Faust drückte Susans Magen zusammen und Galle stieg in ihrem Rachen nach oben.

Fast hätte sie die letzte Kreatur vergessen, die jetzt mit schwankenden Schritten auf sie zu getaumelt kam. Deren linke Gesichtshälfte war ebenfalls von Lucys Flamme versengt worden und die Haare des Wesens dampften verschmort. Hastig sah Susan sich nach dem Bus um, doch der war im Chaos einfach verschwunden. Dieses Dreckschwein hatte sie einfach im Stich gelassen. Doch es blieb keine Zeit, um weiter darüber nachzudenken.

Das Röcheln des Monsters erinnerte sie daran, dass sie die nächste war, in deren Fleisch sich die Zähne der Toten schlagen würden.

Das Ding kam mit mahlenden Kiefern auf sie zu und streckte gierig seine dreckigen Finger nach ihr aus. Sie war noch immer auf allen vieren, als die restliche Szenerie hinter dem Rücken des Monsters verschwand und von der Seite ein dunkler Schatten durch die Luft flog, der das tote Ding am Hals traf und es aus dem Gleichgewicht brachte.

Es war der Hund, der den Zombie angefallen hatte und seine Zähne nun wild in den Hals des Ungeheuers schlug. Dunkles Blut spritzte auf, das untote Ding schwankte und kippte schließlich zur Seite in den Schnee. Irgendwie kam Susan auf die Beine, kam ganz raus aus den Zweigen und fing an zu laufen, zuerst taumelnd und unsicher, dann immer schneller, einfach nur so weit und so schnell wie möglich weg, egal wohin, hinter das überschnappende Bellen des Hundes, in Sicherheit.

Sie rannte durch eine Gruppe kleinerer Bäume, kletterte über einen brusthohen Maschendrahtzaun und befand sich plötzlich auf dem Gelände einer kleinen Fabrik, die neben der Straße lag. Susan fühlte Feuchtigkeit in ihrem Schritt und hatte ein würgendes Gefühl im Hals. *Sieh dich hier um, verdammt, sieh dich um und denk nach.* Sie musste unbedingt ein Versteck finden. Irgendetwas, worin sie sich verkriechen konnte.

Sie rannte weiter. Auf dem Firmengelände lagen umgestoßene Mülltonnen und sie musste ständig irgendwelchen Gegenständen ausweichen, die ihr im Weg lagen. Es gab zwei längliche flache Hallen, die zusammen ein L formten, welches das Gelände zur Straße hin abschottete. Die Gebäude selbst waren aus roten Backsteinen gebaut und hatten graue Metalltore, die breit genug waren, damit kleinere Fahrzeuge sie durchfahren konnten. Etwas abseits stand ein zerbeulter, postgelber Lieferwagen.

Vielleicht eignete sich eines der Gebäude als Versteck, sofern sie sich Zugang verschaffen konnte. Hinter sich hörte sie das Rasseln des Zaunes und kurz darauf ein Geräusch, als ob ein großer Sack auf den Boden geworfen wurde. Sie drehte nur einen winzigen Augenblick den Kopf, um zu sehen, was sie sowieso schon wusste, aber diese Bewegung genügte schon, um auf dem nassen Boden auszurutschen und den Halt zu verlieren.

Ihre Beine glitten einfach nach vorne weg und wie in Zeitlupe knallte sie rücklings zu Boden. Der Aufprall war ungebremst und hart, presste ihr erneut die Luft mit einem röchelnden Geräusch aus den Lungen. Der Frau wurde für einen Augenblick sogar schwarz vor Augen, als ihr Kopf auf den harten Boden aufschlug. Benommen rollte sie sich auf den Bauch und krabbelte auf allen vieren weiter durch den Schnee auf das Gebäude zu.

Bei dem Sturz hatte sie sich heftig auf die Zunge gebissen, denn aus ihrem Mund liefen blutige Speichelfäden, die eine dünne Spur auf den matschigen Schnee zeichneten. Der Drecksack hinter ihr röchelte laut und sog geräuschvoll die Luft ein. Susan hatte das Gefühl, für jede Bewegung Stunden zu brauchen und musste immer wieder gegen die aufsteigende Dunkelheit in ihren Augen kämpfen, musste ihren Kopf am Laufen halten, musste durchhalten, wenn sie die nächsten Minuten überleben wollte.

Plötzlich stand sie wieder auf ihren Füßen und wusste selbst nicht wie. Noch immer explodierten Sterne vor ihren Augen, aber sie kam jetzt wieder schneller vorwärts. Das Stöhnen in ihrem Rücken verdeutlichte ihr, dass der Zombie näherkam. Vermutlich wurde der Drecksack vom Blutgeruch noch zusätzlich angespornt. Dann fühlte sie die rauen Steine der Wand und danach das kalte Metall des grauen Tores. Jetzt kam der alles entscheidende Augenblick, in dem sich zeigen würde, ob sie leben oder sterben sollte.

Sie tastete fahrig nach dem Türgriff und drückte diesen mit aller Kraft nach unten. Wäre die Tür abgeschlossen, würde das Ding hinter ihr über sie herfallen und sie zerfleischen. Es würde sie in einem dreckigen Hinterhof einer schäbigen Fabrik einfach fressen und anschließend ihre Überreste zum Verwesen zurücklassen, bis schließlich nichts mehr außer ein paar bleichen Knochen an sie erinnern würde. Sie wollte nicht sterben und schon gar nicht so. Einfach ausgelöscht, als Futter für die Bestien.

Wenn es einen Gott gab, dann stand er ihr jetzt bei, denn die Tür war nicht abgeschlossen. Es klackte laut und das kalte Metall öffnete sich. Hastig schlüpfte sie durch den schmalen Spalt und warf sich von innen sofort dagegen. Schon war das Monster an der Tür und schlug mit seinen Fäusten gegen das Metall, dass es in der dunklen Halle nur so dröhnte. Ihre blind tastenden Finger fanden das Schloss und spürten einen Schlüssel. Hastig drehte sie daran, bis es nicht mehr weiterging. Klack – Klack – Klack. Die Tür war gesichert und verwehrte dem tobenden Ding da draußen den Zugang zum ersehnten Fleisch.

Ihre Beine hatten keine Kraft mehr, die Erschöpfung zwang sie nach unten auf den Boden. Susan spürte, wie ihr die Galle ein weiteres Mal nach oben stieg, nur das sie jetzt keine Kraft mehr hatte, denn Schwall aufzuhalten. Mit einem würgenden Geräusch schoss ihr die Brühe aus Essensresten bitter aus dem Mund und direkt vor ihre Füße.

Später, als nichts mehr hochkam, folgten der Zusammenbruch und die Tränen der Hoffnungslosigkeit. Scheiße ja, sie hatte verdammtes Glück gehabt und überlebt. Wenigstens den ersten Ansturm. Nun war es an der Zeit, sich die Frage zu stellen, wie es weitergehen sollte, denn kein Mensch wusste, dass sie hier war. Sie war auf sich allein gestellt, das erste Mal seit Ausbruch der Seuche. Irgendwann versiegten die Tränen und der Rotz und ließen von ihr nur noch ein Häufchen Elend übrig.

Schluchzend sah sie sich in der Halle um. Nur die Zonen unter den schmutzigen Fenstern lagen in einem dämmerigen Zwielicht, der Rest der Halle versank in einer Schwärze, in der sich eine Armee dieser Monster hätte verstecken können. Doch nichts rührte sich. Es roch nach Motorenöl, Schimmel, ihrer Kotze und ein bisschen nach Pisse.

Nachdem sich ihre Augen an die Dunkelheit gewöhnt hatten, konnte sie die Umrisse einiger Werkbänke und einer Hebebühne erkennen, dazwischen irgendwelche Schränke und Maschinen. Innerhalb weniger Minuten hatte sie fast ihre gesamten Freunde verloren und ihr wurde bewusst, wie allein sie jetzt tatsächlich war. Allein und auf sich selbst gestellt, was im Grunde einem Todesurteil glich.

Am besten wäre es, sich einen Strick zu suchen und dem Ganzen gleich hier und jetzt ein Ende zu bereiten. Sie stand auf und fing an, ziellos durch den Raum zu irren, stieß sich dabei mehrmals schmerzhaft die Schienbeine an den Geräten an, die auf dem Boden herumstanden. Susan tastete mit den Händen auf Maschinen und Werkbänken herum, auf denen Metallspäne und ölige Werkzeuge herumlagen, fand schließlich ein Waschbecken an der Wand und riss gierig den Wasserhahn auf, um sich den Ekel erregenden Geschmack nach Blut und Erbrochenem aus dem Mund zu spülen. Doch die Wasserquelle war versiegt, nicht ein Tropfen löste sich und fiel in ihre schmutzigen Hände. Die verzweifelte Frau fühlte nur noch Schmerz, ihr Kopf dröhnte. Sie hatte so unglaublichen Durst.

Nach einiger Zeit kletterte sie umständlich auf eine der Werkbänke und zog sich an dem staubigen Fenstersims nach oben. Irgendwo da draußen waren noch Erik und Markus. Wenn sie überleben wollte, musste sie die beiden finden. Das war ihre einzige Chance. Die andere Option war ein einsamer Tod, hier in den Räumen dieser Werkstatt. Entweder würde sie verhungern oder, was viel wahrscheinlicher war, verdursten. Aber was wäre danach? Würde sie dann als eines dieser Monster auferstehen, nur um dann hier in der Halle solange umher zu irren, bis ihr auch das letzte Fleisch von den Knochen gefallen war? Scheiße, das waren keine guten Aussichten.

Durch das staubige Fenster konnte sie die Straße sehen, die weiter hinten an der Stelle vorbeiführte, wo ihr Bus stand. Sie befand sich auf der Höhe der Kreuzung und konnte den dunklen Umriss des Einkaufszentrums gegenüber gut erkennen. Auch Susan fielen die Leichen auf, die an der Ampel im Wind hin und her schwankten. Doch es war nicht mehr so einsam wie vor ein paar Minuten, denn die Toten bevölkerten nun die Straßen.

Sie kamen einfach von überall her, angelockt durch den Lärm und das Feuer, waren aus ihren Löchern gekrochen, als der Wind den Duft des frischen Blutes zu ihnen getragen hatte. Immer wieder blieben diese widerlichen Kreaturen stehen und reckten ihre Nasen in die Luft. Wenigstens hatte Susans Verfolger inzwischen damit aufgehört, an die Tür zu hämmern. Sie war sich jedoch sicher, dass er noch immer da draußen stand und auf sie wartete. Er hatte alle Zeit der Welt, spürte weder Müdigkeit noch Hunger, Schmerz oder Durst. Und sterben konnte es auch nicht mehr. Aber wenigstens gab er Ruhe.

Müde und verzweifelt musterte sie die Dinger, die in einer traurigen Prozession die Straße entlangzogen und fragte sich, wie lange ein toter Körper dazu in der Lage war, rein mechanisch zu funktionieren, denn auch für Monster galten die Gesetze der Physik.

Es ergab alles keinen Sinn. Susan ließ sich auf die Werkbank sinken, zog ihre Knie an den Körper und musste an den Hund denken, der ihr das leben gerettet hatte und fragte sich, was aus dem kleinen tapferen Kerl wohl geworden war. Sie hoffte von ganzem Herzen, dass er es geschafft hatte. Überall war nichts anderes als Tod, es war einfach nur noch zum Heulen.

SHOPPINGTOUR

Im Licht ihrer Taschenlampen zeichneten sich die Umrisse der vollen Warenregale ab. Überall waren bunte Schilder, welche die Kunden zum Einkaufen verführen sollten. Von der Fleischtheke am hinteren Ende des Ladens ging ein schwerer Gestank nach verfaultem Fleisch aus, der sich mit dem süßlichen Geruch verschimmelter Früchte aus der Obstabteilung zu einer unfassbar stinkenden Dunstwolke vereinte und die Männer würgen ließ.

Die Obst- und Gemüseabteilung war ein Albtraum voller verschimmelter und angefaulter Früchte. Aus den Kühltruhen rann eine übelriechende braune Flüssigkeit, deren Anblick allein schon Brechreiz verursachte. Überall krochen Maden in der klebrigen Flüssigkeit umher. Kein Wunder, dass hier selbst die Toten das Weite suchten. Für die beiden Männer war das alles nicht wichtig, denn nur die Regale mit den verpackten, haltbaren Lebensmitteln zählten.

Ohne Nachzudenken luden sie eine wahllose Auswahl an Dingen, von denen sie dachten, dass sie unbedingt notwendig wären, in einen Einkaufswagen, bis dieser fast überquoll. Dann rollten sie damit zur Kasse und fingen trotz des Gestankes damit an, sich mit Schokoriegeln vollzustopfen, bis ihnen das Zeug fast wieder hochkam.

Markus steckte sich noch aus dem Schreibwarenregal einen kleinen Block und einige Stifte ein. Er wollte alles über diese Kreaturen aufschreiben, was später von Nutzen sein konnte. Vermutlich hätte dazu auch eine einzige DIN A4 Seite vollkommen ausgereicht, aber wer konnte schon sagen, was noch alles geschehen würde.

In den Ramschkisten vor den Kassen fanden sie dann noch billige Stirnlampen, was schon einem Jackpot gleichkam. Sofort zogen sie sich welche davon über die Köpfe und fühlten sich wie kleine Kinder. Ein Regal weiter waren dann noch diese großen, gelb-schwarzen Spaltäxte im Sonderangebot. Die neuen Lampen gaben gutes Licht und die Äxte lagen griffig in ihren Händen. Aber es wurde Zeit, mit den Dingen weiterzumachen, deretwegen sie hier waren.

Der Laden wurde durch eine große verschiebbare Glaswand vom restlichen Einkaufszentrum getrennt, die man in ihrer gesamten Breite aufschieben konnte. Doch jetzt war sie verschlossen und mit Steckschlössern gesichert. Die Gänge jenseits der Scheiben lagen in einem diffusen Zwielicht. Es war, als ob man in ein Aquarium blickte. Oder aus einem heraus. Es fehlte nur noch diese schräge Musik, die in solchen Gebäuden immer gespielt wurde und Markus jedes Mal an den Film „Twin Peaks“ von David Lynch erinnerte.

Laden reihte sich an Laden und weiter hinten gab es sogar ein Fastfood-Restaurant. Alle Gänge liefen genau in der Mitte des Gebäudes unter einer großen Lichtkuppel zusammen. Dort stand ein riesiger, mit bunten Bändern und Kugeln geschmückter Weihnachtsbaum und darunter lag ein Berg in buntes Papier eingepackter Kisten. Doch niemand war da, den das im Moment interessierte. Keine spielenden Kinder, die unten den wachsamen Augen ihrer Mütter um den Baum rannten und fangen spielten.

Erik wollte endlich aus dem Discounter raus, also setze er die Spaltaxt an und hebelte die Steckschlösser kurzerhand aus der Führungsschiene. Lautlos schob er eine der Türen auf, trat hinaus und sah sich um. In den Gängen roch die Luft abgestanden und kalt, aber immer noch besser als in dem nach Fäulnis stinkenden Discounter.

Markus steckte sich an der Kasse noch eine Packung Kaugummis ein und folgte Erik nach draußen. Der starke Geschmack nach Minze breitete sich wohltuend in seinem Mund aus und löste den toten Vogel erfolgreich ab.

Das Grauen der letzten Tage war plötzlich vergessen, denn die Schaufenster zeigten ihnen so unendlich viele und schöne Dinge und mehr als einmal blieben sie wie gebannt stehen. Vor der Katastrophe hatte Markus sich nie die Zeit genommen, die Schaufenster anzusehen und die kleinen Dinge in den Auslagen zu bewundern. Jetzt waren die Schaufenster nur noch stumme Zeugen einer in die

Brüche gegangenen Zivilisation. Der Geruch der Vergänglichkeit holte sie jedoch schnell wieder ein, strömte aus den Mülleimern und erinnerte sie daran, sich wieder ihrer eigentlichen Aufgabe zu widmen. Sicher machten sich ihre Gefährten schon Sorgen.

Zielstrebig gingen sie auf den Hauptausgang zu, um den großen Parkplatz zu erreichen. Markus blieb plötzlich stehen und starrte in das große Schaufenster eines Herrenausstatters. Aus einem mannsgroßen Spiegel starrte ihn aus der Dunkelheit eine verwahrloste und unrasierte Gestalt mit eingefallenen Augen und vor Schmutz starrender Kleidung an. Die Sachen waren übersät mit Flecken und teilweise sogar zerrissen. Das Geschöpf hatte Hände, die wie schwarze Grabschaufeln aussahen.

Auch Erik war stehengeblieben und stellte fest, dass es um ihn nicht besser bestellt war. Zweifelsohne wurde der Unterschied zwischen ihnen und den lebenden Toten mit jedem Tag geringer. Was wäre schon dabei, ein paar Minuten zu opfern um anschließend wieder Mensch zu sein? Erik und Markus wechselten einen kurzen Blick, um sich gegenseitig Absolution zu erteilen. Nur kurz frisch machen, mehr wollten sie nicht.

Doch aus ein paar Minuten wurde schnell eine Stunde. Es war wie in einem Rausch. Und sie hatten mit den Spaltäxten den Universalschlüssel gefunden, um sich Zugang zu den Läden zu verschaffen. In einem Trekkingladen fanden sie Wanderschuhe, Cargohosen mit großen aufgesetzten Taschen, winterfeste Jacken im Militärstil und warme atmungsaktive Pullover.

Ein Herrenausstatter lieferte ihnen die dringend benötigte frische Unterwäsche, Shirts und Socken. In einem Drogeriemarkt versorgten sie sich mit Seife und Rasierzeug, um sich bei der ersten Gelegenheit die Stoppeln aus den Gesichtern zu schaben. Bevor sie die neuen Sachen anzogen, warfen sie ihr altes Zeug auf einen Haufen und wuschen sich ausgiebig mit eiskaltem Mineralwasser aus dem Supermarkt, bis ihre Haut rot war und höllisch brannte.

Markus wechselte den Verband und bestrich die Wunde sorgfältig mit einer desinfizierenden Heilsalbe. Im grellen Licht der Stirnlampe sah er sich die Verletzung das erste Mal genauer an. Die Wunde schmerzte zwar und kniff wenn er sich bewegte, war aber bei weitem nicht so schlimm, wie er zu Anfang vermutet hatte. Es sah tatsächlich so aus, als ob es nur die Haut erwischt hatte. Sogar eine dünne Kruste hatte sich gebildet, die allerdings bei schnellen oder heftigen Bewegungen sicher wieder aufbrechen würde. Im Supermarkt fand er graues Gaffertape, mit dem er den Verband zusätzlich verstärkte. Es durfte nichts nach außer dringen, aber gleichzeitig noch viel weniger hinein.

Es war das erste Mal seit vielen Tagen, dass er sich wieder einigermaßen sauber fühlte. Markus freute sich wie ein kleines Kind über die neuen Sachen und sah sich immer wieder in den Spiegeln der Schaufenster an. Erik ging es nicht anders. Zufrieden saßen sie danach unter dem großen Weihnachtsbaum auf der Bank, aßen ein paar Schokoriegel und fühlten sich endlich wieder wie zivilisierte Menschen.

Als Erik auf seine Armbanduhr sah, sprang er erschrocken auf. „Verdammte Scheiße, wir müssen uns jetzt echt beeilen!"

Und tatsächlich, insgesamt waren sie nun schon anderthalb Stunden unterwegs. Markus schüttelte den Kopf.

„Shit, wir haben echt die Zeit vergessen. Die andern machen sich bestimmt schon Sorgen. Lass uns aufbrechen, Erik."

Der nickte eifrig und schnürte dabei seinen Rucksack zu.

„He, ich denke echt, dass wir vielleicht einen Tag oder zwei hierbleiben sollten, um uns auszuruhen und 'ne vernünftige Ausrüstung zusammenzupacken. Was meinst du dazu?"

Sein Gegenüber war zwar nicht begeistert von der Idee, hier länger als geplant zu bleiben, aber der Mann hatte recht. Für die Reise in den Süden war ihre Ausrüstung viel zu schlecht und Lebensmittel hatten sie auch zu wenig. Also sah er Erik ernst an.

„Meinetwegen. Aber maximal zwei Tage, auf keinen Fall länger. Du weißt, dass jemand in Speyer auf mich wartet, ja?"

Der Angesprochene nickte.

„Das ist mir klar, mein Freund. Aber wir brauchen 'ne Pause." Schnell packten sie ihre Sachen zusammen und gingen weiter in Richtung Hauptausgang. Wie in jedem Gebäude dieser Art waren die Zugangstüren breit und aus dickem Glas. Das Weiß des Schnees verstärkte das schwache Licht der Nacht. Es sickerte durch die Scheiben und verbreitete ein kaltes, auf seltsame Weise unangenehm blendendes Leuchten.

Der Hauptausgang bestand aus vier großen Glastüren und alle waren verriegelt. Vor den Türen waren stabile Gitter nach unten gelassen und durch dicke Schlösser abermals gesichert, also pressten sie ihre Nasen an den Scheiben platt. Auf dem weitläufigen Parkplatz davor standen jede Menge schneebedeckte Fahrzeuge in ordentlichen Reihen. Ihre Aufmerksamkeit wurde jedoch schnell auf die dahinter liegende Straße gezogen, die aus dem Stadtzentrum heraus zu der Kreuzung führte, die sie vorhin überquert hatten.

Dort konnten sie einen schwachen, flackernden Schein sehen, der sie an ein Lagerfeuer erinnerte. Und die Straße war auch nicht mehr leer, denn die wandelnden Toten zogen in einer endlosen Prozession auf den Lichtschein zu. Es mussten hunderte sein, die durch irgendetwas aus ihren Löchern in der Stadt gelockt wurden. Sofort wussten die beiden Männer, dass dies nur eins bedeuten konnte. Erik packte Markus an der Schulter und sah ihn voller Angst an.

„Scheiße, Mann, die haben den Bus gefunden!"

„Verfluchter Dreck, dann los, verdammt!"

Für Erik gab es kein Halten mehr, voller Sorge um Lucy rannte er los. Weshalb sonst sollten die Zombies hier aufmarschierten, denn nur beim Bus gab es frisches Fleisch. Die beiden Männer rannten, alle Vorsicht vergessend, durch das Gebäude, den Supermarkt und zum offenen Rolltor zurück.

Erik wollte sich schon durch die Öffnung ins Freie schieben, als Markus ihn hart an der Schulter packte und herumzog.

„Verdammt noch mal, was machst du denn? Denk doch erst mal nach! Wenn wir uns hier ins Verderben stürzen, bringt das keinem was." Nur mit Mühe gelang es ihm, Erik zur Wand zu schieben. Schwer atmend sah der aufgeregte Mann ihn an.

„Da draußen geht es um Lucys Leben, verstehst du das nicht?"

Erneut versuchte er, sich aus Markus' Griff zu befreien, doch der wesentlich leichtere Mann gab ihn nicht frei.

„Nein Erik, so hilfst du ihr bestimmt nicht. Lass mich die Lage checken und dann machen wir 'nen Plan."

Erik sah Markus ein paar Sekunden zornentbrannt an, doch schließlich gab er zähneknirschend nach, denn der Mann hatte recht.

„Gut, aber beeil dich, verdammt noch mal. Lange werde ich nicht warten und tatenlos dabei zusehen, wir die anderen umgebracht werden."

Markus nickte knapp und lockerte seinen Griff. Dann legte er sich auf den Bauch und spähte vorsichtig durch die schmale Öffnung. Was er da draußen sah, gefiel ihm ganz und gar nicht. Nicht nur aus der Stadtmitte, sondern auch auf der Straße hinter dem Bowlingcenter zogen die Leichensäcke traurig entlang. Endlich konnte er die Ursache des Leuchtscheins erkennen. Es brannte tatsächlich an der Stelle, an welcher der Bus stehen musste. Über der gesamten Szenerie hing ein grauenvolles Stöhnen, ausgestoßen von unzähligen toten Mäulern in Erwartung eines baldigen Festmahls. Markus zog sich schnell wieder ins Innere zurück, um sich leise mit Erik über ihre nächsten Schritte zu besprechen.

„Verdammt, es brennt tatsächlich beim Bus. Und Erik, da draußen ist alles voller Zombies, so viele habe ich noch nie auf einem Haufen gesehen. Das wird jetzt 'ne ziemlich heiße Sache. Trotzdem, wenn wir schnell sind, haben wir eine echte Chance."

Erik sah auf den Boden und schüttelte den Kopf.

„Scheiße, Mann, wenn die nicht sowieso schon bei unseren Leuten sind, führen wir doch nur noch mehr dieser Drecksäcke dorthin."

Der Mann sah ziemlich gestresst aus und war sich absolut nicht sicher, wie sie die Sache angehen sollten. Sein Gegenüber sah ihm ernst in die Augen.

„Das stimmt allerdings", sagte Markus. „Und wenn ja, dann brauchen wir einen Fluchtpunkt und da fällt mir nur dieses Gebäude hier ein." Markus stockte kurz und holte tief Luft. Unsicher sah er auf seine Fußspitzen, denn er hatte noch etwas zu sagen. „Weißt du, ich bin euch allen noch was schuldig, also werde ich die anderen holen und du bleibst hier, um uns den Rücken freizuhalten."

Das war einen ziemlich heiße Sache, aber einer musste hierbleiben, wenn die Sache klappen sollte. Erik zögerte, also setzte Markus nach: „Verdammt Erik, die brauchen unsere Hilfe und anders geht es nicht. Also?"

Erik dachte nach und brauchte eine ganze Weile, um zu dem Schluss zu kommen, dass Markus recht hatte und doch wollte er nichts anderes als Lucy helfen.

„Gut, einverstanden. Du gehst. Aber gehe kein unnötiges Risiko ein, verstehst du? Wir haben keine Ahnung, was dich dort erwartet."

In seiner Stimme schwang Angst mit. Für Markus sah die Sache anders aus. Er musste zu seinem Hund, denn er hatte nicht vor, das Tier zurückzulassen. Seit er ihn auf dem Flugplatz gefunden hatte, fühlte er sich mit ihm durch ein untrennbares Band verbunden.

„Hör zu Erik, ich werde hinter dem Bowlingcenter die Straße überqueren und dann durch das Werkstattgelände gegenüber laufen. Vielleicht kann ich die Biester so abhängen."

Erik sah Markus in die Augen.

„Das wird verdammt noch mal kein Spaziergang. Wenn es zu heftig wird, kehr lieber um. Lucy wird schon wissen, wann sie sich absetzen muss."

Da hatte Erik vermutlich sogar Recht. Es war bestimmt kein Spaziergang, da rauszugehen, aber Markus war es den Leuten einfach schuldig und Weglaufen war nicht immer eine Option. Entschlossen packte er Erik an den Schultern.

„Okay, verstehe. Sei einfach bereit, wenn ich wieder zurückkomme, denn dann muss alles sehr schnell gehen."

Erik lachte bitter und nickte.

„Bring Lucy mit, hörst du?"

„Wir werden sehen, Kumpel."

Um beweglicher zu sein, ließ Markus alles bei Erik zurück, was er nicht unbedingt brauchte. Nur die neue Axt und den Streitkolben nahm er mit. Insgeheim ärgerte er sich, dass er seine Armbrust im Bus zurückgelassen hatte. Sein Bein pochte zwar ein wenig, aber es würde schon gehen. Es gab nichts mehr zu sagen, also drückten sie sich zum Abschied fest die Hand und teilten einen letzten Blick, dann robbte Markus auf dem Bauch durch die Öffnung hinaus auf die Laderampe und ließ sich an deren Rand zwischen zwei abgestellten LKW nach unten auf den Boden gleiten.

Sein Herz klopfte ihm bis zum Hals und pumpte sofort Adrenalin durch seinen Körper. Mit hellwachen Sinnen kroch er unter den LKW und sah sich um. Zur vorderen Straße hin hatte er gute

Deckung durch die dichte Buschreihe und das Bowlingcenter, konnte aber dadurch auch selbst schlecht abschätzen, wie es dahinter aussah.

Wesentlich mehr Sorgen bereitete ihm die andere, freie Seite, dort wo die Straße aus der Stadt auf die Kreuzung stieß. Bis auf zwei oder drei abgestellte Fahrzeuge gab es hier keine Deckung. Auf dem Parkplatz war auf den ersten Blick kein Toter zu sehen, doch absolut sicher sein konnte er nicht. Es gab einfach zu viele nicht einsehbare Stellen und finstere Schatten, in denen nahezu alles lauern konnte. Hinter dem Bowlingcenter mussten die Backsteingebäude der kleinen Werkstatt liegen, die sie auf dem Weg hierher gesehen hatten.

Wenn er die Rückseite der Werkstatt erreichen konnte, war es bestimmt möglich, über deren Grundstück zum Wäldchen und somit zum Bus zu gelangen. Sofern ihn auf dem Werksgelände keine böse Überraschung erwartete. Und sofern er es bis dorthin überhaupt schaffen würde.

Nach kurzem Zögern kroch er unter dem Lastwagen hervor und lief geduckt zum ersten der verschneiten Fahrzeuge. Dabei war er ungeschickt aufgesprungen, denn seine Wunde protestierte schmerzhaft und erinnerte ihn mit jedem Schritt daran, dass er aufpassen musste. Gehetzt kauerte er sich hinter den großformatigen Audi und wartete bewegungslos einige Sekunden ab. Alles blieb ruhig. Sie hatten ihn noch nicht bemerkt. Also rannte er weiter bis zur Buschreihe.

Doch dieses Mal hatte er nicht so viel Glück, denn plötzlich heulte einer der Toten hinter ihm auf. Markus wagte einen Blick über die Schulter und sah, wie sich der Strom der Zombies nun auf den Parkplatz ergoss. Sie hatten ihn entdeckt und ihr Stöhnen veränderte sich sofort, wurde regelrecht euphorisch. Auch ihre Schritte wurden immer schneller. Binnen weniger Sekunden war der Rückweg abgeschnitten und ihm wurde bewusst, dass es eine ziemlich bescheuerte Idee gewesen war, die Sicherheit des Einkaufszentrums zu verlassen. Die Sache konnte sich schnell zu einem Selbstmordkommando entwickeln.

Aber es blieb keine Zeit darüber nachzudenken, denn in wenigen Sekunden würden ihn die Toten erreichen. Also stürmte er mit erhobener Axt durch die Buschreihe direkt hinein ins Ungewisse und dazu bereit, dem erstbesten Ding den Schädel zu spalten. Allzu lange musste er nicht darauf warten, denn unmittelbar hinter den Büschen stand ein Mann mit einem zu erstaunlicher Größe aufgedunsenen Bauch, der regelrecht zu ihm herumschnellte.

Das Fett in seinem Gesicht hatte inzwischen die Festigkeit verloren und war mit fortschreitender Verwesung nach unten gerutscht, wo es nun in unförmigen Hauttaschen glitschig umher baumelte. Der Typ trug nur eine Jogginghose und ein graues Shirt. Unter seinen Achseln und im Schritt zeichneten sich handtellergroße fettige Flecken ab, die einen üblen Geruch verströmten. Zwischen seinen schwarz angelaufenen Lippen entwich der faulige Atem des Todes.

Markus konnte nicht mehr reagieren und prallte gegen den Zombie, von dessen schnellen Bewegungen er noch immer überrascht war. Im letzten Augenblick konnte er noch seine Schulter nach vorne nehmen und ihn so zu Seite prellen. Eine der Hauttaschen platzte dabei auf und verspritzte ihren erbärmlich stinkenden Inhalt auf Markus' Jacke. Hätte das Ding mit seiner Anwesenheit gerechnet, wäre es sicherlich nicht so einfach gewesen, an ihm vorbeizukommen.

Jetzt waren auch die anderen Monster auf der Straße alarmiert und machten sich zur Jagd bereit. Eines nach dem anderen drehte sich um. Er konnte keine Zeit damit verschwenden, den Aufgedunsenen ganz zu Fall zu bringen und rannte direkt weiter, um so weit wie möglich zu kommen, bevor es zur ersten ernsthaften Konfrontation kam.

Inzwischen hatte er die Aufmerksamkeit aller Anwesenden. Das Röcheln schwoll zu einem lauten Chor des hungrigen Stöhnens an und steigerte sich immer mehr. Erst mitten auf der Straße sah er sich um. Was er sah, war viel schlimmer als erwartet. Die Straße war in beiden Richtungen voller Zombies und aus der Buschreihe, die er soeben durchbrochen hatte, drangen weitere ihm hinterher auf die Straße. Es waren so viele, dass es sinnlos war, mit dem Zählen überhaupt erst anzufangen.

Beängstigend war auch die Geschwindigkeit, mit welcher sich die frischeren von ihnen fortbewegten. Wie ungelenke Läufer kamen sie auf ihn zu gehetzt, während die Zerfallenen ihnen im Weg herum taumelten und ihm so wertvolle Sekunden verschafften.

Markus konzentrierte sich auf jene Zombies, die auf seinem direkten Weg zur Werkstatt standen. Alle anderen waren erst mal Nebensache. Die Backsteingebäude hatten ein paar längliche Fenster, die jedoch so hoch über dem Boden angebracht waren, dass sie als Fluchtpunkt sofort ausschieden. Dazu kam, dass der Schmerz in seinem Bein mit jedem Schritt größer wurde. Nur mit großer Mühe konnte er die aufkeimende Panik unterdrücken, dass sein Bein schlappmachen könnte.

Es stank derart intensiv nach Fäkalien und Fäulnis, dass es ihm die Tränen in die Augen trieb. Halb betäubt von dem Gestank der toten Drecksäcke versuchte Markus, einen Ausweg zu finden. Um auf das Werksgelände zu gelangen, musste er links an den Gebäuden vorbei in eine kleinere Seitenstraße abbiegen und hoffen, dass das Gelände nicht durch ein hohes Tor abgeriegelt war. Vor allem, dass es überhaupt ein Tor geben würde. Doch es blieb ihm keine Zeit mehr, darüber nachzudenken.

Vor ihm stand der erste Gegner. Es war eine Frau mittleren Alters mit grauem, eingefallenen Gesicht, dunkel unterlaufenen milchig-weißen Augen und dreckigen Zähnen, zwischen denen noch die Reste ihrer letzten Mahlzeit hingen. Ihr Kiefer klappte bereits voller Vorfreude auf ein weiteres Festessen immer wieder auf und zu und sonderte dabei faulen Gestank und eitrigen Schleim ab. Die Haare standen wie nach einem starken Stromschlag verklebt in alle nur denkbaren Richtungen von ihrem Kopf ab.

Würde Markus jetzt in ein Handgemenge geraten, war es um ihn geschehen. Also riss er in vollem Lauf die Axt nach oben und schlug zu. Der eiserne Axtkopf traf die arme Frau schwer und teilte ihren Schädelknochen direkt über der Nasenwurzel in zwei Hälften. Die eben noch gierig nach ihm ausgestreckten Hände erschlafften augenblicklich und verloren jegliche Motivation weiterzumachen. Er konnte ihr jedoch nicht mehr ganz ausweichen und rammte sie hart mit der Schulter. Dann war er schon an ihr vorbei und er sah, wie sie langsam zur Seite umkippte.

Fast wäre er auf dem matschigen Schnee ausgeglitten und gestürzt, konnte sich aber gerade noch fangen, um wie ein Sprinter auf den letzten Metern vor seinem Ziel nochmals zu beschleunigen.

Das Blut rauschte jetzt so laut in seinen Ohren, dass die Geräusche der Monster darin untergingen.

Zwei weitere Tote standen ihm im Weg. Markus konnte weder ausweichen, noch hatte er vor, seinen Lauf zu unterbrechen, denn hinter sich spürte er förmlich, wie die Dinger näher kamen. Die Schlinge zog sich schneller zu, als ihm lieb war. Auf der Liste seiner dümmsten Einfälle nahm diese Aktion ganz eindeutig die Spitzenposition ein.

Erwartungsvoll streckten ihm die Toten schon ihre Hände entgegen, bewehrt mit abgebrochenen Fingernägeln, bereit zuzupacken. *Wie damals auf der Werft,* schoss es ihm blitzartig durch den Kopf. Kurz bevor er mit den beiden Gegnern kollidierte, nahm er die Axt quer und sprang mit voller Wucht und in der Absicht ab, die Männer umzureißen, um so den Ring aus toten Leibern zu durchbrechen. Er war gezwungen, alles auf eine Karte zu setzen.

Kaum abgesprungen, lief alles wie in Zeitlupe ab. Der Aufprall würde über sein weiteres Leben oder Unleben entscheiden. Mit hölzern wirkenden Bewegungen folgten die ausgestreckten Arme der Zombies seiner Flugbahn. Dann klatschte die Axt fast zeitgleich in die aufgedunsenen Visagen der beiden Männer und bog ihre Köpfe weit nach hinten. Aus ihren Mäulern spritzten in hohem Bogen dunkles Blut und eitrige Klumpen durch die Luft.

Markus' Kopf befand sich plötzlich zwischen den beiden, kurz darauf prallte sein Körper ungebremst mit den Oberkörpern der untoten Männer zusammen und es krachte laut, als alle drei wild durcheinander flogen. Was folgte, war der heftige Aufprall auf dem Boden und ein kurzer Filmriss, in dem wertvolle Sekunden vergingen. Markus schmeckte Blut und in seinem Kopf explodierten tausend Sterne. Als Nächstes begriff er, dass sich die Axt nicht mehr in seinen Händen befand.

Verschwommen sah er die Backsteinmauer direkt vor sich. Die Worte *keine Zeit* wiederholten sich in einer Endlosschleife in seinem schmerzenden Kopf. *Keine Zeit, sich umzusehen. Keine Zeit, um nachzudenken.* Unsicher und taumelnd kam er wieder auf die Beine.

Ein brennender Schmerz, ausgehend von der Wunde am Bein, jagte durch seinen Körper und weckte eine ungeahnte Kraft. Eine Kraft, die er jetzt dringend brauchte. Die Wunde war bestimmt wieder aufgebrochen, mit Sicherheit würde es nicht mehr lange dauern und sein Bein würde ganz schlappmachen. Eine Hand schrammte von hinten über seine Jacke.

Keine Zeit!, hämmerte es erneut in seinem Kopf. Er rannte ungestüm auf die Mauer zu. Das war der letzte Ausweg, um aus dem Kessel und in die Seitenstraße zu kommen, in der sich hoffentlich noch keine Toten befanden. Das Werkstattgebäude flog an ihm vorbei und er konnte hören, wie das Gestöhne der Monster vor Wut immer lauter wurde. Sofern diese Dinger überhaupt so etwas wie Wut empfinden konnten.

Keine Zeit darüber nachzudenken, befahl ihm sein Gehirn, denn er musste sich nicht erst umdrehen, um zu wissen, dass sie ihm auf den Fersen waren. Und wieder war das Glück auf seiner Seite, denn es gab tatsächlich ein hohes Eisentor, um auf das Firmengelände zu gelangen und es stand sogar einen Spalt breit offen. Zum Hof hin konnte er die Zugangstüren zu den Hallen aus grau gestrichenem Metall in den roten Backsteinwänden sehen.

Vor einer stand ein Toter und starrte stumpfsinnig die Tür vor sich an, als ob er darauf warten würde, dass sie jemand für ihn öffnete. Markus schlüpfte durch die Öffnung und stemmte sich mit dem Rücken von innen gegen das Tor und drückte mit aller Kraft dagegen, um es zu verschließen, bevor die aufgebrachte Menge aufgeholt hatte. Das Schloss musste einrasten, um wertvolle Zeit zu gewinnen. Den Toten im Hof würde er schaffen, aber gegen die Horde auf der Straße hatte er keine Chance.

Das Tor war hoch und stabil genug gebaut, um dem Ansturm zumindest eine Weile standhalten zu können. Jetzt kam aber noch ein weiteres Problem dazu. Seine Lungen liefen auf hundert Prozent und rasselten bereits, wenn er Luft holte. Seine Bronchien verengten sich und verhinderten, dass Sauerstoff in seine Lungen strömte. Es fiel ihm immer schwerer, Angst und Panik in Schach zu halten. Unter normalen Umständen hatte er solche Situationen und sein Asthma gut im Griff, konnte Panik und Atemnot durch Entspannungsübungen erfolgreich niederkämpfen. Doch heute hatte er keine Zeit dazu.

Keine Zeit!, hämmerte es erneut in seinem Kopf. Hinter seinem Rücken ertönte endlich das ersehnte Klack, mit dem der Riegel ins

Schloss schnappte. Gerade noch rechtzeitig, bevor die ersten Verfolger das Tor erreichten. Der Tote auf dem Gelände jedoch, der war schon mit schnellem Schritt auf dem Weg zu ihm. Wesentlich schneller, als sich Markus wegen seines Beines selbst fortbewegen konnte. An ihm musste er vorbei, koste es, was es wolle.

Und der Typ sah ziemlich übel aus. Ein großes Stück Fleisch fehlte an seinem Hals. Aus der frisch aussehenden Wunde lief bräunliche Brühe. Um zu Überleben, musste Markus diesen Kerl erledigen, der ihn mit glasigen Augen anstarrte. Also zog er seine letzte Waffe und humpelte auf das Monster zu. Hinter ihm streckten seine Verfolger ihre eiskalten Hände durch die Eisenstäbe und versuchte, das Tor mit ihren Körpern aufzudrücken. Das Wesen vor ihm jagte Markus mit seinem abgrundtief bösen Fauchen einen eiskalten Schauer über den Rücken. Er hatte große Angst davor, in die Zange genommen zu werden, sollte das Tor nachgeben.

Keine Zeit!, ertönte das Alarmsignal wieder und wieder. Rasselnd sog er so viel Luft ein, wie es möglich war, und bewegte sich weiter auf den Drecksack im Hof zu, der bereits die Arme nach ihm ausgestreckte, um ihn wie einen alten Freund willkommen zu heißen. Sein Mund formte dabei die Grußformel aus dem Totenreich.

Jeder Schritt verursachte eine Explosion in Markus' Bein, mit jedem Meter drehte sich die Schraubzwinge um seinen Hals weiter zu und schnürte ihm die Luft ab. Schon spürte er das taube Gefühl des Sauerstoffmangels und sein Herz pochte protestierend immer härter in seiner Brust.

Kurz bevor die ungleichen Gegner aufeinander trafen, versagte das verletzte Bein seinen Dienst. Markus knickte völlig unvorbereitet zur Seite weg, drehte sich noch ungeschickt in der Luft, um schließlich hart auf dem Rücken zu landen, was ihm den letzten Rest seiner Luftreserven aus den Lungen presste. Das Monster stolperte überrascht einen Schritt an Markus vorbei, drehte sich dann verdutzt um und ließ sich einfach auf den am Boden liegenden Mann fallen.

Es war ein reiner Reflex, der Markus noch rechtzeitig befähigte, den Streitkolben nach oben zu stoßen, um die scharfkantigen Zähne im Maul des Dings davon abzuhalten, ihm direkt ins Gesicht zu beißen. Dann erfolgte der Aufprall. Der Zombie schlug im freien

Fall auf die Waffe und rammte sich diese so heftig in den eigenen Schlund, das seine Vorderzähne wie Streichhölzer brachen. Ein normaler Mensch wäre danach hundertprozentig kampfunfähig gewesen, doch diesen Dingern war es einfach scheißegal, was mit ihrem Körper geschah.

Immerhin war der Kopf des toten Dings durch die Waffe blockiert und trotzdem versuchte es, den unter ihm liegenden Mann zu packen. Für dieses Ding gab es nur den Weg noch vorne, es war sogar zu blöd dazu, den Kopf ein wenig anzuheben, um sich von der im Schlund steckenden Waffe zu befreien. Stinkender Geifer lief aus seinem Maul über Markus' Hände und am Stiel der Hiebwaffe nach unten.

Voller Ekel packte Markus den Holzgriff dennoch fester, denn loslassen wäre einem Todesurteil gleichgekommen. Schon versuchte das Ding, mit seinen scharfkantigen Fingernägeln (oder was von diesen übrig war) nach seinem Gesicht zu grapschen, bekam jedoch nur Markus' Jacke zu fassen. Das war der Augenblick, in dem die Bronchien des am Boden liegenden Mannes beschlossen, einfach nicht mehr zu funktionieren.

EINE TEMPORÄRE ZUFLUCHT

Der Lärm auf der Straße riss Susan aus ihrer Lethargie. Sie zog sich nach oben und sah aus dem schmutzigen Fenster. Auf der Straße bot sich ihr ein ziemlich unerwartetes Schauspiel. Eine vermummte Gestalt rannte zwischen den toten Dingern quer über die Fahrbahn. Der Typ war mit einer Feuerwehraxt bewaffnet, trug gefleckte, neu aussehende Outdoor-Kleidung und zog sein rechtes Bein ein wenig nach. Nachdem er mit einem gewaltigen Schlag einer Frau den Schädel gespalten hatte, rannte er weiter auf das Gebäude zu, in dem sie sich befand.

Der Typ war trotz seiner Behinderung verdammt schnell, doch ebenso schnell schlossen sich die Reihen der Monster hinter ihm. Susans Herz fing aufgeregt an zu pochen, als sie sah, wie schnell sich die Toten auf einmal bewegten. Die Frischen unter ihnen waren fast so schnell wie normale Läufer. Vielleicht hatten Erik und Markus im Einkaufszentrum Hilfe gefunden und jemand war unterwegs, um sie aus ihrer temporären Zuflucht zu befreien.

Hoffnung keimte auf, dass diese Aktion ihrer Rettung dienen konnte, auch wenn sie sich nicht vorstellen konnte, woher die Person von ihrer Lage wusste. Der Typ stockte kurz und sah direkt für einen Moment zu ihr nach oben. Erschrocken zuckte Susan zurück in das schützende Zwielicht der Halle. Doch dieser winzige Augenblick hatte gereicht, um zu erkennen, wer sich da draußen durch die Reihen der Zombies schlug. Es war Markus.

Schnell drückte sie ihr Gesicht wieder an die Scheibe, doch er war bereits aus ihrem Blickfeld verschwunden. Ausgerechnet der Typ, den sie am wenigsten kannte, ging das Wagnis ein und versuchte, zu ihr durchzudringen. Das bösartige Fauchen der Toten wurde immer lauter und machte ihr Angst. Die Kreaturen kamen aus allen Richtungen herbeigeströmt und durchbrachen sogar die Buschreihe neben dem Bowlingcenter.

Susan sprang von der Werkbank und fing an, aufgeregt durch die kleine Halle zu laufen. Durch ihren Kopf rasten jetzt alle möglichen Szenarien und sie versuchte krampfhaft, eine Struktur in ihr Denken zu bringen. Es war vollkommen ungewiss, was als Nächstes geschehen würde. Trotzdem wusste sie, dass sie schnell einen klaren Gedanken fassen musste, um die Chance nicht zu verpassen, von hier wegzukommen.

Dann hörte sie das Geräusch eines ins Schloss fallenden Tores auf der anderen Seite des Gebäudes, in dem sie sich befand. Sie war sich sicher, dass es Markus war, der die Monster abgehängt hatte und sich nun auf dem Hof der Firma befand. Dort befand sich auch noch der Zombie, der sie vom Bus bis hierher verfolgt hatte. Oder war der vielleicht schon weg?

Sie rannte nach vorne zur Tür und unterdrückte nur mit Mühe einen Aufschrei, als sie sich ihre Hüfte an einem vorstehenden Schraubstock prellte. Susan presste ihr Ohr auf das kalte Metall und lauschte. Das Monster war noch da, denn sie vernahm sein kratziges Röcheln. Dann hörte es sich an, als ob es sich von der Tür entfernen würde.

Irgendetwas ging da draußen vor, denn das Grunzen des Zombies wurde lauter, dann folgte ein lauter Aufprall. Das waren ganz eindeutig Kampfgeräusche. Jetzt war die Gelegenheit zu handeln. Das Problem war nur, dass sie dazu die Tür öffnen musste. Sie war sich nicht sicher, ob sie ihren Ohren trauen konnte, ob der Tote nicht doch noch direkt vor der Tür stand oder sich womöglich noch mehr der Kreaturen auf dem Hof versammelt hatten. Egal, wenn sie weg wollte, musste sie hier raus.

Neben der Tür ragte aus einer Abfalltonne eine lange, rostige Eisenstange. Entschlossen und auf alles gefasst zog sie die Stange aus dem Eimer und öffnete mit einigen schnellen Handgriffen die Tür, stieß ihre improvisierte Waffe nach vorne und sprang kampfbereit ins Freie. Ihr Gehör hatte sie zum Narren gehalten. Einige Meter entfernt lagen Markus und das Monster am Boden und rangen miteinander. Das Eisentor war geschlossen, denn die Zombies standen auf der anderen Seite und versuchten mit linkischen Bewegungen, es zu öffnen. Mit jedem erfolglosen Versuch wurde ihr Fauchen wütender.

Plötzlich fielen Markus' Arme kraftlos zur Seite. Das war ihr Signal. Susan rannte los. Das Ding über dem Mann war derart auf seine Beute fixiert, dass es sie nicht kommen sah. Die kurze Distanz hatte Susan mit wenigen Schritten hinter sich gebracht. Mit einem wütenden Aufschrei holte sie mit der Eisenstange weit aus und schlug sie der Kreatur mit aller Kraft auf den Schädel.

Ein großes, haariges Stück löste sich vom Kopf des Unholds und flog in hohem Bogen quer über den Hof. Kurz darauf kippte das Vieh kraftlos zur Seite und ergoss den Inhalt seines Kopfes über den matschigen Boden. Susan ging sofort in die Knie, packte den Leichnam an den Schultern und wälzte ihn von Markus, der noch immer bewegungslos und mit geschlossenen Augen dalag. Sie war kurz davor, in Panik auszubrechen, denn am Tor tummelten sich immer mehr Tote und versuchten nun mit vereinten Kräften, auf das Gelände zu gelangen. Stumpfsinnig drückten sie ihre Körper ans Tor, das schon gequält in den Angeln ächzte, aber dennoch standhielt.

Vor allem hatte Susan Angst, dass Markus vielleicht tot sein könnte und drückte ihr Ohr auf seinen Oberkörper, doch sein Atem ging flach und stoßweise. Seine Augenlider zuckten. Dann formten seine Lippen lautlose Worte. *Jetzt nur nicht durchdrehen,* dachte sie. Sie musste nun schnell handeln, denn ein Blick zum Tor genügte, um ihr zu zeigen, dass die Uhr tickte. Kurz entschlossen warf Susan die Eisenstange zur Seite und packte Markus am Kragen, um ihn zur Tür der Werkstatt zu ziehen.

Der Mann war zwar kein Schwergewicht, aber dennoch musste sie ihre gesamte Kraft aufbringen. Schlaff wie ein Sack hing er in ihren Händen. Ständig glitt sie auf dem rutschigen Schnee aus und musste dabei um ihr eigenes Gleichgewicht ringen. Erst als es in ihrem Mund knackte bemerkte die Frau, dass sie vor Anstrengung die Zähne zusammenbiss und fast schon unmenschliche Laute von sich gab. Sie durfte auf keinen Fall aufgeben, denn das würde Markus' Tod bedeuten und ihren vermutlich auch.

Sie wusste nicht, wie lange es gedauert hatte, aber plötzlich waren sie in der Werkstatt. Schnell schlug Susan die Tür zu und verriegelte das Schloss. Markus fing an sich zu regen und wälzte sich schwerfällig auf den Bauch. Er röchelte wie einer dieser Drecksäcke dort draußen. Dann schlug er die Augen auf und sah sich um, versuchte zu registrieren, was um ihn herum vor sich ging und wo er sich befand. Und er sah, wer ihn da soeben gerettet hatte. Er erkannte Susan.

„Verdammte Scheiße, das war knapp“, nuschelte er mit halb erstickter Stimme.

Susan half ihm dabei, sich an eine der Maschinen zu lehnen. Langsam lockerte sich die eiserne Klammer um seinen Hals und Luft strömte in seine Lungen. Dankbar sah er die schmutzige Frau an, die vor ihm auf dem Boden saß.

„Du hast mir gerade den Arsch gerettet, Susan. Ich weiß zwar nicht, wie du hierherkommst, aber egal.“

Er versuchte sich in einem krampfhaften Lächeln und verzerrte dabei sein Gesicht zu einer Fratze.

„Was ist mit den anderen, sind die auch hier?“

Susan schüttelte den Kopf.

„Nein, ich bin allein. Die anderen haben es nicht geschafft, Markus.“

Ihre Stimme war belegt, klang traurig und unsicher. Angewidert sah er sich seine Hände an, die noch immer vom Geifer des Zombies bedeckt waren.

„Wie meinst du das, sie haben es nicht geschafft, hm?“

Susan stand auf und brachte Markus einen Lappen, damit er sich wenigstens die Hände abwischen konnte. Sie ließ sich Zeit und ging dann neben ihm wieder in die Hocke.

„Markus, kurz nachdem ihr weg wart, brach bei uns die Hölle los.“

Dann schilderte sie den Kampf mit den Zombies und wie sie in die Werkstatt gekommen war. Ihre Sätze waren nüchtern und auf das Wesentliche reduziert. Zwischendurch liefen ihr immer wieder Tränen übers Gesicht, es war einfach so schlimm zu realisieren, was geschehen war.

Markus hörte einfach nur zu. Er konnte nicht glauben, was geschehen war. Vor allem die Sache mit Lucy war hart. Die Vorstellung, den Mut aufzubringen, sich selbst anzuzünden, ließ ihn frösteln. Als Susan fertig war, nahm er sie in die Arme, drückte sie sanft und spürte die Wärme, welche von ihrem Körper ausging.

„Ich bin heilfroh, dass du es geschafft hast, Susan. Hast mir eben echt das Leben gerettet mit deiner Aktion. Du, drüben wartet Erik auf uns. Wir müssen hier nur solange durchhalten, bis diese Arschlöcher sich wieder verpisst haben, dann können wir zu ihm."

Vielleicht gaben ihr diese Worthülsen neuen Mut und etwas Hoffnung. Er war sich aber ehrlich gesagt selbst nicht sicher, wie es weitergehen würde. Wie um seine Zweifel zu unterstreichen, schepperte es draußen laut. Das Zugangstor hatte dem Druck der vielen Leiber nicht mehr standgehalten und war aus seinen Verankerungen gebrochen. Susan zuckte zusammen und verkrampfte sich. Markus hielt sie einfach weiter in seiner Umarmung, versuchte ihr so etwas Halt zu geben, auch wenn er selbst Angst hatte.

„Keine Angst, die kommen hier schon nicht rein. Die Tür ist stabil. Wenn wir leise sind, werden die wieder gehen, verstehst du mich?"

Als sie unsicher den Kopf schüttelte, ließ er sie los und zog sich mühsam an der Werkbank nach oben. Sofort schoss ihm ein glühender Schmerz durchs Bein. Er fühlte sich so unendlich müde und schwach. Aber das half jetzt alles nichts.

„Susan, wir müssen was Schweres vor die Tür schieben, damit wir ganz sicher sein können. Hilfst Du mir dabei, hm?"

Noch rüttelte keiner der Zombies an der Tür und bat um Einlass, aber auch das würde sich bald ändern. Weiter hinten in einem Regal fanden sie schwere Doppel-T-Eisenträger, die einen stabilen Eindruck machten. Gemeinsam schleppten sie zwei der Teile zur Tür.

Markus drückte die schweren Metallträger mit der Schulter nach oben, während Susan deren Enden so hinter die rechts und links der Tür stehenden Maschinen verkeilte, dass sie zum Schluss zwei recht stabile Querbalken vor dem Eingang angebracht hatten. Markus hoffte inständig, dass diese Barriere ausreichen würde, um den Ansturm der toten Leiber aufzuhalten. Vielleicht würden die Zombies dann tatsächlich aufgeben und weiterziehen, auch wenn dies ihrem bisherigen Verhalten widersprechen würde. Auf Susan gestützt humpelte er zur Werkbank unter dem Fenster und setzte sich schwerfällig davor auf den Boden.

Erneut nahm er die Frau in die Arme, die wie ein Häufchen Elend vor Angst am ganzen Leib zitterte. Susan spürte, wie sich der Knoten in ihrem Hals löste und sie endlich wieder Angst haben durfte. Sie ließ ihrem Kummer freien Lauf und spürte, wie ihr Tränen über die Wangen liefen, nahm deren salzigen Geschmack wahr. Markus strich ihr über den Kopf und versuchte sie zu beruhigen, ebenfalls froh, jemanden zu haben, den er in den Arm nehmen konnte. Von draußen drang das permanente Stöhnen der Zombies zu ihnen herein, ein schauriger Abgesang auf das Leben und alles, was jemals damit verbunden gewesen war.

Erst Stunden später kam Susan in Markus' Armen wieder zur Besinnung. Durch die verdreckten Fenster fiel etwas Licht und ihr war erbärmlich kalt. Bis auf die Knochen war sie durchgefroren und ihre Beine fühlten sich taub an. Markus waren irgendwann einfach die Augen zugefallen. Sein Schlaf war unruhig gewesen, immer wieder zuckten seine Arme und Beine, als ob er vor etwas wegrennen würde, und seine Augen rollten unter den geschlossenen Lidern nervös hin und her.

Susan erinnerte sich vage daran, dass sie lange geweint hatte. Nachdem ihre Tränen versiegt waren, war sie ebenfalls eingeschlafen. Ein Schlaf, aus dem sie jedes Mal aufgeschreckt war, wenn eines der Dinger an die Tür kam oder draußen an der Mauer kratzte. Bisher hatten die Zombies nicht versucht, mit Gewalt einzudringen. Sicherlich warteten sie nur darauf, dass ein verräterisches Geräusch ihre Annahme bestätigen würde, dass sich Futter im Innern des Gebäudes befand. Zumindest hatte Susan den Eindruck, dass es so war. Im Moment war sie einfach glücklich darüber, nicht mehr allein zu sein.

Markus wachte auf, als es wieder an der Tür rüttelte. Fahrig leckte er sich über seine ausgetrockneten Lippen und sah sich um. Er brauchte eine Weile, um zu begreifen, wo er sich befand. Außerdem hatte er Hunger und sehnte sich nach einem heißen Kaffee.

Das Licht des erwachenden Tages offenbarte eine sehr chaotische, aber gut ausgestattete Schlosserwerkstatt. Neben den stationären Maschinen gab es Werkbänke und schmutzige Regale mit Bauteilen unbekannter Funktion, dazu jede Menge Werkzeug und Eisenschrott. Sicherlich würde sich hier das ein oder andere finden lassen, was sich als Waffe nutzen ließ.

Markus spürte die Wärme von Susans Körper, die noch immer an ihn gelehnt dasaß und gedankenverloren ins Nichts starrte. Er schloss wieder die Augen und genoss das Gefühl ihrer Nähe; wie sich ihr Körper beim Atmen bewegte.

Dann, nach einiger Zeit, fing sie einfach an zu erzählen. Von sich selbst. Dass ihre Eltern sie immer davon hatten abbringen wollen, ausgerechnet in Leipzig zu studieren. Vor allem ihr Vater, ein erfolgreicher Arzt an der Berliner Charité, der es ihr übel nahm, dass sie es gewagt hatte sich abzunabeln, um außerhalb seines Einflussbereichs auf eigene Faust zu studieren.

Ihr großer Traum war es immer gewesen, in die Entwicklungshilfe zu gehen, Ärzte ohne Grenzen und all diese Sachen. Sie hatte es einfach satt, die behütete Tochter zu sein, die ewig im Schatten ihrer Eltern stand und Dankbarkeit zeigen musste. Markus hörte ihr zu und genoss den sanften Klang ihrer Worte. Sie sprach leise und mit ruhiger Stimme.

Dann redete sie darüber, dass sie befürchtete, ihr Studium niemals abschließen zu können, jetzt wo sich alles verändert hatte. Aber auch davon, das sie sich nach Wärme sehnte und etwas, wofür es sich lohnte zu leben. Sie redete viel und ohne Pausen. Erzählte von ihrem ersten Freund, von dem sie sich getrennt hatte, weil er zu dominant wurde und sie dadurch an ihren Vater erinnerte. Sie erzählte von ihrem Pferd und davon, ständig unterschätzt zu werden, auch was das Reiten betraf. Susan spielte dabei ständig an den Schnüren ihres Kapuzenpullis herum, wickelte sie auf und wieder ab, hin und her.

Markus hatte sie anfänglich für eine graue Maus gehalten, doch im Grunde war sie einfach nur ein Mädchen aus gutem Hause mit unendlich vielen Komplexen, das nie die Möglichkeit gehabt hatte, sich selbst zu entfalten und zu beweisen, was sie drauf hatte. Und irgendwie fand er sie nett.

SELBSTMORDKOMMANDO

Erst sehr viel später löste sich Markus aus Susans Umarmung und stand auf, denn er musste dringend pissen. Außerdem fing ihr Redebedürfnis an, ihm dann doch auf die Nerven zu gehen. Die Kälte war über seinen Hintern bis hinauf in den Rücken gekrochen, was sein Körper prompt mit starken Schmerzen quittierte. Schließlich war er keine zwanzig mehr.

Auch war der Kampf nicht spurlos an ihm vorübergegangen, jeder Knochen hatte davon eine äußerst schmerzhafte Geschichte zu erzählen. Vor allem sein verletztes Bein bereitete ihm Sorgen. Er hatte Angst davor, sich die Wunde genauer anzusehen, auch wenn er wusste, dass es dumm war.

Vielleicht würde er Susan später darum bitten, doch jetzt musste er sich zuerst ein Bild verschaffen, wie es auf der Straße aussah. Mit knackenden Knochen bewegte er sich zuerst eine Weile auf der Stelle, bis ihm warm wurde, dann kroch er auf die Werkbank und sah aus dem Fenster. Draußen waberte noch der dichte Morgennebel, in dem die Umrisse vereinzelter Gestalten umhergeisterten.

Das trübe und doch blendende Licht tat ihm in den Augen weh. Vom Einkaufzentrum waren nur vage Umrisse zu erkennen, Markus glaubte jedoch auch auf dem Parkplatz davor Bewegungen auszumachen, war sich aber nicht sicher. Dort drüben saß Erik und wartete auf seine Rückkehr. Hoffentlich hatte er das Gebäude rechtzeitig sichern können.

Susan erhob sich ebenfalls und schlenderte in der Werkstatt herum. Sie musste sich bewegen, musste ihre kalten Muskeln aufwärmen, einfach irgendetwas tun. Neben dem großen Werkraum, in dem sie sich befanden, gab es noch eine kleine und sehr schmutzige Toilette, deren Wände mit primitiven Zeichnungen verziert waren.

Direkt neben der Schüssel stapelten sich zerfledderte Pornohefte der billigsten Sorte.

Müde sah sich Susan kurz im dreckigen Spiegel an und erblickte einen Geist mit hohlem Gesicht und dunkel unterlaufenen Augen. Grauenhaft. Daneben gab es noch einen größeren Raum, der durch eine dünne Holzwand in einen Aufenthaltsraum, in dem Spinde standen, und ein unordentliches Büro unterteilt war.

Zuerst nahm sie sich das Büro vor. Der Schreibtisch war übersät mir Mahnungen und Drohbriefen verschiedener Anwälte, ganz oben lag zu allem Übel noch der Vollzugsbeschluss eines Gerichtsvollziehers, zugestellt an dem Tag, an welchem die Katastrophe begann. Welch unglaubliche Ironie.

Neben dem altmodischen Röhrenbildschirm eines Computers stand die staubige Fotografie eines untersetzten, unrasierten Mannes in grauer Arbeitskleidung. Neben ihm war eine vollbusige Frau mit beachtlichem Körperumfang zu sehen, deren Kopf mit einem schwarzen Streifen Isolierband überklebt war. Zwischen den beiden stand ein hässlicher und ziemlich dicker Junge von vielleicht zehn Jahren.

Susans Versuch, den Computer zu starten, blieb natürlich erfolglos, ebenso wie ihre Hoffnung enttäuscht wurde, dass nach dem Abnehmen des öligen Telefonhörers vielleicht ein Freizeichen ertönen würde. Sie legte den froschgrünen Hörer zurück auf die Gabel. Ihr war gar nicht bewusst gewesen, dass solche Telefone überhaupt noch im Einsatz waren.

Dann kam der Schreibtisch selbst an die Reihe. Zwischen zerknitterten Blättern und weiteren Pornoheftchen fand sie in der untersten Schublade eine angebrochene Flasche billigen Whiskeys. Der würde helfen, sich aufzuwärmen und das Gestöhne vor der Mauer zu verdrängen. Susan schraubte den Verschluss auf und nahm einen großen Schluck von der goldbraunen Flüssigkeit, die brennend ihre Kehle hinabrann und sich warm in ihrem Bauch verteilte. Sofort breitete sich ein leicht dumpfes Gefühl in ihrem Körper aus, da sie seit gestern Mittag nicht einen Bissen mehr gegessen hatte und sie musste mehrmals hart schlucken.

Mit der Flasche in der Hand ging sie in den Aufenthaltsraum und durchstöberte lustlos die dreckigen Spinde, fand aber nichts weiter als ein paar ölige Klamotten und noch mehr abgegriffene Zeitschriften mit billigen blonden Frauen auf der Titelseite, welche ihre Silikonbrüste feilboten und krampfhaft versuchten, dabei geil auszusehen. Am Ende belief sich ihre Beute auf eine halbe Packung polnischer Zigaretten und ein Einwegfeuerzeug, eine Taschenlampe und die angebrochene Flasche Whiskey.

Zurück in der Werkstatt sah sie Markus vor der Werkbank unterhalb des Fensters stehen. Er hatte eine Auswahl von Werkzeugen und Materialien zusammengesucht und vor sich ausgebreitet. Jetzt überlegte er offensichtlich, welche sich als Waffen gegen die Leichensäcke eigneten. Prüfend nahm er ein Teil nach dem anderen in die Hand, wog es ab und legte es wieder zurück. Susan legte ihm die Hand auf die Schulter und fing damit an, sein Arsenal zu begutachten.

„Wenigstens Waffen haben wir in ausreichender Menge", sagte Markus, „auch wenn uns die hier nur gegen einzelne Zombies helfen werden. Gegen die Masse sind wir nach wie vor machtlos." Markus sprach, ohne dabei zu ihr aufzusehen.

„Susan, wir sollten zusehen, dass wir hier schleunigst wegkommen. Hier machen wir das nicht lange, haben keine Verpflegung, einfach nichts, was wir zum Überleben brauchen."

Susan zog ihn an der Schulter herum und reichte ihm die Whiskeyflasche.

„Nimm erst mal einen Schluck aus der Flasche, das wird dir guttun. Dann sehen wir weiter."

Offensichtlich hatte sie schon mehr als einen Schluck davon probiert, denn das war mehr als deutlich zu riechen. Dankbar öffnete er die kantige Flasche und nahm ebenfalls einen großen Schluck, der ihm fast den Atem raubte. Sein Magen verkrampfte sich kurz zu einer geschlossenen Faust, dann folgte eine angenehm betäubende Wärme, die bald seinen ganzen Körper ergriff.

„Na sag ich doch, tut gut das Zeug oder?"

Zärtlich fuhr ihm Susan mit dem Finger über die Wange und blickte zu ihm auf.

„Wir sind ziemlich am Arsch oder? Ich bin so froh, dass du hier bist, das solltest du wissen. Und noch etwas: Wenn es ernst wird, lass mich bitte nicht allein zurück, okay? Mir reicht die Sache mit dem Bus, als ich mit ansehen musste, wie dieses Arschloch einfach davongefahren ist und dabei noch Tobias und Lucy umgebracht hat. Ich hab so schreckliche Angst davor, wie sie zu werden."

Markus nickte und war sich jetzt sicher, dass die Frau angetrunken war. Er spürte die Angst, die in ihren Worten mitschwang, wusste aber nicht im Geringsten, was er darauf entgegnen sollte und nahm sie daher einfach in die Arme. Was sollte er ihr auch versprechen, wo doch alles offen war und nichts absehbar. Also hielt er besser den Mund. Schutz suchend lehnte sie ihren Kopf an seine Schulter. Markus erschauerte leicht, als er ihren Atem an seinem Hals spürte.

„Ich lass dich nicht zurück Susan, ich lass dich nicht hier."

Jetzt hatte er doch ausgesprochen, was er nicht wollte. Hatte ihr ein Versprechen abgegeben und war somit die Verpflichtung eingegangen, der Frau beizustehen.

„Aber Susan, ich kann keine Wunder vollbringen, verstehst du?" Gedankenverloren hielt er sie fest und spürte, wie sie leicht nickte.

„Klar, das erwarte ich ja auch nicht von dir."

Er genoss die sanfte Berührung ihrer Hände, die sich jetzt unter seine Jacke schoben und nun zärtlich auf seinem Rücken lagen, spürte die vorsichtigen Bewegungen ihrer Finger, die seine Wirbelsäule entlangtasteten. Berührungen, welche er schon lange nicht mehr gespürt hatte und die sich von der allgegenwärtigen Gewalt extrem unterschieden. So extrem, dass er fast Angst davor hatte, sich ihnen hinzugeben.

Markus nahm einen weiteren Schluck aus der Whiskeyflasche und bettelte schon fast darum, dass der Alkohol diese Empfindungen vertreiben würde, doch das pure Gegenteil war der Fall. Ihre Sinne waren durch die permanente Bedrohung und Lebensgefahr bis auf das Äußerste überreizt und suchten ein Ventil, um sich endlich zu entladen, damit sie nicht den Verstand verloren. Ihre Nähe machte ihn rasend. In seinem Kopf hämmerte es laut und deutlich *nein, lass das. Hör auf.* Doch sie drängte sich nur noch enger an ihn.

Susan erging es nicht anders. Ihr Blut rauschte durch ihren Körper und sie spürte, dass sich ihre Nippel vor Erregung aufrichteten und hart wurden. Markus packte ihren bebenden Körper fester und suchte ihre weiblichen Konturen, fühlte wie sich der feine Flaum auf ihrer Haut aufrichtete und ihr Atmen schneller wurde, als ihre Hände fahrig nach unten krochen.

WARTESCHLEIFE

Erik sah Markus noch über den Parkplatz laufen und durch die Buschreihe springen, dann war der Mann verschwunden. Er hatte dabei die Aufmerksamkeit des Leichenzuges auf der Straße erweckt, welcher sich jetzt – die Verfolgung aufnehmend – über den gesamten Parkplatz ergoss. Das Stöhnen der toten Mäuler schwoll zu einem infernalischen Chor an. Die Dinger kamen aus allen Richtungen und es wurden ständig mehr. Vielleicht hatte die Hölle sogar ihre Pforten geöffnet, um die abscheulichsten ihrer Kreaturen auf die Erde zu schicken. Bisher hatte sich allerdings noch keiner der Drecksäcke für die Laderampe interessiert, doch Erik war klar, dass dies nur eine Frage der Zeit sein konnte.

Bewegungslos blieb er in der Dunkelheit hinter dem geöffneten Torspalt liegen und versuchte fieberhaft, einen klaren Gedanken zu fassen. Er musste unbedingt das Gebäude sichern, wenn sie überleben wollten. Oder wenn zumindest er überleben wollte, denn ob Markus oder einer vom Bus es bis hierher schaffen würde, war mehr als fraglich.

Erik konzentrierte sich wieder auf die Toten. Die meisten Zombies folgten Markus durch die Buschreihe, doch es gab auch einige, die den Anschluss an die Herde verloren und nun planlos damit anfingen, zwischen den abgestellten Fahrzeugen umherzuirren oder einfach nur mit einem dummen Gesichtsausdruck hin und her wippend stehenzubleiben. Er war zum Nichtstun verdammt und konnte nur abwarten und hoffen, dass sich kein Toter am Ende doch noch für das Rolltor interessierte.

Es brauchte nicht lange, bis seine Hoffnung wie eine schlechte Illusion zerplatzte, denn plötzlich tauchten zwei der Viecher direkt neben dem Lastwagen auf, der dem halbgeöffneten Tor am nächsten stand. Während sich Erik noch fragte, warum er sie nicht bemerkt hatte, steuerten die beiden auf die Laderampe zu. Für einen kurzen Moment hatte er den Eindruck, dass die Toten genau wussten, wo sie suchen mussten. Es war sogar denkbar, dass sie seinen Herzschlag hören konnten und nun wie zwei Raubfische der Frequenz folgten.

Aus den vagen Umrissen wurden viel zu schnell verstorbene Menschen. Zuerst ein älterer Mann in einem fleckigen, längs gestreiften Schlafanzug. Darüber trug er noch einen dunkelblauen, ehemals flauschigen Morgenmantel, dessen rechter Ärmel fehlte. Sein Gesicht war wie bei einer vertrockneten Mumie eingefallen und spannte sich pergamentartig über seine Schädelknochen.

Die Lippen hatten sich zurückgezogen und entblößten lange, vom Zahnfleisch weitgehend befreite und sehr gelbe Zähne, zwischen denen eine graue aufgedunsene Zunge hin und her fuhr, immer auf den Oberkanten der Zähne entlang und ohne Unterlass in Bewegung. Allein diese Handlung war schon widerlich genug. Der Schädel des Mannes war vollkommen haarlos, nicht einmal Augenbrauen hatte der Kerl.

Chemotherapie, schoss es Erik durch den Kopf. Vermutlich hatte der Typ im Krankenhaus gelegen, als die Sache losging und war dort mangels Pflege schlichtweg verreckt, denn ihm fehlten weder Gliedmaßen noch waren schwere Verletzungen an seinem Körper zu erkennen. Von dem alten Drecksack ging außerdem ein unfassbarer Gestank aus, der in den Lagerraum zog und sich mit dem süßlichen Geruch im Innern zu einem abscheulichen Geruchsbrei vermischte.

Erik lag noch immer auf dem Boden und starrte wie gebannt in die Augen des toten Mannes, der seine nähere Umgebung mit boshaftem Blick nach Nahrung sondierte. Kurz vor der Rampe blieb das Ding unvermittelt stehen und fing an zu wittern. Streckte seine Nase nach oben in die Luft. Der Zombie wurde auf einmal hektisch, wie ein Fährtenhund, der eine Spur aufgenommen hatte.

Aus seinem Mund liefen vor Aufregung eitrige Fäden, als er plötzlich mitten in seinen Bewegungen verharrte. Erik wurde stocksteif und hielt die Luft an. Im dem Augenblick, in dem das Monster seinen Kopf in Richtung Tor drehte und damit begann, sich an der Rampe hochzuziehen, war Erik klar, dass der Zombie ihn entdeckt hatte.

Seine unterkühlten Knochen und Muskeln protestierten schmerzhaft, als er hastig auf die Füße sprang und vom Tor weg zur Verbindungstür zum Supermarkt rannte, denn auf einen Kampf wollte er es nicht ankommen lassen. Das Stöhnen steigerte sich schnell zu einem bösartiges Fauchen, als die beiden Toten sich Zähne fletschend auf die Laderampe zogen, um danach auf allen vieren durch das geöffnete Rolltor in das Gebäude zu kriechen.

Der Alte zog rasselnd die Luft ein und fing an zu rennen. Er wusste genau, wohin der Mensch geflohen war. Erik bekam davon nichts mehr mit, denn er befand sich bereits im Discounter und sah noch, wie sich die Verbindungstür hinter ihm schloss.

ANDERS ALS ERWARTET

Es war bereits Mittag, als Susan und Markus eine Veränderung im Verhalten der Dinger feststellten. Der Dunst hatte sich verzogen und wurde durch ein trübes Licht ersetzt, das träge durch den mit Wolken bedeckten Himmel sickerte. Die meisten Toten hatten inzwischen damit aufgehört, herumzulaufen und standen nun mit hängen Schultern bewegungslos und stumm wie ausgeschaltet auf der Straße. Auch auf der anderen Seite der Werkstatt war es ruhig geworden.

Die beiden wechselten einen ratlosen Blick. Es fiel ihnen schwer, die neue Situation einzuschätzen. Bisher waren die Zombies ohne Schlaf und Ruhezeiten ausgekommen, hatten einfach immer weiter gemacht, unabhängig vom Wetter und von allen anderen Begebenheiten. Verlor einer seine Beine, kroch er eben auf dem Bauch weiter. Für die gab es weder Müdigkeit, noch Nacht oder Tag. Wenn überhaupt, dann hatten die Viecher bisher tagsüber etwas beweglicher und aktiver gewirkt als bei Dunkelheit.

Dieses neue Verhalten war mehr als befremdlich. Markus setzte sich neben Susan auf die Werkbank und ließ ratlos die Beine baumeln. Er war müde und ausgebrannt, genoss aber das angenehme Gefühl, als Susan sich neben ihn setzte und ihren Kopf an seine Schulter lehnte. Gedankenverloren spielte sie mit dem breiten Silberring an seinem Finger, während Markus an die sehr intimen Momente der vergangenen Stunden dachte.

Wie die Tiere waren sie übereinander hergefallen. Hier auf dieser Werkbank, in all ihrem Schmutz und Dreck, hatten sie sich hart und fern jeder Zärtlichkeit vereint. Schnell und hastig und ziemlich animalisch. Susan hatte sich dabei ihr Handgelenk blutig gebissen, um ihr Stöhnen zu unterdrücken, was beide nur noch wilder gemacht hatte.

Danach lagen sie schweißnass und schwer atmend einfach nur da und starrten die Decke an, bis die Kälte in ihre Knochen drang und sie daran erinnerte, dass es wohl besser wäre, sich langsam wieder anzuziehen.

„Susan, wir sollten uns überlegen, wie es weitergeht. Erik wartet drüben auf uns und wird sich sicher schon Sorgen machen."

Markus flüsterte die Worte mehr, als dass er sie sprach. Nicht nur Hunger und Kälte sondern vor allem die Aussicht auf Medikamente und einen frischen Verband aus der Apotheke im Einkaufszentrum trieben ihn dazu an, dass Risiko einzugehen und erneut die Straße zu überqueren.

Er machte sich große Sorgen um sein verletztes Bein. Die Wunde hatte sich entzündet und pochte schmerzhaft. Käme noch Fieber hinzu, war es aus und das wusste er genau. Noch dazu fühlte sich die kleine Sprühflasche mit dem Medikament leer an und das war gar nicht gut. Susan nickte und legte ihre Hand auf sein Bein.

„Soll ich dir mal was sagen?"

Markus zog neugierig eine Augenbraue nach oben, während sie fortfuhr.

„Als die Dinger am Bus über uns herfielen, nun, da hab ich mir nicht nur Sorgen um Erik gemacht, sondern auch um dich. Weiß auch nicht genau warum, ich kenn' dich ja im Grunde kaum. Jedenfalls war es so. Ich dachte darüber nach, wo ihr seid und wie ich zu euch kommen kann. Dein Hund war es dann auch, der mich gerettet hat. Der hat das Monster angefallen, als ob es kein Morgen mehr geben würde. Verdammt, ohne den tapferen Kerl wäre ich jetzt nicht hier. Und jetzt sitzen wir hier in dieser scheiß-ausweglosen Situation, aber ich weiß, dass wir es schaffen werden, denn ..."

Markus legte ihr einen Finger auf ihre Lippen, um ihren Redeschwall zu stoppen, denn er wusste, wie solche Gespräche in der Regel liefen, und er hatte kein Interesse daran, dass sie sich zu sehr an ihn klammerte.

„Nein, sprich nicht weiter Susan. Es gibt für nichts eine Sicherheit, für rein gar nichts. Verstehst du?"

Früher oder später würde es dazu kommen, dass einer von ihnen verletzt oder gebissen wurde oder anderweitig draufging und es ergab keinen Sinn, dass der andere sich dann ebenfalls opferte.

Markus hatte nicht vor, es soweit kommen zu lassen, denn er hatte noch immer sein Ziel vor Augen und daran würden die vergangenen Stunden auch nichts ändern.

„Hör mal, ich weiß nicht wie es weitergeht und wie weit wir es überhaupt schaffen werden. Womöglich gehen wir ja schon bei dem Versuch drauf, das Einkaufzentrum zu erreichen. Ich kann dir nur versprechen, dass ich dich nicht im Stich lassen werde, solange ich dazu in der Lage bin, Einfluss auf die Situation zu nehmen. Okay?"

Markus versuchte, die Worte betont sachlich klingen zu lassen, doch am Ende klangen sie zu weich und wenig überzeugend. Susan sprang von der Werkbank und ging zur Tür.

„Ich bin einfach nur glücklich, nicht allein zu sein, das ist alles. Mehr nicht", murmelte sie dabei leise.

Dann bereiteten sie sich auf ihren Ausbruch vor. Susan hatte sich eine Schweißerschürze aus Leder umgebunden und sich schmutzige Stulpenhandschuhe, ebenfalls aus Leder, über ihre Hände gestreift. Die Handschuhe hatte sie zusammen mit der Schürze auf dem schweren Schweißgerät hinten in der Ecke gefunden. Auf die Innenseiten der Handschuhe hatte jemand mit Filzstift „Ali" geschrieben. Sie musste lachen, denn „Ali" war mit Sicherheit schon tot und würde die Sachen nicht mehr brauchen.

In ihrem Gürtel steckte ein schwerer Fausthammer und in der Hand hielt sie eine rot lackierte Brechstange. Der Hammer wog alleine schon mindestens ein Kilo. Sie versuchte, sich mit einem Lächeln Mut zu machen und sah Markus an.

„Ich bin bereit, wenn du es bist."

Demonstrativ hielt sie die Brechstange nach oben. Ihr Gegenüber musste grinsen und hoffte, dass ihr das Zeug wenigstens ein bisschen Zuversicht gab. Die Frau sah aus wie eine Serienmörderin aus einem schlechten Horrorfilm. „Die Hammermörderin" oder so was in der Art. Während Susan anscheinend ihr Selbstvertrauen wiedererlangt hatte, hatte Markus gar kein gutes Gefühl dabei, die Werkstatt zu verlassen. Immerhin war ihm als Waffe sein Streitkolben geblieben. Also nickte er knapp und sah ihr in die Augen.

„Gut, dann sollten wir keine Zeit mehr verlieren. Besser wird die Lage eh nicht mehr."

Die Hofseite und somit die Tür schieden aus, denn es gab auf dieser Gebäudeseite kein Fenster, um die Lage zu überprüfen. Also blieben die Fenster der Vorderseite. Auf der Straße hatten die Toten ihre Pause beendet und einige waren sogar schon weitergezogen, zurück zu den Löchern, aus denen sie gekrochen waren. Es waren vielleicht noch drei oder vier, die jetzt direkt vor der Werkstatt herumstanden.

So einfach ihr Plan auch war, so gefährlich war er. Sie wollten aus dem Fenster auf die Straße springen und so schnell wie möglich zum Rolltor laufen, wo hoffentlich Erik auf sie wartete. Weiter konnten sie nicht planen, denn was jenseits der Buschreihe war, blieb ihnen von ihrer Warte aus verborgen. Markus sah Susan noch einmal in die Augen und nahm sie bei den Schultern.

„Schaffst du das wirklich, Susan? Bist du dir absolut sicher?"

Sie leckte sich über ihre rissigen Lippen, schluckte hart und nickte dann tapfer.

„Markus, wenn wir hierbleiben werden wir sterben. Wir haben keine andere Wahl, oder?"

Susan nahm Markus ein letztes Mal in die Arme, drückte ihn kurz und öffnete dann das Fenster. Geschmeidig zog sie sich nach oben und glitt, ohne weiter über all das nachzudenken, nach draußen. Markus blieb gar keine andere Wahl, als der Frau zu folgen.

Kaum standen sie unter dem nun für sie unerreichbaren Fenster, kam Bewegung in die bisher unbeteiligt herumstehenden Toten. Suchend und in der Luft witternd drehten sich die Toten zu ihnen um, einer nach dem anderen. Jetzt gab es kein Zurück mehr, also wechselten sie einen schnellen Blick und rannten los.

Sobald die Zombies die Bewegungen der Lebenden erfasst hatten, kroch ein widerwärtiges Stöhnen aus ihren vertrockneten Hälsen und alarmierte die anderen. Die Maschinerie des Todes kam auf Touren. Unaufhaltsam und ohne Kompromisse.

Als ihnen die ersten Zombies ungeschickt hinterher stolperten, hatte das Pärchen bereits die Buschreihe erreicht. Sie hatten unglaubliches Glück, denn hinter der Buschreihe lauerten keine Toten auf sie. Doch dafür hatten sie ein anderes Problem: Markus' Bein meldete sich schon nach wenigen Schritten derart schmerzhaft zu Wort, dass er laut aufstöhnte, sobald er es belastete.

Mit zusammengebissenen Zähnen rannte er humpelnd weiter, denn stehenbleiben war keine Option. Noch bevor die ersten Zombies die Büsche durchquert hatten, war Susan bei der Rampe und zog sich geschickt nach oben. Sofort sah sie sich nach ihrem Begleiter um, der noch die Hälfte des Weges vor sich hatte.

Hinter ihm brachen ihre toten Verfolger durch die Büsche und strömten auf den Platz. Wie bei einer Meute, die ein verzweifeltes Kaninchen hetzte. Das lebende Fleisch vor Augen, wurden ihre Schritte immer schneller. Gehetzt zog Markus seinen Streitkolben und sah nach oben zur Rampe.

„Mach, dass du da reinkommst, Susan, und hol Erik!"

Susan schüttelte den Kopf und hob die Brechstange.

„Verdammt, beeil dich!", zischte sie.

Markus erreichte die Rampe und begann damit, sich nach oben zu ziehen. Doch auf halber Strecke versagte ihm die Kraft und seine Beine hingen noch immer in Reichweite der Kreaturen. Allein deren beißender Gestank genügte, um zu wissen, dass die Toten ihm dicht auf den Fersen waren. Das würde verdammt knapp werden!

Susan erkannte seine Notlage und erklomm selbst die Rampe. Dann ging sie in die Hocke und packte den verzweifelten Mann kurzerhand am Kragen. Als der sich mit einem lauten Aufschrei nach oben schwang, brach seine Beinwunde vollends auf.

Mit zusammengebissenen Zähnen stand er endlich schwer atmend auf der Rampe und spürte, wie sein Blut im Hosenbein nach unten lief. Aber es blieb keine Zeit, um nachzudenken, denn die ersten Drecksäcke hatten ebenfalls die Rampe erreicht und streckten bereits ihre fauligen Finger nach ihnen aus.

„Susan, geh rein und sieh zu, dass du Erik findest, verdammt!"

Noch während er sprach, schlug Markus einem der Toten den eisernen Kopf seiner Waffe auf den räudigen Schädel. Krachend splitterte der Knochen und grauschwarze Hirnmasse spritze über die rasende Gesellschaft unterhalb der Rampe. Inzwischen herrschte ein regelrechtes Gedränge und schon zog sich ein weiterer ungelenk oben. Von Erik war nichts zu sehen. Susan wollte schon durch das Tor kriechen, zuckte aber dann erschrocken zurück.

„Verdammt Markus, da drin stinkt es wie in einem Schlachthof, da geh ich nicht rein!"

Der Angesprochene kümmerte sich bereits um den kecken Kletterer und verpasste ihm einen gezielten Schlag auf die Finger, so dass dieser nach hinten in die Menge kippte. Aus dem Augenwinkel sah Markus, dass die ersten Zombies die Treppe am anderen Ende der Rampe erreicht hatten und nach oben stürmten. Ihnen blieben nur noch Sekunden, um sich in Sicherheit zu bringen.

„Rein, verdammt, wir müssen hier weg!", schrie Markus.

Ohne auf eine Antwort Susans zu warten, schubste er sie in den schmalen Spalt, den das Rolltor offenstand. Dann gab Markus einem der Toten noch einen Tritt und drehte sich um, damit er selbst durch den Torspalt kriechen konnte. Schon glaubte er, dass tote Hände seine Füße packen würden. Susan zog ihn auf der anderen Seite hastig auf die Beine, dann schob sie mit einem Ruck das Rolltor nach unten und schloss damit den Spalt.

„Und jetzt, verdammt? Wo steckt Erik, hm?", wollte sie wissen.

Draußen prallten die Drecksäcke an das Rolltor, sodass es laut schepperte. Markus sah sich gehetzt um. Wenn jetzt die Tür zum Einkaufszentrum geschlossen sein sollte, waren sie verloren. Schnell durchquerte er den Lagerraum. Der Gestank des Todes schwappte wie eine dunkle Welle hinter ihnen her. Hinter ihm flammte Susans Taschenlampe auf.

Als einer der Rollcontainer hinter ihnen krachend umgestoßen wurde, wussten sie auch ohne sich umzublicken, dass die Toten das Tor schneller als erwartet überwunden hatten. Die Stahltür zum Supermarkt zeichnete sich vor ihnen als rechteckiger heller Fleck in der ansonsten dunklen Wand ab. Sie stand sperrangelweit offen und das gefiel Markus überhaupt nicht.

Der faulige Gestank benebelte bereits ihre Sinne und steigerte sich immer mehr. Ihre letzten Reserven mobilisierend, stürmten sie auf den Rettung verheißenden Durchgang zu, gefolgt vom gierigen Stöhnen der Monster und dem Getrappel unzähliger Füße. Kaum dass sie den Türrahmen durchquert hatten, packte Markus die schwere Stahltür und warf sie mit aller Kraft ins Schloss. Um sicher zu gehen, dass sie auch wirklich einrastete, stemmte er sich noch mit seiner Schulter dagegen. Susan ließ ihre Brechstange fallen und tat es ihm gleich.

Kaum dass sie das metallische Klacken des Riegels vernommen hatten, prallten die toten Leiber so heftig an die Außenseite der Tür, das diese in ihren Angeln erbebte.

„Verdammte Scheiße!", fluchte Markus.

Susan hob die Taschenlampe auf und leuchtete in den Laden.

„Da stimmt was nicht. Wo ist Erik?"

Markus beschlich ein ungutes Gefühl. An die Wand gelehnt verpasste er sich drei dringend benötigte Sprühstöße, um wieder Luft zu bekommen und sah sich um. Als er mit Erik den Laden verlassen hatte, standen die Waren ordentlich sortiert in sauberen Reihen in den dafür vorgesehenen Regalen. Doch nun herrschte Unordnung. Eine Schachtel Cornflakes war sogar zerrissen und hatte ihren Inhalt überall auf dem Boden verteilt. Markus ergriff Susans Arm.

„Keine Spur von Erik! Und hier, die Regale, das sah alles anders aus, als ich weg bin. Das ist was schiefgelaufen. Außerdem hätte Erik niemals die Tür hinter sich offen gelassen!", sprach er mit leiser Stimme.

Susan wich zurück und spürte das kalte Metall der Tür im Rücken. Sofort fing ihre Wirbelsäule an zu kribbeln, ein sicheres Zeichen dafür, dass sie Angst hatte. Sie drehte sich zu Markus um und öffnete den Mund.

„Meinst du, welche von den Toten sind irgendwo hier drin?"

In diesem Moment donnerte etwas ziemlich heftig gegen die Tür, sodass diese ein weiteres Mal in ihren Verankerungen erbebte. Susan sprang mit einem lauten Aufschrei rückwärts und ließ dabei die Taschenlampe auf den Boden fallen. Im umher rollenden Lichtkegel sah Markus die panische Frau mit vors Gesicht geschlagenen Händen auf dem Boden kauern. Sie war förmlich in die Knie gegangen.

„Ich halt das einfach nicht mehr aus!", wimmerte sie verzweifelt.

Unablässig droschen nun die Fäuste gegen die Tür und drang das Fauchen der Kreaturen durch den Stahl. Überzeugt, dass die Tür zumindest eine Weile halten würde, ging Markus vor Susan in die Knie und nahm sie behutsam in die Arme.

„Susan, mit ist klar, dass du fertig bist, geht mir auch nicht anders. Aber wir müssen zusehen, dass wir hier die Lage checken und Erik finden, der muss hier doch irgendwo sein. Und dazu brauche ich deine Hilfe, verstehst du?“

Sein Versuch, sie mit sanfter Gewalt auf die Beine zu ziehen, schlug fehl, denn sie stemmte sich mit aller Kraft dagegen. Fluchend stand er wieder auf und sah sich um. Irgendwo in den verzweigten Gängen des Gebäudes erklang plötzlich ein hohles Fauchen, was Susan nur noch mehr zum Wimmern brachte und jetzt auch bei Markus die Angst schürte. Aufgeregt leuchtete er zwischen den Regalen hin und her. Die Angst jagte seinen Puls in die Höhe. Sein Gehirn arbeitete fieberhaft und versuchte erfolglos, einen Ausweg zu finden, der sie nicht direkt in die Arme der Toten trieb.

Da waren jedoch die Schmerzen in Bein und Lunge, die ihm sämtliche Kraft raubten und ob seiner eigenen Unzulänglichkeit wütend machten. Mit zitternden Beinen stand er da und fühlte, wie ein unbändiger Zorn in ihm aufstieg und sein Blut zum Rauschen brachte. Möglicherweise gab es gar keinen Ausweg und es würde hier und jetzt mit ihnen zu Ende gehen. Er spürte die leichte Berührung von Susans Hand auf seiner Schulter kaum.

„He, Markus, ist alles in Ordnung? Du bist auf einmal so blass!“

Zornig über sich selbst streifte er mit einer beiläufigen Bewegung ihre Hand ab.

„Lass mich, es ist alles prima“, zischte er. „Mein Bein bringt mich fast um und wir sind in ‘nem Einkaufzentrum eingeschlossen, in dem sich vermutlich Zombies befinden – und draußen sieht es auch nicht besser aus. Unser Freund ist spurlos verschwunden. Es könnte also gar nicht besser sein!“

Dann griff er sich seinen Streitkolben und humpelte los, ohne sich umzudrehen.

„Markus bleib hier. Bitte!“

Susans Worte klangen schwach und leise, doch er stapfte einfach weiter durch die Gänge und sah sich grimmig um. Kurz vor der Kasse brach er in die Knie. Aus und vorbei, er konnte einfach nicht mehr. Auf dem Boden schlug er seine Hände vors Gesicht und fing an zu schluchzen. Trotz seiner abweisenden Art war Susan ihm gefolgt. Zusammengesunken saß er nun wie ein Häufchen Elend vor ihr am Boden und verbarg sein Gesicht in den Händen.

Im Vorbeigehen sah Susan die teuren Champagnerflaschen in einem der Regale. Die konnten vielleicht helfen, also zog sie eine davon aus dem Fach und öffnete sie. Das Zeug schäumte wie verrückt und lief ihr klebrig über die Hände. Dann nahm sie erst mal selbst einen großen Schluck und reichte die Flasche an Markus weiter.

„Tut mir leid Susan, ich habe vorhin einfach die Beherrschung verloren. Scheiße, kaum kommt man irgendwo weiter, steht man vor dem nächsten Problem."

Resignierend schüttelte er den Kopf. Mit verlorenem Blick nahm er ihr dankbar die Flasche aus der Hand und nahm einen Schluck, danach noch einen und immer weiter, bis er die Flasche fast geleert hatte. Warm entfaltete der Alkohol seine Wirkung. Markus schüttelte erneut den Kopf.

„Ich weiß im Moment einfach nicht weiter, ich hab keinen Plan, was wir jetzt machen sollen oder wo Erik stecken könnte. Wir zappeln wie die Fische im Netz und ich frage mich langsam, ob das alles überhaupt noch einen Sinn ergibt."

Susan verstand den Mann nur zu gut.

„Ich verstehe, was du meinst, Markus, ich habe auch große Angst davor, hier in diesem Nichts zu sterben. Einfach nicht mehr da zu sein oder schlimmer noch, so zu werden wie die da draußen – das will ich nicht. Aber irgendwo gibt es bestimmt Rettung und ...", Tränen füllten plötzlich ihre Augen, „und bitte lass uns Erik finden und danach von hier verschwinden, hörst du?"

Flehend sah sie Markus an. Der hatte plötzlich einen Kloß im Hals, denn ihm wurde erneut bewusst, dass sich Susan an ihn klammerte und er anscheinend ihre letzte Hoffnung war.

„Susan, wohin soll uns das denn alles führen? Immer wieder sitzen wir irgendwo fest und früher oder später ist Ende. Vielleicht sieht es auf der ganzen Welt so aus und alles ist am Arsch. Und was dann, hm? Hast du schon mal darüber nachgedacht?"

In Markus Worten schwang Verzweiflung mit. Bisher hatte ihm sein Ziel, Speyer erreichen zu wollen, genug Kraft gegeben, um weiterzumachen. Aber nun saß er hier in einem schäbigen Einkaufszentrum in Weimar und war am Ende seiner Kräfte. Weit gekommen war er ja nicht. Susan ging in die Hocke und fuhr ihm sanft über das Gesicht.

„Bitte, gib nicht auf, ich brauch dich. Ich bin mir sicher, dass wir es zusammen schaffen werden.“

Sie nahm Markus die Flasche aus der Hand, um sie auszutrinken. Plötzlich spielte es keine Rolle mehr, ob sich schon Tote im Gebäude befanden oder was mit Erik war. Sie mussten Kraft schöpfen, um weitermachen zu können. Dazu gehörte auch, die eigene Angst zu ertränken. Susan griff träge nach oben und zog eine weitere Flasche aus dem Regal. Zwei Flaschen später hörten sie das Trommeln an der Tür schon gar nicht mehr, wahrscheinlich war es ihnen einfach egal.

ERKENNTNIS

Susan erwachte mit dem schalen Geschmack nach totem Vogel im Mund und einem ziemlich flauen Gefühl im Magen. Ihr Kopf schmerzte unter den Nachwirkungen des Alkohols und sie brauchte einige Zeit, um zu realisieren, dass es hell war und vor allem, dass dieses Licht durch die Oberfenster fiel und nicht von der Taschenlampe stammte.

Sie lag alleine in einem Haufen zerwühlter Fleece-Decken. Die hatten sie gestern kurz vor der letzten Flasche bei den Sonderangeboten gefunden. Eigentlich waren es Abschwitzdecken für Pferde. Schmerzhaft hatte sich eine der Verschluss-Schnallen in ihre Seite gebohrt und dort einen tiefen Abdruck hinterlassen. Sie konnte sich noch daran erinnern, dass sie die Glasfront zugeschoben hatten, um ungestört saufen zu können.

Irgendwo hämmerte etwas in einem nervigen Takt an eine Wand. Verstört sah sie sich um und begriff mit einem Schaudern, dass es nicht nur ihr Kopf war, der dieses Geräusch produzierte. Es waren die toten Dinger jenseits der Tür, vor der jetzt ein schweres Regal stand. Sie konnte sich nicht daran erinnern, wann und wie sie das an diese Stelle geschoben hatten.

Vermutlich weil es Markus einfach alleine getan hatte. Enttäuscht stelle sie fest, dass sich an ihrer Situation rein gar nichts geändert hatte. Ihre Verwirrung wurde noch größer, als sie aufstand und feststellte, dass sie nackt war und ihre Klamotten auf dem Boden verstreut herumlagen.

Susan hatte nicht die geringste Ahnung, was in den letzten Stunden geschehen war, denn ihr Gehirn weigerte sich standhaft, diese Informationen preiszugeben. Außerdem verspürte sie einen bohrenden Hunger, hatte einen Brand vom vielen Alkohol und musste zudem dringend pinkeln.

Sie ging also zu den Waschräumen des Personals, die sie gestern neben einem kleinen Büro gefunden hatten. Wenigstens daran konnte sie sich noch erinnern. Es gab zwar kein fließendes Wasser, aber immerhin ein vergittertes Fenster und ein Klo, auf dem man sitzen konnte, ohne Gefahr zu laufen, angegriffen und gefressen zu werden. Trotzdem kontrollierte sie den Abfluss, um vor Überraschungen sicher zu sein. Das hätte sie besser nicht getan, denn das Klo war alles andere als unbenutzt. Sie tat, was getan werden musste, und ließ den Raum so schnell es ging hinter sich.

Zwei Packungen Feuchttücher aus der Drogerieabteilung später und mit frischer, unförmiger Unterwäsche aus dem Regal am Leib machte sie sich schließlich auf die Suche nach Markus. Sie hatte keine Ahnung, wo er steckte, war sich aber sicher, dass er in der Nähe sein musste. Er hatte es ihr schließlich versprochen. Kurz bevor sie den Laden verließ, stillte sie noch ihren Hunger mit einer handvoll Müsliriegel aus dem Bioregal.

Abgesehen von diesen verdammten Kopfschmerzen, die sie schon die ganze Zeit plagten, fühlte sie sich fit und machte sich auf die Suche nach Markus. Wahrscheinlich war er zur Apotheke gegangen, um seine Wunde zu versorgen und nach diesen Medikamenten zu suchen, welche er ständig für sein Asthma brauchte.

Eine der Glastüren stand einen Spalt breit offen. Weit genug, um den Discounter zu verlassen. Sie lauschte, aber in den Gängen war es ruhig. Zu ruhig für ihren Geschmack. Dort, wo sich die Gänge kreuzten und der riesige Weihnachtsbaum stand, flutete durch eine Lichtkuppel kaltes Tageslicht herein und schuf eine unwirkliche, diffus erhellte Szenerie.

Susan traute sich nicht, laut nach Markus zu rufen, obwohl jede Faser ihres Körpers sie dazu drängte. Aber sie hatte zu große Angst, die Monster vor der Tür noch wilder zu machen. Also schlich sie still durch die kalten, verlassenen Gänge. Im Drogeriemarkt gegenüber waren die Regale durchwühlt und davor fand sie einen alten, blutigen Verband auf dem Boden. Markus konnte nicht mehr weit sein.

Susan kam an der offenen Tür des Trekkingladens vorbei und notierte auf ihrem geistigen Merkzettel, sich mit frischen Sachen zu versorgen, gleich nachdem sie Markus gefunden haben würde. Das war dringend notwendig, denn ihre Klamotten widerten sie einfach nur noch an. Erschrocken besah sie sich das Spiegelbild einer verdreckten, wahrscheinlich nach Pisse und Schweiß stinkenden Frau mit dunklen Ringen unter den Augen und fettigen Haaren in einem der vielen Schaufenster.

Dann endlich fand sie Markus. Er stand am anderen Ende in der Nähe der großen Ausgangstür und starte durch ein heruntergelassenes Gitter in einen kleinen Laden. In seiner linken baumelte der Streitkolben. Irgendetwas stimmte hier nicht, stimmte ganz und gar nicht. Sie beschlich ein ungutes Gefühl und es wurde mit jedem Schritt, mit dem sie sich dem Mann näherte, immer stärker.

Markus drehte kurz den Kopf und sie sah seinen verzweifelten Blick, dann wandte er sich wieder ab und blickte durch das Gitter in den Laden dahinter. Susan bekam Angst und ihre Schritte wurden schneller. Sie spürte auf einmal die Gegenwart des Todes. Dann hatte sie ihn endlich erreicht und sah ebenfalls in den Laden. Ein Schlag in die Magengrube hätte nicht härter sein können. Ein Schlag, der jede Hoffnung, jede Illusion auf Rettung zunichte machte.

Das winzige Geschäft war ein Tabakladen. Einer von der Sorte, wo man seinen Lottoschein abgeben und Zeitschriften kaufen konnte. Der winzige Raum war total verwüstet, die wenigen Möbel waren zerschlagen und das Inventar wild verstreut. Selbst die Eingangstür war aus den Angeln gerissen und zersplittert. Direkt hinter dem geschlossenen Fallgitter lag der leblose Körper eines alten Mannes mit eingeschlagenem Kopf auf dem Boden. Es war grotesk, denn der Alte trug einen Schlafanzug und einen blauen Bademantel. Braune Flecken zeugten von der Entleerung seines Körpers im Augenblick des Todes. Jetzt lag er da und verbreitete einen fürchterlichen Gestank.

Hinter den Trümmern der Theke waren die nackten Füße einer weiteren Person zu sehen, anscheinend handelte es sich um eine weitere Leiche. Doch dies alles war nur eine schlechte Kulisse, denn das Grauen saß auf dem einzigen intakten Möbelstück des Ladens, einem alten Holzstuhl mit dunkelbrauner zerkratzter Lackierung.

Es war Erik. Aber es war nicht der Erik, den sie kannte. Nicht der zielstrebige, entschlossene Mann, der immer wusste, was zu tun war. Seine Kleidung war zerfetzt und von oben bis unten mit Blut beschmiert. Auf seinen Knien lag der abgebrochene Rest eines Baseballschlägers, die davon abstehenden Splitter waren dunkel verfärbt und glänzten feucht. Zuerst dachte sie, er sei unverletzt und nur vom Kampf gezeichnet, denn er hob erschöpft seine Hand, als er sie erkannte.

„Ah, Susan."

Eriks Stimme klang heißer und kratzte wie Sandpapier. Unbeholfen hatte er sich einen dreckigen Stoffstreifen um die Finger seiner rechten Hand gewickelt, aus dem jetzt dickflüssiges Blut tropfte. Die Ränder des notdürftigen Verbandes waren verkrustet und wölbten sich bereits nach oben. Aus tiefen Höhlen starrten sie seine trüben Augen in einer Mischung aus Verzweiflung und Gier unverhohlen an. Fahrig leckte sich der Mann über die Lippen.

„Schön, dass du auch hier bist, Susan. Um mich wie einen räudigen Köter verrecken zu sehen, was?"

Rasselnd sog er Luft ein, bevor er weitersprach.

„Hast es besser getroffen als Lucy. Markus hat mir alles erzählt, denn ich wollte unbedingt wissen, was los war."

Erschrocken schüttelte sie den Kopf.

„Erik nein, du verstehst es nicht. Du warst nicht dabei!"

Susan verstand die Welt nicht mehr. Das da war nicht Erik, und doch saß er direkt vor ihr, starrte sie an und spuckte mit Blutschlieren versetzten Speichel auf den Boden.

„Spar dir deinen Atem, du Schlampe! Ich weiß genau, was am Bus los war, denn ich hab es sozusagen aus erster Hand erfahren. Er ist in mir, und es gefällt mir auf seltsame Art, denn er sagt mir, was ist und was sein wird. Warum hast du nur überlebt, du Dreckstück, hm?"

Erik wurde von einem Hustenanfall geschüttelt. Blutiger Schaum lief dem Mann aus dem Mund und bildete Blasen auf seinen Lippen. In Susans Kopf rauschte es nur noch. Sie starrte wie gebannt in Eriks Augen und merkte nicht, wie sie sich an Markus' Arm klammerte, der noch immer bewegungslos dastand und ebenfalls in den Laden starrte. Eriks Mund öffnete sich wieder.

„Wisst ihr, lange überleben werdet ihr mich sowieso nicht. Wenn ich euch nicht erwische, wird es ein anderer tun, denn es gibt ja genügend von uns. Wir sind endlos in unserer Zahl. Denn mein Name ist Legion und wir sind viele!“

Wieder musste er so stark husten, dass er fast vom Stuhl kippte. Markus wurde von einem kalten Schauer gepackt und zitterte. Denn was Erik da zitierte, war ein Kapitel aus der Heiligen Schrift, damit kannte er sich aus.

Dieser Abschnitt erzählte davon, wie Jesus einige besessene Hirten von Dämonen oder was auch immer befreit hatte, indem er diese Unwesen in die Körper von Schweinen bannte, die sich dann in einen See stürzten und jämmerlich ertranken. Er glaubte sich auch daran zu erinnern, dass der Begriff „Legion“ oft als Dämon gedeutet wurde. Markus war sich absolut nicht sicher, ob Erik nun endgültig den Verstand verloren hatte und trotzdem weckten seine Worte eine ursprüngliche Angst vor dem Bösen in ihm. Es konnte bis zu Eriks Tod nicht mehr lange dauern.

„Erik, was meinst du damit? Legion, was ist das? Sag mir, was in dir vorgeht, hörst du? Ich muss es wissen!“

Erik sprach weiter:

„Halt dein Maul, Fleisch. Hier geht’s nicht um dich. Nicht jetzt, jedenfalls. Aber um *die da* geht es mir!“

Träge hob er die Hand und deutete auf Susan.

„Die da will ich. Zuerst ficken und dann fressen. Warum hat es Lucy erwischt und nicht dich, du dreckige kleine Nutte? Warst sowieso nur ein Anhängsel von uns, verstehst du? Hast es uns zu verdanken, dass du noch lebst und jetzt stehst du hier und blickst auf mich herab. Verfluchte Schlampe, dein Leben gegen das von Lucy, jederzeit!“

Susan sah ihn nur an, öffnete den Mund und konnte nur stammeln.

„Nein Erik, das ist nicht wahr. Ich konnte doch nichts tun. Tobias war schuld. Nicht ich. Bitte, sag das nicht, bitte denk nicht so von mir.“

Wütend spie Erik einen Klumpen klebriges Blut auf den Boden, als er ihre Tränen sah, die nun in wahren Bächen über das Gesicht der Frau liefen. Markus machte ein verbittertes Gesicht und nickte.

„Du weißt genau, dass sie nur Glück hatte, den Angriff zu überleben. Einfach nur Glück, verstehst du? Es lag weder in ihrer, noch in unserer Macht, etwas daran zu ändern."

Erik drehte mühsam seinen Kopf und sah Markus böse an.

„Klar, dass ausgerechnet du das so siehst, du fickst sie wahrscheinlich inzwischen sowieso schon, ist es nicht so? Brauchst nicht zu lügen, denn ich kann es riechen, merke wie nass sie noch zwischen ihren Beinen ist. Ich rieche eure Angst, euer Blut, einfach alles. Ihr gehört nicht zur Familie, verseht ihr?"

Susan stieg das Blut in den Kopf und sie bemerkte, wie Markus sich anspannte. Beschwichtigend legte sie ihm die Hand auf den Arm, konnte aber nicht verhindern, dass er ganz dicht an das Gitter herantrat. Das hier war nicht mehr Erik.

„Erik, du bist so ein blödes Arschloch, weißt du das? Sitzt hier und verreckst und gibst anderen die Schuld daran. Lucy würde kotzen, wenn sie dich jetzt so sehen könnte."

Es raschelte wie trockenes Papier, als das Erik-Ding lachte. Es klang wie das Krächzen eines alten Vogels und nicht wie die Stimme eines Menschen. Sein Gesicht war dabei fast bis zur Unkenntlichkeit zu einer Fratze verzerrt. Vielleicht war tatsächlich etwas Dämonisches in ihm. Blut spritzte schaumig zwischen seinen geöffneten Lippen hervor, als er weitersprach.

„Wir hätten dich Arschloch einfach zurücklassen sollen, bist mir schon zu Anfang auf die Nerven gegangen. Aber sei gewiss, bald, schon sehr bald sind wir die Herren dieser Welt und ihr nur noch eine belanglose Erinnerung in der Geschichte!"

Markus' Kiefer knackte, als er sich noch weiter zum Gitter beugte.

„Das ist doch nicht einfach nur eine Krankheit, die in dir wütet, oder? Sag mir, was das ist, komm schon, verdammt!"

Das Erik-Ding grunzte amüsiert.

„Eine Krankheit? Nein, du weißt, was wir sind. Du sollst auch wissen, dass wir etwas ganz Besonderes mit dir vorhaben. Dass du 'ne Rolle spielst. Du und deine Freundin Sabine."

Markus' fassungsloser Blick bracht das Erik-Ding zum Lachen.

„Och, jetzt hat er aber Angst. Und jetzt verpisst euch endlich!"

Susan ließ Markus los und ging tatsächlich. Sie konnte es nicht mehr ertragen, ihren Freund so zu sehen. Sie betete darum, dass er endlich still sein würde. Dass er aufhören würde, mit diesen bösen Worten, die einfach nicht stimmten. Traurig wischte sie sich ihre Tränen ab und ging, ohne sich noch einmal umzudrehen. Sie musste weg von diesem Ding, welches einmal Erik gewesen war. Doch es gab kein Entkommen, denn durch die Gänge hallte noch lange sein hohles und bösartiges Lachen.

Es sollte noch Stunden dauern, bis das Erik-Ding endlich starb und doch nicht am Boden blieb. Markus wich nicht eine Minute von seiner Wacht und ließ die immer wüsteren Beschimpfungen ohne ein weiteres Wort über sich ergehen. Erik konnte nicht ahnen, welchen Kampf Markus in seinem Innern ausfocht.

Er musste an die biblische Geschichte von Lazarus denken, dessen Schwester Martha Jesus darum bat, ihren Bruder von den Toten aufzuwecken. Vier Tage schon hatte dieser in der durch einen großen Stein verschlossenen Höhle gelegen. Sie rollten den Stein vom Eingang weg und Jesus rief mit erhobener Stimme, dass der Leichnam aufstehen und heraustreten solle, aber nicht ohne dabei zu vergessen, Marta daran zu erinnern, dass sie, quasi als Gegenleistung, immer stark im Glauben sein solle.

Der Leichnam trat heraus und sie lösten dessen Binden und das Schweißtuch, welches sein Gesicht verbarg. Markus fragte sich, wie es wohl darunter ausgesehen haben mag und sah zwangsläufig all die wandelnden Toten vor sich, deren Gesichter sich für immer in sein Hirn gebrannt hatten. War dies alles vielleicht am Ende doch der Zorn Gottes über seine selbstherrlichen Kinder?

Während er so dastand und dem Mann beim Sterben zusah, verging viel Zeit. Das Licht, welches durch die große Kuppel fiel, änderte sich allmählich und wich einem abendlichen Dämmern. Das Erik-Ding hatte aufgehört zu Fluchen und lag nun mehr auf dem Stuhl, als das es saß. Seine Arme hingen schlaff nach unten und sämtliche Kraft war aus seinem Körper gewichen.

Sein Gesicht war jetzt hohlwangig und grau, seine Augen blickten nur noch stumpf vor sich hin und waren ohne jeden Glanz. Darm und Blase hatten sich schon vor einer Stunde in seine Hose entleert und die klebrig braune Flüssigkeit lief ihm jetzt aus den Hosenbeinen über die Schuhe und bildete auf dem Boden eine stinkende Pfütze.

Mit Sicherheit gab es keine unwürdigere Art zu sterben, als in seiner eigenen Scheiße zu liegen. Markus konnte nichts weiter tun als fassungs- und hilflos dabei zusehen. Er hatte nicht den Mut, das Erik-Ding von seiner Pein zu erlösen. Die Angst, ob nicht vielleicht doch etwas anderes in ihm sein könnte, war einfach zu übermächtig. Ständig hatte er den Doktor und seine scheußlichen Gehilfen vor Augen. Auch sie hatten etwas Dämonisches an sich gehabt, etwas derart Boshaftes und Fremdes, dass er jetzt noch Angst bekam, wenn er daran dachte. Was, wenn es gar keine Krankheit war, sondern der sterbende Mann hinter dem Gitter recht gehabt hatte? Markus fühlte, wie sich die feinen Haare auf seiner Haut aufrichteten und verwarf diesen Gedanken sofort wieder. Das war einfach zu abscheulich, um wahr zu sein.

Schließlich entwich Eriks letzter Atemzug mit einem leisen Röcheln und der Lebensfunke in seinen Augen erlosch vollends. Markus schluckte hart und kämpfte seine Gefühle mit mäßigem Erfolg nieder. Er ertappte sich dabei, wie er leise ein Gebet murmelte, konnte aber nicht sagen ob er es für den soeben Verstorbenen oder sich selber sprach. Doch er blieb auf seinem Posten und wartete. Wartete darauf, dass die Verwandlung einsetzen würde.

Eine ganze Weile geschah gar nichts, aber dann, nur Minuten später, fing der noch warme Leichnam an zu zucken und hob mühsam den Kopf. Da war nichts Menschliches mehr in seinen Zügen. Sein Kiefer klappte nach unten und seine Zunge fing damit an, zwischen den Zähnen hin und her zu gleiten, so wie es die Auferstandenen immer taten. Der ehemals lebhafte Blick war dem milchig-weißen Starren der Toten gewichen.

Ohne Umschweife stand das Ding auf und ging mit bösartigem Röcheln langsam auf Markus zu, der noch immer jenseits des Gitters stand. Mit jedem Schritt setzte die Leiche ihre Füße sicherer auf den Boden und wurde schneller. Erfolglos griff sie durch die Stäbe und mühte sich ab, ihn zu erreichen. Markus wich schaudernd zurück.

„Leb' wohl Erik, möge Gott deiner Seele gnädig sein."

Dann wandte er sich ab und machte sich auf die Suche nach Susan, denn auch jetzt noch brachte er es nicht übers Herz, dem Unleben im Tabakladen ein Ende zu bereiten.

Susans Tränen waren erst Stunden später versiegt. Es fiel ihr schwer, die Kraft zu finden, um sich wieder aus der Ecke zu erheben, in die sie sich voller Angst geflüchtet hatte. Sie war nicht schuld an der Sache mit dem Bus, das wusste sie ganz genau. Daran, dass die anderen tot waren, trugen einzig und allen die Leichensäcke Schuld. Und Steven natürlich, der mit dem Bus abgehauen war. So sehr sie auch versuchte, sich einzureden, dass es nur die Krankheit war, welche Erik dazu getrieben hatte, so etwas zu sagen, fing sie dennoch an, sich Vorwürfe zu machen und an ihrem eigenen Handeln zweifeln.

Dann waren die Tränen nicht nur versiegt, sondern auch getrocknet und sie zwang sich dazu, aufzustehen und weiterzumachen. Eriks Prophezeiung durfte nicht wahr werden. Die Toten durften einfach nicht gewinnen.

Als Markus dann am Abend zurückkehrte, fand er Susan in sauberer Kleidung und frisch gewaschen neben dem Supermarkt am Tisch eines Kaffees sitzen. Ihr Haar verströmte einen angenehmen Duft nach frischen Blüten und sie war sauber. Als die Frau ihn kommen sah, stand sie auf und kam ihm ein paar Schritte entgegen. Wortlos nahm er sie in die Arme.

„Es ist vorbei", flüsterte er in ihr Ohr. „Erik hat die Grenze überschritten und gehört jetzt zu den anderen."

Susan nickte. „Das hat er vorher schon getan." Ihre Verzweiflung hatte sich in eine grenzenlose Wut auf diesen Typen gewandelt. „Du, vielleicht bin ich bescheuert", fuhr sie fort, „aber ich verstehe das nicht. Was geschieht mit den Leuten, was macht die so derart böse und gemein? Erik war so fremd auf einmal."

Markus kratzte sich am Kopf. Jetzt war der Zeitpunkt gekommen, um Susan zu erzählen, was er in Platkow erlebt hatte. Er musste es endlich loswerden. Musste ihr erzählen, was er sich aus all dem zusammenreimte. Die Sache mit dem Doktor und den Toten, die seine Befehle befolgten und der unfassbaren Bösartigkeit seines Handelns, welches sich mit den Worten Eriks deckte.

Vielleicht würde er ihr auch erzählen, dass er die Theorie der Besessenheit durch Dämonen für gar nicht so abwegig hielt. Also setzte er sich hin und fing an zu reden. Während er sprach, entschied er sich dazu, ihr alles zu sagen und nichts von dem auszulassen, was er im Zusammenhang mit den Toten erlebt hatte. Und er fing ganz am Anfang bei Daniel an.

Susan hatte ihm am Ende über eine Stunde zugehört, hatte Fragen gestellt und zwischendurch sogar selbst Vermutungen geäußert. Das war ihr Gebiet, darin war sie stark. Rückschlüsse ziehen, Fakten zusammenführen, auswerten. Thesen aufstellen. Lösungen finden.

„Markus, wenn das wirklich alles stimmt, sind wir am Arsch, ist dir das klar? Dann sind wir die lebenden Toten."

Er sah ihr in die Augen und nickte.

„Das stimmt. Aber nur so können wir dagegen angehen und vielleicht aus dieser Scheiße hier rauskommen. Du, ich habe da echt keine andere Erklärung. Was soll die Toten denn sonst wieder auferstehen lassen? Und warum zur Hölle läuft ein Körper in der Gegend herum, obwohl er tot ist, hm?"

Hilflos zuckte sie mit den Schultern.

„Es stimmt schon, nur etwas vollkommen Fremdes wäre dazu in der Lage – so blödsinnig sich das auch anhören mag. Viren oder Mikroorganismen, nun, das ist schlichtweg Schwachsinn, denn die können keinen Körper und schon gar keine motorischen Funktionen ohne Gehirn am Laufen halten. Aber trotzdem, ich tue mir schwer, mich damit abzufinden. Weißt Du, meine Eltern sind beide Ärzte, sogar ziemlich erfolgreiche Ärzte.

Es galt bei ihnen immer nur das als wahr, was man durch Wissenschaft auch einwandfrei belegen konnte. Und jetzt stehe ich hier und fange an, an das Böse zu glauben oder wie immer du das nennen willst. Nein, falsch, ich muss daran glauben, denn mir bleibt gar keine andere Wahl. Das ist verdammt schwer und eine größere Scheiße, als ich mir jemals hätte vorstellen können."

„Susan, das geht mir doch auch so", erwiderte Markus, „aber jetzt steht an erster Stelle, dass wir von hier wegkommen. Dass wir in die sichere Zone kommen."

Damit war erst mal alles gesagt. Kurz darauf schleppte Markus einen Gaskocher aus dem Trekkingladen und sie kochten sich ein paar Dosen Eintopf aus dem Supermarkt. Zuerst galt es, sich die Bäuche zu füllen, denn mit vollem Bauch plante man bekanntlich besser. Was die Versorgung betraf, hätten sie es hier sicherlich

Monate ausgehalten. Es war alles da. Und zwar im Überfluss. Es gab sogar einen Laden mit Büchern und Spielen.

Es gab eine großzügige und sehr bequeme Sitzecke bei einem Herrenausstatter, auf der man prima schlafen und vögeln konnte. Vielleicht wäre es tatsächlich keine schlechte Idee gewesen, einfach abzuwarten bis die Toten da draußen verfaulten und sie keine Muskeln mehr hatten, um aufrecht gehen zu können. Aber Markus wollte noch immer nach Speyer.

Das größte Problem der Planung ihrer Flucht waren die vielen unbekannten Umstände, welche ihren Ausbruch innerhalb von Sekunden vereiteln konnten. Klar war nur, dass der Hinterausgang über die Laderampe nicht in Frage kam, denn dort wurden sie schon sehnsüchtig erwartet.

Zwei Flaschen Bordeaux später saßen sie bei Kerzenlicht in Decken gehüllt auf der Sitzgruppe des Herrenausstatters vor dem unechten Kamin und hatten einen ihrer Meinung nach brauchbaren Plan gefasst. Ihr Weg sollte sie in den frühen Morgenstunden durch den Notausgang über das Treppenhaus und von dort auf das Dach führen, um sich von oben einen Überblick zu verschaffen.

Da weder Susan noch Markus ein Auto aufbrechen oder gar kurzschließen konnten, schieden die abgestellten Fahrzeuge auf dem Parkplatz aus. Es kamen nur Autohändler oder Werkstätten in Frage, welche die Schlüssel zu den einzelnen Fahrzeugen zentral und durchnummeriert aufbewahrten, so dass man sie leicht finden und zuordnen konnte.

Auf einem Stadtplan fanden sie in der Erfurter Straße gleich mehrere Händler. Um dorthin zu gelangen, mussten sie nur das Einkaufszentrum gegenüber der Laderampe verlassen, danach eine kleine Straße überqueren, durch ein Parkhaus laufen und einen großen Park durchqueren und am Ende noch durch ein kleineres Wohngebiet. Alles in allem und unter normalen Bedingungen vielleicht eine Viertelstunde Fußmarsch, eher weniger.

Susan und Markus waren sich sicher, dass sie es trotz seiner Beinwunde schaffen würden. Die Alternative zu ihrem Plan war, abzuwarten bis irgendeine der Türen dem Ansturm der Monster nachgab und es im Innern des Gebäudes mit dem Leben zu Ende ging.

Wie jeden Morgen wurde Markus vom Gedudel seines Radioweckers exakt um Null-Sechshundert geweckt, es war wieder einmal Zeit, sich aus dem Bett zu quälen, damit er es rechtzeitig zur Arbeit schaffen würde. Automatisch tastete er mit seiner Hand nach dem Radiowecker, um diesen mit einem gezielten Schlag zum Schweigen zu bringen.

Blind tastete er einige Sekunden erfolglos herum und begriff nur sehr langsam, dass er sich nicht zu Hause und schon gar nicht in seinem Bett befand. Dass Anette nicht neben ihm lag, dass er sich nach wie vor in diesem verdammten Einkaufscenter befand und die Monster noch immer an der Tür waren und um Einlass baten. Doch selbst als er sich dessen bewusst war, krächzte das Radio weiter.

Müde sah er sich um und begriff es einfach nicht. Er kratzte sich ausgiebig am Kopf und suchte seine Sachen zusammen, die verstreut auf dem Boden vor der Sitzgruppe lagen, um sich anzuziehen. Träge stellte Markus fest, dass aus den zwei Flaschen Bordeaux am letzten Abend sogar drei geworden waren. Zum Glück stand da eine Flasche stilles Wasser, die er mit einem großen Zug gierig leerte. Scheiße, jetzt musste er nur noch dringender pissen.

Den Geräuschen folgend fand er Susan schließlich an der Ladentheke eines kleinen Elektrogeschäftes. Von dort kamen auch die Radiogeräusche. Sie stand da und drehte an einem hellblauen Badezimmerradio mit leuchtend gelber Antenne herum. Eine aufgerissene Pappschachtel, auf der das Bild des Radios zu sehen war, lag vor ihr auf dem Boden und pries das billige Gerät in leuchtend roten Buchstaben als sogenannten Weltempfänger an. Daneben lagen die Folienreste der Batterieverpackung. Susan sah, wie Markus den Laden betrat und blickte ihn hoffnungsvoll an.

„Hey, guten Morgen Markus, du alte Schlafmütze. Na, ausgeschlafen? Als ich Batterien für die Taschenlampen besorgen wollte, fand ich das Radio und musste es einfach versuchen."

Markus rieb sich die Augen und gähnte ausgiebig.

„Was ist das denn für eine Stimme, hm? Ist da jemand auf Sendung oder was?"

Susan warf ihm einen langen Blick zu und lächelte.

„Das muss irgendein Typ vom Militär ein, es scheint tatsächlich so was wie 'ne Grenzlinie zu geben. Die sprechen davon, dass man nach Süden gehen soll."

Markus erwiderte ihren Blick und versuchte gespannt, die undeutlichen Worte aus dem Lautsprecher zu deuten und murmelte etwas wie „ach du scheiße" in seinen unrasierten Bart.

>>Hier spr… die Übergangsregierung der Bun… …blik Deutschland … Wir haben … Evakuier … den Rhein eingeri…t. Die momentane Grenz… verläuft … Frankf… Evakuierung … über Fraport. Dies … Bandaufzeichnung. Infizierung … heilbar, ich wiederhole, Infizierung nicht …<<

Verwirrt sah er Susan an und rieb sich das Kinn.

„Das gibt's doch nicht. Wenn ich das richtig verstanden habe, ist der Bereich um Frankfurt sicher oder wie siehst du das?"

Ihr sauber gebundener Pferdeschwanz wippte, als sie ihm aufgeregt antwortete.

„Ich meine das auch so verstanden zu haben. Hm, die Frage ist nur, wie alt diese Aufzeichnung ist."

Mühsam versuchte er seine Gedanken zu ordnen, sehnte sich nach einem Kaffee oder irgendetwas anderem, was ihm dabei helfen könnte. Markus erkannte an Susans gespannten Gesichtszügen, dass es ihr ähnlich erging.

„Markus, ich habe echt Hoffnung, dass es dort tatsächlich besser ist und gleichzeitig Angst, erneut vor dem Abgrund zu stehen, verstehst du?"

Markus nickte und fuhr ihr mit dem Finger über die Wange, als er ihren in gleichem Maße verzweifelten wie hoffnungsvollen Blick sah.

„Das kann alles bedeuten, Susan. Oder auch gar nichts. Komm, lass uns frühstücken und dann unsere Sachen packen und von hier verschwinden. Fakt ist, dass wir hier wegmüssen, so oder so."

Markus war viel zu müde und hatte außerdem keine Lust, weitere Mutmaßungen anzustellen. Also versuchte er sich wenigstens in einem kläglichen Lächeln, um sie zumindest bei Laune zu halten.

Entschlossen griff sie nach dem Radio und betätigte den Ausschalter.

„Ich war mir immer so sicher, dass wir früher oder später auf andere Menschen stoßen, auf Rettung. Wir müssen es nur bis nach Frankfurt schaffen Markus, das ist alles."

Energisch schüttelte Markus seinen Kopf. Das war jetzt dann doch entschieden zu viel Enthusiasmus. Am Anfang hatte er auch noch gedacht, dass es ja nur ein paar hundert Kilometer sind bis nach Hause, aber wie weit war er denn in all den Tagen tatsächlich gekommen? Entsprechend ernüchternd fiel sein Kommentar aus.

„Jetzt komm mal wieder runter, Susan. Das ist ein gutes Stück Weg bis dahin und zuerst müssen wir es hier raus schaffen, ohne gefressen zu werden. Also, eins nach dem anderen, okay? Ich will ja auch nach Hause und das am liebsten so schnell wie möglich. Aber wir müssen vorsichtig sein und können nur einen Schritt nach dem anderen planen. Verstehst du, was ich meine?"

Doch Susan war nicht mehr zu bremsen. Neben dem sogenannten Weltempfänger nahm sie noch zwei pinkfarbene Babyphones aus dem Regal, legte Batterien ein und warf Markus eines davon zu.

„Auf der Verpackung steht, dass die Dinger eine Reichweite von fünfhundert Metern haben und weitgehend wasserdicht sind. Sollten wir also mal getrennt werden, könnte uns das durchaus weiterhelfen."

Jetzt musste Markus lachen.

„Susan, du machst mich echt fertig, weist du das? Aber hey, ich bin froh, dass du wieder den Mut gefunden hast, weiterzumachen. Vielleicht hast du ja Recht und wir schaffen es tatsächlich."

Die blonde Frau nickte eifrig und nestelte weiter an ihren Sachen.

„Frag mich mal Markus. Bisher warst du immer derjenige, der vorwärts wollte und mich zum Durchhalten angetrieben hat. Also los mein Herr, jetzt mal hoch mit deinem Arsch!"

Markus konnte nicht anders, als nachzugeben. Angesteckt von ihrem Enthusiasmus nahmen sie ein hastiges Frühstück zu sich. Es gab abgepackte Hörnchen und Kaffee vom Gaskocher. Während sie aßen, war Susan ständig am Räumen und Packen. Es gab einfach zu viel Zeug, das sinnvoll erschien und am Ende dann doch viel zu schwer war, um schnell und vor allem ausdauernd damit laufen zu können.

Letztendlich beschränkten sie sich auf dünne Schlafsäcke, Unterwäsche zum Wechseln, jeder zwei Flaschen Wasser (Markus noch eine Flasche von dem guten Bordeaux), einen Gaskocher mit neuer Kartusche, diverse haltbare Lebensmittel aus dem Supermarkt, starke Taschenlampen und natürlich die rosa Babyphones. Viel zu schnell waren sie dann tatsächlich abmarschbereit. In ihren neuen Rücksäcken aus dem Trekkingladen befand sich ihre zusammen gesammelte Ausrüstung.

Vor allem bei den Lebensmitteln hatten sie darauf geachtet, leichte Verpackungen zu wählen, um Gewicht zu sparen. Markus hatte sich noch Verbandszeug für seine Verletzung eingepackt sowie zwei neue Dosieraerosole aus der Apotheke. Die sollten erst mal ausreichen. Wenn er durchhalten wollte, musste die Wunde neu verbunden werden.

„Susan, würdest du bitte?“

Auffordernd hielt er der Frau das Verbandsmaterial entgegen.

Wortlos machte sie sich an die Arbeit. Doch da war noch eine Sache, die sie unbedingt wissen musste.

„Du sag mal, was ist denn nun mit Erik?“

Markus sah ihr einige Sekunden dabei zu, wie sie Verbandsmull um seinen Oberschenkel wickelte. Dann antwortete er.

„Was soll mit ihm sein. Erik ist tot, Susan.“

„Ja, ich weiß. Aber trotzdem, er ist noch immer in dem Tabakladen, verstehst du?“

„Klar verstehe ich das. Aber was willst du mir damit sagen, hm?“

Susan druckste unsicher herum, ihr war selbst nicht klar, worum es ihr ging. Sie riss ein paar Streifen Klebeband ab und fixierte damit den Verband.

„Ach, ich weiß auch nicht. Es ist nur so, also ich meine, immerhin war er einer meiner Freunde.“

Jetzt sah Markus die Frau direkt ab. Sein Blick war ernst.

„Susan, das weiß ich alles. Aber er ist, wie schon gesagt, tot und ich werde ‘nen Scheiß tun, in den Laden zu gehen, um ihn von seinem Elend zu erlösen und mir nebenbei noch ‘nen Biss oder

Schlimmeres einzufangen. Also, ich finde wir vergessen Erik einfach und gut ist, okay?"

Die Frau schüttelte den Kopf.

„Nein, ist es nicht. Wenn wir mal in derselben Lage wäre, dann ..."

„Dann wäre es uns vermutlich egal, weil wir ebenfalls tot wären, Susan. Also, was gibt es an dieser Stelle noch groß zu bereden, hm?", fiel ihr Markus ins Wort. Susan nickte.

„Hast ja Recht. Lassen wir es einfach so, wie es ist. Erik ist nicht mehr da und was mit seiner Hülle geschieht, hm. Vergessen wir's einfach, du hast recht."

Sie klopfte ihm auf sein gesundes Bein.

„Fertig, das sollte eine Weile halten."

Als es dann endlich losging, umspielte ein verhaltenes Lächeln Susans Mundwinkel und auch Markus war froh darüber, dass es weiter ging. Alles lief nach Plan. Schnell und sicher bewältigten sie den Weg bis hinauf auf das Dach. Gierig sogen sie die frische Luft in ihre Lungen. Zugegeben, wirklich frisch war die Luft hier oben auch nicht, denn es stank zum Erbrechen von der Straße herauf.

Es war deutlich wärmer geworden und der Schnee auf dem Dach schmatzte nass unter ihren neuen Stiefeln. Markus war froh über das Tauwetter, welches ihnen mit etwas Glück bald freie Straßen bescherten würde. Und der Ausblick, der sich ihnen bot, war einfach überwältigend. Unter ihnen breitete sich fast die gesamte Stadt aus. Die meisten Zombies hielten sich nach wie vor im Bereich der Laderampe und auf dem gegenüberliegenden Gelände der Werkstatt auf, aus dem sie erst gestern (oder war es schon vorgestern gewesen?) geflohen waren.

Die davon abgewandte Gebäudeseite, die sie zur Flucht nutzen wollten, war frei. Auch ihr weiterer Fluchtweg, der sie zuerst über eine schmale Straße und durch ein lang gestrecktes flaches Parkhaus führen sollte, schien ebenfalls frei zu sein. Doch wer konnte schon sagen, was unter dem Dach des Parkhauses auf sie wartete? Markus sah Susan auffordernd an.

„Na, was meinst du, bist du bereit?"

Sie bestätigte ihre Bereitschaft durch ein knappes Nicken.

„Klar, so gut es eben geht."

„Dann mal los."

Die Feuerleiter hatten sie auf dem Fluchtplan entdeckt, sie sollte sie nach unten auf die Straße bringen. Die Stufen waren rutschig und an den Stellen im Schatten sogar noch vereist. Da die Leiter in einer Höhe von etwa zweieinhalb Metern über dem Boden endete, mussten sie springen und wenig später hatten sie Asphalt unter den Stiefelsohlen. Jetzt gab es kein Zurück mehr. Geduckt sahen sie sich um und überquerten die schmale Straße, um ins Parkhaus zu gelangen.

Das nach Benzin stinkende Parkhaus war tatsächlich leer. Zügig liefen sie geduckt zwischen den abgestellten Fahrzeugen weiter und erreichten den pink gestrichenen Ausgang an der gegenüber liegenden Seite. Dort schloss sich ein in die Länge gezogenes Parkgelände an. Ein gutes Stück weiter mussten sie jedoch die erste Pause einlegen, weil Markus Verletzung höllisch schmerzte. Schwitzend hockte er, den Schneematsch vergessend, auf dem Boden und rieb sich die schmerzende Stelle.

„Verdammter Dreck, mein Bein macht schon wieder Probleme." Susan sah ihn besorgt an und ging ebenfalls in die Knie. Ihr Atem formte kleine Wölkchen vor ihrem Gesicht.

„Hör auf zu jammern, verdammt. Jetzt komm, Markus, jeden Augenblick können uns diese Arschlöcher entdecken."

Sie sah sich nervös um und rechnete wirklich jede Sekunde damit, das bösartige Röcheln der Toten zu hören. Markus nickte und zog sich mühsam auf die Beine.

„Okay, ich denke es geht schon wieder. Ich hoffe nur, dass die meine Wunde nicht riechen können."

„Und ich habe keine Lust es herauszufinden, Markus, also los!"

Als sie eine schmale, an den Park angrenzende Straße erreichten, die diesen in zwei Hälften teilte, raschelte es hinter ihnen plötzlich in den Büschen. Markus fuhr erschrocken herum und hatte sofort seinen Streitkolben in der Hand, bereit, was auch immer da kommen mochte abzuwehren, doch Susan drückte seinen Arm nach unten. Er traute kaum seinen Augen, aber zwischen den Zweigen kroch ein bekanntes Gesicht hervor. Es war der Cattle Dog.

Nass und schmutzig und mit aus dem Maul heraushängender Zunge kam er auf sie zugelaufen. Markus ließ den Streitkolben voller Freude in den aufspritzenden Matsch fallen und sank zusammen mit Susan in die Knie, um den Hund zu begrüßen.

„Das gibt es doch nicht!"

Er konnte es kaum fassen, dass der treue Kerl sie gefunden hatte und ließ sich glücklich von ihm abschlecken. Der Hund war schmutzig und hatte zwei versengte Stellen im Fell, aber war ansonsten unverletzt. Markus grinste Susan an, die bei dem kleinen Haudegen eine Hand im Nackenfell vergraben hatte. „Mensch, das hätte ich nicht für möglich gehalten, er muss die ganze Zeit hier auf uns gewartet haben."

Markus war noch immer fassungslos und hätte seine Freude am liebsten laut hinausgeschrien, doch Susan drängte darauf, dass sie weitergingen.

„Markus, wir müssen weiter, sofort. Ich habe Angst, dass die Dinger uns hier finden."

Susan hatte Recht, sie mussten weiter. Also mühte sich Markus wieder auf die Beine. Aufmunternd knuffte er sie am Arm und überquerte entschlossen die kleine Querstraße. Der Hund folgte ihnen mit wedelndem Schwanz.

Der Park grenzte an ein Wohngebiet mit zweigeschossigen Mehrfamilienhäusern, die von weitläufigen Gärten umgeben waren. Um das Wohnviertel zu erreichen, mussten sie eine weitere Straße überqueren und einen Spielplatz mit einer morschen Holzburg passieren. Weit entfernt, am Ende der Querstraße, sahen sie einige der Dinger schemenhaft in die andere Richtung irren, ansonsten war der Weg frei und sie kamen zügig in dem ansonsten verlassenen Wohngebiet voran.

Susan hatte ständig das beklemmende Gefühl, das ihnen trübe Blicke hinter weißen Gardinen folgten, die jeden ihrer Schritte registrierten, immer auf eine Gelegenheit wartend, über sie herzufallen.

„Markus, ich scheiß mir vor Angst gleich in die Hose", flüsterte sie mit unsicherer Stimme. Markus, der inzwischen heftig humpelte, aber tapfer die Zähne zusammenbiss, sah sich ebenfalls ständig um.

„Glaubst du, mir geht es besser, hier ist es irgendwie viel zu ruhig. Wo sind die alle, verdammt?"

Er zuckte heftig zusammen, als einige Krähen aus einem Vorgarten aufflogen. Diese gefiederten Biester hatte er schon länger nicht mehr gesehen. Allzu lange ließ das Grauen nicht auf sich warten. Zuerst konnten sie es riechen. Der Hund war plötzlich angespannt und fletschte die Zähne.

Der Gestank kam aus dem Grundstück vor ihnen. Durch den Vorgarten führte ein schmaler Weg zu einer Treppe, über welche man die Haustür erreichen konnte. Die stand weit offen, dahinter konnten sie einen bunt gefliesten Flur sehen, in dem blecherne Briefkästen angebracht waren. Es lag sogar noch Post auf dem Boden.

Am Ende der Treppe war ein umgestürzter Rollstuhl zu sehen, von dem eine eingetrocknete dunkle Spur ausging, die bis zum Zaun führte, um dort am leblosen Körper einer alten Frau mit schlohweißem Haar zu enden. Sie trug einen dieser hässlichen rosafarbenen Steppmorgenmäntel und fleischfarbene Kniestrümpfe aus Nylon, deren Ränder tief in ihre Haut einschnitten. Sie starrte die beiden aus aufgepickten Augenhöhlen vorwurfsvoll an. Grau hing ihr die vertrocknete Zunge aus dem Mund. Sie lag auf dem Rücken, aber ihre Beine zeigten in die andere Richtung.

Doch anscheinend hatten sich nicht nur Vögel an ihr gütlich getan, denn ihr Bauch war aufgebrochen und sein Inhalt lag verstreut im gesamten Vorgarten herum. Das Grauenvollste war jedoch, dass die alte Dame noch immer ihren Kopf bewegte und sogar am gesamten Körper zu zucken begann, als sie die Gegenwart der beiden Lebenden spürte.

Markus musste den Hund zurückhalten, der den lebenden Leichnam aggressiv anknurrte und sich vermutlich ansonsten auf ihn gestürzt hätte. Markus sprach, ohne den Blick von der Leiche abzuwenden.

„Lass uns schnell von hier verschwinden, Susan."

Doch die dachte nicht im Traum daran, einfach weiterzugehen, sondern ging vor der Toten nicht nur in die Hocke, nein, sie beugte sich sogar nach vorne und musterte das jetzt in der Luft umher witternde, tote Ding ausgiebig. Nicht dass sie es gerne tat, aber nun wollte sie es genau wissen. Sie wollte der Sache auf den Grund gehen; das erkunden, was sich vielleicht dahinter verbarg.

„Das Ding kann uns riechen."

Ihre Worte klangen trocken und nüchtern. Markus hielt weiterhin den Hund fest und sah sich angespannt um.

„Das ist jetzt wirklich nichts Neues, Susan. Lass uns endlich von hier verschwinden, hörst du?“

Energisch schüttelte sie den Kopf. Dann schnippte sie zuerst am rechten, dann am linken Ohr der am Boden liegenden Frau. Den Geräuschen folgend schnellte deren Kopf hin und her.

„Die Alte kann sogar noch hören. Gut zu wissen.“

„Susan, ich meine es ernst. Wir müssen sofort weitergehen.“

„Bin gleich soweit.“

Es krachte hässlich als sie der alten Frau mit der Feuerwehraxt den Kopf abtrennte. Sie brauchte nur einen einzigen Schlag dafür. Markus war fassungslos, denn damit hatte er nicht gerechnet.

„Verdammte Scheiße, Susan, was machst du denn?“

„So, JETZT bin ich fertig. Wir können gehen.“

Fassungslos sah er sie an. Was war nur los mit der Frau. Einmal brach sie zusammen und starb fast vor Angst und dann handelte sie wieder derart kalt und berechnend. Vielleicht lag es auch an dieser verdammten Straße, denn die hatte irgendwie eine skurrile Wirkung auf die beiden. Wenn Fahrzeuge herumstanden, dann waren diese ordentlich in den Höfen abgestellt. Nicht einmal Mülleimer oder Fahrräder standen auf der Straße. Bis auf wenige Ausnahmen lag nicht mal nasses Papier auf dem Gehweg.

Es herrschte eine bedrückende Stille und seit sich die Krähen verzogen hatten, schrien nicht einmal mehr die Vögel von den Dächern. Die wenigen Minuten, welche sie hier verbracht hatten, reichten aus, um ein bisher unbekanntes Gefühl absoluter Einsamkeit, wenn nicht sogar Verlorenheit aufkommen zu lassen. Schwer wie in einem Grab drückte dieses Gefühl auf ihre Stimmung und zog sie mit sich in einen tiefen, finsteren Keller.

Zwar waren manche Straßen voller Leichensäcke, doch dann gab es welche wie diese, in die sich sogar die Toten nicht wagten. Selbst der Hund schlich mit eingeklemmtem Schwanz neben ihnen her. Markus hatte vor Jahren mal ein Buch über Naturkatastrophen gelesen, in dem von einer bedrückenden, alles umfassenden Stille kurz vor den Katastrophen die Rede war.

Weit vor den Menschen reagierten Tiere auf herannahendes Unheil und versuchten, sich rechtzeitig in Sicherheit zu bringen. Menschen hatten hingegen dieses ursprüngliche Gespür, den sogenannten sechsten Sinn weitgehend verloren. Markus fragte sich, ob die Tiere auch diese Katastrophe schon vorher gespürt hatten.

„Lass uns schleunigst von hier verschwinden, ich hab ein ungutes Gefühl. Alles ist so still und irgendwie tot hier“, flüsterte er mehr zu sich selbst, als ob er Angst hatte, etwas Unaufhaltsames in Gang zu setzen, wenn er mit normaler Lautstärke sprach. Oder etwas aufzuwecken, vielleicht.

Susan drehte immer wieder den Kopf und sah nach hinten.

„Ich hab auch so ein verlorenes Gefühl und mach mir hier gleich vor Angst in die Hosen, als ob im nächsten Moment gleich das Inferno losbrechen könnte.“

Ihre Stimme war nur ein kraftloser Hauch. So schnell ihre Experimentierfreude und Selbstsicherheit aufgekommen war, so schnell waren sie auch wieder vergangen.

In einem der Vorgärten lag ein toter Schäferhund vor seiner Hütte, an die er mit einer viel zu kurzen Kette angebunden war. Ironischerweise stand die Gartentür weit offen. Ohne Kette würde er jetzt bestimmt noch leben. Das Tier war vollkommen unversehrt und hatte seinen Kopf zum letzten Schlaf auf seine ausgestreckten Vorderpfoten angelegt, als ob er auf die Rückkehr seiner Menschen warten würde. Vermutlich hatte er das auch getan. So tickten Hunde nun mal.

Traurig stellte sich Susan die Frage, wie viele Tiere eingesperrt in den Wohnungen und Häusern der verrückt gewordenen Menschen einfach verhungert oder verdurstet waren, wie sie sich ihre Krallen an den Türen blutig gewetzt hatten oder einfach nur dalagen und warteten, dass endlich die Tür aufging und Herrchen oder Frauchen wieder den Fressnapf füllten. Wie das Wasser von Aquarien umkippte und zu einer fauligen Brühe wurde, in der die Fische nur noch mit ihren weißen, aufgeblasenen Bäuchen nach oben gedreht an der Oberfläche trieben.

Alles ging den Bach runter und sie dachte darüber nach, wie die Welt erst in zehn oder zwanzig Jahren aussehen würde, sollte sich nichts ändern. Wenn der Tod den lebenden Menschen vertrieben hatte und das Böse regierte. Schnell vertrieb sie diese düsteren Gedanken und konzentrierte sich wieder auf ihr Umfeld, denn noch waren sie am Leben.

Sie befanden sich inmitten eines Wohngebiets, aber ebenso gut hätte es der Mond sein können, so still und einsam war es hier. An einer der Haustüren hing sogar noch ein Beutel mit verschimmelten Brötchen an der Klinke.

Erst als sie dieses seltsame Viertel verließen und das Autohaus auf der anderen Seite sehen konnten, fiel dieses beklemmende Gefühl wieder von ihnen ab. Das Autohaus war weihnachtlich geschmückt und erstreckte sich über ein weitläufiges Gelände mit großen Stellflächen, auf denen die aktuellen Neuwagen sauber aufgereiht und schön für die Kunden in Szene gesetzt bereitstanden. Am hinteren Ende erstreckte sich der flache, in die Länge gezogene Bau der Reparaturwerkstatt.

Die Front zur Hauptstraße hin wurde durch ein großes Ausstellungsgebäude gebildet, das komplett aus dezent getönten Glasflächen zu bestehen schien und einen noblen Eindruck machte. Etwas Abseits stand noch ein etwas in die Jahre gekommenes Gebäude, in dem die billigeren Gebrauchtwagen angeboten wurden. Überall hingen große gelbe Schilder, auf denen eine 0%-Finanzierung bei null Anzahlung mit null Zinsen angepriesen wurde. Markus war sich sicher, dass die Autobranche in den nächsten Jahren vermutlich einen Umsatzeinbruch erleben würde. Auch hier war alles verlassen und er fragte sich, ob sich die toten Kreaturen alle in Erwartung eines baldigen Mahls noch immer beim Einkaufszentrum aufhielten.

Susan deutete auf die Rückseite des Glaspalastes: „Schau mal, ich glaube die kleine blaue Tür dort hinten steht offen!"

Erwartungsvoll sah sie ihn an. Plötzlich stockte Markus und hob verwundert den Kopf.

„Hörst du das auch?"

Fragend sah er Susan an, die verwundert den Kopf schüttelte. Sie hörte rein gar nichts außer ihrem eigenen Atem.

„Susan, da ist so ein Dröhnen und es kommt näher, hört sich fast an wie, hm, na wie Motorengeräusche", bestand Markus auf seiner Behauptung.

Tatsächlich, plötzlich konnte sie es auch hören und legte ihren Kopf schräg, um besser horchen zu können. Das konnten tatsächlich Motoren sein.

„Scheiße ja, das sind Motorengeräusche, du hast Recht, du hast verdammt noch mal Recht!“

Dann streckte sie die Hand aus und zeigte die Straße hinauf.

„Die kommen von dort, da kommen Fahrzeuge, Markus, da kommen Menschen, verstehst du? Das ist unsere Rettung.“

Susan schrie die Worte förmlich hinaus und in ihrem Gesicht machte sich ein hoffnungsvolles Grinsen breit, dann rannte sie auch schon los und den Geräuschen entgegen. Markus wollte sie noch zurückhalten, doch sie war zu schnell, also humpelte er hinter der Frau her.

„Susan verdammt, mach langsam, du weißt doch gar nicht, was das ist und ob die uns überhaupt freundlich gesinnt sind. Hörst du nicht, was ich sage?“

Er schrie es ihr jede Vorsicht vergessend hinterher. Doch sie hatte nur noch Ohren für den Lärm, der sich jenseits des Autohauses näherte. Wenn sie sich nicht ganz irrte, würden sich die Fahrzeuge dort auf der Hauptstraße auf sie zubewegen. Markus hinkte wie ein angeschossener Hund hinter ihr her und versuchte, nicht ganz den Anschluss zu verlieren. Die Geräusche wurden lauter und sogar der Boden fing unter dem anschwellenden Dröhnen an zu vibrieren. Was war das zur Hölle, was sich da näherte? Vielleicht waren es Panzer und der Gegenschlag begann. Schwer, laut, kraftvoll und brutal.

KONVOI

Susan erreichte als Erste die Hauptstraße und starrte angestrengt in die Richtung, aus welcher das Dröhnen langsam näherkam. Doch nicht nur bei den Lebenden hatte der Lärm Interesse geweckt, auch die Toten begaben sich nun zur Quelle der Unruhe. Ganz weit hinten, dort wo die Straße zum Einkaufszentrum führte, sammelte sich ein regelrechter Trauerzug und setzte sich in Bewegung. Bald waren die ersten Zombies für die beiden Menschen auf der Straße sichtbar. Markus packte Susan vielleicht etwas zu grob an der Schulter und zog sie unsanft zu sich herum.

„Verdammt sei ruhig, die Dinger werden durch dein Geschrei angezogen. Wir stehen hier wie auf dem Präsentierteller, Susan, lass uns lieber in Deckung gehen und erst einmal sehen, wer das ist."

Er versuchte den immer weiter anschwellenden Lärm zu übertönen, doch die aufgeregte Frau stieß nur wütend seine Hand weg.

„Tickst du nicht mehr richtig, hier kommen LEBENDE MENSCHEN gefahren, das ist unsere Chance hier wegzukommen. Verdammt, Markus, wo die herkommen, werden noch viel mehr sein", fuhr sie ihn mit funkelnden Augen an.

Bevor Markus etwas erwidern konnte, tauchte auch schon das erste Fahrzeug zwischen den Häusern auf. Olivgrün und schwer. Es handelte sich um einen gepanzerten Dingo der Bundeswehr. Er erkannte das Fahrzeug sofort an seiner typischen kantigen Form. Oben war deutlich das aufgesetzte Maschinengewehr, vermutlich ein MG3, zu erkennen, dessen Lauf sofort in ihre Richtung schwenkte, als der Schütze hinter der Waffe die Zivilisten auf der Straße registrierte.

Sein Gesicht blieb hinter einer Art Gasmaske verborgen. Hinter den dicken Panzerglasscheiben der Fahrerkabine waren schemenhafte Bewegungen auszumachen. Der Soldat hinter dem MG3 trug schwere Gefechtskleidung und zog den Ladehebel an der Waffe nach hinten, während Susan damit anfing, wie eine Irre winkend auf und ab zu hüpfen. Markus war sich gar nicht sicher, wohin das alles führen würde und rechnete sogar damit, dass der total vermummte Mann am Maschinengewehr gleich auf sie feuern würde. Wie sich die Situation auch entwickeln würde, es lag jetzt nicht mehr in seiner Hand.

„Verdammt, Susan, dreh nicht durch, hörst du nicht, was ich dir sage?"

Es verwunderte ihn selbst, wie sehr er sich um Susan sorgte. Hinter dem Dingo kroch ein dreiachsiger Radpanzer, vermutlich ein Fuchs, zwischen den Häusern hervor, auf dem eine 40mm-Granatmaschinenwaffe aufgesetzt war. Er kannte die Waffe noch von seiner Wehrzeit. Ferngesteuert aus der verschlossenen Kabine und bestückt mit Splittergranaten konnte die HK GMW ein regelrechtes Stahlgewitter auf die feindlichen Kräfte loslassen.

Hinter dem Radpanzer kamen dann die kantigen Umrisse einiger MAN-Transporter, über denen die von den Abgasen erhitzte Luft flimmerte. Markus stand einfach nur fassungslos da. Eben noch im Todesland auf der Flucht vor den Leichensäcken und plötzlich standen sie einer bestens ausgerüsteten Kampfeinheit der Bundeswehr gegenüber. Auf sämtlichen Fahrzeugen waren schwere Waffen montiert.

Zusammen mit dem Konvoi sahen sie die ersten Soldaten, die rechts und links neben den Fahrzeugen in weit auseinander gezogenen Positionen am Straßenrand entlanggingen und die nähere Umgebung sicherten. Als der Konvoi etwa fünfzig Meter von ihnen entfernt stoppte, gingen einige der Männer in die Hocke und sicherten die Umgebung ab. Die wussten genau, was sie taten.

Markus fiel auf, dass sie außergewöhnlich viele Wechselmagazine an den Westen trugen und an den Gewehren vom Typ G36 immer zwei Magazine zum schnellen Wechseln zusammengesteckt waren. An einigen der Waffen waren sogar die dicken Rohre der Anbaugranatwerfer, dem sogenannten AG36, zu erkennen. Diese massive Ansammlung von Waffen verunsicherte nun auch Susan. Sie hörte mit ihrem blödsinnigen Gehampel auf und wartete ab, was als nächstes passieren würde. Unsicher warf sie ihrem Begleiter nun doch einen kurzen, besorgten Blick zu.

„Okay, die werden bestimmt erst mal abchecken, ob wir in Ordnung sind, oder Markus? Ist es nicht so?"

Der stand hinter ihr und zuckte nur mit den Schultern. Was als nächstes geschehen würde, lag nicht mehr in ihrer Hand, also war seine Antwort auf ihre Frage ziemlich knapp.

„Keine Ahnung."

Vollkommen unbeeindruckt kamen währenddessen die Zombies hinter ihrem Rücken immer näher. Sie füllten wie bei einer Demo die gesamte Breite des Straßenzugs aus. Mit vorgehaltenen Waffen näherte sich währenddessen von der anderen Seite eine Gruppe von drei Soldaten in lockerer Formation und schnellem Schritt.

Anders als die Männer der Flankensicherung trugen zwei von ihnen Schrotflinten in den Händen. Die waren auf kurze Distanz sicherlich besser dazu geeignet, um sich schmerzunempfindliche Gegner effektiv vom Leib zu halten. Die Gesichter der Männer waren kaum zu erkennen, denn über den Augen trugen sie Gefechtsbrillen und der Rest war weitgehend mit Schemagtüchern oder Atemschutzmasken verdeckt.

Als sie bis auf zehn Meter heran waren, fing der sowieso schon angespannte Hund an zu bellen und die Zähne zu fletschen. Der hagere Speyerer musste ihn am Halsband festhalten, damit er sich nicht auf die nun ausschwärmenden Soldaten stürzte. Der vorderste Mann gab ihnen mit eindeutigen Gesten zu verstehen, dass sie sich hinknien und die Hände hinter ihren Köpfen verschränken sollten. Markus folgte der Aufforderung auf der Stelle.

„Susan, verdammt, runter auf die Knie und zwar schnell, verstehst du, was ich sage?"

Die Frau ging nun ebenfalls in die Knie und das war auch gut so. Denn kaum waren sie unten, drehte sich der vorderste Mann um und gab den Schützen auf den Fahrzeugen ein kurzes Handzeichen. Dann brach die Hölle los. Das MG3 auf dem Dingo eröffnete zuerst das Feuer, einen Augenblick später dann auch der Granatmaschinenwerfer auf dem Fuchs, dessen wesentlich dumpfere Feuerstöße seine tödlichen Projektile über ihre Köpfe hinweg in die dichten Reihen der Toten hämmerte.

Susan hatte damit nicht gerechnet, denn sie schrie laut auf und warf sich flach auf den Boden. Der Lärm bohrte sich in einem brutalen Stakkato in ihre Köpfe. Markus missachtete die Anweisung der Soldaten und verbarg den Hund unter sich, als dieser vor Angst laut aufjaulte und versuchte wegzulaufen, während die Soldaten herumstanden und abgebrüht dabei zusahen, wie die Geschosse in schneller Abfolge in die Reihen der wandelnden Leichen droschen, um deren Leiber bis zu Unkenntlichkeit zu zerfetzen. Der Pulverdampf, der sich von den schweren Waffen ausgehend in der ganzen Umgebung verteilte, roch seltsam nach Feuerwerk.

Dreißig Sekunden später stellten die Schützen das Feuer ein, weitere zehn Sekunden später registrierte Markus durch das Pfeifen seiner Ohren, dass Susan noch immer schrie und ihre Hände auf die Ohren presste. Die Soldaten zogen die Frau ohne große Worte auf die Beine und führten sie zu dem ersten der großen MAN-Transporter. Ohne auf eine Aufforderung zu warten stand er auf und deutete erklärend auf den Hund. Er bemühte sich dabei, seine Beinwunde zu ignorieren und nicht zu humpeln, da Verletzungen in diesen Tagen ziemlich schnell seltsame Reaktionen auslösen konnten.

Misstrauisch wurden sie von den Soldaten aus den Fahrzeugen heraus beobachtet. Es waren abschätzende Blicke, die herauszufinden versuchten, ob die Neuen eine Gefahr darstellten oder in Ordnung waren. Der Fahrer des Dingos hatte die Scheibe heruntergekurbelt, um sie besser sehen zu können und starrte sie mit unrasiertem, schmutzigem Gesicht von oben herab an. Um Mund und Augen hatten sich tiefe angespannte Falten gebildet.

Markus war sich sicher, dass die Männer in den letzten Tagen durch die Hölle gegangen waren. Erst als sie am hinteren Ende des Transporters ankamen, erhaschten sie einen Blick auf das Schlachtfeld am anderen Ende der Straße, das nun von abgetrennten Körperteilen und rotem Matsch bedeckt war. Es war einfach ein grauenhafter Anblick, der sich ihnen bot und dem Wort Massaker eine ganz neue Bedeutung gab.

Nur vereinzelte Leichen taumelten oder krochen aufgrund fehlender Gliedmaßen noch immer durch den grauen Qualm in ihre Richtung. Einer nach dem anderen wurde durch die rechts und links am Straßenrand in Stellung gegangenen Scharfschützen ausgeschaltet. Plopp – Plopp – Plopp.

Doch es war ein Kampf gegen Windmühlen, denn es waren schon wieder neue Leichensäcke aufgetaucht, die sich unbeeindruckt auf den Weg zu ihnen machten. Susan wurde schlecht und sie kotzte einem der Soldaten direkt vor die Füße, der laut fluchend seine Stiefel wegzog. Wer konnte es ihr auch verdenken.

Für Markus waren die Fahrzeuge im Moment wesentlich interessanter. Beim Ladeaufbau handelte es sich um eine stabile, vermutlich gepanzerte Metallkabine mit schmalen Fensterschlitzen im oberen Drittel. Zu eng, um von außen einen Arm hindurch zu stecken, aber immer noch breit genug, damit man hinausfeuern konnte, dachte er beeindruckt. Einer der Soldaten öffnete den hoch über dem Boden angebrachten Einstieg an der Rückseite, klappte eine kleine Trittleiter nach unten und drehte sich zu Susan und Markus um. Dann zog er sein Halstuch nach unten.

„Ich bin Obergefreiter Schneider von der Panzergrenadierbrigade 37."

Markus zuckte kurz zusammen, als ihm die Namensgleichheit mit dem Lagerarzt aus Platkow auffiel, der sich in ein dermaßen bösartiges, intelligentes Monster verwandelt hatte. Aber der Name Schneider war nun mal sehr geläufig. Ein purer Zufall also, von dem sich Markus nicht aus der Fassung bringen lassen wollte. Der Obergefreite fuhr fort:

„Wo auch immer Sie herkommen, wir bringen Sie in Sicherheit. Aber wir müssen uns beeilen und zusehen, das wir weiterkommen, solange die Straße vor uns noch frei ist."

Der Obergefreite streckte ihnen die Hand entgegen und schob seine Schutzbrille nach oben auf den Helm. Um seine Augen hatten sich tiefe Abdrücke der Brille gebildet. Dort war die Haut heller, während sie im Rest seines Gesichts voller Schmutz war. Susan lächelte ihn erleichtert an und stellte sich ebenfalls vor.

„Ich war mir immer sicher, dass früher oder später Hilfe kommen würde."

Auch Markus drückte die ihm angebotene Hand.

„Ich hätte nicht damit gerechnet, hier auf einen Truppenverband der Bundeswehr zu stoßen, geschweige denn überhaupt noch lebende Menschen anzutreffen“, murmelte er heiser an den Soldaten gewandt. Susan nickte bestätigend. Der Soldat fuhr fort:

„Okay, gut, wir haben allerdings, wie gesagt, nicht viel Zeit zum Plaudern, denn die Drecksäcke sammeln sich schon wieder. Steigen Sie bitte in den Transporter, dort erhalten sie Wasser und etwas zu essen. Nur soviel noch, unser Truppenverband ist auf dem Weg nach Süden, um sich dort mit weiteren Rettungskonvois zu vereinen. Alles weitere wird ihnen Leutnant Schuster heute Abend dann noch erklären.“

Auffordernd wies er mit der ausgestreckten Hand nach oben zum Einstieg. Susan ließ sich das nicht zweimal sagen, denn sie wollte endlich runter von der Straße. Markus reichte ihr den Hund nach oben und stieg dann ebenfalls ein. Im Moment gab es nichts mehr zu bereden. Ohne auf ein okay zu warten, krachte die Metalltür ins Schloss und es wurde düster, da sich ihre Augen erst einmal an das Zwielicht im Innern gewöhnen mussten.

Wie immer war der Geruch die erste Wahrnehmung und hier roch die Luft ziemlich ranzig, einer Mischung aus Diesel, Schweiß und zu lang getragener Kleidung. Und sie waren nicht allein. Draußen heulten derweil die schweren Motoren auf und ihr Fahrzeug setzte sich schwankend in Bewegung. Die Ausstattung war mehr als einfach gehalten. Rechts und links waren Bänke angebracht, zwischen denen allerlei Rucksäcke, Decken und anderes Zeug herumlag. Links saßen mehrere Leute, anscheinend handelte es sich um eine Familie. Da war eine kleine, dunkelblonde Frau mit einem etwa sechsjährigen Jungen in schmutzigen Jeans auf dem Schoß. Neben ihr ein schlanker Mann mit eingefallenem Gesicht und kurzen, fettigen Haaren. Mit verängstigten Blicken musterten sie argwöhnisch die Neuankömmlinge.

Auf der anderen Seite saß ein grobschlächtiger Mann mit blonden kurzen Haaren und Oberlippenbart. Markus fielen seine schwarzen, frisch geputzten Militärstiefel auf, in welche er akkurat seine Hosen gesteckt hatte und ihm war jetzt schon klar, dass er mit diesem Kerl aneinandergeraten würde. Die Augen des Typen hefteten sich lüstern an Susan und musterten sie wie bei einer Fleischbeschau.

Um das erste Eis zu brechen, vor allem aber um den Blick des Kerls von Susan abzulenken, stellte Markus Susan und sich selbst vor. Abwartend sah er in die Runde. Der schmierige Typ mit den Stiefeln ergriff als erster das Wort.

„Moin, ich bin Erich Alter. Ihr habt Schwein gehabt, dass wir hier vorbeigekommen sind aber he, so ist die Deutsche Armee nun mal, immer dort, wo man sie braucht. Die da drüben ...“, er deutete mit dem Kinn kurz zu der Familie, welche krampfhaft versuchte, jeden Blickkontakt mit ihm zu vermeiden, „kommen ursprünglich aus Jena, wurden aber woanders aufgelesen. Das sind Ulrike, ihr Männchen Matthias und der kleene Hosenscheißer ist Jochen.“

Es war offensichtlich, dass er die Drei nicht mochte. Dann wanderte sein Blick zum Hund.

„'Nen geilen Köter haste da, ist der scharf?“

Markus zog eine Augenbraue hoch, ging aber nicht auf die Frage ein und stellte ihre Rücksäcke in eine freie Ecke. Es tat gut, die Last vom Rücken zu haben und die Beine endlich wieder auszustrecken. Doch der Kerl ließ nicht locker und setzte nach.

„Sag mal Alter, ich rede mit dir!“

Markus drehte sich nun doch zu ihm um.

„Lass uns erst mal zu Atem kommen, dann können wir reden, verstehst du, hm?“

Angepisst lehnte sich der Typ zurück, hielt aber immerhin seinen Mund.

„Hey, mein kleiner Mann, alles klar mit dir? Ich bin Susan und wer bist du?“, wandte sich Susan an den Jungen, als sie sich neben das Ehepaar auf die Bank setzte.

Draußen waren immer noch vereinzelte Schüsse zu hören. Es war die kleine Frau, die auf Susans Frage anstelle des Kindes antwortete. Und von Ulrike erfuhren sie auch, dass sie in der Nähe von Leipzig von dem Konvoi aufgelesen worden waren. Sie hatten dort, als die Seuche die Welt veränderte, ihren jährlichen Weihnachtsbesuch bei den Eltern von Matthias absolviert. Die erste Woche nach Ausbruch der Seuche hatten sie sich in ihrem Haus eingeschlossen und zusammen mit den anderen Bewohnern erst mal abgewartet, was weiter geschehen würde.

Markus schüttelte den Kopf und versuchte sich vorzustellen, wie viele Menschen es ihnen wohl gleichgetan hatten. Erstmal abwarten und weitersehen. Die Frau erzählte weiter. Als die Vorräte knapp wurden, mussten sie ihr Versteck dann doch verlassen. Damals waren sie noch zu zehnt, sieben Erwachsene und drei Kinder. Als sie eine Woche später vom Militär an einer Autobahnraststätte aufgelesen wurden, waren nur noch sie drei übrig.

Die kleine Frau hatte Tränen in den Augen, denn sie war besonders von dem Schicksal der beiden anderen Kinder ergriffen. Die hatte es zusammen mit ihrem Vater schon drei Straßen weiter in einer Apotheke erwischt. Sie waren mit zwei bis unter das Dach voll gestopften Vans unterwegs gewesen. Einer der Erwachsenen benötigte dringend Insulin, also fuhren sie in direktem Weg eben diese Apotheke an.

Es waren zwar einige der Toten auf den Straßen unterwegs gewesen, allerdings stellten die keine unmittelbare Gefahr dar. Zudem half alles nichts, sie brauchten das Medikament mehr als dringend. Das Zeitfenster betrug zehn Minuten und hätte mehr als ausreichen sollen, um es zu besorgen. Nun, leider waren sie nicht die Einzigen in der Apotheke. Es war einer dieser Infizierten, der hinter der Theke auf sie lauerte.

Ganz anders als sie es bisher kannten, anders als die Wahnsinnigen, die wie entfesselte Irre einfach auf der Suche nach dem nächsten Opfer durch die Straßen rannten, saß er einfach da und wartete. Lauerte wie ein Raubtier auf seine Beute. Kaum dass der Vater mit seinen beiden Kindern in der Apotheke war, sprang er über die Theke und rammte mit der Schulter die Tür von innen zu. Drehte den Schlüssel im Schloss herum und zog ihn ab.

Was folgte, war ein regelrechtes Massaker, bei dem Ulrike und den anderen nichts übrig blieb, als hilflos durch die Scheibe mit anzusehen, wie der Infizierte zuerst den Mann fertigmachte, indem er ihm einen Stuhl über den Kopf zog und sich in seinem Hals verbiss. Dann griff er sich die Kinder. Eins nach dem anderen. Das alles ging rasend schnell. Dann mussten sie abhauen, da die Toten nun aus Häusern, Gassen und sogar aus den Fenstern aus allen Richtungen auf die Straße strömten.

Zwei Dinge an der Sache machten Markus bei ihrer Erzählung stutzig. Erstens: Der Infizierte hatte ganz offensichtlich vorsätzlich gehandelt, hatte den Leuten aufgelauert, also einen Plan gehabt. Und zweitens: Erst als er seine Opfer sicher im Laden hatte, erfolgte der Angriff der Leichensäcke auf die beiden Fahrzeuge. Das erinnerte ihn extrem an die Sache mit dem Doktor in Platkow. Markus mischte sich jetzt voller Neugier in das Gespräch ein.

„Ulrike, sag mal, der Typ der euch aufgelauert hat, war der ganz sicher krank?"

„Ja klar, das erkennst du sofort. Ganz sicher war der infiziert. Wir konnten es an seinen Augen sehen. Warum fragst du?"

Markus sah sie aufmerksam an.

„Weil ich etwas Ähnliches erlebt habe. Hat er irgendetwas zu euch gesagt?"

Ulrike dachte angestrengt nach. Dann nickte sie unsicher.

„Na ja, gesprochen hat er nicht gerade. Nur war es so, dass er in dem Moment, als er die Tür abgeschlossen hat, so unglaublich böse grinste. Ich sah, wie sich seine Lippen bewegten, keine Ahnung, vielleicht war es auch nur Einbildung. Hören konnte ich jedenfalls nichts durch die geschlossene Tür."

Immer wieder schüttelte die kleine Frau fassungslos den Kopf, wenn sie sich daran erinnerte. Als sie zu schluchzen anfing, nahm sie ihr Mann tröstend in die Arme und sah Markus an.

„Du, ich denke es reicht jetzt. Sie ist immer noch total fertig."

Markus konnte sich das gut vorstellen.

„Ja klar, sorry, entschuldige bitte. Wir können ja später immer noch weiter reden."

Susan dachte für sich, dass sich die Geschichten der überlebenden Menschen irgendwie alle ähnelten. Jeder hatte Verluste erlitten und das Grauen kennengelernt. Schon wollte sie ihre Vermutung äußern, die Sache mit der Besessenheit, doch Markus legte ihr warnend die Hand auf den Arm und schüttelte fast unmerklich den Kopf. Das war eine Sache, die unbedingt zwischen Susan und ihm bleiben musste. Erstmal zumindest.

Der Idiot auf der anderen Bank kommentierte alles mit einem schiefen Grinsen. Der Typ wurde Markus von Minute zu Minute unsympathischer. Seine Story war schnell erzählt, auch wenn sie eigentlich niemand hören wollte. Er war, soweit Markus ihn richtig verstanden hatte, mit einigen seiner sogenannten Kameraden gerade in Halle unterwegs gewesen, als die ganze Scheiße begann und hatte sich mit ihnen in einem kleinen Gemischtwarenladen verschanzt.

Als einer seiner Freunde dann die ersten Symptome der Krankheit zeigte, schlug er ihm mit dem Baseballschläger den Schädel ein und setzte sich Richtung Autobahn ab, wo er praktisch in letzter Sekunde von den Panzergrenadieren aufgelesen wurde. So zumindest seine knappe Schilderung vom Zerfall seiner gepriesenen Bruderschaft. Aber he, besser diese Arschlöcher brachten sich gegenseitig um, denn auf diese geistlosen Idioten konnten sie hier getrost verzichten.

Susan hatte den kleinen Jochen inzwischen auf den Schoß genommen und zeigte ihm, wie man Schattenspiele mit den Fingern machte. Sein Blick war leer und teilnahmslos. Die beiden Frauen unterhielten sich dabei leise über den Jungen.

Markus interessierte sich im Moment nicht sonderlich für die anderen Leute im Transporter und sah sich gedankenverloren das zerknitterte Bild von Anette in seinen Händen an. Er wünschte sich, bei ihr zu sein, so wie vor dem Untergang und stellte sich vor, ihre innigen Umarmungen zu spüren, wie sie sich liebevoll an seine Brust schmiegte. Wünschte sich einen ihrer innigen Blicke herbei, um darin alles vergessend ins Bodenlose zu versinken.

Susan musste lächeln, als sie etwas später bemerkte, dass Markus die Augen zugefallen waren. Als er im Begriff war, nach vorne von der Bank zu kippen, zog sie ihn sanft zurück und lehnte ihn an ihre Schulter. Sie wusste absolut nichts über ihn und trotzdem war da dieses vertraute Gefühl, welches sie zu ihm hinzog.

Die kleine Familie links von ihr war ebenfalls eingenickt, der Kleine schnarchte sogar laut vor sich hin. Komisch, dass ausgerechnet sie nicht schlafen konnte. Ihr Blick streifte eher zufällig an Erich vorbei und es überkam sie ein kalter Schauer. Der Typ stierte sie in einer geradezu dümmlichen Geilheit an, dass ihr fast übel wurde. Er hielt es nicht einmal für nötig, den Blick abzuwenden oder wenigstens so zu tun, als ob es Zufall war, als sie ihn direkt ansah. Provozierend hatte er eine Hand in seinen Schritt gelegt und sah sie auffordernd an.

„He, Kleine, komm doch rüber zu mir, da kannste ‘nem echten deutschen Mann mal seinen Schwanz blasen. Was hältst du davon, hä? Mal Spaß haben, jetzt wo alles den Bach runtergeht.“

Susan zuckte erschrocken zusammen, denn mit einer derart primitiven Anmache hatte sie nicht gerechnet. Dieses verdammte Dreckschwein.

„Vorher friert die Hölle zu, du Arschloch!“, zischte sie ihn aggressiv an. Der Typ machte ihr wirklich Angst und sie war froh, nicht allen mit ihm hier eingepfercht zu sein. Der Mann grinste nur dreckig.

„Wirst schon sehen Schlampe, dich ficke ich noch. Schon sehr bald sogar. Euch alle werde ich ficken. Eine nach der anderen.“

Dieses Arschloch hatte echt nicht mehr alle Tassen im Schrank. Wut stieg in ihr auf. Am liebsten hätte sie ihm den Schädel eingeschlagen. Jetzt sofort. Und sie war sicher, keinen hätte es gestört.

„Halt einfach dein Maul, okay? Sei bitte einfach still!“

Demonstrativ lehnte sie sich enger an Markus und schloss die Augen, um die dreckige Visage ihres Gegenübers nicht länger ertragen zu müssen, welcher sich in seiner grenzenlosen Dummheit anscheinend für unwiderstehlich hielt. Warum musste es grundsätzlich überall ein Arschloch geben?

SOLDATENDEUTSCH

Vorne im Führerhaus des MAN saßen die Gefreiten Haberger und Kantz. Haberger saß auf dem Beifahrersitz und hing wie meistens, wenn sie unterwegs waren, seinen Gedanken nach. Meistens deswegen, weil er nicht immer eine Zeitung dabei hatte. Er dachte oft an die vergangen Tage. Seit dieser Mist mit der Seuche das erste Mal in der Nähe von Berlin angefangen hatte, waren sie ununterbrochen im Einsatz.

Damals noch in voller Mannstärke, erhielt das Panzergrenadierbataillon 371 den Befehl, von Marienberg auszurücken, um zusammen mit den Pionieren an den vielen Elbbrücken Stellung zu beziehen. Als ihr Zug, ein Teil der vierten Kompanie mit insgesamt sechzig Mann, das Feldlager eingerichtet hatte, überschlugen sich schon bald die Ereignisse.

Zuerst waren es nur einzelne Menschen, die vor den massiven Panzersperren aus Beton auftauchten und allem Anschein nach infiziert waren und sich seltsam aggressiv verhielten. Sie kamen ihm vor wie Leute, die unter Drogen standen und nicht mehr wussten, was sie taten. Sie hatten diesen seltsamen Blick.

Fast zeitgleich kam vom Oberkommando der Befehl zur Sprengung der Brücke, den sie angesichts der wachsenden Zahl an Wahnsinnigen ohne zu zögern ausführten. Am ersten Tag fühlten sie sich sicher mit all ihren Waffen und vor allem, weil die gesprengten Brücken die Kranken davon abhielten, auf die andere Seite zu kommen.

Also saßen die Soldaten einfach nur da und warteten auf neue Befehle. Doch die Seuche war schon längst über die Elbe geschwappt und breitete sich wie eine Flut über das ganze Land aus, nur wussten sie das noch nicht. Der Funker hatte einige Gespräche aus dem Nato-Hauptquartier abgehört, in denen sogar von einer globalen Katastrophe die Rede war. In der nächsten Nacht erfolgte der Angriff. Sie kamen von allen Seiten, einige dieser Idioten versuchten sogar, durch die Elbe zu schwimmen und ertranken dabei im eiskalten Wasser. Damals waren die Infizierten noch am Leben, also galt für alle die vom Kommando ausgegebene Kategorie 1.

Damals konnten sie mit diesen verwirrenden Kategorien noch nichts anfangen. Es war die Hölle, die über sie hereinbrach, anders konnte man es nicht bezeichnen, wenn ein Heer lebensmüder Menschen gegen Stahlbetonwände anrannte und schon weit vorher durch den Kugelhagel der MG3 niedergestreckt wurde. Die Soldaten hatten keine andere Wahl und mussten mit scharfer Munition das Feuer eröffnen, denn jedem wurde schnell klar, das es hier um das nackte Überleben ging. Also feuerten sie mit zusammengekniffenen Augen auf die eigene Bevölkerung.

Doch die Angreifer kamen allein durch ihre Masse immer näher und brandeten an den Mauern nach oben. Es war ein grauenvolles Massaker. Mehr als die Hälfte der Soldaten war zuvor noch nie an einem ernsthaften Kampfeinsatz beteiligt gewesen, einige drehten durch und rannten einfach davon, alle Befehle missachtend und ihre Waffen wegwerfend. Wieder andere schissen sich die Hosen voll.

Binnen einer Stunde war ihre Mannstärke auf die Hälfte geschrumpft. Ja, so schnell ging das. Die benachbarte Pioniergruppe wurde sogar vollständig überrannt und komplett ausgelöscht. Er hörte noch heute die Hilfeschreie des Funkers, der zuletzt nur noch heulend nach seiner Mama wimmerte. Ihr Glück war, dass der kommandierende Offizier, Leutnant Schuster, die Nerven behielt und Abmarsch in Gefechtsformation befahl. Damals wussten sie noch nicht, dass auf die Kategorie 1 die wesentlich schlimmere Kategorie 2 folgen würde.

Anscheinend stand der Leutnant in Kontakt mit dem Kommando, denn er wusste (oder behauptete es zumindest), dass es weiter südlich ein sicheres Rückzugsgebiet gab. Auf dem Weg dorthin sollte die neue Aufgabe des Konvois darin bestehen, so viele Überlebende wie möglich aufzusammeln und in Sicherheit zu bringen.

Schon einen Tag nach dem Aufbruch (oder sollte man besser Flucht sagen) erfuhren sie in schmerzhafter Weise, was es mit Kategorie 2 auf sich hatte. Zuerst dachten sie, dass es sich um erschöpfte, vielleicht schwerkranke Zivilisten handelte.

Als sie das erste Mal in die toten Augen dieser armen Geschöpfe blickten, wussten sie es schnell besser. Die kleinste Unachtsamkeit wurde mit dem Tod bestraft, daher konnte er es einigen der Soldaten nicht verdenken, dass sie nicht gerade glücklich darüber waren, die ohnehin schon wenigen Überlebenden aufzusammeln und auch noch mitzuschleppen.

Ein einziger Infizierter konnte ausreichen, die gesamte Gruppe zu vernichten. Er und Kantz hatten nicht den geringsten Zweifel daran, dass sich das alles früher oder später auf die Moral der Truppe auswirken und es zum Eklat gegenüber den Zivilisten oder Leutnant Schuster kommen würde.

Etwas später unterbrach der Konvoi seine langsame Fahrt auf der A4, um an einer Autobahnraststätte die Fahrzeuge aufzutanken. Das gesamte Gelände des Rastplatzes war voller LKW, Camper und PKW. Leutnant Schuster ließ stoppen und stellte zehn Mann dazu ab, auszuschwärmen, um das unübersichtliche Areal abzusuchen. Vor allem sollten die Männer nachprüfen, ob sich noch Treibstoff in den unterirdischen Tanks unter den Zapfsäulen befand, denn nur so würde ein Aufenthalt überhaupt einen Sinn ergeben.

Routiniert drangen die Soldaten mit vorgehaltenen Waffen auf das Gelände vor und schwärmten aus. Es hielten sich nur wenige Zombies zwischen den Fahrzeugen auf und die wurden durch präzise, gezielte Schüsse mit schallgedämpften Waffen erledigt. Von alldem bekamen die Zivilisten in den schweren Lastwagen nichts mit, denn erst, als alles sicher und für die Nacht vorbereitet war, durften sie auszusteigen.

Susan rieb sich müde die Augen und fragte sich, wie lang sie geschlafen hatte. Sie hatte vollkommen die Orientierung verloren und auch Markus, der direkt hinter ihr aus dem Fahrzeug kletterte, hatte einen fragenden Gesichtsausdruck und streckte müde seine schmerzenden Glieder. Sie wurden zusammen mit den anderen Zivilisten in das Gebäude der Raststätte eskortiert, denn Schuster wollte sie aus dem Weg haben.

Was folgte, war ein kurzer Gesundheitscheck direkt am Eingang der Raststätte. Die Sanitäterin der Truppe, ihr Name war Carstens, überprüfte auf oberflächliche Verletzungen, suchte in den Augen nach seltsamen Farbspielen und schaute jedem in den Rachen. Sofort fiel der Frau die Wunde an Markus Bein auf. Als er ihr die Umstände dazu darlegte, bekam er von ihr einen neuen Verband und eine Spritze, deren Funktion er schneller wieder vergaß als sie ihm erklärt wurde. Die Soldaten hatten die Fahrzeuge so aufgestellt, dass diese zusammen mit dem Gebäude der Rastanlage eine Art Wagenburg bildeten und somit die Möglichkeiten, in das Innere dieses Rings einzudringen auch für Tote erschwert wurde.

Einige der Männer hatten zusätzlich auf dem Dach Stellung bezogen und suchten systematisch mit großen Ferngläsern die Umgebung ab. Susan, Markus und die kleine Familie aus ihrem Wagen beschlossen, erst mal zusammenzubleiben und suchten sich einen Tisch möglichst weit weg von der Fensterfront, um dort ihr Lager für die Nacht aufzuschlagen. Während die Männer heißen Eintopf und Getränke von der Theke holten, hinter der einige der Frauen zusammen mit einem Soldaten das Essen vorbereitet hatten, unterhielten sich Susan und Ulrike mit gedämpften Stimmen.

„Bin echt froh, dass wir nicht mehr zusammen mit diesem Arsch eingepfercht sind", meinte Susan und blickte dabei zur Essensausgabe. Sie war noch immer über die Anmache des unverschämten Typen namens Erich aufgebracht. Ulrike konnte ein Lächeln nicht verbergen.

„Du, beachte den doch einfach nicht. Ich glaube, der ist harmlos und hat nur ein großes Maul."

Susan war sich da nicht so sicher. Aber gut, wenn Ulrike meinte. Die Männer standen an der Theke an und die meisten Tische waren inzwischen besetzt. Über allem schwebten die gedämpften Stimmen der leisen Unterhaltungen, es hatte fast den Anschein einer normalen Rast in einem dieser völlig überteuerten Autobahnrestaurants.

Leider fehlten die nervende Musik und das Gedudel der Spielautomaten, aber man konnte ja nicht alles haben; konnte nicht das normale Leben zurückhaben, das mit den vielen Menschen gestorben war. Ulrike bemerkte den sehnsuchtsvollen Blick, den Susan hinüber zu Markus warf, der ungeschickt mit den Tellern herumhantierte.

„Sag mal, bist du eigentlich mit Markus zusammen?“, wollte Ulrike wissen. „Kannst deine Augen ja gar nicht von ihm lassen!“

Susan sah verlegen auf ihre Hände, die vor ihr auf der Tischplatte lagen und wurde tatsächlich rot. *Wie ein ertapptes Schulmädchen,* dachte sie sich.

„Na ja, was soll ich sagen, im Grunde kennen wir uns ja erst seit ein paar Tagen“, stammelte sie mit heiserer Stimme. Sie fragte sich, ob es denn so offensichtlich war und fühlte sich von Ulrike überrumpelt. Die ergriff verschwörerisch ihre Hand

„He, ist schon okay, ist doch schön, wenn es in so einer Situation funkt.“

Susan schüttelte den Kopf.

„Ich glaub nicht, dass es so einfach ist, Ulrike. Markus will nach Süden, weil er dort ‘ne Frau, Freundin oder was-weiß-ich-was hat, die da auf ihn wartet.“

Sie klang fast schon verzweifelt. Ulrike sah ihr mit ernstem Blick in die Augen.

„Na und, was soll’s! Sei mal ehrlich, wie hoch schätzt du die Chancen denn ein, dass die andere, falls es sie überhaupt gibt, noch am Leben ist oder nicht selbst schon wie eins dieser Monster durch die Gegend rennt und Menschen frisst? Hey, Susan, ergreife die Gelegenheit und halt dich an ihn, denn der Typ scheint in Ordnung zu sein.“

So versuchte sie ihr Mut zu machen. Ulrike dachte dabei an ihren eigenen Mann und ihre Distanz zu ihm. Vor der Katastrophe hatten sie sich nur selten gesehen und wenn doch, dann hatte es immer öfter heftigen Streit gegeben. Der einzige Grund, weswegen sie noch zusammen waren, war der kleine Jochen, der so schon genug unter dem ewigen Gezanke um Nichtigkeiten litt.

Gedankenverloren sah sie den kleinen Kerl an, wie er auf der Bank an der Wand unter einer der schmutzigen Decken lag und schon wieder eingeschlafen war. Dann waren die Männer endlich zurück und stellten die mit dampfendem Eintopf gefüllten Teller auf den Tisch. Markus hatte sogar eine kleine Flasche Bordeaux aus dem SB-Regal aufgetrieben, rieb sich voller Vorfreude die Hände und platzierte die Flasche stolz wie eine Trophäe in der Mitte des Tisches.

„So Leute, scheint ja heute unser Glückstag zu sein, es gibt warmes Essen und dazu einen kleinen Schluck von dem Roten hier."

Gut gelaunt fuhr er durch Susans Haare, die ihm daraufhin spielerisch auf die Finger schlug. Jetzt mussten sie wirklich alle lachen.

„Der Soldat hinter der Theke meint, dass wir schon bald die Grenzlinie erreichen würden", meinte Matthias, „und bei der Bewaffnung kann uns eigentlich so gut wie nichts mehr davon abhalten würde ich sagen."

Er stopfte sich ein Stück trockenes Brot in den Mund. Markus war sich dagegen gar nicht so sicher.

„Abwarten. Wenn ich eines in den letzten Tage gelernt habe, dann ist es das Abwarten und dass sich jederzeit alles ändern kann."

Aber jetzt war zuerst das Essen wichtig. Hungrig löffelten sie den Eintopf und genossen das wohlige Gefühl, wieder etwas Warmes in den Bäuchen zu haben.

ABMARSCH

Punkt Null-Sechshundert betrat der Gefreite Haberger die Raststätte, in der die Zivilisten auf Bänken, Tischen oder dem blanken Boden die Nacht verbracht hatten. Die meisten schliefen noch. Haberger war schon seit vier Stunden auf den Beinen und hatte vor dem allgemeinen Wecken seine Wache oben auf dem Dach der Raststätte abgesessen. Seine Augen waren müde vom ständigen absuchen der Umgebung mit dem Nachtsichtgerät.

Anders als zu Friedenszeiten in der Kaserne war es hier ein Muss, voll auf dem Posten zu sein und die Gegend im Auge zu behalten. Da war nichts mit Dösen. Aber es hatte sich rein gar nichts gerührt. Na ja, fast nichts, denn einer der Soldaten hatte sich mit dem blonden Flittchen aus dem zweiten MAN, deren großen Titten schon seit zwei Tagen Truppengespräch waren, zwischen den abgestellten Fahrzeugen vergnügt, obwohl solche Kontakte und vor allem das Verlassen des Schutzkreises von Leutnant Schuster aufs Äußerste untersagt worden waren.

Wer weiß, welche Krankheiten diese Tussi so in sich trug. Na, das sollte nicht seine Sorge sein. Leider hatte er durch das grobkörnige Grün des Nachtsichtgerätes keine Einzelheiten erkennen können. Auf jeden Fall nahm der Typ die Tussi recht ordentlich von hinten. In der nächsten Runde saß sie vor ihm auf den Knien. Und das bei dieser verdammten Kälte. Amüsiert schüttelte er den Kopf. Für ihn war das alles nichts, für solche Sachen war er einfach zu alt, war aus dem Rennen.

Lieber dachte er an seine eigene Familie, die er wohl nie mehr wieder sehen würde. Zumindest nicht lebend, dessen war er sicher. Aber das ging niemanden etwas an und war eine andere Geschichte.

Auf der Autobahn hatte er dann etwas später in großer Entfernung tatsächlich einige Zombies ausgemacht, die sich in Gruppen von zehn bis zwanzig Individuen in ihre Richtung bewegten. Vermutlich hatten sie das Licht gesehen, Geräusche gehört oder sie hatten einfach nur die Lebenden gewittert.

Haberger vermutete, dass es irgendetwas mit dem Blut zu tun hatte, aber da gingen die Meinungen innerhalb der Truppe ziemlich weit auseinander. Kurz bevor er dann von Schneider den Befehl erhalten hatte, die Zivilisten zu wecken, wurde damit begonnen, die Fahrzeuge für die nächste Strecke vorzubereiten.

Nun stand er also in der Raststätte und ging von Schlafstelle zu Schlafstelle, rüttelte an Schultern oder tippte den ein oder anderen mit dem Fuß an. Von manchen bekam er rüde Kommentare zu hören und trotzdem war er überrascht, wie viele der Leute schon wach waren oder, was viel wahrscheinlicher war, noch gar nicht geschlafen hatten.

Als Haberger am Tisch von Markus vorbeikam, war dieser ebenfalls schon auf den Beinen. Unter dem Tisch hörte man den Hund warnend brummen. Mit ausgetrocknetem Mund nickte Markus dem Soldaten zu und gab ihm zu verstehen, dass er die anderen an seinem Tisch selbst wecken würde. Susan war in einer Decke gewickelt mit dem Kopf auf seinen Beinen eingeschlafen, also hatte er zwangsläufig die ganze Nacht in sitzender Stellung verbracht und fühlte sich dementsprechend verspannt.

Sanft strich er ihr über den Kopf und rüttelte sie vorsichtig, bis sie träge die Augen öffnete und sich aufsetzte. Markus war froh, in Susan eine Begleitung gefunden zu haben, auf welche er sich verlassen konnte und die sich, zumindest seinem Empfinden nach, nicht allzu sehr an ihn hing.

Er lächelte, als sie verschlafen auf der Bank saß und sich die Augen rieb. Als ein paar Minuten später frischer Kaffeeduft durch den Raum wehte, waren auch die Letzten wach geworden und alle fingen damit an, ihre Habseligkeiten zusammenzusuchen und sich für den bevorstehenden Aufbruch vorzubereiten.

Markus übernahm gerne die Aufgabe, das Frühstück zu besorgen, um sich etwas bewegen zu können und reihte sich in die Schlange an der Essensausgabe ein, wo ihn ein nach Schweiß stinkender und sehr übergewichtiger Typ mit speckigen Cordhosen in ein belangloses Gespräch über seine immensen Verluste am Aktienmarkt verwickelte und wie sehr im doch das Internet fehlte.

Markus war das ehrlich gesagt alles scheißegal, also beschloss er das Gelaber des Mannes einfach abzunicken und nicht weiter darauf einzugehen. Er befand sich schon auf dem Rückweg zum Tisch, als Susan unvermittelt und voller Wut aufsprang und quer durch die Raststätte stürmte. Verdutzt sah er ihr hinterher und hörte, wie sie außer sich vor Wut die Worte „Verdammtes Dreckschein, ich bring dich um!“ durch den Raum brüllte.

Sie hatte vollkommen ihre Beherrschung verloren, als sie den Typen erkannt hatte, der ganz hinten an dem Tisch unter dem Fenster saß, obwohl der noch versucht hatte, sich hinter einigen der staubigen Plastikpflanzen zu verbergen. Es war Steven.

Susan hatte noch immer sein feistes Gesicht vor Augen, als er sich in jener Nacht, als Lucy und Tobias gestorben waren, mit dem VW-Bus davongemacht hatte. Sie war verdammt schnell bei ihm, hatte die Distanz zu ihm in wenigen Augenblicken zurückgelegt und sah noch aus dem Augenwinkel, wie Markus mit dem Tablett in der Hand mitten im Raum stand und ihr verwirrt hinterherblickte.

Sie sah den wachhabenden Soldaten an der Tür, wie er sich zu ihr umdrehte und in einer fließenden Bewegung das G36 von der Schulter zog. Noch im Laufen zog sie ihr Klappmesser aus der Jackentasche, das sie sich im Trekkingladen in Weimar eingesteckt hatte. Nur noch wenige Augenblicke und sie würde es diesem Arschloch endgültig zeigen, würde ihn fertig machen bis nichts mehr von ihm übrig war.

Plötzlich waren alle auf den Beinen, auch die Leute an Stevens Tisch, eine dunkelhaarige spindeldürre Frau mit vorstehender Nase und ein pickeliger Junge von vielleicht dreizehn Jahren. Steven wich mit aufgerissenen Augen bis zur Wand zurück und stieß dabei die Kaffeebecher auf dem Tisch um.

Susan war jetzt vollkommen auf dieses Stück Scheiße fixiert und hörte wie durch dicke Watte den Soldaten irgendetwas brüllen, ganz weit weg bellte sogar Markus’ Hund. Dann war sie bei ihm, sah wie sein Mund bedeutungslos auf- und wieder zuklappte und die Reste des Frühstücks in seinem Bart hingen.

Eine Frau mit Hakennase versucht noch, sie am Arm festzuhalten, war aber viel zu langsam. Zu langsam und zu schwach, denn die Raserei verlieh Susan unglaubliche Kräfte. Mit einem animalischen Aufschrei, in dem all ihr Zorn lag und vielleicht sogar all die Verzweiflung der letzten Tage, stieß sie die Klinge nach vorne. Stevens Mund formte ein großes „O" und er streckte beide Hände abwehrend in einer hilflosen Geste nach vorne.

Die scharfe Klinge schlitzte direkt und ohne auf größeren Widerstand zu treffen seinen rechten Handballen unterhalb des Daumens auf. Schnitt wie durch Butter. Durch die Wucht ihres Angriffes verlor Susan den Halt und flog quer über den Tisch nach vorne auf das Arschloch zu. Dabei rammte sie dem Schwein die Klinge bis zum Anschlag in die Schulter. Sie konnte spüren, wie der Stahl an seinem Knochen abglitt und dann stecken blieb.

Steven schrie wie ein angestochenes Ferkel, krallte seine linke Hand in ihre Haare und versuchte sie von sich weg zu halten, irgendwie. Dabei rutschen beide zusammen unter den Tisch. Susan spürte rein gar nichts. Keinen Aufprall und auch nicht das Zerren an ihren Haaren. Die Hakennase fing an hysterisch zu schreien.

Alle anderen kreischten voller Panik und rannten wild durcheinander, aus lauter Angst, es könnte sich um eine Infizierte handeln. Aber das alles nahm Susan nicht wahr. Auch nicht die schweren Soldatenstiefel, die sich schnell näherten. Nicht einmal Markus, wie er laut ihren Namen brüllte. Sie hatte nur ein Ziel: diesen Dreckskerl umzubringen. Daher schlug sie wie eine Irre mit beiden Fäusten auf sein Gesicht ein, immer und immer wieder. Verzweifelt scheiterte Steven mit seiner schwächlichen Gegenwehr und fing an zu wimmern, als seine Nase nach einem Treffer gleich an mehreren Stellen brach.

Bevor sich sein Gesicht gänzlich in eine blutüberströmte Grimasse verwandelte, wurde Susan brutal an ihren Füßen unter dem Tisch hervorgezogen. Grob holte sie der Soldat auf die Beine und bog ihr beide Hände auf den Rücken, bis ihre Gelenke knackten. Markus half ihm dabei, sie vom Tisch wegzuziehen. Selbst jetzt noch entwickelte sie die Kraft einer Furie und trat wild um sich, fegte dabei die sowie schon umgestürzten Tassen vom Tisch, die klirrend auf dem Boden zersprangen.

Die beiden Männer mussten ihre gesamte Kraft aufbieten, um die Frau zu bändigen. Einige Minuten später hatte man ihr die Hände mit Kabelbindern auf den Rücken gefesselt und sie auf einen Stuhl gesetzt, der an der Wand in der Nähe der Toilettentüren stand. Weit weg von dem schwer verletzten Steven. So langsam kam Susan wieder zur Besinnung und registrierte, was in ihrem Umfeld geschah.

Zwei Soldaten standen rechts und links neben ihr, während Markus wild fuchtelnd auf einen grauhaarigen Soldaten einredete, den sie am letzten Abend schon mal kurz gesehen hatten und der hier wohl die Befehlsgewalt innehatte. Sein Mund ging immer wieder auf und zu. Warum zur Hölle konnte sie nichts hören.

Alle anderen hatten die Raststätte anscheinend schon verlassen. Der Hund saß angebunden auf dem Boden neben der Eingangstür und sah mit aus dem Maul hängender Zunge in ihre Richtung. Ihr Schweiß trocknete und ihre Haut juckte jetzt wie verrückt. Gerne hätte sie dem Drang, sich zu kratzen nachgegeben, um sich so Linderung zu verschaffen, aber ihre Hände waren hinter ihrem Rücken fixiert und taten höllisch weh.

Langsam konnte sie wieder einigermaßen klar denken und wünschte sich, dass dieses Schwein unter dem Tisch verreckt war. Leider zeugte die Blutspur, die vom Tisch ausgehend über den Boden in die Toiletten führte davon, dass das Arschloch ein weiteres mal überlebt hatte. Wie zur Bestätigung schwang die Tür zum Waschraum auf und die Sanitätsgefreite Carstens ging zu dem Mann, mit welchem Markus gerade diskutierte.

Routiniert streifte sie sich dabei ihre blutigen Gummihandschuhe ab und stülpte sie um. Anscheinend ging es bei dem Gespräch darum, wie die Soldaten nun mit ihr verfahren würden. Also musste es sich bei dem Mann um diesen Leutnant Schuster handeln, von dem der Typ in Weimar erzählt hatte.

Nachdem Carstens ihren Bericht abgegeben hatte (wovon Susan leider nichts verstehen konnte), kamen alle drei zu ihr. Markus Gesichtsausdruck konnte man nicht gerade als glücklich deuten.

Markus war nicht nur unglücklich über diese neue Situation, er war sogar stinksauer. Jedoch nicht auf Susan, denn deren Handeln konnte er nur zu gut verstehen. Dieser Leutnant Schuster war ein verdammt sturer Bock, der keinen Deut von seinen Ansichten abwich. Er hatte die Fäden in der Hand und das machte er auch mit jedem seiner Worte deutlich. Der Mann ging vor Susan in die Hocke und musterte sie ausgiebig. Dann fing er ab zu sprechen.

„Susan, so ist doch Ihr Name, oder?"

Sie nickte. Also sprach der Mann weiter.

„Im Grunde sollten wir Sie einfach hier zurücklassen. Sie haben durch Ihre, wie ich meine, unnötige Gewaltanwendung die ganze Gruppe in Gefahr gebracht, Sie selbst eingeschlossen. Ich denke das sollte Ihnen bewusst sein. Weiter sollte Ihnen klar sein, dass sie nur auf Grund der Ausführungen ihres Fürsprechers", er drehte den Kopf kurz in Markus' Richtung, „nicht sofort von uns ausgesetzt oder standrechtlich erschossen wurden. Verstehen Sie, was ich Ihnen sage?"

Susan hatte das Gefühl, in die Augen einer Schlange zu blicken, denn der Typ blinzelte nicht einmal, während er mit ihr sprach, sondern fixierte sie mit seinem Blick und folgte den Bewegungen ihrer Augen mit den seinigen. Fahrig leckte sie sich über ihre trockenen Lippen und hätte gerne etwas getrunken, traute sich aber nicht, diesen Wunsch auszusprechen. Susan setzte an, etwas zu sagen, doch der Mann kam ihr zuvor.

„Ich weiß, in welcher Lage Sie sich befinden und was der Mann Ihnen angetan hat. Das gibt ihnen jedoch nicht die Befugnis, selbstgerecht zu handeln oder gar eigenmächtig eine Bestrafung auszuführen. Wenn hier jemand innerhalb dieser Gemeinschaft Recht spricht, dann bin ich das; wenn hier jemand Strafen anordnet, dann geschieht dies auf meinen Befehl; und wenn hier jemand diese Strafen ausführt, dann Männer, die unter meinem Kommando stehen. Ist Ihnen das klar oder muss ich deutlicher werden?"

Auffordernd sah er Susan an, die immer unsicherer wurde. Was hatte der Kerl vor, würde er sie hier einfach zurücklassen oder ihr gar einen Kugel in den Kopf jagen? Sie wusste es nicht und hatte keine Worte, um dies zum Ausdruck zu bringen. Ehrlich gesagt hatte sie eine scheiß Angst vor dem Mann, also schlug sie den Blick nieder und zeigte ihm mit einem Nicken an, das sie verstanden hatte.

„Es wird nicht wieder vorkommen, ich weiß auch nicht was in mich gefahren ist“, versuchte sie ihr Handeln zu rechtfertigen, doch Schuster unterbrach sie.

„Gut, es stimmt mich ein wenig zufriedener, wenn Sie Einsicht signalisieren. Wissen Sie, mir bereitet dies alles hier auch kein Vergnügen, glauben Sie mir. Meine Aufgabe ist klar definiert und ich werde jedes Mittel dazu nutzen, diese Mission erfolgreich durchzuführen. Da kann und werde ich auf Einzelschicksale keine Rücksicht nehmen. Alles, was ich tue, dient ausschließlich dem Wohl der Gruppe.“

„Ich möchte …“

Kopfschüttelnd legte er ihr seine Hand aufs Knie und schnitt ihr einfach das Wort ab.

„Dann sind wir beide also wieder im Geschäft, würde ich sagen. Dieses Mal belasse ich es dabei, dass wir Ihnen für die nächste Zeit Fesseln anlegen. Bei der nächsten Entgleisung Ihrerseits gliedern wir Sie aus der Gruppe aus und ich schieße Ihnen und Ihrem Freund hier eine Kugel in den Hinterkopf. So sieht unser Deal aus. Dass es auf meine Ausführungen nur eine einzig mögliche Antwort gibt, sollte Ihnen klar sein. Andernfalls werte ich Ihre Reaktion als weiteren Akt der Aggression. Haben wir uns verstanden?“

Der Druck seiner Hand auf ihrem Knie wurde stärker und ihr Herz schlug plötzlich hart in ihrem Körper. Sie hatte jetzt im Moment mehr Angst als in den letzten Tagen zusammen. Der Mann war eiskalt und wusste genau, wie weit er gehen konnte. Er hatte die Gewalt und würde diese ohne Skrupel nutzen. Ohne ihn anzusehen nickte sie zaghaft, denn sie hatte verstanden. Zufrieden stand Schuster auf und verließ ohne ein weiteres Wort die Raststätte. Markus sah dem Mann nachdenklich hinterher, dann kam er zurück und wischte mit einem Tuch das Blut aus ihrem Gesicht.

Etwas später saßen sie wieder im Transporter, Susan noch immer mit auf den Rücken gefesselten Händen. Sie fühlte sich hilflos wie ein Kaninchen in der Schlinge. Wenigstens war das Grau vom Himmel verschwunden und hatte einem tiefen Blau Platz gemacht. Endlich wieder Sonne. Schwankend setzte sich der Konvoi bei strahlendem Sonnenschein und fast schon angenehmen Temperaturen Richtung Süden in Bewegung. Leider war Erich ebenfalls wieder im Wagen und saß auf seinem alten Platz. Als er erneut mit seinem Gestammel anfing, unterbrach ihn Markus schon nach wenigen Worten mit einem scharfen „Halts Maul!"

Das Letzte, was er jetzt brauchen konnte, war das Gelaber von diesem Idioten, der in zwar ziemlich drohend ansah, aber dennoch seinen Mund hielt. Susan war am Boden zerstört. Dieser Leutnant hatte ihr mächtig Angst gemacht. Vor allem seine kalten Augen, mit denen er sie fixiert hatte, und die Drohung, wenn sie einen Fehler machte auch Markus zu erschießen gingen ihr wie ein Schreckgespenst nach. Sie war sich sicher, dass er nicht zögern würde, seine Worte in die Tat umzusetzen. Dennoch, Steven würde sterben und dafür würde sie persönlich sorgen. Früher oder später würde sie dieses dreckige Schwein erwischen und aufschlitzen, von oben bis unten. Das war sie den anderen schuldig. Wenigstens war Markus an ihrer Seite und stand zu ihr. Wenigstens spürte sie seine Nähe.

„Markus, ich bin vorhin wohl ziemlich ausgerastet, hm? Aber weißt du, ich hätte diesen Drecksack abgestochen, totgeschlagen, oder was auch immer, einfach so und mitten in der Raststätte. Denn genau das hat er verdient."

Markus nickte.

„Brauchst mir das nicht zu erklären. Unser Problem ist nur, dass dieser Schuster anderer Meinung ist und er hat hier nun mal das Sagen. Werfen die uns raus, ist es aus mit uns. Das sollte dir klar sein."

Sie knirschte mit den Zähnen.

„Scheiß drauf, das wäre es mir wert gewesen."

Ihr Verhalten machte Markus zusehends unsicherer. Susans Zustand änderte sich ständig, mal wollte sie sterben vor Angst, dann war sie extrem aggressiv und dann wieder weich und verletzlich. Verdammt, er würde sie im Auge behalten müssen. Vorsichtig legte er ihr einen Arm um die Schultern und zog sie zu sich.

„Wir erwischen dieses Arschloch Steven schon noch. Es gibt bessere Momente als diesen. Und dann werden wir handeln, sei dir dessen sicher. Aber jetzt machen wir erst mal langsam und spielen dieses Spiel mit, okay?"

Susan seufzte. Natürlich hatte Markus recht. Es brachte rein gar nichts, wenn sie sich wegen diesem Idioten auch noch in Gefahr brachten.

„Klar, so machen wir das. He du, ich bin froh, dass du da bist. Und dass du zu mir hältst."

Markus nickte und sah ihr fest in die Augen.

„Ich hab es dir versprochen, Susan."

Erst zur Mittagszeit wurde wieder Halt gemacht, damit sich alle die Beine vertreten und pinkeln konnten. Geblendet von dem ungewohnt strahlenden Sonnenschein half Markus Susan beim Verlassen des Fahrzeugs und sah sich erst mal um. Sie befanden sich noch immer auf der Autobahn. Vor ihnen lag ein mit verlassenen Fahrzeugen hoffnungslos verstopftes Autobahnkreuz. Auf einem der großen Schilder konnte er lesen, dass es von hier aus auf die A71 Richtung Schweinfurt ging. Also waren sie tatsächlich in südlicher Richtung weitergefahren.

Der Hund streckte, kaum dass er draußen war, witternd seine schwarze Nase in die Luft. Dann roch es auch Markus. Ein intensiver Verwesungsgestank lag in der Luft wie eine zähe, bitter schmeckende Wolke. Leutnant Schuster stieg auf das Dach seines Dingos und rief die Zivilisten zu einer Lagebesprechung zusammen, während seine Männer ausschwärmten, um die Umgebung zu sichern.

„Leute, wir sind bisher gut vorangekommen, doch nun stehen wir vor einem ernsthaften Problem. Es sieht so aus, als ob es ziemlich ungemütlich werden könnte. Unsere Späher haben große Herden der Kategorie 2, oder wie sie gerne sagen „Zombies" ausgemacht. Sie kommen aus allen Richtungen, besonders aber aus der Gegend um Erfurt."

Unsicheres Gemurmel entstand unter den Zivilisten. Frauen sahen ängstlich zu ihren Begleitern und es entstand Unruhe. Schuster redete unbeeindruckt weiter.

„Wie Sie sehen, ist die Fahrbahn vor uns hoffnungslos verstopft. Wir werden daher die Autobahn verlassen und uns fortan auf einer Feldstraße parallel zur A71 bewegen. Koste es, was es wolle, wir werden unseren Weg nach Süden fortsetzen, darauf können Sie sich verlassen. Aber dazu brauche ich Ihre Hilfe.

Meine Männer sichern die Umgebung und halten Kategorie 2 davon ab, über uns herzufallen, während Sie, meine Damen und Herren, den Weg für die Fahrzeuge freiräumen. Um die Leitplanken abzubauen und die im Wege stehende Fahrzeuge zu beseitigen, werden wir aus dem vordersten Transportfahrzeug Werkzeug an Sie ausgeben. Das war's, machen wir uns alle an die Arbeit."

Federnd sprang er vom Wagendach und verschwand zwischen seinen Panzergrenadieren, denen er leise Anweisungen gab.

„Na endlich gibt es was zu tun, wurde auch Zeit", grunzte Erich, spuckte sich in die Hände und machte sich auf den Weg zur Werkzeugausgabe. Markus nickte Matthias zu.

„Da hat dieser Arsch ausnahmsweise mal Recht. Ulrike, kümmerst du dich bitte um Susan, währst du so nett?"

Ulrike nickte.

„Klar, mach ich gerne, kein Thema. Passt ihr mal auf euch auf, okay?"

Der schwache Wind trug nicht nur den Gestank der Toten mit sich, sondern auch deren Stöhnen. Ein untrügliches Zeichen, dass sie in der Nähe waren. Es mussten hunderte, wenn nicht sogar tausende sein. Keine fünf Minuten danach eröffneten die MG3 auf den Fahrzeugen das Feuer – zuerst die vorderen Fahrzeuge an der Spitze des Konvois, also genau dort, wo sie versuchten, die Leitplanken abzubauen. Die 40mm-Granatmaschinenwaffe auf dem Fuchs übernahm dabei die weiter entfernten Reihen und hieb ihre vernichtende Splittermunition zwischen die liegengebliebenen Fahrzeuge.

Überall flogen Metallteile durch die Luft, an einigen Stellen fing es sogar an zu brennen. Das Stahlgewitter verrichtete mit einer erschreckenden Präzision sein vernichtendes Werk. Plötzlich wurde auch am hinteren Ende geschossen. Markus zuckte zusammen, als er die warnenden Schreie der Schützen hörte und die ersten bleichen Köpfe zwischen den verlassenen Fahrzeugen auftauchten. Dass die Leichensäcke schon so nahe waren, damit hatte er nicht gerechnet.

Einer nach dem anderen wurde allerdings von den Scharfschützen präzise erledigt. Markus fragte sich insgeheim, wie viel Munition die eigentlich dabei hatten, als er zusammen mit einigen anderen Männern den Lieferwagen einer Paketfirma zur Seite schob.

Während die Männer versuchten, den Weg freizuräumen, nutzten die Frauen die Gelegenheit, abwechselnd zwischen den Fahrzeugen zu sitzen und zu pinkeln. Ulrike musste Susan dabei helfen, da sie mit ihren gefesselten Händen weder die Hose öffnen noch diese herunterziehen konnte. Es war ihr mehr als peinlich, aber es musste einfach sein. Anschließend kletterten sie schnell wieder in den Transporter, wo der kleine Jochen auf sie wartete und damit beschäftigt war, Hartkekse der Bundeswehr zu verdrücken, die er von einem der Soldaten bekommen hatte.

Dann fing auch der Schütze auf ihrem Fahrzeug an, mit dem schweren Maschinengewehr zu feuern. Das Donnern der Waffe war in der Metallkabine geradezu ohrenbetäubend, die leeren Patronenhülsen prasselten auf das Dach und hörten sich an wie ein besonders schwerer Hagelschauer. Ängstlich sah Susan zur Eingangsluke.

„Scheiße, was ist, wenn hier alles schiefgeht und die Dinger durchbrechen. Ich kann mich mit den Fesseln nicht mal wehren."

Ulrike nickte. Deutlich stand die Angst auch in ihrem Blick

„Wenn es eng wird, ich hab ein Taschenmesser in meinem Rucksack, ich denke ich kann dir damit die Kabelbinder durchschneiden. Auch auf die Gefahr hin, dass dieser Psycholeutnant dann austickt und uns alle umbringt."

Der „Psycholeutnant" thronte derweil wie ein Feldherr aus alten Tagen auf einem der Dingos und brüllte mit einem Fernglas an den Augen Befehle in ein Funkgerät. Der Kampflärm machte Susan nun wirklich Angst.

„Mir wäre wesentlich wohler, wenn du es gleich tun würdest."

Doch Ulrike schüttelte den Kopf.

„Ich möchte lieber noch ein bisschen damit warten, ja?"

Klar, sie machte sich wohl wie alle anderen auch vor dem Leutnant in die Hosen. Das Feuergefecht entwickelte sich schnell zu einer ausgewachsenen Schlacht. Den Arbeitern an den Leitplanken wurde es langsam mulmig, immer fieberhafter versuchten sie diese verdammten Hindernisse aus dem Weg zu räumen, schoben Fahrzeuge zur Seite und demontierten die Leitplanken. Jede festgefressene Schraube konnte da schnell zum Verhängnis der gesamten Gruppe werden und zerrte an den Nerven der Männer.

Markus' Puls erreichte ungeahnte Höhen, er schwitzte wie ein Schwein und musste wieder mehrmals sein Asthmamedikament benutzen. Doch dann hatten sie es geschafft. Darauf hatten die Fahrer nur gewartet. Dröhnend wurden die Motoren angelassen und die Soldaten zogen sich, dicht gefolgt von einer Wand aus verwesenden Leibern, zu den Fahrzeugen zurück. Während sie mit den Räumarbeiten beschäftigt gewesen waren, hatten sie nicht bemerkt, wie nah die toten Leiber tatsächlich schon vorgerückt waren.

Als ihnen das klar wurde, war es schon zu spät, also warfen sie die Werkzeuge einfach weg und rannten um ihr Leben, versuchten einen der bereits anrollenden Transporter zu erreichen. Schnell brach Panik aus, die sich zu einer hysterischen Flucht steigerte. Hinter dem vorderen Dingo und dem Radpanzer, die mit ihren Feuerstößen für Deckung sorgten, fuhr ein Fahrzeug nach dem nächsten durch die entstandene Lücke von der Fahrbahn ab, um den Weg unterhalb der Böschung zu erreichen.

Die Toten kamen jetzt von allen Seiten und schlossen den Kreis immer enger. Sie krochen die Böschung hinauf, kletterten über die Leitplanken und zwischen den verlassenen Fahrzeugen hervor. Die Toten waren einfach überall. Zuerst erwischte es den Dingo an der Spitze, der nach wie vor in seiner Warteposition festsaß, denn er musste warten, bis der Fuchs seine Position verlassen hatte, bevor er zurückstoßen und sich absetzen konnte. Und dazu mussten erst mal alle anderen Fahrzeuge die geräumte Ausfahrt passiert haben.

Der Schütze auf dem Dach hatte plötzlich Probleme mit seinem MG3 und hantierte hektisch am Verschluss der Waffe herum. Die Toten krochen auf die Motorhaube und drangen immer weiter vor, zogen sich an der Windschutzscheibe nach oben. Schon wurde einer der Soldaten aus dem Beifahrerfenster gezogen, als er sein Magazin wechselte. Der Fahrer versuchte noch, ihn an den Beinen festzuhalten, doch panisch schreiend verschwand er in der Menge aus toten Leibern. Die Kreaturen überfluteten den gepanzerten Wagen.

Der Schütze oben in der Luke versuchte verzweifelt, über das Dach des Fahrzeugs nach hinten zu entkommen und einen der MAN-Transporter zu erreichen, wurde aber von einer untoten Frau am Bein gepackt und schlug hart der Länge nach auf das Blechdach des Wagens. Schnell wurde er nach unten gezerrt und verschwand unter einem Berg aus toten Leibern. Der Radpanzer dahinter saß noch immer fest. Anscheinend war auch seine Maschinenkanone leer, denn sie hatte aufgehört zu feuern.

Wie ein Fels in der Brandung stand er einfach nur da. Vermutlich war es auch das Beste, was die Männer in dem Fahrzeug tun konnten, denn im Innern waren sie für die Toten unerreichbar. Markus und Matthias schafften es gerade noch rechtzeitig, durch die Einstiegsluke in ihr rollendes Fahrzeug zu hechten. Eines der Dinger tauchte plötzlich an der Luke auf und grapschte nach Markus' Stiefel, der sich wild schreiend auf den Rücken drehte und seinen anderen Fuß ins Gesicht des Monsters rammte. Markus sah, wie Susan am Boden saß und Ulrike hektisch mit einem Taschenmesser an ihren Fesseln säbelte.

„Verdammter Mist, helft mir, verflucht noch mal!“, schrie Markus gegen den Lärm des Maschinengewehrs auf ihrem Dach an, das noch immer in die Menge der Angreifer feuerte. Endlich war ihr Transporter an der Reihe und rumpelte durch die Öffnung die steil abfallende Böschung hinunter. Dann ging Kantz, der das schwere Maschinengewehr mit zusammengebissenen Zähnen bediente, die Munition aus. Schnell kletterte er in die Kabine zurück und schlug den Deckel über sich zu.

Der MAN-Transporter hinter ihnen bekam jedoch Probleme. Der Fahrer machte einen Fehler und wich dem Strom der Toten aus, anstatt einfach über sie drüber zu fahren und fuhr über die zur Seite geschobene Leitplanke. Kantz sah noch im Rückspiegel, wie der MAN nach einer überzogenen Lenkbewegung nach links schlingerte, dann verlor der Fahrer die Kontrolle über das schwere Fahrzeug und es fuhr in einem viel zu schrägen Winkel die Böschung hinunter. *Viel zu schräg, du kippst, du verdammter Idiot!,* dachte Kantz noch, aber es war schon zu spät. Langsam neigte sich der MAN zur Seite.

„Gas geben, verdammte Scheiße, Gas geben!“ brüllte Kantz panisch zu Haberger, der sowieso schon fast auf seinen Vordermann auffuhr und keinen Spielraum mehr in diese Richtung hatte. Das schwere Gefährt hinter ihnen kippte auf die Seite und dann aufs Dach, begrub den Schützen in der Dachluke unter sich und rutschte hinter ihnen die Schräge herab auf sie zu zu. Und das ziemlich schnell.

Der Aufprall erfolgte mit der Kraft eines Dampfhammers. Das Metall des Aufbaus kreischte, als die beiden Giganten kollidierten. Der umgestürzte MAN verdunkelte die gesamte Einstiegsluke, deren Tür einfach wie dünnes Papier abgerissen und weggeschleudert wurde. Alles flog durcheinander. Markus zog im letzten Augenblick seine Füße in den Laderaum und sah noch, dass der Tote zwischen den beiden Fahrzeugen eingequetscht wurde und wie eine überreife Tomate zerplatzte.

Haberger riss das Lenkrad nach links und trat das Gaspedal voll durch. Er musste es irgendwie schaffen, an dem Wagen vor ihnen vorbeizukommen, um nicht selbst Opfer dieses Unfalls zu werden. Der Motor protestierte mit einem lauten Röhren auf hoher Drehzahl, beschleunigte aber und ließ den umgestürzten Transporter hinter sich zurück, der immer schneller die Böschung hinabrutschte und erst unten liegen blieb.

Einige Insassen hatten den brutalen Unfall tatsächlich überlebt. Ein Mann in grünem Pullover kroch blutüberströmt aus der völlig zerbeulten Öffnung des Laderaums am Ende des Wagens, strauchelte und ging in die Knie. Hinter ihm tauchte kurz der Kopf der hageren schwarzhaarigen Frau mit der krummen Nase auf, die sich aber sofort wieder ins Innere zurückzog.

Der Fahrer hatte nicht so viel Glück gehabt. Sein lebloser Körper hing verrenkt aus der zersplitterten Frontscheibe, einige der Leichensäcke zerrten bereits an ihm. Der nachfolgende MAN hatte allerdings noch weniger Glück, denn er musste noch oben auf der Fahrbahn zwischen den Leitplanken stoppen, um nicht ebenfalls in den Unfall verwickelt zu werden. Er fuhr zwar sofort wieder an, doch dieser kurze Augenblick genügte den Zombies, um wie die Raubameisen über den Wagen herzufallen.

Sofort hingen zahlreiche halb verweste Kreaturen an der Fahrerkabine und versuchten diese zu stürmen, während der Schütze auf dem Dach verzweifelt mit dem G36 in die Menge feuerte. Der Dingo am Ende des Konvois erkannte, dass es nach vorne keinen Ausweg gab, rammte laut krachend den Rückwärtsgang rein und machte kehrt, um sich in die Richtung abzusetzen, aus der sie gekommen waren.

Kantz starrte Haberger mit aufgerissenen Augen an, der versuchte das schwere Gefährt halbwegs unter Kontrolle zu bringen.

„Diese verfluchten Mistviecher reißen uns gerade den Arsch auf, verstehst du?“, brüllte Kantz gegen den Lärm an.

Haberger nickte nur knapp und behielt die restlichen Fahrzeuge vor ihnen im Blick. Was hinter ihnen lag, war Geschichte und die Kameraden dort hinten längst schon tot, auch wenn sie das vielleicht noch nicht wussten. Sie waren jetzt das Schlusslicht der stark dezimierten Kolonne, die sich in einer Wolke aus aufgewirbeltem Schlamm auf dem holperigen Feldweg entlang der Autobahn mit maximaler Geschwindigkeit fortbewegte. Haberger schnitt eine angewiderte Grimasse.

„Na, wo ist er nun, unser Leutnant Oberklug, hä? Hat nicht mal angehalten, um den Leuten da hinten zu helfen, dieses verdammte Arschloch, ich könnte dem ...“

„Ach du Scheiße, bremsen, Mensch, bremsen!“, schrie Kantz.

Augenblicklich rammte der Fahrer seinen Fuß auf das Bremspedal und brachte das schwere Gefährt schlingernd und mit quietschenden Reifen zum stehen. Zur gleichen Zeit wie sein Beifahrer hatte er bemerkt, um was es ging. Zwischen einigen Büschen lag ihr Sanitätsfahrzeug umgekippt und mit rauchendem Motor neben der Fahrbahn. Die Beifahrertür stand weit geöffnet wie ein mahnender Finger nach oben. Neben dem Fahrzeug lag ein Mann mit dem Gesicht nach unten im Dreck, vermutlich war das Müller, der Fahrer. Unter ihm hatte sich der Schnee auf einer großen Fläche Rot eingefärbt. Die hintere Tür des Sanitätsaufbaus hing zehn Meter entfernt in einer Fichte. Überall lagen Verbandspäckchen und medizinisches Gerät auf dem Boden verstreut.

„Sieh dir diesen Mist an, die hat's voll erwischt!“, murmelte Haberger knapp, griff sich sein G36 und sprang aus dem Wagen.

Da gab es nichts zu reden, hier waren Kameraden verunglückt und er musste sich zumindest vergewissern, ob noch jemand am Leben war. So einer war er nun mal. Die Distanz zu den anrückenden Horden betrug vielleicht zweihundert, maximal zweihundertfünfzig Meter. Genug Zeit, um wenigstens einen Blick in das Wrack zu werfen.

Kantz öffnete die Dachluke und sicherte von oben mit seinem Sturmgewehr das nähere Umfeld. Vor allem die seitlich über ihnen liegende Autobahn behielt er im Auge. Wenn die Toten von dieser Seite angriffen, würden nur wenige Sekunden bleiben, um von hier wegzukommen.

Haberger näherte sich mit der Waffe im Anschlag dem umgekippten Wagen. Einer der Reifen drehte sich noch und heißes Metall tickte in der kalten Luft. Das Raunen der Armee in ihrem Nacken wurde mit jeder Sekunde lauter, während sich die Motorengeräusche der anderen Fahrzeuge immer weiter entfernten. Er konnte nicht glauben, dass diese Arschlöcher einfach weitergefahren waren. Die mussten doch gesehen haben, dass er gestoppt hatte. Sein Mund war trocken, denn er wusste, dass jetzt Eile angesagt war. Andernfalls würden sie den Anschluss verlieren und auf sich alleine gestellt sein.

Währenddessen herrschte im hinteren Abteil des MAN absolutes Chaos. Susans Hände waren zwar nicht mehr gefesselt, dafür hatte sie jetzt eine blutige Schramme am Kopf, denn sie hatte nicht mit der Vollbremsung gerechnet und war gegen eine Metallstrebe geknallt. Jochen weinte herzzerreißend und klammerte sich Hilfe suchend an seine Mutter, während Matthias an die Rückwand gekrochen war und nicht im Geringsten das Bedürfnis verspürte, sich von seiner Position wegzubewegen. Markus zog Susan auf die Beine und wollte aussteigen.

„Vergiss es, ich setze nicht einmal meinen kleinen Zeh vor diese verdammte Tür“, knurrte Matthias, als er Markus auffordernden Blick spürte.

„Wir müssen wissen, warum wir angehalten haben, oder willst du damit warten, bis die Dinger da hinten uns erreicht haben. Ich denke nicht wirklich, oder?“, fuhr Markus ihn an und sah sich währenddessen Susans Verletzung an. Es war halb so schlimm, wie er fand. Markus sah Susan entschlossen an.

„Ich geh raus und sehe nach, was da vor sich geht.“

Bevor sie etwas erwidern konnte, war er schon aus dem Fahrzeug gesprungen und fast einer Kugel aus Habergers Waffe zum Opfer gefallen, der erschrocken herumfuhr und das G36 nach oben riss, aber noch rechtzeitig seinen Passagier erkannte.

„Verdammt noch mal, nicht mehr ganz dicht Kollege, hä?“, blaffte der Gefreite ihn wütend an. Markus hob entschuldigend die Hand und sah sich um, während der Soldat damit anfing, das verunglückte Fahrzeug zu untersuchen.

„Zweihundert Meter!“, rief Kantz mit nervöser Stimme von oben. Das Heck ihres MAN war nur noch zerbeulter Schrott, die hintere Einstiegstür fehlte sogar ganz, war einfach auf der Strecke geblieben. Markus humpelte zu Haberger.

„Scheiße, das sieht übel aus. Kann ich irgendetwas tun?“

Der Soldat drehte sich nicht einmal um und brummte mehr als dass er sprach:

„Behalt einfach unseren Rücken im Auge und steh mir nicht im Weg rum, das wäre schon mal was!“

Gut, wenn der Typ das so will, dann bitte, dachte Markus. Es sah aus wie eine Flut aus Leibern, die sich über die Autobahn und den Weg entlang in ihre Richtung ergoss. Zuerst wollte er sie zählen, gab aber schon nach ein paar Sekunden auf, es waren einfach zu viele. Zwischen den Massen ragte der verunglückte MAN wie ein Fels nach oben und teilte den Strom der toten Leiber. Markus schirmte seine Augen mit der Hand ab, denn er hatte einen menschlichen Umriss oben auf dem Wagen ausgemacht.

Es war ein Mann, der aufrecht dastand und in ihre Richtung blickte. Markus kniff die Augen zu und blinzelte mehrmals, da er seinen Augen nicht ganz traute. Dieser Mann trug einen Mantel, der im Wind zur Seite wehte und aus einem hellen, fast durchscheinenden Material bestand. Wieder kniff er die Augen zusammen, konnte aber noch immer nicht klar sehen.

Diese Haltung, in welcher der Typ auf dem Dach stand, kam ihm bekannt vor. Er hatte ihn schon einmal gesehen und das war gar nicht lange her. Plötzlich war er sich sicher. Die Erkenntnis traf ihn wie ein Blitz aus heiterem Himmel, als der Typ wie ein Feldherr seinen Arm hob und in ihre Richtung zeigte. Unwillkürlich wich Markus zurück, bis er das kalte Metall des MAN hinter sich spürte. Schüttelte den Kopf und stammelte immer wieder ein leises „Nein!“

Haberger hatte die Hauptgefreite Carstens gefunden und aus den Trümmern gezogen. Sie hatte Schnittwunden an Kopf und Händen und sah ziemlich benommen aus, aber sonst schien sie in Ordnung zu sein. Er musste Markus dreimal rufen, bis dieser sich von dem Anblick des Mannes lösen konnte und ihm endlich half, die benommene Frau in den Laderaum zu verfrachten. Immerhin hatte wenigstens einer der Zivilisten genug Arsch in der Hose, um zu helfen. Erschrocken sah er in Markus kreidebleiches Gesicht.

„Alles in Ordnung? Siehst aus, als hättest du den Tod persönlich gesehen."

Markus schüttelte den Kopf.

„Nein, Mann, nichts ist in Ordnung. Gar nichts ist in Ordnung. Hauen wir endlich von hier ab oder was?"

Etwas an der Stimme des Mannes gefiel dem Gefreiten nicht. Da war so ein Unterton, der ihn zur Eile antrieb. Schnell rafften sie einige Medipacks zusammen und stiegen ein, um von hier wegzukommen. Die Meute hatte inzwischen fast die kritische Hundert-Meter-Marke erreicht, einige brachen sogar aus dem Pulk aus und fingen an zu rennen.

Kantz schüttelte den Kopf, als Haberger wieder neben ihm saß. „Manchmal hab ich echt das Gefühl, dass dir dein Leben scheißegal ist."

Wütend schüttelte er den Kopf. Er war stinksauer auf den Gefreiten, denn sie hatten inzwischen nicht nur den Anschluss zur Truppe verloren, sondern auch die Kategorie 2 am Arsch kleben. Haberger schüttelte den Kopf.

„Keine Ahnung, warum du dich aufregst. Würdest du draußen liegen, wärst doch auch froh, wenn dich einer aufsammelt, oder?"

Anstelle einer Antwort stieß Kantz einen derben Fluch in seinem Heimatdialekt aus, den außer ihm keiner bei der Truppe verstand, und gab Gas. Der Mann hatte ja Recht. Aber jetzt nichts wie weg von hier, das war alles was er wollte. Keine Sekunde zu früh, denn Haberger stieß ihn an der Seite an und zeigte nach oben zur Autobahn.

„Verfluchter Dreck, jetzt kommen die auch noch von oben. Da vorne stehen uns schon die ersten im Weg."

Und tatsächlich, wie einem geheimen Plan folgend versuchten die Dinger mit der Masse ihrer Körper, ihnen den Weg nach vorne abzuschneiden. Kantz war mehr als verwirrt und wunderte sich, warum er die Toten nicht gesehen hatte, als er oben in der Luke saß. Weit würden sie auf dieser Strecke jedenfalls nicht mehr kommen. Der MAN konnte zwar den einen oder anderen Körper überfahren, aber irgendwann würde es sogar für dieses massige Kraftpaket zu viel.

„Haberger, das wird eng. Verdammt eng sogar. Ich weiß nicht, ob wir das packen."

Doch wieder war es sein Nachbar, der ihn auf einen schmalen Weg aufmerksam machte, der nach links in den Wald führte

„Schau, dort hinein, bieg ab, Mann. Da vorne kommen wir eh nicht mehr weiter. Bieg ab, sag ich!"

Als Kantz den Waldweg sah, musste er hart auf die Bremse treten, um die Einfahrt noch zu erwischen, und gleichzeitig einlenken. Der schwere Wagen schlitterte um die Kurve und schleuderte Dreck in die Visagen der vordersten Monster. Für einen kurzen Moment verloren sogar einige der großen Reifen ihren Kontakt zur Straße. Es klatschte dumpf am Heck, als einige der Drecksviecher vom Fahrzeug erfasst wurden und jetzt wie nasse Säcke durch die Luft flogen. Haberger klammerte sich an den Haltegriff.

„Alter Schwede, das war in letzter Sekunde, verdammt noch mal. Haste gesehen wie die gegen die Laster geknallt sind? Wie die reifen Tomaten, so ein Dreck. Ich könnt immer wieder kotzen."

Kantz lachte schrill. Froh, auf dem Waldweg zu sein, warf er einen kurzen Blick auf seinen Beifahrer. Er kannte ihn nun schon viele Jahre und wusste, wie er tickte. Insgeheim war er froh, dass ausgerechnet Haberger neben ihm saß. Einer, auf den man sich verlassen konnte. Manche Schlaglöcher erinnerten ihn wieder daran, dass es besser war, sich auf den Weg zu konzentrieren.

Hinten im Laderaum war es noch schlimmer, denn die Passagiere sahen ja nicht, wann die Löcher kamen. Ulrike, Matthias und ihr Sohn saßen auf der rechten Bank und klammerten sich aneinander, während Susan und Markus die noch immer benommene Sanitäterin zwischen sich eingekeilt hatten, damit sie nicht von der Bank kippte. Rucksäcke, Verbandspäckchen, einfach alles rutschte auf dem Boden hin und her und schlug ihnen die Schienbeine blau. Markus schüttelte fassungslos den Kopf und starrte aus dem offenen Loch am Ende der Kabine. Beobachtete, wie die Toten auf den Waldweg strömten und ihnen folgten.

„Kann denn nicht einmal irgendwas glatt gehen und einfach funktionieren?“

Ulrike sah Hilfe suchend zu ihrem Mann, der wie immer nur resignierend den Blick senkte und schwieg. Sie schüttelte den Kopf und murmelte etwas von „Versager.“

Markus fragte sich, was los war mit den beiden. Sie machte immer einen auf laut, trug aber nicht wirklich etwas dazu bei, ihre Lage zu verbessern. Matthias hingegen hatte vermutlich schon lange aufgegeben. Klar, jeder hatte mal solche Phasen, aber jetzt in dieser Situation war das wenig hilfreich, vor allem, wenn man überleben wollte. Aber vielleicht wollte Matthias ja gar nicht überleben, möglicherweise hatte er schon längst mit allem abgeschlossen und es war ihm einfach egal.

Dann sah er Susan an, von der er am Anfang auch gedacht hatte, dass sie ein typisches Opfertier sei. Und jetzt war sie vermutlich die Stärkste von allen hier im Wagen, ihn eingeschlossen. Er zwang sich, seinen Blick von ihr abzuwenden, denn in diesem Augenblick wusste er, dass sie ihm nicht mehr ganz egal war. Er zwang sein Denken in pragmatische Bahnen und beschloss, dass ihre Bindung rein zweckmäßiger Natur war. Zu zweit waren ihre Überlebenschancen wesentlich höher und deswegen waren sie zusammen. Wegen nichts anderem. So sah das aus und nicht anders.

Ihm kam der Mann auf dem Fahrzeug in den Sinn. Ein Mann, dessen Gesicht er nie wieder vergessen würde. Susan musste davon erfahren. Unbedingt. Sobald sich eine geeignete Gelegenheit dazu bot.

Stundenlang fuhren sie den Weg entlang durch den immer dichter werdenden Wald. Und bergig wurde es auch noch. Die Toten hatten sie schon lange hinter sich gelassen. Vermutlich trotteten die noch immer den Weg entlang und hofften, sie einzuholen, aber das war im Moment Nebensache. Jetzt war es angebracht, seine Gedanken zu ordnen und zur Ruhe zu kommen.

Markus versuchte sich abzulenken und sah durch das Loch in den Wald hinaus. Er fühlte sich an den Pfälzer Wald erinnert, wo er früher mit Anette oft lange Wanderungen unternommen hatte. Sie waren dann immer sehr früh am Morgen nach einem kurzen Frühstück aufgebrochen, als es noch dunkel war, hatten sich die Rucksäcke aufgezogen und waren einfach losgelaufen. Schweigend, in sich versunken mitten in einer fast unberührten Natur. Wenn man die richtigen Stellen kannte, war es sogar möglich, einen ganzen Tag lang keinen anderen Menschen zu treffen.

Wieder dachte er an den Mann auf dem Dach. Andauernd schlich er sich in seine Gedanken, zerstörte die ersehnten Bilder. Innerlich verfluchte er ihn, wünschte ihm eine Fahrt zurück in die Hölle, aus welcher er gekrochen war.

Kantz konnte nicht mehr. Nicht das Fahren war es, was ihm die Konzentration raubte. Es waren diese Biester, die er hinter jedem Baum vermutete und die unter jedem Busch lauern konnten, bereit dazu, jederzeit zuzuschnappen, sobald sich die Gelegenheit dazu bot. Doch da war nichts. Vielleicht etwas weiter vorne an dem großen Baum. Wieder nichts. Als sie auf einer von dichtem Wald umgebenen Kuppe eine Wegkreuzung erreichten, hatte er endgültig genug. Also stoppte er das Fahrzeug und macht den Motor aus. Müde sah er Haberger an, der sich ebenfalls schon die rot unterlaufenen Augen rieb.

„Endstation für heute Kamerad, außerdem muss ich pissen wie ein Gaul."

Der Wind rauschte durch die Bäume und es war kalt hier oben. Kalt und finster. Es roch nach Bäumen und Natur, ganz anders als unten auf der Autobahn oder in Weimar, wo über allem der Gestank des Todes hing. Kantz war ausgestiegen und stand nun pinkelnd am Wegesrand. Dabei hatte er etwas entdeckt.

„Leute, hier zwischen den Bäumen steht so was wie 'ne Wanderhütte, dort könnten wir unser Nachtlager aufschlagen."

Markus musste grinsen. Irgendwie mochte er den Typ mit seinem bayerischen Akzent, der seelenruhig am Wegesrand stand und ihnen heute mehr als einmal das Leben gerettet hatte. Ulrike und Susan waren ebenfalls zwischen den Büschen verschwunden, während der Hund die Umgebung beschnupperte und das Bein hob.

Es war friedlich hier oben. Der Wald hatte etwas Unberührtes und daran würde sich so schnell nichts ändern. Nach einer kurzen Inspektion der Hütte, die aus stabilem Holz gebaut war und eine stabile Eingangtür hatte, packten alle mit an, um sich dort zum Nachtlager einzurichten.

Da der MAN keine Tür mehr hatte, war es zweckmäßiger, wenn sie hier die Nacht verbrachten. An der Rückwand der Hütte gab es sogar eine kleine Nische zum Feuer machen. Doch diesmal mussten einige Kerzen genügen, um die Feuchtigkeit auszutreiben. Susan erhitzte mit dem Gaskocher aus dem Einkaufzentrum drei Dosen Ravioli und bald saßen alle bis auf Markus in der Hütte und löffelten, die Beine in Decken und Schlafsäcke vergraben, ihre erste Mahlzeit dieses Tages und machten zufriedene Gesichter.

Markus hatte freiwillig die erste Wache übernommen und saß auf dem Dach des MAN, dessen Motor beim abkühlen angenehm tickte und beobachtete die Umgebung. Zum Schutz gegen die Kälte hatte er sich eine der Decken aus dem Laderaum um die Schultern geschlungen. Vor ihm auf den Knien lag das geladene G36 von Haberger und er fühlte sich tatsächlich sicher.

Der Hund hatte sich unter den Laster verzogen und versuchte dabei, Markus so nah wie möglich zu sein. Und der Mann war seinerseits froh, den Hund an seiner Seite zu haben. Zu wissen, dass er ebenfalls wachte. Und so brach die Nacht herein und aus den Schatten wurde eine undurchdringliche Dunkelheit.

Bald konnte Markus gar nichts mehr sehen und bis auf die unmittelbar an der Lichtung stehenden Bäume wurde alles von der Dunkelheit verschluckt. Hier und da knackte ein Zweig und die Wipfel der Bäume rauschten beruhigend im Wind. Es konnte gut möglich sein, dass hier noch Menschen lebten, die von der Katastrophe noch gar nichts mitbekommen hatten. Und wenn nicht hier, dann mit Sicherheit im Hochgebirge, in den Alpen vielleicht.

Auf einer Berghütte konnte man sicherlich eine lange Zeit verbringen, ohne etwas vom Untergang zu bemerken. Oder würden die Toten, nachdem sie die Ebenen leer gefressen hatten, damit anfangen, die Berge zu erklimmen, um die Seuche auch noch in den entlegensten Winkel zu tragen? Niemand konnte darauf eine Antwort geben.

Markus war müde vom ewigen Weglaufen, vom ständigen Überlebenskampf und dem anhaltenden Stress, welchem sie permanent ausgesetzt waren. Wie schon so oft stellte er sich die Frage, wie lange ein Mensch als gehetztes Tier überleben konnte, beraubt jeder sicheren Zuflucht, ohne Zuhause. Markus war sich sicher, dass sie es bald herausfinden würden.

Als ein Zweig direkt neben dem Fahrzeug knackte, schreckte er aus seinen Gedanken. Hastig hob er das G36 an und legte seinen Finger an den Abzug der Waffe. Dann hörte er das freudige Klopfen, als der Schwanz des Hundes gegen die Hosenbeine einer schemenhaften Person schlug, die wie aus dem Nichts gekommen neben dem Fahrzeug stand. Es war Susan, die ihm einen Becher mit heißem Tee nach oben reichte. Dankbar nahm er ihr das Getränk ab und streckte die Arme aus, um sie zu sich auf das Dach zu ziehen. Er wollte sie einfach weg haben vom Boden.

Auch hier im Wald konnte er diese neue Angewohnheit nicht so einfach ablegen. Einmal mehr wunderte er sich, wie leicht Susan war. Oben angekommen, kroch sie sofort fröstelnd zu ihm unter die Decke.

„Danke für den Tee, Susan, tut verdammt gut", flüsterte Markus leise und nippte an dem dampfenden Getränk. Der Alubecher war so heiß, dass er ihn ständig in den Fingern drehen musste, um sich nicht zu verbrennen.

„Hey, mach ich doch gerne. Hm, außerdem wollte ich weg von den anderen. Ehrlich gesagt, wollte ich hier bei dir sein", flüsterte Susan verlegen und lehnte sich an seine Schulter. Markus wusste erst mal nicht, was er darauf antworten sollte, also nickte er und reichte ihr den Becher. Die Sache mit Susan lief aus dem Ruder und ging tiefer als er wollte.

„Pass auf, ist verdammt heiß. Ich weiß nicht, wie es dir geht, aber ich für meinen Teil könnte die ganze Nacht hier oben sitzen. Wenn die Kälte nicht wäre, jedenfalls. Es ist einfach so friedlich hier, so, hm, so unbefleckt von all dem Unheil da unten."

Und dann, nach einer kurzen Pause, setzte er hinzu:

„Ich bin froh, dass du da bist, Susan."

Er mochte ihre Wärme und konnte sich einer gewissen Zuneigung ihr gegenüber nicht mehr verschließen. Warum auch nicht, immerhin hatten sie ja eine Menge gemeinsam durchgemacht in den vergangenen Tagen. Das schweißt zusammen. Susan gab ihm den Becher zurück und berührte seine Hand sanft mit einem ihrer Finger.

„Markus, ich hab so große Angst vor dem, was noch kommen wird. Ich weiß, das hört sich jetzt bestimmt blöd an, aber ich glaube nicht, dass ich das alles allein aushalten kann. Ich meine damit nicht nur unsere Flucht und all das."

Sie schluckte hart.

„Unsere gesamte Lebensweise, die Zivilisation, einfach alles was wir kennen, wird sich verändern. Ich meine damit, dass wir vielleicht wieder in Hütten ohne Strom leben werden oder den Rest unseres Lebens ständig auf der Flucht sind. Man wird nicht mehr einfach so auf die Straße gehen können oder in Häuser oder den Wald. Nichts wird mehr so sein wie früher."

Markus nickte und dachte wieder an den Mann auf dem Wagen.

„Hm, soweit ist es aber noch nicht, Susan. Zuerst einmal müssen wir diese Grenzlinie erreichen, von der die Soldaten erzählt haben. Möglicherweise beginnt in der Gegend um Frankfurt tatsächlich so etwas wie eine sichere und infektionsfreie Zone ohne, wie nannten sie das doch gleich, Kategorie 1 oder 2?"

So richtig konnten sie Markus' Worte nicht überzeugen. Es war ihm anzuhören, dass er sie nur beruhigen wollte und dass ihm etwas anderes auf der Seele lag.

„Klar, sichere Zone", murmelte sie dann. „Wenn es die tatsächlich geben sollte, wäre Frankfurt mit Sicherheit der schlechteste Ort, so etwas einzurichten. Denk doch mal nach, diese Zone wäre wie ein riesiger Kessel und rings herum würden die Kategoriedinger in endlosen Wellen zu Tausenden, wenn nicht sogar zu Millionen dagegen anrennen, immer und immer wieder, jeden Tag, jede Stunde, ohne Unterlass.

Die brauchen keine Pause. Kein Essen. Kein Wasser. Nichts dergleichen. Nur wir Lebenden wären ständig dazu gezwungen, die Zone zu verlassen, um neue Vorräte, Medikamente und was sonst noch zu holen. Klar, es gibt dort den Flughafen, aber sei mal ehrlich, wollen die im Notfall Millionen Menschen ausfliegen? Und wenn ja, wohin?“

Susans Worte zerpflückten seine Vorstellung von einer sicheren Zuflucht und ließen nichts übrig als unbrauchbare Worthülsen. Susan hatte absolut Recht, sie hatte einfach mit allem Recht, was sie sagte. Sie drängte sich enger an ihn, suchte seine Wärme und fuhr fort:

„Ich glaube, dass unsere einzige Chance darin besteht, eine kleine mobile Gruppe zu bilden, in der sich jeder auf den anderen verlassen kann. Mit der entsprechenden Ausrüstung schlagen wir uns in die Berge oder an die See durch, irgendwohin, wo wir wenigstens eine Wand im Rücken haben. Und soll ich dir noch was sagen, am liebsten zusammen mit dir.“

Genau das hatte er befürchtet. Nun hatte sie es ausgesprochen. Aber ganz abgesehen von seinem Ziel, welches er nach wie vor im Sinn hatte und auf jeden Fall erreichen wollte, fühlte sich Markus ganz und gar nicht als verlässliche Person. Dafür war er viel zu wankelmütig und viel zu oft lief er vor den einfachsten Entscheidungen davon. Aber dennoch rückte er nicht ab vom warmen Körper dieser Frau. Er konnte es einfach nicht. Das wäre einfach nicht richtig gewesen.

„Susan, du hast ja mit allem Recht, was du sagst. Ich will dich auch nicht allein lassen, auf keinen Fall. Allerdings werde ich von meinem Vorhaben, nach Speyer zu gehen, nicht abweichen. Niemals. Komme was wolle. Ich weiß, dass Anette dort irgendwo ist und dass sie noch am Leben ist. Danach werden wir alle zusammen deinen Plan in die Tat umsetzen. Aber ich muss zuerst Gewissheit haben, versteht du?“

Fragend sah er Susan an, die kaum merklich nickte und seinem Blick auswich. Markus legte ihr seinen Arm um die Schultern.

„Ich kann dir nichts versprechen, Susan. Sieh dich doch nur mal um. Es ist alles viel zu unstet, zu unberechenbar. Heute sind wir mit einer vollkommen anderen Gruppe unterwegs als noch vor ein paar Tagen.

Ich werde kämpfen und an deiner Seite bleiben, solange ich dazu in der Lage bin. Das kann ich Dir versprechen und mehr nicht. Alles andere wäre eine Lüge. Schon morgen kann eines der Dinger mich umbringen und dann musst du dich an die anderen hängen. So musst du das machen, wenn Du überleben willst."

Susan verstand, was er damit meinte. Es war in Ordnung für sie, dass er nichts versprach, was er nicht halten konnte. Und genau deswegen vertraute sie diesem schlanken Mann, der neben ihr saß und sie wärmte. Und trotzdem, vielleicht trafen Ulrikes Worte zu und die Reise nach Speyer war für ihn am Ende umsonst. Es war nicht fair, so zu denken, aber für sie wäre es bestimmt nicht das Schlechteste. Susan zog die Beine an den Körper, als die Kälte anfing, nach ihren Knochen zu greifen. Markus sprach unterdessen weiter:

„Früher, also vor der Seuche, hatte ich manchmal diese Phasen, in welchen ich mir den Tod herbeigesehnt habe. Ich habe mich dann eingeschlossen und den Kontakt zu anderen Menschen gemieden. Das waren immer solche schwermütigen, melancholischen Momente, gegen die ich nichts tun konnte. Die kamen einfach so über mich, weist du, was ich meine?"

Und ob sie das wusste. Nur zu gut sogar. Also nickte sie, denn Susan wollte, dass er weiter sprach, wollte seine Stimme hören.

„Da reichte eine bestimmte Szene in einem Film, ein abwertender Kommentar in einem Blog oder wenn jemand verärgert über mich war. Das ging mir dann lange Zeit nach. Selbstzweifel nennt man das vielleicht, was weiß ich. Jedenfalls, nun ich bin bei weitem nicht so stark, so, hm, taff, wie du vielleicht denkst."

Er schüttelte kaum merklich den Kopf.

„Und heute setze ich alles daran zu überleben und es kommt mir nicht mal ansatzweise in den Sinn, ans Sterben zu denken, denn die Konsequenz wäre vermutlich, als wandelnde Leiche wieder aufzuerstehen. Weißt du, ich habe es selbst erlebt, als Nadja sich am Strand verwandelte und mich angriff. Es war das Grauenvollste, was ich jemals erlebt habe. Sie muss diesen Virus bereits eine ganze Weile in sich getragen haben.

Susan, ich habe unglaubliche Angst davor, dass dies einem von uns beiden geschehen könnte. Was ist, wenn du es bist und ich nicht die Kraft finde, dich zu erlösen. Ich mag es mir nicht einmal vorstellen, mein Verstand weigert sich, dies auch nur als möglich anzusehen."

Es sprudelte einfach so aus Markus heraus und Susan musste an Erik denken, wie er in diesem Tabakladen auf dem Stuhl saß und langsam zum Monster wurde. Dieser böse Blick, mit dem er sie angesehen hatte. Diese Beleidigungen, welche er mit boshafter Stimme ausgestoßen hatte. Dieses andere Wesen, das den Körper von Erik übernommen hatte. Was ging da bloß vor? Waren es Dämonen, die von den verlassenen Körpern Besitz ergriffen oder am Ende doch nur eine profane Krankheit?

Aber Krankheiten konnten keine Toten zum Leben erwecken. Vielleicht war es ein Parasit oder irgendetwas Außerirdisches. Markus spürte, wie Susans Finger vorsichtig mit den seinen spielten. Ihm war schon bei ihrem ersten Zusammentreffen aufgefallen, dass sie wunderschöne und sehr feingliedrige Hände hatte, die selbst in dieser Situation noch einen halbwegs gepflegten Eindruck machten.

Er mochte diese langen, schlanken Finger und erinnerte sich an die intimen Momente in der Werkstatt, an ihre samtig weiche Haut und vor allem daran, wie blass sie am ganzen Körper war. Das hatte ihn von Anfang an fasziniert, denn er stand auf Frauen mit sehr heller Haut. Das war so eine Art Faible von ihm. Nicht, dass er in ihr eine Art Ideal erkennen würde, aber sie hatte etwas an sich, dass es ihm schwer machte, ihr zu widerstehen.

Es war ihre Art, sich zu bewegen, wie sie sich durch ihr Verhalten von der Norm entfernte und dabei trotzdem kein Paradiesvogel war. In ihr brannte ein schwer zu kontrollierendes Feuer, auch jetzt gerade. Erschöpft fuhr er sich über sein Gesicht, denn all diese Gedanken machten ihn müde. Doch etwas musste er noch loswerden.

„Du, heute habe ich etwas sehr Seltsames gesehen. Etwas, was mir große Angst macht und womit ich nicht klarkomme. Kann ich es dir erzählen, hm?“

Überrascht sah sie auf, sagte aber nichts und nickte nur.

„Klar. Du kannst mir alles erzählen, Markus.“

„Es war, als wir bei dem Sani-Wagen gestoppt haben. Ich war ausgestiegen und beobachtete die Toten. Erinnerst du dich daran?“

Susan nickte erneut.

„Klar, du standest ja direkt vor der Tür.“

Nervös leckte er sich über seine trockenen Lippen und nippte am Tee, spürte eine seltsame Angst das auszusprechen, was er gesehen hatte. Dennoch entschied er sich dafür, es Susan zu erzählen. Es war ihm einfach wichtig, dass sie Bescheid wusste, egal ob sie ihn danach für verrückt hielt oder nicht.

„Die Dinger strömten um den umgekippten Laster herum in unsere Richtung. Aber einer von ihnen stand oben auf dem Dach. Zuerst dachte ich, es wäre eines dieser hirnlosen Dinger. Aber nein, der war anders. Ich schaute genauer hin, denn irgendetwas an der Haltung des Typen, an seiner Kleidung kam mir bekannt vor. Als er dann seine Hand hob und in unsere Richtung zeigte, war mir schlagartig klar, wo ich den schon einmal gesehen hatte."

Markus stockte kurz. Er brauchte eine Pause und nahm jetzt einen tiefen Schluck von dem inzwischen kalt gewordenen Tee.

„Susan, es war der Arzt aus Platkow. Der, von dem ich dir erzählt habe. Der mir schon dort die Dinger auf den Hals hetzte und mich mit diesem diabolischen Grinsen ansah."

Sie brauchte einige Augenblicke, um sich an seine Worte zu erinnern. Aber wie sollte der Arzt, der schon längst tot sein musste, bis zu dieser Stelle gekommen sein? Und vor allem, was trieb ihn an?

„Puh, das ist schwer zu glauben, Markus. Bist du dir da absolut sicher? Außerdem war das ganz schön weit weg. Aber wenn das wahr ist, würde das ja bedeuten, dass …"

Mehr wagte sie nicht auszusprechen, konnte aber an Markus' Miene erkennen, dass er verstanden hatte, was sie meinte.

„Ich bin mir absolut sicher", bekräftigte Markus. „Gut, er sah schlimmer aus als in Platkow. Aber er war es, hundertprozentig. Und jetzt habe ich Angst, dass er mich verfolgt. Warum auch immer. Ich habe jedenfalls eine scheiß Angst vor diesem Typen."

Es folgte ein minutenlanges Schweigen. Die auferstandenen Toten waren schlimm genug. Wenn es aber einige gab, die den anderen überlegen waren und ihnen sogar Befehle erteilten, sie vielleicht sogar steuerten, dann musste dies alles tatsächlich der Hölle entsprungen sein. Ein noch nicht gekanntes Grauen kam auf und legte seine eisige Hand um Susans Kehle. Sie weigerte sich, das zu glauben und doch, irgend etwas tief in ihr fing schon damit an, die Folgen zu analysieren, für den Fall, dass es wahr sein sollte.

„Markus, wenn das wirklich so sein sollte, dann ist das unser Untergang. Wenn er oder, noch schlimmer, wenn noch mehr der

Infizierten dazu in der Lage sind, die Toten zu führen, dann befinden wir uns in einem Krieg mit der Hölle. Einem Krieg, den wir niemals gewinnen können. Und daran möchte ich einfach nicht glauben. Nein, das darf nicht sein."

Markus stieß zischend die Luft aus. Ihm war gar nicht wohl zumute. Schon öffnete sich das tiefe Loch der Resignation. Ein Loch, welches keinen Boden besaß.

„Susan, wir müssen uns den Tatsachen stellen oder wir werden untergehen. Wir wissen, dass es keine Krankheit und kein Parasit sein kann, der die toten Körper steuert, denn das geht einfach nicht. Für mich sieht es danach aus, dass sie von einer uns nicht bekannten Macht besessen sind.

Dazu kommt noch diese extreme Verschlagenheit, dieses abgrundtief Böse, welches wir schon bei den Infizierten erlebt haben. Vielleicht sind es tatsächlich Dämonen, die in diese armen Menschen eingefahren sind. Oder im besten Fall die Folgen eines besonders kranken Experiments. Ich will es gar nicht genauer wissen, denn ich habe Angst, dabei meinen Verstand zu verlieren."

Susan wurde plötzlich ganz kalt und sie zitterte am ganzen Körper. Es war einfach hoffnungslos. Sie fühlte sich so klein, so hilflos und schwach.

„Sollen wir es den anderen sagen?"

Markus schüttelte energisch den Kopf.

„Auf gar keinen Fall. Die würden uns sowieso nicht glauben. Wir haben keine andere Wahl, als zu versuchen, erst mal die sichere Zone zu erreichen. Wenn wir in Speyer sind, sehen wir weiter und suchen uns einen Platz, an dem wir gemeinsam überleben können. So machen wir das und nicht anders."

Mehr gab es jetzt nicht zu sagen. Danach saßen sie noch fast eine Stunde auf dem MAN und hörten dem Wind zu, der unbeeindruckt von den jüngsten Entwicklungen sanft durch die Bäume rauschte. Schließlich war es Markus, der als Erster das Schweigen brach.

„Wir sollten reingehen und uns unter den Decken zusammenrollen, denn morgen müssen wir ausgeschlafen sein. Soll sich doch jemand anderes hier den Arsch abfrieren. Hm, was meinst du dazu, Susan?"

Sie sah ihn mit großen Augen an und ihm wurde klar, dass sie seine Worte falsch verstanden hatte.

„Ähm, hey, ich meine nicht dass wir, also … einfach unter den Decken zusammen einschlafen, wegen der Wärme und so, das meinte ich. Verstehst du?"

Markus ungeschickter Erklärungsversuch weckte ein zaghaftes Lächeln in ihrem Gesicht. Wenig später langen sie dann tatsächlich unten den Decken halbnackt zusammen, sie mit ihrem Rücken eng an seinem Bauch und hörten die gleichmäßigen Atemgeräusche der anderen in der Dunkelheit. Er konnte ihre warme Haut spüren, wie ihr Körper den gleichmäßigen Atemzügen von ihm folgte und sie sich immer enger an ihn schmiegte, als ob sie in ihn hineinkriechen wollte. Er spürte ihren Nacken dicht vor seinen Lippen und roch ihr Haar.

Susans leicht animalischer Geruch vermischte sich mit dem seinen, sie wurden eins. Er konnte nicht verhindern, dass sein Blut anfing zu rauschen. Als sie sich weiter gegen ihn drängte und ihren Kopf leicht nach vorne neigte, zerbrach sein zaghafter Widerstand wie ein schwaches Hölzchen und machte Platz für den starken Drang, sich mit dieser Frau zu vereinen. Hier und jetzt. Ungeachtet dessen, dass sie nicht allein waren. Das Kribbeln auf seiner Haut wurde unerträglich. Das Bedürfnis, diese Frau zu besitzen übernahm nun die Kontrolle über seinen Geist und seinen Körper. Alles forderte die Vereinigung ihrer Sinne.

Er wusste, dass sie mehr als bereit dazu war. Nervös schob er ihren Slip zur Seite und spürte ihre feuchte, sich ihm öffnende Weiblichkeit, in welche er kurz darauf eindrang. Das war der Moment, in dem sich alles veränderte.

Matthias lag schon die ganze Zeit wach in seinen Decken. Als die Beiden auf dem Boden anfingen, miteinander zu vögeln und er das unterdrückte Stöhnen von Susan hörte, stieg es heiß in ihm auf. Schon als er sie das erste Mal gesehen hatte, war er scharf auf sie gewesen und diese kleinen festen Titten, die sich unter ihrem Pullover deutlich abzeichneten. Die wusste genau, was sie tat und wie sie Markus um den Finger wickeln konnte. Genau die Sorte

Frau, auf die er insgeheim selbst stand. Es fiel ihm schwer, seine Geilheit in Zaum halten.

Hinter ihm lag Ulrike, die den kleinen Jochen im Arm hatte. Keine Ahnung, wann sie das letzte Mal so richtig gevögelt hatten, Matthias konnte sich nicht mehr daran erinnern. Das war so was von armselig.

Bevor der ganze Mist losging, hatte er eine kurze Affäre mit einer Arbeitskollegin. Ihr Name war Karin, eine Rothaarige mit kecken Sommersprossen und einem großen japanischen Drachen auf dem Rücken. Eigentlich nicht sein Ding, aber es war einfach passiert. Sie hatten während einer Dienstreise zu viel Wein getrunken und waren dann im Bett gelandet. Ganz einfach, inklusive des gegenseitigen Versprechen, dass dies eine einmalige Sache war.

Doch natürlich kam es anders. Vollkommen anders. Ein paar Tage später fingen sie damit an, in der Mittagspause zum nahe gelegenen Wald zu fahren, um in ihrem so verdammt engen Kleinwagen erneut zu vögeln. Grundsätzlich in ihrem, denn er hatte Bedenken, dass seine Frau in seinem Auto Spuren finden könnte und die ganze Geschichte ans Licht käme. Ein häuslicher Konflikt war das Letzte, was er brauchen konnte. Vermutlich irrte Karin sowieso schon längst als halb verweste Leiche durch die Straßen. Kein Grund sich Sorgen zu machen.

Ihm gegenüber lag diese Carstens und schlief. Ihre Decke war ein wenig zur Seite gerutscht und er konnte deutlich sehen, wie ihre Nippel unter dem grauen Bundeswehrshirt abstanden. Dieser Anblick, dazu die fiebrige Wärme in der Hütte und diese verfluchten Gedanken brachte sein Blut nun vollends in Wallung. Gerade wollte er sich nach vorne beugen, um dem Druck in seiner Hose nachzugeben, als er einen derben Stoß in den Rücken bekam.

Erschrocken drehte er sich um und blickte geradewegs in Ulrikes wutentbrannte Augen. Leise zischte sie ihn an, dass er sich gefälligst beherrschen sollte. Niemand hörte die schwache, schnell dahin geplapperte Entschuldung von Matthias, als er sich wieder unter seiner Decke verkroch.

Er kuschte vor ihr, so wie er es immer tat, um einer Auseinandersetzung mit ihr aus dem Weg zu gehen. Wie er das alles hasste.

Trotz seiner unbändigen inneren Wut fiel er kurz darauf in einen unruhigen Schlaf.

Nicht so Ulrike, die wach lag und sich Sorgen um ihre Zukunft machte. Langsam wandelte sich die Gleichgültigkeit, welche sie ihrem Mann entgegenbrachte in pure Verachtung und das gefiel ihr überhaupt nicht. Sicher, es hatte einige glückliche Jahre gegeben, die sie zusammen verbracht hatten. Als ihr Sohn auf die Welt kam, hätte man meinen können, das familiäre Idyll sei nun perfekt und vollständig.

Doch mit der Geburt starb die Liebe. In ihr wuchs das Gefühl des Vogels im goldenen Käfig. Anfänglich versuchte sie es noch zu vertuschen, doch im Laufe der Zeit liefen ihre Wege immer weiter auseinander. Das ging soweit, dass sie sogar von sich selbst enttäuscht war, nicht den Mut zu finden, einfach ihre Sachen zu packen und zu gehen. Zusammen mit dem kleinen Jochen. Sie war einfach zu feige dazu. Zu feige und letztendlich zu bequem. Und nun waren sie gemeinsam auf der Flucht und kämpften jeden Tag erneut ums Überleben, nur auf eine andere Art. Womöglich würde sich ihr Problem in den nächsten Tagen sowieso ganz von selbst lösen. Auf die eine oder andere Weise.

DURCH DEN WALD

Zwischen den Bäumen hing der Nebel des erwachenden Tages, als der Gefreite Haberger mit einem Arm voller Bruchholz aus dem Wald kam. Kantz hatte auf der kleinen Feuerstelle in der Hütte Kaffee gekocht, dessen aromatischer Duft unter den Decken die Lebensgeister weckte. Schon bald hatten sich alle in der Nähe des wärmenden Feuers versammelt. Haberger musste husten, als er den beißenden Qualm in der Hütte einatmete und fluchte wie ein Rosskutscher. *Fast wie im Pfadfinderlager*, ging es ihm durch den Kopf.

„Mein lieber Mann. Leute, es stinkt hier wie in einem Pumakäfig“, brummelte Haberger.

Der Mann hatte verflucht noch mal Recht mit dieser Aussage. Das Frühstück bestand hauptsächlich aus diesen steinharten Bundeswehrkeksen und dem Zeug, was in den Rucksäcken von Markus und Susan zu finden war. Kantz stellte kauend seinen Becher zur Seite und zog die Kartentasche hervor.

„Also, ich hab mir heute Nacht die Karten angesehen. Momentan befinden wir uns mitten in einem ziemlich großen Waldgebiet, in dem wir relativ sicher sein sollten. Wenn wir dem Weg hier weiter in südwestlicher Richtung folgen, stehen die Chancen gar nicht so schlecht, am anderen Ende des Waldes wieder auf unsere Einheit zu treffen. Ich für meinen Teil wäre dafür. Wie seht ihr die Sache?“

Die Himmelsrichtung passte und zudem gefiel ihm, dass der Mann die Meinung aller hören wollte, also nickte Markus knapp und widmete sich weiter seinem verletzten Bein, an welchem Susan gerade den Verband erneuerte. Der Zustand der Verletzung hatte sich geringfügig gebessert, trotzdem war nach wie vor Vorsicht geboten. Ulrike sah den Gefreiten an.

„Von mir aus. Mir ist alles recht, solange wir nur bald die sichere Zone erreichen. Ich denke, Matthias ist ebenfalls meiner Meinung, nicht wahr, mein Schatz?"

Matthias verstand sehr wohl den durchaus provozierenden Unterton in ihrer Stimme, zuckte jedoch nur mit den Schultern und schwieg. Haberger grinste und dachte sich seinen Teil. *Scheißzivilisten. Hatten einfach keine Ahnung.* Er wüsste schon, wie er die Alte ziemlich schnell auf den Boden zurückbekommen würde. Aber was soll's, es ging ihn nichts an, denn das war deren Sache. Kantz nickte nur.

„Alles klar, dann packen wir zusammen und brechen auf. Der Sprit sollte noch eine Weile reichen."

Damit war das Thema für ihn erledigt und er stand auf.

Es war schon Nachtmittag, als sie eine Ortschaft namens Oberschönau erreichten. Sie hatten sich die meiste Zeit in Schrittgeschwindigkeit auf den rutschigen Wegen durch den Wald vorgetastet und waren schließlich auf eine schmale Talstraße gestoßen. Die Zivilisation hatte sie wieder, denn kurz darauf sichteten sie den ersten Zombie. Eine Frau, die in mintfarbener und sehr teuer aussehender Unterwäsche mit Plüschpantoffeln planlos an der Straße entlang irrte. Kantz konnte sich einen derben Witz über ihre offensichtlich unechten Brüste nicht verkneifen.

„Sieh dir diese verdammte Tussi an, ich frag mich echt, wie die hierher gekommen ist, so wie sie aussieht."

Haberger grunzte etwas Unverständliches und beobachtete sie noch so lange im Seitenspiegel, bis sie hinter einer Kurve aus ihrem Blickfeld verschwand. Sie erinnerte ihn an eine dieser Tschechinnen aus der Bar gleich neben ihrer Kaserne. Damals hatten die Kameraden der Einheit zusammengelegt und ihm zum Einstand einen Abend in dem schmierigen Club spendiert. Inklusive einer blonden Tschechin mit künstlichen Brüsten in der Größe kleiner Wassermelonen. Und die Konsistenz der Früchte hatten sie auch noch. Sie stellte sich als Nadine vor und drückte ihm andauernd ihre aufgeblasenen Dinger ins Gesicht und wollte in dazu animieren, ihr aufs Zimmer zu folgen.

Ihr Körper roch nach einer Mischung aus Schweiß und billigem Parfüm, aber trotzdem nach Frau. Und da war dann noch dieses seltsame Tattoo, irgendein verschnörkelter Schriftzug, den er auch nach der fünften Flasche Champagner nicht entziffern konnte und der sich vom Hals um ihre Brüste bis zu ihrer Scham zog. Nicht einmal die Sprache konnte er erkennen. Am Ende war er nur noch genervt von der gespielten Geilheit und der ständigen Züngelei der Frau und torkelte sturzbetrunken zur Kaserne zurück.

„Ach du Scheiße, sieh dir das an!"

Kantz zeigte nach vorne und hielt an. Haberger, jäh aus seiner Träumerei gerissen, sah auf und wusste im selben Augenblick, woher die Frau gekommen war. Im Graben neben der Straße stand ein schwarzer Porsche. Beide Türen standen offen. Aber das war längst nicht alles. Auf der Straße und im Graben lagen überall Papiere herum. Papiere und Geldscheine. Es musste ein wahres Vermögen sein, was hier auf der Straße lag. Mittendrin der Fahrer, oder besser gesagt das, was die Frau von ihm übrig gelassen hatte.

Der Mann war regelrecht zerfetzt. Sie musste einige Zeit ungestört an ihm gefressen haben, denn sein Oberkörper bestand fast nur noch aus Knochen und den Resten fleischiger Masse. Seine Gedärme waren komplett aus seinem Körper gezogen und erstreckten sich bis auf die andere Seite der Straße. Ironischerweise trug er noch immer seine schwarzen, teuer aussehenden und hochglanzpolierten Lederschuhe. Auf der Motorhaube des Porsches lag der blutverschmierte Pelzmantel der Frau. Die Windschutzscheibe lag zerbrochen davor auf dem Boden. Haberger brummte: „Da hat es die Tussi doch glatt durch die Scheibe gehauen, oder was meinst du?"

Kantz hob kurz desinteressiert die Schultern.

„Kann sein. Ist mir aber ehrlich gesagt egal. Aber weißt du, ich frage mich, warum diese verdammten Toten überhaupt fressen. Warum fressen die, obwohl sie kein Essen mehr brauchen? Die brauchen doch rein gar nichts mehr, hm?"

Der Gefreite glotzte ihn verwirrt an. Anscheinend war ihm dieser Gedanke noch gar nicht in den Sinn gekommen.

„Keine Ahnung und ehrlich gesagt interessiert es mich auch nicht. Die werden schon ihre Gründe haben. Ändert nur nichts an dem Problem, welches wir mit ihnen haben."

Der Bayer schüttelte den Kopf. Das reichte ihm nicht. Das war zu einfach. Letztendlich verwarf er den Gedanken dann aber doch wieder. Trotz des vielen Geldes hatte niemand den Drang, auszusteigen und es aufzusammeln.

„Sieh dir nur diese Sauerei an", murmelte Kantz kopfschüttelnd. Bevor jemand etwas erwidern konnte, ließ er die Kupplung kommen und fuhr weiter.

Etwas später tauchten dann die ersten Häuser der kleinen Ortschaft auf. Und damit standen sie auch schon wieder vor der nächsten Überraschung. Selbst die zwei Männer in der Fahrerkabine waren sprachlos und erneut musste Kantz das schwere Gefährt anhalten. Es ging nicht mehr weiter.

„Sieh dir diesen kranken Mist an, ich glaub es ja nicht!"

Kopfschüttelnd saß er hinter dem Lenkrad und glotzte aus der Scheibe. Die Straße war durch einen quer gestellten Stadtbus auf der gesamten Breite blockiert. An der ihnen zugewandten Seite des Busses hatte man Wohnungstüren so angebracht, das diese ein Unterklettern unmöglich machten, rechts und links waren diese großen, runden Heuballen so übereinander gestapelt, dass auch ein Umgehen der Sperre verhindert wurde. Zusammen bildete alles eine geschlossene Linie, die fast schon Festungscharakter hatte. Kantz deutete nach links.

„Sieh dir diese verdammte Scheiße an, da drüben auf dem Feld brennt ein Berg voller Leichen."

Tatsächlich, auf einem Feld neben der Straße waren menschliche Körper zu einem großen Haufen aufgeschichtet und schwelten vor sich hin. Schwer zu sagen, wie viele es waren, vielleicht fünfzig, vielleicht auch mehr. Es hing ein beißender Gestank nach verbranntem Fleisch in der Luft. Der Qualm hatte sich als zäher Dunst im gesamten Tal festgesetzt und brannte in den Augen. Am Straßenrand warb ein windschiefes verrußtes Schild damit, das Oberschönau für seine einzigartige Ruhe und saubere Luft weltberühmt sei.

„Hab noch nie in meinem Leben von diesem Scheißkaff gehört. Meinst du, dass hier noch irgendjemand am Leben ist?", knurrte

Kantz gereizt und kratzte sein unrasiertes Kinn, wie er es immer tat, wenn er nachdachte. Haberger zuckte mit den Schultern.

„Na durch Herumsitzen werden wir das sicher nicht erfahren", brummte er, entsicherte sein G36 und stieg aus.

Susan und Markus kamen ebenfalls nach vorne. Haberger grinste.

„Na, euch beide gibt es wohl auch nur im Doppelpack, hä?"

Markus sah zu der Barrikade vor ihnen, als er antwortete.

„Tja, was soll ich sagen. Du hast den Hund vergessen. Wir sind drei, verstehst du, drei."

Der Hund stand tatsächlich zwischen den beiden und suchte die Umgebung ab und stieß mehrmals Luft aus seinen Nasenlöchern, um besser wittern zu können. Dabei fixierte er einen Punkt etwa in der Mitte des Busses und brummte leise.

Da standen sie nun, starrten auf die vor ihnen aufgebaute Sperre und machten sich Gedanken, was dahinter auf sie warten würde. Wenn sie weiterkommen wollten, mussten sie dieses Geheimnis ergründen. Markus hasste es, nicht weiter zu wissen und vor allem, nicht die geringste Ahnung zu haben, wo man sich befand und was sich hinter der nächsten Kurve verbarg. Verloren zu sein in einer fremden, feindlich gesonnenen Welt.

Wie vor ein paar Jahren, als er geschäftlich in Indien unterwegs gewesen war. Genauer gesagt in der Millionenstadt Bangalore. Ständig war er dort von anderen Menschen abhängig, da er weder die Sprache verstehen noch die Schriftzeichen lesen konnte. Er musst sich auf Fahrer verlassen, deren Namen er nicht einmal kannte und denen er trotzdem vertrauen musste, dass sie ihn sicher ans Ziel bringen würden. Manchmal wagte er dennoch einen Ausbruch und tauchte in die Menschenmasse ein, die sich durch die schäbigen Ladengassen schob. In diesen Momenten wurde ihm besonders bewusst, was es bedeutete, ein Fremder zu sein. Wollte er ins sichere Hotel zurück, zeigte er einem der Motorrikschafahrer die Visitenkarte und musste sich erneut darauf verlassen, dass ihn dieser wildfremde Mensch auch tatsächlich dort an einem Stück ablieferte.

Markus wollte sich gar nicht vorstellen wie es ihm ergangen wäre, wenn ihn die Katastrophe dort überrascht hätte. Keine fünf Minuten hätte er dort überlebt. Haberger spuckte auf den Boden und ging, noch immer den Kopf schüttelnd, als hätte er Wasser im

Ohr, äußerst zielstrebig auf die Absperrung zu. Das Sturmgewehr hatte er sich mit dem Lauf nach unten vor die Brust gehängt. Kaum dass er ein paar Meter gegangen war, wurden sie von der Sperre aus angerufen.

„Bleiben Sie sofort stehen, sonst machen wir von der Schusswaffe Gebrauch!"

Haberger kam der Aufforderung umgehend nach und hob beide Hände.

„Keine Panik, Meister, wir gehören zum Panzergrenadierbataillon 31, ich bin Gefreiter und mein Name ist Haberger. Wir wurden von unserer Einheit getrennt und sind auf dem Weg nach Süden in die sichere Zone."

Beschwichtigend streckte er seine Handflächen nach vorne. Dann erklang erneut die fremde Stimme hinter der Sperre.

„Wie viele seid ihr?"

Haberger rechnete noch, als Susan einen Schritt nach vorne trat.

„Wir sind zu acht. Drei von der Bundeswehr, zwei Frauen, zwei Männer und ein Kind."

Es folgte eine längere Pause. Hinter der Absperrung wurde anscheinend besprochen, wie es weitergehen sollte.

„Gut, ähm. Ist einer von euch verletzt, also ich meine gebissen worden oder an dieser Grippe erkrankt?"

Wieder war es Susan, die das Wort ergriff.

„Zwei von uns wurden bei einem Autounfall leicht verletzt. Gebissen wurde keiner und die Grippe hat auch niemand."

Dann kletterte die Stimme auf das Dach des Busses und sah auf sie herab, das Gesicht vollkommen hinter einer alten Gasmaske der Volksarmee verborgen.

„Alle aussteigen und nach vorne kommen. Wir wollen alle sehen, hören Sie?"

Sie taten, was die Stimme verlangte und stiegen aus. Kurz darauf standen sie alle in einer Reihe neben Haberger und warteten gespannt ab, wie es weiterging. Die Gestalt auf dem Dach musterte einen nach dem anderen. Vor allem ihre Gesichter und Hände ließ er sich genauer zeigen. Dann sprach er mit jemandem auf der anderen Seite.

Die Minuten fingen an, sich endlos in die Länge zu ziehen und die Spannung wurde langsam unerträglich, fing an, sich in eine gefährliche Genervtheit zu wandeln. Dann kletterte eine weitere Person auf den Bus. Der magere Kerl hatte eine doppelläufige Schrotflinte in der Hand und trug einen schmutzigen, dunklen Anzug.

„Hol uns der Teufel", murmelte Haberger überrascht, denn man konnte deutlich das weiße Rechteck im Kragen seines ansonsten schwarzen Hemdes erkennen. Vor ihnen stand ein leibhaftiger Priester mit einer Schrotflinte in der Hand und winkte sie lächelnd näher.

„Mein Name ist Dormann und ich bin der Pfarrer dieser kleinen Gemeinde. Wenn Sie das Wort Gottes achten und in friedlicher Absicht unser kleines und sehr sicheres Areal betreten, sind Sie uns herzlich willkommen."

Alle standen plötzlich mit offenen Mündern da, denn damit hatte nun wirklich niemand gerechnet. Es war in der Tat ein Wunder. Schnell wurde mit einer Seilwinde und einem Traktor der Bus gerade so weit zur Seite gezogen, dass der MAN durchfahren konnte. Noch immer sprachlos betraten sie das zu einer Festung umgewandelte Dorf oder, besser gesagt, die Ansammlung einiger alter Höfe, denn mehr war es nicht.

Es gab nur eine einzige Straße, an der sich die Häuser eng aneinanderreihten. Wo es Lücken gab, hatte man Fahrzeuge umgekippt oder aus dicken Brettern stabile Palisaden errichtet. Das Zentrum des Dorfes wurde von einem Gemischtwarenladen, einer freien Tankstelle und, natürlich, der Kirche gebildet. Das Areal der Kirche war zusätzlich von einer hohen Steinmauer umgeben, die an der Vorderseite ein stabiles, schmiedeeisernes Tor besaß.

Auf der Straße hatten sich etwa zwanzig zumeist ältere Menschen versammelt, um sie mit offenen Armen willkommen zu heißen. Markus sah Susan verunsichert an und wusste angesichts der Offenheit dieser Menschen nicht, wie er sich verhalten sollte. So viel Herzlichkeit hatte er schon seit Wochen nicht mehr erlebt und das machte ihn irgendwie misstrauisch.

Er war nicht der Typ von intimen Begrüßungen fremden Menschen gegenüber, zudem sah er, so grotesk dies auch erscheinen mochte, in diesem Zusammentreffen eine erneute Verzögerung auf seinem Weg nach Süden, denn immerhin waren nun schon dreiundzwanzig Tage seit dem Ausbruch der Seuche vergangen.

Dennoch war es nicht möglich, sich diesen Leuten zu entziehen. Diese Menschen meinte es einfach ehrlich. Markus zuckte zusammen, als der Pfarrer eine Hand auf seine Schulter legte.

„Kommen Sie, wir haben eine gute Suppe gekocht und möchten Sie und ihre Frau dazu einladen, an unserem bescheidenen Mahl teilzunehmen."

Markus war verwirrt und wusste zuerst nicht, was der Mann meinte. Als Susan anfing zu lachen und den Pfarrer aufklärte, wie es um das Paar stand, fing er an zu grinsen und folgte ihnen in die Kirche, in der das Essen gereicht wurde. Man hatte die Kirchenbänke größtenteils nach draußen in den Garten geräumt um im Innern des Gotteshauses Platz für Tische und Stühle zu schaffen, an denen sich nun alle versammelten. An den Seiten standen in langen Reihen provisorische Betten und allerlei persönliches Zeug der Einwohner.

Hier war die letzte Bastion, sollte die äußere Mauer fallen. Eilig wurden weitere Stühle für die Gäste herbeigeschafft. Verunsichert sah sich Markus um. Es war nicht einfach, so plötzlich inmitten dieser geschäftigen Menschen zu stehen und außerdem fühlte er sich schmutzig.

Ganz anders Ulrike. Die stand vor dem reich geschmückten Altar und sah sich die Bilder all der Menschen an, die man darauf angesammelt hatte. Ein älterer Mann mit schütterem grauem Haar trat neben sie und nahm das Bild einer jungen blonden Frau in seine zitternde Hand.

„Das ist meine Tochter Luise, sie war in München, als es passierte. Seit Weihnachten haben wir nichts mehr von ihr gehört. Das einzige, was wir tun können, ist für unsere Liebsten zu beten und ihnen ein Licht zu entzünden. Deswegen stehen all die Bilder hier."

Traurig stellte er das Bild an seinen Platz zurück und fuhr fort:

„Denn das sind alles Menschen, die wir vermissen. So halten wir Kontakt zu ihnen und lassen sie spüren, dass sie nicht alleine da draußen sind. Vermutlich sind die meisten nicht mehr am Leben, aber das macht nichts. Denn durch unsere Gebete leben sie in uns weiter."

Ulrike spürte die Tränen, die über ihre Wangen liefen. Kummer stieg in ihr auf und legte sich wie eine schwere Last auf ihre Seele. Hier müssten noch viel mehr Bilder stehen, unendlich viele Bilder. Stellvertretend für all die Opfer dieser Katastrophe. Die ganze Kirche müsste damit angefüllt sein. Ein riesiges Mahnmal für all die Menschen, die ihr Leben lassen mussten in diesem Wahnsinn. Sie bemerkte nicht, wie sie damit anfing, leise das Vaterunser zu beten. Das Haus Gottes war zu einer Gedenkstätte geworden und war nun Grabkammer und Bollwerk zugleich.

Und gleichzeitig vermittelte es Hoffnung. Hinter dem Altar ragte ein schlichtes Holzkreuz mit einer geschnitzten Jesusfigur mahnend in die Höhe. Der klagende Blick lastete schwer auf den versammelten Menschen.

Inzwischen war alles für das gemeinsame Mahl vorbereitet und der Pfarrer nahm seinen Platz am Ende der Tafel ein. Ulrike wischte sich mit ihrem schmutzigen Ärmel die Tränen aus dem Gesicht und ging zu ihrem Platz. Gerade noch rechtzeitig, denn alle standen auf und fassten sich an den Händen, um ein Lied zu singen und gemeinsam zu beten. Danach wurde nahezu schweigend das Brot gebrochen und gegessen, was der Tisch zu bieten hatte.

Es wurde schon dunkel, als Markus zusammen mit Susan durch die kleine Siedlung schlenderte. Um keine Streuner anzulocken, hatte man sie darum gebeten, außerhalb der Kirche auf Licht zu verzichten. Eine Bitte, der sie gerne nachkamen. Während des Essens hatte Pfarrer Dormann erzählt, dass sich nur selten Tote in diese abgelegene Gegend verirrten. Und wenn doch, dann fanden diese zumeist sehr schnell ihr Ende auf dem Scheiterhaufen.

Im Dorf selbst hatte es angeblich nur zwei Krankheitsfälle gegeben, was der Gottesmann auf die Glaubensfestigkeit seiner Lämmer zurückführte, denn beide Infizierte standen außerhalb der katholischen Kirche und da war es seiner Meinung nach kein Wunder, dass diese verlorenen Seelen der Krankheit anheim fielen.

Die Gemeinde vertrat ausnahmslos die Ansicht, dass dies der Anfang der biblischen Apokalypse war. Die auferstandenen Toten waren eine der Plagen und es würden noch weitere, weitaus schlimmere folgen. Die Organistin, eine pummelige Frau in grauem Wollkleid und mit roten Backen, erinnerte mit erhobenem Zeigefinger daran, dass die Reiter noch nicht vollends entfesselt waren. Markus hatte da so seine Zweifel, doch bevor er diese äußern konnte, nahm Susan seine Hand und zog ihn unter einem Vorwand aus der Kirche. Draußen hielt sie ihm dann so etwas wie eine Standpauke.

„Hast du den Verstand verloren", zischte sie ihn leise an. „Die geben uns hier Unterkunft und essen und du, du stellst inmitten ihrer Kirche diese kleine heile Welt in Frage, in welche sie sich geflüchtet haben. Also halt dich bitte zurück. Ich möchte nicht, dass wir hier noch Ärger bekommen"

Markus zuckte nur mit den Schultern.

„Susan, das ist ja alles schön und gut, aber die halten sich da an einer Glaubenssache fest, die auf Dauer keinen Bestand haben wird. Durch fromme Sprüche kann man die Toten nicht aufhalten. Ich für meinen Teil werde mich so schnell es geht wieder auf den Weg machen. Hier will ich nicht bleiben."

Markus war ziemlich angespannt und hatte Bedenken, dass sie wieder einmal festsitzen und wertvolle Tage verlieren würden. Völlig unvermittelt spürte er, wie sich eine Hand von hinten auf seine Schulter legte. Als hätte er einen Stromschlag bekommen, zuckte er zusammen und wirbelte auf dem Absatz herum, bereit zuzuschlagen, was auch immer da sein mochte.

Seine Hand suchte vergebens den Streitkolben, der bei seinen anderen Sachen in der Kirche lag. Es war Pfarrer Dormann, der erschrocken einen Schritt zurückwich und ihn mitleidig anlächelte.

„Keine Angst, hier sind Sie absolut sicher. Entspannen Sie sich, ich wollte mich nur ein wenig mit ihnen unterhalten." Hinter sich hörte er Susan leise kichern.

„Dann lasse ich euch beide mal lieber alleine", sagte sie und ging zurück zur Kirche. Verunsichert sah ihr Markus hinterher.

„Entschuldigung, ich muss mich erst an die momentane Situation gewöhnen. Wir haben einfach zu viel erlebt die letzten Tage", versuchte er seine Reaktion zu erklären, doch der Pfarrer sah ihn nur freundlich an und forderte ihn auf, mit ihm zusammen ein Stück an der Grenze des Dorfes entlangzugehen.

Als sie schließlich ein paar Schritte zurückgelegt hatten, brach Dormann das unangenehme Schweigen.

„Es ist schon fast ein kleines Wunder, dass Sie und ihre Freunde es bis hierher geschafft haben. Wissen Sie, ich stelle mir oft die Frage, nach welchen Kriterien Gott die Menschen zusammenführt, damit sie sich gemeinsam dieser schweren Prüfung stellen. Ich weiß ja nicht, wie Sie das sehen, aber ich sehe es ganz klar als Zeichen, dass wir es richtig gemacht haben."

Markus schüttelte nur den Kopf.

„Sie wollen wissen, wie ich das sehe?"

Er spürte, wie Wut in ihm aufstieg.

„Ich möchte ihnen ja nicht zu nahe treten, Herr Pfarrer, aber wenn Gott es tatsächlich gewesen sein sollte, dann trägt er vermutlich auch die Schuld daran, dass all die Menschen gestorben sind, um sich in diese Monster zu verwandeln und das macht mich ehrlich gesagt wütend."

Vermutlich hatte Dormann mit einer derartigen Erwiderung gerechnet.

„Mein Sohn, als Mensch sehe ich nur die Dinge hier auf Erden und habe natürlich nicht den allumfassenden Weitblick des Herrn. Ich bin überzeugt davon, dass hinter alledem ein tieferer Sinn steckt, welcher uns jetzt natürlich noch verborgen bleibt. Aber der Herr wird sich uns offenbaren, auf welchem Weg auch immer. Zuerst trennt er die Spreu vom Weizen, dann wird er seine Schafe zusammenführen und ihnen einen neuen Hirten geben. Vielleicht kommt sogar Jesus Christus zurück. Alles ist möglich."

Begeistert von seinen eigenen Worten sah er Markus an. Vermutlich hoffte er auf dessen Zustimmung. Doch der sah die Sache vollkommen anders.

„Zum einen bin ich nicht Ihr Sohn. Des Weiteren, meinen Sie nicht, dass es infam ist, all die Menschen, die in den letzten Tagen und Wochen ihr Leben lassen mussten, als Ausschuss zu bezeichnen? Herr Pfarrer, ich habe Dinge gesehen, die so unvorstellbar sind, dass ich dies alles nicht mit dem Bild eines barmherzigen Gottes vereinen kann. Inzwischen sehe ich die Sachlage trocken und absolut nüchtern. Gott hat sich, wenn es ihn denn überhaupt gibt, schon vor langer Zeit von uns abgewandt. Es interessiert ihn einfach nicht, was hier geschieht. Sollen wir dennoch darauf hoffen, dass er seine Armee der Engel hinausschickt, um uns zu retten?"

Zischend stieß er die Luft aus und biss sich dabei fast auf die Zunge, um nicht noch direkter zu werden. Unbeirrt bestand der Pfarrer jedoch auf seiner Theorie.

„Aber wie erklären Sie es sich dann, dass die Körper, aus welchen die Seelen schon längst ausgefahren sind, plötzlich wieder auferstehen, was gibt ihnen den Antrieb, was die Motivation zu fressen und immer weiter zu fressen, obgleich es für ihren toten Korpus weder von Nutzen noch von Vorteil ist?"

Dormann blieb stehen und sah Markus fragend, fast schon provozierend an. Der zuckte mit den Schultern.

„Das Böse, Herr Pfarrer, es ist das absolut Böse, was ihnen die Kraft dazu verleiht. Menschen werden infiziert und verwandeln sich in boshafte Monster, deren einzige Aufgabe darin besteht, unser aller Leben zu vernichten. Glauben Sie mir, ich weiß wovon ich spreche."

Der Pfarrer gab nicht auf.

„Kennen Sie die Heilige Schrift? Sie finden jede Menge Beispiele derartiger Prüfungen. Nehmen wir nur Lazarus, der …" Aufbrausend fiel ihm Markus ins Wort.

„Ja natürlich, ich kenne die Bibel und auch die Geschichte des Lazarus. Lassen Sie mich doch damit in Ruhe. Gott hat die Menschen seit der Kreuzigung seines Sohnes sich selbst überlassen, das ist es, woran ich glaube. Wäre es anders, könnten wir einfach vor die Tore gehen und abwarten, was geschieht. Spreu oder Weizen. Das sind Ihre Worte, Herr Pfarrer!"

Er hatte keine Lust mehr, sich dieses Geschwätz anzuhören. Dormann war allerdings noch längst nicht fertig.

„Was halten Sie von der Theorie, dass es die Heerscharen der Hölle sind, von Satan selbst ausgesandt, um die Erde zu unterwerfen? Was ist, wenn gerade jetzt und hier ein großer Krieg zwischen Himmel und Hölle tobt. Die Erde war schon immer Austragungsort derartiger Machtkämpfe."

Markus nahm Abstand zu Dormann, er stand kurz davor, die Beherrschung zu verlieren.

„Krieg zwischen Himmel und Hölle? Sicher, ich kann mir vorstellen, dass es Dämonen sind, die in den toten Körpern hausen. Aber wenn ich die momentane Lage mal ganz grob einschätze, dann sieht es für mich so aus, als ob Ihr Gott gerade ins Hintertreffen gerät und jede Menge Boden verliert, hm?"

Markus war fertig und wollte gerade losstapfen, um durch Flucht dieses für ihn sinnlose Gespräch zu beenden, doch der Priester ließ nicht locker.

„Gott übergibt jene, welche schwachen Glaubens sind, an das Fegefeuer, die wahren Gläubigen jedoch werden mit ihm zusammen sein neues Königreich errichten."

Markus schüttelte energisch den Kopf.

„Das schlägt dem Fass nun echt den Boden aus. Wissen Sie, ich habe es satt, ständig irgendwelchen Prüfungen ausgesetzt zu sein. Mag durchaus stimmen, dass mich Gott bei meiner Geburt auf einen mir vorbestimmten Weg gestellt hat, den ich im Laufe meines Lebens hinter mich bringen muss. Doch ziemlich schnell, eigentlich schon nach den ersten Metern, wurde mir klar, dass unser Ziel nicht in der sogenannten Erleuchtung zu finden ist, sondern durch Schmerz, Verluste und eigenes Versagen oder durch die Unfähigkeit geprägt wird, die eigenen Lebensumstände nachhaltig zu ändern.

Warum soll ich den Pfad Gottes weiter verfolgen, wenn er mir andauernd in den Arsch tritt und mir mit dieser verdammten Seuche alle Menschen nimmt, welche mir lieb und teuer waren?"

Markus Wut war so grenzenlos, dass er die Hand, welche der Pfarrer ihm in wohl tröstender Absicht auf die Schulter legte, grob beiseite stieß. Er wollte nur noch allein sein, weg von den anderen Menschen, denn gerade jetzt wurde ihm vielleicht zum ersten Mal richtig bewusst, dass vermutlich alle Menschen tot waren oder als seelenlose Hülsen umherirrten, die er jemals gekannt hatte.

Panisch rannte er vor den Worten des Pfarrers davon und kam erst wieder zu sich, als er in einem schmalen Durchgang zwischen zwei Häusern an der Wand kauerte und seine heißen Tränen spürte, die ihm über das Gesicht liefen. Das Gefühl des eigenen Versagens und der Unfähigkeit, an sein gesetztes Ziel zu kommen, bündelten sich in einer schier grenzenlosen Verzweiflung. Wieder einmal musste er sich seine eigene Schwäche eingestehen, seine Feigheit doch alles zu riskieren, um ans Ziel zu kommen. Und am Ende würde nichts anderes bleiben, als die immer wiederkehrende Endtäuschung in den Augen derer, die ihm blind vertraut hatten.

Als sich sein Atem langsam wieder beruhigte, traf er eine für ihn wichtige Entscheidung. Er musste so schnell wie möglich hier weg und sich wieder auf seinen Weg begeben, denn diesbezüglich hatte der Pfarrer vollkommen recht. Gleich morgen früh würde er aufbrechen, wenn es hell wurde und zwar egal, ob die anderen mitkommen würden oder nicht. Vermutlich lag in den Worten des Pfarrers mehr Wahrheit, als dieser ahnte, denn wenn es eine von Gott gegebene Aufgabe für Markus gab, dann war es diese, Speyer zu erreichen und Anette beizustehen. Dies war der Pfad, dem er folgen musste.

Vor einem der Häuser hatte er eine Enduro gesehen, eine alte XT500 von Yamaha. Damit würde er selbst auf den verstopften Straßen schnell vorwärtskommen. Morgen früh würde er den Besitzer ausfindig machen und ihn darum bitten, ihm die Maschine zur Verfügung zu stellen. Erleichtert, einen Entschluss gefasst zu haben, ging er zu dem MAN, um dort in der Kabine die Nacht zu verbringen.

GOTTES SEGEN

Kurz nachdem die Dämmerung eingesetzt hatte, war Markus auf den Beinen. Noch gestern Abend hatte er den Besitzer der XT aufgetrieben. Der Mann hieß Werner und besaß den kleinen Hof gleich rechts neben der Straßensperre. Markus hatte ihn zufällig getroffen, als er in den MAN geklettert war und hatte einfach mal nachgefragt. Eigentlich gehörte die Geländemaschine Werners Sohn Joachim, der war allerdings vor drei Wochen auf die Malediven geflogen, um dort zusammen mit Frau und Kind die Weihnachtszeit zu verbringen.

Werner ging davon aus, dass dort die Seuche noch nicht ausgebrochen war, auch wenn jeder wusste, dass dies reine Selbstberuhigung war. Die XT benutzte Joachim nur, um zu seinem Ansitz in den Wald zu fahren. Zwei Flaschen Bier später war der Deal perfekt und Werner überließ Markus nicht nur die XT, sondern auch zwei große Packtaschen und einen Tankrucksack. Der Typ war echt in Ordnung. Besser hätte es nicht laufen können.

Markus baute die rechte Packtasche so um, dass er darin den Hund transportieren konnte. Mehrmals hob er den tapferen Kerl an und setze ihn in die Tasche. Es war zwar verdammt eng, aber es würde gehen, denn den Hund zurücklassen kam nicht in Frage. Dann verstaute er seine restliche Ausrüstung in der linken Tasche und schnallte alles an der Maschine fest. Zufrieden mit seinem Werk ging er schließlich in die Kirche, um Susan zu wecken. Die hatte er schon gestern Abend in seinen Plan eingeweiht und wenig Begeisterung bei ihr für diese „selbstmörderische Aktion" (das waren in der Tat ihre Worte gewesen) geweckt.

Sie wollte allerdings morgens noch mal mit ihm darüber sprechen, was immer das heißen sollte. Vorsichtig berührte er die in den Schlafsack gekuschelte Frau an der Schulter.

„Guten Morgen Susan, ich habe jetzt alles vorbereitet. Also wenn du mitkommen willst, könnten wir direkt nach dem Frühstück aufbrechen."

Müde rieb sie sich den Schlaf aus den Augen.

„Morgen!"

Es folgte ein langes, herzhaftes Gähnen.

„Muss erst wach werden", nuschelte sie. „Du willst das also wirklich durchziehen?"

Markus setzte sich neben sie auf das Feldbett und nickte mit ernstem Gesicht. Er war überzeugt davon, das Richtige zu tun. Susan setzte sich auf und sah ihm lange in die Augen. Einige Minuten lang, ohne ein Wort. Dann atmete sie durch und nickte.

„Gut. Ich weiß, dass diese Sache schiefgehen kann und wir vermutlich, nein, sogar ziemlich sicher dabei draufgehen werden. Aber das kann mir hier auch passieren, egal ob ich mit dem Lastwagen mitfahre oder hier im Dorf bleibe. Und ehrlich gesagt, fühle ich mich bei dir sicherer als bei den anderen. Ich komme mit."

Um ihrer Entscheidung Nachdruck zu verleihen, nickte sie entschlossen und nahm Markus in die Arme.

„Okay, dann lass uns frühstücken und danach gleich aufbrechen", drängte Markus.

Susan wollte Markus auf keinen Fall verlieren, denn er war die einzige Person, der sie im Moment vertraute und zu der sie sich hingezogen fühlte. Er war der klägliche Rest dessen, was von der Gemeinschaft des alten VW-Busses übriggeblieben war. Während des Frühstücks teilten sie der versammelten Gemeinde ihre Absicht mit. Den meisten war es vermutlich egal, einzig die beiden Soldaten und Pfarrer Dormann stellten ihnen ein paar kurze Fragen, was den Weg betraf und wohin sie genau wollten. Und schließlich war es der Pfarrer, der Markus nach dem Essen zur Seite nahm.

„Ich hoffe doch nicht, dass Sie uns wegen des Gesprächs von gestern Abend verlassen? Das würde mich sehr traurig stimmen."

Markus sah den Pfarrer offen an.

„Ja und nein. Ich habe heute Nacht lange über Ihre Worte nachgedacht, Herr Pfarrer. Tut mir leid, dass ich so schroff reagiert habe. Einem Teil ihrer Aussagen stimme ich ja auch zu. Ich denke auch, dass die Auferstandenen von irgendetwas besessen sind. Etwas sehr Bösartigem."

Markus schluckte und sah dem Gottesmann in die Augen.

„Aber ich kann einfach nicht bleiben. Ich muss nach Hause."

Der hochgewachsene Mann beschloss in diesem Moment, dem Geistlichen alles zu erzählen, was er erlebt hatte. Was er über die Toten dachte und vieles mehr. Es war wie eine Beichte für ihn und es tat gut, sich alles von der Seele zu reden.

Sie zogen sich sogar in den Beichtstuhl zurück und Markus fing an zu reden. Als er diesen Doktor erwähnte, konnte er regelrecht sehen wie der Pfarrer blass wurde und er sich bekreuzigte.

„Mein Sohn, wenn der Teufel tatsächlich seine Saat in die toten Körper gepflanzt hat und dieser Doktor von einem Dämon besessen ist, dann stehen wir schon näher am Abgrund, als ich befürchtet hatte. Jetzt müssen wir standhaft bleiben und unseren von Gott vorgegebenen Weg weiter verfolgen, sonst werden wir untergehen und bald im Fegefeuer brennen."

In diesem Punkt musste er dem Pfarrer zustimmen.

„Sehen Sie, und genau deswegen muss ich los und meinem Weg folgen. Ich darf nicht noch länger warten."

Dormann legte ihm seine Hand mit festem Druck auf die Schulter.

„Dann erlauben Sie mir, dass ich Ihnen und Ihrer Begleiterin Gottes Segen mit auf den Weg gebe."

Markus nickte.

„Gerne, aber vergessen Sie den Hund nicht, der kann ihren Segen ebenfalls gut gebrauchen."

Draußen vor der Maschine gingen Sie vor dem Geistlichen auf die Knie, nahmen den Hund in den Arm und empfingen den Segen des gläubigen Mannes, der mit Weihwasser und Rosenkranz bewaffnet vor sie trat.

„Das Heilige Kreuz sei euer Licht. Nicht der Drache sei euer Führer. Weiche zurück, oh Satan, und führe euch nicht in Versuchung. Böse ist, was du uns einträufelst, trinke selbst dein Gift!"

Energisch besprengte er sie mit Weihwasser.

„Der Herr im Himmel, sein Sohn Jesus Christus und der Heilige Geist, sie mögen euch beistehen und euch beschützen auf all euren Wegen, Amen!"

Das alles hatte nun doch so viel Wirbel verursacht, dass sich zwischenzeitlich die gesamte Gemeinde um sie versammelt hatte. Eine kleine Ewigkeit später waren sie dann tatsächlich startbereit. Markus hatte die Sachen von Susan im Tankrucksack untergebracht. An beiden Seiten des Tanks waren in Plastiktüten ihre Schlafsäcke festgebunden. Auch der Streitkolben hatte seinen Platz gefunden. Griffbereit wartete er quer über den Lenker platziert und durch zwei Lederschlaufen gehalten auf seinen Einsatz. Haberger half Markus dabei, alles richtig zu befestigen.

„Hör mal, ich kann dich verstehen Markus, aber hast du dir das wirklich genau überlegt? Ich meine, so ganz ohne Waffen und so …"

Markus hatte keine Lust mehr, die Sache immer wieder und jedem zu erklären, also nickte er nur knapp. Haberger zog die letzte Schlinge fest und grunzte etwas in seinem seltsamen Dialekt.

„Okay, eine letzte Sache noch. Ich habe mit den anderen gesprochen und denke, dass wir erst mal hierbleiben werden. Den Anschluss an unsere Truppe finden wir eh nicht mehr und außerdem, nun, eine kleine Verschnaufpause wird uns bestimmt nicht schaden. Aber ich hab hier noch was für dich, Kamerad."

Der Soldat reichte ihm einen Gegenstand, der in ein öliges Leinentuch eingewickelt war.

„Sozusagen ein kleines Abschlussgeschenk, hm?"

Markus sah ihn zuerst ziemlich verdutzt an, dann nahm er das Päckchen, legte es auf die Sitzbank und fing an, es unter den neugierigen Blicken der Umstehenden auszupacken. Es entpuppte sich als eine Walther P1. Acht Schuss im Magazin, Kaliber 9mm und zu allem Überfluss gab es dazu noch eine Schachtel voller Patronen. Überrascht sah er den Gefreiten an.

„Mann, eine P1. Du bist wahnsinnig. Bist Du sicher, dass ihr die entbehren könnt? Ich meine nicht, dass wir sie nicht brauchen könnten, aber …"

Grimmig zog Haberger eine seiner buschigen Augenbrauen nach oben.

„Halt einfach deinen Mund und steck' das Ding ein!"

Das ließ sich Markus nicht zweimal sagen. Voller Dankbarkeit umarmte er den überraschten Soldaten.

MOMENTAUFNAHMEN

Die Toten waren nicht allgegenwärtig, auch wenn man das leicht vermuten konnte. Vielmehr konzentrierten sie sich auf die Städte und auf die Plätze, die ein reichhaltiges Futterangebot versprachen. Und so konnte es durchaus vorkommen, dass man stundenlang unterwegs sein konnte, ohne einen einzigen von ihnen zu sehen. Auf manchen Streckenabschnitten standen nicht mal Fahrzeuge herum. Wie auf dem Teilstück zwischen Bad Hersfeld und Gießen. Dort konnte man sogar ohne Bedenken pissen gehen, ohne Angst haben zu müssen, dass einem eines dieser Dinger gleich in den Allerwertesten biss.

Mit jedem Kilometer Richtung Süden ging der Schnee mehr und mehr zurück, wurde immer weniger und verschwand schließlich ganz. Am Ende waren es nur kleine Erinnerungsfetzen, die von einer langen Reise übrigblieben. Momentaufnahmen eines allumfassenden Zerfalls, der mit seinen immer wiederkehrenden Bildern an ihnen vorbeizog und in einem seltsamen Nebel verschwand. Es war vielleicht das erste Mal, dass sie seit Ausbruch der Plage richtig vorankamen.

FRANKFURT

Der Gestank, eine Mischung aus verschmortem Gummi, Benzin und verbranntem Fleisch hing wie eine Glocke über dem Land und machte das Atmen zu Qual. Im letzten Licht des sterbenden Tages sahen sie die gigantische Wolke aus fettem schwarzem Qualm. Sie hing über dem gesamten Stadtgebiet und zog sich bis zum Horizont. Vor ihnen lag die Finanzmetropole Frankfurt. Aus dem Messeturm schlugen orangerote Flammen und die Innenstadt brannte wie nach einem Bombenangriff. Nur dass es diesmal keine Sirenen gab. Und genau in diese Hölle mussten sie eindringen, um zu Sabine und Pascal zu gelangen.

Markus und Susan hatten es innerhalb eines Tages bis hierher geschafft, was fast einem Wunder glich. Hinter ihnen lag eine Fahrt durch ein schwer umkämpftes Kriegsgebiet, in dem mit erbittertster Härte um jeden Meter gefochten wurde. Noch hatten sie die Frontlinie, den Übergang zur sicheren Zone, nicht erreicht und es umgab sie ein verlorenes Land, in dem nur noch der Tod regierte. Doch sie konnten nicht mehr weit von der heißen Linie entfernt sein, denn aus südlicher Richtung, dort wo der Flughafen lag, war Kampflärm zu hören, dort kreisten Hubschrauber und schossen ihre Raketen ab.

Sie selbst standen auf der A5 auf einer verblüffend freien Fahrbahnseite Richtung Darmstadt und konnten auf dem blauen Schild über ihnen „Frankfurt Westkreuz“ lesen. Das war ihre Abfahrt ins Inferno. Markus wusste, dass seine Freunde ein großzügiges Apartment in der Nähe des Senckenbergmuseums im Westend Süd bewohnten. Ganzen oben und mit einem wunderschönen Dachgarten, der einen Blick über einen Großteil der Innenstadt erlaubte. Susan, die verkrampft hinter Markus auf der XT saß, beugte sich nach vorne, um besser reden zu können.

„Das ist doch nicht dein Ernst, in diese Hölle hineinzufahren? Da kommen wir doch keine hundert Meter weit!"

Für Markus gab es keine andere Option, denn er war sich sicher, dass die beiden noch dort waren. Er hatte in Platkow mit Sabine vereinbart, dass er hier zu ihnen stoßen würde und davon würde ihn nichts auf der Welt abhalten.

„Susan, ich werde meine Freunde nicht im Stich lassen. Wenn die Innenstadt erst jetzt brennt, ist sehr wahrscheinlich, dass Frankfurt erst vor kurzem gefallen ist. Vielleicht vor zwei Tagen, höchstens drei. Wir müssen nichts weiter tun, als der Wiesbadener Straße zu folgen. Immer geradeaus. Rein und wieder raus, verstehst du?"

Dass sie dabei am Messeturm vorbeimussten, der in Flammen stand, unterschlug er lieber. Natürlich war er auch nicht davon begeistert, in eine Großstadt voller Monster einzudringen, zumal es nicht einmal sicher war, ob die beiden tatsächlich noch dort waren. Doch er war wild entschlossen, es wenigstens zu versuchen. Das war er einen Freunden schuldig. Auffordernd sah er Susan an, die unsicher auf ihrer Unterlippe herumnagte.

„Gut, immer geradeaus. Und wir werden den direkten Weg nicht verlassen. Wenn es kein Durchkommen gibt, drehen wir einfach um und hauen ab, verstehst du? Nur unter dieser Bedingung komme ich mit, auch wenn ich das Ganze für eine schwachsinnige Aktion halte."

Markus atmete erleichtert aus und nickte.

„Einverstanden. Und noch was, ich gebe dir die Walther. Sollte es Probleme geben, kann ich beide Hände am Lenker lassen und du kannst feuern."

Außerdem, dachte er für sich, treffe ich mit dem Ding nicht mal ein Scheunentor. Er war froh, dass Susan dabei war und zu ihm hielt. Sie waren inzwischen ein eingespieltes Team und er konnte sich auf sie verlassen. Als Alternative wäre nur ein Unterschlupf hier in der Nähe in Frage gekommen, in dem Susan und der Hund hätten warten können, bis er von seinem Ausflug in die Innenstadt zurück war.

„Ganz ehrlich, ich bin echt froh, dass du mich verstehst, Susan", sagte Markus. „Vielleicht haben wir Glück und es ist in der Stadt genauso ruhig wie hier. Gut möglich, dass die Zombies durch das Feuer aus der Stadt getrieben worden sind."

Susan schlug ihm auf die Schulter.

„Quatsch nicht soviel und fahr endlich, ich möchte die Sache hinter mich bringen."

Zuversichtlich trat er die Enduro an.

„Rein und wieder raus, so machen wir das. Versprochen!"

Der Sprit sollte noch für gut hundert Kilometer reichen, mehr als genug also, um zum Westend und wieder hierher zurückzukommen. Und natürlich, um die sichere Zone rund um den Frankfurter Flughafen zu erreichen. Markus spürte Susans Lippen an seinem Ohr, als er losfuhr.

„Eins möchte ich noch klarstellen, Markus. Wenn du mich in Zukunft nicht eher in deine Pläne miteinbeziehst, reiße ich dir den Arsch auf. Begreif endlich, dass wir zusammengehören. Hast du mich verstanden?"

Markus spürte den kalten Lauf der P1 im Genick und nickte hastig. Er musste an ihren Ausraster in der Raststätte denken, wo sie sich auf Steven gestürzt hatte. An das Messer in ihrer Hand und die wilde Entschlossenheit, mit welcher sie es eingesetzt hatte.

„Verstehe", sagte er dann, „ich denke, dass hast du mir nachdrücklich klargemacht."

Ihre Feststellung mit dem Zusammengehören verunsicherte ihn trotzdem. Da war etwas in ihrer Stimme, was im nicht gefiel. Tief in Susan schlummerte eine verdammt gefährliche Wut und er hatte nicht vor, diese zu wecken. Langsam fuhr er los, die Abfahrt hinunter und auf die Stadtautobahn Richtung Innenstadt.

Die Wiesbadener Straße führte zuerst durch ein weitläufiges Schrebergartengebiet, welches wie eine Oase irgendwie deplatziert zwischen den Hochhäusern wirkte. Der Schnee war hier vollkommen verschwunden und hatte einer schmutzig-grauen Farbe Platz gemacht, die einfach allgegenwärtig war und alles andere überdeckte. An einigen Stellen waren die Fahrbahn und zum Teil auch einige der Gärten verbrannt, manchmal mussten sie Krater umfahren, um die herum verkohlte Leichenteile verstreut lagen. Einmal stand sogar ein verlassener Kampfpanzer mit offenen Luken auf der Gegenfahrbahn, das Rohr hohl nach vorne gerichtet.

Dann wieder hatte man an manchen Stellen Straßensperren errichtet, nur um sie später wieder offenbar einzureißen. Es sah ganz danach aus, dass der Feind nicht aus der vermuteten Richtung von außerhalb der Stadt angegriffen hatte, sondern auch aus dem Innern gegen die Verteidiger vorgedrungen war.

Wie in Troja, dachte Markus, *als die Angreifer mit dem Trojanischen Pferd ihre eigenen Leute in die Stadt eingeschleust hatten.* Auf diese Weise mussten sie nur eine winzige Lücke in die Reihen der Verteidiger schlagen und schon war der gesamte Abwehrring instabil. Was dann folgte, war abzusehen. Panik brach aus und jeder dachte nur noch daran, seine eigene Haut zu retten.

Als sie an einer langen Reihe ausgebrannter Armeefahrzeuge vorbeikamen musste Markus an ihren eigenen Konvoi denken und wie schnell dieser aufgerieben worden war.

Weder Lebende noch Tote waren zu sehen, als sie langsam die breite Straße entlang rollten. Stille hatte sich wie ein Leichentuch über allem ausgebreitet, eine beängstigende Stille, die nur durch das Donnergrollen durchbrochen wurde, das ab und an von der weit entfernten Frontlinie zu hören war oder wenn sich ein großes Teil von den brennenden Häusern löste und in die Tiefe stürzte. Und natürlich durch das Knattern ihrer XT, das einem bösartigen Insekt gleich über ihnen hing und vermutlich bis ans andere Ende der Stadt zu vernehmen war.

Die Kiste war mit Sicherheit laut genug, um die Toten aus ihren Löchern zu locken. Anfangs waren es nur vereinzelte Leichen, die in Autos saßen oder zerstörten Puppen gleich auf der Fahrbahn lagen. Doch je näher sie der Innenstadt kamen, um so mehr wurden es. Meist lagen sie in großen Gruppen zusammen, um gemeinsam ihre zerschossenen Glieder seltsam verdreht in die Luft zu strecken. Man hätte annehmen können, dass die beiden Menschen auf der XT sich inzwischen an so etwas gewöhnt hatten, doch das genaue Gegenteil war der Fall.

Traurig dachte Susan darüber nach, wie viele Schicksale hier ihr jähes Ende gefunden hatten und dass es reine Glückssache war, dass sie selbst noch lebten. Jede verdammte Sekunde wurde neu über Leben und Tod entschieden, wurde über sie von höherer Stelle aus Gericht gehalten. Ein Blutgericht, von dem kein Erbarmen zu erwarten war.

Die Kleingartenidylle ging schleichend in weitläufige Freiflächen über, auf denen sich moderne Firmen mit großzügigen Parks umgaben, um von ihrer eigenen Nutzlosigkeit abzulenken. Die Stadt lag im Sterben und der Rauch drang als Todesbote aus den brennenden Straßen bis hierher wie das Blut aus der Wunde eines Sterbenden, das sich über den frisch geputzten Fußboden ergoss.

Es folgte ein dürres, halb abgestorbenes Waldstück, hinter dem sich die Wiesbadener Straße auf Stelzen über die Stadt erhob. Langsam streckten sich die Gebäude immer weiter zum Himmel, wurden größer und gaben mächtigen Banken Platz für ihre Schaltzentralen. Noch vor wenigen Tagen war hier über Schicksale entschieden worden und nun lagen sie nutzlos und verlassen in der sich ausbreitenden Dunkelheit der kommenden Nacht, waren nur noch Schatten ihrer selbst.

Die Straße senkte sich wieder zurück auf den Boden. Aus einem der Gebäude hing ein großes Laken aus der oberen Etage. Mit verschmierter Schrift hatte jemand in großen Lettern das Wort „HILFE!“ geschrieben. Hinter den Fenstern schimmerte ein schwacher Lichtschein und Menschen warfen Möbelstücke nach unten. Wie bei einer Burgbelagerung versuchten sie damit, ihre Angreifer davon abzuhalten, das Tor zu durchbrechen, um ins Innere zu gelangen.

Es waren jedoch keine mittelalterlichen Söldner, die sie hier angriffen, sondern eine Armee aus lebenden Toten, die sich in großen Scharen gegen die schicken Glasfronten der Banken stemmten. Am Nebengebäude hatte die breite Glastür dem Ansturm schon nachgegeben und vor wenigen Augenblicken geborsten. Ein nicht enden wollender Strom aus toten Körpern schob sich durch die entstandene Öffnung und stieß ein grauenvolles Gebrüll aus.

Plötzlich klatschte direkt daneben eine Frau auf die Straße und blieb mit seltsam verrenkten Gliedern wie eine zerbrochene Puppe bewegungslos liegen. Sofort stürzten sich einige der Toten auf sie und zerrissen ihren Körper. Markus wollte raus aus dieser Hölle und gab Gas. Sie mussten in Bewegung bleiben, denn man hatte ihre

Anwesenheit registriert und würde bei der kleinsten Unachtsamkeit über sie herfallen.

An einer Fußgängerbrücke baumelten Menschen an ihren Hälsen aufgehängt über der Straße. Männer mit weißen Hemden, die ihnen nun halb aus der Hose hingen. Markus musste ihren schwarzen Lederschuhen ausweichen, die verstreut unter den toten Körpern auf der Fahrbahn lagen.

Die Wiesbadener Straße verlor nun endgültig ihren Autobahncharakter und ging auf Höhe des Messegeländes, das sich rechts der Fahrbahn erstreckte, in die Theodor-Heuss-Allee über, blieb aber nach wie vor vierspurig. An den riesigen Hallen der Frankfurter Messe hingen übergroße weiße Banner mit roten Kreuzen.

Mit jedem Meter wurde es enger auf der Fahrbahn. Überladene Kombis, teure SUV und Transporter verstopften alles und zwangen ihnen eine langsame Slalomfahrt zwischen den Fahrzeugen auf. Vor allem die offenen Türen der Wagen machten die Sache gefährlich. Mehr als einmal mussten sie herausgreifenden Händen ausweichen, die voller Wut versuchten sie zu packen.

Aber nicht nur Tote sah man hier, auch Überlebende gab es überall. Da war diese Frau. Sie rannte in wilder Panik auf einer parallel verlaufenden Straße um ihr Leben und wurde von einigen Toten verfolgt, von deren Geschwindigkeit Markus mehr als überrascht war. Als sie kurz vor einer Werbetafel stürzte, verlor er sie aus den Augen.

In einem schweren SUV sah Susan einen Mann zusammengekauert hinter dem Steuer sitzen. Spürte seinen Blick und wusste, dass er am Leben war. Ganz klein hatte er sich gemacht in seinem hohen, panzerartigen Gefährt, das nun hoffnungslos zwischen den anderen Fahrzeugen eingekeilt war. Er sah sie flehend an, als sie an ihm vorbeirollten, wagte aber nicht sie anzusprechen. Sie konnte sogar die handtellergroßen Schweißflecke um seine Achseln erkennen. Beschämt schloss sie die Augen, bis sie ihn hinter sich gelassen hatten.

Er war nur ein weiterer künftiger Toter, mehr nicht. Einer, für den es keine Hoffnung mehr gab. Es war schwer, der Versuchung zu widerstehen, einfach umzudrehen und abzuhauen. Markus war kurz davor, aufzugeben und die Sinnlosigkeit dieser Aktion zu erkennen. Vermutlich riskierten sie hier ihr Leben für nichts.

Der Kollaps der Stadt lag höchstens einen Tag zurück, auf keinen Fall länger, denn überall waren noch Menschen in den Häusern und kämpften ums nackte Überleben, während die Straßen schon fest in der Hand des Feindes waren. Es wäre keine Schande, in dieser Situation einfach abzuhauen und an sein eigenes Leben zu denken. Und an die Leben, für die er verantwortlich war.

In diesem Augenblick drang eine große Horde Zombies hinter ihnen auf die Straße und attackierte den SUV des verschwitzen Mannes. Markus sah es im Rückspiegel. Verblüfft wurde ihm erst jetzt bewusst, dass die Straßenbeleuchtung noch funktionierte und mit ihrem gelblichen Licht diesen Horror in Szene setzte.

Nur Sekunden später splitterte Glas und die Leichensäcke zerrten den schreienden Mann aus dem Wagen. Hätte er die XT gewendet, wäre er dieser Meute genau vor die stinkenden Mäuler gefahren. Susan klammerte sich fester an ihn und Markus gab einfach Gas.

Vor ihnen tauchte eine erneute Straßensperre auf. Die Kontrollstelle der Bundeswehr unter der breiten Eisenbahnbrücke war vollkommen zerstört. Sogar die schweren Betonklötze, mit denen man die Fahrbahn verengt hatte, waren zur Seite gestoßen oder umgestürzt.

Überall lagen aufgerissene Sandsäcke und ergossen ihren rutschigen Inhalt auf die Straße. Einer der Dingos brannte und Kunststoff verdampfte zischend im Feuer. In dem flackernden Schein konnte Markus einige der Kreaturen ausmachen, die auf dem Dach eines Radpanzers hockten und ihnen die Köpfe zudrehten. Einer stand auf und reckte ein G36 wie eine Trophäe in die Luft. Das sah überhaupt nicht gut aus.

„Scheiße verdammt, halt dich fest. Halt dich fest, verflucht!", zischte Markus Susan zu.

Als einer der Typen vom Wagendach sprang, riss er das Gas bis zum Anschlag auf und die XT machte einen harten Satz nach vorne. Susan schrie erschrocken und klammerte sich instinktiv in seine Jacke. Der Typ sprang ihnen mit der Geschwindigkeit eines Raubtiers direkt in den Weg und schwang eine Eisenstange über dem Kopf. Gas weg, Kupplung, Hinterradbremse. Markus lenkte scharf nach links und ließ dabei das Hinterrad ausbrechen. Dann zog er den Lenker wieder nach rechts und ließ die Bremse schnappen.

Die Maschine neigte sich gefährlich zur Seite und rutschte halb gekippt auf den Angreifer zu. Markus musste mit dem linken Fuß die XT abstützen, um nicht zu stürzen. Die Maschine erwischte den Verrückten mit dem Hinterrad. Genau in dem Augenblick, als die Eisenstange in einem Halbkreis durch die Luft zischte. Der Irre wurde von den Füßen gehebelt und flog über sie hinweg. Susan sah noch, wie er seinen Mund aufriss, um zusammen mit einem unmenschlichen Schrei eine große Menge gelblich-roten Schleims auszuspucken, der ihnen klebrig auf die Jacken klatschte. Dann war er plötzlich verschwunden.

Markus richtete die Maschine wieder auf, beschleunigte stark und zog die XT nach vorne weg. Inzwischen waren alle Infizierten vom Radpanzer gesprungen und rannten hinter ihnen her. Das war definitiv Kategorie 1 und sie hatten die jetzt im Genick sitzen.

JAGDZEIT II

Mit Vollgas rasten sie durch das Tor der Hölle direkt ins Fegefeuer und es war pures Glück, dass die Fahrbahn vor ihnen frei war. Susan dreht den Kopf und sah die Irren, wie sie voll grimmiger Wut hinter ihnen her rannten. Rechts von ihnen breitete sich ein Flammenmeer aus. Sie hatten das Messezentrum erreicht und vor ihnen ragte der babylonische Messeturm als mahnende Fackel weit hinauf in den Himmel. Der flackernde Lichtschein musste hunderte Kilometer weit zu sehen sein und warf ein gespenstisches Licht über die gesamte Stadt.

Jedes der großen Gebäude brannte auf seine eigene Art und Weise. Manche gleißend hell und knisternd, andere in einem dunklen orange, von dem ein stinkender schwarzer Qualm aufstieg. Nur noch wenige Meter und sie würden die Ludwig-Erhard-Anlage erreichen. Von dort aus war es dann nicht mehr weit.

Auf dem großen Platz vor den brennenden Gebäuden lagen verbrannte, wie Föten zusammengekrümmte Körper. Schwarze Puppen, deren Haut aus verbrannter Asche bestand. Rechts von der Erhard-Anlage setzte sich die brennende Wand wohl noch bis zum Hauptbahnhof fort, vielleicht sogar bis zum Main. Eines der ovalen Hochhäuser war sogar schon in sich zusammengestürzt. Die ehemals glänzenden Glasfronten waren mit klebrigem Ruß überzogen und blind.

Markus musste schwer husten, als er Rauch schluckte, der seine Atemwege reizte. Durch seine tränenden Augen konnte er nur verschwommen die Straße vor ihnen erkennen. Es war furchtbar laut hier, all dieses Prasseln und Knistern der Flammen vereinte sich zu seinem tosenden Rauschen. Durch die Hitze entstand zudem ein Kamineffekt, der die Luft durch die Straßen zog und das Feuer nur noch mehr anfachte.

Susan schrie gegen das Tosen an und wollte ihm irgendetwas mitteilen, wurde aber ebenfalls von einem heftigen Hustenanfall gepackt. Aufgeregt deutete sie immer wieder nach hinten. Sein einziger Gedanke war in diesem Moment, nur raus aus dieser Flammenhölle zu kommen, egal wie, denn lange würden sie hier bestimmt nicht durchhalten.

Vermutlich war es nur der recht großzügig angelegten Erhard-Anlage zu verdanken, dass das Feuer nicht schon auf das gesamte Westend übergegriffen hatte. Und dass sie selbst überhaupt eine Chance hatten, hier durchzukommen. Das Zentrum der Anlage wurde nämlich durch einen nierenförmigen künstlichen See gebildet, den breite Grasflächen umgaben, auf denen die Angestellten aus den Wolkenkratzern im normalen Leben die Mittagspause verbrachten und mit einem überteuerten Café to Go in der Hand über Arbeitskollegen herzogen oder auf die Bildschirme ihrer glänzenden Laptops glotzen.

Um zur Senckenberganlage zu gelangen, mussten sie um den See herumfahren. Markus hielt an. Er durfte jetzt keinen Fehler machen und musste sich orientieren. Würden sie nur ein einziges Mal falsch abbiegen, wären sie verloren, denn er kannte sich in Frankfurt nicht besonders gut aus.

Sein Mund war ausgetrocknet und seine Kehle gierte nach Flüssigkeit, doch jetzt war keine Zeit zu trinken. Trotzdem zog er sich sein Schemagtuch nach unten und leckte sich über die spröden Lippen. Seine Sozius zog sich ebenfalls ihr Tuch vom Mund. Mit krächzender Stimme schrie sie gegen den Lärm der fauchenden Flammen an.

„Fahr weiter, Mensch. Hast du deinen Verstand verloren, ausgerechnet hier anzuhalten?“

Wie um ihre Worte zu unterstreichen, zerplatzen durch die Hitze einige Fenster und verteilten ihre Scherben klirrend auf der Straße. Susan zog erschrocken ihren Kopf ein. Er ignorierte ihre Einwände und nahm verstohlen drei Sprühstöße aus dem Dosieraerosol, denn seine Atemwege protestierten energisch gegen die dicke Luft und machten langsam dicht.

Markus sah sich um. Ihre Fahrspur, die sie rechts an dem See vorbeiführte, schien frei zu sein. Auf der gegenüberliegenden Seite sah es anders aus. Dort gab es kein Durchkommen mehr, alles war durch ineinander verkeilte Fahrzeuge hoffnungslos verstopft. Ein derber Stoß in den Rücken erinnerte ihn daran, dass Susan noch da war.

„Fahr weiter, verflucht, da hinten kommen sie, hörst du mich?“

Ihrem ausgestreckte Arm folgend sah er eine Gruppe von etwa zwanzig Gestalten auf sie zu rennen. Das mussten die Typen von der Brücke sein, hundertprozentig. Sie kamen verdammt schnell näher und wussten anscheinend genau, was sie taten. Markus hatte genug sehen und gab Gas.

Der Hinterreifen drehte auf dem rutschigen Untergrund durch und schleuderte Asche nach hinten, dann griff das Gummi endlich und die Maschine raste los. Sie mussten es schaffen, zur Senckenberganlage zu kommen, bevor ihre Verfolger die große Verkehrsinsel erreichten. Das war die einzige Chance, diese Bestien rechtzeitig abzuhängen und sie nicht direkt ins Westend zu führen.

Der Rauch hing wie nach den Terroranschlägen von New York als dichter Nebel in den Straßenschluchten und wurde zu ihrem Verbündeten. Dazu kam die Asche, die als feiner Schnee alles mit einer pulverartigen Schicht überzog. Beste Voraussetzungen, um Verfolger abzuhängen. Doch es war eine gefährliche Flucht, denn das Zeug bedeckte ziemlich schnell die beiden Flüchtigen auf dem Motorrad, verklebte ihnen Haare und Augenlider.

Am Schlimmsten war allerdings, dass die Asche auf dem Boden eine gefährliche Schmierschicht bildete, die das Motorrad schon bei der geringsten Lenkbewegung hin und her schlingern ließ wie ein Schiff in schwerer See. Das Feuer fraß fast den gesamten Sauerstoff aus der Luft und was davon übrigblieb, brannte heiß in ihren Lungen. Sie mussten von hier verschwinden und zwar ziemlich schnell.

Das Hinterrad der Enduro rutsche auf einem Kanaldeckel wild zur Seite, den Markus unter der Asche übersehen hatte, und die Maschine neigte sich plötzlich gefährlich dem Boden entgegen. Nur mit Mühe konnte er gegensteuern und die Maschine wieder halbwegs aufrichten. Leider klappte es nicht ganz. Markus streifte den Außenspiegel eines abgestellten PKW und ein greller Schmerz fuhr durch seinen Ellbogen. Dann lag wie durch ein Wunder die Kehre hinter ihnen und sie erreichten endlich die Senckenberganlage.

Es schien eine Ewigkeit gedauert zu haben, um der Flammenhölle zu entkommen, dabei waren es doch weniger als zwei Minuten gewesen. Markus gab jetzt Vollgas, pfiff auf alle Vorsicht und bog nach rechts in die Westendstraße ein, um mit der XT auf dem Gehweg in halsbrecherischer Geschwindigkeit weiterzubrettern.

Die Wohnung von Sabine und Pascal war jetzt nur noch zwei Straßen entfernt. Zwischen den alten Stadthäusern mit ihren gepflegten Hecken davor war es wesentlich ruhiger. Das Feuergetöse hörte sich auf einmal weit entfernt an und obwohl der Rauch hier als Nebel zwischen den Gebäuden hing, hatte er seine beißende Aggressivität fast vollständig verloren.

Im Rückspiegel war nichts mehr von ihren Verfolgern zu sehen. Da waren zwar Schatten im Dunst zu erkennen, doch die bewegten sich wie normale Menschen. Irgendwie ziellos und mit hängenden Köpfen. Etwas weiter vorne überquerte sogar ein Hund die Straße. Das arme Tier humpelte auf drei Beinen und stockte kurz, als es sie sah, trotte aber kurz darauf weiter und verschwand im Nebel.

Dann ein Zombie, der sich an der Tür eines Lieferwagens verfangen hatte und dennoch stumpfsinnig versuchte, seinen Weg fortzusetzen. Ein Kinderwagen, dem sie mit der Maschine auf dem Gehsteig ausweichen mussten. Momente, die lautlos im Nebel an ihnen vorüberzogen.

Sie passierten die Kreuzung Schuhmannstraße, an der kein einziges Fahrzeug stand und die, in das orangerote Licht des Feuers getaucht, einen in der Zeit verlorenen Eindruck machte. *Silent Hill*, ging es Markus durch den Kopf, *wir sind in diesem beschissenen Silent Hill gelandet.* Etwas weiter weg stand ein Militärfahrzeug quer und blockierte mit eingeschalteter Warnblinkanlage die Fahrbahn.

Markus fuhr stur geradeaus und fühlte sich verloren. Er hatte keine Idee, wie sie jemals wieder dieser Hölle entkommen sollten und hoffte inständig, dass seine Freunde noch da waren. Wie echter Nebel fraß der Rauch in der Seitenstraße alle Geräusche, was blieb, war das beständige Rieseln der Asche, die alles unter ihrem Leichentuch bedeckte. Als sie zwei Blocks weiter in die Kreuzung der Beethovenstraße einfuhren, fing die XT an zu stottern und ging mitten auf der Kreuzung schließlich ganz aus.

Es vergingen wertvolle Sekunden, bis die beiden begriffen, was los war. Kickstarter ausklappen und nach unten treten. Nichts. Und wieder. Nichts. Susan sprang von der Maschine und sah sich gehetzt um. Sie zog die Pistole.

„Markus verdammt, das hat keinen Sinn mit der Mühle. Lass uns abhauen. Welche Straße ist es, verflucht noch mal?“

Markus hatte nicht vor, die XT im Stich zu lassen, schwang sich von der Sitzbank und fing an, das Motorrad hustend über die Kreuzung zu schieben. Susan packte ihn an der Jacke.

„Bist du irre? Die Dinger sind gleich bei uns. Wir müssen von der Straße weg, Mann!“

Ihre Stimme klang derart schrill, dass sein Blick automatisch dem ihren folgte. Was er sah genügte, um zu wissen, dass sie Recht hatte. Da kamen sie direkt von vorne die Westendstraße herunter und füllten in ihrer Masse bereits die gesamte Breite der Straße aus. Der Gestank nach Verwesung wehte herüber und überdeckte sogar den Brandgeruch.

Immerhin, es waren die langsamen, die echten Toten, die auf sie zukamen und nicht diese anderen Arschlöcher, die sie gerade abgehängt hatten. Ihr Stöhnen hörte sich an wie das Klagelied eines Chors, der nur aus toten Kehlen bestand und das Inferno besang. Die Dinger waren vielleicht noch zehn Meter von der Kreuzung entfernt.

Markus war schnell klar, würden die Zombies in die Kreuzung eindringen, bevor er und Susan die Beethovenstraße erreicht hatten, war es aus. Dann saß der Korken auf der Flasche und der Weg zu Sabine und Pascal war abgeschnitten. In einer Bewegung löste er den Gurt, damit der Hund aus seiner Packtasche springen konnte und zog den Streitkolben aus seiner Halterung. Dann ließ er die XT mit dem Rest ihrer Ausrüstung schweren Herzens zur Seite kippen.

Schnell nickte er der Frau an seiner Seite zu und sie rannten in einer diagonalen Linie los, um die Kreuzung zu überqueren. Sie waren zwar deutlich schneller als die Toten, hatten dafür aber auch den dreifachen Weg zurückzulegen. Sofort war der Schmerz in Markus' Bein wieder da. Aber egal, das war jetzt Nebensache, denn jetzt ging es ums nackte Überleben. Und es wurde eng. Nein, es wurde sogar verdammt eng.

Ihre Lungen schrien schon nach den ersten Schritten nach Sauerstoff, bekamen aber stattdessen nur rauchverpestete Luft. Sofort protestierten ihre Atemorgane mit starkem Husten. Aber sie mussten weiter, konnten keine Rücksicht auf all diesen Mist nehmen. Die ersten fünf Leichensäcke standen ihnen schon im Weg, als sie nach einer gefühlten Ewigkeit endlich die Ecke erreichten.

Markus war bereit seine bewährte Technik anzuwenden, einfach durchrennen und umhauen, was im Weg stand. Die P1 bellte in Susans Hand und die Kugel stanzte ein Loch in die Stirn des vordersten Zombies, der wie eine Marionette mit gekappten Fäden in sich zusammensackte. Dann stand der erste Gegner mit ausgestreckten Armen und verbranntem Gesicht vor Markus. Fetzen geschmolzener Synthetikbekleidung klebten auf der Haut des Toten und bildeten bunte Muster. Ein boshaftes Grinsen haftete in dem lippenlosen Gesicht und offenbarte das fleckige Gelb seiner wild gefletschten Zähne. Und genau in dieses Grinsen ließ er den Streitkolben klatschen.

Der schwere Eisenkopf zertrümmerte die Zähne des Toten und verschwand fast vollständig in dem stinkenden Maul. Brauner Speichel spritze aus der entstandenen Öffnung. Markus schob nach und konnte dadurch den Zombie nach hinten umstoßen. Aus dem Augenwinkel konnte er sehen, wie Susan auf einen weiteren Toten schoss. Außer dass dem Ding drei Finger wegflogen, zeigte der Treffer dieses Mal keinerlei Wirkung.

Mit der gesunden Hand krallte sich das Monster an Susans Jacke fest und riss sie zu sich herum. Die Frau wich gerade noch zur Seite aus, um mit ihrem Gesicht nicht im weit aufgerissenen Maul des Zombies zu landen, verlor dabei aber ihren Halt und stürzte.

Markus konnte ihr nicht beistehen, da er selbst schon gegen eine dunkelhäutige Frau kämpfte, die ihre blutgetränkten Rastazöpfe wild durch die Luft wirbelte und dabei fauchte wie eine Raubkatze. Erneut krachte die Walther. Markus duckte sich unter den künstlichen Fingernägeln der Toten weg und hieb ihr seine Waffe auf die Kniescheibe, dass es laut krachte. Die Frau ruderte mit den Armen, kippte zur Seite weg und klatschte auf den Boden.

Der hochgewachsene Mann sprang einfach über sie hinweg, denn er sah Susan bereits unter dem Zombie liegen, mit dem sie zusammen gestürzt war und dessen Hinterkopf nun komplett fehlte. Gehirnmasse, Blut und sogar Knochensplitter hatten sich überall verteilt. Als er Susan unter dem (nun endgültig) toten Körper herauszog, spuckte sie angewidert aus und wischte sich mit dem Ärmel Blut aus dem Gesicht. Sie war über und über bedeckt von dem Zeug.

Im ersten Moment dachte Markus, sie wäre gebissen worden, doch schnell stellte sich heraus, dass der Leichensack lediglich ihren Ärmel zerfetzt und das Blut vom Kopfschuss stammte, dem sie ihm verpasst hatte. Schnell zog er sie auf die Beine, denn sie mussten weiter.

„Scheiße Susan, hast du was von dem Zeug in den Mund bekommen? Hast du was davon geschluckt, hä? Sag schon, verdammt!"

Anstelle einer Antwort trat sie der Leiche noch zweimal kräftig in die Seite, dass die Rippen krachten und beeilte sich, die Beethovenstraße hinunter zu laufen. Nur weg von dieser verdammten Kreuzung, das war alles, was sie wollte. Markus konnte kaum Schritt mit ihr halten.

„Hey verdammt, warte auf mich. Susan, hörst du?"

Das Röcheln der toten Kehlen war schon gefährlich nah und ein kurzer Blick über die Schulter überzeugte ihn davon, dass sich die Drecksäcke jetzt regelrecht in die Kreuzung ergossen hatten. Sie krochen zwischen Abfallbehältern herum und waren sogar hinter der Litfaßsäule, die auf der Ecke stand. Dann sah er den Hund. Er lief parallel zu Susan auf dem Gehweg entlang, sah sich aber immer wieder nach ihnen um.

„Susan, um Gotteswillen, mach langsam, ich komme nicht nach. Verdammt, Susan!!"

Erst als sie fast am zweiten Block vorbei war, blieb sie stehen und drehte sich zu ihm um. Die Walther befand sich noch immer in ihrer Hand. Der schwer atmenden Frau klebten die verschmierten Haare im Gesicht, das durch die Asche und das Zeug aus dem Kopf des Toten wie eine graue Maske wirkte. Sie stand einfach nur da und ließ die Arme hängen. Starrte mit einem seltsam leeren Blick an Markus vorbei auf die Armee der Toten, die unaufhaltsam näherrückte.

Hätte er nicht gewusst, wer da vor ihm stand, er wäre von einer Toten ausgegangen, die nur darauf wartete, ihm das Fleisch von den Knochen zu zerren, aber vermutlich war es nur der Schock des Kampfes, der ihr zugesetzt hatte.

Zwischen dem zweiten und dritten Block konnte man auf der rechten Straßenseite über einen schmalen, von alten Bäumen gesäumten Fußweg eine parkähnliche Grünanlage erreichen, die komplett von den alten Stadthäusern umgeben war. Markus musste Susan regelrecht hinter sich her zerren, damit sie ihm folgte. Mit stumpfem Blick setzte sie einen Fuß vor den anderen. Die Toten waren ihnen auf den Fersen, also galt es keine Zeit zu verlieren. Schnell hatten sie den Park erreicht, in dem der Rauch wie in einer Käseglocke zwischen den hohen Gebäuden hing.

Jetzt kam es darauf an, schnell und sicher in das Gebäude zu gelangen, in dem Sabine und Pascal das Dachgeschoss bewohnten. Es gab zwar einen Hintereingang, aber der war bestimmt abgeschlossen. Und es blieb nur Zeit für einen einzigen Versuch.

Markus' Plan war, über eines der Fenster im Erdgeschoss einzudringen. Das war zwar äußerst vage, aber etwas Besseres hatte er nicht in petto. Waren sie erst einmal im Haus, würde sich der Rest schon irgendwie ergeben. Und es musste schnell gehen, denn er wusste nicht genau, wie lange er noch klar denken, geschweige denn laufen konnte. Sein Bein machte mit jedem Schritt mehr Probleme und seine Bronchien machten auch dicht.

Zu allem Übel waren die ersten Zombies schon auf die Grünfläche vorgedrungen. Susan erwachte langsam wieder aus ihrer Schockstarre und wischte sich ihr verklebtes Haar aus dem Gesicht. Das Zeug war schon angetrocknet und brannte auf ihrer Haut, aber darum konnte sie sich später immer noch kümmern. Markus blieb vor dem Balkon stehen und sah nach oben.

„Susan, hör mir zu. Du steigst auf meine Schultern und kletterst über das Geländer, dann gebe ich dir den Hund nach oben. Als Letztes musst du mir dann helfen. Verstanden?"

Susans Antwort bestand darin, über Markus' Räuberleiter nach oben zu klettern und über das Geländer zu steigen. Einen Augenblick später stand die Frau schon auf dem holzgetäfelten Balkon. Auch die Sache mit dem Hund ging schnell über die Bühne. Dann war Markus an der Reihe. Er zog sich an einer der Streben nach oben und stellte einen Fuß auf den vorstehenden Betonrand des Balkons.

Die Toten waren nun so nah, dass man ihre Gesichtszüge erkennen konnte. Susan packte ihn hinten an der Jacke und zog, so stark sie nur konnte. Sie konnte schon hören, wie eine Naht seiner Jacke nachgab. Doch als die ersten Toten unten angelangt waren, lag Markus schon nach Atem ringend auf dem nassen Holzboden des Balkons. Das war verdammt knapp gewesen.

Aber sie waren längst nicht in Sicherheit. Er glaubte zwar nicht daran, dass die Dinger in der Lage waren, ihnen nachzuklettern, dennoch war es nicht ganz ausgeschlossen, dass die wesentlich schnelleren Jäger von der Brücke bis hierher kamen und für die wäre so ein Hindernis sicher kein Problem.

Markus verlor keine Zeit und zerschlug mit dem Streitkolben die Glasscheibe der Balkontür. Klirrend zersprang die Scheibe und übersäte den ganzen Boden mit kleinen scharfkantigen Splittern. Nacheinander schlüpften sie durch die neu entstandene Öffnung und knipsten ihre Taschenlampen an.

Sitzmöbel aus weißem, teuer aussehendem Leder, ein flaches Glasregal und darüber ein gigantischer Flatscreen waren zu erkennen. Das war alles. Mehr stand nicht in dem Raum. Fast schon routiniert sogen sie die Luft ein und schnupperten. Sie roch sauber und ein wenig nach Duftspray.

Einzig durch die zerbrochene Glastür drang der Gestank nach Fäulnis und Rauch in den Raum. Markus drehte sich um und suchte die Wände am Fenster ab. Dort fand er, wonach er gesucht hatte: den Schalter zum Schließen der Rollläden. Verblüfft stellte er fest, dass es noch Strom gab. Leise surrten die Rollläden nach unten und machten dicht. Das war sicher nichts für die Ewigkeit, aber ein wenig würde es diese Drecksäcke schon aufhalten und genau das war es, worauf es ankam.

Susan durchsuchte den Rest der Wohnung, in der definitiv eine sehr wohlhabenden Frau gelebt haben musste. Angewidert von sich selbst ging sie ins Bad und warf ihre verdreckte Jacke direkt in die Badewanne. Prüfend bewegte sie den Hebel der Handdusche und tatsächlich, auch Wasser gab es noch. Es war zwar eiskalt, aber das war ihr egal. Genauso egal wie die Toten da draußen.

Sie kippte sich eine Flasche Shampoo über den Kopf und fing an, sich dieses widerlich klebrige Zeug aus den Haaren und vom Gesicht zu waschen. Rubbelte, bis ihre Haut krebsrot war. Erst als die Brühe unter ihr in der Badewanne eine schaumig helle Farbe angenommen hatte, hörte sie damit auf und sank neben der Badewanne in sich zusammen. Markus, der schon eine ganze Weile im Türrahmen stand und sie bei ihrem Treiben wortlos beobachtete, warf ihr ein großes Handtuch zu, das sie sich um den Kopf schlang.

„Markus, ich kann mich nicht mehr an alles erinnern, was da draußen auf der Straße geschehen ist. Ich weiß nur, dass ich diesem ... diesem Ding gegenüber stand und Angst vor seinem aufgerissenen Maul hatte. Dann nichts mehr. Ich hab so 'ne Scheißangst davor, zu sterben!"

Der hagere Mann wirkte jetzt ziemlich nervös. Sie waren kurz vor ihrem Ziel und beim besten Willen nicht in Sicherheit. Würde Susan jetzt zusammenbrechen, dann war alles, was sie bisher durchgemacht hatten, umsonst gewesen. Also versuchte er die Frau zu beruhigen, auch wenn ihm ähnliche Gedanken durch den Kopf gingen.

„Hör mal, mach dir jetzt keine Gedanken. Du hast einen Schock oder so was. Und unter uns gesagt, sei froh, das du dich nicht mehr an dieses Arschloch erinnern kannst, hm? Du hast ihn plattgemacht, du hast gewonnen, verstehst du? Du lebst und er ist tot. Für immer. Nur darauf kommt es an."

In der Küche hatte er zwei Glasflaschen mit Mineralwasser gefunden und eine davon mit großen Schlucken binnen weniger Sekunden geleert. Die zweite reichte er jetzt Susan.

„Komm, trink etwas, das wird dir guttun. Aber jetzt musst du dich zusammenreißen. Wir haben es fast geschafft, Susan, nur noch nach oben, dann sind wir am Ziel, okay?"

Noch immer war sie die wankelmütige Susan, die von einer Sekunde auf die andere ihr Verhalten von ängstlich zu aggressiv ändern konnte. Und genau dieser Umstand machte es ihm schwer einzuschätzen, ob etwas mit ihr nicht stimmte oder ob alles in Ordnung war.

Trotzdem war es sicherlich angebracht, genau jetzt wachsam zu bleiben. Hatte sie sich tatsächlich angesteckt, dann war Susan eine tickende Zeitbombe und es konnte nur wenige Stunden dauern, bis sie sich veränderte. Markus schüttelte mehrmals den Kopf und verließ das Zimmer, denn erst mal brauchte sie saubere Sachen.

Eilig durchstöberte er den noblen Spiegelschrank im Schlafzimmer und fand eine teure schwarze Skijacke und einen dunkelgrauen Rollkragenpullover. Beides brachte er der noch immer am Boden sitzenden Frau ins Badezimmer.

„Susan, ich will dich nicht drängen, aber wir sollten jetzt endlich von hier verschwinden. Komm, zieh die frischen Sachen an und dann hauen wir ab, okay?"

Bestimmt war der ganze Innenhof schon voller toter Körper und Susan saß nach wie vor im Badezimmer auf dem Hintern und machte keinerlei Anstalten, etwas daran zu ändern. Also ging Markus vor ihr in die Hocke, nahm sie in seine Arme und drückte sie sanft.

„Hey, was ist denn los? Willst du aufgeben und hier darauf warten, dass die Toten kommen? Haben wir deswegen den ganzen Weg auf uns genommen, hm? Susan, es ist alles in Ordnung mit dir, ich bin mir da ganz sicher. Aber jetzt müssen wir nach oben."

Erschrocken stellte er fest, dass sich ihre Haut fiebrig heiß anfühlte. Sie zitterte am ganzen Leib. Markus fing langsam wirklich an, sich um die Frau Sorgen zu machen. Er erinnerte sich daran, dass am Anfang verlautbart wurde, man könne die Infektion durch Beruhigungsmittel aufhalten. Also stand er auf und fing damit an, die Schränke im Badezimmer zu durchsuchen.

Hier hatte eine Frau gewohnt, also sollten hier auch irgendwo Beruhigungsmittel, Schmerzmittel, eben irgend solch ein Zeug zu finden sein. Und er wurde fündig. Versteckt zwischen zahlreichen Kosmetikprodukten fand er zwei Packungen eines gängigen Beruhigungsmittels. Er füllte kurzerhand den Zahnputzbecher mit Wasser und drückte zwei der Tabletten hinein, die sich schnell auflösten. Die Packungen steckte er in seine Jackentasche. Möglicherweise würden sie die noch brauchen.

„Hier, trink das. Das wird dir helfen."

Wortlos nahm sie ihm das Glas aus der Hand und leerte es mit einem einzigen großen Schluck. Kurz darauf stand sie mit den neuen Sachen im Flur und sah Markus dankbar an.

„He du. Danke, dass du mir eben die Zeit gegeben hast. Ich musste einfach fühlen, was in mir vorging. Ich hatte Angst wegen dem ganzen Blut und so. Meinst du, ich habe mich angesteckt?"

Bei den letzten Worten zitterte ihre Stimme stark und sie sah auf den Boden, fast wie ein Tier, welches den Gnadenstoß erwartete. Aber was sollte er ihr für eine Antwort geben, war er ein verdammter Arzt, der allwissend durch die Welt schwebte?

„Ich habe ehrlich gesagt keine Ahnung. Wenn dir die Tabletten gut getan haben, schlage ich einfach vor, dass du sie in regelmäßigen Abständen einnimmst. Nur zur Sicherheit. Wenn die nächsten Stunden nichts passiert, bist du außer Gefahr."

Mit tränenverschleiertem Blick sah sie ihn an.

„Sollte es mir nicht gutgehen, versprich mir einfach, bei mir zu bleiben bis es vorbei ist, ja? Und dass du dafür sorgst, dass ich nicht wieder aufstehe. Bitte, tust du das für mich, Markus?"

Wie etwas Zerbrechliches nahm er sie in die Arme und fühlte ihren Schmerz. Er dachte an Nadjas und Eriks Verwandlung und an den armen Daniel, den es gleich am ersten Tag erwischt hatte. Trauer und Verzweiflung waren in den vergangenen Tagen bis ins Unermessliche angewachsen und formten einen Schmerz, der kaum noch auszuhalten war und ganz tief im Innern seine Wurzeln hatte.

Nein, er durfte auf keinen Fall zulassen, dass es Susan wie den anderen erging, die er bisher auf seiner Reise verloren hatte. Dafür standen sie sich inzwischen viel zu nahe. Susan hatte sich ihre Tränen abgewischt und sah ihn traurig an.

„Markus, du weinst ja."

Sie hatte Recht. Da stand er vor ihr und heulte in einer Situation, in welcher er eigentlich stark sein müsste. Aber manchmal ging es eben nicht anders. Er musste sich zusammenreißen und weitermachen. Koste es was es wolle. Es war besser, seine Gefühle tief in seinem Innern wegzusperren und die Zähne zusammenzubeißen.

„Nein, alles okay. Ist nur der Rauch, der in meinen Augen brennt. Ich werde nicht zulassen, dass dir irgendetwas geschieht. Wir schaffen das gemeinsam oder gar nicht."

Na klar, ist nur der Rauch. Susan war schon öfter als einmal aufgefallen, dass Markus nicht gerade gut darin war, zu seinen Gefühlen zu stehen und mit ihnen offen umzugehen. Und so standen sie nun in einem zartrosa gestrichenen Flur mit dem schicken randlosen Spiegel inmitten einer brennenden Stadt eng aneinander geschmiegt, heulten sich die Seele aus dem Leib und wussten, dass sie die nächsten Stunden vermutlich nicht überleben würden.

FLAMMENDES INFERNO

Im Treppenhaus hatte man schnell das Gefühl, sich in einem Gebäude zu befinden, das direkt im Fegefeuer stand. Durch die Fenster sickerte ein rötliches Zwielicht, in dem man zwar die Stufen erkennen konnte, das aber trotzdem nicht ausreichte, um die düsteren Schatten aus all den Winkeln zu vertreiben. Trotzdem verzichteten sie darauf, ihre Taschenlampen einzuschalten. Die Angst, Aufmerksamkeit zu erregen, war einfach zu groß.

Das Knarren der alten Holzstufen im ansonsten stillen Treppenhaus hallte in ihren Ohren wie Paukenschläge. Und zudem schmerzte Markus' Bein immer mehr. Die Haut um die Wunde fühlte sich feucht an und das war gar nicht gut. Immerhin hatte sich Susan soweit gefangen, dass man wieder mit ihr rechnen konnte.

Und da standen sie nun, ganz oben im Treppenhaus und starrten auf die weinrot lackierte Holztür, die zur Wohnung von Markus' Freunden führte. Es dauerte einige Minuten, bis er die Kraft fand, zaghaft anzuklopfen. Nichts. Kein Geräusch war hinter der Tür zu hören. Nach ein, zwei endlosen Minuten wagte er es erneut. Sein Klopfen klang hohl und verhallte im Treppenhaus. Nervös blickte Susan immer wieder nach unten, als ob sie von dort mit einem Angriff rechnen würde. *Hoffentlich nicht*, dachte Markus, denn dann wären sie hier wie die Katze im Sack allem ausgeliefert, was die Treppe heraufkam. Dann setzte er alles auf eine Karte.

„Hallo? Sabine, Pascal, seid ihr da drin? Ich bin's, Markus Ich hab noch jemanden dabei, eine Frau. Susan."

Keinerlei Reaktion hinter der Tür.

„Wenn ihr da seid, macht bitte auf. Wir brauchen eure Hilfe!"

Susan schüttelte den Kopf.

„Markus, wir können hier nicht ewig warten. Wenn die nicht da sind, sollten wir schleunigst von hier abhauen und aus diesem brennenden Inferno verschwinden."

Markus war nicht gewillt, so schnell aufzugeben, jetzt wo sie all diese Gefahren hinter sich gelassen hatten und endlich am Ziel waren. Dazu kam, dass er keine Idee hatte, wie sie überhaupt aus Frankfurt rauskommen sollten. Er hatte die Situation in der Stadt total unterschätzt, war er doch von ähnlichen Verhältnissen wie in Weimar ausgegangen. Aber hier, in Frankfurt, war alles anders.

In den gigantischen Bauten hatten sich noch so unglaublich viele Menschen verschanzt und die Toten brachen diese wie Konservenbüchsen eine nach der anderen auf, um sich an dem für sie köstlichen Inhalt zu laben. Dazu kam noch das Feuer und das Schlachthaus war perfekt. Ihre gesamte Ausrüstung und sogar das Motorrad hatten sie auch noch verloren. Die Wahrheit war, dass sie Sabines Hilfe brauchten, um hier wieder mit halbwegs heiler Haut rauszukommen.

„Und wenn ich diese Scheißtür aufbrechen muss, Susan, ich gehe erst wenn ich absolut sicher bin, dass niemand da ist!"

Wütend trat er mit dem Fuß gegen das Holz und brüllte die Tür an.

„Habt ihr gehört da drin, ich meine es ernst. Also macht verflucht noch mal diese verfickte Tür auf!"

Der Hund winselte leise und kratze mit einer Pfote ebenfalls am Holz. Plötzlich tat sich etwas. Es rumpelte hinter der Tür. Es hörte sich an, als würde jemand ein schweres Möbelstück wegschieben. Wahrscheinlich handelte es sich um die lange Kommode aus Nussholz, die normalerweise im Flur stand und auf der sich immer jede Menge Schlüssel und die Handtaschen von Sabine türmten. Susan trat einen Schritt zurück und hob die Waffe, um auf die Tür zu zielen.

„Lass das Susan, die machen nur die Tür frei. Sie sind da."

Markus gab ihr ein beschwichtigendes Handzeichen. Dann war es endlich soweit und der Schlüssel drehte sich im Schloss. Sein Mund war so trocken, dass er kaum noch die Zunge vom Gaumen lösen konnte. Draußen auf der Straße schepperte es laut und eine Frau schrie gellend um Hilfe. Instinktiv zogen Markus und Susan ihre Köpfe ein. Die Schreie verstummten mitten im Laut, wurden einfach abgehackt. Wie mit einer Schere abgeschnitten.

Fahrig leckte sich Markus über die Lippen und behielt die Tür im Auge. Dann, ganz vorsichtig, öffnete sich ein winzig kleiner Spalt, gerade breit genug, um ein suchendes Auge dahinter zu erkennen. Der Hund fing an zu knurren und Susan zischte ihn an, dass er sein verdammtes Maul halten solle. Der schmutzige Mann vor der Tür war aufgeregt und beugte sich etwas nach vorne.

„Sabine? Pascal?"

Nach endlosen Sekunden schwang die Tür schließlich ganz auf und im Türrahmen stand Pascal. Markus mochte den weltoffenen Schweizer sehr. Als Sabine ihn das erste Mal mitgebracht hatte, war er sofort mit ihm klargekommen und das sollte schon was heißen, denn normalerweise brauchte er viel länger, um mit neuen Leuten warm zu werden. Manchmal klappte es sogar überhaupt nicht. Aber er und Pascal waren schlichtweg auf einer Wellenlänge.

Ja, und nun standen sie sich gegenüber, Markus und der etwas kleinere Schweizer mit seinem lustigen Akzent und den wachen Augen. Als Pascal sah, dass Susan die P1 in beiden Händen hielt und auf ihn zielte, zuckte er kurz zusammen. Dann lächelte er, sah Markus an und wusste, dass alles in Ordnung war.

„Ich fass es nicht, nein, das kann einfach nicht wahr sein. Du hier? Ich … ich kann es nicht glauben!"

Dann winkte er ab und nahm Markus einfach in die Arme und drückte ihn so fest er nur konnte. Pascal war dünner geworden, seit er ihn das letzte Mal gesehen hatte, aber seine Herzlichkeit hatte er nicht verloren.

„Mensch, Pascal, es tut so gut dich zu sehen. So verdammt gut, mein Freund."

Der nickte heftig und sah die beiden Neuankömmlinge glücklich an.

„Das kannst du aber annehmen. Du weißt ja nicht, was die letzten Tage hier los war. Aber kommt erst mal rein, dann können wir reden."

Markus sah über Pascals Schulter in die Wohnung hinein.

„Du, wo ist denn Sabine? Sag schon."

Kaum hatte er ihren Namen ausgesprochen, war sie auch schon im Flur der Wohnung zu sehen und stürmte förmlich auf ihn zu, schubste Pascal zur Seite und umarmte Markus derart heftig, dass er kaum noch Luft bekam.

„Ich werde verrückt und kann es fast nicht glauben. Markus, du bist gekommen, du hast es geschafft. Ich wusste es. Der kommt schon noch, hab ich immer gesagt, immer wieder, und jetzt stehst du hier leibhaftig vor mir!"

Es tat gut ihren Körper zu spüren und zu wissen, dass sie es ebenfalls geschafft hatte. Ihr Abflug lag eine kleine Ewigkeit zurück, eine Ewigkeit, in welcher sie alle durch die Hölle gegangen waren, nur um sich jetzt erneut in der Hölle wiederzufinden.

„Sabine, ich bin so froh, dich zu sehen!"

Während Markus und Sabine mit ihren Tränen kämpften, steckte Susan die Walther in die Tasche und reichte Pascal zögernd die Hand.

„Hi, ich bin Susan und bin mit Markus zusammen unterwegs."

Der winkte nur ab und nahm sie einfach in die Arme.

„Na komm her. Du gehörst zu Markus, also bist du uns willkommen, Susan. Und jetzt sollten wir endlich reingehen. Hier draußen lässt es sich so schlecht reden."

In der Wohnung roch es nach abgestandener Luft, aber immer noch besser als draußen. Pascal schob mit Markus zusammen die schwere Nussholzkommode wieder vor die Tür, während die beiden Frauen schon ins Wohnzimmer gingen. Sabine reichte Susan eine Wasserflasche.

„Hier, trink erst mal einen Schluck. Du siehst durstig aus."

Das musste sie ihr nicht zweimal sagen. Sofort setzte sie die Flasche an den Hals und trank mit gierigen Schlucken. Sabine sah die Walther im Hosenbund der schlanken Frau stecken. *Na, hässlich ist sie ja nicht gerade,* dachte Sabine, aber etwas an ihr gefiel ihr trotzdem nicht. Da war etwas Seltsames in ihrem Blick. Dann wurden ihre Gedanken von den beiden Männern abgelenkt, die nun ebenfalls das Wohnzimmer betraten.

Markus zog seine Jacke aus und warf sie auf den Stuhl neben der Tür, so wie er es immer gemacht hatte, wenn er bei ihnen zu Besuch war. Er sah müde und abgekämpft aus. Sein schmutziges Gesicht spiegelte das Grauen wider, das er die letzten Tage durchlebt hatte. Und er humpelte.

„Verdammt Markus, was ist mit deinem Bein los, bist du verletzt? Hat dich einer gebissen?“

Markus ließ sich erst mal neben Susan auf die schwarze Ledercouch fallen und schüttelte den Kopf.

„Nichts Schlimmes, nur ein, hm, sagen wir mal, ein Streifschuss.“

Sein Lächeln diesbezüglich misslang ihm gründlich. Susan reichte ihm die Flasche, die er durstig ansetzte und trank in langen Schlucken das köstliche Nass. Seit sie die Autobahn verlassen und in die Innenstadt eingedrungen waren, war höchstens eine Stunde vergangen, auf keinen Fall mehr. Aber diese kurze Zeit in der Hölle hatte ausgereicht, um sie vollkommen auszutrocknen.

Auf dem flachen Tisch vor ihnen standen zwei überquellende Aschenbecher und weitere leere Wasserflaschen. Auf dem Boden lag eine ausgebreitete Stadtkarte. Pascal kam aus der Küche zurück, die an das Wohnzimmer angrenzte. Lächelnd stellte er vier Flaschen Bier auf den Tisch. Sie waren so kalt, das man es regelrecht spüren konnte.

„Ich denke, das können wir jetzt alle gut vertragen, Freunde.“

Wie immer hatte Pascal das Talent, Situationen zu entspannen, in denen man nach Worten suchte und keiner sich traute, zuerst etwas zu sagen. Markus nahm dankbar die kalte Flasche entgegen und drückte sie sich erst einmal gegen die Stirn.

„Wow, das macht mich jetzt echt fertig. Das ist kaltes Bier, verdammt. Ich weiß gar nicht mehr, wann ich das letzte Mal eins in der Hand hatte. Na dann zum Wohl, Freunde!“

Pascal lachte, als er sah, wie Markus die Flasche hob.

„Zum Wohl! Na wir haben halt noch Strom und Wasser, aber wenn ich mir das da draußen so ansehe, bin ich mir sicher, dass es nicht mehr lange so bleiben wird.“

Sabine sah einen nach dem anderen an und erschrak, als sie Susans Blick bemerkte, der die ganze Zeit schon auf ihr ruhte. Wie eine Schlange, welche die Maus fixiert. Nur, dass Sabine mit Sicherheit keine Maus war. Fieberhaft versuchte sie herauszufinden, was mit dieser Frau nicht stimmte. Dann sah sie Markus an.

„Ihr seht richtig scheiße aus und stinkt zum Himmel. Außerdem seid ihr voller Blut und was-weiß-ich-was für ein Zeug. Ihr braucht 'ne Dusche und frische Klamotten. Ihr macht euch erst mal sauber und dann reden wir. Ich denke, so viel Zeit bleibt uns noch."

Dann sah sie wieder Susan an, die ihrem Blick dieses Mal jedoch auswich.

„Susan, ich leg dir auch was Frisches raus, ich denke, dass dir meine Sachen passen könnten."

Sabine war um einiges größer als Susan und zudem gertenschlank. Markus hatte sich schon mehr als einmal gefragt, wie diese Frau es nur schaffte, gänzlich ohne Sport so eine Wahnsinnsfigur zu behalten. Aber ihre Idee war gut und Susan verabschiedete sich ins Bad. Von den anderen unbemerkt steckte Markus ihr die Tabletten zu.

Das Badezimmer war ein Traum. Der Boden war mit dunkelgrauen großen Platten gefliest und die Wände in einem matten Weiß gehalten. Leise verschloss Susan die Tür hinter sich und sah sich um. Badewanne, Waschbecken, Dusche, weißer Schrank mit Handtüchern und schließlich die Toilette. Es war alles da.

Schnell zog sie sich aus und warf ihre Sachen auf einen Haufen. Sie war gerade auf dem Weg in die Dusche, als die Krämpfe begannen und sie konnte sich gerade noch am Waschbecken festhalten, um nicht zu stürzen. Gekrümmt stand sie vor dem Spiegel und spürte wie ihr Herz rasend gegen ihre Brust trommelte. Dann wurde ihr schlecht und sie schaffte es gerade noch, ihren Kopf über die Toilette zu hängen, bevor es aus ihr herausbrach. Wie eine Fontäne schoss es ihr aus dem Mund. Und sie kotzte weiter, bis nur noch Galle kam. Und als auch keine Galle mehr kam, fing sie an, Blut zu kotzen.

Die anderen bekamen davon natürlich nichts mit, saßen zusammen und tranken ihr kaltes Bier. Welch Ironie. Inmitten einer brennenden Stadt, umgeben von Straßen, die von lebenden Toten beherrscht wurden, die alles fraßen, was sie in ihre Mäuler bekamen. Die Freunde saßen einfach da und tranken Bier. Markus brach schließlich das andächtige Schweigen.

„Ich kann es noch immer nicht fassen, dass ihr tatsächlich hier gewartet habt. Ich hab einfach daran geglaubt, dass es so sein würde und ich weiß gar nicht mehr, wie oft ich in den letzten Tagen mit meinem Leben abgeschlossen hatte. Es sind so unglaublich viele gestorben, die mit mir unterwegs waren. Da geht man irgendwann davon aus, dass einfach alle tot sind."

Mehr als verzweifelt nahm Markus die Flasche und machte sie leer. Es sah den Gesichtsausdruck von Pascal und wusste, dass auch hier grauenvolle Dinge geschehen waren.

„Bis vor zwei Tagen war es hier tatsächlich noch sicher. Das Militär hatte rund um Frankfurt eine Art Sperrgürtel gelegt. Niemand kam rein und niemand kam raus. Allerdings gab es auch keine Informationen, was da draußen vor sich ging. Also gab es für uns keinen Grund, Frankfurt zu verlassen. Hier war es sicher und hier sind wir zuhause. Sabine war in einem der letzten Flugzeuge, die in Frankfurt noch mit Zivilisten an Bord landen durften."

Es sprudelte geradeso aus Pascal heraus. Er redete und drehte dabei die leere Bierflasche in seinen Händen und hatte in Markus einen guten Zuhörer. Anscheinend hatte es vor fünfundzwanzig Tagen, als die Seuche ausbrach, in Frankfurt nur vereinzelte Fälle der Infektion gegeben, derer man noch Herr werden konnte. Schon am ersten Tag war die Bundeswehr in der gesamten Stadt präsent und verhängte eine Ausgangssperre.

Er wusste von zwei oder drei Bezirken im Osten der Stadt, in denen es zu Ausschreitungen und etwas später dann zu einer verstärkten Ausbreitung der Krankheit gekommen war. Laut den Informationsblättern, die verteilt worden waren, konnte man die betroffenen Gebiete abschotten und war dabei, auch dort die Seuche auszumerzen. Alles schien gut und nach drei Tagen wurde auch die Ausgangssperre wieder gelockert. Vermutlich wollte man, dass die Menschen wieder zu ihrem normalen Leben zurückfanden, um Unruhen zu vermeiden.

Tagsüber durfte man wieder auf die Straße, hatte sich allerdings in einem der Krankenhäuser zu einem Impfprogramm anzumelden. Wer sich weigerte, wurde von den Soldaten festgenommen und abtransportiert. Pascal wusste von einigen Leuten aus der Nachbarschaft, die sich in ihren Wohnungen eingeschlossen hatten und nicht zur Untersuchung gingen. Anscheinend wusste die Armee genau, wer sich wo aufhielt, denn zwei Tage später brachen schwerbewaffnete Einheiten die Häuser auf und führten die armen Leute ab. Das war das letzte Mal, dass man sie gesehen hatte.

Anfangs gab es noch Internet und man konnte erfahren, was in der Welt und vor allem um Frankfurt herum vor sich ging. Es war grauenvoll. Die sozialen Netzwerke quollen über mit Meldungen und Bildern, die sich im Grunde ständig wiederholten. London würde brennen, Paris sei von Toten überrannt und Barcelona ebenfalls gefallen. In New York griff die Nationalgarde erbarmungslos durch und in Moskau erteilte man der Armee schon am ersten Tag Schießbefehl. Nur aus China hörte man nichts, denn dort hatte man schon unmittelbar nach dem Ausbruch das Internet anscheinend ganz abgeschaltet.

Der Schweizer stand auf und ging zu einem der Fenster, die auf die Dachterrasse führten. Pascal musste lachen, als er erzählte, wie er gestaunt hatte, als er am fünften Tag nach Hause kam und Sabine genau hier, wo sie auch jetzt saß, auf ihn wartete. Ihre Rückkehr machte alles erträglicher und es ging schnell in ein Gefühl des „es wird schon alles gut gehen" über.

Doch vor zwei Tagen änderte sich alles. Zuvor hatten Pascal und Sabine von einigen Leuten aus der Nachbarschaft gehört, dass beim Klinikum seltsame Container der Bundeswehr abgeladen worden seien. Schon die Begleitpersonen allein hatten durch ihr Aussehen Angst ausgelöst und für große Verunsicherung gesorgt. Bis zur Unkenntlichkeit verhüllt in ihren dicken olivgrünen Schutzanzügen und den Atemmasken auf den Gesichtern konnten sie einem tatsächlich Angst machen. Ab diesem Moment war das Klinikum für Zivilpersonen gesperrt.

Nachts ging es dann los. Die Verteidigungslinien der Stadt waren alle nach außen ausgerichtet und keiner rechnete damit, dass ein Angriff von innen erfolgen würde. Doch genau das geschah und zwar gleichzeitig an vier Punkten mitten in der Stadt. Pascal stützte sich auf die Lehne des schweren Ledersessels und sah seinen Freund an. Er redete weiter und entgegen Sabines üblicher Art hielt sie die ganze Zeit ihre Klappe.

Sie saß einfach da, nickte ab und zu und kraulte dem Hund den Nacken, der sich das von ihr gerne gefallen ließ. Sie hatte schon immer ein Händchen für Hunde gehabt. Pascal redete weiter. Ab jetzt gab es nur noch Gerüchte und Schilderungen aus dritter Hand. Angeblich waren diese Infizierten, die Markus immer Kategorie 1 nannte, mit Armeefahrzeugen unterwegs gewesen, manche behaupteten sogar, dass sie Waffen und Dienstausweise der Bundeswehr benutzten, um in die Grenzposten einzudringen. Wie auch immer, Pascal fand, dass es egal war.

Fakt war jedenfalls, dass sie es bei drei der Posten schafften, Breschen zu schlagen, die groß genug waren, um die Armee der Toten in die Stadt zu führen. Jetzt mischte sich Sabine doch in das Gespräch ein. Aufgeregt warf sie ein, dass etwa zur gleichen Zeit massive Angriffe genau zwischen den Grenzposten erfolgten. Angriffe, die große Teile des Militärs in Abwehrgefechte verwickelten. Pascal sah Markus ernst an.

Das war noch nicht alles gewesen, denn direkt aus dem Klinikum erfolgte der erste Angriff der lebenden Toten (Kategorie 2) direkt im Zentrum der Stadt. Wie eine Welle schwappten die Zombies durch die nächtlichen Straßen und breiteten sich rasend schnell in alle Richtungen aus. Es waren nicht besonders viele, aber trotzdem genug, um Panik auszulösen und die Krankheit zu den Menschen zu tragen.

Sie trafen auf eine unvorbereitete Stadt, deren Einwohner davon ausgingen, dass alles unter Kontrolle war und sie bald wieder ein normales Leben führen könnten. Schnell gab es ein heilloses Durcheinander. Pascal konnte vom Dach aus beobachten, wie der Verkehr auf den Ausfallstraßen schon in den ersten Stunden zusammenbrach und die Toten über die Lebenden in den Fahrzeugen herfielen, sie mit brutaler Gewalt ins Freie zerrten und umbrachten. Alles brach zusammen.

Als klar wurde, dass man über die Straßen nicht entkommen konnte, schlossen sich viele Menschen auf Hilfe hoffend in ihren Wohnungen ein, verbarrikadierten sich in Bürotürmen und Turnhallen. Einfach überall, wo es eine halbwegs stabile Tür gab. Auch Pascal und Sabine machten das.

Der Messeturm hatte noch am selben Tag angefangen zu brennen und dann das Hochhaus direkt daneben. Sabine war sich sicher, dass dies kein Zufall war, sondern ein vorsätzlich gelegter Brand, um das Zentrum der Stadt zu zerstören, um all jene auf die Straßen zu treiben, die sich noch in ihren Häusern versteckt hielten.

Und es funktionierte. Zuerst bei den Gebäuden, die den brennenden Türmen am nächsten standen. Die Toten brauchten nur auf den Straßen zu warten um ihre üppige Ernte einzufahren. Markus warf ein, dass sie Ähnliches in den Randbezirken gesehen hatten, als die Zombies systematisch ein Hochhaus nach dem anderen aufbrachen. Die Glaspaläste waren eben nicht dafür ausgelegt, einem derart brachialen Angriff standzuhalten. In einigen knappen Sätzen schilderte er nun seinen und Susans Weg durch die Stadt.

Er umriss auch kurz seine Erlebnisse in Platkow und alles was geschah, nachdem Sabine mit dem Flugzeug abgereist war und konnte in den bestürzten, ja fassungslosen Gesichtern seiner Freunde echte Angst lesen. Grenzenlose Angst. Markus beendete seine Erzählung mit einigen Schlussfolgerungen.

„Das alles hört sich für mich so an, als ob ein Plan hinter all dem steckt, da könnt ihr glauben, was ihr wollt. Denn genau dieses systematische Vorgehen, das ihr hier in Frankfurt gesehen habt, haben wir auch schon erlebt. Da gibt es unsichtbare Fäden, an welchen die Toten hängen. Und ich glaube, dass einige der Infizierten, ein ganz besonderer Teil von ihnen, am anderen Ende äußerst geschickt diese Fäden zieht."

Sabine schluckte hart.

„Ach du Scheiße, wenn das stimmt, sind wir am Arsch, Markus. Dann müssen wir hier schnellstens abhauen und uns zu einer dieser Zonen durchschlagen. Denn Frankfurt ist dann nichts weiter als verbrannte Asche. Toter Boden."

Niemand widersprach ihr. Es gab nichts mehr zu sagen, denn sie hatte es auf den Punkt gebracht.

„Sag mal, hast du noch weitere Nachrichten von Anette bekommen, nachdem ich abgeflogen bin?"

Markus lehnte sich im Sessel zurück und sah Sabine in die Augen.

„Ja, noch ein oder zwei. Als ich an dem verfluchten Hafen ins Wasser musste, war es das mit dem Handy. Ein neues konnte ich bisher noch nicht besorgen. Aber Sabine, ich weiß, dass Anette lebt und dass sie in unserer Wohnung auf mich wartet. An meinem Ziel hat sich nichts geändert und das wird es auch niemals."

Sie zeigte mit dem Flaschenhals auf ihn.

„Okay, das ist mir klar. Aber was ist mit dieser Susan? Da läuft doch was zwischen euch, oder?"

Genervt stand Markus auf, denn genau dieses Thema wollte er im Grunde vermeiden. Er fing damit an, wie ein eingesperrtes Raubtier auf und ab zu gehen.

„Susan weiß, warum ich nach Speyer muss. Klar, wir sind zusammengewachsen während unserer Flucht und ja, wir sind uns auch nähergekommen. Näher, als vermutlich gut ist. Aber mehr ist da nicht, Sabine. Zumindest nicht, was mich betrifft."

Sabine zuckte mit den Schultern und stellte die Flasche auf den Tisch. Sie kannte Markus gut genug, um zu wissen, dass der letzte Satz gelogen war.

„Du machst es dir ja verdammt einfach", stellte sie fest.

Markus war das Gespräch unangenehm und er wurde wütend.

„'Nen Scheiß mach ich. Aber weißt du, wir haben Dinge auf unserem Weg gesehen und das leibhaftige Grauen erlebt, als ob es aus der Hölle direkt zu uns gekrochen wäre. Alleine und ohne die Nähe eines anderen Menschen wären wir mit Sicherheit daran zugrunde gegangen. Hätten den Verstand verloren oder so was in der Art. Ohne sie hätte ich es nicht bis hierher geschafft."

Sabine nickte und warf Pascal einen vielsagenden Blick zu.

„Wenn du das sagst. Ich bin mir jedenfalls noch nicht sicher, ob ich sie mag. Aber wenn du sagst, dass sie in Ordnung ist, dann soll sie das auch für mich sein. Was meinst du dazu, Pascal?"

Der Schweizer blickte sie beide nacheinander an und runzelte kurz die Stirn.

„Sie ist mit dir gekommen, Markus. Somit gehört sie zu uns. Und außerdem, mal nebenbei bemerkt, würde ich sie bestimmt nicht in dieser Hölle zurücklassen. Sie ist am Leben und gesund, also gehört sie auf unsere Seite im Kampf gegen diese Monster."

Markus blieb stehen und steckte die Hände in die Hosentaschen. Dankbar blickte er Pascal an und beschloss, dieses Thema für beendet zu erklären.

„Leute, ich sehe mal nach Susan. Außerdem muss ich duschen, solange das noch möglich ist, denn ich stinke wie ein Otter."

Als er von außen an die Badezimmertür klopfte, saß Susan nackt auf dem Wannenrand und hatte den Lauf der P1 in ihrem weit geöffneten Mund. Erst als er mehrmals leise ihren Namen rief, stand sie zitternd auf, legte die Waffe unter ein Handtuch und öffnete zögerlich die Tür.

Markus sah sie erschrocken an. Kreidebleich stand sie da, hatte sich nicht einmal abgetrocknet. Vorsichtig schob er sie zurück in den Raum und schloss die Tür hinter sich. Hastig drehte er den Schlüssel um. Zweimal, bis es nicht mehr weiter ging. Dann nahm er ihr Gesicht in seine Hände und sah ihr in die Augen.

„Susan, hey. Was ist denn los? Du siehst schlimm aus. Geht es dir nicht gut?“

Sie zitterte am ganzen Leib, ihre Haut fühlte sich feucht und kalt an. Fast wie bei einer Leiche. Markus schalt sich einen Narren. Blödsinn, dachte er, das sind nur diese verdammten Umstände, die einen verrückt machten. Er sah schon selbst Gespenster. Susan zog ihre Nase hoch und lehnte sich an ihn

„Schon gut, es ist nichts. Hab nur zu lange und zu kalt geduscht. Und weißt du, mich macht das alles ziemlich fertig. Ich würde mich am liebsten einfach irgendwo hinsetzen und darauf warten, dass alles vorbei ist.“

Ihre Worte sprachen Markus aus der Seele. Nur zu gut konnte er die Frau verstehen. Aber dennoch, er konnte nicht aufgeben und würde es auch bei Susan nicht zulassen, dass sie es tat. Dazu war sie ihm einfach zu sehr ans Herz gewachsen. Wortlos nahm er eines der großen Handtücher und trocknete sie vorsichtig ab. Trotz aller Strapazen fühlte sich ihre Haut noch immer zart und weich an, waren ihre Rundungen nach wie vor vorhanden.

Sein Verstand versuchte, jene feuchten Gedanken zu unterbinden, die nur zu dem einen führen konnten, denn sie hatten keine Zeit für solche Dinge. Sie mussten hier weg und zwar so schnell wie möglich. Aber andererseits, vielleicht, nein höchstwahrscheinlich war dies die letzte Gelegenheit, sich näherzukommen. Und so fanden sich ihre Lippen und drängten sich ihre Körper heiß, feucht und wild gegeneinander, als ob es kein Morgen geben würde.

Plötzlich war er nackt und spürte ihren fordernden Körper. Nein, inmitten dieser Hölle war kein Platz für Zärtlichkeiten, also drehte er sie um und zwang sie nach unten, auf alle viere, und drang von hinten in sie ein. Packte sie derb an ihren Hüften und im Genick, zog ihren Kopf an den Haaren zurück, bis es nicht mehr weiterging.

Susan schrie alles hinaus was sich aufgestaut hatte, presste das Erlebte aus sich heraus und gab sich dieser unendlichen Lust, dieser immensen Gier in einer Vollkommenheit hin, welche sie bisher noch nicht gekannt hatte. Solange, bis sie schließlich nach Luft ringend auf dem Boden lagen und Markus' zaghafte Frage, ob alles in Ordnung sei, nur mit einem knappen „ja" beantworten konnten.

Markus stieg erschöpft in die Dusche und schrubbte sich den Dreck der letzten Tage von der Haut, bis sie feuerrot war. Als er sich abtrocknete, sah er Susan auf dem kleinen Hocker sitzen. Sie hatte Sabines Sachen angezogen, die ein bisschen zu eng, dafür aber viel zu lang waren. Markus musste grinsen.

„Hey, geht doch, oder? Warum bist du denn nicht schon raus zu den anderen?"

Susan sah etwas verlegen aus und versorgte Markus' Wunde mit einer Heilsalbe und einer frischen Mullbinde aus dem Badezimmerschrank. Nicht mehr lange, und sie würden auf diese umständlichen Verbände verzichten können.

„Hab mich nicht getraut. Wir waren vorhin nicht gerade leise."

Jetzt musste er sogar kurz lachen. Also gab es doch noch so etwas wie eine Schamgrenze. Er empfand das irgendwie als grotesk, verstand aber, was sie meinte.

„Na und? Glaub es mir, die hätten das Gleiche getan. Na komm schon, gehe wir raus."

Pascals Sachen waren ihm dafür einen Tick zu kurz. Aber sie waren sauber und rochen sogar nach Vanille. Es war Zeit, zu ihren Freunden ins Wohnzimmer zurückzukehren. Sabine saß noch immer auf ihrem Platz und kraulte den Hund, der sich zu ihren Füßen niedergelassen hatte. Ihr Blick sprach Bände und Markus bekam nun doch rote Ohren.

„Hat sich diese treulose Tomate von Hund nun bei dir eingeschleimt?"

Es war ein allzu offensichtlich schlechter Versuch, von sich abzulenken, vor allem bei Sabine.

„Tja, Markus, irgendwer muss sich ja wohl um den armen Hund kümmern, wenn du keine Zeit für ihn hast."

Treffer, versenkt. Markus ließ sich schwer in den Sessel fallen.

„Hast ja wieder einmal Recht, Sabine. Und ja, ich weiß. Wir haben keine Zeit und müssen zusehen, dass wir von hier wegkommen."

Triumphierend sah Sabine erst Markus und dann Susan an, die ihren Blick gereizt erwiderte. Sabine setzte nach.

„Was? Ich hab doch recht, oder? Wenn ihr unbedingt vögeln müsst, dann wartet, bis es passt!"

Susan stieß zischend die Luft aus und lehnte sich trotzig an die Wand.

„Es hat gepasst. Und wie es gepasst hat. Kannst du aber nicht beurteilen, denk ich mal!"

Markus saß in seinem Sessel und zog instinktiv den Kopf ein. Das hatte gerade noch gefehlt und war das Letzte, was sie in dieser Situation brauchen konnten. Das war eine Sache, die verdammt schnell und sehr böse enden konnte. Sehr, sehr böse, denn er wusste wie Susan ausrasten konnte und war sich bei Sabine sicher, dass sie bestimmt auch nicht klein beigeben würde. Also stand er auf und versuchte, die Situation zu entschärfen.

„Sabine, was hältst du davon, wenn wir uns vom Dachgarten aus die Umgebung erst mal ansehen, bevor wir einen Plan machen?"

Erst sah sie ihn verwundert an, dann nickte sie.

„Einverstanden, das kann bestimmt nicht schaden."

Etwas später standen sie am Rand des Dachgartens und schauten den Monstern dabei zu, wie sie unten noch immer im Park herumstanden und linkisch versuchten, auf den Balkon zu gelangen. Zum Glück waren sie zu dumm dazu, ihre Hände mit den Beinen zu koordinieren.

Die brennenden Türme erhoben sich wie gigantische Fackeln über der Stadt und erleuchteten wie das große Auge von Mordor aus dem „Herrn der Ringe" den nächtlichen Himmel. Sie tauchten alles in diesen geisterhaften, roten Schein. Sabine stützte sich auf dem Geländer ab und starrte mit leeren Augen ins Nichts. Dann warf sie durch die Scheibe der Terrassentür einen Seitenblick auf Susan und sagte zu Markus:

„Wenn die so weitermacht, kann ich für nichts garantieren, mein Lieber. Vielleicht solltest du einfach mal mit ihr reden."

Na toll. Ehrlich gesagt hatte Markus nicht die geringste Lust, den Vermittler zu spielen. Schon gar nicht zwischen diesen beiden Frauen.

„Sabine, sie hat ‘ne Menge durchgemacht und ist einfach am Ende. Du kannst dir nicht vorstellen, was wir die letzten zwei Wochen erlebt haben und wie oft wir dem Tod von der Schippe gesprungen sind. Was wir jetzt tun müssen, ist uns zusammenraufen und sehen, dass wir hier wegkommen. Und zwar bevor wir durchdrehen und uns gegenseitig an den Hals gehen, verstehst du, was ich meine?"

Er versuchte einen Themenwechsel. Mit etwas Glück konnte das sogar klappen und Sabine sprang tatsächlich darauf an. Bingo. Zumindest für den Augenblick. Nachdenklich zog sie die Augenbrauen nach oben.

„Das Thema ist noch nicht durch, mein Freund. Aber gut, du hast Recht. Überlegen wir uns, wie wir von hier wegkommen. Was unsere Flucht betrifft, scheiden meiner Meinung nach die Straßen aus, denn dort gibt es kein Durchkommen mehr. Also sollten wir uns zum Main durchschlagen, uns dort ein Boot oder was auch immer suchen und zusehen, dass wir den Rhein erreichen."

Auf die Sache mit dem Fluss wäre er ehrlich gesagt nicht mal im Traum gekommen. Er fand, es war eine verdammt gute Idee, denn er hatte gesehen, wie es um die Straßen stand und das Kategorie 1 an den Knotenpunkten nur darauf wartete, über Lebende herzufallen, die voller Verzweiflung versuchten, die Stadt zu verlassen. Aber auf dem Fluss sah die Sache schon anders aus. Das könnte tatsächlich klappen. Markus lächelte.

„Du, lass uns reingehen und das mit den anderen besprechen. Und Sabine, es stimmt schon, was du gesagt hast. Wird nicht wieder vorkommen."

Anstelle einer Antwort knuffte sie ihn kurz in die Seite, so wie sie es immer tat, wenn sie sich um ihn sorgte.

„Wir sind Freunde Markus, vergiss das niemals. Das ist so und das wird auch immer so bleiben."

FLUCHT AUS EINER STERBENDEN STADT

Während ein weiteres Teil des brennenden Messeturms mit lautem Getöse nach unten auf die Straße stürzte, packten sie hastig das Wenige zusammen, was sie auf ihrer Flucht mitnehmen konnten. Jeder bekam einen Rucksack, in dem sich drei große Flaschen Wasser und etwas zu Essen befanden. Nichts Großartiges, hauptsächlich Süßkram und Knabberzeug. Aber besser als nichts.

Markus bedauerte es noch immer, ihre gesamte Ausrüstung bei der Enduro zurückgelassen zu haben. Aber es half alles nichts, also packte er weiter. In die Rucksäcke kamen noch Decken und etwas Unterwäsche zum Wechseln. Ein Stück Seife. Gummihandschuhe. Feuerzeuge und Streichhölzer. Dazu eine handvoll Kerzen.

Zuvor hatten sie lange über ihren Plan debattiert. Pascal war nicht sonderlich von einer Flucht über den Wasserweg begeistert und auch Susan hatte ihre Einwände. Am Ende siegte die Erkenntnis, dass es schlichtweg keinen anderen Weg gab, um mit halbwegs heiler Haut aus der Stadt zu kommen. Als dies geklärt war, gönnten sich alle ein paar Stunden Schlaf, denn vor allem Markus und Susan waren am Ende ihrer Kräfte, was nur allzu verständlich war.

Als sie dann wieder auf den Beinen waren, war es höchste Zeit, ihren Plan in die Tat umzusetzen. Der Hund rannte ihnen schon die ganze Zeit zwischen den Füßen herum und wedelte aufgeregt mit dem Schwanz, denn auch er spürte die Aufbruchstimmung.

Laut Pascals Armbanduhr war es kurz vor sieben Uhr in der Früh, als die Vorboten des Zerfalls auch im Westend einzogen, denn es gab kurz nach dem Aufstehen kein Wasser mehr und der Strom fiel fünf Minuten später auch aus. Also verrichtete Mensch und Tier, was es zu verrichten gab, in dem hellblauen Plastikputzeimer hinter dem großen Ligusterbusch auf dem Dachgarten. Sie würden die Wohnung sowieso nie wiedersehen, von daher war es schlichtweg egal, auch wenn es schmerzte, sich dies einzugestehen.

Gierig leckten die Feuerzungen schon nach den ersten Wohnhäusern in ihrem Viertel. Nicht mehr lange und hier würde alles in Flammen stehen. Traurig standen Pascal und Sabine im Wohnzimmer, die Rücksäcke schon auf dem Rücken und die schweren Wanderschuhe an den Füßen. Voller Wehmut blickte der Schweizer auf seine beachtliche Plattensammlung und schüttelte den Kopf.

„Niemals hätte ich vermutet, mein gesamtes Leben einfach so zurücklassen zu müssen. Es wird alles den Flammen zum Opfer fallen. Unwiederbringlich. Aber nicht nur das. All die Museen, die verbrennen, Zeugen der Vergangenheit. Alles zerfällt zu Asche. Kunstschätze. Alles wird vergehen und wir stehen mit dem nacktem Arsch an der Wand."

Markus nahm Pascal bei den Schultern und sah ihm in die Augen.

„Mein Freund, ich weiß. Aber solange wir leben, tragen wir das alles in uns und können es an die nächsten Generationen weitergeben. Jetzt gilt es erst einmal, unsere eigene Haut zu retten. Das und nichts anderes zählt."

Für einen kurzen Augenblick hatte er den Eindruck, in Sabines Augen Tränen zu sehen. Sie wandte sich ab und ging zur alten Holzkommode unter dem Wohnzimmerfenster. Dort stand auf einem schwarz lackierten Ständer ein altes, staubiges Samuraischwert. Mit einem lauten Klack schob sie es in die hölzerne Scheide und reichte es Pascal.

„Nimm wenigstens das da mit, denn damit kannst du es diesen Bastarden heimzahlen."

Pascal wog die Waffe in seinen Händen, sein Blick haftete auf dem verzierten Griffstück.

„Schöne Idee Sabine, aber ich glaube nicht, dass ich jemals eine solche Waffe gegen einen Menschen einsetzen könnte."

Neben ihm stieß Markus zischend die Luft aus.

„Glaub mir Pascal, dass kannst Du. Das ist überhaupt kein Problem. Da draußen gibt es eine Regel: die oder wir. Und irgendwann wirst du Genugtuung verspüren, wenn du wieder einen dieser Bastarde in die ewigen Jagdgründe geschickt hast."

Pascal schüttelte den Kopf.

„Vielleicht hast du Recht, aber ich muss immer daran denken, dass diese Monster, wie du sie nennst, einmal am Leben waren. Das sind Mütter, Väter, Brüder und Schwestern, Markus. Keine Dinger. Und ich finde, genau das sollten wir niemals vergessen."

Markus sah seinen Freund nachdenklich an.

„Stimmt schon, Pascal. Aber glaub es mir, wenn du den Säcken da draußen gegenüberstehst, wirst du kämpfen, auch wenn es dir nicht gefällt."

Dann schoben sie die Nussholzkommode zur Seite und verließen die Wohnung. Mit traurigem Blick und um die Sinnlosigkeit seiner Handlung wissend, schob Pascal den Schlüssel ins Schloss und drehte ihn nach alter Gewohnheit zweimal um, bis es nicht mehr weiterging.

Schnell hatten sie das Treppenhaus hinter sich gelassen und standen vor der dicken Haustür aus dunklem Holz. In der Mitte war eine wunderschöne Milchglasscheibe eingelassen, auf der aufwändige Blumenmuster graviert waren. Sabine leckte sich über ihre trockenen Lippen und legte eine Hand auf die schmiedeeiserne Türklinke.

„Es geht los. Wie besprochen, biegen wir die Erste rechts ab und sehen zu, dass wir wieder auf die Westendstraße kommen. Dann über den Westendplatz am Tower vorbei und zur Mainzer Landstraße. Von dort aus zum Hauptbahnhof. Wenn wir das geschafft haben, sind es nur noch ein paar Meter bis zum Westendhafen und somit zum Main. Seit ihr bereit?"

Alle nickten ohne ein weitere Wort darüber zu verlieren. Markus schwitzte plötzlich, denn er hatte Angst, dass sein Bein wieder schlappmachen würde. Susan sah stoisch auf den Boden und wartete nervös darauf, dass es endlich losging.

Dann öffnete Sabine die Tür und spähte vorsichtig auf den Kettenhofweg. Ihre Augen brauchten eine Weile, um sich an dieses seltsam diffuse Leuchten zu gewöhnen, das einmal orangerot durch den grauen Rauch schien und dann wieder in ein dunstiges Tageslicht überging. Der Rauch brannte ihr sofort in den Augen. Es roch nach verbranntem Kunststoff und Tod. So intensiv, dass sich alle ihre Halstücher vor Mund und Nase zogen.

Von den Zombies war keiner zu sehen, aber es sah aus wie nach einer wilden Straßenschlacht. Überall lagen Papier, Schuhe und Müll verstreut auf dem Boden herum, während feiner Aschestaub auf die an der Straße rechts und links abgestellten Fahrzeuge rieselte und alles wie mit einem übergroßen Leichentuch bedeckte.

Mitten auf der Straße lag eine Frau in einem leuchtend roten Kleid mit dem Gesicht nach unten auf dem Asphalt. Ihr einer Arm war nur noch ein abgenagter Knochen und das rechte Bein hing nur noch an einer Sehne. Wahrscheinlich hatten diese widerlichen Bestien versucht, ihr das Bein abzutrennen um es aufzufressen und waren dann durch irgendetwas abgelenkt worden. Susan war sicher, dass es sich um die Frau handelte, deren Hilfeschreie sie gestern im Treppenhaus gehört hatten.

Tief in ihr regte sich das schlechte Gewissen, weil sie der armen Frau nicht geholfen hatten. Andererseits, wären sie nach draußen gestürmt, würden hier jetzt drei Leichen auf dem Pflaster liegen. Es war schon gut so, wie es war. Sie bewegten sich geduckt auf dem Gehweg vorwärts und nutzten die Deckung der geparkten Fahrzeuge aus.

Sabine lief ganz vorne, hinter ihr kam Pascal, dann sie selbst und am Ende Markus, der sich immer wieder kurz umdrehte und die Straße hinter ihnen im Auge behielt. Nur der Hund rannte einmal nach vorne und ließ sich dann wieder zurückfallen, um so sein Rudel im Auge zu behalten.

Die entsicherte Walther in ihrem Hosenbund vermittelte Susan ein wenig Sicherheit. Das Magazin war voll und sie hatte noch zwei Patronen in der Hosentasche. Eine für sie selbst und eine für Markus, sollte es keinen Ausweg mehr geben. In den letzten Stunden hatte sich vieles verändert, denn irgendetwas Fremdes war in ihr, etwas das gegen sie ankämpfte und versuchte, nach oben zu gelangen.

Und dieses Etwas pflanzte ihr wirre Gedanken in den Kopf. Dass es zum Beispiel gerne sehen würde, wenn sie genau jetzt die Waffe zöge und zuerst Pascal und dann Sabine in den Rücken schösse. Nicht in den Kopf, denn das Etwas brauchte diese Körper noch oder besser gesagt das funktionsfähige Gehirn in ihren Köpfen, denn es hatte Pläne mit ihnen und teilte ihr nicht mit, welche.

Fahrig zog Susan ihre Tabletten aus der Hosentasche und steckte sich zwei davon in den Mund. Da kein Wasser zur Hand war, zerbiss sie die bittere Arznei einfach und würgte das klumpige Pulver trocken hinunter. Vier waren noch übrig und zwanzig weitere in der Schachtel, die Markus bei sich trug.

Schnell fing die Substanz an zu wirken. Die Stimme hielt endlich ihr Maul und zog sich wieder ins Innere zurück. Der Nachteil war, dass die Medikamente Susans eigenes Ich ebenfalls träger machten und ihren Körper zusehends schwächten.

Die verunsicherte Frau stellte sich die Frage, ob es nicht besser wäre, sich einfach gleich jetzt eine Kugel in den Kopf zu jagen, solange sie das noch konnte. Jäh wurde sie aus ihrer Gedankenwelt auf die Straße zurückgerissen, denn sie war mit Pascal zusammengeprallt, der vor ihr stehengeblieben war.

Die kleine Gruppe hatte die Ecke erreicht, an der sie sich nach rechts wenden mussten, um wieder auf die Westendstraße zu stoßen. Sabine spähte vorsichtig um die Ecke und erkundete den Weg, der vor ihnen lag. Dann drehte sie sich um und winkte alle zu sich.

„Hört mal, es sieht gar nicht so schlecht aus. Der Weg scheint frei zu sein und wir werden zusätzlich durch den dichten Rauch gedeckt. Allem Anschein nach steht der Westendtower jetzt ebenfalls in Flammen. Und keins dieser Arschlöscher ist hier zu sehen. Also los, beeilen wir uns."

Das Etwas in Susan regte sich, als es Sabines Aufregung spürte und dabei bemerkte, wie schnell der großen Frau das Blut durch die Adern gepumpt wurde. Wie kraftvoll dieses Blut schmecken würde. Es war nur ein kurzes Aufblitzen in Susans Geist und sie wusste nicht einmal, ob sie sich das am Ende nicht nur eingebildet hatte, doch sie erschrak fürchterlich, denn es war eine derartig böse Gewalt damit verbunden, die ihr bis in die Knochen Angst machte.

Sie brauchte dringend stärkere Medikamente. Nur damit würde sie dieses abgrundtief böse Ding in ihr besiegen können. Sicherlich würden sie auf ihren Weg zum Hafen bei einer Apotheke vorbeikommen. Dort würde sie sich holen was sie brauchte, koste es, was es wolle. Scheiße, vermutlich wurde sie einfach nur langsam verrückt und bildete sich das alles nur ein, verunsichert und voller Angst, sich während des letzten Kampfes angesteckt zu haben.

Dann rannten sie ohne Pause weiter bis zum Westendplatz und kauerten sich dort hinter einem umgestürzten Van. Der Platz lag als großes Rechteck vor ihnen und war in mehrere Rasenflächen unterteilt. Sabine legte einen Finger auf ihre Lippen und deutete mit der anderen Hand auf die Fläche vor ihnen. Zwei Männer in schweren Bikerklamotten und eine Frau in einem blauen Wollmantel rannten von rechts kommend aus der Rheinstraße quer über den Platz. Höchstens zwanzig Meter hinter ihnen folgte eine Horde Zombies. Markus hörte bei dreißig auf zu zählen.

Einer der Biker zog ein Bein nach und wurde von der Frau gestützt, während der zweite Mann, ein hochgewachsener Typ mit breiten Schultern und Glatze, mit einer abgesägten Schrotflinte immer wieder auf ihre toten Verfolger feuerte, ohne jedoch die geringste Wirkung zu erzielen. Selbst aus dieser Entfernung war zu erkennen, dass die Frau eine stark blutende Verletzung im Gesicht hatte. Sabine sah der Szenerie stoisch zu.

„Scheiße, die sind tot und wissen es nur noch nicht. Wie Fische in einem Netz, was für ein furchtbarer Dreck."

Susan zuckte zusammen, als Markus sie von hinten anstieß.

„Wir müssen weg von der Straße, durch den Lärm werden mit Sicherheit noch mehr Tote angelockt."

Und tatsächlich glaubte er schon verdächtige Geräusche hinter ihnen im Dunst zu hören, konnte aber noch nichts erkennen. War da nicht ein Stöhnen, vernahm er nicht schon die schlurfenden Schritte, welche für die Toten so typisch waren?

Hektisch sah er sich nach einem Ausweg um. Die Türen der Häuser waren alle geschlossen. Schwer zu sagen, ob es dort ein Weiterkommen gab. Würden sie auf den Platz oder auch nur über die Straße rennen, wären sie für diese große Gruppe toter Menschen eine leichte Beute. Der einzige Ausweg war der Van, neben dem sie gerade kauerten. Vorausgesetzt, sie würden es schaffen hineinzuklettern, bevor die Drecksäcke sie entdeckt hatten.

Markus kroch zum Heck und drückte den Knopf der Türverriegelung. Mit einem leisen Klick schnappte das Schloss auf und die Tür ließ sich tatsächlich öffnen. Susan, die ihn dabei beobachtet hatte, gab Sabine und Pascal ein kurzes Handzeichen. Kurz darauf saßen sie in dem auf der Seite liegenden Lieferwagen zwischen Kartons voller Kinderspielzeug aus China. Pascal bildete das Schlusslicht und zog die Tür hinter sich zu.

„Was für 'ne Scheiße. Sehr euch diesen nutzlosen Dreck an. Hätte das nicht irgendwas Nützliches sein können?"

Leider bestätigte sich Markus' Verdacht und er gab den anderen ein Handzeichen, ruhig zu sein. Er saß ganz vorne, hatte den Hund im Arm und hielt ihm mit einer Hand die Schnauze zu. Jetzt hörten alle die schlurfenden Schritte und das hoffnungsvolle Stöhnen, mit dem die Toten ihre Lust auf nahende Beute äußerten. Sabine erschauerte, als ihr bewusst wurde, dass ihnen die Dinger wohl schon die ganze Zeit auf den Fersen gewesen waren. Als Pascal die Angst seiner Frau bemerkte, nahm er sie fest in seine Arme.

Susan kroch zu Markus. Hastig steckte sie sich eine weitere Tablette in den Mund und bekämpfte damit mehr als ihre Angst, erst danach klammerte sie sich ebenfalls an ihren Begleiter. Das war alles, was sie tun konnten. Dasitzen, sich aneinander klammern und warten, was als Nächstes geschehen würde.

Und es geschah tatsächlich etwas. Die Schrotflinte krachte erneut und entfachte damit die Wut der Leichensäcke. Das Stöhnen kam nun aus allen Richtungen. Die Toten waren direkt neben dem Van. Hinter dem Van. Überall. Die Insassen pressten sich die Hände auf die Ohren und konnten es trotzdem hören. Wenn sie nur eines dieser Monster entdecken würde, wäre es aus mit ihnen. Sie konnten nichts weiter tun, als dazusitzen und sich ihre Angst aus den Poren zu schwitzen. Hoffen, dass ihr Angstgeruch nicht nach draußen drang und die Aufmerksamkeit eines dieser Dinger auf den Van zog. Denn dann wäre es unweigerlich vorbei mit ihnen.

Ein Stück weiter spielten sich derweil grauenhafte Szenen ab. Die Frau auf dem Platz schrie gellend auf, rief einem der Männer etwas zu, nannte ihn Tom oder Tim oder irgendwie. Mehr konnten sie nicht verstehen. Susans Hand krallte sich nun förmlich in Markus Arm. Er sah die Walther in ihrem Hosenbund stecken und dachte darüber nach, ob er die Kraft aufbringen würde, zuerst den anderen und dann sich selbst eine Kugel in den Kopf zu jagen, sollte es hart auf hart kommen.

Der Weg dieser drei Menschen fand auf diesem Platz sein jähes Ende und wurde nur noch von ihren gellenden, schmerzerfüllten Schreien dokumentiert, als sich der Ring aus toten Körpern um sie schloss und sich die vom Zerfall gezeichneten Köpfe über sie beugten.

Ein letztes Mal noch krachte die Flinte, dann verstummten zuerst die hysterischen Schreie der Frau und kurz darauf auch das wütende Brüllen des Mannes, das zu einem Gurgeln wurde und schließlich ganz verstummte. Am schlimmsten waren aber diese reißenden Geräusche, die selbst das Raunen der Zombies übertönten. Es war das Zerreißen von Fleisch. Von Knochen, die aus ihren Gelenken gedreht wurden.

Hilflos im Laderaum eingeschlossen, kniffen die Freunde entsetzt die Augen zusammen und sahen trotzdem diese schrecklichen Bilder in ihrem Kopf. Fühlten sich auf den Platz versetzt, inmitten der Monster stehend und zusehend, was da geschah. Nur das Ding in Susan lachte hämisch und triumphierte, bis es draußen schließlich ruhiger wurde und die Beute verteilt war. *So wird es euch auch ergehen, euch allen. Einer nach dem anderen wird so enden.*

Fast drei Stunden saßen sie so da, gefangen in ihrer Angst. Bewegungslos, bis auch das letzte Stöhnen auf der Straße verstummt war und die Armee der Toten weitergezogen war. Ihre Körper protestierten gegen die unnatürlichen Positionen, in denen sie verkrampft die ganze Zeit über ausgeharrt hatten. Es glich fast schon einem Wunder, dass noch Blut in ihren Gliedern pulsierte. Der Gestank im Lieferwagen war fast nicht mehr auszuhalten. Erkalteter Schweiß brannte auf der Haut und schaler Atem setzte sich in ihren Mündern als bitterer Geschmack fest.

Sabine hielt es nicht mehr aus, kramte eine Wasserflasche aus ihren Rucksack und hoffte, dass es nicht zischte, wenn sie den Deckel öffnete. Vorsichtshalber wickelte sie ihre Wollmütze um den Flaschenhals. Es zischte nicht und es tat gut, das kühle Wasser in der Kehle zu spüren, als ob es die Macht hätte, all die Angst wegzuspülen. Die Flasche ging reihum und mit dem Durst wich ihre Anspannung. Markus trank als Letzter und gab die Flasche an Sabine zurück.

„Was meint ihr, sind die alle weitergezogen oder stehen die noch auf dem Platz herum? Ich halte es hier jedenfalls nicht mehr lange aus."

Er bemühte sich, besonders leise zu sprechen, doch es kam ihm trotzdem vor, als würde er schreien. Als sie in Weimar in der kleinen Werkstatt festgesessen hatten, standen die Toten auch eine Weile bewegungslos auf der Straße herum und gaben dabei keinen Laut von sich. Fatal, wenn sich das hier wiederholen würde. Sabine zuckte mit den Schultern.

„Keine Ahnung, aber ich denke, wir sollten es versuchen. Besser wird unsere Lage hier jedenfalls nicht."

Auch Pascal signalisierte sein Einverständnis. Immerhin war er derjenige, der direkt an der Tür saß und dem somit die Aufgabe zufiel, diese zu öffnen und als Erster den Kopf ins Freie zu strecken. Grimmig nickte er.

„Also dann!"

Sabines Mann öffnete die Tür und ließ sie langsam nach unten sinken, bis sie ganz auf dem Asphalt auflag. Auf dieser Seite lauerten jedenfalls keine Toten. Ein letzter Blick zu Sabine, dann kroch er entschlossen aus dem Laderaum und spähte vorsichtig um die Ecke. Auch der Westendplatz war verlassen. Zumindest, soweit man das bei diesem Dunst sagen konnte, der jetzt noch dichter in den Straßen waberte.

Nur die stummen Zeugen des Gemetzels befanden sich im Zentrum des Platzes. In wahnsinniger Wut zerrissen und in weitem Umkreis verstreut lagen sie da. Angefressen, abgenagt und ausgeräumt. Kaputt gemacht, einfach so. Pascal realisierte erschrocken über sich selbst, dass sein erster Gedanke war, dass diese drei zumindest nicht wieder aufstehen und ihnen Problem machen würden. Verdammt, Markus hatte Recht gehabt, dass es so sein würde. Aber es half alles nichts, sie mussten weiter.

Der Westendtower brannte tatsächlich. Der dunkle Qualm stank nach Papier und Plastik und raubt ihnen den Atem. Wie in einem Hochofen war der Rauch so dicht, das man ihn vermutlich sogar schneiden konnte. Das an sich schon spärliche Tageslicht war hier nur noch ein schwaches Schimmern. Ohne weitere Zeit zu verlieren überquerten sie die Mainzer Landstraße und drangen gegenüber in die Karlstraße ein, auf der sie bis zum Hauptbahnhof bleiben würden.

Und da lag er dann auch schon vor ihnen. Unbeeindruckt von dem Flammenmeer um ihn herum stand er einfach da und trotzte dem Untergang. Auf dem gigantischen Platz vor dem Hauptbahnhof begann der gefährliche Teil ihrer Flucht. Da war die breit ausgebaut Straße mit den Straßenbahngleisen dazwischen, danach weitere Gleise und unübersichtliche Haltestellen. Weiter hinten dann der Busbahnhof.

Überall standen Straßenbahnen, Stadtbusse und Armeefahrzeuge in einem heillosen Durcheinander herum, teilweise hatten sich regelrechte Haufen ineinander verkeilter Fahrzeuge gebildet. Ein unglaubliches Chaos breitete sich da vor ihnen aus. Sabine lachte bitter, als sie daran dachte, wie oft sie Freunde vom Bahnhof abgeholt hatte oder sie sich von Pascal verabschiedet hatte, als er wieder einmal geschäftlich nach London fliegen musste.

Szenen, die aus ihrem Leben nicht mehr wegzudenken waren. Es war schwer zu verstehen, dass all das bald Vergangenheit sein würde. Unwiederbringlich verloren und verbrannt zu nutzloser Asche. Komme, was wolle, es würde nie wieder so sein wie früher. Nur vereinzelt waren einige der Kreaturen zu sehen, die in dem Chaos vor ihnen Wachposten gleich umherirrten. Pascal setzte sich hinter einem Wagen, der ihnen als Deckung diente, auf den Boden.

„Was meint ihr, ich meine wir könnten einfach die Straße hinunterrennen. Zum Main sind es höchsten fünfhundert Meter, eher etwas weniger. Wir sind auf jeden Fall schneller als die Dinger und die Straße ist auf der gesamten Strecke überbreit, da bleibt uns genug Platz zwischen den Fahrzeugen, um ihnen auszuweichen."

Sabine behielt weiterhin die Lage vor ihnen im Auge.

„Also wenn ich das überhaupt packe, kotze ich mir danach die Lunge aus dem Leib. Ich bin alles andere als fit. Gott, was ist das nur für eine Scheiße."

Auch Markus hatte seine Zweifel. Er dachte an den Rauch in der Luft und an seine angeschlagene Lunge. Hinzu kam noch sein verletztes Bein.

„Ich habe da auch meine Bedenken. Wenn mein Bein schlapp macht, war es das für mich, Leute."

Pascal blieb hartnäckig.

„Trotzdem. Selbst wenn wir dich stützen, können wir die noch immer abhängen. Susan?"

Die zuckte unschlüssig mit den Schultern.

„Sicher, wir könnten es versuchen. Aber was ist, wenn wir auf Kategorie 1 stoßen, hm? Die sind mindestens so schnell wie wir und wissen genau, was sie machen."

Pascal hob eine zertretene Getränkedose auf, die neben ihm auf dem Boden lag, und sah sie sich an.

„Dann, meine Freunde, ist es eh um uns geschehen. Wir haben nur eine Schusswaffe, dann den Streitkolben und mein Schwert. Das ist nicht gerade die Ausgangsbasis, welche ich mir für ein Zusammentreffen mit diesen Irren wünsche, aber wir haben keine andere Wahl, Freunde."

Schließlich war es Markus, der die Entscheidung traf.

„Pascal hat Recht. Schleichen wir weiter, verlieren wir nur wertvolle Zeit und werden, wie die Leute vorhin, früher oder später eingekreist. Wenn wir schnell sind und auf der breiten Straße bleiben, stehen unsere Chancen nicht schlecht. Wir wären in drei, vier Minuten am Main. Bis die Toten das gerafft haben, sind wir schon weg."

Sabine zischte mehr, als dass sie sprach:

„Bleibt nur zu hoffen, dass wir dort auch ein Boot finden, mit dem wir uns schnell absetzen können."

Was folgte war ein Zögern, um die unausweichliche Tatsache, dass man so oder so hier weg musste, noch etwas hinauszuziehen. Doch am Ende war es eines der Monster, das wie einer der Seeleute aus dem „Nebel des Grauens" hinter ihnen aus dem Dunst auftauchte und ihnen unmissverständlich das Signal zum Loslaufen gab. Das Ding sah sie sofort und bevor sie auch nur reagieren konnten, stimmte es ein seltsam hohles Heulen an, um den Beginn der Jagd zu signalisieren. Pascal reagierte als Erster.

„Auf Leute, lauft, lauft, lauft!"

Markus packte Susan am Arm und zog sie hoch.

„Komm schon, steh auf, verdammt!"

Dann rannten sie. Rannten, als sei der Teufel persönlich hinter ihnen her, leibhaftig. Schlüpften zwischen den Fahrzeugen hindurch und suchten nach Lücken, in denen keine Toten herumirrten. Schon drehten sich die ersten Köpfe nach ihnen um und klappten Mäuler auf, um in das Geheul mit einzustimmen.

Sie kamen von allen Seiten. Aus Seitengassen, aus dem Hauptbahnhof und sogar aus einer Straßenbahn kamen sie, vereint in ihrem Wahn, die Futtertiere zu stellen und zu verspeisen. Pascal nahm Sabine an der Hand und zog sie hinter sich her. Am Bahnhof vorbei und dann weiter auf die Baseler Straße, die sich mit ihrer breiten Fahrbahn und den Straßenbahnschienen vor ihnen bis zum Main erstreckte.

Ein gutes Stück weiter hinten kamen dann Markus und Susan. Markus hatte gleich nach den ersten Schritten gemerkt, dass er langsamer war als seine Freunde. Also biss er die Zähne zusammen und gab, was er konnte.

Susan ließ sich etwas zurückfallen. Sie konnte die Toten zwischen den Fahrzeugen förmlich riechen. Je mehr auf sie zuströmten, desto aktiver wurde das fremde Etwas in ihr. Es wand sich aus seinem Verlies aus der hintersten Ecke ihres Geistes und stieg langsam nach oben. Setzte sich fest und fing an, ihr Tun in Frage zu stellen. Warum sie diesen Verlierern hinterher lief, die im Grunde sowieso nichts mit ihr zu tun haben wollten? Es wäre so einfach. Nach wie vor.

Sie musste einfach nur die Pistole, welche sie eh schon in der Hand hielt, nach oben richten und abdrücken. Es würde ja vollkommen reichen, die anderen am Weglaufen zu hindern. Alles Weitere würden die Toten dann schon erledigen. Und ja, selbstverständlich würde sie verschont bleiben, denn solange das Etwas wach war, bestand keine Gefahr für sie. Solange würde das Etwas sie schützen.

Susan schüttelte immer wieder den Kopf und versuchte, die fremden Gedanken zu vertreiben. Doch das Etwas ging nicht weg. Im Laufen suchte sie in der Hosentasche nach dem zerknitterten Päckchen mit den Tabletten. Als sie die Verpackung spürte, bemerkte das Etwas, was sie vorhatte und wurde ziemlich böse:

Du dreckige, kleine Schlampe, glaubst du wirklich, dass dich die Tabletten vor mir beschützen können?

Anstelle einer Antwort steckte sie die Walther in den Hosenbund, zog das Päckchen heraus und öffnete es.

Das wagst du nicht, du billiges, kleines Dreckstück. Das machst du doch nur, weil du an diesem Arschloch hängst. Komm, vergiss diesen Loser und öffne dich mir. Dann hast du es hinter dir, dann gibt es keine Qualen mehr für dich!

Susan zog im Laufen den Aluträger mit den letzten drei Tabletten heraus und drückte sich eine davon in ihre Handfläche. Im letzten Augenblick konnte sie einer geöffneten Bustür ausweichen, duckte sich nach unten weg und tauchte darunter hindurch. Fast wäre sie in vollem Lauf in die Tür gerannt und hätte sich dabei wahrscheinlich den Hals gebrochen.

Als sie wieder auf ihre Handfläche sah, war die Tablette verschwunden.

„Verdammte Scheiße!"

Markus dreht kurz den Kopf.

„Alles klar bei dir, Susan?"

„Ja, schon gut, lauf einfach weiter!"

Das Etwas triumphierte in ihr, verhöhnte sie mit seinen schmutzigen Worten und lachte.

Das war's dann wohl. Wage es noch mal, eins dieser Dinger in die Hand zu nehmen und ich lasse dich von meinen Soldaten ficken, bis dir dein schäbiges Gehirn aus den Ohren läuft. Du kannst nicht gegen mich gewinnen!

Sie war gerade dabei, sich die nächste Tablette rauszudrücken, als ihr Begleiter abrupt vor ihr stehenblieb, um einem Zombie auszuweichen, der von links aus einer Straßenbahntür taumelte. Susan musste dadurch ebenfalls ihren Lauf stoppen. Der Aluträger rutschte ihr aus der Hand und verschwand unter einem Kleinwagen, der rechts von ihr stand. Markus drosch den Streitkolben ins Gesicht des Toten, der wie ein gefällter Baum zurück in die Straßenbahn kippte. Hektisch deutete Markus nach rechts.

„Susan, komm, wir müssen hier weiter, los. Beeil dich!"

Schon wollte er losstürmen, als er bemerkte, wie Susan auf alle viere ging und unter dem Kleinwagen nach etwas suchte. So derb hatte er sie noch nie fluchen hören.

„Verdammt noch mal, Susan, steh auf! Die sind dicht hinter dir, hörst du? Was suchst du denn dort unten, zur Hölle?"

Anstelle einer Antwort legte sie sich jetzt auch noch flach auf den Boden, um noch tiefer unter den Wagen greifen zu können. Und tatsächlich, schon tauchten die ersten Toten hinter ihr auf, taumelten einfach so aus dem Dunst. Nur noch wenige Meter, und sie würden über Susan herfallen.

„SUSAN! Verflucht noch mal, willst du uns umbringen?"

Als sie auch diesmal nicht reagierte, sprang er voller Verzweiflung und sich selbst einen Narren scheltend über die am Boden liegende Frau und stürmte auf die Angreifer zu. Er wusste selbst nicht, was ihn dazu bewogen hatte, denn es wäre wesentlich vernünftiger gewesen, einfach Sabine und Pascal zu folgen.

Es waren drei. Zwei glatzköpfige Männer in billigen Anzügen und Brandblasen im Gesicht und eine Frau mit schwarzer, blutverklebter Mähne und Minirock. *Hau ab, Markus, das schaffst du nicht,* hörte er sich selbst in seinem Kopf sagen. Stattdessen griff er den ersten Glatzkopf an. Susan fischte immer noch nach dem Tablettenträger, der ständig von ihren Fingerspitzen wegrutschte, sobald sie ihn berührte.

Jaaaaaa, da kommen sie, meine Fleischfresser. Jetzt mache ich dich zu meiner Hure. Zu meinem Gefäß!, zischte das Etwas.

Markus kämpfte unterdessen mit dem vordersten Zombie. Als dieser beide Arme in der typischen Geste nach vorne steckte, tauchte Markus darunter hindurch und führte seine Waffe beidhändig gegen die Kniescheiben des Angreifers.

Der Aufprall hatte eine fürchterliche Wirkung und zerschmetterte die empfindlichen Knochen vollständig. Dieser körperlichen Funktion beraubt brach der Typ wie ein Kartenhaus in sich zusammen, schaffte es aber noch im Fallen, Markus' Jacke zu packen und ihn ebenfalls nach unten zu ziehen, so dass dieser unsanft mit dem Gesicht nach oben auf dem Oberkörper des Zombies landete.

Sofort schlug dieser seine Zähne in den Ärmel von Markus' Jacke und fing damit an, wie ein Hund mit dem Kopf hin und her zu reißen, um den störenden Stoff abzutrennen. Der höllische Schmerz fuhr Markus durch Mark und Bein, sein gellender Schrei drang hohl aus seinem Mund. Die tote Frau stolperte schon über Markus' Füße und taumelte weiter auf Susan zu, während der zweite Glatzkopf, jener mit den riesigen Brandblasen im Gesicht, immer größer über dem am Boden liegenden Mann aufragte.

Markus' rechter Arm befand sich nun vollkommen im Griff des Monsters unter ihm. Er spürte Wut in sich aufkommen, eine Wut, die es nicht zulassen wollte, dass sein Weg hier schon zu Ende war. Nicht jetzt und vor allem nicht so kurz vor dem Ziel. Susan hatte indessen mehr Glück. Wie durch ein Wunder lag das Aluteil mit seinem wertvollen Inhalt plötzlich in ihrer Hand. Sofort schloss sie ihre Finger darum und kroch unter dem Wagen hervor.

Zu spät, du dumme Kuh, viel zu spät. Du wirst jetzt sterben!

Susan zog sich auf die Knie und drückte sich ungeachtet des Kampflärms und der toten Frau, die direkt hinter ihr stand, beide Tabletten gleichzeitig in die Hand, die weiß glänzend unter der Plastikverpackung schimmerten. Steckte sie sich ohne zu zögern in den Mund und genoss fast schon den bitteren Geschmack der Pillen, der ihr etwas mehr Zeit versprachen. Hastig schluckte sie sie hinunter.

Du verdammte Drecksau, spuck das sofort wieder aus! Dreckschlampe, verdammte, ich lasse dich aufreißen bis zum Rückgrat! Spuck das Scheißzeug aus, habe ich gesagt!

Doch Susan lächelte nur triumphierend, als sie die Walther aus dem Hosenbund zog und sich der röchelnden Frau zuwandte.

„Dieses Mal ficke ich dich, du Arschloch. Fahr zur Hölle!"

Dann setzte sie die P1 der Leichenfrau direkt auf die Stirn und drückte ab. Es krachte laut und sie genoss es dabei zuzusehen, als das Gesicht der toten Frau für einen kurzen Augenblick einen leicht verwunderten Ausdruck annahm. Susan konnte wie in Zeitlupe zusehen, wie ein Teil der Schädeldecke, an dem noch ein großes Büschel Haare hing, nach hinten wegflog, bevor die Leiche nach vorne kippte und Susan unter sich begrub. Sie spürte, wie es feucht in ihrem Gesicht wurde und wurde wütend. Angewidert stieß sie den Körper von sich.

„Geh von mir runter, du stinkendes Dreckstück!"

Plötzlich stand sie wieder auf ihren Füßen, ohne zu wissen, wie sie das geschafft hatte. Sie sah Markus auf dem Zombie liegen und wie dieser sich in seiner Jacke verbissen hatte, sah wie sich Brandgesicht vor ihrem Freund auf die Knie fallen ließ. Das Etwas in ihr lachte noch ein letztes Mal und verschwand dann wieder in den Tiefen ihres Geistes. Erneut feuerte sie mit der P1 und sah, wie die Kugel den Hals des Monsters aufriss. Voller Wut schrie sie auf und stürmte nach vorne, auf den am Boden liegenden Markus und die Zombies zu.

„Fall endlich um, du verfluchtes Arschloch!“

Ihr Angriff verschaffte Markus etwas Luft und er konnte sich wieder voll auf den unter ihm liegenden Toten konzentrieren, denn der Stoff seiner Jacke, an dem der Drecksack noch immer herumzerrte, gab schon nach. Er umfasste den Streitkolben mit der Linken kurz unter dem Eisenkopf und schlug blind nach hinten über seine Schulter hinweg, in der Hoffnung, so den Kopf des Zombies zu treffen.

Gleich beim ersten Mal hatte er Erfolg und es klatschte dumpf, als der sternförmige Eisenkopf auf Widerstand traf. Sofort schlug er erneut zu und hörte es hässlich knacken; spürte, wie etwas nachgab und der Eisenkopf in etwas Weicheres eindrang. Plötzlich stand Susan über ihm und hielt dem Glatzkopf die P1 an die Stirn. Er wunderte sich noch, dass der Zombie einfach stehenblieb und die Frau sogar direkt ansah, dann knallte es laut und der Hinterkopf des Toten flog auseinander. Sofort packte Susan Markus an der Schulter und zog ihn nach oben.

„Steh auf, verdammt, wir müssen weg von hier!“

Wie in Trance taumelte er hinter Susan her, setzte ein Bein vor das andere und spürte etwas Nasses, Klebriges in seinem Gesicht. Egal, darum konnte er sich später kümmern. In Susans Gesicht war Blut, von dem er wusste, dass es nicht ihr eigenes war und das war wesentlich schlimmer für ihn. Fahrzeuge huschten wie Schatten rechts und links an ihnen vorbei, einmal sah er sogar den Hund zwischen den Beinen zweier Zombies hindurch huschen.

Überall waren Schatten, die sich auf sie zubewegten. Einmal, als seine Lunge schon brannte, rammte er sogar einen der Toten mit der Schulter zur Seite, doch auch das nahm er nicht richtig wahr. Alles hing in diesem Dunst, der die Geräusche fraß und sie als verzerrte, surreale Töne wiedergab. Das Einzige, was jetzt noch zählte, war Susan. Sie zu verlieren käme jetzt einem Todesurteil gleich. So schnell konnten sich die Dinge in diesen Tagen ändern. Menschen wuchsen über sich hinaus und andere zerbrachen. Von einem Tag zum nächsten konnte sich alles umkehren und doch hatte es nicht den geringsten Bestand.

In Susan tobte währenddessen ein ganz anderer Kampf. Solange sie die Tabletten rechtzeitig nahm, war sie davon überzeugt, zumindest eine winzige Chance zu haben, dass Etwas in ihr am Boden zu halten. Dieses Etwas, von dem sie nicht die geringste Ahnung hatte, was es überhaupt war, machte ihr in seiner Boshaftigkeit mehr Angst als all die toten Körper, die sie im Moment umgaben und danach gierten, ihr das Fleisch von den Knochen zu zerren. Im Moment war das Etwas still, aber sie wusste, dass es nur darauf wartete, bis die Wirkung der Tabletten nachließ. Die Abstände, in welchen sie die Tabletten einnehmen musste, wurden immer kürzer und schon bald würde sie sich nach etwas Stärkerem umsehen müssen.

Jäh wurde sie aus ihren Gedanken gerissen, als die Fahrzeugwracks hinter ihnen zurückblieben und sich das letzte Stück der Baseler Straße vor ihnen auftat. Sie konnte schon die Brücke sehen und etwas weiter vorne waren sogar Sabine und Pascal, die kurz vor der Brücke nach rechts schwenkten. Dort war vermutlich der Hafen und, so Gott wollte, auch irgendein beschissenes Boot.

Markus hetzte hinter ihr her. Ohne anzuhalten verpasste er sich gleich mehrere Sprühstöße aus dem Dosieraerosol und bemerkte, dass das darin enthaltene Medikament bald zur Neige gehen würde und schalt sich einen Narren, zwei volle Sprühflaschen bei der XT im Rucksack zurückgelassen zu haben. Er zwang sich dazu weiterzulaufen. Auf der Brücke war eine massive Straßensperre aus mehreren quergestellten Panzern aufgebaut, die sich schemenhaft im Dunst abzeichneten.

Als er einen kurzen Blick nach hinten warf, stellte er verwundert fest, dass sich der schier endlos wirkende Strom der Toten hinter ihnen unvermittelt teilte. Nur aus dem Augenwinkel erkannte Markus für den Bruchteil einer Sekunde warum, konnte es aber zuerst nicht glauben, denn es war einfach zu grotesk.

Fahrig wischte er sich mit seinen schmutzigen Fingern die Tränen aus seinen gereizten Augen, um besser sehen zu können. Und tatsächlich, eine Gestalt in einem dunkelblauen Regenmantel saß auf einem Rennrad, raste mit einem Affenzahn die quer verlaufende

Straße hinunter und schlitterte mit schreiender Hinterradbremse um eine Ecke. Er dachte noch so für sich, dass ein Fahrrad nicht unbedingt die schlechteste Wahl als Fortbewegungsmittel war, um von hier abzuhauen, dann verlor er die Gestalt auch schon wieder aus den Augen.

Markus dachte noch kurz, dass die Person in die falsche Richtung fuhr, aber dann musste er sich wieder auf den Weg konzentrieren. Es ging jetzt eine steile Böschung hinunter zu einer Großbaustelle, die von einem hohen Bauzaun umgeben war. Dort standen seine Gefährten nach Luft ringend und warteten bereits. Sabine hustete sich gerade wie erwartet die Lunge aus dem Leib, doch Pascal trieb sie alle mit hochrotem Gesicht zur Eile an.

„Kommt schon, wir müssen über den Zaun. Der wird diese Arschlöcher eine Weile aufhalten."

Im Grunde stellte der etwa zweieinhalb Meter hohe Zaun kein besonderes Hindernis dar, zumindest wenn man halbwegs klettern konnte. Doch für diese hirnlosen Idioten war er unüberwindlich. Für die Viecher war die einzige Möglichkeit, um auf die andere Seite zu gelangen, den Zaun mit ihrer schieren Masse einfach umzudrücken. Genau dieser Umstand würde der kleinen Gruppe wertvolle Minuten verschaffen, die sie dringend benötigten, um an ein Boot zu kommen.

Der Hund fand eine schmale Lücke und war als Erster auf der anderen Seite. Ein paar Sekunden später hatten auch die vier Menschen das Hindernis genommen und bereits die Baustelle durchquert, bevor die ersten Toten überhaupt den Zaun erreichten und wütend daran rüttelten, als sie sich um ihr Futter betrogen fühlten.

Vor den vier Freunden ragte das rohe Gerippe eines neuen Turms unfertig und leer hoch in den Himmel. Auf einem großen Werbeschild stand zu lesen, dass hier gerade der Westhafentower entstand. *Und nun niemals zu einem weiteren Turm Babylons heranwachsen wird*, dachte sich Markus im Vorbeilaufen. Auf der Hafenseite hatte man vor dem Gebäude einen hölzernen Steg gebaut, der über dem Wasser hängend um ihn herum führte. Genau das war ihr Weg.

Sabine führte die Gruppe wieder an und wusste genau, wo sie hinwollte, denn nach dem Steg kam ein kleines, von anderer Stelle unerreichbares Gelände, das zwischen dem Turmgerippe und einem weiteren Hochhausskelett eingebettet dalag. Dort standen die Container der hier beschäftigten Baufirmen im Matsch, abgesetzt von einem großen Baukran, der alles andere überragte.

Hier war es stiller als in den Straßen der Stadt und der allgegenwärtige Rauch, der ihnen schon die ganze Zeit Tränen in die Augen trieb und ihre Atemwege reizte, war auch nicht ganz so dicht und hing wie ein lichter Nebel zwischen den unfertigen Gebäuden. Genau hier befand sich die kleine Anlegestelle, von der Sabine gehofft hatte, dass es sie noch geben würde und sie nicht schon den Baumaßnahmen zum Opfer gefallen war.

Aber es kam noch besser. An dem kurzen Steg war ein kleines offenes Boot mit hochgeklapptem Außenbordmotor festgemacht. Groß genug für sechs oder sogar acht Personen, dümpelte es träge im braunen Wasser des Mains. Nach Luft ringend stützte sich Markus an einem Geländer ab und wischte sich den Schweiß von der Stirn.

„Leute, ich pass hier am Steg auf, dass uns keiner von hinten überrascht. Könnt ihr das Boot klarmachen?"

Der Schweizer war schon unterwegs und nickte.

„Ich kann es mal versuchen."

Dann stieg er auch schon ins Boot und machte sich an die Arbeit, während Sabine die leeren Fensterhöhlen der Neubauten im Auge behielt.

„Ich will ja nicht drängen, aber wir sollten zusehen, dass wir hier wegkommen. Mir gefällt das nicht."

Susan saß schwer atmend in der Nähe von Markus auf einem Betonklotz, stocherte mit einem Holzstückchen ungeduldig im Schlamm herum und horchte in sich hinein. Noch war nichts von ihrem Parasiten zu hören, aber sie wusste genau, dass er noch da war und nur auf seine Gelegenheit lauerte.

„Oh Mann, die verdammten Tabletten machen mich fertig. Ich könnt auf der Stelle einschlafen", röchelte sie.

Markus, der mit dem Rücken zu ihr stand und den Steg beobachtete, zuckte nur mit den Schultern. Er konnte das Absperrgitter von seiner Position aus nicht sehen, hörte aber, wie es schepperte, als die Monster voller Wut daran zerrten. Er fragt sich gerade, ob der Radfahrer seinen Verfolgern entkommen war und es womöglich sogar schaffte, die Stadt zu verlassen, als er Sabines Schrei hörte.

„ACHTUNG!!"

In Sekundenschnelle waren alle wieder hellwach und auf den Beinen. Ihre Blicke folgten Sabines ausgestrecktem Arm, der auf das Turmgerippe zeigte. Aus einem der Fenster im Erdgeschoss war eine dunkel gekleidete Gestalt aus einem der Fenster gesprungen, federte sich beim Aufkommen kurz ab und rannte mit wedelnden Armen auf sie zu. Unter dem flatternden Poncho kamen schmutzigen Hosenbeine in Flecktarn zum Vorschein, die in schwere, grob gearbeitete Stiefel gesteckt waren.

Das Gesicht war unter der Kapuze und einem hochgebundenen Tuch verborgen und so war es schlecht abzuschätzen, ob es sich um einen gesunden Menschen handelte, der einfach nur Hilfe suchte, oder um einen der Infizierten, der sie töten wollte. Die Gestalt rannte offensichtlich direkt auf Sabine zu, denn Markus stand etwas abseits auf dem Steg und Susan hielt sich in der Nähe von Pascal auf, der im schaukelnden Boot fieberhaft an dem Außenborder arbeitete.

Markus sprang auf und versuchte, der Gestalt von der Seite kommend den Weg abzuschneiden. Den Streitkolben hatte er schon in der Hand und er war auch gewillt, diesen erbarmungslos einzusetzen. Sie durfte Sabine nicht erreichen, denn die war als Einzige von ihnen unbewaffnet und sah sich, anstatt einfach wegzulaufen, schon panisch nach einem Gegenstand um, mit dem sie sich verteidigen konnte.

Als sie sich nach einer Eisenstange aus Baustahl bückte, krachte die P1 und stoppte den Lauf der fremden Person, die sich brutal überschlug und unbeholfen in den Matsch klatschte. Das geschah etwa zur gleichen Zeit, als Markus ebenfalls die Gestalt erreichte. Gellend vor Schmerz wälzte sich die Gestalt zwischen dem Bauschutt auf den Rücken und presste sich eine Hand auf die linke Schulter.

Schon war Markus auf den Knien und hob den Streitkolben zum finalen Schlag, als unter der Kapuze das Gesicht einer zierlich gebauten Frau zum Vorschein kam. Er konnte seinen Schlag nur noch ablenken und der Eisenkopf krachte hart zwischen die Betonbrocken neben dem erschrockenen Gesicht auf den Boden.

Steinsplitter spritzten in alle Richtungen davon. Das war verdammt knapp gewesen.

Auf dem schmutzigen Gesicht der Frau stand das nackte Entsetzen und in den geweiteten Augen war nichts anderes als pure Angst zu erkennen. Markus starrte sie fassungslos an.

„Ach du Scheiße, das ist eine Überlebende. He, Leute, das ist …"

Er wurde mitten im Satz unterbrochen, denn Sabine schrie erneut und diesmal schwang echte Panik in ihrer Stimme mit.

„Scheiße, da kommen noch mehr!"

Und tatsächlich. Ein Toter nach dem andere kippte unbeholfen aus den Öffnungen des Neubaus. Die Frau unter Markus, der noch immer mit seinem gesamten Gewicht auf ihrem Oberkörper saß, stemmte sich gegen ihn und versuchte freizukommen.

„Bitte, bitte, helfen Sie mir! Töten Sie mich nicht! Bitte!"

Der brauchte keine weitere Aufforderung und stand auf. Schnell reichte er der fremden Frau seine Hand und zog sie auf die Beine. Das vermeintlich sichere Areal fing schnell an, sich mit toten Leibern zu füllen. Die Frau schrie vor Schmerz und schlug wütend seine Hand zur Seite. Markus packte sie erneut am Arm.

„Wir haben keine Zeit zu reden, komm schon, wir müssen hier weg."

Grob zog er die Frau hinter sich her und versuchte, von den Toten wegzukommen. Sabine rannte zum Boot, wo Pascal fluchend an dem Schloss des Motors arbeitete. Susan schob die letzten beiden Patronen ins Magazin und lud mit aller Ruhe die Waffe durch. Doch die Schweißperlen auf ihrem Gesicht sprachen eine andere Sprache.

„Markus, bitte beeil dich, schnell", rief sie. „Ich … ich kann nicht …"

So ist es gut mein Kind. Und jetzt gib dieser Schlampe den Rest!

Plötzlich war das Etwas wieder da. Es hatte erbarmungslos den Moment ausgenutzt, in dem sie sich auf die fremde Frau konzentriert hatte. Mit einer bisher nicht gekannten Wucht drang es in ihr nach oben, stärker als jemals zuvor.

Ja, geh zu Markus und gib ihm am besten auch gleich den Gnadenschuss.

Ihr Körper fing an, dem Etwas zu gehorchen und setzte einen Fuß vor den anderen, sie ging an Sabine vorbei auf Markus zu und hob die Waffe. Sabine packte sie an der Schulter.

„Bist du bescheuert? Schieb deinen Arsch ins Boot, wir müssen von hier verschwinden, verdammt noch mal!"

Grob stieß Susan ihre Hand zur Seite.

Was will diese verfluchte Kuh, leg sie um, leg sie sofort um. Das macht die nicht noch einmal!

Willig gab sie Sabines Griff nach und drehte sich um. Fast wäre Sabine auf die Finte hereingefallen und wollte sich schon Markus zuwenden, der noch immer mit der fremden Frau im Schlepptau auf dem Rückzug war und sich zwischen dem Bauschutt zur Anlegestelle durchkämpfte. Doch dann sah sie dieses fremde Funkeln in Susans Augen, hinter dem eine derart abartige Bosheit steckte, die ihr sofort einen kalten Schauer über den Rücken jagte.

Sie hatte keine Zeit darüber nachzudenken, denn der Lauf der Waffe zuckte schon auf ihr Gesicht zu. Sabine rammte Susan ansatzlos die Eisenstange in den Bauch. Der hart geführte Schlag schickte Susan direkt auf die Bretter. Überrascht fing sie lauthals an zu fluchen.

„Du verdammte Drecksschlampe, ich bring dich um!"

Susan war nicht mehr sie selbst und nur noch Gast in ihrem Körper. Und so waren es auch nicht ihre Worte, die Sabine da zu hören bekam. Höhnisch lästerte das Etwas in ihrem Kopf und wuchs geradezu über sich hinaus.

Ja, gut so, du bist mein Mädchen, du machst, was ich dir sage. Du gehörst mir!

Dann zog ihr Sabine kurzerhand die Eisenstange über den Kopf und alles wurde schwarz. Susan fiel ins Boot, das beängstigend zu schwanken anfing und Sabine nahm ihr die Waffe ab. Direkt vor die Füße des Schweizers, der das Schloss inzwischen geknackt hatte und nun kraftvoll an der Starterschnur des Motors zog. Der aufgeregte Hund sprang ihr direkt hinterher. Endlich erreichte auch Markus das Boot und half der Fremden, einzusteigen.

Sabine war sich nicht sicher, ob es eine gute Idee war die Frau mitzunehmen, die aus der Schusswunde in ihrer Schulter blutete wie ein angestochenes Schwein. Aber zurücklassen konnten sie sie genauso wenig. Pascal schrie vor Wut, als der Motor auf seine Startversuche nur mit einem abgesoffenen Blubbern reagierte. Markus sah die am Boden liegende Susan und das Blut, dass ihr aus einer Platzwunde aus dem Kopf lief.

Sofort waren die Bilder von Nadjas Verwandlung wieder in seinem Kopf. Das würde er nicht nochmals zulassen. Wütend drehte er sich zu Sabine um, die gerade den letzten Knoten löste, mit dem das Boot am Ufer festgemacht war.

„Sag mal, musste das sein? Hast du ihr jetzt den Schädel eingeschlagen oder was?"

Besorgt drehte er Susan um und legte ihr zwei Finger an den Hals, suchte fieberhaft ihren Puls. Suchte die Walther und sah sie in Sabines Hosenbund stecken, als die große Frau das Boot mit einem der Ruder vom Ufer wegstieß und dabei vor Anstrengung aufschrie.

„Markus, verdammt, hilf mir, wir haben jetzt echt andere Sorgen. Nimm das Drecksruder und drück das Boot vom Steg weg, hörst du?"

Und wie Recht sie hatte, zeigte sich schon im nächsten Augenblick, denn der erste Tote klatschte direkt vor dem Boot ins braune, aufgewühlte Wasser des Hafenbeckens. Pascal hatte inzwischen seine Startversuche aufgegeben und sich schon das zweite Ruder gegriffen, mit dem er nun auf den Kopf des Zombies schlug, der wie eine Boje aus dem Wasser ragte und unbeholfen mit den Armen ruderte.

Schon war der kurze Anlegeplatz voll mit toten Körpern, die ihren Hunger nach frischem Fleisch kaum noch in Zaum halten konnten. Gierig griffen sie nach dem Bootsrand und versuchten, es ans Ufer zurückzuziehen. Erbarmungslos vollbrachte der Streitkolben sein Werk und zertrümmerte eine Hand nach der anderen, bis sie schließlich frei waren.

Kaum waren sie ein kleines Stück vom Ufer entfernt, sprangen weitere zwei Leichensäcke ins Wasser, dann noch mal drei und schließlich gab der ohnehin schon schwankende Anleger unter dem Gewicht der unruhigen Leiber nach und brach krachend in sich zusammen. Glücklicherweise hatten die Zombies mit ihrem Tod auch die Fähigkeit zu schwimmen verlernt und so versank ein Kopf nach dem anderen in den Fluten. Zu diesem Zeitpunkt hatte die

Strömung das Boot schon erfasst und zog die Gruppe auf den Fluss hinaus. Wütend versammelte sich die Menge am Ufer und glotzte ihnen mit stumpfsinnigen Gesichtern hinterher.

Markus ließ sich keuchend auf die Planken des Bootes sinken und fummelte unbewusst sein Dosieraerosol aus der Jackentasche, führte es zum Mund und drückte den Auslöser. Nichts geschah. Kein krampflösendes Medikament strömte in seine Atemwege. Fassungslos sah er das Ding in seiner Hand an.

„Scheiße, dass hat mir gerade noch gefehlt."

Hier auf dem Wasser war die Luft wenigstens etwas besser und er zwang sich dazu, ruhig und kontrolliert zu atmen, aber wie verdammt noch mal sollte das gehen in all dem Chaos? Es ging ein schwacher Wind und man konnte den Himmel sehen, der Wolken verhangen und düster über ihnen hing. Fast schon majestätisch erhoben sich die brennenden Türme Frankfurts über der Rauchglocke hoch in den Himmel, wie Leuchtfeuer an einer felsigen Küste. Sie brannten so hell, dass man sie bestimmt auch aus dem All sehen konnte.

Bevor jemand der anderen etwas sagen konnte, warf Markus den leeren Behälter ins Wasser und bückte sich, um Susan auf seine Knie zu ziehen. Sabines Schlag hatte ihr eine ordentliche Platzwunde verpasst. Er war stinksauer. Auf alles. Vor allem aber auf sich selbst, dass er all die Warnsignale ignoriert hatte, mit denen sich die Krankheit bei Susan angekündigt hatte. Und er hatte Angst. Große Angst sogar. Davor, ein weiteres Mal erleben zu müssen, wie einer seiner Freunde zu einem Monster wurde. Aber da war noch etwas anderes. Etwas, was ihm extreme Sorgen bereitete. Denn der verzweifelte Mann realisierte langsam, dass es durchaus sein konnte, dass er sich bei Susan angesteckt hatte. Immerhin waren sie sich sehr nahe gekommen und das mehr als einmal.

Das würde auch den anderen klar sein, vor allem nach der Aktion im Badezimmer. Doch er fühlte sich, abgesehen von seinen üblichen Problemen mit der Lunge und dem Bein, soweit ganz gut. Selbst wenn er tief in sich hineinhorchte, war da nichts von der Krankheit zu finden. Kein Gefühl, welches ihm einen Hinweis gab, dass da etwas nicht stimmte. Und dennoch, es lag im Bereich des Möglichen und das reichte schon aus, um in ihm eine unterschwellige

Angst zu schüren, ähnlich der der ersten Tage, als jeder in sich selbst nach Zeichen der Infektion gesucht hatte.

Sein Blick blieb auf der fremden Frau hängen, die sich mit Pascals Hilfe gerade aus dem Poncho quälte. Sie war in der Tat sehr schlank und starrte vor Dreck. Ihre langen rotbraunen Haare waren zu einem strähnigen Pferdeschwanz zusammengebunden. Sabine gab ihr eine Wasserflasche aus dem Rucksack und riss ein Verbandspäckchen auf. Wütend sah sie Markus an.

„Glaub mir, ich hätte besser voll durchgezogen. Die Schlampe wollte auf mich schießen, verstehst du? Und jetzt denke ich darüber nach, sie einfach über Bord zu werfen. Was gedenkst du jetzt zu unternehmen, hm? Immerhin hast du sie mitgebracht, mein Freund."

Hilflos zuckte Markus mit den Schultern und sah zu, wie Pascal der fremden Frau hastig einen Verband anlegte. Sollten sich die anderen gegen Susan entscheiden, könnte ihm das auch schnell zum Verhängnis werden, denn alle wussten, wie er zu ihr stand und vor allem, wie nahe sie sich gekommen waren.

„Woher soll ich das wissen", meinte er dann. „Es ist das erste Mal, dass sie so etwas gemacht hat. Ich hab hier Tabletten, wenn sie die nimmt, kommt sie klar. Ich weiß nicht, ob sie tatsächlich infiziert ist, aber was auch immer ihr Probleme bereitet, die Tabletten halten es unten."

Mit zitternden Fingern nestelte er die zerknautschte Packung aus der Tasche und zeigte sie den anderen. Markus wusste genau, wie schwach dieses Argument war. Pascal war mit der Frau fertig, drehte sich um und nahm Markus das Päckchen aus der Hand.

„Das sind ganz normale Beruhigungsmittel, Markus. Glaubst du ernsthaft, die helfen ihr langfristig weiter? Ich glaub da nicht dran."

Mit vorwurfsvollem Blick gab er ihm die Tabletten zurück. Markus knirschte mit den Zähnen.

„Keine Ahnung, Mann. Ich hab echt keine Ahnung. Sehe ich vielleicht aus wie ein scheiß Arzt, hm? Aber sollen wir sie deswegen gleich aufgeben? Sie gehört zu uns, Leute!"

Bevor jemand etwas dazu sagen konnte, mischte sich die Fremde in das Gespräch ein.

„Entschuldigt, ich möchte euch nicht unterbrechen. Aber der Mann hat Recht."

Sie sah Markus an und nickte zustimmend.

„Man kann die Krankheit mit solchen Medikamenten eine Weile aufhalten. Aber irgendwann reicht das nicht mehr aus und dann müssen stärkere Mittel her. Es ist wie bei einer Sucht."

Skeptisch sah Sabine die Frau an. Sie hatte sich bereits ihre Meinung darüber gebildet und würde diese nicht mehr so schnell ändern. Warum sollte sie zudem auf eine vollkommen fremde Frau hören, die ihnen auch noch die Toten auf den Hals gehetzt hatte?

„Und woher willst du das wissen? Und ja, wie heißt du eigentlich?"

Die Fremde versuchte sich an einem unsicheren Lächeln.

„Ich heiße Kristin. Und ich weiß es, weil ich als Praktikantin im städtischen Krankenhaus gearbeitet habe. Dort haben die den Leuten starke Beruhigungsmittel gespritzt, um die Krankheit aufzuhalten und es hat eine Weile ganz gut funktioniert."

Jetzt waren alle verblüfft. Sabine starrte sie mit offenem Mund an, denn damit hatte sie nicht gerechnet.

„Das ist jetzt nicht wahr, oder? Von dort aus haben die – wie auch immer man sie nennen möchte – die Stadt überrannt."

Kristin nickte und beugte sich über die noch immer bewusstlose Susan.

„Das ist mir bewusst. Und ihr wollt nicht wissen, was genau in dem Krankenhaus geschehen ist. Ich weiß nicht, was mit ihr ist, aber ich würde ihr so schnell wie möglich diese Tabletten verabreichen und ihr dann noch sicherheitshalber die Hände fesseln. Glaubt es mir oder lasst es bleiben. Wenn die Krankheit die Oberhand gewinnt, werden die gemeingefährlich und greifen alles an, was gesund ist. Dann ist es denen egal, ob sie dabei draufgehen oder nicht."

Das klang durchaus plausibel und deckte sich mit den Erlebnissen der vergangen Tage. Pascal sah Markus an und beide waren sich einig.

„Gut, dann machen wir das erst mal so. Vielleicht bringen wir sie ja damit durch."

Nur Sabine deutete den Gesichtsausdruck von Kristin richtig und wusste plötzlich, dass es keine Chance mehr für Susan geben würde, sollte sie tatsächlich infiziert sein. Früher oder später würde die Krankheit siegen und die arme Frau daran zugrunde gehen. Wie Millionen anderer Menschen vor ihr und noch weitere Millionen, die ihr noch folgen würden.

KRISTIN

Sie waren am Ende. Auch wenn der Spurt nur kurz gewesen war, hatte er dennoch ausgereicht, um ihnen fast ihre gesamte Kraft zu rauben. Während die Innenstadt unter einer riesigen Rauchwolke verborgen in Flammen stand, die manchmal grellrot durch den Rauch leuchteten, wenn wieder irgend etwas explodierte, lag das andere Ufer einsam und verlassen da. Nahezu gespenstisch lautlos war es hier.

Dort drüben, auf der anderen Seite des Flusses, war die Bebauung lockerer und ging, nachdem sie zwei Eisenbahnbrücken passiert hatten, in ein weitläufiges Wohngebiet über. Mit vom Rauch geröteten Augen suchten Markus und Sabine das Ufer nach Anzeichen von Lebenden und Toten ab, während sich Pascal weiter abmühte, den Motor zu starten. Das eigentlich kurze Wegstück vom Westend zum Mainufer hatte ausgereicht, um ihre Haut mit einem öligen Film aus Asche und Dreck zu überziehen, selbst ihre Fingernägel waren rabenschwarz.

In ihren Hälsen machte sich ein brennender Durst breit, der nur schwer mit dem Wasser aus ihren Flaschen zu bekämpfen war. Markus Augen wollten gar nicht mehr aufhören zu tränen. Wenigstens hatte er seine Lunge wieder halbwegs unter Kontrolle, nachdem er sich einige Minuten gezwungen hatte, ruhig und gleichmäßig zu atmen. Die ganze Situation wurde mit jedem Tag schlimmer. Er machte sich große Sorgen um Susan und wusste nicht genau, was er tun konnte, um ihr zu helfen. Kristin hatte drei der Tabletten in einer Wasserflasche aufgelöst. Die wollten sie ihr einflößen, sobald sie zu sich kam.

Kristin war unterdessen heilfroh, es ins Boot geschafft zu haben, auch wenn sie die Leute hier nicht kannte und keine Ahnung hatte, wohin die Reise am Ende gehen würde. Nur weg aus der Hölle, zu der sich Frankfurt innerhalb weniger Tage entwickelt hatte, das war es, was sie wollte. Ihre Schusswunde in der Schulter brannte wie Feuer und tat höllisch weh, wenn sie ihren Arm bewegte, aber dieser Mann mit dem Schweizer Akzent hatte gemeint, das es nur ein Durchschuss war, der sie nicht sonderlich behindern würde.

Dennoch war es nur allzu verständlich, dass diese Susan auf sie gefeuert hatte, ob sie nun infiziert war oder nicht. Kristin selbst hätte es wahrscheinlich auch nicht anders gemacht. Wer in diesen Tagen zögerte, endete als Futter für die Bestien. Eigentlich kam Kristin gar nicht aus Frankfurt, sondern aus Mannheim. Aus dem Viertel Gartenstadt, um genauer zu sein.

Sie absolvierte hier lediglich ein Praktikum als kaufmännische Angestellte und hatte von Medizin nicht die geringste Ahnung. Wäre die Seuche nur eine Woche später ausgebrochen, wäre sie schon wieder in Mannheim in ihrer Zweizimmerwohnung gesessen und hätte ihre Meerschweinchen gefüttert, anstatt hier in der Scheiße zu sitzen. Mannheim lag, soweit sie wusste, noch innerhalb der sicheren Zone. Zumindest war das vor drei Tagen noch so gewesen.

Aber da sie schon mal in Frankfurt festsaß, hatte man ihr kurzerhand eine zweistündige Schulung verpasst, ihr ein paar Gummihandschuhe, einen Mundschutz und einen Schwesternkittel in die Hand gedrückt und sie einem der Notfallärzte zugeteilt, welche die Patienten in die verschiedenen, farblich markierten Bereiche einsortierten.

Frankfurt hatte sich lange Zeit halten können, was an sich schon einem Wunder glich. Vielleicht, weil alles von Anfang an durch das Militär geregelt worden war. Es gab ausreichend Medikamente und eine Luftbrücke in die Vereinigten Staaten, wo es noch übler aussah und man ernsthaft darüber nachdachte, die Seuche in den Großstädten mit nuklearen Waffen einzudämmen, um wenigstens die ländlichen Bereiche zu retten. Das hatte sie in einer Pause mitbekommen, als sie unscheinbar in der Ecke des Pausenraums sitzend Kurznachrichten mit ihrem Freund Frank austauschte, der in Mannheim die Tiere versorgte und dort ungeduldig auf ihre Rückkehr wartete.

Zwei Ärzte saßen am Nachbartisch und sprachen leise über diese seltsame Krankheit und wie sie sich durch Körperflüssigkeiten übertrug. Ihr Käsebrötchen kauend hörte sie weiter, dass man selbst im Hirnforschungszentrum, das auf der anderen Mainseite lag, ratlos war. Es war allem Anschein nach ein Virus, der sich im Gehirn der Opfer einnistete und doch war alles anders, als man es von üblichen Vireninfektionen her kannte.

Der Keim veranlasste die Infizierten dazu, sich vollkommen irreal zu verhalten und am Ende sogar den eigenen Selbsterhaltungstrieb zu vergessen. Vormals kultivierte Menschen verwandelten sich in kürzester Zeit zu obszönen Untieren, die nur noch den Trieb verfolgten, möglichst viele mit ins Verderben zu reißen. Und doch gab es auch unter ihnen Ausnahmen.

Da war zum Beispiel dieser Offizier der Verteidigungskräfte. Ein Hauptmann, der sich bei einer Nutte angesteckt hatte, obwohl Prostitution schon seit Tagen aufs Strengste verboten war. Wie auch immer, die Dame hatte ihn zuerst umgarnt und dann den Oberschenkel blutig gebissen. Zufrieden mit ihrem Werk zog sie die Dienstpistole des panisch schreienden Mannes, steckte sich den Lauf in den Mund und drückte ab.

Aber das war noch längst nicht alles. Der Hauptmann wurde eingeliefert und auf die Isolierstation gebracht, auf der auch Kristin ihren Dienst verrichtete. Streng bewacht lag er nun mit zwei Posten vor der Tür in einem Einzelzimmer. Von einer Schwester, die zur Betreuung des Mannes eingeteilt war, hatte Kristin erfahren, dass der Herr Hauptmann eine Ausdrucksweise an den Tag legte, welche eher einer polnischen Straßenhure zu Gesicht stand, als einem gebildeten Mann seines Standes.

Am nächsten Tag verschwanden dann einige Militärs der Nato für Stunden in seinem Zimmer. Während dieser Zeit wurden alle Mitarbeiter aufgefordert, die Station zu verlassen und zudem eine Verschwiegenheitsklausel zu unterzeichnen. Kristin hatte genug Arbeit mit den anderen Patienten und machte sich keine weiteren Gedanken über den Offizier. Erst als sie zwei Tage später erneut aus der Station verwiesen wurden, fing sie an stutzig zu werden.

Drei Geistliche betraten, große Taschen tragend, zusammen mit einigen schwer bewaffneten Soldaten die Station und verschwanden im Zimmer des Mannes, aus dem ein höhnisches Lachen erklang, als sich die Tür für einen kurzen Moment öffnete. Ein Lachen, das ihr einen kalten Schauer über den Rücken trieb. Noch am selben Tag wurde sie in die Notaufnahme versetzt und ihre alte Station wurde hermetisch abgeriegelt.

Sollte sie bisher geglaubt haben, dass sich bald wieder alles zum Guten wenden würde, fing sie nun an zu zweifeln. Dann kam der Tag, an welchem diese seltsamen Container ankamen. Festgezurrt auf schwere Lastwagen der Bundeswehr und abgeschirmt von vermummten Soldaten in dunkelgrünen Schutzanzügen, die mit ihren schweren Waffen herumfuchtelten und das Klinikpersonal aus dem Eingangsbereich der Notaufnahme vertrieben. Verängstigt hatten sie sich daraufhin in der Cafeteria versammelt, wo sich schnell kleinere Grüppchen bildeten und bald wild diskutiert wurde.

Kristin wusste nicht mehr, was sie genau dazu veranlasst hatte, aber sie hatte plötzlich das Gefühl, so schnell wie möglich von hier abhauen zu müssen. Weg von der Klinik und den schwarzen Leichensäcken, die auf Bahren liegend aus den Containern ausgeladen und in den Keller gebracht wurden. Da braute sich etwas zusammen, etwas das schlimmer war als alles, was sie bisher mit den Kranken erlebt hatte. Gleichzeitig bekam sie Angst. Und wenn sie sich auf eines verlassen konnte, dann auf ihre Angst. Schon immer.

Also setzte sie sich ab. Nicht durch den normalen Ausgang, denn dort standen diese vermummten Soldaten, sondern durch die Küche und dort über den Lieferantenausgang hinaus auf den großen runden Wendeplatz vor der Notaufnahme. Hinter einem der Containertransporter trat sie ins Freie und sah sich vorsichtig um. Noch immer waren die Soldaten damit beschäftigt, die Leichensäcke auszuladen und in die Klinik zu schaffen. Aus den geöffneten Containern drang ein süßlicher Geruch in ihre Nase. Ein Geruch, den sie aus der Leichenkammer unter der Klinik allzu gut kannte.

Nur ein einziges Mal war sie dort gewesen, gleich zu Anfang ihres Praktikums, aber das hatte gereicht. Ein dämliches Aufnahmeritual, bei dem sie eine Nacht mit verbundenen Augen in der Leichenkammer verbringen musste. Zuerst dachte sie, dass es ein Kinderspiel sein würde. Doch dann, als sie allein mitten in der Kammer auf dem Holzstuhl saß und ihres Augenlichts beraubt war, änderte sich alles. Denn die Leichen waren gar nicht leise. Da war ein Gluckern in den toten Körpern, ein Zischen, wenn Gas aus einer der Körperöffnungen entwich.

Hinten in der Ecke tropfte es immer wieder. Möglicherweise war es nur der Wasserhahn, vielleicht aber auch nicht. Dann sprang alle fünf Minuten das Kühlaggregat an und übertönte alle anderen Geräusche, was noch viel schlimmer war. Denn nun konnte sie nicht mehr hören, was um sie herum vorging, ob das Gluckern aufgehört hatte oder noch da war. Dann erstarb das Gerät wieder mit einem lauten Schütteln und es brauchte erneut Zeit, bis sie überhaupt wieder diese leisen Geräusche wahrnahm.

Manchmal knackten sogar die Gelenke der Toten, so seltsam sich das anhörte. Da saß sie also schweißgebadet und wartete darauf, dass man sie erlöste. Atmete den süßen Geruch des Todes ein und roch bald selbst wie einer der Toten.

Und nun stand sie hier vor der Notaufnahme und da war er wieder, der Geruch, den sie ihr Leben lang nicht mehr vergessen würde. Intensiv und hinterhältig und dennoch anziehend zugleich drang er in ihren Geist. Die Frage war nur, warum man Leichen aus weiß-Gott-woher nach Frankfurt ins Klinikum schaffte. Das ergab für sie überhaupt keinen Sinn.

Und die Soldaten gefielen ihr auch nicht. Als sie sich die Typen genauer ansah, fiel ihr auf, dass die Schutzanzüge schlampig saßen und nicht ordnungsgemäß verschlossen waren. Das Gleiche galt für den Zustand der Waffen, die schmutzig und ungepflegt waren. Ihr Gehirn produzierte weiterhin Angst. Wenn sie doch nur die Gesichter sehen konnte, doch die blieben unter den Masken verborgen. Gerade als sie sich weiter nach vorne pirschen wollte, um besser sehen zu können, griff die Angst mit einer weiteren, eisernen Klammer nach ihr.

Zwei der Soldaten legten gerade einen der Säcke auf eine Bahre, als der Sack sich plötzlich bewegte. Zuckend bäumte er sich auf, als ob man Stromschläge durch den darin enthaltenen toten Körper jagen würde. Zuerst sahen sich die beiden Soldaten an, dann öffneten sie den Reißverschluss. Kristin war mitten in der Bewegung erstarrt und biss sich vor Aufregung in ihre Hand. Fast verächtlich warfen die Beiden den geöffneten Sack auf den Boden.

Zuerst geschah gar nichts. Dann schob sich langsam eine Hand aus der Öffnung und tastete über den Boden. Einer der Soldaten sagte etwas und beide lachten hämisch. Kristins Gehirn produzierte immer mehr Angst, ein schier unfassbare Menge davon, doch ihre Beine blieben weiterhin wie gelähmt. Sie musste wissen, was da vor sich ging. Doch was sich da mühsam aus dem Leichensack mühte, war kein Mensch mehr.

Der Schädel, denn als Kopf konnte man das Ding nicht mehr bezeichnen, war stellenweise kahl und ohne Haut. Dort, wo noch welche war, standen die Haare büschelweise verdreckt und klebrig ab. Das Ding war nackt und seine Haut war aschgrau und mit einem käsigen Film überzogen. Der Körper war wie der einer Leiche zwar eingefallen aber nicht unversehrt, denn an vielen Stellen war er angefressen.

Es knackte, als Kristin stärker in ihre Hand biss, um einen Aufschrei zu verhindern. Sie spürte, wie ihr Körper zitterte und ihr wurde kalt. Da war nichts mehr außer Angst in ihr. Schwer zu sagen, ob der Tote, der gerade zwischen den amüsierten Soldaten aufzustehen versuchte, ein Mann oder eine Frau gewesen war. Aber allein die Tatsache, dass er es tat und vor allem, dass die Soldaten es auch noch lustig fanden, brachten ihre Angst zum überkochen. Voller Entsetzen öffnete sie ihren Mund und schrie die Soldaten an.

„Um Gotteswillen, tut doch irgendetwas, macht was, damit dieses … dieses Ding tot ist. Dass es sich nicht mehr bewegt!“

Die Soldaten drehten ihre Köpfe und sahen sie mit ihren Atemschutzmasken an. Auch der tote Mensch drehte mit einem knackenden Geräusch seinen Kopf. Kristin versuchte es erneut

„Bitte, das kann doch nicht sein, das ist nicht möglich. Macht das weg, bitte. Macht es einfach weg!“

Dann fingen die Soldaten an zu lachen, als ob sie einen Witz gemacht hätte, der einen ganzen Saal zum Toben bringen könnte. Einer von ihnen schlug sich sogar auf die Schenkel. Es hörte sich seltsam glucksend an, dieses Lachen unter den Masken. So unecht wie das Glucksen in den toten Körpern der Leichenhalle damals. Der tote Mensch lachte nicht. Er öffnete zwar seinen schwarz verfärbten Schlund und schob die aufgedunsene, graue Zunge nach vorne, aber er lachte nicht. Stattdessen fing er an, auf Kristin zuzugehen. Einen unsicheren Schritt nach dem anderen. Kristin war kurz davor, den Verstand zu verlieren.

„Bitte, ich flehe euch an. Tut doch was! Haltet dieses Monster auf! Das könnt ihr doch nicht machen, verdammt."

Mit jedem Schritt wurde der Tote sicherer und, was noch schlimmer war, er wurde immer schneller. Das war entschieden zu viel. Sie drehte sich um und fing an zu rennen. Die Zufahrt hinauf zu der Schranke. Dort waren weitere Soldaten, die ihren Dienst am Krankenhaus verrichteten. Dort würde sie Hilfe finden. Das grässliche Lachen blieb hinter ihr zurück und war schließlich gar nicht mehr zu hören.

Kristin erreicht das Pförtnerhäuschen. Doch da war kein Soldat. Der Stuhl, auf welchem der gut aussehende Gefreite normalerweise saß, war leer. Das dürfte der Zeitpunkt gewesen sein, an dem die Angriffe auf die vier Kontrollpunkte rings um die Stadt begannen. Frankfurts Stunde Null.

AUF DEM FLUSS

Es waren nur Sekunden, in denen Kristin diese Erinnerungen durch den Kopf gingen. Jäh wurde sie ins Jetzt gerissen, als Markus sie mit dem Fuß anstieß. Sie bekam gerade noch mit, dass ihr Boot unter der breiten Autobahnbrücke hindurch glitt und wunderte sich, dass dort oben die Geräusche der Fahrzeuge fehlten, welche sonst die Nahtstellen der Brücke mit einem Ta-Tam ihrer Reifen passierten.

„Kristin, ich glaube, es ist soweit. Susan wacht auf. Halt dich bereit."

Kristin nickte knapp. Und tatsächlich, die Frau am Boden regte sich bereits. Es konnte tatsächlich nicht mehr lange dauern, bis sie die Augen öffnen würde. Kristin betrachtete ihr Gesicht und ihr gefiel die herbe Schönheit, die Susan ausstrahlte. Bestimmt nicht jedermanns Sache, aber dennoch etwas Besonderes. Daher konnte sie Markus gut verstehen, dass er sich für sie einsetzte. Vielleicht würde auch jemand an Kristins Seite sein, wenn es einmal bei ihr so weit sein sollte. Schnell öffnete sie die Flasche, um bereit zu sein für das, was kommen würde.

In den meisten Fällen ist es so, dass sich entscheidende Ereignisse auf einen bestimmten Ort und eine festgelegte Zeit fokussieren. Und genau das geschah in diesem Moment und wurde allen klar, als Sabine mit ausgestrecktem Arm nach vorne zeigte und Susan dabei gleichzeitig die Augen aufschlug. Sie schnellte nach vorne, riss ihre Augen auf und schrie, als ob ihr jemand ein glühendes Messer in den Bauch rammen würde. Erschrocken zuckten alle zusammen, denn keiner wusste, welcher Kampf in ihrem Innern tatsächlich tobte.

„Nein, verdammt, nicht, bitte nicht, lasst mich in Ruhe!"

Markus musste seine ganze Kraft aufbringen, um Susan wieder nach hinten zu ziehen, damit Kristin ihr die Flasche an die Lippen setzen konnte. Als Susan versuchte, die für sie fremde Frau abzuwehren, setzte sie eine derartige Kraft frei, dass ihm nichts anderes übrigblieb, als sie mit dem Streitkolben quer vor ihrer Brust nach hinten zu sich zu ziehen.

„Du musst trinken, verdammt noch mal, hörst du. Trink, wenn du leben willst. Schluck das verfluchte Zeug runter, Susan!"

Das Etwas drang mit brutaler Wucht in ihren Geist, trat Türen ein, die bisher verschlossen waren, und übernahm die Kontrolle über ihren Körper, während ihr Geist sich dem Angriff widersetzte.

Kristin drückte ihr den Flaschenhals zwischen die Lippen und Susan blieb nichts anderes übrig, als die bittere Flüssigkeit zu schlucken, die nun in ihren Mund strömte. Sabine stand derweil mit entsetztem Gesicht am Bug des Bootes und zeigte nach vorne.

„Leute, wir bekommen gleich ernsthafte Probleme. Wir müssen so schnell wie möglich vom Wasser!"

Pascal war der Erste, der begriff, um was es ging. Zuerst hörte er dieses Rauschen, das immer lauter wurde und vermutlich schon die ganze Zeit dagewesen war. Es hörte sich an, als ob da vorne ein Wasserfall oder eine große Stromschnelle sein musste. Und dann sah er, um was es sich handelte. Es war eine der Staustufen und die erstreckte sich mit hoch aufragenden Türmen quer über die gesamte Breite des Mains, zwischen denen die einzelnen Stauwerke angebracht waren. Sabine sah ihn mit angsterfülltem Blick an.

„Scheiße, ich hatte diese Dinger ganz vergessen. Verdammt Pascal, mach was, oder wir ersaufen wie die Fliegen."

Sollte ihr Boot über eines der Stauwerke abgehen, würden sie wie über Bord gegangene Schiffsratten in der braunen Brühe ertrinken, soviel stand fest. Zwischen Pascal und Sabine rangen Markus und Kristin mit Susan und flößten ihr das Zeug aus der Flasche ein, also war von denen jetzt bestimmt keine Hilfe zu erwarten.

Der einzige Ausweg war der Außenborder. Der Schweizer sah den Motor herausfordernd an. Schon vorhin hatte er erfolglos versucht, das Ding zu starten. An der linken Uferseite zog schon die Einfahrt zur Schleuse vorbei, die von den großen Frachtschiffen zum Passieren der Staustufe verwendet wurde. Die würden sie also nicht mehr erreichen. Pascal hatte nicht die geringste Ahnung, wie weit es auf der anderen Seite nach unten ging und vor allem hatte er keine Lust, es am eigenen Leib zu erfahren. Also drehte er sich um und sah auf den Motor herab.

„Verstanden, dann liegt es wohl an uns beiden. Also, bitte spring an und bring uns hier raus, bitte!"

Das Boot schwankte unter den Bewegungen, die Markus verursachte, als er Susan festhielt und hoffte, dass sie wenigstens einen Teil der Flüssigkeit schluckte und nicht alles aus ihren Mundwinkeln laufen ließ. Wütend trat diese um sich und erwischte Kristin in der Hüfte, die hart gegen die Bordwand knallte und die Flasche fallen ließ.

Verbissen machte sie sich sofort wieder an die Arbeit, hob die Flasche auf und packte Susan grob am Kinn, damit die ihren Kopf nicht zur Seite wegdrehen konnte. Ein Knie drückte sie ihr auf den Unterleib, das andere zwischen die Beine. Jetzt war keine Zeit, um Rücksicht zu nehmen oder zu überlegen, ob ihr das Schmerzen bereiten könnte.

Entschlossen drückte sie ihr die Flasche erneut zwischen die Zähne. Ihre verletzte Schulter protestierte dabei mit brennenden Schmerzen und entfachte eine selten verspürte Wut in ihr, die sie erbarmungslos nutzte, um die sich windende Frau unter ihr in Schach zu halten.

Sabine hatte ganz andere Sorgen, denn die Staustufe ragte immer mächtiger vor ihnen auf. Sie hörte nur noch das Rauschen des Wassers und hatte das Gefühl, dass auch die Strömung mit jedem Meter schneller wurde, dem sie sich der Gefahrenstelle näherten. Es war mehr eine Verzweiflungstat, mit der sie eines der Ruder hervorzog und damit wild paddelnd ins Wasser stach, nur um damit zu erreichen, dass sich das Boot immer schneller um die eigene Achse drehte.

„Pascal, mach endlich diesen scheiß Motor an!"

Der zog immer wieder die Starterschnur aus dem Motor und fluchte dabei in den übelsten Tönen.

„Ich mach ja schon, aber dieses Ding will einfach nicht anspringen. Scheiße verdammt!"

Kaum ausgesprochen, fing der Motor tatsächlich an zu stottern. Der Mann zog sofort erneut an der Schnur. Wieder ein Stottern, diesmal gefolgt von einem lauten Knall und einer Rußwolke, die aus dem Auspuff stieg. Pascal war am Verzweifeln, der Motor musste doch anspringen. Hastig murmelte er ein Stoßgebet und zog wieder an dem Starterkabel. Wenn es jetzt nicht klappte, waren sie verloren.

Und als ob er vom Himmel erhört worden wäre, stotterte der Motor noch einmal und sprang dann an, mit dem Geräusch eines durchdrehenden Rasenmähers, knatternd und stinkende Abgaswolken ausstoßend. Zuerst konnte Pascal es nicht glauben, doch als er die Schraube sah und wie sie sich drehte, ließ er den Motor schnell ins Wasser ab, setzte sich auf das hölzerne Sitzbrett und drehte am Gashebel.

Sabine stand noch immer am Bug und paddelte wie verrückt, sie hatte noch gar nicht gemerkt, dass der Motor lief. Von der Stufe trennten sie noch höchsten fünfzehn Meter. Pascal sah sich um. An der linken Uferseite gab es ein großes Bauwerk, das mächtig in den Fluss hineinragte und wie eine Festung ungefähr der kantigen Höhe des Stauwerkes entsprach. Über allem spannte sich eine grau gestrichene Metallbrücke.

Vor dem Bau staute sich das Wasser in einer künstlichen Bucht wie in einem kleinen See. Das Ufer selbst war zwar mit einer betonierten Mauer befestigt, aber vom Wasser aus durchaus zu erklettern. Das war ihre Chance. Sie mussten nur diese Bucht erreichen, um zu überleben. Mühsam kämpfte der kleine Motor gegen die starke Strömung, doch am Ende siegte er und trieb das Boot auf die kleine, ruhigere Bucht zu. Sabine stieß einen Triumphschrei aus und reckte das Ruder weit nach oben.

„Pascal ich liebe dich, verdammt noch mal, ich liebe dich!"

Glücklich sah sie über die anderen hinweg und direkt in die Augen des Schweizers, der ihren Blick dankbar erwiderte.

Inzwischen hatte es auch Kristin geschafft, Susan nahezu den gesamten Flascheninhalt einzuflößen, deren Widerstand immer schwächer wurde und dann ganz zusammenbrach. Hustend hing die erschöpfte Frau schließlich in Markus' Armen und schnappte nach Luft.

„Es … es tut mir so unendlich leid, was … was ich euch angetan habe. Es tut mir so leid …"

Würgend versuchte sie, das Wasser aus ihren Atemwegen zu bekommen. Ihr gegenüber saß eine fremde Frau im Boot, die sie aufmerksam mit einer leeren Plastikflasche in der Hand musterte. Wie ein Arzt, der nach Symptomen bei einem seiner Patienten suchte. Alles in ihr war taub, gelähmt von dem Medikament und geschwächt vom erbarmungslosen Kampf, den sie gegen das Etwas in ihrem Innern gefochten hatte. Sie spürte Markus' Körper hinter sich, wie er sie festhielt und stützte.

Auf einmal konnte sie sich wieder erinnern. Dass sie auf die Frau geschossen hatte, die ihr jetzt gegenüber saß. Dass dieses Etwas sie dazu gezwungen hatte, Sabine ebenfalls zu erschießen. Sie erinnerte sich an die Eisenstange in Sabines Händen und brachte diese mit den Kopfschmerzen in Verbindung, die sie seit ihrem Erwachen plagten. Scheu sah sie Sabine an, die am Bug des Bootes auf einem der Holzsitze saß.

„Sabine, hör mal. Was ich da vorhin gemacht habe. Nun, es tut mir leid. Das war ich nicht – das war nicht *ich*, verstehst du? Bei Gott, ich wollte das wirklich nicht, das musst du mir glauben!"

Die Angesprochene zuckte nur mit den Schultern und erwiderte ernst ihren Blick.

„Du, es spielt im Grunde keine Rolle, ob du es warst oder etwas anderes dir den Befehl dazu gegeben hat. Fakt ist jedoch, dass du krank bist und somit eine Gefahr für uns alle darstellst. Das ist verdammt bitter, ich weiß. Aber so sieht's aus und nicht anders."

Susan schluckte hart und sah zu Boden, denn sie wusste, was ihr diese Worte klarmachen sollten.

„Sabine, ich habe noch von den Tabletten. Wenn wir vielleicht eine Apotheke finden, dann …"

Barsch fiel ihr Sabine ins Wort, beugte sich nach vorne und sah ihr direkt in die Augen.

„Sag mal, verstehst du das nicht? Du bist infiziert und wirst dich früher oder später in eines dieser Monster verwandeln, so sieht's aus und nicht anders. Da helfen dir auch deine Tabletten nichts. Kristin, sag's ihr!"

Auffordernd sah Sabine zu Kristin, die irgendwie in sich zusammensank, kleiner wurde, um dann zu Susan zu sprechen.

„Sabine hat Recht. Die Medikamente helfen zwar 'ne Weile, sind aber nicht in der Lage das aufzuhalten, was kommen wird. Susan, du wirst es nicht mehr lange durchhalten. Und dann wird etwas anderes deinen Körper übernehmen. Du musst dich damit abfinden zu sterben."

Dann sah Kristin wieder auf den Boden und sah nicht, wie sich Susans Augen plötzlich mit Tränen füllten, wie ihr Körper von den traurigen Krämpfen der Verzweiflung geschüttelt wurde und sie lautlos weinte. Keiner sprach mehr ein Wort, denn alle hatten plötzlich diesen Kloß im Hals, der schmerzte und so viel Trauer in sich barg. Besonders Markus fühlte sich elend und versank in einem nicht enden wollenden Abgrund der Hoffnungslosigkeit. Sie alle würden sterben, es war nur eine Frage der Zeit. Er spürte die Tränen nicht, die ihm über seine Wangen liefen, als er die Tragweite von Kristins Worten begriff. In seinen Armen lag erneut ein Mensch, den er bald verlieren würde.

Pascal war sichtlich erleichtert, als sie ein paar Minuten später das befestigte Ufer erreichten. Endlich gab es wieder etwas zu tun und er konnte dem schwer auf der Seele lastenden Schweigen entkommen. Entschlossen klappte er den knatternden Motor nach oben und stand auf.

„Sabine, halte du das Boot am Ufer fest, ich geh hinauf und sehe mich um. Wenn die Luft rein ist, gebe ich euch ein Zeichen und ihr kommt nach."

Ohne eine Reaktion abzuwarten, griff er mit beiden Händen nach dem rauen Beton und zog sich nach oben, schwang zuerst sein Bein über den Rand und zog dann den Oberkörper nach.

Der Boden war hier ebenfalls betoniert. In einigen Vertiefungen hatte sich Wasser zu kleinen Pfützen gesammelt und schillerte ölig. Die Landzunge war an die zehn Meter breit. Geduckt sah er sich um, denn erst mal war es wichtig, sich einen Überblick zu verschaffen. Auf der anderen Seite befanden sich die zwei Schleusen, durch welche die Binnenschiffe die Staustufe passieren konnten.

In der hinteren Schleuse befand sich ein langes, mit Kies beladenes Frachtschiff unter holländischer Flagge, das wohl so schnell seine Fahrt nicht mehr fortsetzen würde. Das massive Gebäude des Stauwerks und die Schleusentore befanden sich rechts von ihm und waren ebenfalls durch die Metallbrücke miteinander verbunden. Über diese konnte man nicht nur den Fluss überqueren, sondern auch das Festland erreichen, das sich jenseits der Schleusen hinter einem mit Gras bewachsenen Damm befand.

Erst hier oben spürte er, wie kalt es tatsächlich noch war. Auf dem Fluss war das anders gewesen, aber jetzt spürte er den leichten, aber trotzdem kalten Wind, der schnell tiefer in seine Kleidung kroch. Anders als in der Stadt, die vom Feuer erhitzt und durch die hohen Gebäude windgeschützt war, stand er hier auf einer freien Fläche. Und, was man nicht vergessen durfte, es war immer noch Januar.

Pascal rieb sich seine Hände warm, schlich vom Ufer weg und postierte sich an der Ecke des Bauwerks, in dem vermutlich ein großes Pumpwerk oder etwas Technisches für das Heben und Senken der einzelnen Staustufen untergebracht war. Aufmerksam suchte er die Umgebung ab. Auf der Landseite war alles ruhig, doch als er sich umdrehte und Richtung Innenstadt blickte, sah er die Feuer der Hölle über der Stadt lodern.

In den Straßenschluchten waberte ein zäher, dunkler Qualm, der träge vom Wind zu einer langen Rauchsäule geformt wurde, die sich schon Kilometerweit bis zum Horizont erstreckte. Über allem ragten die in Flammen stehenden Türme weit in den Himmel hinauf.

Spontan musste er an die Anschläge in New York City denken. An all die Menschen, die staubverkrustet und hustend durch die verrauchten Straßen geirrt waren und versucht hatten, ihre Haut zu retten. Er fragte sich, wie viele Menschen in der Frankfurter City noch am Leben waren und vergeblich auf Hilfe von außen hofften. Vermutlich Tausende. Schnell verwarf er diesen Gedanken wieder und schlich leicht geduckt zum Boot zurück.

„Die Luft scheint rein zu sein. Aber beeilt euch, wir müssen weg von diesem freien Gelände. Also los!“

Einer nach dem anderen kletterte an Land, zuletzt Markus, der Sabine den Hund nach oben reichte. Widerstandslos ließ sich Susan die Hände mit dem Gürtel aus Markus’ Hose auf den Rücken fesseln. Sabine sah sich um.

„Wir müssten auf der Höhe von Schwanheim sein, ich bin mir aber nicht hundertpro sicher. Na, wir werden sehen."

Diesmal übernahm Pascal die Führung und Markus bildete das Schlusslicht. Die Metallbrücke erhob sich weit über dem Boden und endete in einer Art Turm, von dem eine lang gezogene Rampe nach unten führte. Als sie diesen Punkt erreichten, breitete sich vor ihnen ein weitläufiges Wohngebiet mit einzeln stehenden Häusern und großen Gärten aus.

Pascal nannte so etwas gerne Wohlstandsviertel, in dem die Leute samstags ihre Autos polierten und danach den Rasen mähten. In denen regelmäßig gegrillt wurde und man sich mit den Nachbarn über das Wetter unterhielt oder über den neuen Wagen von den Leuten gegenüber. Hauptsache, es war belanglos genug, um nichts von sich selbst preiszugeben, denn die nachbarschaftliche Verbundenheit endete hinter dem zugezogenen Vorhang der Terrassentür.

Schwer atmend setzten sich alle hinter das Geländer. Eine Pause war mehr als nötig, um wieder zu Atem zu kommen, bevor man sich nach unten in das Viertel begab. Nur Pascal wirkte irgendwie aufgekratzt. Er kramte sein Fernglas aus dem Rucksack und fing damit an, die Häuser und Straßen abzusuchen.

Kristin sah nicht gut aus. Die Schusswunde blutete noch immer und ihr Gesicht hatte eine kalkige Farbe angenommen. Mit schmerzverzerrtem Gesicht zog sie ihre Jacke zur Seite und sah den Blutfleck, der sich feucht auf dem Verband ausbreitete. Erschöpft lehnte sie ihren Kopf an das Geländer hinter ihr.

„Leute, ich glaube nicht, dass ich es noch weit schaffe. Diese scheiß Wunde blutet immer noch und ich brauche dringend 'nen neuen Verband. 'Ne Pause oder so was in der Art, versteht ihr?"

Markus, der ihr mit pfeifendem Atem gegenüber saß, runzelte die Stirn und nickte dann Kristin zustimmend zu.

„Ich komm auch nicht mehr weit. Kann kaum noch Atmen. Hoffe nur, dass keine Toten in der Nähe sind, die dein frisches Blut riechen."

Sabine sagte nichts dazu, sondern spielte mit einer Schlaufe an ihrem Rucksack. Sie war nicht gerade glücklich über die neueste Entwicklung der Lage. Eine von ihnen war infiziert und somit eine Gefahr für sie alle, eine andere war verletzt, blutete wie ein Schwein und legte damit unbewusst eine Spur für die Nasen der Zombies. Und dann noch Markus, der ihr nicht nur wegen seinem Asthma und der Beinwunde Sorgen bereitete.

Er zeigte zwar bisher keinerlei Symptome der Seuche, es war aber durchaus denkbar, dass er sich bei Susan angesteckt hatte. Für Sabine ein schrecklicher Gedanke, mit dem sie kaum umgehen konnte. Der Hund lag Markus zu Füßen, der eine Hand in seinem Fell vergraben hatte, als ob er darin Halt suchte. Niemals zuvor hatte er auf sie so hilflos und verzweifelt gewirkt wie jetzt. Sie wusste nicht genau, was die beiden alles auf ihrer Flucht durchgemacht hatten, aber es musste eine Menge übles Zeug dabei gewesen sein und irgendwie konnte sie ihn verstehen, dass er diese Frau nicht einfach so aufgeben wollte.

Susan hatte Mühe, sich unter dem Einfluss der Medikamente wachzuhalten. Kraftlos lehnte sie mit halb geschlossenen Augen am Geländer und wich Sabines Blick aus. Die stand auf und ging zu Pascal, der das Fernglas zur Seite nahm, um sie kurz anzulächeln. Schon vor der Katastrophe waren sie sehr eng miteinander verbunden gewesen, doch die letzten Tage hatten sie zu einer unlösbaren Einheit verschmolzen. Nicht auszudenken, was geschehen würde, wenn es einen von ihnen erwischen würde. Vor der Kälte Schutz suchend, lehnte sie sich an ihn.

„Du, ich glaube, die anderen können nicht mehr. Was meinst du, ist da unten eines der Häuser dazu geeignet, um uns ausruhen?“

Pascal setzte das Fernglas nicht ab, als er ihr antwortete.

„Schwer zu sagen. Ich hab nur ein paar vereinzelte Tote gesehen, die zwischen den Häusern umherirren. Aber das braucht nichts zu bedeuten. Hm, vielleicht eines der Häuser am Rand, das könnte schon gehen. Wenn wir hier auf dem Hochweg bleiben, können wir die Bundesstraße überqueren und stoßen direkt auf die ersten Häuser. Sollen wir dann nicht gleich dieses nehmen?“

Pascal reichte ihr das Fernglas. Sabine kannte sich hier am besten aus, immerhin war sie in dieser Gegend aufgewachsen. Als sie das Fernglas scharfgestellt hatte, waren die von sauber gestutzten Hecken umgebenen Grundstücke mit den ordentlichen Häusern gut zu erkennen. Und tatsächlich, die Brücke endete direkt vor der Hofeinfahrt eines dieser Häuser.

„Das dürften etwas mehr als dreihundert Meter sein, Pascal."

Das sollte selbst für die Verletzten unter ihnen zu schaffen sein. Also drehte sie sich zu den anderen um, die noch immer auf dem Boden saßen und schilderte ihren Plan. Wenige Minuten später hatten sie auch schon den Stadtrand von Schwanheim erreicht und standen vor besagter Hofeinfahrt. Auf der Straße zwischen Damm und Stadt war nichts Verdächtiges zu sehen und trotzdem hatten alle ein beklemmendes Gefühl, sich wieder in die Nähe oder sogar zwischen die Häuser zu begeben, denn damit drangen sie in das bevorzugte Jagdrevier der Toten ein.

Sabine beobachtete aufmerksam den Hund, der mal hier, mal dort seine Nase auf den Boden oder zwischen die Büsche steckte, sonst aber eher gelassen durch die Gegend lief. Wären Tote in der Nähe, so würde der Hund sie als Erster wahrnehmen. Entschlossen ging sie auf die Einfahrt zu.

„Also los, Freunde, lasst uns endlich von der Straße verschwinden. Im Haus ist es sicherer."

In das Haus zu kommen war nicht sonderlich schwer, denn das Garagentor stand offen und von dort aus gab einen Durchgang zum Flur. Das war einfacher als gedacht. In der Garage standen drei Fahrräder und ein japanischer Kleinwagen. Kaum dem Düngemittelgeruch entkommen, welcher den unbeschrifteten Dosen auf den Regalböden im Durchgang entwich, standen sie schon im Hausflur und atmeten die abgestandene, nach Feuchtigkeit riechende Luft.

Es schien alles sauber zu sein, denn der Tod roch anders. Hier war nur schon längere Zeit nicht mehr gelüftet worden. Durch die verschlossenen Holzfensterläden fiel ein diffuses Licht in die Räume, das aus seinen langen Linien ein unübersichtliches Netz aus Hell und Dunkel wob. Im Erdgeschoss befand sich eine modern eingerichtete Küche mit nobler Granitarbeitsplatte, ein direkt angrenzendes Esszimmer und das Wohnzimmer, beides ausgestattet mit dunklen, teuer aussehenden Holzmöbeln. Markus fuhr mit dem Finger über die Tischplatte und sah sich den Staub an, der danach auf seiner Fingerkuppe haftete.

„Hätte ich von außen nicht gedacht, dass die so eingerichtet sind. So aufgeräumt, wie hier alles aussieht, sind die direkt aufgebrochen, als die Sache mit der Seuche losging. Gut für uns, würde ich sagen."

Um seine Worte zu unterstreichen, hielt er seinen Finger nach oben, damit die anderen ihn sehen konnten. Pascal stand bereits im Wohnzimmer.

„Wow, seht euch diesen Fernseher an Leute, das ist echt der Wahnsinn!“

Und tatsächlich. An der Wand hing neben edlen Holzregalen ein mächtiger Flatscreen an der Wand mit nahezu gigantischen Ausmaßen. Sabine sah sich derweil in der Küche um und öffnete neugierig den Kühlschrank. Ihr Gesicht wurde durch die Beleuchtung in ein kaltes Licht getaucht.

„Also der Strom läuft hier noch, der Kühlschrank ist zwar leer, aber er funktioniert.“

Nicht so das Telefon. Als sie den Hörer abnahm, war nicht einmal ein Freizeichen zu hören. Schade eigentlich. Enttäuscht legte sie das Telefon zurück in die Ladeschale.

„Aber das Telefon ist tot. Kommt, lasst uns den Rest des Hauses durchsuchen und dann die Tür zur Garage sichern.“

Die Sache war schnell erledigt. Oben befanden sich das von einem japanischen Bett dominierte Schlafzimmer, ein kleines einfach eingerichtetes Gästezimmer und ein schwarz gefliestes Bad mit ovaler Badewanne. Über der Schlafzimmertür gab es noch eine Zugleiter, die auf den Dachboden führte.

Sicherheitshalber sah Pascal auch dort oben nach, fand aber außer dicken Staubflocken und einigen in Plastik eingepackten Reisekoffern nichts, was ihnen Sorgen bereiten sollte. Es konnte aber im Notfall eine gute Zuflucht sein, also lehnte er den Zughaken griffbereit an die Wand. Auch der Keller war verlassen und schien harmlos. Es gab einen Waschraum, einen Vorratsraum mit einfachen Holzregalen, in denen sich Konserven und Getränke stapelten, und eine winzige Werkstatt, die überraschend gut ausgestattet war.

Im Vorratsraum fand Markus schließlich genau das, wonach er sich schon seit einigen Tagen sehnte: ein gut sortiertes Weinregal. Anscheinend war der Hausherr ein Fan trockener, spanischer Rotweine.

Die nächsten zwei Stunden verbrachten sie neben dem Sichern des Garagentors damit, ihren eigenen Dingen nachzugehen. Da es hier noch Leitungswasser gab, verschwand einer nach dem anderen im Badezimmer und bald lag ein beachtlicher Haufen schmutziger Handtücher auf dem Boden neben dem Waschbecken. Kristin fand frisches Verbandsmaterial im Kofferraum des Kleinwagens und wurde von Sabine versorgt.

Nach einer stärkenden Mahlzeit, einem wild durcheinander gemixten Eintopf aus den Konserven im Keller, versammelten sich alle im Wohnzimmer auf den großzügigen Sitzmöbeln aus weinrotem Leder, zogen sich die Schuhe aus und warfen die Jacken achtlos auf den Boden.

Irgendwie schien auf einmal alles wie früher und doch sprach man möglichst leise, versuchte keine Geräusche zu machen und sah zu, dass man nicht allzu lange an einem der Fenster zu sehen war, auch wenn die Fensterläden noch immer verschlossen waren. Vor ihnen auf der rauchschwarzen Glasplatte des Wohnzimmertischs standen zwei geöffnete Flaschen Wein, deren roter Inhalt schon angenehm in den schön geschliffenen Gläsern schimmerte.

Sabine hatte zwar ein paar Kerzen auf den Tisch gestellt, doch keiner traute sich, diese anzuzünden, aus Angst, dass man von draußen den Lichtschein am Ende doch sehen könnte. Markus hatte sich die Fernbedienung von der Glasplatte gegriffen und spielte unsicher damit herum.

„Was meint ihr, Leute, soll ich das Riesending mal einschalten? Vielleicht gibt es ja irgendwo doch noch einen Sender, der Nachrichten ausstrahlt."

Susan zuckte mit den Schultern, sagte aber nichts. Wenigstens hatte sie die anderen davon überzeugen können, ihr die Fesseln abzunehmen, damit sie sich waschen und die Toilette benutzen konnte, um sich zumindest diesen Teil von Menschlichkeit zu bewahren. Nun saß sie auf einem der noblen Sessel und zerdrückte drei Tabletten auf dem Tisch, um sich das helle Pulver anschließend in ihren Rotwein zu streuen. Kristin stieß die Luft aus.

„Meinst du nicht, dass dich diese Mischung umhauen wird?"

Ihre Worte ignorierend rührte sie die Flüssigkeit mit dem Finger um, setzte sich das Glas an die Lippen und leerte es in einem Zug. Nachdem sie das Glas abgestellt hatte, lehnte sie sich in das weiche Leder des Sessels zurück und wischte sich mit dem Handrücken den Mund ab.

„Wie meinst du das, es könnte mich umhauen? Glaubst du ernsthaft, ich mache mir darum Sorgen, ob ich morgen früh einen dicken Kopf habe oder nicht? Lieber setze ich mich auf diese Weise matt und kann so mit etwas Glück wenigstens noch ein paar Tage wie ein halbwegs normaler Mensch leben."

Anstelle einer Antwort stand Pascal auf und begann, die schweren Vorhänge vor die Fenster zu ziehen.

„Ich denke, jetzt können wir die Kerzen bedenkenlos anzünden."

Bald saßen sie im Kerzenschein und tranken schweigend ihren Wein. Susan war schon nach wenigen Minuten eingeschlafen. Sie sah dabei so unglaublich friedlich aus, dass es schwer zu glauben war, was in ihr vorging. Markus war der Erste, der das Schweigen brach.

„Wir sollten eine Wache oben an eines der Fenster zur Straße setzen. Dabei können wir uns ja alle paar Stunden ablösen. Ich weiß, wir sind alle sehr müde, aber ich hätte einfach ein besseres Gefühl dabei. Ich übernehme auch gerne die erste Schicht."

Kristin schüttelte den Kopf und stand auf.

„Lass mal, das mache ich. Kann sowieso nicht schlafen, denn meine Wunde brennt wie die Hölle. Und außerdem bin ich euch das schuldig."

Im Vorbeigehen griff sie sich die halbleere Flasche Rotwein und ihr Glas, um damit im dunklen Treppenhaus zu verschwinden. Irgendwie hatte keiner etwas zu sagen. Das schummerige Licht und der Alkohol legten sich schwer auf ihre Gemüter und jeder versuchte für sich, das Erlebte zu verarbeiten und dachte darüber nach, wie es weitergehen würde.

Als Sabine herzhaft gähnte, fand Markus einen Ausweg aus seinen Gedanken und drückte den roten Knopf auf der Fernbedienung. Rasch regelte er die Lautstärke auf ein Minimum herunter und starrte stumpf das Schneegestöber auf der Mattscheibe an.

Er zappte weiter und blieb bei einem Kanal hängen, der in einer Endlosschleife zeigte, wie man sich vor den Infizierten schützen sollte. Der Sprecher in seinem grauen Anzug wirkte nervös und blickte immer wieder nach rechts aus dem Bild. Einige Kanäle weiter war dann eine Webcam, die eine bergige Landschaft zeigte, vermutlich in den Alpen. Darunter liefen in einem Informationsband

Angaben zu Temperatur, Luftfeuchtigkeit und zur Wetterprognose durchs Bild.

Erst etwa dreißig Kanäle weiter wurden er erneut fündig. Es war eine Lifeschaltung von CNN. Genauer gesagt war es eine Kamera, die schräg auf dem Boden lag und irgendeine Straße eines unbekannten Ortes zeigte, auf welcher einige Autos ineinander verkeilt neben einem Fußgängerweg standen. Da die Kamera auf der Seite lag, war schwer zu erkennen, ob sich noch Personen in den Wagen befanden. Überall war Müll, lagen Schuhe und Einkaufstaschen auf dem Boden. Markus beugte sich vor und kniff die Augen zusammen.

„Das muss in den USA sein. Schaut euch das Nummernschild der blauen Karre an, das ist in New Jersey, Leute."

Pascal beugte sich nach vorne und schenkte sich neuen Wein ein.

„Du, dass ist mir echt egal, wo das ist. Mich interessiert nur unsere Lage hier und wie wir da mit heiler Haut rauskommen."

Er war müde, konnte aber nicht schlafen, weil er Angst hatte, dass dann etwas Entscheidendes passieren würde. Und deswegen war er auch schlecht gelaunt. Insgeheim empfand er ihre Gruppe als viel zu groß und wäre am liebsten alleine mit Sabine weitergezogen. Das würde vermutlich schneller gehen, als einen Haufen Verletzter mitzuschleppen, von denen eine sogar noch die Seuche in sich trug.

Andererseits rechnete er es Markus hoch an, dass er sich zu ihnen nach Frankfurt durchgeschlagen hatte, auch wenn damit eine Menge Probleme erst ihren Anfang genommen hatten. Wären er und Susan einfach an Frankfurt vorbeigefahren, dann hätte Susan sich sicherlich nicht infiziert und beide wären schon längst in der sicheren Zone.

Es war zum Verzweifeln, nichts ergab einen Sinn und alles war am Ende falsch, ganz gleich, wie man es auch machte. Diese verdammte Seuche hatte einfach alles kaputtgemacht. Pascal schüttelte müde den Kopf und trank einen weiteren, großen Schluck. Dann rieb er sich die Augen, lehnte sich in die Polster zurück und versuchte, sich zu entspannen. Markus hatte das Fernsehgerät wieder ausgeschaltet und warf die Fernbedienung enttäuscht zwischen die Kissen.

„Nichts, einfach gar nichts, was uns weiterhilft. Bleibt nur die Hoffnung, dass es wenigstens die sichere Zone noch gibt und wir es bis dorthin überhaupt schaffen. Tolle Aussichten sind das. Ich mache seit fast einem Monat nichts anderes als weglaufen und hoffe auf Dinge, die es am Ende gar nicht gibt. Lange halte ich das nicht mehr durch."

Sabine stemmte sich mühsam auf die Beine und stieß Pascal mit dem Fuß an. Sie hatte keine Lust zu reden. Nicht einmal mit Markus. Sie musste selbst erst mal wieder klar denken können.

„Na komm, wir legen uns oben ein bisschen hin, vielleicht können wir ja etwas schlafen."

Dann meinte sie, zu Markus gewandt:

„Kannst du die nächste Wache übernehmen und uns wecken, wenn wir an der Reihe sind?"

Markus nickte.

„Klar, kein Problem. Haut euch aufs Ohr, ihr könnt 'ne Mütze Schlaf sicher gut gebrauchen."

Er sah ihnen nach, bis sie auf der Treppe nach oben verschwunden waren und dachte daran, wie viel Glück die zwei hatten. Nicht nur, dass sie gesund und unverletzt waren. Viel wichtiger war, dass sie schon die ganze Zeit zusammen waren und Kraft aus ihrer Bindung schöpfen konnten.

Gedankenversunken führte er die Flasche zum Glas und wollte sich nachschenken, doch nach ein paar spärlichen Tropfen war schon Ende. Die Flasche war leer.

„Scheiße noch mal, war ja klar."

Er vergewisserte sich, dass Susan noch schlief und stand dann auf, um aus der Küche eine weitere Flasche zu holen. Unter anderen Umständen hatte er sich jetzt volllaufen lassen. Aber heute würde er sich wohl mit ein paar Gläsern begnügen müssen. Am Kühlschrank waren mit Tiermagneten Fotos der Familie angeheftet, die hier zu Hause war.

Da war ein Strand mit wunderbar blauem Himmel. Ein durchtrainierter Mann mit kurzen, blonden Haaren und Dreitagebart lag neben einer schlanken brünetten Frau auf einem großen Badetuch. Sie trug einen rotweiß gestreiften Badeanzug und einen riesigen Strohhut. Das Ding war geradezu gigantisch. Markus beugte sich ganz nah an das Bild und stellte sich vor, dass es Anette wäre, die da auf dem Badetuch auf ihn wartete.

Wie die Frau auf dem Bild bevorzugte auch sie diesen Retrostyle der späten Sechziger. Kurzer Pony und Pferdeschwanz. Er versuchte sich zu erinnern, wie ein Kuss von ihr schmeckte, aber es wollte ihm einfach nicht gelingen, so sehr er sich auch bemühte. Auf einmal hielt sich selbst für ein armseliges Arschloch, weil er es nicht mehr wusste. Da war nur ein fades Gefühl der Angst, ihre Lippen nie wieder kosten zu dürfen. Voller Wut schlug er mit der Faust an den Kühlschrank, dass es schepperte und stützte dann seine Stirn gegen das kühle Metall. Zwang sich ruhig durchzuatmen.

Seit dem Ausbruch der Seuche waren siebenundzwanzig Tage vergangen, dazu kamen noch die drei Tage, welche er auf dem Rollenspiel verbracht hatte. Also war es jetzt dreißig Tage her, seit er sie das letzte Mal umarmt und geküsst hatte. Ihren warmen, weichen und sehr fraulich geformten Körper gespürt hatte.

Es kam ihm vor, als ob er schon Monate unterwegs gewesen wäre. Noch immer trennten ihn fast hundert Kilometer von Speyer. Von Anette. Wäre er doch nur niemals weggegangen. Kopfschüttelnd griff er sich die Flasche und ging ins Wohnzimmer zurück, wo er sich schwer in die Polster fallen ließ und sich sein Glas bis an den Rand vollschenkte. Susan regte sich träge.

„Oh, kannst du mir auch etwas nachschenken, bitte?"

Ihre Stimme war wenig mehr als ein Hauch. Mit halb geöffneten Augen sah sie ihn an. Markus füllte auch ihr Glas und schob es näher zu ihr hin. Sie verfolgte jeder seiner Bewegungen mit müden Augen.

„Markus, wir sollten reden. Wir sollten uns darüber unterhalten, wie es mit mir weitergeht. Das ist mir sehr wichtig."

Um nicht gleich antworten zu müssen, nippte er an seinem Glas und ließ den Wein bedächtig seine Kehle hinunterrinnen. Ein zweiter Schluck folgte. Der trocken-fruchtige Geschmack breitete sich in seinem Mund aus und hinterließ ein schweres, leicht taubes Gefühl auf seiner Zunge. Auch sonst tat der Wein schon seine Wirkung. Gut, das Gespräch musste sein. Das war er Susan einfach schuldig, nach alldem, was war und vielleicht noch sein würde.

Markus fuhr sich mit der Hand über den Kopf. Kurz blitzte es in seinem Hirn auf, dass es mal wieder Zeit wäre, sich den Schädel zu rasieren. Aus den Stoppeln war inzwischen ein weicher Flaum geworden. Er beugte sich nach vorne und sah sie offen an.

„Ja, lass uns reden. Solange du noch, hm, du noch du selbst bist."

Susan schluckte hart, als sie realisierte, was seine Worte ausdrücken sollten. Die verzweifelte Frau rieb sich kurz die Augen und fing damit an, ihr Glas zwischen den Fingern hin und her zu drehen.

„Keine Ahnung, was dieses ... dieses Etwas alles versuchen wird, um sich meinen Körper anzueignen, denn genau darum geht es diesem Ding wohl. Markus, das ist so schrecklich, so böse dass ich es kaum beschreiben kann."

Dann führte sie ihr Glas zum Mund und nahm einen tiefen Schluck. Markus beobachtete sie dabei.

„Du meinst wirklich, dass da etwas Fremdes in dir ist und es versucht dich zu beherrschen, hm?"

Susan leckte sich über die Lippen und stellte das Glas auf den Tisch zurück.

„Hm, nicht beherrschen, eher versucht es mich, also ich meine mein Ich – meine Seele – zu vernichten, um meinen Körper zu übernehmen. Zumindest habe ich das Gefühl, dass es darauf hinauslaufen wird."

Verwirrt lehnte sich Markus zurück und blies die Backen auf.

„Scheiße, dann lagen unsere vagen Vermutungen gar nicht so falsch. Solange wir die Tabletten haben, können wir es zumindest unten halten, oder? Vielleicht finden wir auch was Stärkeres, hm?"

Susan zog geräuschvoll die Nase hoch und schüttelte den Kopf. Plötzlich sah sie so klein und zerbrechlich aus zwischen all den großen Kissen.

„Nein, Markus. Die Tabletten setzen nicht nur das Etwas, sondern auch mich selbst matt. Das führt auf Dauer zu nichts. Ist nur geborgte Zeit. Verstehst du?"

Markus starrte auf seine Hände und nickte. Er fing an zu realisieren, dass er Susan tatsächlich verlieren würde. Nein, dass er sie schon längst verloren hatte.

„Scheiße, ich will nicht, dass es so endet", stöhnte er. „Aber was sollen wir nur machen. Was für ein Ausweg bleibt uns noch?"

Susan zuckte schwach mit den Schultern und wich seinem fragenden Blick aus und nahm erneut das Glas, um von sich abzulenken.

„Keine Ahnung, vielleicht, nun, vielleicht ist es besser, wenn ich einfach hierbleibe und darauf warte, dass es mit mir zu Ende geht."

Kaum dass sie die Worte ausgesprochen hatte, liefen ihr Tränen aus den Augen und sie fing an zu schluchzen, als sie die Tragweite ihrer eigenen Aussage begriff. Sofort war Markus bei ihr und nahm sie in die Arme. Vorsichtig drückte er sie an sich.

„Scheiße nein, Susan, das geht nicht. Ich werde dich nicht hier zurücklassen. Wenn du hierbleiben willst, bleibe ich ebenfalls."

Minutenlang hielten sie sich einfach in den Armen. Schließlich hörte Susan auf zu weinen und wurde ganz ruhig, drückte Markus sanft aber bestimmt von sich, zurück auf seinen Platz. Sie wischte sich mit ihrem Ärmel über die Augen und den Rotz aus dem Gesicht, griff sich das Glas und leerte es in einem Zug.

„Markus, du wirst mit den anderen gehen. Ich möchte nicht, dass du hier bleibst. Du musst an dein Ziel denken, musst nach Speyer und zu Anette, hörst du? Rette deine Frau, denn sie braucht dich und vergiss alles andere, was war. Und vergiss vor allem mich."

Trotzig schüttelte er den Kopf, während sich seine Hände zu Fäusten ballten.

„Und was ist, wenn ich auch infiziert bin? Dann würde ich sie nur in Gefahr bringen. Vergiss nicht, was ich dir versprochen habe: Dass ich dich nicht zurücklassen werde. Denkst du ernsthaft, dass ich mein Versprechen breche?"

Sie reagierte mit einem leicht hysterischen und sehr verzweifelten Lachen.

„Ach komm, wegen mir brauchst du nicht den Helden zu spielen. Ich möchte, dass du lebst, verstehst du? Ich … ich, nun, ich empfinde so unglaublich viel für dich, dass ich nur noch diesen einen Wunsch habe. Du sollst leben. Das ist alles, was ich will. Alles, was ich noch von diesem Leben erwarten kann. Und ich erwarte von dir, dass du mir diesen einen Wunsch erfüllst. Wirst du das tun?"

Ihren Worten nach fing sie damit an, reinen Tisch zu machen und mit dem Leben abzuschließen. So wie es Kranke manchmal taten, wenn ihr naher Tot nicht mehr abzuwenden war. Er tat sich schwer mit dem Gedanken, sie einfach hier zurückzulassen. Was wäre, wenn es doch irgendwo eine Aussicht auf Heilung gab, was wenn in der sicheren Zone alles anders wäre? Jetzt war es Markus, der sich mit dem Ärmel über das Gesicht wischte, um wieder klar sehen zu können.

„Susan, ich habe es dir versprochen, verdammt!“

Die Frau schüttelte jetzt energisch den Kopf.

„Du hast mir versprochen, für mich da zu sein und mir zu helfen. Dafür bin ich dir auch mehr als dankbar, denn die letzten Tage waren neben all dem Grauen auch wunderschön. Es waren Tage, in denen ich mich gleichzeitig verstanden und geborgen gefühlt habe, wie niemals zuvor. Aber jetzt musst du gehen, solange es noch möglich ist. Solange es wenigstens mit ein bisschen Würde für mich möglich ist. Verstehst du?“

Und wie er die Frau verstand. Sie hatte vor, als Mensch in Erinnerung zu blieben und nicht als Monster. Betreten sah der Mann zu Boden und nickte langsam.

„Hör zu. Wenn es das ist, was du willst, werde ich deinem Wunsch nachkommen. Aber ich tu mir verdammt schwer damit. Susan, du bist mir nicht egal und das weißt du.“

Als sich ihre Hände fanden und sich ineinander verschlungen, sah sie ihn mit einem seltsam klaren Blick an und lächelte

„Und weil ich dir nicht egal bin, wirst du mir diesen Wunsch erfüllen und dafür bin ich dir sehr dankbar.“

Es waren traurige Küsse, die sie miteinander teilten. Küsse voller Gefühle. Küsse des Abschieds voneinander. Als Markus irgendwann aufsah, stand Sabine in der Tür. Schwer zu sagen, wie lange sie dort schon stand. Sie nickte ihm zu.

„Bleib heute Nacht bei Susan, Markus. Ich mache das mit der Wache. Bleib einfach bei ihr, das ist jetzt wichtig.“

Sie sah seinen dankbaren Blick nicht mehr, denn sie war schon wieder auf dem Weg nach oben, um Kristin abzulösen und sich selbst in den alten Schaukelstuhl zu setzen und aus dem Fenster in die Nacht hinaus zu starren.

Sie fröstelte, als sie darüber nachdachte, was die beiden da unten jetzt gerade durchmachten. Und sie wünschte sich von ganzem Herzen, dass sie niemals selbst eine solche Entscheidung treffen musste. Insgeheim bewunderte sie den Mut dieser Frau, die für sie im Grunde noch immer eine Fremde war und es wohl auch immer bleiben würde.

EINSAME STUNDEN

Kristin war sofort hellwach, als sich die Tür zu ihrem Zimmer öffnete. Sie hatte sich nach der Ablösung ins Gästezimmer zurückgezogen und war, kaum dass sie auf der angenehm harten Matratze lag, in einen tiefen, bodenlosen Schlaf gefallen. In der Tür stand Pascal, der beschwichtigend die Hände hob.

„Guten Morgen. Kommst du bitte nach unten? Susan möchte uns was Wichtiges sagen. Ich glaube, was Endgültiges."

Dem Klang seiner Stimme nach musste es etwas Ernstes sein, also nickte sie und kletterte umständlich aus dem Bett. Wenig später war sie unten in der Küche, wo sich die anderen schon alle versammelt hatten und dampfende Kaffeebecher in den Händen hielten. Pascal deutete auf einen Becher, der noch auf der Anrichte stand.

„Da steht deiner. Ist leider schwarz, die Milch ist aus."

Vollkommen egal, dachte sie kurz, lächelte den sympathischen Schweizer an und nahm sich die Tasse, bereit anzuhören, was Susan zu verkünden hatte. Die lehnte mit seltsam entrücktem Blick an Markus, der sie sanft in seinen Armen hielt. Ihr fielen sofort die geröteten Augen der beiden auf, untrügliche Zeichen von Erschöpfung.

Als endlich die üblichen Floskeln ausgetauscht waren, räusperte sich Susan kurz und fing an zu erzählen. Davon, dass sie einen Entschluss gefasst hätte. Dass sie wüsste, dass sie sterben würde und vor allem, dass es ihr freier Wille war, hier allein zurückzubleiben, denn ohne sie standen die Chancen der Gruppe besser.

Sie sprach davon, dass sich die Gruppe keinen Feind in den eigenen Reihen leisten konnte. Und dass es besser sei, jetzt diese Entscheidung zu treffen, solange sie noch einen freien Willen hatte und Kraft genug, es noch eine Weile durchzustehen.

Markus starrte währenddessen mit einem seltsam entrücktem und leeren Blick ins Nichts und schwieg. Als Susan schließlich aufhörte zu sprechen, machte sich ein betretenes Schweigen breit. Kristin kannte weder Susan noch einen der anderen in der Gruppe und trotzdem war es hart, die Konsequenz, welche sich hinter diesen Worten verbarg, zu verstehen und dann auch noch einfach so zu akzeptieren. Susan hatte beschlossen zu sterben. Hier in diesem Haus. Alleine. Kristin ertrug das Schweigen nicht mehr und räusperte sich, um den Kloß in ihrem Hals loszuwerden.

„Okay, deine Botschaft ist angekommen. Und ich kann dich verstehen, obwohl ich selbst diesen Mut sicherlich nicht aufbringen würde. Kann ich irgendetwas für dich tun?"

Susan schüttelte den Kopf, ohne ihren Blick vom Boden vor ihren Füßen zu heben.

„Nein, ihr braucht nichts mehr für mich zu tun. Ich komm schon klar und alles Weitere habe ich schon mit Markus besprochen. Er weiß, was zu tun ist."

Sie wollten alle die Sache so schnell wie möglich hinter sich bringen. Vor allem, ohne großartig Worte darüber zu verlieren. Was gab es auch schon noch zu sagen. Es war eine mehr als unangenehme Situation, jemanden aus der Gruppe zum Sterben zurückzulassen, aber durchaus notwendig. Susan hatte es auf den Punkt gebracht und alle wussten, dass sie Recht mit ihrer Entscheidung hatte.

Mit einem beklemmenden Gefühl nahmen sie also ihr Frühstück zu sich und suchten all die Dinge zusammen, die sie mitnehmen wollten. Susan hatte Markus darum gebeten, alles, was sie brauchte, im Wohnzimmer zusammenzutragen. Das waren einige Decken, ein paar bereits entkorkte Flaschen von dem wunderbaren spanischen Wein, Kekse aus dem Vorratsregal im Keller und, zu guter Letzt, einige hundert Seiten Papier aus dem Drucker des Hausherren.

Dazu kamen Kugelschreiber und Buntstifte aus dem Kinderzimmer, denn sie wollte schreiben, solange es ging. Über ihr Leben, über die letzten Tage dieser Zivilisation, aber vor allem über dieses fremde Etwas, welches sich wie ein Parasit in ihr eingenistet hatte. Sie hatte vor, das alles wie eine Art Testament der Nachwelt zu hinterlassen. Und wenn man sie nach einiger Zeit finden würde, wäre ihr Sterben dadurch nicht gänzlich umsonst gewesen.

Während alle anderen irgendwelche Gegenstände bei sich führten, die im Notfall als Waffen benutzt werden konnten, kam sich Kristin in diesem Punkt ziemlich hilflos vor. Also machte sie sich auf die Suche. Zuerst in der Werkstatt im Keller. Dort fand sie einen ziemlich großen Hammer. Der war zwar effektiv, aber viel zu schwer. Also suchte sie weiter. Nach irgendetwas, mit dem sie zuschlagen und Schaden anrichten konnte. In der Garage fand sie dann genau das passende Werkzeug. Eine gelbe Spaltaxt mit schwarzem, gummiertem Stiel.

Zufrieden kehrte sie zu den anderen zurück, die inzwischen ebenfalls abmarschbereit waren. Dann war er plötzlich da, der Moment des Abschieds, den jeder so schnell wie möglich hinter sich bringen wollte. Es gab ein paar lange Umarmungen, vielsagende Blicke und wenig Worte. Schließlich kannten sie die Frau ja kaum. Markus war der Letzte, der sich von Susan verabschiedete.

„Du weißt, dass ein Wort von dir genügt, damit ich bei dir bleibe, Susan. Nur ein Wort, hörst du?"

Sie nickte dankbar, nahm ihn in die Arme und sah ihm dann tapfer in die Augen.

„Mein Entschluss steht fest. Versuch du zu überleben, so lange du kannst. Das ist es, was ich will. Versucht, sie alle zu überleben. Jeden einzelnen von ihnen!"

Der hagere Mann fuhr sich über seine Stoppeln und schüttelte verzweifelt den Kopf.

„Ich werde es versuchen, das verspreche ich dir. Aber ehrlich gesagt glaube ich nicht daran, dass wir es schaffen werden, denn wir alle sterben einen Tod auf Raten. Wir sehen uns auf der anderen Seite, Susan."

Die tapfere Frau ließ ihn los und trat einen Schritt zurück

„Da magst du wohl Recht haben. Aber he, wenn es soweit ist, werde ich auf dich warten. Und jetzt macht, dass ihr verschwindet!"

Markus nahm sie noch einmal kurz in die Arme und folgte dann seinen Freunden. Er sah dabei einfach starr geradeaus und kämpfte gegen die Gefühle an, die in ihm tobten. Als sich die Haustür hinter ihnen leise schloss und sie das Grundstück verließen, hatte die Sonne bereits die düsteren Wolken am Himmel vertrieben. Nur die in ihren Köpfen nicht.

Ratlos standen sie einige Minuten da und beobachteten die Rauchsäulen, die wohl noch Wochen über der Innenstadt hängen würden. Solange, bis alles restlos niedergebrannt war und nicht mehr übrig von den einst so mächtigen Schaltzentralen der Stadt. Und sie hörten einer Amsel zu, die auf einer der Hecken saß und ihr fröhliches Lied sang. Sabine war es dann, die endlich das Schweigen brach.

„Hm, wir sollten uns überlegen, wie wir weiterkommen. Der Ort hier ist nicht besonders groß und danach kommt erst mal viel Wald. Und genau dorthin sollten wir gehen, finde ich jedenfalls. Vielleicht finden wir unterwegs ein Fahrzeug oder so was in der Art. Lassen wir diese verdammte Stadt der Toten hinter uns."

Ohne weiter darüber nachzudenken machten sie sich auf den Weg, denn es gab keine wirkliche Alternative zu Sabines Vorschlag. Markus blieb etwas hinter der Gruppe zurück und dachte noch lange darüber nach, doch noch umzukehren und zum Haus zurückzulaufen. Doch damit würde er sein letztes Versprechen an Susan brechen und das ging gar nicht.

Und außerdem, wenn er ehrlich war, dann hatte er nicht die Kraft, ihr beim Sterben zuzusehen. Also beeilte er sich, um nicht den Anschluss zu verlieren, denn jetzt war das Wichtigste, nach Hause zu kommen, denn dort wartete ein Leben auf ihn, für das er noch etwas tun konnte.

DER SCHLEICHENDE TOD

Susan sah der Gruppe durch die Schlitze der Fensterläden hinterher. Jetzt war sie auf sich gestellt und das war ein Umstand, den sie eigentlich nicht wollte. Aber es half alles nichts. Seltsam gefasst und mit klarem Kopf kehrte sie ins Wohnzimmer zurück und ließ sich dort auf den Sessel fallen, den sie sich zum Sterben ausgesucht hatte.

Die junge Frau lehnte sich zurück, schloss die Augen und wartete auf das Fremde in ihr und darauf, dass es sich melden würde. Vor ihr auf dem Tisch lagen Papier und Stifte bereit, so wie sie es sich gewünscht hatte. Solange es ihr möglich war, wollte sie alles aufschreiben, jede Kleinigkeit, die vielleicht anderen Menschen dabei helfen konnte, diesem Übel zu entkommen.

Daneben stand ein großes Glas Wasser, in dem sie bereits drei Tabletten des Beruhigungsmittels aufgelöst hatte und die mittlerweile das Wasser milchig trüb gefärbt hatten. Sie hatte nicht vor, es diesem Etwas einfach zu machen. Noch spürte sie die Benommenheit, hervorgerufen durch die Tablette, die sie nach dem Aufstehen eingenommen hatte. Fühlte sich träge und schlapp, aber trotzdem wach genug, um es wenigstens eine Weile mit dem Etwas aufzunehmen, dass tief in ihr auf seine Chance lauerte.

Und es ließ tatsächlich nicht lange auf sich warten. Mit dumpfer Wucht kroch es an die Oberfläche und griff mit eiskalten Fingern in ihren Geist. Es bemerkte sofort, dass es noch Widerstand gab.

Ich sehe, du hast dich vorbereitet. Aber mal ehrlich, macht das alles überhaupt noch Sinn, nachdem dich diese Drecksäcke einfach hier zurückgelassen haben?

Susan hatte damit gerechnet, dass das Fremde in ihr wieder anfangen würde zu sprechen und trotzdem zuckte sie zusammen und krampfte vor Angst. An diese Stimme in ihrem Kopf würde sie sich wohl niemals gewöhnen.

Das ist nicht weiter schlimm, denn ich bin noch immer in dir und ich kann dir sagen, ich mag es sehr, deinen versauten Körper zu spüren. Und mich über dieses blödsinnige Verlangen, dass du noch immer für diesen Feigling Markus empfindest zu amüsieren.

Das war gar nicht gut. Dieses Drecksding wusste um ihre Gefühle. Susan trank hastig einen großen Schluck aus dem Wasserglas, um ihre Benommenheit auf dem gleichen Level zu halten. Der bittere Geschmack gab ihr trotz der hoffnungslosen Lage, in der sie sich befand, etwas Zuversicht, wenigstens noch eine Weile durchzuhalten. Vielleicht ein paar Tage und nicht nur Stunden. Ihre Finger waren feucht, als sie das Papier zu sich heranzog.

„Sag mir, was du bist. Woher kommst du und was willst du von mir? Komm, sag schon, du hast mich ja sowieso in der Tasche."

Nervös hielt sie die Bleistiftspitze über dem Papier und wartete auf die Antwort, bereit diese noch im selben Moment niederzuschreiben. Das Etwas schien über ihre Fragen tatsächlich nachzudenken, denn es dauerte eine ganze Weile, bis es antwortete.

Du willst wissen, was ich bin? Ist es das? Was ich von dir will, sollte dir inzwischen klar sein. Zuerst werde ich deinen Geist fressen und dann nehme ich mir deinen Körper. Ich will mit allen Sinnen die Reize dieser Hülle auskosten. Solange, bis ich zum nächsten wandere, um auch dessen Seele zu fressen. Mädchen, da wo ich herkomme, warten noch Abermillionen meiner Art auf den richtigen Moment. Darauf, dass das Tor, welches ihr Narren nur einen Spalt breit geöffnet habt, weiter aufklaffen wird. Dann ist der Tag gekommen, an dem alles untergehen wird in Bosheit und Chaos.

Es machte eine Pause um die eben ausgesprochenen Worte wirken zu lassen. Die Bleistiftspitze kratzte derweil hektisch über die weißen Blätter und fuhr durch rote Blutstropfen. Überrascht fuhr sich Susan übers Gesicht und stellt fest, dass sie Nasenbluten hatte. Das Etwas fuhr fort:

Vermeintlich kluge Köpfe eurer Art gaben dem Untergang schon viele Namen. Armageddon, Weltuntergang, Apokalypse, was auch immer. Ganz am Anfang eurer kläglichen Existenz wart ihr noch schlau genug, die Pforten geschlossen zu halten und euch so vor dem Untergang zu schützen. Doch nun, in der so genannten neuen Zeit, habt ihr nichts Besseres zu tun, als selbst das kleinste im Kleinen zu erforschen.

Ihr tretet Türen ein, ohne zu wissen, was euch dahinter erwartet. Ihr sucht nach Mitteln und Wegen, um andere eurer Art zu unterwerfen, ohne darüber nachzudenken, wie ihr das, was ihr damit entfesselt habt, kontrollieren könnt. Und jetzt, wo ihr die Büchse der Pandora geöffnet habt, rennt ihr vor uns davon und nennt uns „das Böse". Jetzt jammert ihr und beschwert euch, dass euch niemand gewarnt hat. Von euch ging alles Übel aus und zu euch wird es wieder zurückkommen.

Susan hatte aufgehört zu schreiben. Unter der Bleistiftspitze hatte sich ein kleiner Haufen aufgeweichtes Papier zusammengeschoben. Sie fasste all ihren Mut zusammen.

„Eins muss ich noch wissen. Was bist du, wie ist dein Name?"

Einige Sekunden geschah nichts und es hatte fast den Anschein, als ob das Etwas erst über ihr Frage nachdenken musste. Doch dann gab es ihr die gewünschte Auskunft.

Endlich fängst du an zu denken. Gut so, denn es ist dein gutes Recht, zu wissen, wer dich tötet. Meinen wahren Namen würdest du nicht verstehen, also berufe ich mich auf eine eurer vielen Kirchen und die hat mir den Namen „Legion" gegeben. Und ich finde, das trifft es ziemlich gut, denn wir sind viele, gar endlos ist unsere Zahl und wir streben nach euren Seelen, um sie in die Tiefe zu zerren!

Das war zu viel. Zitternd griff sie nach dem Glas und trank es aus, trieb das Etwas zurück in das finstere Loch ihres Geistes, aus dem es gekrochen war. Es wehrte sich nicht, denn es war sich seiner Beute absolut sicher und genoss das Spiel mit dem Tod.

Erschüttert legte sie den Kopf in den Nacken, damit das Bluten endlich aufhörte und versuchte die Worte zu begreifen. Das Etwas hatte einfach auf den richtigen Moment gewartet, darauf dass sein seit Jahrtausenden versiegeltes Grab geöffnet wurde und es wie den Fluch der Pharaonen in die Welt entlassen wurde.

Schon wenige Sekunden danach tat sie das alles als absoluten Blödsinn ab und führte diese Stimme, ja die gesamte Wesenheit auf einen Parasiten oder Virus zurück, der ihren Geist verwirrte und Trugbilder heraufbeschwor. Vermutlich verlor sie gerade ihren Verstand und hatte bereits Wahnvorstellungen, mit denen ihr kranker Geist versuchte, den unabwendbaren Tod zu erklären.

Dann fühlte sie nichts mehr. Nicht einmal, dass sie die Augen schloss und in einen tiefen Schlaf fiel, der fast schon an Bewusstlosigkeit grenzte.

ERWACHEN

Am nächsten Morgen lag sie nackt in den zerwühlten Laken des Bettes im Schlafzimmer und wusste nicht, wie sie dorthin gekommen war. Durch die Vorhänge sickerte schwaches Licht. Mühsam stützte sie sich auf ihre Ellbogen und betrachtete sich ihren Körper. Wie blass doch ihre Haut war und den leichten Flaum ihrer Scham dadurch noch deutlicher hervorhob.

Ihr Mund war trocken wie Löschpapier, ihre Zunge schmerzte, als sie sich vom Gaumen löste. Vorsichtig tastete sie mit der Zunge über ihre dumpf schmerzenden Zähne und stellte verwundert fest, dass zwei Backenzähne wackelten. Und dass ein dritter sogar ganz fehlte. Das war gestern noch nicht so gewesen. Aber wann war das, gestern?

Suchend fuhr ihre Zunge immer wieder in das Loch, das nun durch das Fehlen des Zahns entstanden war. Seltsamerweise spürte sie an dieser Stelle nur dieses dumpfe Gefühl des Verlustes. Mehr nicht. Susan stöhnte auf und drehte sich, damit sie ihre Füße auf den kleinen weinroten Teppich neben dem Bett stellen konnte und bemerkte, wie schwach sie war.

Sie blinzelte gegen das Licht an und fragte sich, ob es gerade Tag oder Nacht wurde. Und wie lange sie überhaupt hier gelegen hatte. Ihr Blick wanderte zurück auf die Laken und sah die dicken Strähnen auf dem Kopfkissen. Prüfend fuhr sie sich über den Kopf und starrte teilnahmslos auf ein weiteres Büschel zwischen ihren Fingern.

Das war es also, das langsame Sterben, von dem Legion gesprochen hatte. Aber nicht hier und nicht jetzt. Bevor sie auf die andere Seite wechselte, hatte sie noch etwas zu erledigen. Sie stand auf und ging ins Badezimmer, um eine Dusche zu nehmen. Danach nahm sie einen batteriebetriebenen Rasierer aus dem Spiegelschrank und schor sich kurzerhand den Kopf. Traurig begutachtete sie den anwachsenden Berg Haare im Waschbecken und dementsprechend ernüchternd musterte sie das Resultat im Spiegel.

„Scheiße, wie bei einer verdammten Krebspatientin."

Bleich sah sie aus, mit hohlen Wangen und eingefallenen Augen, die wie ausgeglühte Kohlestücke tief in den Höhlen lagen. Sie konnte sogar die Adern bläulich durch ihre Haut schimmern sehen.

Dann war da wieder dieses schmerzhafte Ziehen im Bauch. Es war kein Hunger, sondern eher das Gefühl einer Veränderung. Etwas ging in ihrem Körper vor, aber sie wusste noch nicht genau was. Aus dem Schlafzimmer hatte sie sich etwas zum Anziehen mitgebracht. Schwarze Spitzenwäsche der ehemaligen Hausherrin. Die würde sowieso nie wiederkommen und wenn doch, war es auch egal.

Und warum auch nicht, denn ihre Brüste waren noch immer straff und wohlgeformt. Susan wunderte sich nicht im Geringsten über die Ironie, welche in dieser Feststellung lag, denn inzwischen hatte ihr Körper diesen morbiden Reiz, der mit dem langsamen Vergehen einherging. Vielleicht wurden ihr diese Gedanken einfach nur von Legion eingeflüstert. Jedes Mal, wenn sie an Legion dachte, fing es zwischen ihren Beinen an zu kribbeln. Hastig schlüpfte sie in die schwarzen Jeans und streifte sich den dunklen Rollkragenpullover über ihre steifen Nippel.

Was für eine Zukunft sie auch immer erwarten mochte, hier würde sie jedenfalls nicht bleiben. Nur ein paar Stunden Ruhe, danach würde sie sich auf den Weg machen und Markus folgen. Dann erhob sie sich und ging mit schwankenden Schritten nach oben ins Schlafzimmer und streifte die eben angezogenen Sachen wieder ab. Legte sich in die verschwitzen, fleckigen Laken, um ihrem Verlangen nach dem eigenen Körper endlich nachzugeben. Genau das war es, was sie wollte. Legion hatte vollkommen Recht. Es gab keinen Grund mehr, sich zurückzuhalten.

Erst am nächsten Morgen erwachte sie wieder. Ziemlich betreten stand sie auf und zog sich an. Wenn es für sie noch eine Chance geben sollte, von hier wegzukommen, musste sie auf der Stelle aufbrechen. Sie ging nach unten und zog ihre schweren Stiefel an, nahm ihre Jacke und schlüpfte hinein. Eilig stopfte sie in der Küche noch ein paar Lebensmittel und drei Flaschen Rotwein in den Rucksack. Eine davon öffnete sie gleich und nahm einen großen Schluck, um eine der Tabletten hinunterzuspülen. Der trockene Wein brannte herb in ihrem Mund und vertrieb den schalen, leicht metallischen Geschmack nach Blut, das ihr aus dem Zahnfleisch lief.

Susan trank solange weiter, bis es in ihrem Magen wie Feuer brannte. Dann schnallte sie sich den Rucksack um und verließ das Haus. Es war heller geworden seit ihrem Erwachen. Gierig sog sie die frische, eiskalte Luft in ihre Lungen. Eine Wohltat, wenn sie an den abgestandenen Mief im Haus zurückdachte.

Es gab noch eine Sache, die sie vor ihrem Ableben erledigen musste. Die anderen hatten vielleicht ein, maximal zwei Tage Vorsprung und waren möglicherweise schon in der sicheren Zone. Vor allem ging es ihr um Markus, für den sie nach wie vor mehr als nur freundschaftliche Gefühle empfand. Susan war sich bewusst, dass die Wahrscheinlichkeit sehr hoch war, dass sie Markus infiziert hatte als sie sich im Badezimmer in Frankfurt nähergekommen waren. Und jetzt wollte sie ihn vor dem warnen, was in ihr selbst lauerte und vermutlich auch in seinem Kopf heranwuchs.

Dann war da noch etwas anderes, das ihr wichtig erschien. Das vielleicht das Wichtigste überhaupt war. Dieses Gefühl, nicht sterben zu können, ohne das auszusprechen, was sie ihm gegenüber tatsächlich empfand. Möglicherweise war dies alles aber auch nur ein Trugbild, eingeimpft von Legion, damit sie die Krankheit in die sichere Zone zu den anderen Menschen trug, aber das war Susan egal, denn es würde nichts ändern. Der Ausgang war vorherbestimmt und sie nur ein Spielball der Mächte, einzig darauf erpicht, nicht einsam sterben zu müssen. Und genau das trieb sie an, so war das und nicht anders.

Vor ein paar Tagen wäre es noch absolut undenkbar für sie gewesen, alleine ins Freie zu gehen und dort vielleicht auf Tote zu treffen. Doch nun, da sie selbst auf der Schwelle des Todes stand, war alle Angst von ihr gewichen und hatte einer entschlossenen Gleichgültigkeit zu diesem Thema Platz gemacht. Nur noch diese eine Sache zu Ende bringen, danach könnte Legion mit ihr machen, was es wollte.

Auf der Straße traf sie tatsächlich auf einen einsamen Toten, der aus den ersten Tagen stammen musste und vor dem Hoftor herumlungerte. Seine Haut war grau und rissig, Haare hatte er gar keine mehr und die feuchten Lumpen, in die er gehüllt war, schlackerten in fleckigen Fetzen um seinen ausgemergelten Körper. Das Ding sah kurz auf und musterte sie aus tief in den Höhlen liegenden Augen.

Wie zur Begrüßung stieß er ein seltsames Röcheln aus und verströmte dabei einen betäubenden Gestank nach faulem Fleisch. Dann drehte er wieder seinen Kopf in die andere Richtung und nahm keine weitere Notiz mehr von ihr. Susan ließ die Brechstange wieder sinken, die sie aus der Garage mitgenommen hatte, und nickte still in sich hinein. Sie wussten also schon, dass sie die Seite gewechselt hatte.

Unvermittelt wurde sie von heftigen Krämpfen geschüttelt, die sich von der Bauchgegend ausgehend in ihrem gesamten Körper ausbreiteten. Erst zog sich alles zusammen, dann löste sich der Krampf wieder. Bittere Galle stieg ihre Speiseröhre hinauf und entlud sich in einem Schwall stinkender Flüssigkeit, der aus ihrem Mund schoss und dampfend vor ihr auf den Boden klatschte.

Sie brach in die Knie und kotzte das Wenige aus, was sich noch in ihrem Magen befand. Und das war fast nur noch Blut, durchsetzt mit kleineren Bröckchen. Es sah aus, als ob sie damit anfing, sich innerlich zu zersetzen. Wimmernd zog sie sich mit weichen Knien an dem Zaun nach oben und wischte sich den Mund ab. Der Ekel erregende Geschmack und die stinkende Lache vor ihr auf dem Boden ließen sie erneut würgen, doch diesmal konnte sie den aufkommenden Brechreiz erfolgreich niederringen.

„Verdammt Markus, hättest du mir doch nur eine Kugel in den Kopf gejagt."

Susan war klar, dass sie zu Fuß nicht weit kommen würde. Die Zeit rann ihr schneller durch die Finger, als sie gedacht hatte. Also machte die sterbende Frau sich auf die Suche nach einem Auto. Mit unsicheren Schritten und sich immer wieder an Laternen und Geländern abstützend, wurde sie zwei Straßen weiter tatsächlich fündig.

Der dunkelgrüne Kombi war zwar gegen eine Laterne gefahren, aber durch den Unfall nicht sonderlich beschädigt. Die Fahrertür stand weit offen und eine Gruppe Toter hatte sich um die Reste des Fahrers geschart, die einige Meter vor dem Fahrzeug auf der Straße lagen. Der Grund für das Scheitern seines Fluchtversuches war nicht ersichtlich und er war Susan auch vollkommen egal.

Zielstrebig ging sie auf den Wagen zu und stolperte fast über einen Schuh, den der Fahrer bei seiner Flucht aus dem Fahrzeug wohl verloren hatte. Auch jetzt nahmen die Toten keine Notiz von ihr und zerrten gierig an dem vermutlich noch warmen Fleisch der armen Seele. Der hat es hinter sich, dachte sie sarkastisch und kletterte mit einer seltsamen Ruhe auf den Fahrersitz. Wie einfach doch plötzlich alles war. Susan drehte den Zündschlüssel und der Wagen sprang sofort an. Sie fuhr los, Richtung Süden, dorthin wo sich die anderen Menschen hinter Stacheldraht und Panzersperren verschanzten und auf Rettung hofften.

REGENSCHAUER

Der Wetterumschwung traf Susan vollkommen unvorbereitet. Von einer Sekunde auf die nächste kam Wind auf und bog sogar die Bäume durch. Dann öffnete der Himmel seine Schleusen und sie sah überhaupt nichts mehr. Nicht einmal mehr, wo vor ihr die Motorhaube des Wagens aufhörte. Da war nur noch eine Wand aus Wasser und herumfliegendem Dreck, der prasselnd an die Windschutzscheibe klatschte.

Nach vorne über das Lenkrad gebeugt konnte sie nur schemenhaft die Umrisse einer Tankstelle erkennen, die rechts neben der Fahrbahn lag. Langsam lenkte sie den Kombi unter das großflächige Dach über den Zapfsäulen, machte den Motor aus und verließ nach kurzem Zögern den Wagen.

Sofort wurde sie von dem starken Wind erfasst, mit dem Resultat, dass sie selbst hier unter dem Dach binnen weniger Sekunden klatschnass war. Ihre Kleidung legte sich unangenehm und pappig auf die Haut. War ihr eben noch heiß, fast fiebrig gewesen, fühlte sie nun die frostige Kälte des Regenwassers.

Die Jacke eng um den Körper geschlungen, rannte Susan zu der gläsernen Eingangstür der Tankstelle und drückte die Klinke nach unten. Mit Verwunderung stellte sie fest, dass die Tür nicht abgeschlossen war, also glitt sie in den finsteren Raum und sah sich um. Der Raum war durch die große Frontscheibe gerade genug erhellt, um die Ladentheke mit den zwei brusthohen Regalreihen zu erkennen, die unangetastet und voll bestückt einen fast normalen Eindruck erweckten.

Um sie herum war nur das Prasseln der Regentropfen zu hören, die vom Wind auf das Blechdach und die breite Scheibe an der Frontseite gedrückt wurden. Es roch nach Benzin und verschimmeltem Brot, letzteres lag in der kleinen Auslage neben der Kasse und war schon mit einem dichten Flaum überzogen.

Als ihr Körper erneut krampfte und sich schmerzhaft zusammenzog, musste sie sich an einem der Regale abstützen und wimmerte leise auf. Achtlos fegte sie dabei einige Chipstüten beiseite, die raschelnd auf den Boden fielen. Black Pepper und Sweet Paprika.

Der Schmerz war dieses Mal so stark, dass ihr die Tränen in die Augen schossen. Dann kotzte sie. Es schoss einfach so aus ihr heraus. Eine rötliche Fontäne platschte über das Regal und gegen die Frontscheibe, an der die Brühe nun in langgezogenen Tropfen träge nach unten rann und komische Muster bildete.

Angewidert schmeckte sie Blut und Magensäure, die auf ihrer Zunge brannte. Und es stank abartig. Vorsichtig tastete sie mit einem zitternden Finger in die feuchte Masse und besah sich den roten Tropfen auf der Fingerspitze genauer. Diesmal war es fast nur Blut gewesen. Nicht besonders verwunderlich, da sie schon lange nichts Richtiges mehr gegessen hatte und auch jetzt nicht den Drang verspürte, daran etwas zu ändern.

Vermutlich war ihr Magen sowieso schon dabei, sich selbst zu verdauen. Oder ihre Gedärme. Oder beides zusammen. Im Grunde war es einerlei und nur eine unangenehme Begleiterscheinung ihres langsamen Sterbens. Möglicherweise würde sie es doch nicht mehr allzu weit schaffen, vielleicht würde sie einfach hier zwischen den Regalen verrecken.

Ob dieser Gewissheit sank Susan auf den Boden und lehnte sich resignierend an das Regal, dessen untere Fächer mit diesen kleinen Schnapsfläschchen aufgefüllt waren, auf denen lustige Pflaumen zum trinken animierten. Sie streckte die Beine aus und zog sich gleich eine ganze Palette dieser Dinger aus dem Regal.

Was soll's, dachte sie, *ich hätte es schlimmer treffen können, also Prost und runter mit dem Zeug.* Der Verschluss knackte und schon rann die scharfe, nur ansatzweise nach Pflaumen schmeckende Flüssigkeit ihre Kehle hinunter und explodierte sofort wie eine abgezogene Handgranate in ihrem Magen. Es war, als ob ihr jemand eine Eisenfaust in die Gedärme gedroschen hätte.

Aufschreiend krümmte sie sich zusammen und fühlte glühend heiße Lava in ihrem Innern, die sich nach draußen brannte. Es brauchte einige Zeit, bis der Schmerz nachließ und sie die warme Nässe zwischen ihren Beinen spürte. Jetzt hatte sie auch wieder Nasenbluten. Als sie das Blut abwischte sah sie, dass es schleimige Fäden zog. Wütend griff sie sich den Pappkarton mit den Flaschen und warf ihn an die Wand gegenüber.

Zwischen all dem Klirren der Flaschen hörte sie ein leises, unterdrücktes Geräusch voller Angst jenseits des Regals, das den Raum teilte. Das kurze, verhaltene Wimmern einer hellen, angsterfüllten Stimme. Sofort war ihr klar, dass es sich nicht um eines der Monster handeln konnte, also zog sie sich aufstöhnend auf die Beine und lief mehr taumelnd als gehend um die Regalecke herum.

Eng an die Wand gepresst fand Susan einen sehr dünnen, höchstens sieben Jahre alten Jungen. Er saß auf dem Boden und sah sie mit großen, angsterfüllten Augen an. Das Kind trug einen dunkelblauen Frotteschlafanzug, auf dessen Oberteil ein roter Rennwagen abgebildet war. Sie fand diesen albernen Zeichentrickfilm schon immer mehr als lächerlich, sprechende Autos und all dieses Zeug. Aber egal, das Kind war wichtiger. Es war bis hinter beide Ohren verdreckt und zu ihrer Überraschung auch noch barfuß.

Um ihn herum war der Boden mit aufgerissenen Schokoladenpackungen übersät, so dass sie sich fragen musste, wie lange der Junge sich schon hier versteckt hielt. Langsam näherte sie sich einen weiteren Schritt, doch der Jung kroch im gleichen Maße weg von ihr. Kein Wunder, so wie sie aussah. Wie einer der Toten musste sie dem Kind vorkommen. Also ging sie langsam in die Hocke und streckte auffordernd die Hand aus.

„Hey Kleiner. Mein Name ist Susan."

Der Junge sah sie nur mit großen Augen an, sagte aber nichts. Susan versuchte es weiter.

„Du brauchst vor mir keine Angst zu haben. Ich bin nur etwas schmutzig, mehr nicht. Sag, bist du allein hier?"

Er sah sie misstrauisch an, nickte dann aber trotzdem. Sie durfte jetzt nicht aufgeben.

„Okay, das ist nicht gut, denn du brauchst jemanden, der auf dich aufpasst. Sag, wie ist denn dein Name?"

Das Kind schluckte hörbar, kam jedoch nicht näher. Fast hätte Susan nicht mehr mit einer Antwort gerechnet, als der Junge anfing zu sprechen.

„Mein Name ist Kevin und ich habe meine Eltern verloren. Bist du eins dieser komischen Monster, welche die Menschen fressen?"

Es war nicht Susans Willen, der ein Lächeln auf ihr Gesicht zauberte und ihren Mund öffnete.

„Keine Angst, kleines Menschenkind. Ich bin keine dieser toten Hüllen, die einmal Menschen gewesen waren und vermutlich auch deine Eltern gefressen haben. Aber nichtsdestotrotz wird es mich nicht davon abhalten, mich an deinen Eingeweiden zu laben und dein Blut zu trinken, nachdem ich dich aufgebrochen habe, wie es ein Schlachter tut, wenn er eine weitere Sau an den Haken hängt."

Als sich ihr Körper mit ungeahnter Kraft nach vorne auf das schreiende Kind stürzte, war Susan nur noch ein ertrinkender Gast in einer fremden Hülle. Sie hatte dem Sog nichts entgegenzusetzen, der sie mit brutaler Gewalt in die Tiefe riss und dann in einer endlosen Schwärze einfach fallen ließ.

Wenn ein Geist schreien konnte, dann tat sie es vermutlich, vielleicht aber auch nicht. Vergeblich hoffte sie auf dieses helle Licht und den langen Korridor oder wenigstens auf eine geöffnete Tür. Auch die Geschichte mit den Bildern des Lebens, die noch einmal an einem vorüber zogen war reine Erfindung. Da war nur ein bodenloser, in seiner Dunkelheit alles verschlingender Abgrund. Das war alles.

FILMRISS

Wenn man die Kontrolle über den eigenen Körper verliert, ist das so eine Sache. Man fühlt sich als Gast und kann keinen Einfluss mehr darauf nehmen, was um einen herum oder mit einem selbst geschieht. Manche Menschen kennen das vielleicht, wenn sie unter dem Einfluss von Drogen oder zu viel Alkohol stehen. Für Susan war das allerdings eine völlig neue Erfahrung, mit der sie in den ersten Momenten überhaupt nichts anfangen konnte.

Zuerst musste sie feststellen, dass sie vermutlich noch nicht ganz tot war. Denn wenn sie tot gewesen wäre, hätte sie nicht die folgenden Feststellungen machen können. Eingesperrt hinter ihren Augen realisierte sie, dass ihr Körper eine Straße entlangging und vor ihr am Horizont gerade die Sonne den Beginn eines neuen Tages ankündigte. Genauer gesagt war es keine Straße, sondern eine Betonfläche, die zwischen zwei geradezu riesigen Blechgebäuden verlief.

Krampfhaft versuchte sie sich an die letzte Nacht zu erinnern, an das, was in der Tankstelle geschehen war. Da war dieses Kind gewesen, das sich hinter einem der Regale versteckt hatte. Ein kleiner Junge von vielleicht fünf oder sechs Jahren. Das nächste, an das sie sich erinnern konnte, war dieser tiefe Sturz in das schwarze Nichts. In dieses Loch, welches sie einfach geschluckt hatte. Susan versuchte zu verstehen, was da vor sich ging. Ihr Körper bewegte sich, sie konnte sehen und denken, also war sie definitiv nicht tot.

Dann schlug sie hart auf dem Boden auf, als ihr Körper wie eine Marionette, der man die Fäden gekappt hatte, in sich zusammenfiel. Brennender Schmerz fuhr ihr durch alle Glieder und sie spürte den kalten Beton nass und rau an ihren Händen und in ihrem Gesicht. Susan brauchte eine ganze Weile, bis sie begriff, dass sie wieder fühlen konnte und die Kontrolle über ihren Körper wiedererlangt hatte. Zumindest war sie der Meinung, dass es so war.

Ah, meine Susan ist wieder bei mir.

Sie zuckte zusammen wie nach einem Stromschlag. Legion war noch da. Dieses eiskalte Etwas war noch immer in ihr und hatte sie vermutlich hierher gebracht.

Ja, deine Vermutung stimmt. Ich habe dich hierher geführt, denn ich möchte dir etwas sehr Wichtiges zeigen.

Susan stöhnte schmerzerfüllt auf.

„Ich sollte tot sein."

Vermutlich hast du damit recht, zumindest aus menschlicher Sicht. Aber ich habe noch einiges mit dir vor und dazu brauche ich dich lebend. Danach werden wir sehen …

Sie zwang sich dazu, nachzudenken. Was wollte dieses verdammte Dreckschwein von ihr? Und vor allem, was war mit dem Jungen in der Tankstelle geschehen?

Der Junge? Den habe ich, oh entschuldige, den hast du gefressen. Hast seinen Hals aufgerissen, bis das Blut spritzte, hast den roten Saft gesoffen und anschließend den Kadaver ausgeweidet. Und es war wunderbar, denn dein Körper ist ein fantastisches Werkzeug.

Als sie wieder halbwegs zu sich kam, kniete sie auf dem Boden und sah in die große, dampfende Kotzlache, die sich vor ihr ausbreitete und in der kleine dunkle Klümpchen schwammen. Das war halbverdautes Fleisch. Mühsam zog sie sich auf die Beine und wischte sich den Mund ab.

„Du bist ein verdammtes, sadistisches Dreckschwein. Einer, der sich an der Pein anderer Menschen erfreut."

Das Lachen in ihr klang hohl und boshaft.

Vielleicht bin ich das. Mag sein. Susan, ich wecke nur Instinkte, die tief in dir verborgen darauf gewartet haben, erweckt zu werden. Und genau deswegen ist es so einfach mit euch. Aber kommen wir zum Wesentlichen zurück; zu dem, weswegen wir hier sind. Bestimmte Dinge, die ich tun muss, kann ich nur in einem Körper verrichten, der lebt. Und damit dieser Körper lebt, musst du selbst am Leben bleiben. Eine einfache Logik, die sogar du verstehen solltest.

Weiter vorne, dort wo die beiden Hallen endeten, war flackernder Lichtschein zu sehen. Der Blick wurde allerdings durch ein großes

Ding verstellt, das wie eine Rolltreppe in einem Kaufhaus aussah. Nur das hier kein Kaufhaus war und das obere Ende der Treppe ins Nichts führte.

Susan musste mehrmals blinzeln und wischte sich mit dem Handrücken über die Augen, um klarer sehen zu können, doch es wurde nicht besser. Über allem lag ein penetranter Gestank nach Benzin und gebratenem Fleisch. Fast wie bei einem Grillabend, wenn man die Steaks zu lange auf dem Rost liegen hatte und sie schon anfingen, schwarz zu werden.

Mühsam raffte sie sich auf und ging auf die Rolltreppe zu, Schritt für Schritt. Da war noch ein anderer Geruch, den sie inzwischen nur zu gut kannte. Es stank nach verfaultem Fleisch und das konnte nur eines bedeuten.

„Warum quälst du mich mit all diesen Dingen. Was bringt es dir, du hast mich doch sowieso schon in deiner Gewalt.

Ist es dir noch nicht in den Sinn gekommen, dass es mir gefällt, wenn du leidest? Doch jetzt geh zur Treppe und öffne deine Augen, damit du verstehen und lernen kannst.

Endlich erreichte sie den Fuß der Treppe, die aus kaltem Metall bestand und stieg Stufe um Stufe weiter hinauf, so wie Legion es wollte. Jenseits der Treppe hörte sie knisterndes Feuer und ein grauenhaftes Gestöhne, das immer mehr anschwoll, je weiter sie nach oben stieg. Rauch brannte in ihren Augen. Wie in einem Albtraum war sie gefangen und musste alles erdulden, was sich ihr darbot.

Endlich erreichte sie die kleine Plattform am Ende der Treppe. Was sie dort erblickte, glich in der Tat dem kranken Gemälde eine Wahnsinnigen. Es war derart surreal, dass sie fast glaubte, in der Hölle gelandet zu sein. Vermutlich war sie in der Hölle, denn anders konnte sie sich das nicht erklären. Ihre Knie wurden weich und sie wäre vermutlich zusammengebrochen, hätten sich ihre Hände nicht an das kalte Metallgeländer geklammert. Fasziniert und entsetzt zugleich starrte sie auf die Szenerie unter ihr. Legion spottete:

Willkommen in meiner Welt, Susan

Vor ihr breitete sich eine endlos wirkende Betonfläche aus, auf der in einiger Entfernung große, vierstrahlige Passagierflugzeuge standen und ihr wurde klar, wo sie sich befand. Eines der Flugzeuge brannte lichterloh. Jetzt begriff Susan, dass sie auf einer Gangway zwischen zwei Flugzeughangars stand. Weit entfernt, fast schon im Dunst versteckt, erkannte sie die riesigen Gebäude eines Terminals und des Towers.

Der große Turm mit seinem rautenförmigen Oberteil stand ebenfalls in Flammen und erinnerte sie an eine mahnende Fackel. Über allem stand eine tiefschwarze Rauchsäule, die sich mit den bleigrauen Wolken des Himmels vermischte. Es herrschte ein heilloses Durcheinander auf dem Rollfeld. Überall standen Militärfahrzeuge, Helikopter, kleinere Flugzeuge. Viele davon brannten. Aber das alles war nichts im Vergleich zu dem Anblick, der sich ihr unterhalb der Treppe bot.

Die gigantische Fläche zwischen ihrem Standort und den Terminals war voller Menschen. Besser gesagt, voller toter Menschen, die trotzdem aufrecht standen und die sich nun zu ihr umdrehten, um sie erwartungsvoll anzustarren. Ausnahmslos.

Susan spürte die kalten Blicke aus den milchigen, toten Augen. Sie sah die Kiefer, die gierig aufeinander mahlten und konnte die Ausdünstungen der verwesenden Körper riechen. Es war grauenvoll. Manche waren in einem schlimmen Zustand und konnten kaum noch auf den Beinen stehen, anderen fehlten Arme und dann gab es noch welche, denen hingen die Gedärme aus dem Bauch, die sie wie schmutzig brauen Taue hinter sich her zogen.

Dazwischen waren immer wieder frisch Verstorbene, deren Körper noch vor Hitze dampften und die schrecklich zugerichtet waren. Etwas abseits fiel ihr ein Mann auf, der auf dem Dach eines Löschfahrzeuges stand. Wie ein Feldherr stand er da in seinem zerrissenen, mit Blut und Fäkalien beschmierten Arztkittel und starrte sie aus bösen, tief in den Höhlen versunkenen Augen an. In seiner Rechten trug er eine rostige Machete, mit der linken hielt er einen schreienden Mann an den Haaren fest, der mit aufgebrochenem Bauch neben ihm auf dem Fahrzeugdach lag. Der Mann war offensichtlich noch am Leben.

Neben dem Fahrzeug brannte bereits ein großer Haufen Leichen. Sie konnte sogar das Fett zischen hören, das verflüssigt aus den Körpern trat und in die Flammen tropfte. Susan fühlte sich mehr und mehr in einen erbarmungslosen Albtraum hineinversetzt. Was sie hier sah konnte einfach nicht sein, durfte nicht sein, es war sicher eine Illusion oder ein Fiebertraum vielleicht.

Hitze und Kälte durchfuhren sie nun stoßweise und ließen ihren Körper schlottern, als hätte sie Schüttelfrost, während die Menge immer näher rückte, um sich unter der Gangway zu versammeln. Der Gestank war nun fast nicht mehr auszuhalten und der Lärm aus den toten Mündern nahezu infernalisch. Und Legion triumphierte.

Sieh, meine Kinder, meine Armee, bereit loszuschlagen, um euer jämmerliches Dasein ein für allemal zu beenden. Heute wirst du Zeugin vom Anbruch einer neuen Ära. Die Zeit der Toten hat begonnen!

Susan stöhnte auf, als sie zwischen all den Monstern sogar Kinder sah, die sich um einen Mann in olivgrünem Overall balgten, der mit gebrochenen Beinen über den Boden kroch und dabei einen breiten, nassen Streifen auf dem Boden hinterließ. Auf seinem Rücken konnte sie das Wort „Fraport Maintenance" lesen. Möglicherweise war dieser Schriftzug grauenvoller als alles, was sie bisher gesehen hatte.

Es traf sie wie ein Hammerschlag, als ihr bewusst wurde, was diese zwei Worte bedeuteten. Nicht nur Frankfurt, sondern auch der Flughafen und somit die sichere Zone waren gefallen und nun in der Hand der Toten. Alle Menschen in der Zone waren tot, möglicherweise auch Markus und die anderen. Susan schrie ihre Verzweiflung heraus, denn das durfte nicht sein.

„Was zur Hölle wollt ihr von mir, was wollt ihr verdammten Arschlöcher doch nur von mir? Ich habe nichts, was ich euch geben kann. Gar nichts, versteht ihr?"

Die Frau war am Ende, konnte es nicht mehr ertragen und wollte nur noch, dass alles vorbei wäre. Legion schien ihre Gedanken jedoch überaus amüsant zu finden.

Ah, du sorgst dich um deinen menschlichen Freund, nicht wahr? Um diesen Bastard, der deinen Körper benutzt hat und zu dem sich dein schwacher Geist hingezogen fühlt. Sei unbesorgt, DER ist nicht da unten und die andere Schlampe, die dich nicht ausstehen kann, ebenso wenig. Aber sei versichert, dass wird sich bald ändern, denn genau deswegen sind wir ja hier.

Legions Worte verwirrten Susan nur noch mehr. Das Wesen hatte anscheinend irgendein Problem mit Markus und der Frau, die er „Schlampe“ nannte. Sie spürte, wie Legion unruhig wurde, fast wütend sogar, und wie diese Unruhe sofort auf die Masse unter ihr überging und sich wie eine Welle ausbreitete, von einem Körper zum nächsten übersprang. Sogar der Mann auf dem Autodach brüllte plötzlich bestialisch und riss den Arm mit der Machete nach oben. Susan musste es einfach wissen.

„Was willst du von ihm verdammt, hä? Reiche ich dir etwa nicht, musst du alle ins Verderben zerren?“

Ich werde ihn zerschmettern, zusammen mit dieser läufigen Hündin werde ich ihn zerschmettern, denn sie tragen in sich, was nicht sein darf. Und jetzt sieh, wie ich meine Armee aussende, um den Tod über euer jämmerliches Dasein zu bringen. Fressen sollen sie, fressen und noch mehr fressen, bis auch der letzte eurer Art vertilgt ist.

„Aber warum er, was ist denn so besonderes an ihm? Markus ist doch nur ein ganz normaler Typ, der einfach nur überleben will. So wie ich es auch immer wollte.“

Diese Wahl hattet ihr nie. Oder hast du jemals Schlachtvieh gefragt, ob es leben möchte? Ich denke nein. Du Dreckstück hast nie darüber nachgedacht, oder? Vielleicht lasse ich dich am Leben, bis ich ihn habe, und dann darfst du miterleben, was wir beide so alles mit ihm anstellen werden. Du wolltest doch immer mit ihm vereint sein, du billiges kleines Miststück, ist es nicht so?

Legion lachte triumphierend.

Und was deine Freunde betrifft, nun, die haben etwas, was mir gehört und das hole ich mir wieder, verlass dich darauf!

Susan spürte, wie ihr plötzlich Blut und Rotz aus der Nase liefen und ihre Beine nachgaben, als seien sie aus weichem Gummi. Schmerzhaft schlugen ihre Knie auf die metallene Trittfläche der Gangway und grellweiße Sterne explodierten vor ihren Augen, nahmen ihr die Sicht. Bittere Galle stieg nach oben in ihren Mund, bis er voll war.

Angewidert spuckte sie die dunkelbraune, zähe Flüssigkeit in einem Schwall auf den Boden. Susan würgte alles heraus, was in ihr war, spürte es immer wieder in sich aufsteigen und durch ihren Mund nach draußen schießen. Ihr Körper krampfte, zog sich zusammen und zuckte unkontrolliert hin und her. Schließlich brach sie zusammen und schlug mit dem Gesicht in die dampfende Lache aus Galle, Verdauungsresten und Blut unter ihr.

Spürst du die Wucht, mit der ich dich zerschmettern kann? Spürst du, was geschieht, wenn ich der Wandlung freien Lauf lasse? Willst du das? Willst du das wirklich?

Susan spürte nichts mehr, wimmerte nur noch ob dieser grausamen Dinge um sie herum. Möglicherweise war dies der Moment, an dem sie endgültig den Verstand verlor und sich ihr geschundener Geist in die hinterste Ecke ihres Verstandes zurückzog. In das stille Kämmerlein, dessen Tür auch Legion nicht einreißen konnte, und wo sie nichts mehr erdulden musste. Keine Schmerzen, keine schrecklichen Bilder und keine Pein. Daher bemerkte sie auch nicht, wie ihr Körper sich aufrichtete und nach vorne an den Rand der Gangway trat, wie er die Arme nach oben riss und mit ihrem Mund zu der versammelten Menge sprach.

Es waren tausende, die dem Befehl folgten und sich schlurfend in Bewegung setzten. Mit mahlenden Kiefern und toten Augen folgten sie stumpfsinnig einem eingepflanzten Impuls und ihrem unstillbaren Trieb zu fressen. Schon bald würden sie sich mit weiteren Herden vereinen und einen Strom aus stinkenden Leibern bilden, der sich unaufhaltsam nach Süden wälzte. Die Jagd hatte begonnen!

Cheryl Bradshaw

Die Heimsuchung von Grayson Manor

Addison Lockhart hat paranormale Fähigkeiten. Unfähig mit ihrer übersinnlichen Begabung umzugehen, ignoriert sie diese Tatsache so gut sie kann. Als sie nach dem Tod ihrer Mutter das verwunschene Landgut „Grayson Manor" erbt, tun sich Fragen auf. Wieso hat Addisons Mutter das Haus nie erwähnt?

Die junge Frau begibt sich auf Spurensuche. Sie zieht in das leerstehende Haus, um Antworten finden. Schon bald geschehen Dinge, die sie nicht mehr ignorieren kann. Denn in den Mauern von Grayson Manor lauern dunkle Geheimnisse und Seelen, die keinen Frieden finden …

„Die Heimsuchung von Grayson Manor" ist der erste Fall der „Addison Lockhart Mystery"-Reihe.

Erhältlich im Buchhandel oder direkt auf ***www.manti-shop.de***

Find us on Facebook
Role Play Convention
RPC
WELTGRÖSSTES FANTASYEVENT!
FACEBOOK.COM/ROLEPLAYCONVENTION